高等学校文科教材　上海市普通高等学校重点课程建设教材

中国现当代
文学简史

主　编　杨剑龙

副主编　钱　虹

撰　稿（按姓氏笔画排列）

　　　　王铁仙　王　琛　方克强　冉　彬
　　　　仲立新　刘家庆　沈　艳　巫小黎
　　　　李洪华　吴云茜　张登林　杨剑龙
　　　　赵敬立　郑崇选　钱　虹　唐小林
　　　　高恒文　常立霓　童炜钢　颜　敏

华东师范大学出版社
·上海·

图书在版编目(CIP)数据

中国现当代文学简史/杨剑龙主编.—上海:华东师范大学出版社,2006.8
上海市普通高校重点课程建设教材
ISBN 978-7-5617-4910-4

Ⅰ.中... Ⅱ.杨... Ⅲ.①现代文学-文学史-中国-高等学校-教材②当代文学-文学史-中国-高等学校-教材 Ⅳ.I209

中国版本图书馆 CIP 数据核字(2006)第 104149 号

中国现当代文学简史

主　　编	杨剑龙
副主编	钱　虹
组稿编辑	夏　玮
文字编辑	项晓瑛
责任校对	郭绍玲
版式设计	蒋　克

出版发行	华东师范大学出版社
社　　址	上海市中山北路 3663 号　邮编 200062
网　　址	www.ecnupress.com.cn
电　　话	021-60821666　行政传真 021-62572105
客服电话	021-62865537　门市(邮购)电话 021-62869887
地　　址	上海市中山北路 3663 号华东师范大学校内先锋路口
网　　店	http://hdsdcbs.tmall.com

印刷者	启东市人民印刷有限公司
开　　本	787×1092　16 开
印　　张	21.5
字　　数	403 千字
版　　次	2006 年 9 月第 1 版
印　　次	2022 年 12 月第 19 次
印　　数	47801—49900
书　　号	ISBN 978-7-5617-4910-4/I·356
定　　价	45.00 元

出版人　王　焰

(如发现本版图书有印订质量问题,请寄回本社市场部调换或电话 021-62865537 联系)

目 录

绪 论 王铁仙　　1

--------- 上　　编 (1917—1949) ---------

第一章　中国文学现代转型的前奏　　20
　第一节　维新派的文学观念与文学创作　　20
　第二节　革命派的文学观念与文学创作　　25
　第三节　王国维等人的文学观念及其影响　　31
　第四节　鸳鸯蝴蝶派的小说创作　　34
　第五节　林纾等的翻译文学　　37

第二章　从"五四"文学革命到"新中国文艺方向"的确立　　42
　第一节　"五四"文学革命与新文学思潮　　42
　第二节　左翼文学运动与文学思想论争　　45
　第三节　抗战时期的文学运动与文学思想论争　　48
　第四节　毛泽东《在延安文艺座谈会上的讲话》　　52

第三章　鲁　迅　　54
　第一节　生平和思想历程　　54
　第二节　《呐喊》、《彷徨》与《故事新编》　　57
　第三节　《野草》和《朝花夕拾》　　63
　第四节　杂　文　　66

第四章　小　说（一）　　69
　第一节　1918—1928年概述　　69
　第二节　叶圣陶等"为人生"的小说　　69

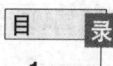

  第三节 王鲁彦等的"乡土小说"   72
  第四节 郁达夫等的"自叙传"抒情小说   74
  第五节 包天笑等的通俗小说   77

第五章 小 说（二）   80
  第一节 1928—1937年概述   80
  第二节 茅盾的《蚀》、《子夜》等小说   81
  第三节 老舍的《月牙儿》、《骆驼祥子》等小说   87
  第四节 巴金的《家》等小说   89
  第五节 沈从文的《萧萧》、《边城》等小说   93
  第六节 柔石、丁玲、吴组缃、萧红等的"左翼"小说   97
  第七节 穆时英等的"新感觉派"小说   102
  第八节 李劼人的《死水微澜》等小说   104
  第九节 张恨水的通俗小说   105

第六章 小 说（三）   108
  第一节 1937—1949年概述   108
  第二节 张天翼、沙汀、艾芜等的小说   110
  第三节 赵树理的《小二黑结婚》、《李有才板话》等   113
  第四节 张爱玲的《倾城之恋》、《金锁记》等   115
  第五节 钱钟书的《围城》   117
  第六节 巴金的《寒夜》、老舍的《四世同堂》   118
  第七节 徐訏、无名氏的小说   120
  第八节 还珠楼主、秦瘦鸥等的通俗小说   123
  第九节 孙犁、丁玲等的解放区小说   125

第七章 新 诗   129
  第一节 概 说   129
  第二节 郭沫若的《女神》等诗集   132
  第三节 闻一多、徐志摩等的诗   134
  第四节 冯至、李金发等的诗   137
  第五节 殷夫和中国诗歌会的诗   138
  第六节 戴望舒和《汉园集》三诗人的诗   140
  第七节 艾青、田间及"七月派"的诗   143

| 第八节 | 穆旦等"中国新诗派"的诗 | 145 |
| 第九节 | 李季、阮章竞的诗 | 147 |

第八章 散 文　150
第一节	概　说	150
第二节	周作人、朱自清、冰心的散文	151
第三节	林语堂、何其芳、丰子恺等的散文	156
第四节	杂　文	159
第五节	报告文学与游记	161

第九章 戏 剧　163
第一节	概　述	163
第二节	田汉、丁西林的话剧	165
第三节	曹禺的《雷雨》、《北京人》等话剧	169
第四节	郭沫若的《屈原》等历史剧	173
第五节	《白毛女》等根据地的歌剧	174

第十章 台湾文学（一）　177
第一节	台湾新文学的萌芽与成长	177
第二节	台湾新文学运动的蓬勃发展	181
第三节	台湾新文学的重创与艰难前行	183
第四节	台湾新文学的光复及与大陆文学的合流	185

中　编 (1949—1976)

第一章 从建国后的思想批判到"文化大革命"　187
第一节	思想批判运动	187
第二节	"双百方针"与文艺政策的调整	190
第三节	"文化大革命"中的文艺思潮	194

第二章 小 说　199
第一节	概　说	199
第二节	梁斌、杨沫、欧阳山的长篇小说	200
第三节	赵树理的农村题材小说	202
第四节	周立波、柳青、李準的农村题材小说	203

- 第五节　峻青、王愿坚和茹志鹃的短篇小说　204
- 第六节　《组织部新来的年轻人》等小说　207

第三章　新　　诗　209
- 第一节　概　说　209
- 第二节　闻捷等的新生活颂歌　211
- 第三节　李季等的长篇叙事诗　213
- 第四节　郭小川、贺敬之等的政治抒情诗　215

第四章　话剧和散文　218
- 第一节　概　说　218
- 第二节　《茶馆》、《关汉卿》等话剧　221
- 第三节　杨朔、刘白羽、秦牧的抒情散文　223

第五章　台湾文学（二）　226
- 第一节　分流之后：50年代的台湾文学　226
- 第二节　"现代派"文学的滥觞与鼎盛　228
- 第三节　"乡土文学"的复萌与壮大　231
- 第四节　多元取向：80年代及其后的台湾文学　233

---------- 下　　编 (1976——) ----------

第一章　"新时期"文学的形成及其走向　236
- 第一节　"新时期"初文学界的思想解放潮流　236
- 第二节　外来文化与文学思潮的传播和影响　237
- 第三节　社会转型中的文学走向　240

第二章　小　说（一）　242
- 第一节　1976—1985年概说　242
- 第二节　刘心武、冯骥才等的"伤痕文学"　243
- 第三节　高晓声、谌容、张贤亮、古华等的"反思文学"　247
- 第四节　王蒙的小说创作　250
- 第五节　汪曾祺、邓友梅等的风俗小说　252
- 第六节　蒋子龙、李国文等的"改革文学"　255
- 第七节　韩少功、阿城等的"寻根小说"　257

第八节　刘索拉、徐星等的"新潮小说"　　260

第三章　小　说（二）　　263
　　第一节　1985年以后概说　　263
　　第二节　张承志、贾平凹、张炜、史铁生、莫言等的小说　　265
　　第三节　马原、余华、格非、孙甘露等的"先锋小说"和残雪的小说　　270
　　第四节　刘恒、刘震云、池莉、方方等的"新写实小说"　　274
　　第五节　刘醒龙、谈歌等的"新现实主义小说"　　278
　　第六节　王安忆、铁凝、林白、陈染等女性作家的小说　　280
　　第七节　王朔的通俗小说　　284
　　第八节　朱文、韩东等的"新生代小说"　　285

第四章　新　诗　　287
　　第一节　概　说　　287
　　第二节　艾青等"归来者"的现实主义诗歌　　288
　　第三节　北岛、舒婷、顾城等的"朦胧诗"　　292
　　第四节　"新生代"诗群　　296
　　第五节　翟永明等的"女性诗歌"　　297

第五章　散　文　　299
　　第一节　概　说　　299
　　第二节　巴金、孙犁等的历史反思散文　　300
　　第三节　贾平凹、周涛等的抒情散文　　303
　　第四节　张中行、汪曾祺的文人散文　　305
　　第五节　余秋雨的文化散文　　307
　　第六节　新时期的报告文学　　309

第六章　戏　剧　　312
　　第一节　概　说　　312
　　第二节　李龙云等的现实主义话剧　　314
　　第三节　高行健、沙叶新的"实验话剧"　　316
　　第四节　锦云、陈子度等的新形态现实主义话剧　　318
　　第五节　魏明伦等的戏曲　　320

第七章　港澳文学　　323
　　第一节　香港新文学的拓荒与萌芽　　323
　　第二节　50年代以后的香港文学　　324
　　第三节　20世纪的澳门中文文学　　328

后　记　　332

绪 论

王铁仙

历来的文学史,一般都包容文学思潮、作家生平思想、文学创作等,还涉及社会的经济结构、政治态势以至社会心理和风习。现今有一些文学史,更把文学传媒和文学接受对象的变化等文化现象包括进来。但是文学的基本总是文学作品,这是文学的"自身"。一般的文学接受者,一般的本专科学生,也主要是对优秀文学作品的内容、形式和意蕴感兴趣。当然,为了更好地感悟、理解和鉴赏作品,为了把握创作潮流的演变,也需要了解一些文学的外部关系。因此,我们这本文学史,将主要评析文学作品和各时期不同的创作倾向,简要阐述外部关系,同时在实际的评析和阐述中大致显示中国现当代文学曲折的发展状况。阐述外部关系将力求简约,评析作品则选择重点,且尽量公允,不作绝对化的评判。

中国现当代文学始于"五四"时期。在此以前,从19世纪、20世纪之交到"五四"运动之前的文学,已含有一些现代性因素,但这段时间还是处于从传统的古代文学向现代性文学过渡的状态。到"五四"时期才出现完整意义上的现代性文学。"五四"以后的中国现代文学,呈现出各种不同形态,并经历过许多曲折,甚至有过中断,然而"五四"文学作为其源头,一直显示出强大的生命力,它的现代化的总趋势从未逆转。

我们在这本简史中,暂且大致叙述到20世纪末。

一、"五四":中国现代文学的开端

"五四"现代性文学的发生,除了作为内因的中国社会的某些现代化条件、晚明以来若干文学上的"现代"因素的传承和近代文学革新运动作了准备之外,主要是受欧洲文艺复兴以来的世界现代性文学的综合性影响的结果。其中,文艺复兴时期的人学观念的影响是最基本的。

人学思想与文学观念有极为密切的关系,现代人学思想是现代文学观念的核心,现代人学思想决定了具体的文学观念和实际创作,甚至直接决定文学创作的面貌。中国传统的古代文学观念背后，尤其是在宋明理学兴盛以后居于主流地位的文学观念背后，是与政治上的封建专制主义相联系的、封建群体主义伦理观念为重要内容的人学思想，它像欧洲中世纪的宗教神学所起的作用一样，否定人的自然属性和世俗生活的意义，禁锢、束缚人的个性的自由和发展，实际上否定了人的尊严和价值。这种人学思想阻碍文学表现出真实的人性和人固有的解放要求，同时也阻碍文学充分实现其审美本质，使中国文学在世界现代性文学的潮流中处于很落后的状态。这种落后状态，按照历来被广泛认可的郑伯奇的说法，有 200 年的差距。① 但他主要是从具体的创作方法来说的，是不够全面和深刻的。按照"五四"时期周作人《人的文学》、《平民文学》②和《新文学的要求》③等文的观点，中国文学在世界现代性文学潮流的落后状态应从遥远的文艺复兴时期的人学思想说起。他说欧洲"宗教改革与文艺复兴两种结果"，引出的"一种个人主义的人间本位主义"的"人道主义"，它可用来在中国"辟人荒"，可由此建设起一种新文学。他肯定"个人主义的人间本位主义"的人道主义，亦即重视个体人的价值和主体性，就是一种现代人学观念。

当时，不仅是周作人突出文艺复兴的人学思想对于建设新文学的重要，"五四"文学革命的发难之作——陈独秀于 1917 年发表的《文学革命论》，也劈头就以"庄严灿烂之欧洲"的"文艺复兴以来"的"革命"相号召，1915 年，他在《敬告青年》里就提出"自主的而非奴隶的"等现代人的六个特征。鲁迅的《我之节烈观》④和《随感录二十五》、《随感录四十》、《随感录四十一》⑤等杂文中，同样高举"人"的"解放"的旗帜。"五四"初期在北京大学教师周作人等指导下的、发表新文学作品最多的期刊《新潮》，它的英文刊名就是 The Renaissance，即"文艺复兴"的意思。《新潮》及其前后创刊的新文学报刊上的大部分文学作品虽然大多稚嫩，却确实都有一种解放人性、颂扬个性的清新之风，散发出现代气息，而绝无传统文学中的那种陈旧味道。鲁迅后来说："最初，文学革命者的要求是人性的解放"，是要"扫荡了旧的成法"。⑥ 当时普遍出现的、至今还给我们留下深刻印象的"个性解放"的呼声和以此为主题的文学作品，就是"人性的解放"要求的鲜明表征。而人性解放的要求，就起于文艺复兴的现代人道主义思想，因而可以说它是中国文学现代转型的第一个推

---

① 郑伯奇:《中国新文学大系·小说三集·导言》，见《中国新文学大系·小说三集》，上海良友图书印刷公司，1935 年 8 月，第 2 页。
② 见《中国新文学大系·建设理论集》，上海良友图书印刷公司，1935 年 10 月。
③ 见《中国新文学大系·文学论争集》，上海良友图书印刷公司，1935 年 10 月。
④ 见《坟》，《鲁迅全集》第一卷，人民文学出版社，1981 年。
⑤ 见《热风》，《鲁迅全集》第一卷，人民文学出版社，1981 年。
⑥ 鲁迅:《且介亭杂文·〈草鞋脚〉小引》，见《鲁迅全集》第六卷，人民文学出版社，1981 年，第 20 页。

动力,它促使"五四"新文学作家敏于感应现代世界,深入探索人的内心世界,表达出现代人独特的、复杂的心灵,并且同时也在艺术形式上进行前所未有的大胆创造,从而形成和不断强化他们作品的现代性。

如果要具体指明中国现代文学始于哪一年,那么应是1918年。到这一年,"人的文学"的思想已为众多新文学提倡者和拥护者所赞同,并且有鲁迅的《狂人日记》以及同样富于人的现代意识的文学性论文《我之节烈观》的问世。作为作家的鲁迅的出现,是一个关键点,是中国文学的现代转型的标志,标志着一代文学的开始。

二、中国现代性文学的内涵

从"五四"开始的中国现代性文学的基本特征是什么呢?

(一)体现在文学目标上

中国传统的古代文学的观念,是以儒家思想为主导的。前期儒家对文学的社会功能和审美功能、文学的内容和形式的关系,有不少正确的看法。但无论前期的儒家如孔子,还是后来的一切正统的儒家学说,它们的核心也是一种人学思想。这种人学思想最重视、最强调的,是文学的道德教化功能和在此基础上的政治实用目的。儒家的仁义道德是奴隶社会以来以血缘为纽带的宗法关系的反映,反过来又用来维护社会的秩序,实行道德教化服务于实际的政治,而统治者们认为文学是适合于进行道德教化的,何况从先秦以至整个古代的"文学",始终没有明确地从各种一般进行说理、记事的文化形态的文本中分离出来。孔子强调文学的最高原则是"无邪"[①];汉代《毛诗序》据此发展成为"经夫妇,成孝敬,厚人伦,美教化,移风俗"的功能信条,使"无邪"的原则更加具体明确,也进一步与政治实用联系起来。这样的文学目的观,除了极少几个儒学异端,如晚明的李贽、冯梦龙等有所背离,所有正统儒家都是很一致的,尤其在宋明理学兴盛之后的长时间中,在一般民众的头脑里也是根深蒂固的。1898年后梁启超等吸取了西方的一些带有现代性的文学观念,掀起声势颇大的文学革新运动,但在对文学的功能、目标的认识上,仍然在于政治性的教化和实用,只是其内容和指向不同,是为了"新一国之民",改良"群治",达到"救国"的目的;其为政治服务的目的却显得更加迫切,在审美和"致用"上更加注重后者。他们强调教化的直接性和实际功利效果,轻视以至否定古代传统文学中本来有的非实用的一面,把文学的目

[①] 《论语(选录)》,见郭绍虞主编《中国历代文论选》上册,中华书局,1962年1月,第1页。

的更单一地限定在教化和实际政治功利上了。

直到此时,道德教化和经世致用是文学的目的的观念,好像是天经地义的,人们不知道如果不是这样,文学应当有什么目标。

欧洲以现代人学观念为核心的文学思潮,表现出文学应有、人们固有的人性的和美学的魅力,有力地转变了中国文学青年的观念,打开了他们的眼界,使他们明白,文学可以没有实际的功利目的,可以无关乎道德教化和政治实用。文学的目的在于人性的改善和人的解放,这是一种"不用之用"。而在"五四"这个需要激烈反对非人的封建主义道德文化、社会政治的时期,文学的这种人的解放的目的,并不使人觉得悬浮空中虚空悠远,更不觉得矛盾,而显得亲切和易于领会。因此,它很快深入到新文学作者们的心里。

文学有这种"不用之用",是鲁迅早在1907年《摩罗诗力说》一文中就清晰地表达过的观点。他从文艺复兴时期意大利诗人"但丁之声"说起,指出文学之"职与用"。"在使观听之人,为之兴感怡悦",在审美愉悦中触发人的"理想",护持人的"精魂",而无关乎"实利"和"究理"[①]。同时的周作人和此前的王国维也表示了类似的看法。但他们的这种文学观念在当时没有引起反响,也没有文学创作的实绩来加以体现。到了"五四",鲁迅的这种文学观才得到了酣畅的表达,他一再强调文学可以"惊醒"昏蒙,改变人的精神,并且在他的《狂人日记》、《药》、《阿Q正传》、《示众》、《祝福》等小说里鲜明地表现出来。

现在有的研究者认为"五四"时期把文学作为思想启蒙、社会改革的工具,所以文学缺乏的独立品格,仍然不是现代性的文学,这个说法是不对的。确实,"五四"时期的文学有鲜明的启蒙色彩和尖利的社会改革锋芒,处处触及现实社会的弊害,处处可听到疗救和抗争的呼声;鲁迅直到1935年还以《新潮》上的作品为例,肯定"这时的作者们,没有一个以为小说是脱俗的文学,除了为艺术之外,一无所为的。他们每作一篇,都是'有所为'而发,是在用改革社会的器械,——虽然也没有设定终极的目标"[②]。这都给今人以工具论的感觉。然而以鲁迅为代表的"五四"文学是从思想启蒙即"改变人的精神"出发而自然地产生社会改革作用的,是不同于过去以道德教化和政治实用为目的的文学(包括梁启超等的主张及其倡导下的大多作品)的。在"五四"当时,文学的这种"改革社会的器械"的功能,并不与"人性的解放"的"要求"相背离,而是非常一致的。换句话说,在"五四"当时,"人性的解放"既是新文学的目标,也有社会性的"工具"作用。因为在中国以封建主义意识为核心

---

① 鲁迅:《坟》,见《鲁迅全集》第一卷,人民文学出版社,1981年,第64页、71页。
② 鲁迅:《中国新文学大系·小说二集·导言》,见《中国新文学大系·小说二集》,上海良友图书印刷公司,1935年7月,第2页。

的传统思想文化和封建主义社会制度,与欧洲中世纪的君主专制政体下的社会有相同的"原则",就是"轻视人、蔑视人、使人不成其为人"。① 因此,认定了文学改善人性、解放人性的目标并加以体现,在当时也就一定会产生改革社会的功效。反过来看,文学在反对封建社会和一切封建性的意识形态时,它的改善人性、解放人性的伟大作用,正能得到最明显的体现。鲁迅说"五四"新文学用作改革社会的器械,但"没有设定终极的目标",意即它的终极目标不在于具体的社会改革,它的"器械"作用是人性的解放这个目的必然引发的。这样,"五四"文学就既表现出文学的终极目标、独立品格,又产生明显的、现实的社会进步作用。这正是"五四"新文学获得文学界内外广泛的、长久的肯定,至今还令人神往的秘密之所在。

(二) 体现在对文学本原的认识及其创作实践上

对文学目的的认识是与对文学本原的认识相联系的。对文学本原的"现代"认识及其创作实践,使"五四"新文学与古代传统文学进一步区别开来,更深层地体现出它的现代性质。

在中国古代传统文学观念里,"道"是文学的本原,"文"是"道"的外化、"道"的枝叶。"道",原是先秦道家的概念,即"自然",但后来由于儒家的学说在社会意识形态包括文学观念里总是居于统治地位,因而"道"主要指儒家基于血缘的宗法关系而强调人与人之间上下尊卑的从属和等级观念的"仁义道德",把这种人伦之道看作是人文的内核,认为文学应当是对这种"道"的传达。

"五四"新文学家在新的历史条件下接受了欧洲文艺复兴以来的现代性文学思潮,根本性地改变了对文学本原的看法,否认"道"是文学的本原,认为"人"是文学的本原。所有人的实际生活、真实的感情见解、整个生命状态,总之,凡是属于人的事情、与人的本质相关的世界,都属于文学的本原,都是可以表达的。其他文化形态难以真实表达出来的人生感悟、生命体验,整个幽深微妙、变化不定的心灵世界和全部人性以及与此相关的事件,都可以表现。杰姆逊说:"在传统观念中,特别在中世纪时代,甚至古希腊和古罗马文化中(我想中国文化的某一阶段一定也是这样的),故事一般都认为包含的是道德方面的说教。"但在现代性的小说里,则认为"叙述某个人的生活,个人的经历是有价值的,也就是小说削弱了故事寓言的成分,故事并不一定要表达什么思想和道德内容,……其自身便有真实感,有充实的内容"。② 这"自身便有真实感,有充实的内容",我认为就是有着与人的本质相关的

---

① 马克思:《摘自〈德法年鉴〉的书信》,见《马克思恩格斯全集》第一卷,人民出版社,1965年12月,第411页。
② 弗·杰姆逊:《后现代主义与文化理论——弗·杰姆逊教授讲演录》,陕西师范大学出版社,1986年9月,第117页、118页。

世界。鲁迅在《摩罗诗力说》中也已指出文学不在"究理",而"直语其事实","人生诚理,直笼其辞句中,使闻其声者,灵府朗然,与人生即会"。① 就是说具体的生活事件和人生真理,是文学的本原。不久,也有少量的作品,如鲁迅本人的《怀旧》、苏曼殊的几篇短篇小说和旧体诗、徐枕亚的《玉梨魂》等通俗小说,不同程度地体现了这种本原观。到"五四",鲁迅的这种本原观更加明晰。他的《呐喊·自序》一开始就反思这本小说的"来由",说这是他年轻时候做过的许多"梦"的回忆中"还不能忘的一部分",②以自己切身的感受深刻指出了文学的来源和根本,是人的心灵深处难以摆脱的东西。他在描述《阿Q正传》的写作动机时,还揭示了这种本原观与古代的文学本原观的对立和冲突。他说中国古代的文化(应是包括文学,因为古代大多时候并不把文学从一般的文化中划分出来),传达的是将人隔离和等级化的"古训",是"几个圣人之徒的意见和道理";这使他感到"要画出这样沉默的国民的灵魂来,在中国实在算是一件难事"。因为"古训"("道")差不多要压灭"人"的"灵魂"了③。在《〈穷人〉小引》里,他赞赏陀思妥耶夫斯基所说"以完全的写实主义在人中间发现人,……将人的灵魂的深,显示于人"一段话,指出他的作品"处理的乃是人的全灵魂"。④ 鲁迅自己的作品,也总能让读者从中看到人的"全灵魂",产生心灵的震颤。人们或许常常会被鲁迅作品——特别是他后期杂文里具体的社会事件和强烈的改革社会的战斗色彩所吸引,其实这种事件和色彩的背后还是有他早年对"什么是理想的人性"的思考,包括对中国的"国民性"的忧虑。耀眼的战斗的思想火焰,是从他独特的心灵里点燃的,同时"反映"着"中国的大众的灵魂",⑤使读者感到灼热,而不是有的论者所说是某种政治偏见激发出来的虚火。

视"人"为文学的本原,是"五四"新文学作家共同的观念。在被认为属于浪漫主义的创造社作家身上,这一点容易看出来。郁达夫的《沉沦》等小说毋庸置疑地表露了他的全灵魂,表明他的作品完全出自他特有的"零余者"的生命体验和人性状态,人们绝难把他的小说与什么"道"联系起来。人们可以对他的作品作出不好的社会的、道德的评价,但无法否定它是真正的文学作品及其人性"来由"。郭沫若、成仿吾关于文学的宣言和《女神》等郭沫若的早期诗作,也表明他们是视生命体验为文学的本原的。被称为现实主义流派的文学研究会的作家作品,比较精细、冷静地观察和描写社会现实,剖析人物心理,与创造社不同,但他们同样富于主观情

---

① 鲁迅:《坟》,见《鲁迅全集》第一卷,人民文学出版社,1981年,第72页。
② 鲁迅:《呐喊》,见《鲁迅全集》第一卷,人民文学出版社,1981年,第415页。
③ 鲁迅:《集外集·俄文译本〈阿Q正传〉序及著者自叙传略》,见《鲁迅全集》第七卷,人民文学出版社,1981年,第81—82页。
④ 见《集外集》,《鲁迅全集》第七卷,人民文学出版社,1981年,第103页、104页。
⑤ 鲁迅:《准风月谈·后记》,见《鲁迅全集》第五卷,人民文学出版社,1981年,第403页。

感,那些社会事件、现象和人物心理是他们独特的发现,而不是离开他们的自我的"客观"现实,更不是什么外在的"道"的驱使。文学研究会的代表性作家叶绍钧(叶圣陶)就一再说,文艺家不必"计虑""什么'派'或'主义'",否则会落入传统的"像'为圣人立言','文以载道','语必有本'"的窠臼,"埋没了自己创作的冲动",而应当写出"那深深地感受于最初的"东西,就是写出最真实的情感,最真切的生命体验。[①]他因此强调"文艺家不得不于外面的观察之外,从事于一切的内在的生命的观察",表现出人的"内心"[②],他的《潘先生在难中》、《倪焕之》等即是他的卓越实践。

同时必须指出,人性的表现,"人的灵魂的深"的显示,与反映社会现实是紧密关联的。因为人的精神世界,除了生物性的遗传因素之外,主要是在现实社会生活中形成和变化的,所以作家表现他自己的和他笔下的人物的精神世界,无法离开对某些社会现实及与形成这种现实有关的文化传统的反映;反过来,作家及其笔下人物的灵魂里,也一定会折射出某些社会现实。如果是一个优秀的作家,如鲁迅,他和他的阿Q、祥林嫂和魏连殳们的心灵里,所折射出来的现实,有更真实的、更本质的东西。陈独秀在《文学革命论》中要求"目无古人,赤裸裸的抒情写世",我以为是他这篇"五四"新文学发难之作中最重要的一句话,这句话集中表达出他否定古代传统文学以"道"为本原、反对"文以载道"的主张,同时又表明他敏锐地意识到文学中人与现实的关系,意识到真实地写出人的情感(不是像清代一些作品作"实录"),必能真实地写出社会现实来;反之,真实地反映社会现实,也才能写出真实的人。这两者确实是不能分离的。

"五四"以白话代替文言成为文学语言的正宗,也促使文学接近文学的本原。古代传统文学运用的文言,奉先秦的文言为典范,早就不能充分地、自由地表现人的直观感受、真实情感和新鲜的生活见解;在"五四"前后的现代社会中更成了人与实际世界之间的厚障壁。白话文学语言的提倡和实践,有力穿透了这层厚障壁,促使人与文学接近,人的鲜活的感受、情绪和种种复杂的变化不定的社会情状得以较为自由地涌出笔端。同时,在艺术表现的手法、技巧上也比世纪初文学革新运动时期的作品更多具有一些西方现代性的因素,开始突破单一的全知全能的叙事模式和情节结构模式,其作用也是使人的感情意志更真实、更自然地表现出来。

(三) 体现在创作原则上

现代性的人学思想在其演进中,愈到后来愈是重视个体的人,重视个人的价值、独特性和主体性。"五四"初期,周作人倡导"个人主义的人间本位主义"、胡适

[①] 叶圣陶:《文艺谈》,见《叶圣陶论创作》,上海文艺出版社,1982年1月,第3—4页。
[②] 同上,第18—19页。

引用易卜生的话呼吁"救出自己"等等，就是比较激进的现代人学观念。它表现在文学上，则是"个性化"的强烈要求。而个性化的要求是上述不同创作方法所共有的东西，因而可称为现代性文学的创作原则。周作人要求"个人以人类之一的资格，用艺术的方法表现个人的感情"①，胡适在语言形式上主张"不模仿古人，语语须有个我在"②等等，是对这一原则的一种概括。它使"五四"现代性文学进一步与中国古代传统文学的本原观和形式上复古、拟古的"方法"区别开来，保证"人"这个本原得以体现。

个性化的原则主要是要用适合于自己的形式，忠实地表达出他个人真切的、因而也一定是独特的情志，同时当然也包括由此形成的叙述、描写的个别性原则。而忠实地表现出个体的人的情感、愿望和见解，就一定能在某种程度上表现出真实的人性。相反，认为群体可以涵盖、包容个体（古代封建社会就长期持有这种人学观），试图"根据"群体的情绪（实际上群体的情绪是难以把握住的）来写人，则无法深入到人的心灵，写出真人，笔触只会浮游在群体的浅表心态上。从创作主体上说，作家的体验的真切和表达的忠实，是文学作品成败的关键。即使这个作家的体验并不丰富、深刻，他表达出来的体验里也会有真实的人性在，也不失为文学作品。如果一个作家还能够接触到比较广阔的现实生活、能够卷入到比较深层的社会矛盾中和感受到时代重大的精神问题，那么，在他的心灵和他笔下人物的心灵表现里，就更能看到人性的深度，看到某种普遍的人性了。总是直面现实并深于观察、体验的鲁迅，以及20世纪其他一些优秀作家，就是这样，在他们各自独特的心灵表达里，自然融汇着本民族群体的"民魂"以至人类的某种普遍的美德和弱点。

中国古代不乏在现实人生中坚持独立人格的志士，在文学中则有许多富于个人感情的佳作，作者遗世独立、率性而行，抒发他对人生、自然的体悟和情趣。但是，也如青年时期的鲁迅所说，古人中极少有"争天拒俗"的斗士，缺乏强盛的个人主体精神。孔子的"无邪"原则压抑了文人的个人主体性，即使如屈原放言无忌为中国古代所少见，但终无"反抗挑战"之声。这种"屈原现象"，类似于后世龚自珍所揭露的"发乎情，止乎礼义"③的情况，是中国古代文人的一种"传统"。他们的内心实际上总受"道"、"理"的无形束缚，大多不敢真正表达出自己真实的情志来反抗现状，或者几乎已不能知道什么是自己真正的感情。青年鲁迅指出，古代大多作品，"或心应虫鸟，情感林泉，发为韵语，亦多拘于无形之囹圄，不能舒

---

① 周作人：《新文学的要求》，见《中国新文学大系·文学论争集》，上海良友图书印刷公司，1935年10月，第144页。
② 胡适：《寄陈独秀》，见《中国新文学大系·建设理论集》，上海良友图书印刷公司，1935年10月，第33页。
③ 龚自珍：《尊命二》，见《龚自珍全集》，上海人民出版社，1975年2月，第85页。

两间之真美；否则悲慨世事，感怀前贤，可有可无之作，聊行于世"。① 所谓"无形之图圄"，就在不可见的作者的心中。作者自以为在"率性而行"，自由表达了自己的情志，其实他的情志已长久受了儒教的陶冶，为"外入"而非"本有"，并非他直观生活而获得的真正属于自己的感受和认识。当然，现代的觉醒的自我，也不是完全如他自己认为的是绝对的、完满的整体，是完全自由自主感受和思考的人。他的情感、意识还是受到他所置身的社会的某种意识形态暗中的"控制"，但相对于缺乏自我意识和对自由向往的古代文人，毕竟具有强得多的个人的自主性、能动性和创造性，不能等量齐观。

鲁迅有两段话，最能说明现代的个性化的创作原则。他在《华盖集·题记》中说："我以为如果艺术之宫里有这么多麻烦的禁令，倒不如不进去；还是站在沙漠上，看看飞沙走石，乐则大笑，悲则大叫，愤则大骂。"近结尾处又说："我的生命，至少有一部分生命，已经耗费于此"，"我所获得的乃是我的灵魂的荒凉和粗糙"。② 他在《华盖集续编·小引》里更简洁地指出："这里面所讲的仍然并没有宇宙的奥义和人生的真谛"，顺笔写下的"就如悲喜时节的歌哭一般"。③ 这两段话向来无人注意，大概是因为两文主要对"现代评论派"陈源等人而发，好像纠缠于私人问题，不是学术公器。其实他的作品都是这样写成的，都是从心所"欲"，不拘一法，从而自然地形成特别的"格式"，直逼人心，直追本原。这种不顾艺术成法，"乐则大笑，悲则大叫，愤则大骂"，纵意写下自己"悲喜时节的歌哭"，不一定能由此获得人生的真谛，但大可以说是得了文学艺术的真谛——自由地表达出真实的、独特的情志——了，与载道、拟古的原则天差地别。

"五四"时期许多新文学作家，在不同程度上与鲁迅相同，都十分重视自己个性的凸现。如郁达夫认为现代小说都应该是作家的"自叙传"（当然主要是精神自传），而现代散文"每一个作家的每一篇散文里所表现的个性，比从前的任何散文都来得强"。他解释说："我的所谓个性，原是指 Individuality（个人性）与 Personality（人格）的两者合一性而言。"④郁达夫在总结"五四"文学时如此强调个人性、个性化，应当说与他自己创作明显的浪漫主义倾向有关，欧洲 19 世纪初出现的浪漫主义正重在表现个体的心灵、个体的浓烈的主观情感和理想。而就此而言，"五四"新文学作家，可以说都接近于浪漫主义，都有那么一种强烈的主观性和个性化色彩。这种倾向既来自文艺复兴启示下的人的觉醒，也是中国现代激烈反对封建主义的

---

① 鲁迅：《坟·摩罗诗力说》，见《鲁迅全集》第一卷，人民文学出版社，1981年，第68页。
② 见《鲁迅全集》第三卷，人民文学出版社，1981年，第4—5页。
③ 同上，第183页。
④ 郁达夫：《中国新文学大系·散文二集·导言》，见《中国新文学大系·散文二集》，上海良友图书印刷公司，1935年8月，第5页、第6—7页。

时代需要所促使。即使被称为"问题小说"的如冰心的《斯人独憔悴》、庐隐的《海滨故人》等也是如此。有的研究者说,"欧洲浪漫主义思潮与中国新文学的内在需要有着本质性的契合","五四"时期现实主义"在创作上,大部分作品仍不脱浪漫主义气息"。① 这是说得很中肯的。

现代主义也是坚持个性化的原则的。不过现代主义是对现代化社会的批判和超越,对现代理性的否定,它常常进入到人的潜意识这非理性领域,表达出现代人对生存意义的迷惘,内心的孤独感、荒诞感以至恐惧心理,使人成为孤独的精神个体。"五四"时期追求个性化的现代性文学,是必然会接受它的影响的,因为它可以更深入到个体人的内心世界。但由于中国社会的现代化程度还低,所以,除了鲁迅的《野草》、郭沫若《女神》中部分诗作等少量作品有明显的象征主义、表现主义色彩外,鲜有完整意义上的现代主义作品。即使在"五四"之后的长时间里,包括"新时期"里,现代主义也始终没有成为主流、成为大的景观,因为它不是中国社会迫切的精神需要。并且它在矛头所向上也与西方有很大不同,如鲁迅的具有某种现代主义因素的小说《狂人日记》、《长明灯》等,就是表现在传统的、原来被视为神圣的封建主义观念系统崩溃过程中人的荒诞感。在中国社会现代化程度不高,而封建主义思想影响难以清除、世俗化的"儒教"秩序伦理普遍存在的情况下,还很需要西方现代主义文学所否定和批判的现代理性,还需要文艺复兴时期的那种思想启蒙和崇尚科学的工具理性。因此最多涌现的、也确实更具有现实价值和意义的,还是现实主义和浪漫主义相融合的作品,还是那种与现实贴近、有理想光芒的个性化作品。所以鲁迅后来提到《野草》时说,他"不再作这样的东西了。日在变化的时代,已不许这样的文章,甚而至于这样的感想存在"。② 并且就在《野草》的《希望》一篇中,在觉得心的寂寞、灵魂的颤抖之后,他也引了裴多菲一句话作结:"绝望之为虚妄,正与希望相同!"表示怀疑于自己的绝望,还是涌动着浪漫主义的激情。

综上所述,"五四"开始的中国现代性文学,是中国传统的古代文学的异质,在一定程度上卷入了欧洲文艺复兴以来的世界范围的现代性文学潮流。它与传统的古代文学相异的性质,体现在以现代人学思想为内核的以人的解放为目标,以"人"为本原和以个性化为创作原则三个方面。这种中国的现代文学,通过个体人的心灵,表现出现代中国人对现实人生的感悟、对人的生命的体验和整个复杂的人性,并由此反映出民族振兴的曲折进程和中国现代社会的实际状貌。这种以现代人学

---

① 伍晓明:《中国文学中的现代思潮概观》,见乐黛云等主编《西方文艺思潮与二十世纪中国文学》,中国社会科学出版社,1990年11月,第13页、18页。
② 鲁迅:《二心集·〈野草〉英文译本序》,见《鲁迅全集》第四卷,人民文学出版社,1981年,第356页。

思想为内核的中国现代文学,从总体上说,还比传统的古代文学更充分展示文学的审美特性,体现出文学应有的人学和审美的双重本质。

三、中国现代文学的三个时期

如前所述,中国文学从19世纪与20世纪之交到"五四"前,呈现由传统的古代文学向现代文学过渡的状态。这段时间可称为中国现代性文学的准备时期,或者说是中国现代文学的前奏,因而在讲现代文学之前,先需要对此略作介绍。

在这段时间里,有一场为当时的政治变革服务而进行的文学革新运动,它旨在政治文化启蒙,即"开民智"、"新民"。这时期的文学作品,较多致力于语言的通俗易懂,对社会黑暗的暴露,对某种政治理想的宣传等。在这个运动中,黄遵宪"诗体解放"旗帜下的诗、梁启超"新文体"口号下的议论性散文,在语言风格和对国外新知识、新观念的吸纳上颇有成就。梁启超在他的"政治小说"里,还直露地描绘了他作为政治家的理想社会。它们显示出一种世界眼光和开放意识,给文学注入了一些现代性的因素。

稍后的革命派的诗文,大多抒发反清排满的志向和情绪,都着眼于群体革命意识的高扬。一般的诗和散文,主要实践当时的形式改革的主张,宣传自己的社会改革的思想观念。有的诗文表达出改革者的某种社会文化改革的激情、革命志士视死如归的情怀、文人的愤世嫉俗情绪。它们因其真诚的、炽烈的改革和革命的热情,感染读者,引起他们情感的共鸣,具有一定的文学性。社会民众中读得最多的"谴责小说",则着力于暴露官场和一般社会的丑恶、腐败,多是铺写光怪陆离的社会现象。由于受到当时外国小说的影响,它们在叙事模式(叙事时间、视角和结构)上有所突破。但无论革命者的诗文,还是"谴责小说"这类作品,几乎都不把人作为描写的中心,更不深入到个体人的心灵世界,语言也比较粗糙。这时期出现的作家的职业化、传媒的现代化和市民阶层读者的要求,作为外部条件对文学的现代化具有一定影响,但并没有促使文学自身现代转型。

《老残游记》、苏曼殊的短篇小说和诗以及周逴(鲁迅)的短篇小说《怀旧》等不多的作品是例外。它们蕴含的意识、情感和某些手法,初露现代性质。《老残游记》虽大体上属"谴责小说",却明显地以人物为中心展开故事,心理刻画细致、生动,还运用了象征等新的手法来寄寓自己的政治见解,并表露出相当深沉的人道主义的悲愤感情。苏曼殊的小说多带有自传色彩,真切表现出他独特的心灵;他的诗虽为旧体,却充满个性化的生命体验,流露出现代人才有的浓重的孤独感。

此外,"鸳鸯蝴蝶派"的通俗小说是影响很大的文学流派。作者们的兴趣在于一般市民的情感领域,其中的言情小说(如徐枕亚的《玉梨魂》)心理描写细致入微,又借鉴了西方小说的一些手法,因而不同于古代传统小说,具有一定的现代意义。但它们大多以消遣、娱乐为宗旨,没有人性解放与个性化写作的明确目标和自觉要求。

"五四"才开始了完整意义上的中国现代性文学。中国现代文学的历史可以分成三个时期:1917—1949年,兴盛和深化时期;1949—1976年,起伏与变异时期;1976年至今,复归和发展时期。各个时期,都有在特定社会语境中体现出人学和审美双重本质的优秀作品。

(一) 兴盛和深化时期(1917—1949年)

这个时期约从1917年到1949年,其中可以划分出1917—1928年、1928—1938年、1938—1949年三个阶段。第一阶段是兴盛阶段,第二和第三阶段是深化阶段,但第二和第三阶段的"深化"的状况有所不同,因而又需要分为两个阶段。

第一阶段(1917—1928年),始于"五四""文学革命"。它作为"五四"新文化运动的重要部分,是针对传统的封建主义思想进行的思想启蒙,它不同于梁启超等掀起的政治性启蒙,而以民主和科学的文化精神,吸取欧洲文艺复兴以来的以个性主义为核心的人道主义精神,激烈地反对两千多年来陈陈相因的封建主义思想。在文学上,倡导"人的文学",以现代中国人所说的语言(白话)为文学语言,借鉴西方一些新的艺术形式,努力从不同方面探索和表现人性,从而既体现出文学固有的目标,又自然地成为反抗封建主义、改革社会的"器械"。由于作家们从西方各家接受的人学观点有所不同,对人性的体验和理解各异,所以在这个时期的作品总汇里,可以看到丰富、多样的人性状态。在创作方法和倾向上也多姿多彩,新文学作家们较多接受了现实主义(尤其是俄国的现实主义),同时也有不少作家受到浪漫主义和现代主义的影响。

"五四"运动前后几年的作品,鲜明地体现出中国文学的现代性,也是中国百年文学中最动人的青春时期。鲁迅的《狂人日记》、《阿Q正传》、《祝福》等小说和《热风》、《坟》中的一些杂文,冰心的《寄小读者》,周作人的散文,郭沫若的《女神》,文学研究会的叶绍钧、朱自清、王统照等人的作品和一批"乡土小说",郁达夫的《沉沦》和早期创造社的作品,陈翔鹤、冯至等浅草社和沉钟社的作品与田汉的话剧等等,都是剖析人性中的封建主义痼疾、呼唤人道主义和个性解放的佳作。鲁迅早年所思考的"国民性"和"什么是理想的人性"的问题,成了这时期思想启蒙中最根本的问题,它也确实是最适合于用文学来剖析和回答的问题。而鲁迅心目中理想的人性的根本的对立面,就是封建主义意识形态长期铸就的无视人的价值、尊严以至个体人的生命的"吃人"的凶心和可悲的奴性。他的很多旨在表现和剖析"国民性"的作品,都是杰作。他在本时期的小说如《伤逝》等篇中,写出了个性解放思想的无力,但他始终肯定其作为健全人性的价值,直到他的后期仍然如此。还有一些没有明显思想启蒙色彩又借鉴了中国古典诗词格调的作品,如闻一多的诗、废名的小说等,也是具有现代个性意识的优秀作品。它们在总体上,与古代传统文学相比,都有显著的区别。

十分重视作为个体的人的价值和独立性,以强烈的主体意识用自己的方式说自己要说的话,抒发出一己的独特的情志,深入到人的心灵的深处,触及到人性的奥秘,形成对封建势力和世俗社会抗争,这是本阶段文学的重要特征,它在婚恋小说中表现得尤其明显。这种个性主义,已不完全类似欧洲文艺复兴时期的人道主义(人文主义),而与当时世界现代思潮中的个体意识相一致。这种个体意识的表现,在中国封闭的、黑暗的社会环境里,还常满含感伤的情调,又因觉醒而透出青春的气息。另一方面,这一阶段文学所描写的"人",主要是下层人民,即下层劳动者和知识分子,并给以深切的理解和同情(不像上一阶段"谴责小说"对下层百姓常抱着轻视、讥嘲的态度),表现出平民态度。这种平民态度与个性主义相统一,更与现代世界思潮相近,使作品能够触及比较普遍的人性。这是现代性文学极为重要的思想因素,也是产生优秀文学作品的深层原因。

在艺术形式上,运用白话文学语言,吸收西方现代主义作品中的一些手法,背离传统的"中和"诗教,以充分表达出人内心的情感和欲望,也与古代传统文学区别开来。这样的形式,与内容上的人道主义和个性主义是相伴而来的,甚至是一个共同体。例如大量出现的第一人称的使用,打破原本几乎一统天下的全知全能的叙事方式,以人的性格而不是以情节为中心来结构作品等等,这些形式因素本身就显示出对个体人的价值和眼光的重视,显示出探测人性奥秘的努力。在这些新文学作品中,也有一些虽然在人性表现上缺乏深度,技法和语言也比较幼稚,但如儿童的心一样,不失其天真和真挚,表现出真实的、"赤裸裸"的人性状态,也有现代性文学特具的价值。

第二阶段(1928—1938年)。在这一阶段,左翼文学运动的发生和发展引人瞩目。这时的左翼文学,在社会改革意向、平民态度和现实主义主张上,与"五四"文学有着历史的联系。不过,由于当时激烈的阶级斗争和国际左翼文学思潮的强大影响,对人的关注的侧重点从个体转向了群体;在文学目标上,把文学的功能归结为阶级斗争的工具,强调政治宣传作用,这又使它与"五四"文学之间形成一定程度的断裂。蒋光慈等和"左联"初期的一些作品,不同程度地离开"人"这个文学描写的中心,生硬地宣传政治观念。它们观念先行,片面地、单一地突出人的阶级性,人物模式化、概念化。到"左联"后期,由于鲁迅等人的匡正与补救和创作实践中的教训,情况发生了变化,左翼作家开始比较自觉地接续"五四"人的文学传统,在现实主义问题上还由于马克思主义典型理论的传入而有所深化,写出了一批既表现出作家个性又真实反映出广阔现实和社会基本矛盾的厚重之作。茅盾、叶紫、吴组缃、张天翼的小说，艾青的《大堰河——我的保姆》等诗篇，鲁迅的杂文，夏衍的《包身工》等，比较重视对个体的描写、个人的心理刻画，并且是把个体放到社会群体之中，放到社会关系（其中比较注重阶级关系）之中来描画的，因而较自然、真切地写出了当时实际存在的阶级压迫和阶级差别，产生了很大的社会文化批判以至相当直接的政治批判作用，帮助了当时的革命事业。

大量被称为"民主主义作家"的作品，如巴金的《家》、曹禺的《日出》、李劼人的《死水微澜》、老舍的《骆驼祥子》等，受左翼文学的影响，也感受到时代的脉动，但又不同于左翼前期的一些作家。他们从自己实际的生活体验出发，在复杂的社会关系和矛盾中写出有复杂个性的人，因而常能表现出更真实的人性。后来公认的优秀作品很多出自这一部分作家。并且也正因为他们观察深入、体验深切，不少倒更真实地反映出阶级压迫、阶级矛盾的社会现实，胜过上述一些年轻的左翼作家。还有"京派"等具有"自由主义"思想倾向的作家群，在人性观和审美旨趣上，与左翼文学发生冲突。他们的一些作品，如沈从文的小说，回避深层的现实政治经济矛盾和严峻的社会斗争，讴歌原始文化环境中的古朴美好的人性，希望由此寻求民族品德重造之路，而流露出沉痛的感慨和对人生的忧思。他的作品离开时代的主潮，然而保持着"五四"以来人性探索的现代品格。他在艺术形式上也有较多创造，结构、手法丰富多样，语言简约、凝练，笔调温柔淡远，富于诗性。

第三阶段（1938—1949年）的文学作品，多以"民族解放"为主题。尤其是最初的几年，许多作品几乎一致地直接为抗战服务，出现较多报告文学、通讯和大众化的鼓动性作品。爱国主义成为共同的文学主题，群体意识强烈，风格单纯而不免直露。抗战中期之后，人们较沉静地思考民族自救，笔触进入到民族性格、民族文化以至人类命运的层面，文学创作又较为深入到"人"这个中心，有的与第一阶段的重视国民性剖析相似。不过国统区、解放区、沦陷区和上海"孤岛"有各自不同的表现。国统区出现了《屈原》、《在其香居茶馆里》、《石青嫂子》、《呼兰河传》、《四世同堂》、《寒夜》和艾青、冯至、七月诗派、九叶诗派等的诗歌佳作。它们呈现出战争条件下国人的人性状态及其变化和多种美学追求。后来九叶诗派的诗作更关注人的精神世界，他们以现实精神为内核，而吸取西方现代主义的一些观念和方法，写出了战争和动乱中人们对于人生的体悟，诗意朦胧含蓄，相当深刻地写出了现代知识者的生命体验。

根据地和解放区的文学，在1942年毛泽东发表《在延安文艺座谈会上的讲话》后，努力为工农兵服务，写新主题和新人物，在风格上追求民族化和大众化。赵树理吸收章回小说、评书等传统艺术因素，又融入"五四"以来现代性文学的手法，第一次比较真实地描写出中国农民的气质和内心世界，风格明朗素朴，与其描写的农民心态相和谐。赵树理小说的现代性质,主要表现在他的深沉的反封建意识和平民心怀。他深刻揭露了各种顽固的封建性社会势力和观念及其对农民的影响,并且总是以平等的、善意的态度描写农民,像对自己人一样地理解和表现他们的内心。但或许因为他对农民有着偏爱,看不到农民的小农意识等弱点与其质朴品性的矛盾,人物刻画的深度不够。这种状况在李季、阮章竞的叙事长诗中也存在着。解放区另一位重要小说家孙犁,善于写出农民,尤其是农村女性的灵魂的美,富于抒情气息。老作家丁玲的长篇小说《太阳照在桑干河上》真实反映农村复杂的阶级关系,表现人性有一定深度,也是解放区文学的代表作之一。

钱钟书和张爱玲的小说,细致、深刻地揭示了当时一些新型知识分子与来自末世"贵族"的现代都市女性的世俗生活和精神病态。他们各自提供的那"一类人物"的人性状态和人生感悟,在百年文学史上很少看到。钱钟书的小说表现现代文化与传统文化的冲突,对人生作形而上的思考,充满辛辣的讽刺和新奇、犀利的比喻。张爱玲凭她在自己的独特生活经历中的真切体验来探索人性,风格上受《红楼梦》等中国古典小说的影响,又融入西方心理分析小说的艺术,意象丰富,思绪悠长,无可替代。徐訏和无名氏的小说兼有通俗小说与西方现代主义文学的风貌,表现理想化的人性,似有哲理色彩,但显得虚幻、抽象,难以在文学的人学评价尺度上获得很高的评价。

在本时期的第二、第三阶段,一般意义上的通俗小说,尤其是其中的言情小说,逐渐取得了某种现代性。它们仍然以娱乐消闲功能和市民情调为特征,而趋近于新的社会思想潮流,并吸取现代新小说的一些表现手法,较能深入到人的感情领域。最有影响的作家是张恨水。

(二) 起伏与变异时期(1949—1976年)

这个时期从1949年到1976年,路途曲折,面貌复杂。其中可以划分出1949—1964年、1964—1976年两个阶段。第一个阶段是起伏阶段,第二个阶段是变异阶段。

第一个阶段(1949—1964年)。1949年新中国建立后,确立了统一的文艺为人民服务、首先为工农兵服务的总方向。要求文学首先为工农兵服务,具有自觉地为无产阶级政治服务的内涵,同时也有限制题材的意味。与此相联系,确立了社会主义现实主义的创作方法和创造新的英雄人物的基本要求。建国之初,在这个方向和要求下,有一些作家的生活经历较易与共产党人的革命激情相一致,较能进入工农兵群众的情感世界,写出了一些好作品。但是,为政治服务的方向的贯彻,派生出"从属论"和"工具论"的纲领性的文学观,往往导致文学离开"人"这个中心,去描述现象和事件,生硬回答实际的社会问题。它导致离开作家熟悉的生活、切身的情感体验,失去创作应当有的自由的心灵,而从观念出发,简化生活、图解人物、提纯情感,因而常常缺乏人性表现的丰富性和真实性。尤其1957年后,在思想界、文艺界里开展批判运动和在各种形式的政治运动直接干预的情况下,更是这样。受"工具论"和政治情势的规范和制约,作家大多回避个人的情感世界,不写人内心的复杂矛盾,尤其是回避在爱情、亲情中的人性内容。在艺术形式上,有时过分强调民族化、通俗化,拒绝采用现代手法,呈现出单一化的倾向。有的作品为了避免呆板,又要印证观念,而生硬地"设计"冲突和情节的起伏,很不自然,了无美感。

这时期也有一些好作品,或在某些方面值得肯定的作品。其原因,一是在有的时段,文化和文艺政策作了调整。如1956年下半年到1957年上半年贯彻"百花齐放,百家争鸣"的方针、1962年上半年到1962年9月调整文艺政策(提倡题材多样化,要求发扬艺术民主、尊重文艺规律),对优秀作品的问世起了明显的推动作用。二是有的创作未受到为政治服务方向的直接影响,如写历史题材(包括写革命斗争历史)的作品、离开阶级斗争背景较远的作品和某些不塑造英雄人物的作品。三是有的作家有所抵制,能较自觉按照艺术创作规律写作,忠实于自己的独特发现,虽然作品中也有政治斗争内容。在这种情况下,出现了一些好作品,如《风云初记》、《龙须沟》、《天山牧歌》、《回延安》、《组织部新来的年轻人》、《小巷深处》、《在悬崖上》、《红豆》、《茶馆》、《红旗谱》、《青春之歌》(初版本)、《百合花》、《关汉卿》、《"锻炼锻炼"》、《达吉和她的父亲》、《创业史》(第一部)、《三家巷》、《望星空》、《李双双小传》、《红岩》、《黎明的河边》、《赖大嫂》、《李自成》(第一卷)和刘白羽的《长江三日》、秦牧的《花城》等一些散文。《关汉卿》、《创业史》等虽然有政治观念化的倾向,但在不少地方反映出一般的人性和作家真实的个性。其中孙犁比较自觉地坚持了对人性的思考和对美好人性的描写;郭小川的一些诗篇充满真诚的政治热情,却又有对人生意义的追寻,两者并不显得很矛盾。但总的来说,这阶段的创作,离政治理念远的,离人的心灵就比较近。我们在这个时期举出了许多作品篇名,并不是说这阶段的好作品比其他时期多,实际上正好相反。我们这样做,只是为了让读者注意到,这阶段也有符合人学和美学标准的真正的文学作品,并应当研究它们与其他时期的佳作所呈现的不同的人性状态和美学形态。这阶段一些作品的成功,说明作家如能摆脱外在的抽象概念,而真实地描写革命的政治生活,也是有价值的,因为政治纠葛和斗争也是社会生活的一部分。不过这阶段过分强调写这方面的重大题材,使人性表现单一。一些描写非英雄的平凡人物的作品的成功,则证明从普通人身上较易发掘出一般的人性,他们对作家和读者都有很大的吸引力。这一点在后来的"新时期"文学中再次得到证明。

第二个阶段(1964—1976年),是"文革"爆发前后的十余年。1964年6月,文艺界被指责"跌到了修正主义的边缘",此后一大批作品遭到粗暴的批判,很少再有好的作品发表。到"文革"期间,过去的"从属论"等文学的理论和创作倾向恶性发展,出现了"根本任务"论、"三突出"创作原则和"主题先行"论。"根本任务"论和"三突出"原则无视社会关系的复杂性和人性的丰富内容;"主题先行"直接否定了以人为中心和个性化的创作原则。在这套"理论"影响下制作的很多"作品",扭曲地描写人性或肯定扭曲的人性,感情虚假。它们在形式上常常是语言生硬,议论充斥,结构模式化,人物描写漫画化。一些"作品"干脆是政治权力斗争的粗陋工具。这阶段的文学不仅是反现代性的,而且大多数"作品"根本上是非文学的,不值一提。

(三)复归和发展时期(1976年以后)

这个时期,可以1989年为界,划出段落。1989年以前,可称"新时期"文学,之后,文学多元发展。

前一阶段(70年代后期—80年代末)。"文革"结束近两年后,中国共产党提出"解放思想、实事求是"的思想路线,开始了"新时期"。文学几乎与此同步,也进入了它的"新时期"。文学上"解放思想、实事求是"的结果,是使文学回到它的本性,重新确立文学的人学目标,重新确认文学的审美特性,并日益深入地把握这个特性,向"五四"的"人的文学"回归。这种回归,也是对"文革"前就已形成的"从属论"和"工具论"的否定,从而重新走上了现代化的道路。这是百年中国文学中的第二个春天。

新时期初期的文学,针对"文革"中封建性的专制主义与封建性的群体主义及其在文化上的表现,强烈呼唤人的价值和尊严,肯定个体自我的地位、独特性和主体性,响亮地提出了"从人出发"的口号,形成了"五四"以后的又一次思想启蒙。文学关注人的价值、命运和人的心灵,揭出与针砭人们精神世界中的创伤和痼疾(如封建专制、等级观念、家族观念和地方主义等封建主义意识以及奴性所造成生命力的羸弱),发现与呼唤人们心里的阳光和对美好人性的追求。具有这样的"现代意识"的作品,在新时期之初大量涌现,如舒婷等的"朦胧诗",刘心武、王蒙、高晓声、张贤亮、古华等作家的小说,受到公众热烈欢迎,常常产生出"轰动效应"。轰动的原因,就在于这些作品的情感、思想和意蕴,与刚刚从磨难中解放出来的人民息息相通,给予了他们震撼与启示。

后来,作品的内容与社会政治的关系逐渐疏松。"寻根文学"主要从民族文化心理结构上表现人性。还有一些民俗风情小说,从民族文化传统中探索人性,文化传统是过去的社会现实悠长的回响,它无时不在干预"现在"的社会现实,影响现实的人性。"新潮小说"注重对个体"自我"心灵的探索,作家及其笔下人物强烈的个体意识,被认为是来自西方的真正的现代意识。其中刘索拉等作家较多描写当时受到西方现代主义思潮影响的城市知识青年,他们怀着理解和同情写出了这些与传统断裂的、与社会格格不入的青年特有的孤独感、失落感和超越现状的渴望。到了20世纪八九十年代之交,文学多注意普通的百姓,作家以平等和宽容的态度,真实描写众多普通人的生存状况和愿望。被称为"新写实"和"现实主义冲击波"的作品,就是如此。这些作品,流露出对于普通百姓的人道主义的温情,反映出一些严峻的社会问题。其中不少"新写实"小说可能精神超越性不够,但在琐屑的描叙中流溢着来自实际生活的新鲜感觉和生命意识,表现出普通民众的人性状态和作者对他们命运的关切。

新时期文学几乎一开始就在对外开放的社会文化大环境中,从西方哲学、文化和文学中吸取了一些西方近现代的人学观点,深化了、丰富了上述那种因反拨"文革"封建专制主义而生的现代性内容。另有较多的作家,借鉴西方现代文学中的意识流、象征、变形、荒诞等技法和用多种叙事角度叙事的叙事方式,这些艺术方法过去很少运用,它们加强了文学对现代人的社会生活尤其是内心生活的表现力,推进了文学的现代化。此外,在重视文学的审美性质的氛围中,作家还普遍注重语言的艺术表达,把语言的表述作为一种美来追求。但是大致在"新写实"创作的浪潮出现之前,曾有一批作家太热心于"实验"西方现代派文学的叙事方式,小说里很少表现有意义的事件和社会内容,所叙述多是关于性、死亡和暴力的"故事",表现抽象的人性欲望,被称作"先锋文学"。有的"先锋文学"作品,还把叙事形式和叙事过程当作文学本身,甚至看作为文学的最高目标。虽然它们在叙事上的超越和不羁的想象,冲击了"写实"的模式,在形式的发展上有其价值,但显然改易了文学的人学目标,因而未能延续下去。

后一阶段(90年代),由于国内外社会政治形势的变化,文学的面貌有所改变。由于苏联及东欧社会主义阵营全面解体、国内市场经济体制的形成与商品经济的发展,意识形态,包括人们的价值观念,发生很大的变化,文学出现了多元化的格局。在各"元"中,最引人注目的是作品思想内容的世俗化、平面化和写作态度的私人化,以及叙事方式和语言上的平淡与粗糙。不少年轻作家把"个性"理解为绝对的精神个体,把本来符合创作规律的个性自由表现推向极端,离开社会公众的生活,描叙一己原初状态的琐屑体验、感觉甚至本能的冲动,特别是与都市化相联系的种种情欲和物欲。它们的描写富于感性,但缺乏艺术概括,缺乏人性深度和社会现实内容。另外,在消费主义语境下,"大众文化"产品大量涌现,迎合大众种种娱乐、消闲的需要。有些大众文化作品中虽也有某种文学性,虽表现出大众一些美善的生活意愿、民主性要求和活泼的文化情趣,但对现实缺乏诗意的超越,不少还渗透和传播陈腐的封建主义意识与市侩主义心理。不过,另一方面还是有不少作家,坚守人学和美学的高远目标,面对物欲炽张、功利至上、理想迷失的现状,依然高扬人文主义(人道主义)精神,坚持探索人性,追寻人生的意义。还有不少作家,从人出发而关注严峻、复杂的社会生活,尤其是底层民众的哀乐,这样的创作在90年代继续发展,时有佳作。

新时期文学,比之于上一时期"起伏与变异时期"的文学,显然是一次巨变,成绩辉煌,多姿多彩。但如果综观至今为止的中国现当代文学史,则还难以作出最高的评价,对新时期后的作品也是如此。新时期后的作家,对于人学和美学目标的坚持,作品人性内容的深厚和艺术的精致,在总体上不如"兴盛与深化时期"中的第一、第二阶段,比之那个时期的那两个阶段,缺少坚持目标的韧性,缺乏对于文学的真诚。市场经济体制下的消费文化的冲击是外在的原因之一,其他的复杂原因,还须在它以后的演变中作观察和探究。

上编 (1917—1949)

第一章　中国文学现代转型的前奏

中国文学的现代转型是从晚清开始的。从鸦片战争(1840年)前后到"五四"(1915年)前夕,中国经历了"千古未有之变局"。伴随着民族危机、政治经济危机的加深、各种新思潮的碰撞激荡,中国的思想领域开始发生深刻的变化。中国文学向现代的转变,成为整个社会与思想变革的重要组成部分。

第一节　维新派的文学观念与文学创作

从19世纪70年代开始,中国出现了改良主义思潮,这是一种带有资产阶级性质的维新变法潮流,目的是救亡图存和在中国发展君主立宪式的资本主义。1898年,以康有为、梁启超为代表的维新知识分子在清政府中帝党的支持下发动了"戊戌变法"。谭嗣同等六君子的喋血宣告了维新变法的失败,但维新派的变革意识却极大地冲击了旧的封建思想体系。

这种冲击在文化领域的体现之一是维新知识分子掀起的文学革新运动。梁启超等人强烈地意识到文学具有"开民智,振民气,鼓民力"的巨大功效,力倡"诗界革命"、"文界革命"、"小说界革命"和"戏剧改良"。但他们主张的"革命"实为改良之意,与革命派所言之革命有着本质的区别。

一、维新派的文学观念

维新派的文学革新运动吸取了近代以来"西学东渐"的思想成果,要求文学借鉴西方文化,表现西方的新思想、新事物、新意境,表现爱国图强的民族主义和民主思想,为思想启蒙和维新变法服务;在文学形式上呼唤文体解放,主张"言文合一",向着通俗化、自由化的道路迈进,致力于打破封建旧文学的桎梏。

梁启超(1873—1929)字卓如,号任公,别署饮冰室主人。广东新会人。戊戌前追随康有为,致力于维新变法活动;戊戌政变后,流亡海外,积极宣传维新文化思想,致力于"开通民智"的"新民"工作。梁启超是维新文学运动的主将,他不仅写了大量的理论文章探讨和呼吁文学变革,为"诗界革命"、"文界革命"、"小说界革命"、"戏剧改良"奠定理论基础,而且先后创办了《时务报》、《清议报》、《新民丛报》、《新小说》等刊物,为维新文学运动提供理论倡导和创作实践的阵地。

1899年底,梁启超在《夏威夷游记》中提出了"诗界革命"口号。他指出"支那非有诗界革命,则诗运殆将绝",认为作诗"第一要新意境,第二要新语句,而又须以古人的风格人之,然后成其为诗"。其新意境又称"欧洲意境",即包含西方的新思想、新知识、新事物、新境界。1902年,梁启超在《新民丛报》上陆续刊发了《饮冰室诗话》,通过对当时诗人及其诗作的具体评论,进一步阐发了"诗界革命"的思想,强调以"旧风格含新意境"、"熔铸新理想以入旧风格"。梁启超针对当时文学创作中"堆积满纸新名词"的现象,提出"新意境"与"古风格"相统一的文学变革路径,体现了他改良主义的文学思想。梁启超以此为评诗标准,故推许夏曾佑、蒋智由、丘逢甲诸人的诗作,对黄遵宪的"新派诗"评价尤高。

梁启超还提出"文界革命"。他盛赞日本德富苏峰的文章"雄放隽快,善以欧西文思入日本文,实为文界别开一生面者",并且说:"中国若有文界革命,当亦不可不起点于是也。"1902年,梁启超在《新民丛报》第一号的《饮冰室文集·序》中申明"文界革命"的目的是"播文明思想于国民"。他在报刊上发表了大量散文来实践这些主张,因其犀利明快的文风而被称为"报章体"、"新文体"或"新民体"。

"文界革命"追随"欧西文思",表现出以西方资本主义文化进行启蒙的性质,在为文的形式上则主张采用"俗语文体",这显然又受到了晚清白话文运动的影响。梁启超曾是晚清白话文运动的积极参与者,戊戌维新前就曾在《变法通议》中倡导俚语著书以开蒙,对言文分离造成"通文者少国必弱"的危害有深刻认识。因此,他在倡导"文界革命"时特别强调"文学之进化有一大关键,即由古语之文学,变为俗语之文学是也"①。他和黄遵宪都力主言文合一,期望"欧西文思"与"俗语文体"在"文界革命"过程中获得统一。梁启超严厉批判八股时文是"意未尽而桎梏之",桐城派皆"冬烘学究",指出其根本不能表达作者的思想,为文之道也不符合文学发展的规律。"文界革命"的理论与实践极大地冲击了传统文言文的僵化格局,为实现文言文向现代白话文的转变做了有益的尝试。

1902年11月,梁启超在日本创办《新小说》杂志,并在第一号上发表了《论小说与群治之关系》一文,打出了"小说界革命"的旗帜。1902年《新小说》刊出梁启超的《新中国未来记》,政治小说开始由翻译引进转向创作。在《译印政治小说序》中,梁启超明言:"彼美、英、德、法、奥、意、日本各国政界之日进,则政治小说,为功最高焉。"他在《饮冰室自由书》中指出了政治小说"寄托书中之人物,以写自己之政

---

① 饮冰等:《小说丛话》,《新小说》第一、二卷,1903年、1904年。

见"的特点,恰好可用来开通民智,进行政治宣传。《论小说与群治之关系》被视为"小说界革命"的宣言书,梁启超在文中将改良社会的重任赋予小说,指出"小说界革命"乃当务之急、必须先行:"故今日欲改良群治,必自小说界革命始;欲新民,必自新小说始。"

"小说界革命"强烈的政治功利色彩,"小说改良群治论"、"小说新民论"作为"小说界革命"的指导思想与新小说作者的自觉意识,逐渐为社会普遍接受。正是从这一意义上,小说被誉为"文学之最上乘"。他们批判旧小说为"中国群治腐败之总根源",以"海盗"、"海淫"或"英雄"、"男女"概括旧小说,虽有矫枉过正之嫌,但却体现了维新志士以小说来改良社会的强烈启蒙意识。对小说艺术特性的尊重也在"小说界革命"的倡导中逐渐加强,特别是1907年创刊的《小说林》杂志同人关于"小说者,文学之倾于美的方面之一种也"的意见,表现出纠偏、正本的用心[①]。自《新小说》问世后,小说杂志以及专门的小说书局纷纷涌现,小说翻译与创作数以千计,蔚为大观。"小说界革命"极大地提高了小说的地位,为小说在中国现代文学发展中成为正宗文学样式奠定了基础。

二、维新派的诗文和小说

在"诗界革命"、"文界革命"、"小说界革命"的声浪中,以黄遵宪、梁启超、康有为等人为代表的维新派知识分子写出了一批开风气的好作品。

反映出诗歌变革趋向并取得创作实绩、成为"诗界革命"旗帜的是黄遵宪。**黄遵宪**(1848—1905),字公度,别署人境庐主人,广东嘉应州(今梅州)人。少聪慧,习诗书,至近而立才中举人。他曾先后出任中国驻日本、美国、英国、新加坡等国外交官,深入考察日本明治维新的成功经验,亲身感受西方资产阶级文明,确立了"中国必变从西法"的政治变革思想[②]。黄遵宪主张"诗之外有事,诗之中有人",强调诗歌应真实地表现时代风云和历史内容,体现出真切的情感和具有个性特征的审美感受。其现存诗作1100余首,题材广泛,涉猎古今中外。其诗作反映当时国内外发生的重大事件和人物,表现变法图强的政治理想和反帝救亡的爱国情怀。如《冯将军歌》、《悲平壤》、《东沟行》、《哀旅顺》、《哭威海》、《马关纪事》、《台湾行》、《书愤》等诗作,颂扬抗战英豪,抨击投降卖国,充满爱国主义激情和对国家命运的忧思。

黄遵宪诗歌的独特之处在于较早地描绘了海外异域世界和伴随近代科学而涌现的新事物,拓宽了诗歌的表现领域,丰富了诗歌题材,写出了中国古典诗歌所没

---

① 黄人:《〈小说林〉发刊之词》,《小说林》1907年第1期。
② 黄遵宪:《己亥杂诗》第四十七首自注,见黄遵宪著,钱仲联注《人境庐诗草笺注》(中),上海古籍出版社,1981年,第826页。

有的新内容。《新嘉坡杂诗十二首》《番客篇》等诗作描述了海外风光和侨胞生活；《樱花歌》《都踊歌》《温则宫朝会》等诗作则刻画了日、英两国的异域风俗。锡兰岛卧佛、英国温则宫、伦敦大雾、巴黎铁塔、苏彝(伊)士运河、埃及象形石柱、新加坡的华人山庄等都——成为黄遵宪的歌咏对象。

黄遵宪善于运用新题材创造新意境，又能保留中国诗歌传统的民族风格。《今别离》四首，虽以轮船、火车、照相、电报以及东西半球昼夜相反这一自然现象等新事物、新知识为题材，但又不是单纯的咏物诗，而是通过男女离别之情来表现新的事物，再从新的事物中生发出新的感情来。《以莲菊桃杂供一瓶作歌》被梁启超评为"半取佛理，又参以西人植物学、化学、生理学诸说，实足为诗界开一新壁垒"①。诗中充满了新知识、新理趣，如云："地球南北倘倒转，赤道逼人寒暑变。尔时五羊仙城化作海上山，亦有四时之花开满县。"这里既表现了地球运动、自然界变化的科学道理，又抒发了诗人"四海一家"的开放意识。这些诗别开生面，独具韵味，表现的是新事物、新知识、新思想，但又基本保持了旧体诗的格律，实乃"以旧风格含新意境"的佳作。夏敬观在《映庵臆说》中说："近数十年诗人，能直言眼前事、直用眼前名物，莫如黄公度遵宪。"黄遵宪吸取了前人"以文入诗"的表现手法，这在《冯将军歌》《以莲菊桃杂供一瓶作歌》等诗作中有很好的体现。

黄遵宪提倡"我手写我口"，大胆尝试新体诗写作，在诗歌内容上多有创新。但在诗歌形式变革上却没有跨出更大的步子，主要还是利用旧体诗的形式，语言也主要以古籍为源泉。在艺术表达上，往往议论过多、典雅词语过多，未能摆脱晚清宋诗运动的影响，体现了由旧到新的过渡色彩。

梁启超(1873—1929)既是"文界革命"口号的提出者，又是新文体的成功创造者，他把文学当作思想启蒙的利器，成为诗文小说戏曲革命的积极倡导者和实践者。他所创造的"新文体"散文，以简洁直白而富有鼓动性的文字表达新思想，实开一代文章之新风，使天下"无不知有新会梁氏者"。这种带有变革意义的新文体成为散文由文言向白话过渡的桥梁，在近代散文史上占有重要地位。

梁启超自称"夙不喜桐城派古文"，早年崇尚"晚汉魏晋，颇尚矜炼"，到了撰写报刊文字后，乃"自解放，务为平易畅达，时杂以俚语、韵语及外国语法，纵笔所至不检束，学者竞效之，号'新文体'。老辈则痛恨，诋为野狐。然其文条理明晰，笔锋常带情感，对于读者，别有一种魔力焉"②，大体说出了"新文体"的特点。他的《少年中国说》《过渡时代论》《说希望》以及《变法通议》《自由说》《新民说》中的一些篇章都堪称"新文体"的代表作。如《说希望》有如悬崖飞瀑奔腾而下，读之不禁令

---

① 梁启超：《饮冰室诗话》，时代文艺出版社，1998年，第32页。
② 梁启超：《清代学术概论·二十五》，见《清代学术概论》，中国人民大学出版社，2004年，第106页。

人升起希望之火；《少年中国说》以高度的爱国激情将少年之中国寄托于当时之青少年，充满对未来的信心与展望；《呵旁观者文》把缺乏主人翁思想者的表现归纳为浑沌派、为我派、呜呼派、笑骂派、暴弃派、待时派六种，一一加以严厉批判，指出或"不知责任"，或"不行责任"，如此必无法使国家"立于世界生存竞争最剧最烈"的大舞台，发人深省；《过渡时代论》指出中国正处于过渡时代，而过渡就是弃旧而立新，引导人们参与变革与建设现实的斗争。

梁启超"新文体"散文的特点，首先是语言通俗，条理明晰，即所谓"平易畅达"；其次，不避俚语俗言，并吸收外国语法，不分骈散与有韵无韵，所以词汇丰富，句法灵活，艺术手段多样；再次，自由大胆抒写己见，"纵笔所至不检束"，思想新警动人；最后，笔锋充满感情，往往用铺排的笔墨以加强文章的煽动力、感染力。梁启超的新文体散文思想与形式几乎影响了一代人，也对"五四"文学革命产生了深远影响。郑振铎说新文体文章"不再受已僵死的散文套式与格调的拘束"，是"五四"时期"文体改革的先导"①。

康有为(1858—1927)是"新文体"散文的积极实践者。作为晚清改良派的政治领袖，其政论文往往放言高论，瑰玮恣肆。文体上，析理深透，逻辑谨严，不拘骈散，明白晓畅，与新文体颇多相近之处。如《上清帝第二书》、《上清帝第三书》、《上清帝第五书》、《上海强学会后序》、《应诏统筹全局疏》、《日本书目志序》等。《上清帝第二书》即著名的"公车上书"，文章以深刻的析理、贴切的比喻、充分的事证、铺张的叙说，详论"下诏鼓天下之气，迁都定天下之本，练兵强天下之势，变法成天下之治"的必要性，极富说服力和鼓动性。

康有为的诗歌气魄宏大，表现出横扫陈腐诗坛、开拓诗歌新境界、叱咤文坛的气概："新世瑰奇异境生，更搜欧亚造新声"，"意境几于无李杜，目中何处著元明"，他要创造一种"悱恻雄奇"的境界，"飞腾作势风云起，奇变见犹神鬼惊"②，他的诗突出地表现了这种胸怀与气势，如《出都留别诸公》其二："天龙作骑万灵从，独立飞来缥缈峰。怀抱芳馨兰一握，纵横宙合雾千重。眼中战国成争鹿，海内人才孰卧龙？抚剑长号归去也，千山风雨啸青锋！"这是他第一次上书的抒怀之作。在雄浑的意象中，有一个自负可以呼唤风云、旋转乾坤的高大的诗人形象。如《秋登越王台》的"腐儒心事呼天问，大地山河跨海来"；《过昌平城望居庸关》的"云垂大野鹰盘势，地展平原骏走风"；《登万里长城》其二的："清时堡堠传烽静，出塞山川作势雄"等，无不表现出这种雄浑磅礴的意象。此外，他的《苏村卧病写怀》、《闻邓铁香鸿胪

---

① 郑振铎：《梁任公先生》，见《中国文学研究》第五卷，1929年2月。
② 康有为：《与菽园论诗兼寄任公孺博曼宣》，见舒芜等编《康有为诗文选》，人民文学出版社，1958年，第264页。

安南画界撤还却寄》《戊戌八月国变纪事》等,都富有现实感,充满忧国伤时之情。他流亡国外后,写下许多登临之作,即景生情,结合外国风物以抒慨。如《望须弥山云飞》《罗马访四霸遗迹》《过比利时滑铁庐》《登巴黎铁塔顶》等。

康有为的诗重在抒发主观感受,而在抒情写怀中,高视阔步,气魄宏伟,感情奔放,艺术上又出以雄奇的想象,瑰丽的语言,磅礴的意象,有一种雄奇壮丽的美,富于浪漫主义色彩。梁启超说他的诗"元气淋漓,卓然称大家"①,汪国垣也说其诗"反虚入浑,积健为雄"②,颇有屈原、龚自珍的遗风。

维新派的政治小说为数不多,最初多是译作。梁启超最早在《清议报》上译介日本和西方的政治小说,计有长篇《佳人奇遇》《经国美谈》,短篇《世界末日记》、《十五小豪杰》《俄皇宫中之人鬼》,并作《译印政治小说序》一文予以理论总结。这些翻译小说,有文言也有白话,在当时产生过较大的影响,以致出现一些追慕仿效的译作,如《情海波澜》、《雪中梅》及其续集《花间莺》《游侠风月录》《美国独立记演义》《瑞西独立警史》等。

维新派创作的政治小说除梁启超的《新中国未来记》阐述维新派政治理想外,还有静观子的《六月霜》、张肇桐的《自由结婚》等讴歌民族民主革命及其人物,颐琐的《黄绣球》、思绮斋的《女子权》等张扬女子的地位和权利,这些作品大多通过小说中的场面和人物来阐述政见,对文学性不甚考虑,其实是用小说形态装载的政治论文。《新中国未来记》式"新民"的小说功用观,对未来世界进行想象性描述的写作方法及其探索理想的精神,得到了后起的"理想及幻想小说",如萧然郁生的《乌托邦游记》、张春帆的《未来世界》、陆士鄂的《新中国》等作品的继承。这些小说不仅从政治,而且也从更广泛的社会、科学、文化等方面来展示未来理想社会的文明形态。

维新派的文学革新运动是在近代变革潮流和中西文化交汇的大背景中发生的,是维新志士社会政治改良运动的重要组成部分。这场运动不仅从理论上确立了文学内容与形式变革为中国的现代化服务的宗旨,而且极大地影响了文学创作实践从古典型向现代型转变的历史进程。

第二节　革命派的文学观念与文学创作

晚清到民国初期是中国进步志士深入探索中国出路的重要时期,留学热的兴起和"西学"的不断涌入推动着启蒙主义的大潮。清王朝迫于危亡形势不得不实行

---

① 梁启超:《清代学术概论·三十一》,见《清代学术概论》,中国人民大学出版社,2004年,第221页。
② 汪国垣:《光宣诗坛点将录》,见《甲寅》第1卷第5号—第9号,1925年。

"新政"、废八股、停科举、开办新式学堂等。这虽不能挽救大清王朝,但却客观上推动了古老中国向现代社会的转变。1905年,许多革命小团体联合起来,成立了以孙中山为首的"中国同盟会",创办了机关刊物《民报》,标志着中国资产阶级民族民主革命高潮的到来。很快,在以《民报》为中心的革命派和以《新民丛报》为中心的改良派之间,就中国的未来道路是民主共和还是君主立宪展开了激烈论战。期间,革命派的报刊和文学刊物纷纷出现。文学团体"南社"于1909年成立,参加者多为同盟会会员,文学为政治服务的目的更加明确,各种文学形式一时都成为革命斗争的工具,资产阶级革命派的文学就是在这样的背景下孕育和生长起来的。

一、革命派的文学观念

革命派的文学思想充溢着变革社会的激动情绪,呈现出传统文化情结与现代意识相交织的复杂状态。

章太炎(1869—1936),生于书香世家,童蒙时即深受乾嘉朴学的影响。1890年他到杭州诂经精舍,拜国学大师俞樾为师,习周、秦、汉的文献和语言文字。甲午战争失败,使他认清了国家"肢体骨肉之裂"的惨痛现实,毅然投身于维新救国中。戊戌变法被镇压,义和团运动爆发,八国联军入侵,他毅然割去辫子,走上反清的革命道路。从发表《驳康有为论革命书》到主编《民报》,从《苏报》案到加入同盟会,从主持国学讲习会和国学振起社到大骂袁世凯,表现出了坚强的革命意志和激烈如火的性格。辛亥革命时期他被誉为"中国近代之大文豪"、"革命家之巨子"、"新中国之卢骚"。如鲁迅所说:"以大勋章作扇坠,临总统府之门,大诟袁世凯的包藏祸心者,并世无第二人;七被追捕,三入牢狱,而革命之志,终不挠者,并世亦无第二人。"[①]

章太炎的文学思想非常复杂,往往真知灼见与偏激之词融会,既博大精深,又矛盾重重。他为邹容的《革命军》作序,召唤"叫咷恣言"、"跳踉搏跃"的文学风气,反对"文墨议论往往务为蕴藉"的不良文风,为反清革命召唤"雷霆之声"[②]。但在辛亥革命前,他又自我否定,认为《革命军序》这类为数不多的文章,"斯皆浅露,其辞取足便俗,无当于文苑",并自称古奥难懂的《訄书》"文实闳雅"[③]。他指出:"文之久而变者,亦易道然也"[④],认为文学是随时代而发展的。但他的变革、发展论只适宜于晋、宋或唐之前,对晋、宋和唐之后则又表现出一代不如一代的历史退化论

---

① 鲁迅:《且介亭杂文末编·关于太炎先生二三事》,见《鲁迅全集》第六卷,人民文学出版社,1981年,第547页。
② 章太炎:《革命军序》,见汤志钧编《章太炎政论文选》(上),中华书局,1977年,第193页。
③ 章太炎:《与邓实书》,见汤志钧编《章太炎政论文选》(上),中华书局,1977年,第495页。
④ 章太炎:《天放楼文言·序》,见《章太炎全集》第五卷,上海人民出版社,1985年,第152页。

观点。他推崇魏晋之文,指出诗至唐后无可观。他不仅批评归有光、方苞"故未识字",刘大櫆"榛芜秽杂",而且对近代的几个重要人物如黄遵宪、谭嗣同、康有为、梁启超也是贬多褒少。对于严复、林纾、魏源、龚自珍则几近诋毁。他赞赏王闿运"能尽雅"和马其昶"能尽俗"①,而对于龚自珍则目为"剽窃成说而无心得",是"汉种灭亡之妖"②。

　　章太炎对"文学"概念的理解也属杂文学范畴,仍言"文学者,以有文字著于竹帛,故谓之文;论其法式,谓之文学。凡文理、文学、文辞,皆称文"③。尽管章太炎从广义的文学观,或者说泛文学、杂文学的观点出发,对以阮元为代表的骈文派观点和来自西方的文学观念,即以"学说以启人思、文辞以增人感"、理性思辨和情感熏陶作为学术与文学的区别标志的看法,作了有力的批判,但辞采、声韵之美以及情感因素毕竟是文学的要端。而章太炎却在文学中引进了过多的无关的准则,将文学与文字记载相混同,否定文学有其自身的特征、价值和评价标准,使文学本体概念又回到了先秦时期尚未明晰的阶段,这对文学观念的现代化并没有提供多少积极有益的帮助。他承认言文合一,但又鄙夷白话文。他论诗歌多有独到之见,但诗言志、诗主性情与学无关、重比兴轻用典等论述则仍囿于传统诗学体系。总体看来,章太炎的文学思想是一个庞大的充满矛盾的复杂体系,文化复古主义思想、强烈的民族主义情绪、博大精深的学术功力、乾嘉朴学的传统治学方法、经学家和小学家的独特目光交织融合在一起,涵盖了巨大的人文内容,显示了富有个性的理论品格。

　　部分南社成员把资产阶级戏剧理论从改良派小说理论中分出来,进行专门探讨,提倡"戏剧改良",希望用"梨园革命军"来"唤醒钧天之梦","招还祖国之魂",使大家"崇拜共和,欢迎改革"④。革命派对同光体进行了彻底批判,指责宋诗运动是由于"一二罢官废吏,身见放逐,利禄之怀,耿耿勿望,既不得逞,则涂饰章句,附庸风雅,造为艰深,以文浅陋";并且宣称"振唐音以斥伧楚,而尤重布衣之诗"⑤,这些理论发展和补充了改良派文学理论的某些方面,对于新的文学的兴起有推波助澜之功效。

　　但革命派文人的种族主义思想严重,就整体而言,他们的文学思想多表现为文

---

① 章太炎:《太炎文录初编·卷二·与人论文书》,见《章太炎全集》第四卷,上海人民出版社,1985年,第168页。
② 章太炎:《太炎文录初编·卷一·说林下》,见《章太炎全集》第四卷,上海人民出版社,1985年,第121页。
③ 章太炎:《文学总略》,见《国故论衡》,国学讲习会,1910年5月。
④ 柳亚子:《二十世纪大舞台发刊词》,见《二十世纪大舞台》第一期,1904年。
⑤ 柳亚子:《胡寄尘诗序》(1911年),见杨天石、王学庄编著《南社史长编》,中国人民大学出版社,1995年,第200页。

化保守主义。他们提倡"保存国粹",排斥东西方民主主义文化,反对梁启超的文学改良运动,要求从中国古老的文化遗产中,特别是古典文化中,寻找反清反帝的武器。为此,他们在1904年组织"国学保存会"和"国粹学社",1905年又创办了《国粹学报》,以"保种、爱国、存学"为宗旨,"其文体纯用国文,风格务求渊懿精实,一洗近日东瀛文体粗浅之恶习"[①]。高旭在《南社启》中就说:"欲存国魂,必自存国学始,而中国国学中之尤可贵者,断推文学。盖中国文学为世界各国冠,泰西远不逮也。而今之醉心欧风者,乃奴此主彼,何哉?"因此,虽有柳亚子等人提倡"戏剧改良",但南社的全部文学活动仍以传统诗文为正宗。可以说,革命派在文学思想上的总体保守主义倾向限制了他们从更深层次上提出文学现代化的新观念,从而也影响了他们对中国近现代文学的贡献。

二、革命派的诗文

孙中山曾称赞革命派文学家群体为"极精彩之团体",舍身任事者三四百人,"皆学问充实,意志尖锐,魄力雄厚之辈,文武才技俱有之。"[②]强烈而鲜明的民族民主主义的思想情绪,英雄豪气与文士才情的水乳交融,确实是革命派文学的突出特点。

章太炎一生著述甚丰,诗文有其独特的风格。他提倡写议论文应以学问为基础,创作尚质实,重证据,戒空论,反夸饰。他的散文主要是论说文,即政论散文和论学之文,在晚清独树一帜,影响很大。其政论散文反响最大的为《驳康有为论革命书》和《革命军序》。针对康有为《答南北美洲诸华侨论中国只可行宪不可行革命书》中改良主义言论,章太炎逐条批驳,而且指斥当时的皇帝,"载湉小丑,未辩菽麦。戊戌百日之政,其迹则公,其心只为保其权位"。他为邹容的《革命军》所作的序言,称洪秀全"举义师",强调以"雷霆之声"来打动天下人心,"径直易知"胜于含蓄蕴藉,着眼于宣传效果。

章太炎的述学文章主要有《学变》、《订孔》、《衡三老》、《国故论衡》、《案唐》、《清儒》等。《案唐》是一篇论唐代学风的文章,文中对唐代学风有阐述,有考证,证实了其新看法,纠正了前人的谬论。结构谨严,逻辑性强。章太炎是继承清代皖派学术的一位大师,亦受浙东学派的影响,同时与常州公羊学派处于对立地位。他对清代学术源流,以及各派学术的得失,都有极明晰、透辟的见解。他在《清儒》里仅用四千多字就高度概括了清代两百多年的学术发展,且说明其源流特点,评价其得失,条理清晰,语言简洁,论断明确。

---

① 柳亚子:《国粹学报略例》,见《国粹学报》第一期,1905年2月23日。
② 孙中山:《致陈楚楠函》,见《孙中山全集》第一卷,中华书局,1984年,第275页。

章太炎之诗力主性情,偏于悲凉沉郁的意境。诗歌内容有的是反映他早年寻找救国救民道路而走向革命的历程,如《艾如张》;有的是从国家民族利益出发对所接触的人物赞颂或暴露,如《梁园客》《咏南海康氏》;还有《狱中赠邹容》《狱中闻沈禹希见杀》等则表现了他在被捕入狱时视死如归、坚贞不屈的英雄气概。章太炎的诗在形式上绝大部分是五言,他的诗正是完全继承了魏晋风度,"上念国政,下悲小己",抒发自己的愤懑。

　　秋瑾(1875—1907)的诗歌抒发了立志扭转乾坤的爱国豪情。"愿从此以天地为炉,阴阳为炭兮,铁聚六州。铸造出千柄万柄宝刀兮,澄清神州。上继我祖黄帝赫赫之威名兮,一洗数千数百年国史之奇羞!"(《宝刀歌》)其诗不仅具有撼人心魄的战斗力,而且给人一种雄豪健勇的美感。如《宝剑歌》:"君不见剑气棱棱贯牛斗,胸中了了旧恩仇。锋芒未露已惊世,养晦京华几度秋。一匣深藏不露锋,知音落落世难逢。空山一夜惊风雨,跃跃沉吟欲化龙。宝光闪闪惊四座,九天白日暗无色。拔剑相顾读史书,书中误国多奸贼。中原忽化牧羊场,咄咄腥风吃禹城。除却干将与莫邪,世界伊能开暗黑?斩尽妖魔百鬼藏,澄清天下本天职。他年成败利钝不计较,但恃铁血主义报祖国。"诗中的"宝剑"、"宝刀",与《红毛刀歌》中的"红毛刀"等,是咏物亦是抒怀,即物而写人,历史、人生、身世、使命浑然一体,自成一种侠义境界。

　　秋瑾曾撰弹词《精卫石》,控诉旧时代妇女的悲惨命运。其文章长于雄辩,痛快淋漓,晓畅平易,以白话为主,读来如闻其声,如见其人。如《敬告中国二万万女同胞》中一段文字:"诸位,你要知道天下事靠人是不行的,总要求己为是。当初那些腐儒说什么'男尊女卑','女子无才便是德','夫为妻纲'这些胡说,我们女子要是有志气的,就应当号召同志与他反对。陈后主兴了这缠足的例子,我们要是有羞耻的,就应当兴师问罪。"颇具亲切感与鼓动性,已有白话文的色彩。

　　邹容(1885—1905)的《革命军》两万余字,揭露清政府卖国投降的罪行,号召人民推翻封建专制统治,建立中华共和国。他写道:"此自秦以来,所以狐鸣篝中,王在掌上,卯金伏诛,魏氏当涂,黠盗奸雄,觊觎神器者,史不绝书。于是石勒,成吉思汗等类似游牧民族腥膻之胡儿,亦得乘机窃命,君临我禹城,臣妾我神种。呜呼!革命!杀人放火者,出于是也!呜呼!革命!自由平等者,亦出于是也!"言辞激切,骂尽专制政体之丑态。此书一经问世,对清朝统治造成极大威胁,认为"此书逆乱,从古所无",在整个思想文化界引起了很大反响。鲁迅说:"倘说影响,则别的千言万语,大概都抵不过浅近的'革命军马前卒邹容'所做的《革命军》。"①

　　陈天华(1875—1905)旅日期间与宋教仁等创办《二十世纪支那》以及《民报》,

---

① 鲁迅:《坟·杂忆》,见《鲁迅全集》第一卷,人民文学出版社,1981年,第221页。

先后撰写弹词《猛回头》、小说《狮子吼》、说唱散文《警世钟》等,宣传鼓动革命,反帝反清,展现出强烈的种族主义革命思想和乌托邦理想色彩。他的作品多为政论,语言上大力追求鼓动性。如《猛回头》中,作者忧国忧民,欲救"沉沦",他告诉国民:"怕只怕,做印度,广土不保;怕只怕,做安南,中兴无望;怕只怕,做波兰,飘零异域;怕只怕,做犹太,没有家乡……"每"唱"一"怕",下以通俗语言列举丧权辱国的事实,使国民知道亡国灭种的危险已迫在眉睫。每"唱"一句,加以长篇"说"词,这种"说唱"形式,在当时具有极好的宣传作用,这是一种中国式的"演说",故当时有人认为,其影响"较之章太炎《驳康有为论革命书》及邹容《革命军》有过之而无不及"。①

黄小配(1872—1912)是革命派文学中最有成绩的小说家,1907年出版小说《大马扁》,对改良派康有为痛加抨击;同年又出版谴责小说《廿载京华梦》,暴露晚清官场、洋场、商场的腐败风气。1909年出版《宦海升沉录》,写袁世凯投机钻营的半生经历。1911年4月孙中山领导的"广州起义"爆发并很快失败,黄小配以其新闻敏感,在起义失败后不到一个月即写出了三万余字的长篇报告文学——《五月风声》,对起义的酝酿、事态的发展、起义的爆发、起义的失败和革命党人被捕就义的全过程作了直接而又艺术的报道,热情赞扬了革命党人不屈不挠前赴后继的牺牲精神,总结了这次起义失败的教训。在艺术上,采用史传和写实相结合的手法,又利用报刊新闻报道的方式,在报告文学领域进行了可贵的尝试,成为我国报告文学诞生的标志。

金天翮(1874—1947)1903年翻译了一些革命作品,如《三十三年落花梦》、《自由血》等。1905年创作《孽海花》前四回,后由曾朴完成。其诗著《孤恨集》、《天放楼诗集》等继承诗界革命精神,或反映重大政治事件,或描述农家苦乐,或表现国际题材,雄健豪宕,富于浪漫主义色彩。后期抒怀记游之作,立志高远,胸怀宽阔,知识丰富,与人不同。

三、南社的诗

南社之名取"操南音不忘其归"之意,宗旨是反抗满清,主要发起人有陈去病、高旭、柳亚子等。因其成员多是同盟会会员,又有"同盟会宣传机"之称。南社高举"反清革命文学"的大旗,提倡"国学",唤醒"国魂"。其诗作多追怀民族英雄、悼念革命烈士,揭露清王朝的腐朽黑暗,抒发革命理想。对辛亥革命和反对袁世凯称帝的斗争,都起了助威呐喊的作用。柳亚子怒斥袁世凯窃国的《孤愤》、陈去病的《图南一首赋别》、高旭的《海上大风潮起作歌》等都展现了前所未有的革命激情。

---

① 冯自由:《革命逸史》第二集,中华书局,1981年,第119页。

柳亚子(1886—1959)是南社最有代表性的诗人之一,他的诗作抒发诗人深沉的爱国之情和革命之志,多以怀人、酬唱形式出现。"一室难春我亦愁,萧条四海尽悲秋。献身应作苏菲亚,本取民权与自由。"(《读山阴何孟厂得韩平卿女士为义女诗和其原韵》)写出了诗人在时局艰难时对民权与自由的追求。"魂归沧海怜精卫,人向空山拜杜鹃。""尼山笔削分明在,淮识春秋内外偏。"(《八月二十七日,明思宗皇帝殉国忌辰,读巢南诗,即题其后》)显示了沉郁悲吟的风格。但其诗也有浪漫畅达的一面,如写于1909年的《寄马君武柏林,时读所著新文学》:"忆昔匆匆别,于今又几春?江山非故园,身世感劳薪,意气能无恙?文章各有神。莱茵河畔水,照汝俊游人。"忧郁感伤的情怀充溢字里行间。

陈去病(1874—1933)之诗力主"感发民情",多借历史题材来宣传反清革命。成熟期的《岭南集》思想深沉,语言精练。如《中元节自黄埔出吴淞泛海》一诗悲壮激越:"舵楼高唱大江东,万里苍茫一览空。海上波涛回荡极,眼前洲渚有无中。云磨雨洗天如碧,日炙风翻水泛红。唯有胥涛若银练,素车白马战秋风。"《访安如》写得低昂慷慨、深情诚挚:"梨花村里叩重门,握手相看泪满痕。故国崎岖多碧血,美人幽抑碎茅魂。茫茫宙合将何适,耿耿心期祇尔论。此去北国如可展,一鞭晴旭返中原。"

高旭(1877—1925)有一种"推倒一世豪杰,开拓万古心胸"的气概,他的诗强调反对专制,推翻帝制,提倡人权,诗歌思想激进而富有创意,气度恢弘,笔力雄健,豪放刚劲,意气风发。"久困樊笼得自由,一朝长笑散千愁。惊涛万丈如山倒,始信男儿有壮游。"表达了不羁的性情以及对自由的向往。

苏曼殊(1884—1918)是中国最早翻译拜伦、雪莱诗歌的人,也是中国最早介绍欧洲浪漫派文学的人之一。苏曼殊的诗全凭性情,兴之所至,信笔写来,清丽空灵,凄婉动人,洒脱豪放之中蕴涵着深沉的孤独与忧郁。他的诗或表达革命战士的豪情如"蹈海鲁连不帝秦,茫茫烟水著浮身。国民孤愤英雄泪,洒上鲛绡赠故人。"(《以诗并画留别汤国顿》);或表达前途渺茫、报国无门的苦闷:"相逢莫问人间事,故国伤心只流泪。"(《东居杂诗》之二);或表达佛法救世:"禅心一任蛾眉妒,佛说原来怨是亲。雨笠烟蓑归去也,与人无爱亦无嗔。"(《寄调筝人》之一)等。曼殊的诗通常画面明丽,意境优雅,语言洗练畅达,韵律悠扬和谐,为近代少有的自成一格之人。

第三节 王国维等人的文学观念及其影响

在19世纪与20世纪之交,国门洞开,西方文化不断涌入,给文学的转变提供了新的参照系。先进的知识分子不仅意识到政治上、文化上的危机,而且对中国传统文学有了更清醒的认识,开始自觉吸收西方哲学、美学、文学思想,对文学的本质、社会作用、创作方法、文学语言以及文体特点等加以新的诠释,王国维和周氏兄弟的文学论述颇有代表性。

王国维(1877—1927)以叔本华的悲剧理论为立足点去理解康德哲学,写出了他的第一篇文学批评论文《〈红楼梦〉评论》。他一改此前考证的做法,从文本出发,力图揭示作品所蕴含的人生真义,认为《红楼梦》是一部"示人生之真相,又示解脱之不可已"的悲剧,实开现代文学批评之先河。

王国维根据西方文论中的"游戏说"和康德的知识论,指出文学是"天才游戏之事业",是人类剩余精力的一种高尚的宣泄和凝结,是没有政治、教育功利目的的精神活动[①]。他指出文学所揭示的"优美"与"壮美","皆使吾人离生活之欲,而入于纯粹之知识者"。为此,他提出了"纯文学"的概念,以康德、叔本华的艺术哲学为依据,较为系统地阐述了文学艺术的审美特征及其本质特点。王国维认为,文学是没有社会认识、政治、教育等现实功利目的纯精神活动,故以利禄为目的"餔啜的文学"和以沽名钓誉为目的的"文绣的文学"都"不足为真文学也",而"个人之汲汲于争存者,决无文学家之资格"。王国维主张文学要脱离"政治及社会上之兴味",保持自身的抗俗性和纯美性。他对那种"不重视文学自己之价值,而唯视为政治教育之手段"的理论和创作倾向持激烈的批判态度[②]。

王国维将文学分为"抒情的文学"与"叙事的文学",认为中国抒情的文学有屈原、陶渊明等堪为"文学上之雄者",而叙事的文学"尚在幼稚之时代","无一足以与西欧匹者"。王国维欲超越现实、超越俗世,继而超越社会,以求达到纯文学之境界,显然有悖于当时以文学参与现实改良的时代精神,但其对破除古代之杂文学观念体系,确立更符合文学规律的现代纯文学精神则是有积极意义的。他在考察宋元戏曲时,认为元杂剧是"真戏曲"的代表,为"千古独绝之文字",其文学价值一为"自然"而有"意境";二是符合悲剧精神。他在论述元杂剧之"有意境"时,指出元杂剧的语言特征为"语语明白如画,而言外有无穷之意"。他认为:"古代文学之形容事物也,率用古语,其用俗语者绝无。又所用之字数亦不甚多。独元曲以许用衬字故,故辄以许多俗语或以自然之声音形容之。此自古文学上所未有也。"王国维以其良好的文学感觉,探讨了元杂剧于"新文体中自由使用新言语"的独特之处,指出其自然畅达之神韵,"在我国文学中,于《楚辞》、内典外,得此而三"。他还发现,元杂剧"多用俗语,故宋、金、元三朝遗语,所存甚多",其状况足以当言语学研究之事[③]。王国维对宋元戏曲中语言问题的探讨,无疑在文学史中找到了以口语、俗

[①] 王国维:《文学小言》,见《晚清文选》,世界文库本。
[②] 王国维:《论近年之学术界》,见周锡山编《王国维文学美学论著集》,北岳文艺出版社,1987年,第108页。
[③] 王国维:《宋元戏曲史·元剧之文章》,见《宋元戏曲史》,上海古籍出版社,1998年,第104页。

语、非书面语为代表的白话亦能造文学审美之境界的有力佐证,实为白话文运动提供了极有价值的资源。

王国维在艺术的范畴中探讨文学的认知性、感情效应,更多演绎艺术内在的特征,从认识论和方法论上无疑是得益于西方哲学美学和艺术审美理论。

除王国维外,当时徐念慈、黄人、曾朴、刘师培等皆有此方面的论述。徐念慈据黑格尔、康德之美学思想,来分析小说艺术的美学特征,论及文学之典型性、形象性、美感作用等重大理论问题。在《〈小说林〉缘起》、《余之小说观》等文中,黄人用西方美学思想区分"文学之求美、科学之求真、伦理学之求善",观点颇近于王国维。这些文学观念的深刻变化,是在一个"译籍东流,学术西化"的整体人文氛围中发生的。这个氛围导致了文学的论说体系开始从古典向现代转变。

周氏兄弟也是这种文学思潮变革中的代表人物。**鲁迅**(1881—1936)作于1907年的《摩罗诗力说》和周作人作于1908年的《论文章之意义暨其使命因及中国近时论文之失》两文,集编译与论述于一体,虽然阐述的对文学性质的思考认识各不相同,但他们所凭依的参照系却都是西方化的。这些西方科学、哲学、美学、文学思想与方法,体现的是完全不同于中国本土传统的思维方式和价值观,它们极大地冲击和重塑了周氏兄弟的人文观念体系。

从周氏兄弟的早期论文可以看出,虽然"文学"、"文章"等基本概念在交互使用,但文学观念则表现出相对的完整性、成熟性。鲁迅在《摩罗诗力说》中说:"由纯文学上言之,则以一切美术之本质,皆在使观听之人,为之兴感怡悦。"作为"不用之用",文学既要"涵养人之神思",又要能"启人生之闷机",揭"人生之诚理",给人有益的"教示"。鲁迅主张冲破旧的格套,提倡怀疑,肯定反抗,鼓动叛逆,要求表达郁愤不平之声。他列出拜伦、雪莱、普希金、莱蒙托夫、密茨凯维支、裴多菲等摩罗诗人,竭力彰扬他们的反抗和个性,并进一步明示"个性张"与"人国立"之间的关系。显然,鲁迅是将表现个性与教诲读者、有益人生、揭示美感统一起来的。他既不是极端的个性主义者,也不是轻视艺术个性、一味强调文学服务于进化的工具论者,而是把强调文学使命、尊重艺术规律和以文学促国民性之改造相结合。

周作人(1885—1967)早期重要论文《论文章之意义暨其使命因及中国近时论文之失》,仍沿用了泛文学的概念"文章",但此文很大一部分是译介西方文学观。他在博采西方文艺理论家观点的基础上形成了自己对文学创作本质的理解。其一"必形之楮墨者";其二"必非学术者";其三"人生思想之形现";其四"具神思、能感兴、有美致"。综合来说,即文学是形诸笔墨而非声音的,文学不是思辨说理的,而是人生经历、思想情感的形象化表现,通过审美感知而达于"远功"。周作人揭示了文学的形象性、非学理性、非实用性、审美性等本质方面,并以此为前提来确立文学之"使命":一是做到"言中有物",具备"涵义",能够"集汇精义,传诸人心,助之进于灵明之域";二是"正确阐释时代精神",以指导国人,变为"社会之力";三是"阐释人情以示世",文学"犹心灵之学,其责在表现意志、心思、良知、自性"和"白描人生";四是"发扬神思,趣人生以进于高尚"。周作人在表达这些文学观时,对沿袭儒家传统的"载道"文学观、以人废言的评价标准及在泛文学观影响下对小说之类通俗文体的轻视等文学批评倾向,作了深入的剖析和有力的批评。

鲁迅、周作人既强调文学作为艺术而具有的审美感知特征,又看重文学作为把握世界之方式而具有的促社会之改革、图国民精神之光大的功效。他们的文学论述,既揭示艺术规律,又有意识地将文学引向广阔的社会人生,显示了既不同于王国维以文学疏离社会的纯而又纯的文学思想,又不同于视文学仅为社会改革之工具的文学观,是讲求艺术审美而又不悖于时代精神的具有现代意识的文学观念。

第四节 鸳鸯蝴蝶派的小说创作

近代以来,租界的开辟、洋场的形成,使大都市的工商经济得以滋长繁荣,有闲阶级和市民阶层得以壮大,形成了一个新的消费群体。1905 年科举制度的废除,使一批企图走科举之路的文人纷纷跌入小市民阶层,对政治失去信心。加之拜金主义的影响,畸形都市生活的熏染,便取得了与普通市民相同的文化视线。加上迅速发展的印刷、报刊、杂志等传媒业,一批定位在满足市民文化消费的休闲、娱乐、消遣文学作品大量出现,如鸳鸯蝴蝶派小说。

一、鸳鸯蝴蝶派小说概说

鸳鸯蝴蝶派小说表现的是与新小说截然不同的创作风貌——"不谈政治,不涉毁誉",强调作品的趣味性以供人娱乐、消遣。因此,这类小说大多写"相悦相恋,分拆不开,柳阴花下,像一对蝴蝶,一双鸳鸯一样"的才子佳人,写扑朔迷离的侦探故事,写揭秘猎奇的社会新闻,也写市民生活中的苦乐与酸辛。形式上力求花样翻新,甚而趋于时尚,在当时的市民群众中拥有大量的读者。

鸳鸯蝴蝶派小说的作家队伍庞大而复杂。早期有影响的作家中有许多是南社成员,如包天笑、叶小凤、周瘦鹃、陈蝶仙、徐枕亚、许指严、贡少芹、闻野鹤等等,其中叶小凤是同盟会会员。他们反对封建制度,拥护资产阶级革命,在清末民初重大的政治斗争中基本站在进步力量的一方。也有一些作家是普通的下层文人,如孙剑秋、李涵秋、许啸天、张毅汉、杨尘因、吴双热等,他们或在上海谋职,业余时间创作小说,或靠写小说来维持生计,他们的创作态度大多很认真,作品不同程度地反映了反对封建专制主义、同情人民疾苦的进步倾向。但在此群体中,也有思想守旧、情趣庸俗低下的"文丐"、"文娼",专写令人肉麻的艳遇故事或揭人隐私,以迎合某些市民的低级趣味。良莠混杂的作家队伍，使小说的思想、艺术价值也参差不齐。

鸳鸯蝴蝶派小说风格多样、种类繁多，言情小说是此派小说中数量最多、影响最大的一个类别。清末民初，随着封建体制的垮台，理学对人们钳制力的松弛，人性开始了朦胧的觉醒，要求婚姻自主、恋爱自由成为当时社会上不可遏止的潮流。于是，封建观念较为淡泊的市民阶层，便率先从打破包办婚姻入手，开始反对封建思想观念，反映市民的思想感情和生活追求的鸳鸯蝴蝶派小说创作出现了"言情热"。较有影响的有徐枕亚的《玉梨魂》、吴双热的《孽冤镜》、李定夷的《陨玉缘》、吴绮缘的《冷江日记》、蒋著超的《蝶花劫》、周瘦鹃的《恨不相逢未嫁时》、包天笑的《一缕麻》等。这类新的才子佳人小说或描写封建制度所造成的爱情悲剧，或反映对男女平等婚姻的追求，具有时代色彩。

社会小说也是鸳鸯蝴蝶派小说的重要类别，重在反映辛亥革命前后的社会现实，其成就及影响不及言情小说。这类作品从市民群众的视角反映社会，笔锋触及到党、政、军、学、商等各阶层，比较注重作品的趣味性。早期较有影响的作品有李涵秋的《广陵潮》、张春帆的《九尾龟》、孙玉声的《海上繁华梦》和向恺然的《留东外史》等等。社会小说普遍反映了对某些旧道德的认同，即包天笑所说的"提倡新政治，保守旧道德"。其实这里所说的旧道德并非全部的封建道德，而是传统的孝悌观念和贞操观念，如周瘦鹃的《父子》宣传孝道，蔚之的《征妇》宣扬贞操观念。这表明意识形态领域的革命落后于政治体制的革命，是当时的社会普遍存在的实际问题。

历史小说在鸳鸯蝴蝶派小说中较为薄弱。民初专门创作历史小说的作家是蔡东藩。他的作品有《历朝通俗演义》、《两太后演义》等，最大特点是忠于史实："以正史为经，务求确凿；以轶闻为纬，不尚虚诬。"但因艺术虚构较少，不够生动。此外，杨尘因的《新华春梦记》描写袁世凯复辟帝制的始末；叶小凤的《古戍寒笳记》反映清初的抗清斗争；许啸天的《清宫十三朝演义》，许指严的《十叶野闻》、《三海秘录》，写清王朝的历史和清宫秘闻，在民初也都有一定的影响。

武侠小说和侦探小说是鸳鸯蝴蝶派小说起步较晚的两类，都是在20世纪20年代至30年代"言情热"过后才兴盛起来的。民初的武侠小说在近代初期的侠义小说的基础上有了一些新的发展，如侠客不再从属于统治阶级，且将小说进行了一定程度的神魔化，使作品更具瑰丽色彩与民间气息。比较重要的作品有向恺然的《江湖奇侠传》、《近代侠义英雄传》，顾明道的《荒江女侠》，李寿民的《蜀山剑侠传》等。

此外还有以程小青的《霍桑探案汇刊》为代表的侦探小说。"五四"前夕，侦探小说创作达到了高潮，比较重要的有俞天奋的《中国新侦探案》，陆澹庵的《李飞侦探案》，孙了红的《侠盗鲁平奇案》等等。这些作品描写普通人的聪明智慧和逻辑推理能力，对于启发民众有一定的裨益，思想情趣也比较健康。

鸳鸯蝴蝶派小说还有科幻小说、黑幕小说等门类。但科幻小说大多写得幼稚、荒诞。黑幕小说是谴责小说的末流，代表作家路滨生于1918年编的《中国黑幕大全》，其中有的作品描写了当时社会的黑暗，尚有一定的认识价值，但有些描写"艳史"、"秘闻"，迎合一些市民猎奇探秘的趣味，或是堕入"己诋私敌"的谤书。

在文学形式上，鸳鸯蝴蝶派小说十分注意吸收古今中外小说创作的长处，追求新奇，力求多变。一方面继承民族文学的传统形式和表现手法，如我国古代章回体和旧式笔记体裁的结构方式，按照人物出场的先后和事件发生的时空顺序来叙述一个有头有尾的故事，并且采用白描的手法等，符合中国人传统的欣赏习惯；另一方面也注重小说形式的探索，吸收外国小说的表现技巧，创制了"报纸连载小说"、"集锦小说"、"悬赏小说"、"别裁小说"等等新花样，从而增强了小说的可读性和读者参与意识。同时，还吸取了西洋小说的创作手法和叙述方法，力求符合时代潮流。苏曼殊的《断鸿零雁记》中抒情体和自传体的运用，徐枕亚的《玉梨魂》、《雪鸿泪史》与周瘦鹃的《花开花落》等小说中日记体叙事技巧的运用，陈蝶仙的《玉田恨史》中成功的心理描写，以及改变传统小说"大团圆"的结局，都体现了作者强烈的创新意识。在语言运用方面，鸳鸯蝴蝶派小说家大胆用白话文进行创作，在白话的推广上起到了积极的推动作用，开现代白话小说之先河。

此外，鸳鸯蝴蝶派文学还具有强烈的读者意识。为迎合市民阶层独特的文化心理，鸳鸯蝴蝶派小说家在创作时以使读者感兴趣为标准，在题材和内容上描写日常化社会生活和人之常情，追求既在情理之中又在预料之外的"奇"的艺术境界。鸳鸯蝴蝶派文学突出了对小说娱乐功能的追求。

总之，鸳鸯蝴蝶派小说，比较广泛而真实地反映了新旧过渡时期我国市井生活的风貌，反映了市民及民众反对封建专制主义、争取自由平等的要求，也反映了中国近代化过程中由于先天不足带来的种种历史局限；描述了资产阶级革命和西学东渐给中国社会带来的变迁，也描述了思想道德领域新旧交替的间隙所呈现的混乱状况。这些作品满足了广大市民阶层的文化娱乐要求，也对后来的通俗文学和大众文学的发展产生过积极影响。

二、徐枕亚与《玉梨魂》

徐枕亚(1889—1937)的《玉梨魂》是"鸳鸯蝴蝶派"的代表作，是一部具有"自传体"成分的小说。书中男主人公何梦霞为小学教师兼任家教，与这个家庭中年轻美貌多才的寡妇白梨影相互爱慕。通过白梨影八岁的儿子传书递信、赠诗和词，两人坠入情网。但受封建礼教的束缚，梨影不愿改嫁何梦霞，于是以李代桃僵之计，千方百计促成小姑筠倩与梦霞的婚事,并以身殉情。结果筠倩从白梨影留下的遗书中得知事情原委,也抑郁而死。何梦霞经过这一连串的打击后,赴日本留学,后战死于武昌起义。

《玉梨魂》触及到了人生的一个特殊的领域——寡妇的爱情。以往的才子佳人小说或言情小说不能冲破从一而终的贞节观念,因此,古代小说中不能克制七情六欲的寡妇的形象颇受贬低。《玉梨魂》则第一次以充满同情和赞美笔调,描写了一个未能遵从礼教约束而坠入爱河的寡妇,写她在爱情与礼教的矛盾冲突中苦苦挣扎,最后终于被礼教淹没。

作者在描写这个爱情故事时,把主人公何梦霞、白梨影、筠倩等处理成双重性格的人。他们既具有丰富的情感,强烈追求爱情和幸福,又信奉封建礼教,对女子"从一而终"的古训不敢有丝毫的怀疑。这种双重性格,实源于民初新旧交替社会的思想状况。一方面,封建政体垮台,西方自由之风也日趋渐进,唤起了人性觉醒,也唤起了人们对美好爱情的追求;另一方面,传统的道德观念仍使他们忧心忡忡,担心男女追求恋爱自由会使世风日下,故此主张以理节情,特别强调妇女"从一而终"。这种追求爱情幸福和遵循封建道德的矛盾冲突,强化了《玉梨魂》悲剧冲突的社会意义。

小说语言优美,以清新典雅、骈散相间的文言写成,蜂愁蝶怨,哀怨凄惨,具有强烈的抒情色彩。它虽然赞美"情",又推崇"理",但却没有使二者统一、和谐,出现明末清初才子佳人小说那样的大团圆结局,真实展现了情与理的尖锐对立,展现了理对情的扼杀给人们造成的巨大痛苦。作者极力渲染这种爱情的美好、真挚,写得真切感人。美国学者佩里·林克说:"《玉梨魂》虽然一再对读者进行勿沉溺于情的警告,但却几乎没有在青年读者中唤起任何对浪漫爱情的警戒。恰恰相反,它却引起了读者对'情'的更加迷恋。"[1]此外,作者虽然没有(也不可能)对封建礼教进行正面的批判,却真实而细致地展现了封建礼教如何扭曲人性、毒害心灵,在客观上控诉了礼教杀人的罪行。应该说,《玉梨魂》的主题基本上是反封建的,在封建意识形态仍然强大的民初具有明显的进步意义。

第五节　林纾等的翻译文学

在20世纪初的文学世界里,翻译文学占据了相当重要的部分。上千种译作虽然良莠不齐,却是中国历史上首次对外国文学大规模的译介。这些异彩纷呈的翻

---

[1] [美]佩里·林克:《鸳鸯蝴蝶派——二十世纪初期的中国城市通俗文学》,加利福尼亚大学出版社,1981年。

译文学,为 20 世纪中国文学的丰富作出了巨大贡献,也为新文化运动的兴起发展和 20 世纪中国文学的现代转型准备了重要条件。

一、翻译文学概说

近现代的翻译文学最早可以追溯到鸦片战争前后。列强的炮火轰开了中国长期紧闭的国门,络绎而来的西方传教士在宣传基督教教义和资本主义文明的同时,也带来了世界文学的一些作品。19 世纪的下半叶,受"中学为体,西学为用"等洋务思想的影响,国人对于西方的关注尚停留在科技器物层面,对其制度思想和风俗文化则关注较少,因而大量出现的还只是介绍天文地算及声光电化等方面的译书,相形之下,处于萌芽状态的翻译文学则影响甚小,仅有诗歌《人生颂》、历史散文《普法战纪》、小说《昕夕闲谈》等寥寥数种。

至 19 世纪末,清政府在外交和外战上双双失利,洋务派富国强兵的神话化为泡影。对"夷之长技"的学习和翻译逐渐落实到更深刻的政治、文化层面上来。严复和林纾在有意无意间响应了时代的召唤,他们数量庞大的文言译作为西方学术著作和文学作品的翻译开了风气之先,时誉之"译才并世数严、林"[①]。

在严复之后,小说翻译逐渐上升到译界的主导地位,这与当时维新改良派人士倡小说、办报刊有关。在小说被尊为"文学之最上乘"的年代,不仅原创小说蔚为大观,而且一时外国小说也译者成林、译著如山。其中影响最大的是林译小说和政治小说的翻译。梁启超等人翻译的日本明治前期的政治小说,以其鲜明的政治功利色彩,有力地配合了改良主义政治运动。此外,其他各类题材的小说也大量涌入中国。如侦探小说《歇洛克呵尔唔斯笔记》、《毒美人》、《蜂针蜇》,艳情小说《销魂草》,心理小说《圣人欤盗贼欤》,虚无党小说《虚无党奇话》、《秘密囊》、《决斗会》等,开阔了中国读者的眼界。

1905 年后,维新派已失意告退,资产阶级民主革命运动在中国日益蓬勃,促进了文学翻译之风的进一步兴起。新世纪的翻译文学在选题上更加自觉,译笔也不像先前那样草率了,盛行翻译理想、幻想及教育小说,如《铁世界》、《八十天环游地球》、《回头看》、《幻想翼》、《环游月球》、《电术奇谈》、《千年后之世界》、《苦学生》等。在东京的周树人(鲁迅)这时也翻译了法国凡尔纳的《月界旅行》和《地底旅行》。最流行的是虚无党及侦探类小说,充斥了大部分期刊杂志,因其暗杀、行侠的情节暗合了革命派的暴力主张和市民阶层的猎奇心理,文学界对之则毁誉不一,代表翻译家是陈冷血和周桂笙。

此后译界注重的是被压迫民族的文学作品,如俄罗斯文学中的普希金、莱蒙托

---

① 康有为:《琴南先生写万木草堂图,题诗见赠,赋谢》,见《庸言》一卷七号,1913 年。

夫、托尔斯泰、契诃夫、高尔基,都有名作被译介过来。这时期比较著名的长篇小说译本有伍光建译大仲马的《侠隐记》、曾朴译雨果的《九三年》(当时译作《九十三年》)、吴梼译莱蒙托夫的《银纽碑》、马君武译托尔斯泰的《心狱》等;短篇小说译本有严通译马克·吐温的《俄皇独语》、吴梼译契诃夫的《黑衣教士》、周氏兄弟译弱小民族的《域外小说集》等。

  同时,苏曼殊、马君武等翻译了一些西方诗歌。苏曼殊的译作既充满身世感伤,也满怀爱国激情。其最著名的译诗是《拜伦诗集》中的《去国行》、《赞大海》、《哀希腊》三首。他还和陈独秀合译过雨果的《悲惨世界》的节选本,取名《惨世界》,但颇多有意的改译和发挥。马君武学识渊博、兴趣广泛,除翻译拜伦的诗歌《哀希腊》与虎特的《缝衣歌》外,还翻译了思想、哲学、科学、小说、剧本等诸多世界名作。

  戏剧方面,李石曾译波兰廖抗夫的《夜未央》、包天笑改编自莎士比亚《威尼斯商人》的《女律师》、马君武译席勒的《威廉退尔》等。

  辛亥革命之后的翻译文学,题材上更开阔,数量也更多,却渐有粗制滥造之嫌。某些文艺刊物上登载的翻译外国小说,侦探、言情类竟占一半以上。但也偶有佳作,如1916年陈家麟、陈大镫合译的《风俗闲评》,继周氏兄弟之后,较全面地介绍了契诃夫的短篇作品。同年中华书局出版严独鹤、程小青等十人合译的《福尔摩斯全集》,洋洋大观。另有陈嘏译屠格涅夫的小说《春潮》和《初恋》及王尔德的戏剧《弗罗连斯》,刘半农译屠格涅夫的散文诗《狗》、泰戈尔的散文诗《海燕》、王尔德的戏剧《天明》等。1917年周瘦鹃推出了《欧美名家短篇小说丛刊》,其中一册专收欧洲小国的作品,此举得到鲁迅的赞赏。

  此时剧本方面还有一些根据外国剧本意译或改译的译本。如徐卓呆译的《遗嘱》及其与人合译的《牺牲》,啸天生译的俄国剧《美人心》、《残疾》、《结婚》等,为新兴话剧的发展打下了良好的基础。这一时期,用浅近白话和报章体翻译的作品也逐渐多了起来,翻译界言文渐趋合一。如胡适翻译的一些白话诗歌后来收录进《尝试集》。凡此种种都呈现出向新文学过渡的迹象。

  从总体上看,20世纪初叶的翻译文学是国人在屈辱与自强的心情下主动了解西方、学习西方的产物,它充满了强烈的政治功利性,一批著名的文学翻译家基本上都以启迪民智、改造社会、警世救国、奋起图强作为选题的标准。但时人也不免有饥不择食的倾向,译出的二三流作品数量也很多。可以说,除少数睿智严谨的译家如严复、鲁迅外,其他译作均有一定程度的鱼龙混杂。此外,在语言形式上也仍然没有脱离传统的窠臼,虽然出现了周桂笙、伍光建等人的白话翻译,但绝大部分译文都采用文言,甚者如严复恪守桐城之法,连字句平仄都要讲究。中西语言的差异及传统心理的规范又导致了意译占主导地位,晚清汗牛充栋的翻译作品,绝大部分属于意译。意译必然带来错漏改译等弊端,使译作不能忠实于原作风貌。如严复对赫胥黎原作后半段的删减,蟠溪子初译《迦茵小传》时对不合中国礼教之情节的隐瞒,使翻译文学从一开始就未能逃离直译与意译的论争。

二、林纾的翻译小说

胡适在《五十年来中国之文学》中说,严复是介绍西洋近代思想的第一人,林纾则是介绍西洋近代文学的第一人。"严译名著"和"林译小说"在20世纪之初销行量大、影响深远。"林译小说"是由他人口译、林纾笔译的翻译小说,以名著众多、译文典雅而备受当时读者喜爱。

林纾(1852—1924)原名群玉,字琴南,号畏庐,笔名冷红生、践卓翁、蠡叟等。福建闽县(今福州市)人。家境清寒,自幼刻苦学习,以读书为乐,尤喜史迁韩柳,对唐宋小说也多有涉猎。林纾终生最大的志向是做一个杰出的古文家,他在近代文坛颇有才名,甚至有"古文殿军"之称。

林纾最终以翻译名世。他的第一部译作是《巴黎茶花女遗事》,大约开译于1898年夏天。当时他痛失发妻,心情抑郁低落。他的好友、曾留学法国的晓斋主人王寿昌因此向他建议:"吾请与子译一书,子可破岑寂,吾亦得以介绍一名著于中国,不胜于蹙额对坐耶?"①抱着试试看的态度,由王寿昌口译,林纾用优美流畅的文言文转述了法国作家小仲马的名作《巴黎茶花女遗事》。不幸的爱情故事暗合了林纾悲愁的心境,译笔因而特别凄婉动人。该书之文学成就,正如时人所评论的那样:"以华文之典料,写欧人之性情,曲曲以赴,煞费匠心。好语穿珠,哀感顽艳。读者但见马克之花魂,亚猛之泪渍,小仲马之文心,冷红生之笔意,一时都活,为之叹为观止。"②因而广受欢迎,以至严复当时即写诗叹曰:"可怜一卷《茶花女》,断尽支那荡子肠。"③

林纾译书的主要目的在于:通过翻译小说激发国人反帝救国的热情,促使国人向西方学习进步经验的维新思想。在《巴黎茶花女遗事》无意中畅销之后,他便有意舍言情而转译有关政治思想的小说、传记。他从47岁开始致力于翻译,先后共翻译了多达184种外国文学作品(包括未发表的23种),计约1200万字,其中世界文学名著有40余种。其翻译的作品体裁上涉及历史、学术、传记、戏剧、故事、寓言、笔记、散文、小说等几乎所有的文学门类;国别则涉及英国、法国、美国、俄国、希腊、日本、比利时、瑞士、挪威、西班牙等十多个国家。诸如莎士比亚、狄更斯、司各特、雨果、巴尔扎克、孟德斯鸠、大小仲马、华盛顿、欧文、斯托夫人、托尔斯泰、易卜

---

① 钱基博:《现代中国文学史》,见郭延礼:《中国近代文学发展史》第二卷,山东教育出版社,1991年,第1580页。
② 丘菽园:《挥尘拾遗》,见《晚清文学丛钞·小说戏曲研究卷》,中华书局,1960年,第408页。
③ 严复:《甲辰出都呈同里诸公》,见《严复集》第二册,中华书局,1986年,第365页。

生、塞万提斯等经典作家的许多作品他都曾经翻译过。他的译著主要有英国哈葛德的《迦茵小传》等20种,柯南道尔的《歇洛克奇案开场》等七种,俄国托尔斯泰的《现身说法》等六种,英国狄更斯的《块肉余生记》等五种,法国小仲马的《巴黎茶花女遗事》等五种等。

由于林纾不懂外语,他的译书先由通晓外文的人士将原作当面口译,再由他笔录为文言文译出。这种"耳受笔追"的翻译方法早在古代佛典及明清"格致"之书的翻译中已经出现。林纾转译的效率极高,几乎下笔成章、文不加点。和他合作过的先后有王寿昌、魏易、陈家麟、毛文钟、力树萱、王庆通、曾宗巩、李世中等。但这种翻译形式也导致了他的选题无法自行定夺,因此也翻译了一些毫无价值的作品。林译世界名著《黑奴吁天录》(今译《汤姆叔叔的小屋》)、《孝女耐儿传》(今译《老古玩店》)、《块肉余生记》(今译《大卫•科波菲尔》)、《冰雪因缘》(今译《董贝父子》)、《贼史》(今译《奥立佛•退斯特》)、《双雄义死录》(今译《九三年》)、《撒克逊劫余英雄传》(今译《艾凡赫》)、《魔侠传》(今译《堂吉诃德》)等开拓了国人的视野。

林译小说是瑕瑜互见的。尽管如同鲁迅所说林纾的"文章是真的好",但由于他不识外文,选题合宜与否、翻译准确与否都难以把握,翻译中错漏改写之处百出。虽然不少译作对原著的删改或增饰只是在细节之处进行,于原著的基本内容、情节、风格并没有大的损伤。其用文言来翻译外国的小说,总难免有一些陈腐之气。钱钟书在《林纾的翻译》一文中指出,林纾翻译小说时所用的古文,实质上已经不再是传统意义上的古文了。拿他的译作与他的《畏庐文集》相比较就可以看出,林译小说的古文已经比正统的桐城古文更通俗化、更白话化了。

林译小说对中国文坛的贡献是不可磨灭的。它向当时的读者展示了一个崭新的文学世界,"几乎都因了林译才知道外国有小说"[1]。林译小说影响了许多后来成为现代文学中坚的人物,如鲁迅、周作人、胡适、郭沫若、茅盾、朱自清、冰心以及钱钟书等,他们都曾迷恋过林译小说。

总之,清末民初以林译小说为代表的翻译文学可圈可点,这些译作使国人对世界及其文学成就有了具体的了解,并因此引起了对以往封闭的视野、传统的封建观念的突破。其次,文学(特别是小说)的重大社会功用也得到了新的认识,文学渐渐成了民族解放、政治革命的利器。最后,翻译过来的外国文学在创作手法上为中国作家提供了新鲜经验和有益借鉴。从这个意义上说,当时的翻译文学是中国现代文学产生和发展的基点之一,翻译文学极大地促进了中国文学向现代文学转型的历史进程。

---

[1] 周作人:《林琴南与罗振玉》,见《语丝》第三期,1924年12月。

第二章 从"五四"文学革命到"新中国文艺方向"的确立

第一节 "五四"文学革命与新文学思潮

经过19世纪末20世纪初文学发展十余年间的酝酿和准备,"五四"文学革命终于爆发了,它是古典文学和现代文学的分水岭,也是中国文学开始追求现代化的标志。

"五四"文学革命是伴随着新文化运动一起产生的,是新文化运动的必然结果,也是其中一个重要的组成部分。它既是文学自身发展的必然趋势,同时也是外来文学思潮影响的结果。1915年9月,陈独秀主编的《青年杂志》(1916年9月第2卷起更名为《新青年》)创刊,掀起了新文化运动的序幕,新文化运动的一批主要发起人陈独秀、胡适、李大钊、蔡元培、鲁迅、周作人、钱玄同、吴虞等,以《新青年》为阵地,高举民主和科学的大旗,向封建文化传统发起了猛烈的攻击。当时占统治地位的封建旧文学和文言文,已经成为传播新思想、提倡新文化的严重障碍,旧的封建文学传统成为众矢之的。由此,一场以反对文言文、提倡白话文,反对旧文学、提倡新文学为内容的"五四"文学革命爆发了。

最早倡导文学革命的是胡适和陈独秀。1917年1月,《新青年》第2卷第5号发表了胡适的《文学改良刍议》,紧接着于2月又发表陈独秀的《文学革命论》,从文学的语言形式和思想内容两个方面发起了对旧文学传统的攻击。《文学改良刍议》提出"言文合一",主张以白话取代文言,作为现代文学语言,并提出改良文学要从"八事"入手,即"须言之有物"、"不摹仿古人"、"须讲求文法"、"不做无病之呻吟"、"务去滥调套语"、"不用典"、"不讲对仗"、"不避俗语俗字"。陈独秀的《文学革命论》以决绝的态度和恢弘的气魄,大力倡扬"文学革命"的"三大主义":"曰推倒雕琢的阿谀的贵族文学,建设平易的抒情的国民文学。曰推倒陈腐的铺张的古典文学,建设新鲜的立诚的写实文学。曰推倒迂晦的艰涩的山林文学,建设明了的通俗的社会文学。"胡适和陈独秀的文章分别从语言形式和思想内容方面指出了文学革命的方向,以此,文学革命开始逐渐形成气势,形成对旧文学的全面冲击。

胡适和陈独秀的文学主张很快得到了一批先进知识分子的积极响应,他们纷纷撰文从各个层面在理论上进行支持。钱玄同、刘半农沿着胡适语言形式革命的思维,提出了一些建设性的具体意见。钱玄同的态度非常激烈,他在致《新青年》编者的信中,对旧文学和他认为积淀着封建毒素的汉字进行了猛烈的讨伐,把桐城派文人讽刺为"选学妖孽,桐城谬种",甚至不无偏激地主张废除中国文字,从语言进化的角度说明白话取代文言的历史必然性。刘半农发表了《我之文学改良观》等文,就白话的采用和中国文章体制的变革发表了自己的看法。他认为"认定白话为文学之正宗与文章之进化,则将来之期望",同时主张打破对旧文体的迷信,从音韵学的角度提出了破旧韵造新韵,以及使用新式标点符号等倡议。胡适在1918年4月又发表了《建设的文学革命论》,进一步阐明了文学革命的宗旨、方法和途径,提出要以"国语的文学,文学的国语"作为建设新文学的宗旨。将文学革命与现代民族语言的建设结合起来,进一步凸现了文学革命的现代性内涵。在讨论新文学究竟应该有怎样的思想内容时,周作人的一系列文章所阐发的观点为新文学的发展和建设提供了重要的精神资源。1918年底和1919年初,周作人先后发表了《人的文学》、《思想革命》和《平民文学》等文章。在《人的文学》一文中,周作人旗帜鲜明地提出了"人的文学"的命题,认为新文学的本质就是对"人"的重新发现,并系统地介绍了"个人主义的人间本位主义"的"人道主义"。在《平民的文学》中,周作人进一步提出了"为人生的文学"口号,主张"以普通的文体,写普通的思想和事实",明确了"五四"文学的平民化原则,实际上是"人的文学"的补充和深化。这一系列文章的发表,使文学革命的影响日渐深广,同时也招来了不少的反对之声。

在"五四"文学革命的展开过程中,新与旧、激进与保守的论争从一开始就没有停止过,由于文学和思想观念的立场不同,他们都为各自的观点极力辩护,在相当长一段时间内,维护新文学自身的合法性成为文学革命倡导者的重要任务。作为晚清的古文家和颇有影响的翻译家,林纾在新文学运动的一开始就反对白话文,称之为"尽反常规,侈为不经之谈"。但在当时的时代环境下,这一声音受到了新文化阵营的合力夹击。20年代的初期和中期又出现了"学衡派"和"甲寅派"两个复古派别对新文学阵营的反攻。"学衡派"的主要成员是胡先骕、梅光迪、吴宓等,因1922年1月出版《学衡》得名。他们都是留美学生,信奉美国学者白璧德的新人文主义。"甲寅派"的代表人物是章士钊,1925年任北洋政府司法总长兼教育总长的章士钊将《甲寅》复刊并改为周报。章士钊不仅攻击新文学反对白话文,而且利用政权的力量,在小学恢复读经,并企图禁用白话教科书,这种开历史倒车的行为,遭到了新文化倡导者的反击。经过这几次比较大的论争,新文学和白话文的脚跟站得更稳了。

随着新文学的发展,新文学的影响和实践范围进一步拓展。由于受不同文艺思潮和文艺方法的影响,渐渐形成了文学观和创作风格相近的群体,文学社团的组建层出不穷。在这些文学社团中,组建最早、影响最大社团是文学研究会和创造社。文学研究会1921年1月在北京成立,发起人有郑振铎、沈雁冰、叶绍钧、许地山、王统照、耿济之、周作人、郭绍虞等,以沈雁冰主编的《小说月报》作为代用会刊。文学研究会"以研究介绍世界文学,整理中国旧文学,创造新文学为宗旨"①,该会成立时发表的《文学研究会宣言》指出:"将文艺当作高兴时的游戏或失意时的消遣的时候,现在已经过去了。我们相信文学是一种工作,而且又是于人生很切要的一种工作。"②他们认为文学是"人生的镜子"③,要求文学表现人生,指导人生,于人生起作用,他们因此被称为"为人生"派,在创作方法上主张写实主义。同年6月,创造社在日本东京成立,最早的成员包括郭沫若、成仿吾、郁达夫、张资平、田汉、穆木天、陶晶孙、何畏等。创造社的文学实践前后曾发生过比较大的变化,前期主张为艺术而艺术,倾向浪漫主义,后期则纷纷倡导"革命文学",对中国左翼文学的勃兴起了很大的推动作用。文学研究会和创造社共同为新文学作出了巨大的贡献,并对现代文学不同流派的发展产生了久远的影响。

作为中国现代新文化实践的开始,由"五四"文学革命所带来的新文学思潮对20世纪中国文学的发展有着重大的贡献,我们可以从工具和思想两个层面去认识新文学思潮对于现代文学现代化进程的推进作用。

首先是语言层面的革命,在具有现代意义的"文学"概念背景下,新文学革命为白话的作用作了重新定位,在一个新的理论空间中赋予白话以文学的合法性。提倡用人民群众嘴上的活语言取代僵死的文言文,建立"言文合一"的新文学语言和新文学体式。正如胡适所言:"文学革命的运动,不论古今中外,大概都是从'文的形式'一方面下手,大概都是先要求语言文字文体等方面的大解放。"④"能达今日的思想,能表今人的情感,能代表这个时代的文明程度和社会状态,非用白话不可。"⑤这样,经过"五四"新文学革命,特别是经过广大新文学开创者的运用,各个文学门类都相继产生了足以取代文言作品的现代白话文学作品,真正具备了现代文学作品的形态。1920年,北洋政府的教育部以法令形式规定自小学一二年级起,逐步改用白话文的国文课本,白话文取代了文言文,现代汉语得以确立。语言的走向现代化,极大地影响了社会生活的变革,为20世纪中国走向现代化迈出了

---

① 《文学研究会简章》,见《小说月报》第12卷第1期,1921年2月。
② 同上。
③ 《文学研究会丛书缘起》,见《中国新文学大系·史料索引集》,上海良友图书印刷公司,1935年10月,第73页。
④ 胡适:《谈新诗》,见《中国新文学大系·建设理论集》,上海良友图书印刷公司,1935年10月,第295页。
⑤ 胡适:《答黄觉僧君〈折衷的文学革新论〉》,见《新青年》第5卷第3号,1918年9月。

非常重要的一步。文学是语言的艺术,新文学思潮促成了中国新的文学语言的形成,为20世纪的文学发展提供了无限的可能性。

其次是现代意义的人学思想的确立。人道主义的文学观取代了"文以载道"、"代圣贤立言"等封建文学观,提倡建立"人的文学",反对"非人"的文学。个性主义、人道主义成为"人的文学"的主要内容。胡适在他的"八事"中,首先要求"言之有物",他解释这个物不是"文以载道",而是指个人的情感和思想。陈独秀的《文学革命论》明确表示"文学本非为载道而设",要求创作"赤裸裸的抒情写世"的文学。刘半农则认为,"道是道,文是文,二者万难并作一谈"。他要求文学中"当处处不忘一个我","吾辈心灵所至,尽可随意发挥"。这些抒写生活真实和个人内心情感的主张,都是个性解放思潮在文学中的表现。正如郁达夫所总结的:"从前的人,是为君而存在,为道而存在,为父母而存在,现在的人才晓得为自我而存在了。"①而周作人的一系列文章则奠定了新文学思潮"人的文学"的中心概念,从而在理论层面为新文学的发展和建设提供了重要的精神资源。因此,"五四"时期的文学作品无论是抒写自我的人生,还是描写平民的生活,无不闪耀着人性的光辉。"人的文学"标示了新文学区别于旧文学的本质特征。

第二节 左翼文学运动与文学思想论争

左翼文学运动是继"五四"文学革命之后又一次大的文学运动,是30年代规模最大、声势最壮、参与人数最多的文艺运动。它贯穿于"30年代文学"的全过程,昭示了启蒙文学之外另外一条文学发展的路径。新文学阵营随着20年代末期中国社会政治革命的剧烈动荡发生了重大的政治分化,由此也形成了此阶段的关于文学思想的各种论争。其间,左翼文学无疑是文坛的主潮,它撼动并影响着整个文坛。

左翼文学运动肇始于无产阶级文学的倡导,而无产阶级文学的倡导则可以追溯到"革命文学"口号的提出与讨论。文学研究会发起人之一郑振铎曾在《文学与革命》中提出为了完成文学革命必得有革命文学的出现。自从1921年成立了中国共产党,"革命文学"便初露端倪。"革命文学"的鼓吹到1926年开始进入高潮。20年代后期国民革命的发展有力地促进了革命文学高潮的兴起,而1927年春夏之际的国共分裂和接踵而来的"白色恐怖",更直接地促使一大批共产党人涌入文化战线,在文艺上形成对国民党意识形态的"反围剿"。

---

① 郁达夫:《中国新文学大系·现代散文导论(下)》,见蔡元培等著《中国新文学大系导论集》,上海书店,1982年11月影印,第205页。

1926年,《创造月刊》创刊后,创造社进入了它的后期,成为一个"革命文学"社团。1927年秋后,冯乃超、朱镜我、彭康、李初梨等人从日本回国,成为后期创造社的理论主将。他们在1928年1月创刊的《文化批判》上,对"五四"文学革命进行了大张旗鼓的清算和批判。《创造月刊》把重点转向提倡"无产阶级革命文学"。1927年底,蒋光赤(即蒋光慈)、钱杏邨等人组成太阳社,在1928年1月出版了《太阳月刊》,高举无产阶级文学的大旗,矛头直指"五四"文学的元老鲁迅、茅盾、叶圣陶等人。这两个社团发表了一系列倡导无产阶级革命文学的文章,其中较有影响的有冯乃超的《艺术与社会生活》、成仿吾的《从文学革命到革命文学》、李初梨的《怎样地建设革命文学》、蒋光慈的《关于革命文学》、钱杏邨的《死去的阿Q时代》等,从多方面阐述了有关无产阶级革命文学的主张,从而使无产阶级文学运动蓬勃开展。

无产阶级文学的倡导不仅在思想和创作实践上促成了30年代文学的大转向,而且为"左联"的成立在思想、理论和组织上作了充分的准备。1929年,中共中央指示创造社和太阳社停止内部论争和对鲁迅等人的攻击,筹备建立统一的左翼文学组织。1930年3月2日,中国左翼作家联盟成立于上海,简称"左联"。鲁迅、冯雪峰、柔石、冯乃超、蒋光慈、田汉、阳翰笙等四十余人出席了会议,会上选举鲁迅等七人组成常务执行委员会,通过"左联"的理论纲领,宣告"左联"的奋斗目标是"站在无产阶级的解放斗争的战线上","援助而且从事无产阶级艺术的产生",总的行动纲领是"求新兴阶级的解放"。鲁迅作了《对于左翼作家联盟的意见》的重要讲话,对无产阶级文学运动倡导时期的经验教训作了总结,提出克服小资产阶级的动摇性和宗派主义,号召"左联"必须扩大联合战线,"造出大群的新战士"。此后,左联在国内的一些大中城市及日本的东京都设有分会,文化界其他领域也成立了"剧联"、"影联"、"美联"、"社联"、"记者联"等左翼团体。左联除将鲁迅主编的《萌芽》、原太阳社蒋光慈主编的《拓荒者》作为机关刊物外,还先后出版了《巴尔底山》、《前哨》(后改名为《文学导报》)、《北斗》、《十字街头》、《文学》、《文学月报》等机关刊物。

"左联"从1930年成立,到1936年春自动解散,标志了左翼文学运动的兴起与落幕。在这几年中,"左联"开展了一系列革命文学运动,使左翼文学运动日益走上健全发展的道路,推动整个现代文学进入一个政治意识和先锋色彩浓厚的阶段。"左联"所开展的革命文学活动主要包括:建立马克思主义文艺理论研究会,加强马克思主义文艺理论介绍,全面而系统地译介了马克思主义经典作家的文艺著作,普遍提高了当时作家们的理论水平;在创作上,"左联"积极团结、组织大批左翼作家,大力倡导开展革命文学创作,写出了一大批思想敏锐、情感激昂相得益彰的作品;"左联"还开展了文艺大众化讨论,推动文艺大众化运动,努力促进文艺与人民大众的接近。总之,由"左联"所带动的左翼文学运动克服了重重的困难与阻力,以多方面的实绩为中国新文学史谱写了新的篇章,有力地配合了中国的革命斗争,开始了中国马列主义文艺理论的建设,为革命争取了更多的青年,也使中国左翼文学成为国际共产主义运动中一面飘扬的旗帜。但左翼文学也存在片面强调文艺的工具性忽视审美性、过分强调阶级性忽视普遍的人性、强调思想而轻视技巧等问题,阻碍了文学多元化的发展。

由于左翼文学思潮是一股新兴的文学思潮,其本身带有鲜明的阶级性和政治色彩,要求文学自觉地为阶级斗争服务,为现实的革命斗争服务,为革命政党的路线和政策服务,这种观点必然为那些自由主义文学思想的作家所不容,因而不同阵营之间文学思想的对立与论争就非常激烈。他们大多围绕文学的本质属性、文学同政治的关系、文学的功能等问题展开论争,论争双方的观点各有其合理性和偏颇处,反映了各自对文学的不同理解,同时也是文学思潮多元性的表现。"左联"成立前后有过许多次文艺论争,集中体现了左翼作家和自由主义作家对于文学的不同认识以及当时所持的不同的立场。最主要的有两次:一是同"新月派"的论战,二是同"自由人"、"第三种人"的论战,此外还有与林语堂等"论语派"文艺观的论争,以及与朱光潜、沈从文、萧乾等"京派"文人的论争。

"新月派"是原新月社部分成员汇聚到上海后形成的作家派别,主要成员有胡适、徐志摩、梁实秋等。他们于1927年春创办新月书店,1928年3月又创办《新月》杂志,"新月派"逐渐名声大振。"新月派"主张文学的超阶级、超党派性,并以"永恒的人性的文学"否定"无产阶级的阶级的文学"。左翼文学观同这种文学观的分歧主要集中在两个方面,其一是文学是否有阶级性;其二是文学作品是否是天才才能创作出来的。梁实秋在《文学与革命》一文中就认为,"无产阶级的文学"这一提法根本就不能成立,因为文学家"并不含有固定的阶级观念","伟大的文学乃是基于固定的普遍的人性"。同时,他还极力肯定"一切的文明,都是极少数人的天才的创造","人性是测量文学的唯一的标准"。针对这种论调,彭康写了《什么是"健康"与"尊严"——〈新月的态度〉的批判》,冯乃超写了《冷静的头脑》,鲁迅写了《新月社批评家的任务》、《"硬译"与"文学的阶级性"》、《"丧家的""资本家的乏走狗"》等文章予以还击。左翼作家侧重从文学的阶级性本质上批评梁实秋等的观点,坚持文学的阶级性。

与自称为"自由人"的胡秋原和"第三种人"的苏汶的论战,主要围绕着文艺与政治的关系。1931年12月起,胡秋原发表《阿狗文艺论》、《勿侵略文艺》、《钱杏邨理论之清算与民族文学理论之批评》,以"不主张只准某一种文学把持文坛"①为名,既批评国民党的"民族主义文艺运动",也反对无产阶级文学运动,认为"艺术只有一个目的,那就是生活之表现,认识与批评"②,反对政治"侵略"、"干涉"文艺,反

---

① 胡秋原:《勿侵略文艺》,《文化评论》第4期,1932年4月。
② 胡秋原:《阿狗文艺论》,《文化评论》创刊号,1931年12月。

对文艺的功利性,并具体化为"艺术与革命不能并存论"。苏汶在1932年7月以后写了《关于〈文新〉与胡秋原的文艺论辩》、《"第三种人"的出路》、《论文学上的干涉主义》等文章。苏汶以"死抱住文学不肯放手的"的姿态说:"在'知识阶级的自由人'和'不自由的,有党派的'阶级争着文坛的霸权的时候,最吃苦的,却是这两种人之外的第三种人。这第三种人便是所谓的作者之群",并指出左翼文坛"因为太热忱于目前的某种政治目的这缘故,而把文学的更永久的任务完全忽略了",还指出左翼文坛拒绝中立,"这种拒人千里之外的态度,我觉得是认友为敌,是在文艺的战线上使无产阶级成为孤立"。针对胡秋原和苏汶的理论,"左联"自1932年起,发表了系统的批判文章,有瞿秋白的《文艺的自由和文学家的不自由》,周扬的《到底谁不要真理,不要文艺》,冯雪峰的《并非浪费的论争》、《关于"第三种文学"的倾向和理论》等,鲁迅也发表了《关于"第三种人"》、《又论"第三种人"》等杂文,由此展开了激烈的论争。左翼作家从无产阶级文学的任务、要求出发,论述了文艺与政治不可分割的关系,文艺的政治倾向性和党派性以及阶级性是不可抹煞的,所谓的"第三种人"是不存在的。

  通过这次论争,左翼作家系统地整理了自己的理论,促进了左翼文学运动的发展,对中国马克思主义文艺理论的建设有着深远的影响,产生了一大批优秀的左翼文学作品。在论争中,无论是左翼作家还是自由主义作家,都暴露了某些明显的缺点。左翼文学思潮代表了新文学的发展方向,但也犯有相当程度的"左"倾幼稚病。自由主义文学思潮坚持文学与阶级绝缘、与政治分离的观点,也是有片面性的。这些问题都需要论争双方冷静的思考,从而得出更富学理性的认识。但是在当时意识形态尖锐对立的时代背景下,论争不可能深入下去,双方都表现出不无偏激的姿态。正是多种文艺观的碰撞以及对文学发展的不同要求,方才构成了一种动力,丰富了30年代的文学发展,形成对峙互补的多元文学格局。

第三节 抗战时期的文学运动与文学思想论争

  "九一八"和"七七"卢沟桥事变的爆发,改变了中国历史的进程,中华民族投入了争取民族独立解放的斗争。面对着举国上下高涨的抗日情绪,国土的沦陷,作家们大都失去了从容写作的心境,为抗战服务的强烈愿望决定了抗战文学的独特面貌。战时特殊的政治文化氛围,包括思维方式与审美心态,促成了战争期间所特有的文学现象。战争直接影响到作家的写作心理、姿态、方式以及题材、风格,民族救亡成为新文学运动中的中心和文学创作压倒一切的总主题。中国新文学在民族战争的炮声中,重新确立自己的位置和走向。特殊的时代环境,使本时期的文学发展与此前的左翼文学保持连续的同时,又呈现出不同的面貌。抗日战争是中国历史上规模空前的伟大民族解放战争,因此,抗战时期文艺运动的主流必然是在民族解放的旗帜下用文艺做武器、为促进民族解放而斗争的运动。

由于军事、政治上的原因,这一时期的文艺界在客观上分为国统区(国民党统治区)、解放区(共产党领导的抗日根据地)、沦陷区(日本侵略军占领的地区)及上海孤岛(指1937年11月日军占领上海,租界处于被包围之中的特殊区域,直到1941年12月珍珠港事件爆发为止)等四个不同区域的创作。由于各个空间存在着不同的政治气候、处境氛围、地域特色等,因而各个区域的文学发展呈现出多侧面、多层次和多阶段性,从而使40年代文学显得纷繁复杂而多变。

国统区的文学创作具有鲜明的阶段性特征:抗战初期热烈亢奋,进入相持阶段后沉思而凝重,抗战后期和解放战争时期则多表现为戏剧性的嘲讽。抗战文艺运动的前期,作家们在严酷战争现实的压力下,团结抗日的气氛比较浓厚,形成了生气蓬勃的抗战文艺热潮。作家们为爱国热情驱使,尽力描写抗战涌现的新事物,创作上大多显示出"颂扬多于批判,热情多于理智"的倾向。一些速写式的文艺作品大量涌现,诸如活报剧、街头剧、战地通讯、报告文学、街头诗、朗诵诗等文学样式,盛极一时。著名街头剧《放下你的鞭子》,在当时就起了很好的宣传作用,它和另两个街头剧《三江好》、《最后一计》,被合称为"好一计鞭子",是抗战初期最具代表性的小型戏剧。另外还出现了数量可观的报告文学作品以及充满鼓动性的朗诵诗,丘东平、萧乾、范长江、以群、光未然等都是当时创作力比较旺盛的作家。抗战初期的文学作品虽充满激情、单纯简朴、浅显易懂,但因为明显的功利性,大多有公式化、概念化的倾向,一时间,战争浪漫主义成为普遍的文学风气。

1938年3月27日,中华全国文艺界抗敌协会(简称"文协")在武汉成立,囊括了各阶层、各派别的作家,标志着文艺界在民族解放的旗帜下结成了最广泛的统一战线。会议选举郭沫若、茅盾、冯乃超、夏衍、胡风、老舍、巴金、朱自清、郁达夫、胡秋原、张恨水、张道藩、陈西滢、王平陵等45人为理事,周恩来、孙科等为名誉理事,"文协"由老舍主持日常的工作。"文协"成立后,向作家提出了"文章下乡,文章入伍"的口号,组织作家深入前线、民间,了解、描写现实斗争。

"皖南事变"以后,抗战进入相持阶段,文艺界受到愈来愈严重的精神压迫,抗战文艺运动也由初期的高昂亢奋,转向了冷峻而痛苦的观察和思考。作家们不再只是专注于轰轰烈烈的事物表象,而是在大后方繁复错杂的生活中,作深层次的反思和挖掘,长篇小说、多幕剧和长篇叙事诗成为这一时期主要的文学形式。此时的文艺活动氛围虽然不及前期热烈,但创作无疑较前期深化了,反思、讽刺、历史、人民性等宏大的主题在很多作家的作品中都有涉猎。长篇小说创作成就最为显著,茅盾的《腐蚀》、《霜叶红似二月花》,巴金的《火》三部曲、《憩园》,老舍的《四世同堂》,萧红的《呼兰河传》,林语堂的《京华烟云》等作品都是在这一个时期创作的。

戏剧创作明显加强了多幕剧创作，夏衍的《心防》、《法西斯细菌》，曹禺的《北京人》，陈白尘的《结婚进行曲》、《岁寒图》，吴祖光的《风雪夜归人》都是抗战时期著名的剧作。另外，借古讽今、借古鉴今的历史剧也因为特殊的历史背景和斗争的需要，达到了阶段性的繁荣，郭沫若的《屈原》、阳翰笙的《天国春秋》、欧阳予倩的《忠王李秀成》都是相当有影响的作品。诗歌方面，冯至的十四行诗和穆旦的创作是40年代诗歌的重要收获。

抗战后期和解放战争时期，国民党政府的腐朽黑暗进一步加深，各种矛盾纷纷暴露，国统区文艺界反压迫、争民主的呼声日益高涨。这一阶段的文学承续了前一阶段开拓的题材主题，作家们站在批判、否定的立场直面现实，讽刺性的文学取得迅猛发展，主要表现在小说、诗歌以及杂文创作三个方面，小说有张恨水的《八十一梦》、《魍魉世界》，钱钟书的《围城》，巴金的《寒夜》，沙汀的《还乡记》，黄谷柳的《虾球传》等；诗歌有杜运燮的《追物价的人》，臧克家的《宝贝儿》，袁水拍的《马凡陀的山歌》等；戏剧有吴祖光的《捉鬼传》，宋之的的《群猴》，丁西林的《三块钱国币》，陈白尘的《升官图》等，这些作品用喜剧式的戏拟和讽刺预示了一个时代的结束。

上海"孤岛文学"运动是抗日战争前期特定地区的文学运动，是抗战文学运动的重要组成部分。1937年11月，中国军队撤离上海，上海沦陷，但属于英美的公共租界和法租界还未被日本军队占领，处于日本占领区的包围中，因而被称为"孤岛"。在此期间，上海爱国市民和作家们在租界内的抗战文学活动，史称"孤岛文学"。"孤岛文学"中戏剧运动最活跃，以于伶的《夜上海》、《长夜行》，阿英的《碧血花》，李健吾的《草莽》等为代表，包括由"上海戏剧界救亡协会"组织的"上海剧艺社"在内的各种专业和业余的剧团最多时达120个之多，还出现了"大剧场"和"小剧场"相结合的壮观景象。

太平洋战争爆发后，日军进驻租界，上海"孤岛文学"结束，沦陷区文学成为此时期的主要成就。此前有1931年"九一八"事变后的东北沦陷区文学，1937年"七七"事变后的华北沦陷区文学，台湾地区文学以及后来沦陷的南京、武汉、桂林、香港等地文学，统称为沦陷区文学。沦陷区文学由于其特殊的历史背景，一直在日本人的政治高压和坚持新文学传统之间、在"说"和"不说"之间寻找出路。袁犀的《贝壳》、《面纱》，梅娘的《小妇人》等作品表达了知识青年的迷惘、混乱和矛盾，延续了"五四"文学探讨的主题。而张爱玲、苏青等小说家的出现，则是对于凡俗人生的发现，有在动荡时代追求个性和人生的成分，标志了沦陷区通俗文学创作的繁荣。

解放区是以延安为中心的抗日根据地扩大而来的，其面临的首要任务就是走向民间为抗日战争和解放战争服务，是一场实现工农兵新方向的文艺运动。作家们很少再去描写以往新文学中常见的知识分子的个人感情，甚至也很少注意对现实生活的揭露和批判,而代之以对新社会制度的赞美以及对人民群众斗争生活的热情描绘,普通的农民、士兵和干部成为作品中重点表现的对象,文学创作的主要特色表现在民族化、大众化的自觉探索上。随着文艺整风运动和毛泽东《在延安文艺座谈会上的讲话》的发表,解放区文学正式确立了文艺创作为工农兵服务的方向。

  这一时期比较重要的文艺思想论争有文艺"民族形式"问题的讨论以及现实主义与"主观"问题的长期论争。"民族形式"作为一个口号,是1938年毛泽东在党的六届六中全会上作《中国共产党在民族战争中的地位》的报告中提出来的,毛泽东指出要把"国际主义的内容和民族形式"结合起来,创造"新鲜活泼的,为中国老百姓所喜闻乐见的中国作风和中国气派"。1940年初在《新民主主义论》中又指出:"民族的形式,新民主主义的内容——这就是我们今天的新文化。"毛泽东关于民族形式的论述引起了极大的争议,什么是民族形式的中心源泉,吸引了讨论者们的注意力。1940年3月,向林冰发表《论"民族形式"的中心源泉》,完全否定文学革命中借鉴西方文学形式所建立的新民族形式。提出"以民间形式为民族形式中心源泉"的观点,遭到了很多论者的反对。葛一虹在《民族遗产与人类遗产》、《民族形式的中心源泉是在所谓"民间形式"吗?》等文中批评了向林冰的观点,但又矫枉过正,把传统的旧形式等同于封建文学。此后,光未然、潘梓年等人发表文章,主张对各种源泉应一视同仁。1940年6月,《新华日报》召开民族形式座谈会,促进了讨论的深入。讨论的重点转向民族形式的基础和内涵等理论问题以及创作实践,郭沫若和胡风都认为民族形式的基础和内容是现实生活,茅盾则指出:"民族形式的正解,显然是植根于现代中国人民大众生活,而为中国人民大众所熟悉所亲切的艺术形式。"[①]1940年11月,戏剧春秋社在桂林召开关于戏剧民族形式问题的座谈会,标志着讨论的更加深入。"皖南事变"的爆发中断了民族形式的讨论,后来胡风编辑了《民族形式讨论集》,总结了这次论争。

  有关现实主义和"主观"问题的大论战是一场自抗战胜利前就发生、一直延续到全国解放前夕的论争,是由革命文学阵营内部的文艺思想分歧引起的。论争的一方以胡风为代表,他在《关于创作发展的二三感想》、《现实主义在今天》、《置身在为民主的斗争里面》等文章中,提出"主观战斗精神"和"精神奴役底创伤"等命题,强调"主观创造精神"、"自我扩张"、体验现实主义,反对教条主义以及由此带来的公式化、概念化。舒芜发表《论主观》一文,从哲学上论证了主观精神在创作中的作用,认为"主观,这一范畴已被空前的提高到最主要的决定性的地位了",为胡风的文艺思想提供了哲学基础。这些观点显然是和《讲话》所确定的路线相左的,因而

[①] 《抗战期间中国文艺运动的发展》,见《中苏文化》第8卷第3、4期合刊。

遭到了很多人的批判。邵荃麟、黄药眠等人的文章指出胡风的观点是片面夸大了作家主观精神的唯心主义和个人主义倾向,离开了唯物论。乔木(乔冠华笔名)的《文艺创作与主观》指出作家不是用"思想体系或人格力量",而是用"人民主体的健康精神,来批评人民的'奴役底创伤'"。冯雪峰、何其芳等人也对胡风、舒芜进行了批判。胡风1948年写了《论现实主义的路》,进一步阐述了自己的观点,对批评者的意见进行反驳。这场大论战几乎贯穿了整个40年代,直到建国前才停止。

第四节　毛泽东《在延安文艺座谈会上的讲话》

抗战文艺运动中最重要的历史事件,无疑是1942年5月延安文艺座谈会的举行和毛泽东《在延安文艺座谈会上的讲话》的发表。

抗战爆发以后,解放区兴起的是另外一种文学实践,它的服务对象是广大的工农兵群众,"五四"以来力图与大众结合的新文学,在解放区率先揭开了新的一页,出现了一大批反映解放区新生活的作品。但是,对于进入解放区的很多文艺工作者来说,文艺为工农兵服务依然是一个新的课题,无论是情感上还是在写作实践上,都需要一个协调适应的过程。尽管多数文艺工作者是抱着追求革命、投身抗战的目的来到解放区的,但是在很多问题的认识上还不很一致,延安文艺座谈会就是在这样的背景下举行的。

1942年5月2日至23日,中共中央在党内整风的基础上召开了延安文艺工作座谈会。会上,毛泽东以党的最高领导人的身份作了发言,后整理成文,题为《在延安文艺座谈会上的讲话》,发表于1943年10月19日的《解放日报》。

《讲话》的中心是回答文艺"为群众",以及"如何为群众"的根本问题。首先,讲话指出:"我们的文艺,第一是为工人的","第二是为农民的","第三是为了武装起来了的工人农民,即八路军、新四军和其他人民武装队伍的","第四是为城市小资产阶级劳动群众和知识分子的"。《讲话》要求文艺工作者"站在无产阶级立场上","为这四种人服务"。并强调指出:"为什么人的问题,是一个根本的问题,原则的问题"。毛泽东又把这一思想作了简洁的概括:"我们的文学艺术都是为人民群众的,首先是工农兵的,为工农兵而创作,为工农兵所利用的。"毛泽东以党的领导者的身份谈文艺问题,自然是从政治家的角度要求文艺家思想的统一、立场的转变,途径就是与工农兵的结合。这种结合既解决了思想统一的问题,又解决了创作源泉的问题。这就明确了革命文艺的工农兵方向,给"五四"以来一直探讨的文艺为什么人的问题作了明确的回答,比一般平民化、大众化要具体得多。这段话不仅成为指导解放区文学发展的中心口号,而且在全国解放后成为长时间指导文艺发展的方针。

确定了文艺为工农兵服务的方向,就需要对文艺性质、功能作出新的理解。《讲话》中毛泽东还重点阐释了文艺与政治的关系问题:"求得革命文艺对其他革命工作得更好的协助,借以打倒我们民族的敌人,完成民族解放的任务","文艺服从于政治"。毛泽东认为:"在现在世界上,一切文化和文学艺术都是属于一定的阶级,属于一定的政治路线的。为艺术的艺术,超阶级的艺术,和政治并行或相互独立的艺术,实际上是不存在的。无产阶级的文学艺术是无产阶级整个革命事业的一部分,如同列宁所说,是整个革命机器中的'齿轮和螺丝钉'。"这是毛泽东作为无产阶级政治家,在特定的以政治为中心的历史条件下,得出的关于文艺问题的结论。

《讲话》被指定为中共整风运动的指导文献之一,成为中国共产党领导文艺事业的理论、方针、政策,直接奠定了共和国文学的基本发展框架以及所遵循的理论模式。《讲话》的发表,确立了文艺的工农兵发展方向,有力地推动了各抗日根据地的文艺运动,从而开始了解放区文艺运动的新阶段。对于整个20世纪的文学发展来说,《讲话》也有非常重要的意义,它直接地促进了一个新的文学规范体系的产生,影响了半个世纪甚至更长时间的文学发展面貌,标志着新中国文艺方向的确立。

第三章 鲁　迅

第一节　生平和思想历程

鲁迅(1881—1936),原名周树人,1881年(清光绪七年)9月25日生于浙江绍兴。本名樟寿,字豫山,后改字豫才,改名树人。1918年发表第一篇白话小说《狂人日记》时,开始用"鲁迅"作笔名。

鲁迅生长在一个小康的封建家庭里,七岁开始入家塾读书,开蒙之书是《鉴略》。九岁时,读祖父从北京寄回的《诗韵释音》、《唐宋诗醇》,十岁前后读《论语》、《孟子》,并看了《镜花缘》、《儒林外史》、《西游记》、《三国演义》、《封神榜》、《聊斋志异》、《绿野仙踪》、《天雨花》、《义妖传》等小说。12岁入三味书屋读书,至16岁前就读完了"四书"、"五经",以后又读了《尔雅》、《周礼》和《仪礼》。

他因陆玑的《毛诗草木鸟兽虫鱼疏》、陈淏子的《花镜》等图书而对影描绣像发生很大兴趣,曾描画过整本的《荡寇志》、《西游记》等,并开始购买画谱,至1898年,他陆续购买了《毛诗品物图考》、《海上名人画稿》、《点石斋丛画》、《古今名人画谱》、《天下名山图咏》、《芥子园画谱》等多种。他在读书、买书的同时,又开始抄书。1895年秋冬,他选抄了《唐代丛书》中陆羽的《茶经》三卷,陆龟蒙的《五木经》和《耒耜经》等书。

良好的旧式教育,广泛的兴趣爱好、良好的读书习惯,为他以后从事文学创作与学术研究,打下了深厚而扎实的功底。

1893年秋,鲁迅的祖父周福清替参加乡试的儿子和亲友贿赂主考官之事败露,被押解到杭州监禁,次年被光绪帝谕旨判为"监斩候"。为防株连,鲁迅兄弟等遂被送至皇甫庄外婆家避难。1894年冬,鲁迅的父亲周凤仪突然大吐血,至1896年初冬,终因不治而病逝,年仅37岁。为了设法营救祖父和为父亲延医求药,周家不得不变卖家产典当衣物。家庭变故中的遭际,给了鲁迅很深的刺激:避难时遭到被亲戚称为"乞食者"的冷遇;当铺、药铺里的冷眼;家族析产时的不公和欺侮……事隔多年后,他仍愤然地说:"有谁从小康人家而坠入困顿的么,我以为在这途路中,大概可以看见世人的真面目。"①"家道中落"给予鲁迅的影响,除了"看见世人的真面目"外,还使鲁迅更深入地亲近农村、了解农民的生活,这对于鲁迅一生站在社会底层的立场、以劳苦大众的视角看待社会问题,具有决定性的意义。

1898年夏,鲁迅离别故乡去南京求学。先考入江南水师学堂,后转入该学堂新附设的矿务铁路学堂。虽然江南水师学堂是新旧杂糅带有洋务学堂特色的学校,但他在这里却受到了与传统教育完全不同的格致(理化)、数学等自然科学和社会科学方面的新教育,阅读了严复翻译的《天演论》,以及《时务报》、《译书汇编》上宣传维新派思想的文章,进化论成为他早期观察社会问题重要的思想武器。

1902年1月,鲁迅以一等第三名的优秀成绩从矿路学堂毕业,同年3月被官费派往日本留学。初入东京弘文学院,1904年4月结业,9月赴仙台医学专门学校学习医学。鲁迅留学日本的时期,东京几乎成为了中国民主革命的海外中心,孙中山、章太炎、梁启超等人先后云集这里,创立学会、同乡会,创办杂志,组建革命团体,鼓吹反清排满,从事实际的革命活动。当时鲁迅经常赴会馆、跑书店、往集会、听讲演,积极参加各种民族民主革命活动,并开始思考和探索中国强盛的道路。

1903年1月,鲁迅与陶成章、许寿裳等绍兴籍留日学生在东京举行绍兴同乡恳亲会,并联名发出《绍兴同乡公函》,呼吁同胞"求智识于宇内,搜学问于世界",以"惊醒我国人之酣梦,唤起我国人之精神"。为此,他大量地阅读西方思想、文化方面的书籍,并开始了早期翻译活动,译述了历史小说《斯巴达之魂》,发表于《浙江潮》第五期上。随后,又翻译了法国儒勒·凡尔纳的科学幻想小说《月界旅行》、《地底旅行》。这一年,他还与许寿裳一起,探讨中国国民性的问题:"怎样才是理想的人性?中国民族中最缺乏的是什么?它的病根何在?"②

1906年初,在一堂生物学课上,放映了有关日俄战争的时事幻灯片,画面上麻木的中国人观看杀头的场景和课堂上日本同学的欢呼声,强烈地刺激了鲁迅,使他走上了弃医从文的道路。这一年的4月,他离开仙台去东京,决心用文艺唤醒民众、改造社会。

1907年夏,他与许寿裳、周作人等积极筹办文艺杂志《新生》,然而《新生》终于未能出版。鲁迅却因此而大量地阅读、翻译并介绍了东欧被压迫民族以及俄国的文学作品,为的是"传播被虐待者的苦痛的呼声和激发国人对于强权者的憎恶和愤怒"③。1907、1908年,他发表了《人之历史》、《科学史教篇》、《摩罗诗力说》、《文化

---

① 鲁迅:《呐喊·自序》,见《鲁迅全集》第一卷,人民文学出版社,1981年,第415页。
② 许寿裳:《我所认识的鲁迅·回忆鲁迅》,人民文学出版社,1978年,第59页。
③ 鲁迅:《坟·杂忆》,见《鲁迅全集》第一卷,人民文学出版社,1981年,第224页。

偏至论》和《破恶声论》等文言论文,呈现出一位中国现代思想文化界先驱的姿态。在《科学史教篇》中,他提出了"致人性于全"①的思想;在《文化偏至论》中,又提出"角逐列国是务,其首在立人,人立而后凡事举",其道术则是"尊个性而张精神"②的"立人"思想,和强调经由国人的自觉而建立"人国"——"国人之自觉至,个性张,沙聚之邦,由是转为人国"③的"立国"思想。他的这一系列思想主张,都立足和紧紧围绕着"人"这个核心和本质。此时期鲁迅经由大量接触和接受西方思想和文化,而确立和形成了他的以资产阶级个性主义、人道主义为基础的现代人文思想。

1909年8月,鲁迅从日本回国,先在杭州两级师范学堂任教,讲授化学与生理学。1910年秋,兼任绍兴府中学堂监学。同时开始辑录唐以前的小说佚文和越中史地书,后来分别结集为《古小说钩沉》和《会稽郡故书杂集》。1911年10月,辛亥革命爆发,鲁迅以极大的热忱迎接这场革命。绍兴光复前,他曾亲自组织学生武装上街巡行维持秩序,并数次迎接王金发率领的革命军队。这年冬,鲁迅接受王金发的委任,出任浙江山会初级师范学堂监督,支持越社青年办《越铎日报》,在他为该报写的发刊词《〈越铎〉出世辞》中,有"纾自由之言议,尽个人之天权,促共和之进行,尺政治之得失,发社会之蒙覆,振勇毅之精神"这样慷慨激越的语言,但辛亥革命不久就失败了。

1912年2月,鲁迅进入南京临时政府教育部任职,同年5月随部北上进京,8月任教育部社会教育司第一科科长。当时,袁世凯窃取了辛亥革命的胜利果实,又接连发生了袁世凯称帝、张勋复辟等丑剧,军阀混战,政治腐败,社会黑暗。在这种情势下,鲁迅开始纂辑校勘谢承《后汉书》、《嵇康集》等古籍,搜集、抄录和整理碑帖、造像等文化遗产,过着他自述为"钞古碑"的生活。1914年起,又开始阅读和研读佛经,许寿裳曾说:"民三以后,鲁迅开始看佛经,用功很猛,别人赶不上。"③

1915年9月,《新青年》杂志的前身《青年杂志》在上海创刊,揭开了"五四"新文化运动的序幕。1917年8月起,钱玄同为《新青年》多次向鲁迅约稿。鲁迅的《狂人日记》发表于1918年5月《新青年》四卷5号,标志着鲁迅加入了《新青年》的阵营。此后,鲁迅便一发而不可收,发表了许多杂文和小说。

1920年8月起,鲁迅先后在北京大学、北京高等师范学校及北京女子高等师范学校等校兼任讲师,教授中国小说史、文艺理论等课程。1925年初,女师大发生驱逐校长杨荫榆的风潮,鲁迅始终站在进步学生一边,与北洋军阀政府及陈西滢等展开了针锋相对的斗争。这年8月14日,鲁迅被章士钊非法免去教育部佥事职,

---

① 鲁迅:《坟·科学史教篇》,见《鲁迅全集》第一卷,人民文学出版社,1981年,第35页。
② 鲁迅:《坟·文化偏至论》,见《鲁迅全集》第一卷,人民文学出版社,1981年,第57页。
③ 许寿裳:《亡友鲁迅印象记·看佛经》,人民文学出版社,1953年,第44页。

鲁迅遂起诉控告章士钊并胜诉。1926年"三一八"惨案后,受段祺瑞政府的迫害,鲁迅先后至西城莽原社、山本医院、德国医院及法国医院等处避难。8月26日,他离京赴厦门,任厦门大学国文系教授兼国学院研究教授。12月31日,辞去厦门大学一切职务,1927年初,离厦门赴广州,任中山大学文学系主任兼教务长。4月12日,蒋介石在上海发动反革命政变,屠杀共产党人和革命群众,15日,广东军阀在广东残杀共产党员及革命分子二千余人。鲁迅于4月21日愤而辞去中山大学一切职务。经此次血的教训,鲁迅的思想发生了质的飞跃,由原先的进化论而转变为阶级论。他在《〈三闲集〉序言》中曾说:"我一向是相信进化论的,总以为将来必胜于过去,青年必胜于老人……然而后来我明白我倒是错了,这并非唯物史观的理论或革命文艺的作品蛊惑我的,我在广东,就目睹了同是青年,而分成两大阵营,或则投书告密,或则助官捕人的事实!我的思路因此轰毁。"1927年9月27日,鲁迅同许广平离开广州赴上海,开始与许广平同居。1929年9月27日,海婴出生。

1930年2月,鲁迅出席了中国自由运动大同盟成立大会,并作为主要发起人之一,在《中国自由运动大同盟宣言》上签名。3月2日,出席中国左翼作家联盟成立大会,被推选为主席团成员,并当选为常务委员。在会上,鲁迅发表了题为《对于左翼作家联盟的意见》的演讲。1933年1月17日,出席中国民权保障同盟上海分会成立大会,与宋庆龄、蔡元培、杨铨、邹韬奋等共同当选为执行委员。

在上海的十年里,鲁迅先后与冯雪峰、瞿秋白等共产党人建立了密切的交往和深厚的友谊。与创造社、太阳社的论争,促使他阅读了大量的马克思主义的"史的唯物论",翻译了很多马克思主义文艺理论和社会科学著作,这使得他的思想和世界观有了转变,确信"惟新兴的无产者才有将来"[①]。

1936年10月19日,因长期肺结核所致的胸膜炎、肺大泡,鲁迅病逝于上海大陆新村寓所,终年56岁。上海民众为他举行了隆重的葬礼,在他的灵柩上覆盖了一面绣着"民族魂"三个大字的挽幛。

第二节 《呐喊》、《彷徨》与《故事新编》

鲁迅是以启蒙主义精神从事文学创作的,在"立人"的出发点上,揭露封建礼教对于人性的束缚与摧残,他的小说立足于为人生、改良人生,努力"揭出病苦,引起疗救的注意"[②]。他的小说除了文言小说《怀旧》外,都收入《呐喊》(1923年8月初

[①] 鲁迅:《二心集·序言》,见《鲁迅全集》第四卷,人民文学出版社,1981年,第191页。
[②] 鲁迅:《我怎么做起小说来》,见《中国现代作家谈创作经验》,山东人民出版社,1982年,第22页。

版)、《彷徨》(1926年8月初版)①。鲁迅以其独特的呐喊与彷徨,或揭示封建礼教,或针砭麻木灵魂,或抨击冷漠社会,或讴歌诚和爱,呈现出执著的反封建精神。

鲁迅的小说揭示封建礼教。《狂人日记》以独特的艺术手法,塑造了一个表面上狂态十足、实际上十分清醒的封建叛逆者的形象,鲁迅自认为作品"意在暴露家族制度和礼教的弊害"②。学过医的鲁迅,将这个患迫害狂病的狂人的病态写得十分生动逼真。但是,鲁迅通过象征的手法,却塑造了一位封建叛逆者的形象。狂人"廿年以前,把古久先生的陈年流水簿子,踹了一脚",这"古久先生的陈年流水簿子"象征着根深蒂固的封建文化传统。狂人对中国历史"吃人"的发现:"我翻开历史一查,这历史没有年代,歪歪斜斜的每页上都写着'仁义道德'几个字。我横竖睡不着,仔细看了半夜,才从字缝里看出字来,满本都写着两个字是'吃人'!"这正是出于鲁迅对中国文化与历史的研究与思考。狂人对从来如此的吃人伦理提出了强烈的质疑:"从来如此,便对么?"他提出将来容不得吃人的人活在世上,这是对几千年来封建礼教的怀疑与否定。《长明灯》围绕要疯子吹熄象征着封建传统的长明灯而遭到阻挠、迫害的故事,刻画了一个封建叛逆者的形象。《白光》通过对于妄想狂患者陈士成落榜、掘宝与落水而死的描写,抨击了酿成主人公悲剧的封建礼教。落魄的巨富后裔陈士成一心想走科举发迹之路,屡屡名落孙山后,他企图掘宝改变处境,最终淹死在万流湖中,以官迷心窍、财迷心窍的妄想狂陈士成的悲哀故事,针砭了导致主人公可悲结局的封建礼教。《离婚》中的爱姑,丈夫姘上小寡妇就不要她,她执著地抗拒"离婚",但是她抗拒离婚的理由仍然是封建礼教——"我是三茶六礼定来的,花轿抬来的",在以"七大人"为代表的权势者面前,她很快就败下阵来。

鲁迅的小说抨击冷漠社会。李长之评说鲁迅的创作说:"写农村,恰恰发挥了他那常觉得受奚落的哀感,寂寞和荒凉,他特会感染了他自己,也感染了所有的读者。""哄笑和奚落,咀嚼着弱者的骨髓,这永远是鲁迅小说里要表现的,……这是鲁迅自己的创痛故。"③在13岁后的家庭变故中,鲁迅看见了世人的真面目,感受到了世态的炎凉、人情的淡薄,他抨击缺少温爱、充满奚落的冷漠社会。《孔乙己》以咸亨酒店中"样子太傻""专管温酒"的小伙计的视角,来描写孔乙己的悲哀人生,如同孙伏园所说,写出"一般社会对于苦人的凉薄",以抨击这冷漠的社会。想跻身长衫客行列的孔乙己,却为小伙计瞧不起,却受尽奚落哄笑,在鲁镇,孔乙己是无足轻重的。《明天》通过寡妇单四嫂子的悲惨人生,针砭这冷漠的社会。

---

① 《呐喊》1930年第13次印刷时,抽去其中的《不周山》,后改名为《补天》,收入《故事新编》。
② 鲁迅:《中国新文学大系小说二集·导言》,见《中国新文学大系导论集》,上海书店出版社,1982年11月影印,第125页。
③ 李长之:《鲁迅作品之艺术的考察》,载1935年6月12日天津《益世报》。

红鼻子老拱、蓝皮阿五对单四嫂子垂涎,蓝皮阿五借帮助抱孩子欺负单四嫂子,王九妈对宝儿病情不置可否地点头摇头,充满了对于弱者欺凌的冷漠。《祝福》中的祥林嫂,守寡后逃到鲁四老爷家帮佣,被婆家抢走嫁到深山野墺。丈夫因伤寒病逝,儿子被狼所吃,她的悲剧却成为鲁镇人们的笑料,她因抗婚留在额头上的疤痕,也成为人们新的话题。《示众》以速写式的笔触,描写巡警押着犯事者在街头示众,看客们观看示众的种种情态。《伤逝》中的子君受到新思想的启蒙,与自己所爱的涓生同居。她不顾封建礼教的羁绊、家庭的反对和社会的压力,毅然决然地从家中出走,他们的爱情遭到了世人的诸多冷眼,子君最终与涓生分手、回到了她先前逃离的家,她仍然逃脱不了封建礼教的摧残与迫害,她在"无爱的人间死灭了"。

鲁迅的小说针砭麻木的灵魂。"五四"前后,鲁迅一方面执著于"立人"的倡导,期盼中国产生精神界的战士;另一方面努力探索国民性的弱点,针砭国人麻木的灵魂。《药》通过革命者夏瑜的血成了华老栓为儿子治病的药,针砭民众麻木的灵魂,也指出了革命者与民众之间的隔膜。小说明写茶馆主人华老栓买人血馒头给儿子治病,暗写夏瑜为民众的牺牲。《风波》以1917年张勋复辟为背景,通过一根辫子的去留,写出民众的麻木心态。麻木的七斤们关心的只是一根辫子,关心的只是自身的生存与安危,而对于张勋复辟的国家大事漠不关心。《头发的故事》通过主人公N先生的独白,道出了"他们忘却了纪念,纪念也忘却了他们"的现实,写出辛亥革命后人物复杂而麻木的心理。《故乡》中的闰土,原是生气勃勃的"小英雄",却被生活折磨得像一个木偶人了,他只盼望神佛会庇护他苦难的人生。《端午节》中的方玄绰是首善学校的教员兼衙门官员,教员们联合索薪,他自命清高无动于衷,"瞒心昧己的故意造出来的一条逃路"。《肥皂》通过一块肥皂的风波,揭露了四铭这个封建复古派假道学真淫棍的真面目。《高老夫子》刻画了表面追求新潮实际不学无术,主张复古的高干亭的形象,揭示出其丑陋的灵魂。《孤独者》中的魏连殳,原先被人看作"吃洋教的新党",后来却做了军阀师长的顾问,"躬行我先前所憎恶,所反对的一切,拒斥我先前所崇仰,所主张的一切了",他的灵魂已走向了堕落。《阿Q正传》以阿Q的人生经历构成作品的叙事结构,努力暴露国民性的弱点。阿Q是未庄中一个"真能做"的雇工,然而他却一贫如洗,姓名籍贯都茫然。他因想同吴妈"困觉",导致了"恋爱悲剧",以致于没人雇他做工,生计成了问题的阿Q,进城谋生做了帮小偷在洞外接应的"小脚色"。回村后的阿Q本反对革命,后因窘困的处境所迫居然也大嚷造反,倒引起人们的敬畏,假洋鬼子却不准他革命。最后,阿Q却被当作一场抢劫案主犯,糊里糊涂地押上了法场。小说努力勾画出阿Q的精神胜利法。所谓精神胜利法,是指人们在遇到失败或处于不利的情况下,不肯正视现实,以自尊自大、自轻自贱、麻木健忘、畏强凌弱等手段来获得虚幻的精神上的优胜，掩盖实质上的失败，其实质是善于从奴隶生活中寻出"美"来。阿Q以"我们先前——比你阔多啦"、"我的儿子会阔得多啦"表现出自尊自大；阿Q被人打败了，他以"我是虫豸"来自轻自贱，赌赢的钱不见了他自打嘴巴"转败为胜"，表现出其能够自轻自贱；被假洋鬼子的哭丧棒打了、要与吴妈困觉惹出麻烦、画圆圈而不圆的烦恼，被押上法场的胆怯，他都一会儿就忘却了，表现出他的麻木健忘；他惧怕赵太爷、惧怕假洋鬼子的哭丧棒，但他却去欺负小尼姑；他斗不过王胡，却想欺负"又瘦又乏"的小D，表现出他的畏强凌弱。作品通过对阿Q的精神胜利法的描写，突出其精神的麻木，暴露了国民性的弱点。

鲁迅的小说努力讴歌诚和爱。在日本时期，鲁迅常常与许寿裳讨论中国民族性的问题，在谈到中国民族最缺乏的是什么时，他们"觉得我们民族最缺乏的东西是诚和爱，——换句话说：便是深中了伪诈无耻和猜疑相贼的毛病"。鲁迅的有些小说就努力讴歌诚和爱。《一件小事》以一位具有"诚和爱"的车夫的行为，来针砭"我"的冷漠。扶起倒地老女人走向巡警分驻所的车夫，这使"我""觉得他满身灰尘的后影，刹时高大了"。《兔和猫》通过给院落里带来无穷趣味的兔为猫所害的经过，讴歌了充满了爱的驯良动物——兔，谴责了残害弱小生命的猫。《鸭的喜剧》在"鸭的喜剧"中，勾勒出爱罗先珂诚和爱的性格。《社戏》以对比的手法，以先后两次在戏园看京戏的受窘的叙述，烘托出孩提时坐乌篷船去赵庄看社戏的欣喜，在对于浓郁的乡情乡思的抒写中，突出对于诚和爱的人生的追慕与讴歌：孩子之间的亲密无间，"即使偶而吵闹起来，打了太公，一村的老老小小，也决没有一个会想出'犯上'这两个字"。《在酒楼上》的吕纬甫在经历了人生磨难后，从遥远的太原赶回故乡做了两件事，一是给死了十多年的弟弟迁葬，一是给邻居的女儿顺姑送一朵红绒花，虽然弟弟的棺材里什么也没有了，虽然顺姑早已去世，但是吕纬甫的作为中仍然有着真情。《弟兄》以公益局职员张沛君为弟弟张靖甫治病的经过，突出了弟兄之间的手足之情。

鲁迅在《中国新文学大系·小说二集导言》中说："在这里发表了创作的短篇小说的，是鲁迅从一九一八年五月起，《狂人日记》、《孔乙己》、《药》等，陆续出现了，算是显示了'文学革命'的实绩，又因那时的认为'表现的深切和格式的特别'，颇激动了一部分青年读者的心。"[①]鲁迅小说具有忧愤深广的风格，对当时的小说创作具有典范作用。

鲁迅的小说采取了开放型的现实主义手法。鲁迅以直面现实与人生的姿态从事小说创作，他主要是以清醒的现实主义手法进行创作的，他努力"真诚地、深入

---

① 鲁迅：《中国新文学大系·小说二集·导言》，见《中国新文学大系导论集》，上海书店出版社，1982年11月影印，第125页。

地、大胆地看取人生并且写出他的血和肉来"①。鲁迅以"杂取种种人,合成一个"②的典型化手法,塑造了诸多具有典型色彩的人物形象,开拓了中国现代文学现实主义的主潮。鲁迅的小说创作以一种开放的姿态从事创作,汲取了象征主义、浪漫主义等艺术手法。《狂人日记》以象征主义的手法,塑造了一个执著的封建叛逆者形象,作品中的"古久先生的陈年流水簿"、"黑屋子"等,都具有鲜明的象征色彩。《药》中的"药"与"病"都具有象征意味,对于"华"家、"夏"家的描写,也带着"华夏"的象征意味。《狂人日记》中狂人对于吃人历史的愤懑、对于不吃人未来的渴望,都带着浪漫主义的色彩。《一件小事》中对于车夫形象的仰视与讴歌、《社戏》中对于看社戏抒情色的忆写、《故乡》尾声中对于路的哲理性思考等,都呈现出浓郁的浪漫气息。

　　新颖多样的艺术格局,构成鲁迅小说的另一个特点。茅盾在《读〈呐喊〉》中说:"在中国新文坛上,鲁迅君常常是创造'新形式'的先锋;《呐喊》里的十多篇小说几乎一篇有一篇新形式,而这些新形式又莫不给青年以极大的影响,必然有多数人跟上去试验。"③《狂人日记》以日记体的形式,以心理自叙的方式刻画狂人形象。《孔乙己》用咸亨酒店小伙计的视角,叙述孔乙己的人生遭际。《药》以明暗线交织的艺术构思,写出华家、夏家的悲剧故事。《头发的故事》用主人公独白的形式,勾画出国民性的麻木。《故乡》用主人公归乡视角,在今昔对照中揭示故乡衰败中人物的麻木灵魂。《阿Q正传》以人物传记的体式,写出国人的魂灵。《白光》用人物受刺激后幻听幻觉的描写,写出主人公为官与财而癫狂而灭亡的结局。《社戏》以看京戏与观社戏的对照,写出前者的乏味、后者的有趣。鲁迅小说创作的这种探索与成功,使他的创作常常具有形式的开拓意义与价值。

　　注重白描手法的运用,成为鲁迅小说的特点之一。鲁迅谈到白描时阐释说:"'白描'却并没有秘诀。如果要说有,也不过是和障眼法反一调:有真意,去粉饰,少做作,勿卖弄而已。"④鲁迅的小说就是以朴实简洁的传神笔触,写人、叙事、画境。这尤其表现在"点睛"式的写人、"写意"式的画境上。如《故乡》中以肖像的变化写出闰土谨慎的变化,以一声"老爷"的称呼写出人与人的隔膜。《孔乙己》中,以"是站着喝酒而穿长衫的唯一的人",交代孔乙己的地位、处境与性格,对于他那件"又脏又破"的长衫的简洁描绘,更突出了人物落魄的处境。《药》中,以"华大妈在枕头底下掏了半天,掏出一包洋钱,交给老栓,老栓接了,抖抖的装入衣袋,又在外面按了两下",写出经济的拮据、买药的重要,将人物的郑重其事的心理也和盘托

---

① 鲁迅:《论睁了眼看》,见《鲁迅选集》第二卷,人民文学出版社,1983年,第90页。
② 鲁迅:《〈出关〉的"关"》,见《中国现代作家谈创作经验》,山东人民出版社,1982年,第34页。
③ 茅盾:《读〈呐喊〉》,载《文学周报》1923年10月第91期。
④ 鲁迅:《作文秘诀》,见《南腔北调集》,天津人民出版社、香港炎黄国际出版社,1999年,第228页。

出。鲁迅的小说不太细致地描写环境,他常常用中国画写意式的笔调,简洁地勾勒环境,尤其注重对于民俗意味的环境的勾勒,为情节的展开、人物的塑造,设置独特的背景与氛围。如《孔乙己》的开篇对于酒店格局的交代、喝酒风习的叙述;《药》的结尾对于清明祭坟场景的勾勒;《风波》的开篇对于夏夜土场吃饭纳凉场景的描绘;《故乡》尾声中对于金黄圆月、碧绿沙地的勾勒,等等,都可以见到鲁迅小说白描手法的独到处。

《故事新编》收1922年至1935年所作的历史小说八篇,1936年1月由上海文化生活出版社初版。

《故事新编》是"神话、传说及史实的演义"①,它在"古人古事"中穿插了"今人今事",形成了古今交融的特点。鲁迅的《故事新编》所开创的现代历史小说具有新的特点。鲁迅认为历史小说的写法主要有两种,其一是"博考文献,言必有据",其二是"只取一点因由,随意点染,铺成一篇"。鲁迅是二者皆用,前者如《铸剑》、《非攻》,基本史实和情节分别取自《列异记》、《搜神记》和《墨子·公输》、《吕氏春秋·慎大览》,后者如《补天》、《奔月》、《理水》等篇,多有"随意点染",不拘泥于史实,且古今杂陈,在古人古事的框架中,交织进今人今事等,以影射现实,针砭时弊。

《故事新编》中以《铸剑》尤为出色。小说原名《眉间尺》,写眉间尺的父亲奉国王之命铸剑,当他献上雌剑后即被杀害。眉间尺的母亲将他抚养成人,他携雄剑去刺杀国王为父复仇。他得到黑色人宴之敖者相助,眉间尺将自己的头颅和剑交给了宴之敖者,后者以给国王献奇技解愁为名进入王宫,劈下了国王的头完成复仇大业。小说充满奇诡怪谲的想象和神秘阴冷的气氛,如眉间尺、宴之敖者和国王三人的头,在鼎中"沸涌"且"澎湃有声"的水里,相互撕咬鏖战的描写,黑色人所唱的难解的歌,等等。《铸剑》已具备了现代新武侠小说的所有要素,如仗义复仇、慷慨赴死、信任忠诚、血肉相搏,以及奇诡想象和神秘气氛等。

《理水》根据大禹治水的传说,塑造并歌颂了大禹这位古代圣贤的形象。大禹以人民的疾苦为重,为了治理好洪水埋头苦干,过家门而不入,经过实地考察和征求百姓的意见,力排众议大胆创新,变先前的"湮"为"导",终于"疏通了九河",完成了治水大业。《理水》创作于1935年底,正是民族危机日益深重的时刻,"洪水"之灾难,原本就有着象征性,因而,《理水》的创作就有着深刻的现实意义。小说中所描写的一班聚集在文化山上的学者,整日无所事事,在灾难面前只顾发些言不及义的高论,正是对现实中的"学者名流"的尖锐嘲讽。在写于1934年的杂文《中国人失掉了自信力了吗》中,鲁迅曾说:"我们从古以来,就有埋头苦干的人,有拼命硬干的人,有为民请命的人,有舍身求法的人,……虽是等于为帝王将相作家谱的所谓

---

① 鲁迅:《南腔北调集·〈自选集〉自序》,见《鲁迅全集》第四卷,人民文学出版社,1981年,第456页。

'正史',也往往掩不住他们的光耀,这就是中国的脊梁。"鲁迅在《理水》中,满怀崇敬地塑造和歌颂的大禹,以及《非攻》中的"摩顶放踵,利天下为之"的墨子,正是他所热烈歌颂的"中国的脊梁"式的人物。

所谓"故事新编"的"故事"的"新编",可以说是鲁迅对于历史文化的解构与重构,鲁迅的现代人文主义思想的批判锋芒,也同样体现在历史小说中。《补天》对那些自私自利、为着争夺天下而进行战争,以至毁坏了天空和地面的人类,尤其是假道学家,给予了无情的批判;《奔月》对于背信弃义,攻击夷羿的逢蒙、撇下夷羿独自飞升月宫的嫦娥,都作了辛辣的针砭;《非攻》则是对征战杀戮掠夺历史的否定;《采薇》既有对"反对'以暴易暴'"的肯定,又有对于隐士的批判;《出关》鲁迅说"其实是我对于老子思想的批评"①;《起死》则是对庄子思想的批判。

《故事新编》中的八篇小说,几乎均涉及先秦的历史与文化。由于这部小说"古今杂糅"的特点,可以说是对民族生活史和文化发展史的梳理、反省与批判。

《故事新编》在艺术上的特点,除了古代史实与现代生活的杂糅、古今错综交融以外,就是鲁迅自己所说的"油滑":"叙事有时也有一点旧书上的根据,有时却不过信口开河"②。如在写作《补天》的过程中,因为在报上看到道学家对于汪静之爱情诗《蕙的风》的批评,心中很不以为然,于是就在《补天》中出现了"有一个古衣冠的小丈夫","跑到女娲的两腿之间来"的别出心裁的描写。《非攻》中墨子遇到的募捐救国队、《理水》中文化山上学者的议论等现实情节的出现,都具有油滑的色彩。《故事新编》中的"油滑"是鲁迅独特的叙事策略,具有很强的戏拟与反讽的作用,以谐谑的表现传达作者深沉的思考和严正的批判,从而更进一步地加强了批判的效果。

鲁迅的小说,因为思想内容的丰富与深刻,和艺术上的独创与成就,具有独特的艺术魅力。鲁迅成为现代小说之父、现代文学的开创者。

第三节 《野草》和《朝花夕拾》

《野草》收鲁迅1924年至1926年所作的散文诗23篇,1927年7月由北新书局初版。

《野草》是中国现代散文诗的开先河之作,代表了中国现代散文诗的最高成就。

鲁迅在1932年的《南腔北调集·〈自选集〉自序》中说:"后来《新青年》的团体散掉了,有的高升,有的退隐,有的前进,我又经验了一回同一战阵中的伙伴还是会

---

① 鲁迅1936年2月21日致徐懋庸信,见《鲁迅全集》第十三卷,人民文学出版社,1981年,第312页。
② 鲁迅:《南腔北调集·〈自选集〉自序》,见《鲁迅全集》第四卷,人民文学出版社,1981年,第456页。

这么变化,并且落得一个'作家'的头衔,依然在沙漠中走来走去……有了小感触,就写些短文,夸大点说就是散文诗,以后印成一本,谓之《野草》。"①这段话道出了鲁迅写作《野草》时正是"五四"退潮、新文化阵营分化时期,是鲁迅思想上苦闷与困惑的"彷徨"时期。鲁迅并没有消沉,而是虽彷徨而犹"荷戟",仍作"绝望的抗战"②。从总体上说,《野草》深刻形象地表现了鲁迅思想的发展历程,深入解剖反省了鲁迅内心的苦闷与矛盾,显示了鲁迅的"哲学"。

《野草》有着丰富的思想内涵:或表现对封建社会的揭露、讽刺和批判(《失掉的好地狱》、《死后》、《复仇》、《狗的驳诘》、《颓败线的颤动》、《立论》);或表达对于黑暗的憎恶和对光明美好的向往(《好的故事》、《雪》);或礼赞那些反抗黑暗、追求光明的勇士(《这样的战士》、《淡淡的血痕中》、《秋夜》、《死火》);或表露内心的苦闷与矛盾(《希望》、《影的告别》、《复仇(其二)》、《墓碣文》、《过客》)。总体上说,《野草》的思想倾向是积极的、战斗的,反映了作者不妥协的顽强战斗精神。当然,其中有些作品也流露了低沉暗淡的情绪,既反映了鲁迅思想转变过程中尖锐复杂的矛盾和激烈的思想斗争,也展示了鲁迅严于解剖自己的勇气和自省精神。

《秋夜》是《野草》的第一篇,有着近似传统诗文"托物寄情"的特点。主体意象枣树是拟人化的,虽然在寒风里落尽了叶子,却仍然"默默地铁似的直刺着奇怪而高的天空"的枣树。"他"不受各式各样"蛊惑的眼睛"的迷惑,一意要置"天空"于死命;"他"知道"小粉红花的梦",并且在"猩红的栀子开花时","他"又要做小粉红花的梦,青葱地弯成弧形"。枣树的形象可以看作是现实社会里刚强不屈战斗者的一种写照。作品中还写了在"冷的夜气中","梦见春的到来,梦见秋的到来"的细小的粉红花,"遍身的颜色苍翠得可爱"的小青虫,以及"夜半的笑声"等辅助意象。这些意象与枣树一起,构成"奇怪而高"的"夜的天空"的对立面,同样具有积极的意义。

《野草》既继承了传统诗歌的意象营构艺术,又吸取了波德莱尔的象征主义和尼采的箴言警语的冷峻峭拔,有机地兼容了现实主义、浪漫主义和象征主义的手法,具有浓郁的抒情格调和哲理韵味,在艺术上显示了令人惊叹的多样性和丰富性,达到了很高的成就。概而言之:一、构思精巧,想象奇特。写影与人的告别、狗与人的驳诘、冰谷中的死火、有知觉的死人等,怪诞荒诞,诡谲奇幻;二、意象缤纷,意蕴丰富;象征隐喻,颇具张力。天空、雪花、山道、湖水等景物,战士、过客、傻子、奴才等人物,都带有象征意味。地狱、魔鬼、死火、影子等,都具有隐喻色彩,使作品极具艺术的张力;三、体式多样,寓意深刻。有的似政论,有的如小品,有的像小说,有的近诗剧,在不同的体式中都有着深刻的寓意;四、语言凝练,富有诗情。《野草》

---

① 鲁迅:《〈自选集〉自序》,见《中国现代作家谈创作经验》,山东人民出版社,1982年,第17页。
② 鲁迅:《两地书·四》,见《鲁迅全集》第十一卷,人民文学出版社,1981年,第21页。

是一部艺术精品，具有强烈的艺术感染力。

《朝花夕拾》收鲁迅1926年所作的散文十篇，1928年9月由北京未名社出版。鲁迅在《朝花夕拾·小引》的开篇说："我常想在纷扰中寻出一点闲静来，然而委实不容易。"这些散文就表现出鲁迅"想在纷扰中寻出一点闲静来"的愿望，也透露出寻觅闲静的"委实不容易"。从1926年2月21日写《狗·猫·鼠》起，到11月18日写成《范爱农》，这九个多月中鲁迅常常处于"纷扰"中。鲁迅经历了女师大风潮、"三一八惨案"、被列入通缉令名单、赴厦门大学任教、因不满愤而辞职等。鲁迅的这些篇散文最初以"旧事重提"为名，先后发表在未名社的刊物《莽原》上。

鲁迅忆写孩提时代的生活。《狗·猫·鼠》在阐释其仇猫的原委时，生动地展现了儿童的心理与感受。《阿长与〈山海经〉》以孩子的视角与心态来勾勒保姆长妈妈的形象，也写出了儿童生活的情趣与情感。《五猖会》写出对于迎神赛会的焦急盼望，要坐船去东关看五猖会的欣喜。《从百草园到三味书屋》对于生趣盎然的百草园的描绘，洋溢着对于童年温馨生活的留恋。

鲁迅回溯自我人生的历程。《父亲的病》在叙述名医为父亲治病用奇特的药引时，表达了对庸医贻误病人的不满，也隐含着鲁迅去日本学医的初衷。《琐记》回忆了他离开故乡去南京求学的经历。《藤野先生》回忆了他在日本仙台的留学生涯。《范爱农》在忆写与范爱农的交往中，也写出鲁迅自己的一段人生历程。这些散文通过对其自我人生历程的回溯，将从1898年离开故乡去南京求学、到日本留学、回国任教、到南京任职的经历十分生动地勾勒了出来，成为研究鲁迅的第一手资料。

鲁迅忆写亲朋好友的往事。《狗·猫·鼠》、《阿长与〈山海经〉》忆写了保姆长妈妈守旧热情、不乏狡黠的性格。《从百草园到三味书屋》勾勒了"方正，质朴，博学"的先生的形象。《父亲的病》、《琐记》勾画出衍太太两面三刀的狡黠个性。《藤野先生》描画了严厉热情的藤野严九郎的形象。《范爱农》描绘了范爱农固执的性格。鲁迅通过对亲朋好友往事的忆写，揭示出特定历史时期中人物的性格与命运。

鲁迅描述故乡的民俗风情。《无常》在迎神赛会出巡的场景中，集中勾勒了"鬼而人，理而情，可怖而可爱"的无常。《五猖会》中，描述迎神赛会的盛景。《二十四孝图》中，描述二十四孝图的"鬼少人多"的情景，表示出对于"孝"的怀疑与针砭。《阿长与〈山海经〉》中，对于正月初一吃福橘道恭喜乡俗的叙说，对于除夕辞岁长辈给后辈压岁钱习俗的描述；《从百草园到三味书屋》中，对于美女蛇与飞蜈蚣故事的复述，对于雪地上用竹筛捕鸟雀的描写；如此等等，都充满着民俗气息、地方色彩。

鲁迅的《朝花夕拾》以"旧事重提"的方式，对往事作了生动而真切的忆写，是鲁迅"在纷扰中寻出一点闲静来"之作，以其对于自我过往生活与经历的真切忆写，充满了真情真意,具有其独特的风格。

鲁迅"想在纷扰中寻出一点闲静来,然而委实不容易",这种寻求闲静与委实不容易构成了《朝花夕拾》较为复杂的矛盾,也成为其主要的艺术特征:1.往事的忆写与现实的愤懑交织。这些散文都是"从记忆中抄出来的",是鲁迅对于自己过去生活的忆写,他常常在对于往事的忆写中,按捺不住地表现出对于现实生活的不满、愤懑与针砭,在对于往事的忆写中常常透露出一点闲静气息,而在对于现实生活里的愤懑,却使这些散文充满了批判精神。2.真挚的抒情与辛辣的反讽交错。在对于童年往事的忆写中,在对故乡人生的回忆中,充满了深深的乡情,透露出浓郁的乡思,使文章充满了真挚的抒情色彩。鲁迅又常常以辛辣的反讽对于所不满与反对的事物予以讥刺针砭。真挚的抒情与辛辣的反讽交错,显示出鲁迅爱憎分明的态度,在对于往事的闲静的叙写中,透露出鲁迅深深的乡情乡思;在对于现实生活中丑陋现象的反讽中,表现出鲁迅执著的斗争精神。3.民俗的叙写与民俗的考证结合。鲁迅在对于一些传统民俗的生动忆写中,透露出其浓郁的乡情乡思。在叙写各种民俗时,鲁迅常常以学者的姿态,对民俗作深入的考证。

鲁迅的《朝花夕拾》形成了真挚朴实与激愤诙谐并举的艺术风格,是言志与载道的结合,为中国现代散文的写作拓展了一个新的境界。

第四节 杂 文

鲁迅一生创作的杂文,收编成集的共有17本。1927年前,有《热风》、《坟》、《华盖集》、《华盖集续编》、《而已集》,以及后来收编在《三闲集》、《集外集》、《集外集拾遗》、《集外集拾遗补编》中的部分杂文。1927年后,有《二心集》、《南腔北调集》、《伪自由书》、《准风月谈》、《花边文学》及《且介亭杂文》、《且介亭杂文二集》、《且介亭杂文末编》。此外,还有一些佚篇收在《集外集》、《集外集拾遗》和《集外集拾遗补编》中。

杂文"是一种直接而迅速地反映社会事变的文艺性政论,是文学、艺术、哲理、知识的结晶","是一种边缘文学,以短小、锋利、隽永为特点"[1]。鲁迅把杂文当作"社会批评"和"文明批评"的利器,"想对于根深蒂固的所谓旧文明,施行袭击,令其动摇"[2],其杂文具有文化批判和思想批判的内涵和功用,瞿秋白称它们为战斗的"阜利通"(Feuilleton,文艺性的论文)。

鲁迅的杂文内容十分丰富,以1927年为界,分为前后期。鲁迅最早的杂文,是

---

[1] 邵传烈:《中国杂文史》,上海文艺出版社,1991年,第7页。
[2] 鲁迅:《两地书·八》,见《鲁迅全集》第十一卷,人民文学出版社,1981年,第32页。

发表在《新青年》"随感录"专栏上的一组《随感录》。"五四"时期,鲁迅的随感录对封建主义的纲常伦理、专制主义、保守思想等,进行猛烈的批判,提出了"自己背着因袭的重担,肩住了黑暗的闸门,放他们到宽阔光明的地方去;此后幸福的度日,合理的做人"(《我们现在怎样做父亲》),指出"道德这事,必须普遍,人人应做,人人能行,又于自他两利,才有存在的价值"(《我之节烈观》)。

《热风》以后,鲁迅出版了《华盖集》及《华盖集续编》。其中的文章,除了继续坚持对于封建文化的批判,更多的是将笔触转向现实,将批判的锋芒直指北洋军阀政府,面对正在分化中的新文化阵营,批评复古倒退的倾向。写作了《估〈学衡〉》、《答KS君》、《十四年的读经》等文。在段祺瑞政府血腥镇压群众、制造的"三一八惨案"中,写作了《"死地"》、《记念刘和珍君》和《并非闲话》、《我还不能"带住"》等文章,与反动势力和陈西滢等御用文人,进行了坚决不妥协的斗争。

1927年后,鲁迅定居上海。他根据当时中国"事实的教训"和"启发",为着"为现在抗争",选择了以杂文创作作为自己的主业。他曾说"现在是多么迫切的时候,作者的任务是在对于有害的事物,立刻给以反响或抗争",而杂文正是"感应的神经,攻守的手足"。在20世纪30年代民族矛盾日益尖锐,政治战线、思想文化战线上激烈复杂的斗争中,鲁迅将杂文当作"匕首"和"投枪"。《三闲集》中的《怎么写》、《太平歌诀》等,《二心集》中的《黑暗中国的文艺界现状》、《为了忘却的记念》等,是直接揭露蒋介石血腥屠杀共产党人和革命青年的檄文。

鲁迅生命最后三年里写作的《且介亭杂文》、《且介亭杂文二集》和《且介亭杂文末编》,是他一生杂文创作的顶峰。在《写于深夜里》中,他继续抨击国民党政府镇压人民的罪行。同时,他以极大的热情和极其敏锐的眼光,关注当时的文坛,《论"旧形式的采用"》、《门外文谈》、《拿来主义》、《什么是讽刺?》等,均是见解精辟独到的文艺论文,对于当时文艺运动的发展,有着重要的指导意义。《从帮忙到扯淡》、《隐士》,尤其是接连七篇论"文人相轻"的杂文和一组《"题未定"草》等文章,对文坛上的黑暗和混乱,以及如何知人论世、评判是非、正确地开展批评,都作了鞭辟入里的剖析。文章洞幽见微,爱憎分明,具有振聋发聩的效应。

鲁迅把他的杂文,称作"文明批评"和"社会批评"。前者侧重于历史文化的剖析和批判,后者则更多地关注社会现实。在剖析和批判历史文化时,他常常联系现实生活中相关现象和事例;而针砭时弊时,又往往追古溯源,"刨坏种的祖坟"。

鲁迅的六百多篇、一百多万字的杂文,为我们展现了一个波澜壮阔、丰富多彩的艺术天地。他的杂文涉及面广,灵活自由地从政治、思想、文化、风俗人情等各方面去反映时代生活和社会现实,剖析、鞭挞社会的弊病。其思想性和艺术性统一,达到了前所未有的高度,可说是中国文化史和现代社会生活史的生动写照。

鲁迅的杂文,在艺术上取得了很高的成就,主要有如下特点:

一、生动的形象性。他曾说他的杂文"论时事不留面子,砭锢蔽常取类型"①,"常取类型",就是运用集中概括以及"画眼睛"等手法,创造出具有普遍意义的典型,如他笔下的叭儿狗,"虽然是狗,又很象猫,折中,公允,调和,平正之状可掬,悠悠然摆出别个无不偏激,惟独自己得'中庸之道'似的脸来"。在写作中,鲁迅又巧于设喻、善用类比,使形象更为生动,具有极大的概括力和代表性。二、严密的逻辑性。鲁迅总是立足于事实,深入地揭露矛盾,充分地摆事实、讲道理,逐层递进、条分缕析地分析问题,将问题和道理说得清楚、充分、深刻。他的杂文中用作论据的事实材料,能合乎逻辑地引出所需要的结论。鲁迅常用反语、对比、暗喻等"曲笔",来揭示其内在的矛盾,顺理成章、水到渠成地得出结论。三、浓郁的抒情性。鲁迅说他的杂文"就如悲喜时节的歌哭一般,那时无非借此来释愤抒情"②,这使他的杂文常具有浓郁的抒情色彩,且抒情手法多样,有时以对偶、排比、复沓的手法;有时直抒胸臆;有时如火山奔突,瀑布飞溅,以激愤的言语抒写愤激的情感,嬉笑怒骂,皆成文章;有时又如清泉下滩,百转千回,在幽婉含蓄的笔致中,流露出自己的缱绻深情。四、强烈的战斗性。鲁迅将杂文视为匕首与投枪,正在于其强烈的战斗性。鲁迅的杂文具有抓住要害一击致命的特点。他在论辩中,反对"列举对手之语,从头至尾,逐一驳去"的写法,主张"正对'论敌'之要害,仅以一击给与致命的重伤"③,使其的杂文具有强烈的战斗性。五、辛辣的讽刺性。鲁迅的杂文常常论时事不留面子,对于种种社会现象予以针砭讥刺,或用夸张手法揭出对象的内在矛盾,或以反语达到以子之矛攻子之盾的目的,或以漫画的笔法勾勒社会病态,达到讽刺效果。六、语言的精确性。鲁迅杂文的语言凝练而准确,风格多样,内涵丰富。他杂文的议论,尖锐泼辣一语中的,反语反讽的运用,使其杂文含蓄委婉,充满了幽默讽刺的色彩。

鲁迅的杂文是文艺性的政论,是深刻的思想内容与独特的艺术形式的高度统一,既具有政治评论的科学性和战斗性,也具有强烈的艺术感染力。

---

① 鲁迅:《伪自由书·前记》,见《鲁迅全集》第五卷,人民文学出版社,1981年,第4页。
② 鲁迅:《华盖集续编·小引》,见《鲁迅全集》第三卷,人民文学出版社,1981年,第183页。
③ 鲁迅:《两地书·十》,见《鲁迅全集》第十一卷,人民文学出版社,1981年,第40页。

第四章 小　说（一）

第一节　1918—1928年概述

"五四"时期,文学社团的涌现形成了创作纷繁多姿的状态,在小说创作领域里,文学研究会"为人生"的创作形成了关注社会人生的写实风格,创造社重自我表现的创作形成了具有强烈主观色彩的浪漫基调。"五四"时期的小说创作中,以探索社会问题为内容的"问题小说"是"五四"充满矛盾的社会现实的产物,受到易卜生的"问题剧"的影响,广泛涉及各种社会问题,表现出作家们关注社会现实与人生的理性精神。叶绍钧的《这也是一个人?》,冰心的《两个家庭》等成为问题小说的代表作。在鲁迅描写绍兴乡镇的小说的影响下,"五四"以后出现了描写故乡小城镇或农村生活的作品,形成了乡土小说创作的热潮。在新文学与旧文学的对峙中,延续了鸳鸯蝴蝶派的旧派小说创作多少受到了新文学的影响,在关注社会人生、文本叙事方式、白话语言运用等方面,都或多或少有了新的气息,形成了此时期通俗小说的新风貌。

在西方文学思潮的影响下,在鲁迅等文学先驱者的开拓中,中国现代小说创作逐渐走向成熟。

第二节　叶圣陶等"为人生"的小说

叶圣陶(1894—1988),字秉臣,原名叶绍钧,辛亥革命后改为圣陶,江苏苏州人,文学研究会的发起人之一,他的创作代表了文学研究会的写实风格。中学毕业后,他在苏州、上海、甪直等地小学担任教职,1921年到上海吴淞中国公学中学部教国文。后来,他还曾经到杭州第一师范、北京大学、复旦大学任教。多年的教师生涯,为其教育小说的创作打下了扎实的生活基础。1921年他与茅盾等人一起发起成立了文学研究会。1923年叶绍钧进商务印书馆当编辑,编辑过《小说月报》、《妇女杂志》、《中学生》等刊物。解放以后,他曾任出版署副署长、教育部副部长、人民教育出版社社长等职。

叶绍钧于1914年开始尝试文言小说的创作,大多以严肃的态度反映了民国初的社会生活,对于当时黑暗丑恶的社会现象予以揭露讽刺,对于下层受苦的人们予以深切的同情。《穷愁》、《贫女泪》描写被压迫者的悲惨遭遇,《终南捷径》、《翁牗新梦》针砭官场的腐败与无耻,《玻璃窗内之画像》、《痴心男子》抒写对于爱情的追求与执著。

叶绍钧发表的第一篇白话短篇小说是刊登在1918年《妇女杂志》第4卷第2、3期的《春宴琐谭》,塑造了一个努力自立的女性形象,表达了其对于妇女解放问题的思考。此后,叶绍钧一直用白话创作小说,其创作的主要成就大多在20年代,出版有短篇小说集《隔膜》、《火灾》、《线下》、《城中》、《未厌集》等;长篇小说《倪焕之》,散文集《剑鞘》(与俞平伯合集)、《脚步集》、《未厌居习作》等,童话集《稻草人》、《古代英雄的石像》。

叶绍钧的短篇小说代表了文学研究会"为人生"的写实倾向。茅盾在《中国新文学大系·小说一集·导言》中评论说:"冷静地谛视人生,客观的、写实的描写着灰色卑琐人生的,是叶绍钧。他的初期作品(小说集《隔膜》)大多是有点'问题小说'的倾向,如《一个朋友》、《苦菜》和《隔膜》。可是当他的技巧更加圆熟时,他那客观的写实的色彩便更加浓厚。"叶绍钧的短篇大致具有如下内容:一、揭示农人们不幸的生存状态。《一生》中的女主人公"伊"受尽丈夫与公婆的打骂与虐待,后逃进城里帮佣,丈夫死后她被卖掉换取丈夫的殓费,揭露了封建家族制度残酷压迫下农村妇女非人的处境与命运,提出了争取人的地位与权益的问题。《晓行》揭示了地主对农民的残酷剥削。《苦菜》描写了菜农为田主逼租至走投无路的处境。二、讥刺小市民的灰色生活。《隔膜》将人们交往应酬中的陈规陋俗喻为傀儡戏,针砭了小市民热情恭敬的交往应酬的表象下的冷漠与隔膜。《遗腹子》中的文卿先生以生儿子为人生最大目标,作品讽刺了这种无聊的人生追求。《一个朋友》中的朋友将结婚、生子、娶儿媳作为生活的全部内容,小说讥刺了把传宗接代作为唯一理想的生活态度。《疑》中的"伊"稍有不适就疑心患了不治之症,作品嘲讽了极端空虚、无病呻吟的病态人生。三、表达"美"与"爱"的生活理想。叶绍钧初期的短篇小说,将"美"和"爱"作为摆脱人生困境、抚慰痛苦心灵的良药:《潜隐的爱》中的"伊"丈夫去世,在公婆鄙视下她感到分外孤独,通过对别人孩子的爱抚来抚慰自己苦痛孤寂的心灵。《阿凤》中的童养媳阿凤常常受到婆婆的打骂,但她在与孩子和小猫的忘情嬉戏中解脱了生活中的痛苦。《春游》中的女主人公在"娟媚而且庄严"的大自然中从封建桎梏束缚中觉醒。《低能儿》里的孩子在琴声与歌声里忘却自身的不幸。四、反映学校知识分子的生活。或揭露旧教育的黑暗腐败(《饭》、《校长》、《小铜匠》);或剖露知识分子的卑怯软弱性格(《搭班子》、《前途》、《英文教授》);或讴歌知识分子正直抗争的精神(《抗争》、《城中》、《夜》)。

叶绍钧的长篇小说《倪焕之》被茅盾誉为"'扛鼎'的工作"。小说最初在1928年的《教育杂志》20卷1至12号上以"教育文艺"的名目连载,1929年由商务印书馆出版单行本,是中国新文学早期成熟的长篇小说。小说清晰地勾勒出从辛亥革命到五四运动、到五卅运动直至大革命失败期间中国社会的状况与变迁,展示了教育界形形色色的知识分子的精神面貌,刻画了执著追求崇高理想的知识分子倪焕之的典型形象。小说以广阔的时代背景、生动的历史场面、丰富的生活细节、鲜明的艺术形象,显示出叶绍钧在小说创作中的现实主义的成熟。虽然小说结局比较灰暗颓唐、革命者王乐山的形象也不够丰满,但在当时文坛充斥着千篇一律的恋爱小说、概念化的革命小说时,《倪焕之》的出现具有其独特的意义和价值。

叶绍钧的小说创作具有冷峻朴实的风格,冷峻中融入了深沉的热情,朴实中蕴藉着深厚的思想。一、冷静地观察生活,撷取平凡人物的平凡生活题材,努力开掘其所包含深刻的社会意义和人生真谛。二、以客观写实的笔调再现生活,不刻意追求情节的曲折、形式的新奇,善于将思想情感蕴涵在客观的描写中。三、注重结构的严谨匀称、疏密有致,尤其讲究结尾的别出心裁、饶有余韵。四、语言的纯正质朴,没有当时语言欧化的、半文半白的倾向,纯正中见生动,平实里耐咀嚼,为现代汉语的规范化作出了贡献。

《潘先生在难中》是叶绍钧短篇小说的代表作,刻画了教育界一个卑琐小人物的典型形象。小说创作于1924年11月,刊载于1925年1月的《小说月报》第16卷第1号,后收入短篇小说集《线下》。小说通过描写江南小镇小学校长潘先生将妻携雏逃难的经历,刻画了军阀混战期间卑怯麻木、自私苟安的知识分子潘先生的形象。潘先生风闻军阀即将开战,将妻携子历经坎坷逃难到上海,后担心职位难保,将妻儿留在上海,只身返回,筹备学校开学事务却受挫。他以学校的名义加入了红十字会,却是为保护家门的平安。听到战事已起,潘先生惶惶然躲进红十字会的红楼。战事平息,人们忙碌地准备欢迎军阀队伍凯旋,潘先生却在教育局书写欢迎的条幅。小说通过潘先生在逃难中的所作所为,刻画了这个灰色的卑琐小人物的形象。茅盾谈到叶绍钧的创作时说:"在叶绍钧的作品,我最喜欢的也就是描写城市小资产阶级的几篇;现在还深深地刻在记忆上的,是那可爱的《潘先生在难中》。这把城市小资产阶级的没有社会意识,卑谦的利己主义,precaution,琐屑,临虚惊而失色,暂苟安而又喜,等等心理,描写得很透彻。这一阶级的人物,在现文坛上是最少被写到的可是幸而也还有代表。"[①]小说以平实含蓄的讽刺笔法、细腻生动的心理刻画、巧妙严谨的结构与结尾,通过对军阀战争中潘先生逃难生活的描

---

① 茅盾:《王鲁彦论》,载《小说月报》第19卷1期,1928年1月。

写,揭露抨击了给人民造成深重苦难的军阀战争,讽刺针砭了潘先生一类知识分子卑怯麻木、自私苟安的性格。

在"五四"文坛上,冰心(1900—1999)是以其"问题小说"引起瞩目的,她对于社会生活有深入的观察与思考,她的问题小说创作主要有如下内容:一、揭露封建社会封建家庭的弊端(《两个家庭》、《斯人独憔悴》、《秋风秋雨愁煞人》、《去国》)。二、反映下层人民的不幸生活(《最后的安息》、《三儿》、《一个不重要的军人》、《鱼儿》、《庄鸿的姊姊》、《冬儿姑娘》)。三、表现时代青年的内心矛盾(《世界上有的是快乐和光明》、《一个忧郁的青年》、《烦闷》、《超人》、《悟》)。冰心以母爱、童真、自然为内容,在其创作中建构起她的"爱的哲学"。避开悲愤成为温柔构成了冰心小说的重要特征,她常常以其"爱的哲学"摆脱人物在人生磨难与社会旋涡中的苦恼和悲哀,使其作品避开了悲愤,充满了温柔的色彩。但是,她的小说又是微带着忧愁的,无论是童年的寂寞,还是青年的烦恼。冰心的小说常常努力构造诗的意境,在含蓄的意境中道出其对于人生的思考。因其深厚的中国古典文学的修养,及受到外国文学的影响,冰心小说的语言杂糅古今中外,典雅清丽而柔美流利。

第三节　王鲁彦等的"乡土小说"

20年代,在鲁迅乡土小说的开拓下,王鲁彦、许钦文、许杰、冯文炳、台静农、蹇先艾、彭家煌、王任叔、沈从文、黎锦明、徐玉诺、潘漠华等作家,先后以其故乡农村或小城镇生活为素材,以清醒的启蒙意识,在对于故乡人不幸人生的描写中,流露出浓郁的思乡与乡愁情愫,汇成了乡土文学创作的热潮。

20年代乡土小说具有独特的意蕴。首先,在对于农民不幸命运的描述中,透露出对于中国社会政治制度的思考。清白无辜的运秧被乡绅送进监狱蹲了牢狱(王任叔《疲惫者》),天旱欠租的佃户被田主送到兵营活活打死(台静农《人彘》),县里派兵将荒年借贷的穷人捆走了(台静农《蚯蚓们》),团总派打手镇息乡民闹祟的风波(黎锦明《冯九先生的谷》)。官绅政治对于农民们的迫害深刻暴露了中国封建专制制度的凶残腐败。其次,在对乡村妇女不幸人生的描写中,揭露封建伦理道德的残忍野蛮。淳朴的静姑被迫嫁给了跛子傻老(彭家煌《喜期》),美丽的梅英被送给哑巴作童养媳(潘漠华《冷泉岩》),妙龄少女嫁给了风烛残年的老翁(蹇先艾《回家》、彭家煌《节妇》),成年媳妇陪着牙牙学语的丈夫(沈从文《萧萧》、彭家煌《活鬼》),乡村妇女被丈夫典给有钱人(台静农《蚯蚓们》、许杰《吉顺》),勤俭的媳妇被婆婆逼得走向绝路(许钦文《疯妇》、许杰《小草》)。再次,在对于安于奴隶生活麻木愚昧心理揭示中,表达对于国民性问题的思考。在十字街的茶馆里,人们奚落吴大郎被老婆野汉子砍的刀伤(台静农《负伤者》),在西溪村堂屋里落魄的运秧成了人们捉弄的对象(王任叔《疲惫者》),天二哥与小柿子饭店门口的斗殴引来了幸灾乐祸的看客(台静农《天二哥》),浏阳门外杀人的刑场聚集着前呼后拥的观者(王鲁彦《柚子》)。乡土作家们勾画了国民性的冷漠自私、缺乏同情心。最后,在对农人们从个人朦胧反抗到群体自发抗争的叙写中,初步探索了民族解放道路。老太太烧死匪兵为儿子复仇(李健吾《末一个女人》),运秧酒后壮语道出对于黑暗社会的愤懑(王任叔《疲惫者》)。遇荒年稻草湾的穷人联合向田主讨借贷(台静农《蚯蚓们》),高霸王招兵买马替天行道与统治阶级对抗(黎锦明《高霸王》)。

20年代的乡土小说大多以客观真实的写实笔触展开叙写,透露出浓郁的乡土之情与忧患意识,呈现出独特的悲剧色彩——凡人琐事的悲剧,现实主义的色彩,阴柔为主的风格。在总体上呈现出以鲁迅、王鲁彦、许钦文、台静农等为主的乡土写实风格,以冯文炳、沈从文、黎锦明等为主的乡土抒情风格,前者以写实的笔触描写农民的不幸与心理,后者以抒情的笔调抒写充满人情人性美的理想色彩乡村社会。

王鲁彦(1902—1944),浙江镇海人,原名王衡,笔名鲁彦。18岁到上海当学徒,后到北平参加工读互助团,在北京大学旁听。受"五四"新文化运动影响走上文学道路,是文学研究会成员。有小说集《柚子》、《黄金》、《屋顶下》、《雀鼠集》、《河边》、《伤兵旅馆》、《我们的喇叭》,中篇小说《乡下》,长篇小说《野火》(即《愤怒的乡村》)。大革命时期,他在武汉任《国民日报》编辑,后在上海、福建、陕西等地从事教育和文化工作,1939年到桂林创办《文艺杂志》,1944年因积劳成疾不幸病逝。

王鲁彦的创作以描写乡村小有产者和农民的生活见长,写出世态炎凉,人情淡漠,茅盾指出:"王鲁彦的小说里最可爱的人物,在我看来,是一些乡村的小资产阶级,例如《黄金》里的主人公,和《许是不至于罢》里的王阿虞财主。我总觉得他们和鲁迅作品里的人物有些差别:后者是本色的老中国的儿女,而前者却是多少已经感受着外来工业文明的波动……被物质欲支配着的人物(虽然也只是淡淡的痕迹),似乎正是工业文明打碎了乡村经济时应有的人们的心理状况。"[①]深受鲁迅的影响,他的小说写出了乡镇社会人们的无情冷漠、愚昧麻木,《黄金》通过如史伯伯未接到儿子汇款所受到的奚落冷遇,揭示出陈四桥人们的势利与冷漠。《阿卓呆子》以傅家镇人们对于阿卓呆子的打骂奚落,揭示出人们的麻木愚昧。《鼠牙》以邻里之间为谷物失窃相疑相斗的故事,针砭人心的险毒与隔膜。《屋顶下》以婆媳之间的矛盾,揭露了人与人之间的隔阂。《阿长贼骨头》通过阿长走上偷窃拐骗的堕落之路,揭示出病态社会落魄人生导致的病态人格。王鲁彦的创作以冷静朴实的写实笔调叙写,以冷讽诙谐的笔调显露出愤懑,具有浓郁的民俗色彩、

---

① 茅盾:《王鲁彦论》,见《茅盾论中国现代作家作品》,北京大学出版社,1980年,第75页。

乡土气息。

短篇小说《菊英的出嫁》以冥婚故事的叙写,展现出乡镇社会人们悲惨的人生、麻木的心态。小说描写菊英的母亲为女儿菊英筹办冥婚的经过,浓郁的冥婚场景描写、菊英的母亲细致的心理描写、对于菊英病逝缘由的插叙,使该作品成为王鲁彦短篇小说的代表作。

第四节 郁达夫等的"自叙传"抒情小说

创造社是"五四"时期最具影响的新文学社团之一,于1921年6月在日本东京正式成立,最初的成员有郭沫若、郁达夫、成仿吾、张资平、田汉、郑伯奇、穆木天等人,都是当时在日本留学的青年学生。曾先后办有《创造》季刊、《创造周报》、《创造日》、《洪水》、《创造月刊》、《文化批判》等刊物,并编有《创造丛书》。以1925年"五卅"为界分为前后两期,前期创造社基本倾向是浪漫主义,后期创造社逐渐转向提倡无产阶级革命文学。

郁达夫(1896—1945),原名郁文,字达夫,浙江富阳人。他出生在一个家道中落的书香世家,父亲的早逝与体质的羸弱造成了他忧郁而内向的性格。早年曾在嘉兴、杭州的中学念书,有着良好的古典文学修养。1913年赴日本留学,先后在东京第一高等学校预科、名古屋第八高等学校、东京帝国大学经济学部学习,1922年毕业。他是创造社的发起人之一。1922年7月,郁达夫结束了十年的留学生涯,回国后在上海编辑《创造季刊》等刊物,并先后在安庆、北京、武昌、广州一些学校任教。1930年加入左联,后又退出,迁居杭州。抗战爆发后辗转南洋,主编报刊,积极从事救亡运动,1945年9月在苏门答腊遭日本宪兵杀害。

郁达夫一生著述颇丰,在小说、散文、文学理论、翻译、旧诗词等方面均有贡献,他是创造社最具代表性的小说家。郁达夫的小说创作于20年代和30年代初期,约50余篇。除了中长篇《迷羊》、《蜃楼》、《她是一个弱女子》、《出奔》外,20年代的小说都收在《沉沦》集、《茑萝集》、《寒灰集》、《鸡肋集》、《过去集》、《奇零集》、《薇蕨集》中,30年代初期的小说收在《忏余集》中。

郁达夫的第一部短篇小说集《沉沦》,是中国现代文学史上第一本白话短篇小说集,1921年10月出版,一经问世旋即风行,毁誉参半。小说集收《沉沦》、《南迁》、《银灰色的死》三篇小说,塑造了弱国子民受尽欺凌的沉沦者形象。小说的主人公都是留学日本的青年男子,他们孤独贫困而愤世嫉俗,才华出众又多愁善感,特别是爱情的渴望得不到满足,卑己自牧而备受"性的苦闷"折磨。小说呈现的是一颗受伤的心灵,追求合理的人生而不得,不甘沉沦而无力自拔。主人公的结局往往是悲惨的:或者在忧郁中病倒、或者在烂醉中死去、或者蹈海自尽,作品流溢出世纪末的感伤情绪和颓唐气息。"五四"时期是中国社会的转型年代,封建道德观念在社会上依然根深蒂固,郁达夫的《沉沦》大胆地表现了历史转型时代觉醒心灵的痛苦和青春期"性的苦闷",作品以极端的方式向封建道德观念挑战。郭沫若正是从这种意义上肯定了《沉沦》:"他那大胆的自我暴露,对于深藏在千年万年的背甲里面的士大夫的虚伪,完全是一种暴风雨式的闪击","立刻吹醒了当时无数青年的心"。①

　　回国后的郁达夫,继续在自叙传小说中讲述"零余者"的故事。郁达夫笔下的"零余者"形象,是高度敏感、徒有理想而一事无成的青年知识分子形象,他们不满现实又无力反抗,心怀理想又不屑同流合污,所以在社会中找不到自己的人生位置;他们向往合理的人生而又压抑不住青春的欲望,所以在理智、情感、意志的剧烈冲突中哀叹呻吟。"零余者"形象谱系充分表现出历史转型期知识分子窘困的生存状态和精神痛苦。回国后生计的艰难,使郁达夫的创作由"性的苦闷"转为"生的苦闷",如《血泪》、《茑萝行》、《还乡记》、《青烟》等。《茑萝行》的主人公是个卑微的知识分子,迫于生计孤身四处漂泊,现实逼得他处处低头,他又把所受的欺侮转嫁到妻子身上。当他想到妻子凄切的生存状态时,又深陷于懊丧与自责中。悲愤与无奈、哀怨与悔疚、怜悯与自责纠结在心中,只有借助直抒胸臆的叙述方式来宣泄。20年代中期,郁达夫一度把审视的目光由"零余者"向社会扩展,从个体的自我投向社会底层的被侮辱被损害者,创作了《春风沉醉的晚上》、《薄奠》及《微雪的早晨》等具有较强社会意义的作品。虽然这几篇作品的叙述模式依然是"自叙传"式,但生动地表现了底层社会人们的痛苦生活和质朴情感。

　　30年代的郁达夫,一度离开纷扰的上海,隐居于杭州,创作了《迟桂花》、《东梓关》、《瓢儿和尚》、《迟暮》等一些隐逸思想比较浓厚、意境恬澹优美的小说,塑造了躲避尘世隐逸山林的归隐者形象。《迟桂花》中的郁先生应老友翁则生的邀请,从喧闹的都市上海来到幽静秀美的乡间翁家山。次日,郁先生在老友的妹妹翁莲的陪同下去附近的五云山观光。在旅游途中,他为翁莲的健美纯熟倾倒,一度起了"贪鄙"之心。但翁莲率真自然的纯洁,祛除了郁先生内心的躁动,净化了他的人格,心境融入清澈幽远的境界。小说富有浓郁的抒情色彩和清新幽远的诗境,在自然美和人格美浑然一体中流露出超脱尘世的意味。

　　郁达夫的自叙传抒情小说具有其独特的艺术特征。首先,他的小说具有自叙传的性质。郁达夫小说的主人公"我"、伊人、于质夫、文朴、Y等在性格气质、心理体验,乃至经历与外形方面,都折射出作者的身影和精神特质。其次,是强烈的主观抒情特征。郁达夫的小说,无论是第一人称还是第三人称叙述,都注重"内视角"

---

① 郭沫若:《论郁达夫》,载《人物杂志》1946年第3期。

叙述,常常以直抒胸臆的方式,倾诉主人公的主观体验,揭示人物的心灵世界。体现在小说结构上,郁达夫的小说大多是单线发展的结构,以人物情绪的起伏变化构成小说的脉络,注重造境,融情于景,具有散文化的倾向。最后,是凄切哀婉的情绪基调。郁达夫受西方世纪末情绪的影响,偏重于展示人物心理的阴暗面,甚至是袒露畸形病态的心理,所以他的自叙传大多宣泄由性压抑和生存困顿而导致的生命苦痛,他抒发的主观情感则是个体生命不堪重负的凄楚和哀叹,具有感伤的基本格调。

写于1921年5月的短篇小说《沉沦》收在同名小说集中。作者在阐释《沉沦》时说:"第一篇《沉沦》是描写着一个病的青年的心理,也可以说是青年忧郁病(Hypochondria)的解剖,里边也带叙着现代人的苦闷,——便是性的要求与灵肉的冲突……"①小说主人公的"忧郁症",一方面与历史转型时期的自我认同危机相关联。在"五四"这个特定的历史时期,中国传统的价值体系受到批判否定,而新的价值体系又尚未成型,个体便失去了精神的归属感,使他们在精神的荒原上彷徨踟蹰。另一方面,主人公又处于人生的青春时期,是人生情感的风暴季节。对于《沉沦》的主人公来说,历史转型期与青春期迭加在一起,使他承担着双重的重负,在异国他乡备受欺凌的环境里,更加剧了他内心的孤独与焦虑。《沉沦》主人公的忧郁症与灵肉冲突蕴含着深广的人性内容与时代内涵,尤其是主人公那种惊世骇俗的自我暴露,击中了封建礼教禁欲主义的枷锁,主人公的自我认同的精神危机展现出当时青年的普遍心理。小说大胆而坦诚的自我暴露,也体现了"五四"的个性解放和自我表现的时代精神,表达了时代青年的心声,从而具有普遍性的社会意义。

《沉沦》的艺术特色主要体现以下几方面:其一,自叙传体的叙述方式。其二,主观抒情色彩和感伤倾向。其三,亲和自然的浪漫主义色彩。郁达夫的《沉沦》以愤世嫉俗的方式描写了青年忧郁病患者的心理与人生,在展示人物性的要求与灵肉的冲突中,揭示出主人公作为弱国子民备受侮辱遭欺凌的遭际,具有一定的时代色彩、典型意义,成为郁达夫自叙传抒情小说的代表作。

20年代中期,张资平(1893—1959)创作了一些自叙传体小说,主要有1925年创作的《雪的除夕》、《小兄妹》、《寒流》,1926年创作的《植树节》、《My Better Half》,1927年创作的《冰河时代》、《兵荒》等。除了个别篇什,大都是短篇小说。这些作品的题材大致相同,集中描述了大革命前后大学教师的生存窘境:学校欠薪、儿女啼饥、夫妻龃龉、事业潦倒。它们反映了中下层知识分子坎坷窘困的命运,展示了知识分子无助无奈的灰色心理,折射出作者的生存状态和苦闷心境。张资

---

① 郁达夫:《沉沦·自叙》,见《沉沦》,上海泰东图书局1921年。

平的自叙传体小说主要有如下特征:其一,主客观统一的写实色彩。其二,注重日常生活琐事的精细描述。其三,直接表述价值与情感判断。

《约檀河之水》是张资平的处女作,最初发表在1920年11月出版的《学艺杂志》第2卷第8号上。小说讲述了一个爱情悲剧故事。主人公韦先生是一个漂泊海外的留日学生,他与房东的女儿芒儿在日常的生活中萌生了真挚的爱情,并发展成为情投意合的"有实无名的小夫妻"。但房东不愿女儿嫁给一个中国的穷学生,乘韦先生出外实习的时机,让芒儿离开家乡去东京投靠姨妈,欲把她许配给日本大学生。房东的精心策划强行拆散了一对恩爱的情人,历经爱情欢愉与失恋痛苦的男女主人公,最终带着破碎的心走入教堂,双双皈依了基督教。《约檀河之水》具有自叙传体抒情小说的特点,这一方面表现在男主人公的身世与心境明显映现着作者的身影与生活体验,韦先生的精神孤寂与对爱情的渴求,以及通过皈依宗教来消解精神的苦闷,都是张资平在日本留学时期精神状态的写照。另一方面表现在小说浓郁的抒情色调,作品的叙述视角主要置于男主人公的内心世界,描述他恋爱过程和失恋后的情感状态,而女主人公的情感波澜,主要通过她的五封书信剖露。这篇小说既有创造社自叙传体抒情小说的特色,也有张资平本人擅长的自然主义的写实风味。

第五节　包天笑等的通俗小说

包天笑(1876—1973),原名清柱,号朗孙,祖籍安徽,生于苏州。1901年与他人共同翻译《迦因小传》时用"包天笑"作笔名。他早年创办过《苏州白话报》,致力于白话文和新观念的传播。1917年他主编《小说画报》,公开提倡白话文学。他先后翻译了大量的外国文学作品,其中尤以1910年前后翻译的《苦儿流浪记》、《孤雏感遇记》、《青灯回味录》、《埋石弃石记》、《馨儿就学记》等教育小说影响最大。这些小说对传播新的教育理念,启发陶冶少年儿童的心灵起到了一定的作用。

包天笑以短篇小说成就为高,他能站在人道的立场上来反映下层民众的疾苦和不幸遭遇。《在夹层里》描写了上海的下层市民在恶劣的环境中挣扎的现实。《沧州道中》展示的是饥饿的难民在争抢着洋大人们和阔人们"施舍"的铜板和食物,而头等车厢中的阔人则欣赏着"闹剧"。包天笑在同情穷苦民众不幸的同时,常常表现普通市民的善良人性。《烟蓬》塑造了一个心地善良的歌妓阿金的形象。《同名》通过文学家周先生在朋友的怂恿下来到妓院,以理智战胜本能的冲动来表现人物的良心发现。包天笑虽然在作品中讴歌善良的人性,但由于其善恶观还不能摆脱封建文化的影响,导致作品的思想倾向呈一定的矛盾性。如《一缕麻》,聪慧、漂亮的才女"某女士"因父母包办,自幼就许给了其父同寅某氏之子,却是一个

"臃肿痴呆,性不慧而貌尤丑"痴呆之人,她与邻居"某生"情意相投。包办婚姻后"某女士"得了白喉症,众人因怕传染不敢接近,只有她的傻丈夫朝夕伺候,她的丈夫染上了白喉而死,她却奇迹般地活了下来,她决定为死去的丈夫守节。小说一定程度上削弱了反封建主旨。

包天笑是一个擅长描写市民灰色心理的通俗小说家。《金粉世家》描写穷厨师的妻子史如春是如何发迹成为腰缠万贯的金太太的故事,展示了市民的灰暗心理和被金钱扭曲的灵魂。《爱神之模特》表现的是世俗社会对艺术的偏见。《武装的姨太太》以外交官方复初三个姨太太之间的钩心斗角,暴露了权贵、豪门的罪恶和腐败。《富家之车》表现的是纨绔子弟的堕落。《绕个圈子》揭露的是官商勾结大发横财的内幕。

包天笑的短篇小说多方面地表现了新旧社会过渡时期的市民生活,与当时的主流文学相比还是有一定差距的。他能把通俗小说与新小说表现手段和艺术技巧融合起来,具有一定的表现力。其小说结构严谨,讲求故事的完整性,有些作品构思巧妙,叙述手法富于变化,语言通俗平实。

包天笑写有不少长篇小说,其代表作是《留芳记》和《上海春秋》。《留芳记》是1922年发表的一部长篇历史演义。想反映辛亥革命前后的"革命事迹",但因作家思想意识和审美观念的局限和构思的失误,小说没有能够反映出作者的初衷,且结构上也存在着松散的毛病,但袁世凯、吴佩孚等人物塑造得还是比较成功的。《上海春秋》是包天笑1922年创作的一部社会小说,1926年由中华书局出版发行。小说以十里洋场上海为背景,展示了这个光怪陆离的都市中的各种丑恶现象。描写了龟子老鸨、流氓恶棍、投机商人、庸医、官员等都市人渣丑类的无耻行径,在一定程度上暴露和讽刺了当时的社会黑暗。小说的缺陷在于没有揭示造成这些现象的社会根源,从而使作品流于肤浅,或多或少带有黑幕小说的意味。

20年代中期以后,包天笑的兴趣转移到电影上。先后改编创作了《空兰谷》、《梅花落》、《可怜的闺女》、《好儿男》、《良心复活》等一批电影文学剧本。抗战爆发后,包天笑滞留在上海,创作了《不如归去》、《赤城飞絮录》等宣传抗战,反对投降的作品,表现出了一个通俗文学作家的民族气节和爱国精神,艺术上却没能超过20年代的创作。抗战胜利后,包天笑随家人迁居台湾,后定居香港,1973年在香港去世。

秦瘦鸥(1908—1993),上海嘉定人,原名秦浩,笔名刘白帆、万千、宁远等,中学、大学在上海攻读商业经济。任职于工矿、铁道,后担任报刊杂志编辑。长期从事文学翻译与文学创作,有译作《茶花女》、《御香缥缈录》、《瀛台泣血录》等,有长篇小说《孽海涛》、《秋海棠》、《劫收日记》、《危城记》等。解放后,曾在香港文汇报、集文出版社、上海文化出版社、文艺出版社、出版文献资料编辑所任职。有《刘瞎子开眼》《患难夫妻》《婚姻大事》等小说。

  刘云若(1903—1950),名兆雄,天津市人。1930年创作长篇小说《春风回梦记》,到40年代末,他先后创作了社会、言情小说40余部,其中影响较大的有《小扬州志》《旧巷斜阳》《红杏出墙记》《粉墨筝琶》等。其小说大致可以分为两类,一类是以《春风回梦记》《红杏出墙记》《换巢鸾凤》等为代表的言情类小说;另一类是以《旧巷斜阳》《小扬州志》为代表的社会小说。其言情类小说描写的多是三角或多角爱情故事,情节曲折复杂,一波三折,人物形象虽很鲜明,但内容俗浅。真正能代表刘云若小说成就的是那些描写都市社会百态人生的市井小说,不仅表现了天津下层市民的苦难生活,而且还表现了他们被扭曲了的心态。刘云若长于讽刺,他善于从市民日常的生活中发掘讽刺因素,或通过漫画式的夸张手法,或借助人物的言行相悖、人物的言行与事实相悖、与常理相悖等多种手段来构成讽刺。刘云若的有些小说的结构缺乏总体上的把握,有的人物性格前后不一,一些情节过于夸张。

第五章 小说（二）

第一节 1928—1937年概述

　　1928年至1937年抗战爆发，是新文学发展的第二个十年。1928年开始的无产阶级革命文学的倡导、1930年左联的成立、国民党御用文人的"民族主义文艺运动"等成为此时期重要的文学运动，出现了无产阶级文学、文学的阶级性与人性、文艺自由论、大众语论争等文学论争。

　　本时期的小说创作得到了长足的发展，这主要体现在出现了诸多优秀长篇小说，茅盾的《蚀》、《子夜》，巴金的《家》，老舍的《骆驼祥子》，叶圣陶的《倪焕之》，王统照的《山雨》，萧军的《八月的乡村》，萧红的《生死场》，李劼人的《死水微澜》，王鲁彦的《野火》等。无论是题材的丰富，还是视野的开阔，无论是反映生活的深度，还是展示现实的广度，都有了很大的发展与开拓。

　　从小说创作流派的视角看，此时期有影响的有以茅盾为代表的"社会剖析派"、以沈从文为代表的"京派"、以穆时英等为代表的"新感觉派"、以端木蕻良等为代表的"东北作家群"、以张恨水为代表的"社会言情小说"。

　　"社会剖析派"是以茅盾为代表的运用科学的社会理论观照、描写现实生活的小说流派，其特点为：1.以科学的社会理论观照社会现实；2.用政治经济的眼光、阶级的观点剖析社会；3.以现实主义手法为基本创作方法；4.作品具有史诗式的结构与雄健的笔力。茅盾的《子夜》，沙汀的短篇小说集《土饼》、《苦难》，艾芜的短篇小说集《南行记》、《南国之夜》、《夜景》，吴组缃的短篇小说《一千八百担》、《樊家铺》、《天下太平》等，都体现了社会剖析派小说的特点。

　　"京派"是20年代末30年代初以北平为中心的一些自由主义作家形成的小说派别，其主要刊物有《骆驼草》、《大公报·文艺副刊》等，主要成员有废名、沈从文、萧乾、凌叔华等。其特点为：1.淡薄现实功利文学观；2.强调文学的独立品格和纯正趣味；3.寓人生理想于自然、人性、人情美之中；4.将古朴情调融入乡野生活的诗意中；5.创作风格恬淡沉郁。废名的小说集《桃园》、《枣》、长篇小说《桥》，沈从文的

《边城》,萧乾的短篇小说集《篱下集》、《栗子》、中篇小说《梦之谷》,凌叔华的短篇小说集《小孩》、《小哥儿俩》等,都体现了京派小说的特点。

"新感觉派"是20年代末30年代初在上海兴起的小说流派,代表作家刘呐鸥、施蛰存、穆时英,主要刊物为《无轨列车》、《新文艺》等。其特点为:1.生动地揭示了现代都市人的心理心态;2.在快速的节奏中表现都市病态生活与心理;3.刻意追求主观感觉印象的契入;4.运用直觉的、印象式的、蒙太奇等多种艺术手法。刘呐鸥的小说集《都市风景线》,穆时英的小说集《公墓》、《白金的女体塑像》、《圣处女的感情》,施蛰存的小说集《将军底头》、《梅雨之夕》等,都体现了新感觉派的特点。

"东北作家群"是离开东北后,以描写故土沦陷生活为主的作家群体,包括端木蕻良、萧军、萧红、骆宾基、舒群、李辉英等。其特点为:1.因东北沦陷离开故土的作家群体;2.描写故土沦陷、饱受蹂躏的生活;3.突出苦难挣扎与觉醒抗争的生活;4.呈现出浓郁的乡土气息和苍凉沉郁的风格。端木蕻良的长篇小说《大地的海》、短篇小说《遥远的风砂》、《浑河的急流》,萧军的《八月的乡村》,萧红的《生死场》,骆宾基的长篇小说《边陲线上》,舒群的中篇小说《没有祖国的孩子》、《秘密的故事》,李辉英的长篇小说《松花江上》、《雾都》等,都体现了东北作家群创作的特点。

"社会言情小说"是以男女情爱为主的通俗性小说作品,代表作家有张恨水、刘云若、秦瘦鸥等。其特点为:1.以男女情爱为作品的主要情节;2.大多采用章回小说的叙事方式;3.语言以通俗易懂的白话为主。4.注重故事情节的生动曲折。张恨水的《春明外史》、《金粉世家》、《啼笑因缘》,刘云若的《春风回梦记》、《红杏出墙记》,秦瘦鸥的《秋海棠》等,都体现了社会言情小说的特点。

第二节 茅盾的《蚀》、《子夜》等小说

茅盾(1896—1981),原名沈德鸿,字雁冰,浙江桐乡乌镇人。茅盾出身于书香门第,父亲是前清秀才,但倾向维新,崇尚自然科学。母亲是大家闺秀,注重孩子的培养。茅盾的父亲早逝,母亲成为他的第一个启蒙老师。

1913年他入北京大学预科,1916年因家贫而辍学,进商务印书馆从事编辑工作,开始走上文学道路。1920年初,茅盾主持《小说月报》的"小说新潮栏",发表《小说新潮栏宣言》、《新旧文学平议之评议》、《现在文学家的责任是什么?》等重要文章。1920年11月,他接编并革新了《小说月报》。1921年初,他与郑振铎等人发起成立文学研究会,改革后的《小说月报》成为文学研究会的主要阵地。同年5月,他参加中国共产党的筹建工作,成为第一批党员。1924年,他在中共创办的上海大学担任教学工作。1925年,他直接参与了"五卅"运动。1926年初,他离沪赴粤出席国民党第二次全国代表大会,后留广州任国民党中央宣传部秘书。1927年

初,他赴武汉任《民国日报》主笔。大革命失败后,茅盾回到了上海,在苦闷彷徨中开始了他文学创作的生涯。

在此之前,茅盾的文学活动主要集中在文学理论的倡导和文学批评的实践上。其主要的理论贡献表现在两方面:一是力倡"为人生"的文学观,二是提倡现实主义的创作方法。在文学批评方面,茅盾此时期在许多方面具有开创性的贡献。他首先成功地运用了综合评述的文学批评样式,1921年,他先后发表《春季创作坛漫评》、《评四五六月的创作》和《一年来的感想与明年的计划》等,对当时文坛的创作作了全面的扫描与评述。他撰写了《读〈呐喊〉》、《读〈倪焕之〉》等一批高质量的作品论,与他在30年代写下的一系列优秀的作家论,如《鲁迅论》、《冰心论》、《庐隐论》、《王鲁彦论》、《落花生论》、《徐志摩论》等,奠定了茅盾作为现代文学批评家的地位。

这一时期,茅盾在外国文学的译介上也成果颇丰。1921年《小说月报》出过"俄国文学研究"专号和"被损害民族的文学号"。茅盾在1920至1921年间翻译各国作品80余篇,后来还出版了《桃园》、《雪人》等译文集。

1927年秋至1928年6月,茅盾在大革命失败后极度痛苦和矛盾的心境中,创作了《蚀》三部曲,它包括《幻灭》、《动摇》、《追求》这三个既相对独立、又有内在联系的中篇小说。以作者亲历的生活为素材,表现了大革命失败前后中国社会的剧烈变动和知识分子的精神历程。

1928年7月,为了摆脱国民党的通缉,茅盾东渡日本,于1930年4月返回上海。其间,他创作了短篇小说集《野蔷薇》和《泥泞》、《陀螺》、《色盲》等短篇小说,散文《卖豆腐的哨子》、《雾》等,还潜心研究了中国和欧洲的神话。写于1929年的《虹》是一部成功的长篇小说。《虹》的创作初衷是"欲为中国近十年之壮剧,留一印痕",后因"移居搁笔"、"人事倥偬","遂不能复续"[①],写到了"五卅"即告罄。小说叙述了女主人公梅行素逃出旧式家庭,追求人生自由,寻觅生命要义的人生旅程。梅由成都而泸州、而上海的历程,展示了从"五四"到"五卅",知识分子受文化革命影响,从而投身革命实践的"成长"历史。"逃"的意象和"向前冲"的品格正是那时渴望进步的知识女性的写照。人物心理细腻生动的刻画,小说时空的纵横开阔,已透露出茅盾长篇特有的史诗性风范。

1930年4月,茅盾到回上海后即投入左联的活动,曾任执行书记。是年冬,他着手中篇小说《路》和《三人行》的创作,这两部作品延续《蚀》、《野蔷薇》、《虹》的主题,但作品明显带有概念化的痕迹,艺术成就逊色于前者。

1932年前后到1937年抗战爆发,茅盾进入了创作的鼎盛时期。1933年《子

---

① 茅盾:《〈虹〉·跋》,见《虹》,上海开明书店,1930年。

夜》的出版不仅是左翼文坛的重要收获,也标志着中国现代长篇小说创作的成熟。此时期茅盾创作的"农村三部曲"(《春蚕》、《秋收》、《残冬》),以及《林家铺子》等,是茅盾最为优秀的短篇小说。这一时期,他还创作了中篇小说《多角关系》和《少年印刷工》,出版了短篇集《春蚕》、《泡沫》、《烟云集》等,推出了散文集《印象·感想·回忆》、《速写与随笔》、《话匣子》和《茅盾散文集》等,在文学理论和文学批评上也有建树。

1941年2月,茅盾辗转至香港主编《笔谈》。次年1月去桂林,年底到重庆,直至抗战胜利。1939—1944年,茅盾创作了长篇小说《腐蚀》、《霜叶红似二月花》,中篇小说《走上岗位》,出版了短篇小说集《委屈》、《耶稣之死》,散文集《见闻杂记》、《时间的记录》、《劫后拾遗》和《归途杂拾》等。他1942年写的《霜叶红似二月花》拟"写从'五四'到1927年这一时期的政治、社会和思想的大变动"①,但小说仅仅完成了第一部,只写到了"五四"前夕。它塑造的民族资本家王伯申和富有东方女性传统美德的张宛卿形象,性格还是十分鲜明的。以1940年至1941年的重庆为背景,旨在暴露国民党特务组织黑幕的长篇小说《腐蚀》,在思想与艺术上都达到了一定的高度。

抗战胜利后,茅盾还写过剧本《清明前后》,但在艺术上较为粗糙,存在着明显的概念化倾向。新中国成立后,茅盾主要从事政务工作,文学创作几乎停止。

茅盾的小说创作注重题材与主题的时代性、当下性和重大性,他将巨大的思想深度寓于广阔的历史内容之中,作品具有史诗色彩;他努力展示人物性格的多面性与复杂性,在错综复杂的社会关系中凸现和推动人物性格的发展,塑造了民族资本家和时代新女性两个具有开创意义的人物形象系列;他追求严谨而宏大的结构布局,精于细腻的心理刻画,将社会历史的剖析与人物心理的剖析融合。茅盾拓展了中国现代都市小说宽阔的艺术表现领域,在30年代都市小说的"城乡对照"与"现代体验"的叙事模式之外,建构了"历史斗争"的叙述方式,形成了那个时代小说创作的高峰。

《蚀》写于1927年9月至1928年6月,是茅盾小说的处女作。它的发表确立了茅盾小说家的地位,也标志着中国现代文学长篇小说创作时代的真正到来。《蚀》是茅盾在大革命失败后苦闷、彷徨的心态中创作的,是用血泪与激情凝就的。《蚀》由《幻灭》、《动摇》、《追求》组成三部曲,力图展示"现代青年在革命壮潮中所经过的三个时期:(1)革命前夕的亢昂兴奋和革命既到面前时的幻灭;(2)革命斗争剧烈时的动摇;(3)幻灭动摇后不甘寂寞尚思作最后之追求"②。整部作品以大革命

---

① 茅盾:《〈霜叶红似二月花〉新版后记》,见《茅盾全集》第六卷,人民文学出版社,1984年,第250页。
② 茅盾:《从牯岭到东京》,载《小说月报》第19卷第10期,1928年10月。

前后一群知识青年的生活经历与心路历程为题材,深刻揭示了革命阵营中林林总总的矛盾和在激烈动荡中的阶级分化,真实地描摹出动荡年代知识分子的心灵世界,再现了大革命时代的潮汐,反思了那场革命以及知识分子在"革命"中的命运。

《幻灭》叙写了知识女性静女士在大革命浪潮中始于浪漫幻想而终于幻灭的悲剧故事。静女士一心想过"静"的生活,她一再梦想、逃离、躲避、追寻,但在大革命的狂澜中,她却不得不在爱情、阴谋与革命的泥淖中挣扎,她的追求始终处于幻灭之中。静女士的命运揭示了大革命时代知识青年的不懈追求、心灵的空虚,以及在这场革命中信仰的失落。

《动摇》的故事发生在大革命中的湖北某县,时间是1927年春夏之交"武汉政府"蜕变之前。小说在一个"革命与阴谋"的叙事框架中,以较广阔的场面反映了革命风云变幻中的各色人等。作品中方罗兰与罗国光的形象都刻画得入木三分。方罗兰是革命队伍中思想不稳定的知识分子的典型,阶级立场不分明,对反革命打击不力,宽大中和的儒家思想构成其动摇妥协性格的内核;传统伦理道德的牵制与对新思潮的向往,又造成其情感生活的进退失据,他的性格反映了那个时代某些革命者的特征。

《追求》演绎了上海滩上一群青年知识分子在大革命失败后左冲右突寻求出路而不可得的人生悲剧。作为浪漫女性的章秋柳不甘于生活的寂寞,想以结社的方式与污浊的社会相对抗,但结社的计划很快流产,她走上了一条病态的反抗道路,以追求感官的刺激和及时行乐来报复黑暗的现实,她在舞场、饭店、酒楼、影院抛掷青春与生命,她甚至企图以自己旺盛的生命力去点燃另一位厌世者的生命之火,结果却染上了梅毒。以毁灭自己的生命来向这个社会抗争,是渴望以堕落的方式获得救赎,结果则是自暴自弃、自甘堕落而已。《追求》中所有人的"追求"无一不以失败告终。有学者指出:"《蚀》三部曲的主要成就就是塑造了追求者、动摇者、迷路者的形象。这一系列形象所体现的思想倾向显然不是幻灭——动摇——追求,而是追求——动摇——幻灭。"①

《蚀》是茅盾创作的第一部长篇小说,它关注当下生活和重大题材与主题,以宏伟的叙事结构再现时代风云、展示社会生活的艺术取向,透露出茅盾长篇小说气魄宏大的史诗性特征。

《子夜》1931年10月开始动笔,1932年12月5日完稿,原拟取名《夕阳》。1933年1月由开明书店出版,部分章节于1932年分别在《小说月报》和《文学月报》上发表。瞿秋白说《子夜》是"应用真正的社会科学,在文艺上表现中国的社会

---

① 邵伯周:《茅盾评传》,四川文艺出版社,1987年,第145页。

关系和阶级关系"的扛鼎之作,"是中国第一部写实主义的成功的长篇小说",并断言:"一九三三年在将来的文学史上,没有疑问的要记录《子夜》的出版。"[①]

1930年,中国发生了一场有关中国社会性质的大论战,有人认为"中国已经走上资本主义道路,反帝、反封建的任务应由中国资产阶级来担任"[②],这与中国更加半殖民地半封建化的社会现实不符。茅盾决定通过文学作品参与论争并回击这种论调,他在广泛搜集资料的基础上,试图反映出中国社会的三个方面:"(一)民族工业在帝国主义经济侵略的压迫下,在世界经济恐慌的影响下,在农村破产的环境下,为要自保,使用更加残酷的手段加紧对工人阶级的剥削;(二)因此引起了工人阶级的经济的政治的斗争;(三)当时的南北大战,农村经济破产以及农民暴动又加深了民族工业的恐慌。"[③]茅盾的创作意图虽未能全面实现,其笔力主要集中于30年代初都市生活的描绘,但它展现了30年代中国激烈的民族矛盾和社会矛盾,真实地记录了各阶级各阶层之间错综复杂的社会关系,生动地再现了中国民族资产阶级在帝国主义、买办资产阶级和统治阶级的压迫下难以避免的悲剧命运,指出中国社会并未走上资本主义道路的客观现实。

小说试图通过民族资本家吴荪甫不可逆转的失败命运,揭示半殖民地半封建化的中国要想发展独立的民族工业是根本不可能的。吴荪甫在多重矛盾的挤压中,形成了性格的多重性、复杂性,成为中国现代文学史上一个不可多得的血肉丰满的民族资产阶级典型。

吴荪甫是企望振兴民族工业的民族资本家。他曾游历欧美,具有管理现代工业的知识和魄力,他有振兴中国民族工业的宏伟理想。他精明强干,吞并了八家不死不活的企业,并与交通运输业资本家、矿业资本家等联合,建立了托拉斯集团——兼办金融和实业的益中信托公司。在与帝国主义买办经济的较量中,他表现出其他民族资本家少有的果敢、刚强和自信,尤其是在与赵伯韬的"斗法"中,显示出18世纪法兰西资产阶级的性格和胆识。他的气魄使之成为30年代上海金融界举足轻重的人物,吴荪甫不愧为中国"二十世纪机械工业时代的英雄、骑士和'王子'"。吴荪甫是生不逢时的民族资产阶级。以吴荪甫的实力和才干,他无疑会靠自己的实干逐步实现发展中国民族工业的理想,但是在帝国主义、买办阶级、国民党政府的重重压迫下,他却心有余而力不足,每况愈下。在日趋激烈的社会矛盾中,他将通货膨胀的压力转嫁给工人,工人不堪忍受而罢工,他任用的企业职员对工潮采取欺诈、镇压等手段,激化了劳资矛盾;他在家乡双桥镇投资实业,因农民暴

[①] 瞿秋白:《〈子夜〉与国货年》,见《瞿秋白选集》,人民文学出版社,1955年,第279—280页。
[②] 茅盾:《再来补充几句》,见《茅盾论创作》,上海文艺出版社,1980年,第59页。
[③] 茅盾:《〈子夜〉是怎样写成的》,载《新疆日报》副刊《绿洲》,1936年6月1日。

动而付之东流;他煞费苦心吞并几家小厂,因产品大量积压而成了脱不掉的"湿汗衫"。他投身公债市场,买办资本家赵伯韬在政界有靠山,又有美国人的支持,他买通军队打败仗误导股市大发横财,吴荪甫孤注一掷将资金统统投入股市时,赵伯韬设圈套置吴荪甫于死地,吴荪甫的妹夫杜竹斋又见利忘义抽走了自己的股份,关键时刻给吴荪甫以致命一击。益中信托公司仅仅维持了两个月,就在来自各方面的压力下一败涂地。政治上的两面性导致了吴荪甫性格的两重性:一方面是对帝国主义、买办资产阶级、封建主义的不满,另一方面又对工农运动和革命武装充满恐惧与仇视;一方面对统治阶级的腐败与军阀混战的局面不满,另一方面又依靠统治势力镇压工人罢工和农民运动。性格的两重性,使吴荪甫成为一个暴躁而冷静、顽强而脆弱、正经而荒唐的充满矛盾的人物,吴荪甫的悲剧并非性格的悲剧,而是一个国家和时代的悲剧,是30年代半殖民地半封建的中国社会民族工业难以发展的悲剧。

赵伯韬是一个买办资本家的形象,政治上的反动性、经济上的掠夺性和道德上的腐朽性构成其基本特征。他奸诈诡谲,是帝国主义垄断资产阶级在华的掮客、走狗,他的生活方式荒淫无度,寡廉鲜耻。屠维岳是资本家走狗的形象,有着刚强、沉着、干练和不屈服于权势的一面,被提拔后他竭尽全力死心塌地为主子效劳,在破坏工潮的阴谋中,他的阴险狡诈淋漓尽致地表现了出来。冯云卿是一个寡廉鲜耻的封建地主形象。洋场社会的投机狂热和利益追逐冲决了封建世家表面温情脉脉的传统伦理道德,代之以无耻的赤裸裸的金钱关系,为套取公债的秘密行情,他甚至不惜让自己的亲生女儿出卖色相勾引赵伯韬,最终导致其倾家荡产的悲惨结局。

《子夜》的结构宏大而缜密。大规模展示中国社会现实的企图与作品摄取生活面的丰富性,形成了庞大而复杂的艺术构架,作家气势恢宏、针脚细密地将多条叙事线索交织在两三个月的时间段内。作品纠结着五条矛盾线索:吴荪甫与买办资本家、与民族资本家、与工人、与农民、与家人和亲属之间的矛盾。在这众多矛盾线索之中又做到了主线突出,始终把吴荪甫作为结构的轴心,又将吴荪甫与赵伯韬之间的"斗法"置于结构的中心地位,纵横贯穿在多重矛盾线索之中,起到了统帅全篇和突出主题的作用。在情节的推进过程中,作品又显得波澜起伏、谨严有序。《子夜》心理解析精微真切。茅盾有意识地学习托尔斯泰的"心灵辩证法",多侧面地、细腻地刻画人物心理,有时甚至将笔触探入人物的潜意识深处,展示人物内心极其复杂幽微的矛盾,构成作品又一显著的艺术特征。

《子夜》将社会科学分析的方法与文学艺术的审美表现较为完美地结合起来,在恢宏的气势中,准确把握与精确再现了30年代初期中国社会各种重大事件、复杂的社会关系与政治经济状况,使其具有了"史诗"的特质,也开了中国现代"社会剖析小说"的源头。由于茅盾偏于理性思维,有时小说的情节设置过于理性化,缺乏必要的偶然性。小说中的工人、革命者形象显得较为单薄与概念化,农村线索的描写未能充分展开,使作品有白璧微瑕之憾。

第三节　老舍的《月牙儿》、《骆驼祥子》等小说

老舍(1899—1966),原名舒庆春,字舍予,笔名老舍,出生于北京一个满族平民家庭。老舍的父亲是守卫皇城的旗兵,八国联军入侵北京时阵亡。老舍的母亲靠给人缝洗和做杂工的微薄收入,勉强支撑一家的生活。老舍童年和少年时期居住在胡同里,他非常熟悉社会底层的市民生活。老舍小学毕业后考入市立中学,后转入免费供给膳宿的北京师范学校。1918年,老舍师范毕业,任方家胡同市立小学校长、劝学员等职。

1924年至1929年,老舍在英国伦敦大学东方学院任汉语教员。旅居英国的生活,拓展了他的文化视野,他开始反省民族文化和国民性,在教书之余,他一面大量阅读英国文学名著,一面创作长篇小说。1925年他完成《老张的哲学》,次年完成《赵子曰》,并开始创作《二马》。老舍在伦敦期间加入了文学研究会,他的这些小说先后发表在《小说月报》上。1929年老舍回国,次年赴山东齐鲁大学任教。在济南的四年,老舍的创作状态极佳,先后发表了长篇小说《小坡的生日》(1931年)、完成了《大明湖》(书稿在上海"一·二八"战火中被烧毁)、《猫城记》(1932年)、《离婚》(1933年)、《牛天赐传》(1934年)等四部长篇小说,还有一些短篇小说(主要收入《赶集》)。1934年至1937年,老舍在山东大学执教,他在青岛创作了长篇小说《骆驼祥子》(1936年)、《选民》(1936年,后更名为《文博士》),还有一系列中、短篇小说,如《月牙儿》、《断魂枪》等,主要收在《樱海集》和《蛤藻集》中。

抗战爆发后,老舍到武汉,被推举为中华文艺界抗敌协会常务理事兼总务部主任。1938年8月,老舍到达重庆,创作了长篇小说《四世同堂》的头两部(《惶惑》、《偷生》)和《火葬》,两个短篇小说集《火车集》、《贫血集》,九个剧本,以及长诗《剑北篇》。1946至1949年,老舍应邀赴美国讲学,完成了长篇小说《四世同堂》的第三部(《饥荒》)和《鼓书艺人》。解放后,老舍担任北京市文联主席、中国作家协会副主席等职,获得"人民艺术家"的光荣称号,先后创作了二十余个剧本,代表作是话剧《茶馆》(1958年),还写了长篇自传体小说《正红旗下》(未完稿)。1966年8月23日,老舍被揪斗遭毒打,次日在太平湖自杀。

老舍是中国市民阶层和文化性格的杰出表现者与批判者,他的创作为我们描绘了一幅市民社会丰富生动的生活图景,这里有三教九流的各色人物:车夫、艺人、巡警、娼妓、教员、职员、商人、剃头匠、拳师等等;有五光十色的市井俗态:嘈杂的大杂院、喧闹的小茶馆、狭窄的胡同和热闹的庙会等等。这个以中下层市民为主体的

社会,呈现出浓郁的地域文化特色,积淀着厚重的中国文化传统。老舍在关注着北京市民阶层生存状态的同时,还理性地审视他们的精神状态,并通过对国民劣根性的反省和批判,在对民族文化性格的艺术概括中,思考历史转型期的民族命运。

老舍的小说风格呈现出独特的"京味"。其一,浓厚鲜明的京味文化特色。老舍的代表作《骆驼祥子》、《四世同堂》、《离婚》、《正红旗下》等,都以北京市民生活为背景,构成了一幅全景式的古都社会世态风俗图,包括具有历史内蕴的古城景观,融有世俗民风的风俗礼仪,引车卖浆者的职业活动,家长里短的人情世态等等,形成了具有民俗学价值的地域文化特色。其二,温婉宽厚的幽默趣味。老舍的作品充满了幽默和诙谐,老舍认为幽默更具有宽厚热诚的一面,而讽刺则更为无情犀利。老舍揭露针砭古都市民社会的世态人情,但常常显得十分温婉宽厚,他对市民心理在总体上既批判又同情,既以犀利理性的目光洞穿其缺憾,又以温情悲悯的姿态予以同情。其三,富有表现力的俗白语言。老舍小说的语言充满京味,极富个性,他的语言取自北京社会的日常用语,并努力对俗白语言进行提炼,老舍小说的语言生动活泼,富有表现力,并具有鲜明的地域文化色彩。

老舍小说独特的京味特色,其小说对于市民生活和心态的深入描写,对于国民性问题的思考与探究,使其小说创作具有独特的价值,他被人誉为"市民诗人"。

老舍的中短篇小说中最为精彩的主要有两类,一类是写历史转型时期人们理想与现实之间的矛盾。代表作有《老字号》、《断魂枪》、《黑白李》等。还有一类是描写市民社会底层女性命运的作品,如《月牙儿》、《微神》、《柳家大院》、《阳光》、《柳屯的》等。《断魂枪》的主人公沙子龙,在"火车、快枪"的时代把镖局改成客栈,不将"五虎断魂枪"传授给徒弟,他告诉登门求教的孙老者,"那条枪和那套枪都跟我入棺材,一齐入棺材"!在这个兴衰嬗变的历史转型期,他认识到镖局与长枪业已失去昔日的功用,他的事业和武艺也随风而逝。然而,他在情感上又割舍不掉"五虎断魂枪",他深夜的独自操练,既是对一颗孤独而失落的创伤心灵的自我抚慰,也是一种生命乐趣的诗意升华。

老舍短篇小说的代表作《月牙儿》是择取毁于战火的《大明湖》的精华部分写成的,最初发表在天津《国闻周报》第12卷第12—15期(1935年4月),后收入《樱海集》。小说以尖锐的社会批判锋芒和真挚的人道主义情感,讲述了生活在社会底层的母女俩的悲剧命运。母亲在丈夫逝世后被迫改嫁,丈夫又失踪,母亲只得以卖淫维持生存。为了寻求生活依靠,母亲决定独自再嫁。女儿受人欺骗爱情幻灭,她到饭馆做招待,因不愿以媚态取悦顾客而被解雇。她本想浪漫地挣饭吃,但宿命般地走上了母亲一样的谋生方式,而被男人抛弃的母亲也回来了。在当暗娼的日子里,她染上了性病,她被巡警抓进感化院,又因唾了来院检阅的官员而入狱。她不断挣扎而不断沉沦的过程表明,这个地狱般的世界不但毁灭了一个年轻女性的美好青春,而且无情地摧毁了她的灵魂——人生理想和道德价值。《月牙儿》的艺术特色,首先在于散文式的叙述方式与浓厚的主观色彩。其次则是具有象征意味与结构功能的"月牙儿"的设置。

1936年夏,老舍辞去教职开始专心创作《骆驼祥子》。小说最初在《宇宙风》上连载,一年之后完成,老舍说:"这是一本最使我自己满意的作品。"①

小说描述了北平一个人力车夫的悲惨命运,深刻揭示了破产农民流入城市后精神发生蜕变的悲剧原因。主人公祥子原本是一个青年农民,流落北京之初,结实健壮,有泥土般的诚实和单纯,勤劳善良,充满了对生活的自信和对未来的希望。在城市生活的挣扎中,祥子最终成了一个行尸走肉般的城市盲流。从祥子的悲惨命运看,使他堕落的原因首先在于黑暗的社会现实。祥子只是企望依靠自己诚实的劳动换取安稳的生活,他生活的目标就是买一辆属于自己的车,在他看来车夫拥有了自己的车就如同农民拥有自己的土地一样,生活才有安稳的保障。然而,严酷的现实一次又一次地使他的努力和希望化为泡影。他经过三年的艰辛买下的第一辆车,不到半年就被匪兵抢去。他虎口余生,路上捡到三匹骆驼,卖了30元钱,准备积攒着买第二部车,但不久他的钱又被孙侦探洗劫一空。他被迫和虎妞结婚,用她的私房钱买下第三部车,可是虎妞难产死去,他只得卖掉车子料理丧事。祥子的悲剧是那个时代大多数下层市民的共同命运,他的悲剧不是命运悲剧而是社会悲剧。祥子买车失车的三起三落过程,表明他想获取最基本的生存保障而不可能,也体现了二三十年代动荡的社会背景下的城市底层平民苦难的生存状态。

作者想从思想文化的层面寻找祥子堕落的"根据",即从现代文明病与人性的关系去思索祥子的沉沦,在老舍看来,这种现代文明病的核心思想是"个人主义",祥子是从"个人努力"走向"毁灭个人"的,祥子始终希望走自食其力、个人奋斗的人生道路,但是在那样的社会氛围中这条路是走不通的。小说的艺术特色为:1.富有特征的外貌和心理描写。2.生动清浅具有京味的语言。3.浓郁的地域文化特色。

第四节　巴金的《家》等小说

巴金(1904—2005),四川成都人,原名李尧棠,字芾甘。"巴金"是他在1928年8月发表《灭亡》时使用的笔名。他出生于成都北门一个官宦家庭,父亲李道河辛亥革命前曾任四川广元县知县。母亲陈淑芬是他的第一位老师,"她教我爱一切

---

① 老舍:《我怎样写〈骆驼祥子〉》,见《老舍研究资料》上册,北方十月文艺出版社,1985年,第609页。

人，不管他们贫或富","因为受到了爱，认识了爱，才知道把爱拿来分给别人，才想对自己以外的人做一点事情，把我和这社会联起来的也正是这个爱字，这是我全性格的根底"①。巴金在这个封建官僚大家庭中生活了19年，使他对封建专制制度产生了不满，对于下层百姓充满着同情怜悯。

"五四"运动爆发，巴金受到新思想的影响。1920年9月，他进入成都外国语专门学校，读到了无政府主义的著作，克鲁泡特金的政论《告少年》、廖亢夫的剧本《夜未央》、高德曼的文章，受到无政府主义思想的影响，巴金参加了带有无政府主义色彩的青年团体"均社"。1923年，他随三兄李尧林出蜀，赴上海、南京、北京等地求学。

1927年1月，巴金赴法国留学，翻译了廖亢夫的《夜未央》、克鲁泡特金的《伦理学的起源与发展》上卷，阅读了柏拉图、亚里士多德、斯宾诺莎、康德等的著作。1928年9月在巴黎完成了处女作长篇小说《灭亡》，发表在1929年1月《小说月报》第20卷1至4号上，"立刻引起文坛上的注目"②。1928年12月，巴金回到上海，创作了一系列革命题材小说：《死去的太阳》(1931年)、《新生》(1932年)、"爱情三部曲"《雾》(1931年)、《雨》(1932年)、《电》(1934年)，"激流三部曲"之一的《家》(1933年)，描写矿工生活和斗争的中篇小说《砂丁》(1932年)、《萌芽》(1932年，后改名为《雪》)。回国后至抗战爆发，出版了11个短篇小说集，《房东太太》(1931年)、《复仇》(1931年)、《光明》(1931年)、《抹布》(1932年)、《将军》(1934年)、《沉默》(1934年)、《神·鬼·人》(1935年)、《发的故事》(1936年)、《沉落》(1936年)、《长生塔》(1937年)等。1934年在北京任《文学季刊》编委，同年秋天东渡日本，次年回国，在上海任文化生活出版社总编辑，出版"文学丛刊"、"文化生活丛刊"、"文学小丛刊"。1936年与靳以创办《文季月刊》，同年与鲁迅等人先后联名发表《中国文艺工作者宣言》和《文艺界同人为团结御侮与言论自由宣言》。

巴金抗日战争期间辗转于上海、广州、桂林、重庆，曾任《呐喊》周刊(后改名《烽火》)发行人、主编，担任历届中华全国文艺界抗敌协会的理事。创作"激流三部曲"之二的《春》(1938年)、之三的《秋》(1940年)，"抗战三部曲"(又称《火》三部曲)的《火》(1940年)、《冯文淑》(1941年)、《田惠世》(1943年)，以及《憩园》(1944年)、《第四病室》(1946年)、《寒夜》(1947年)，出版散文集《控诉》、《梦与醉》、《旅途通讯》、《黑土》、《废园外》、《旅途杂记》等。

新中国成立后，巴金历任中国文联第二至第四届副主席，中国作家协会副主

---

① 巴金：《我的几个先生》，见《中国当代文学研究资料·巴金专集》，江苏人民出版社，1981年，第134—135页。
② 王哲甫：《中国新文学运动史》，上海书店，1986年2月影印，第226页。

席、主席,作协上海分会主席、名誉主席,上海市文联主席,《收获》和《上海文学》主编,任第五届全国人大常委,第六届、七届全国政协副主席。1982年获意大利国际但丁奖,1983年获法国荣誉军团奖,1984年获香港中文大学荣誉文学博士学位,1985年获美国文学艺术研究院外国院士称号,1990年获苏联人民友谊勋章。曾两次赴朝鲜前线采访,有《生活在英雄们中间》、《保卫和平的人们》两本散文通讯集。有散文集《新声集》、《赞歌集》、《随想录》(五集)。译作有长篇小说《父与子》、《处女地》,回忆录《往事与随想》。2005年10月因病逝世。

  巴金早期的创作主要描写青年革命者的斗争生活,展示了青年知识分子对革命道路的追求与探索,揭露了黑暗社会现实与军阀统治的罪恶。《灭亡》以1925年军阀统治的上海为背景,通过对杜大兴从反抗黑暗势力最终走向灭亡的描写,揭露了反动军阀屠杀革命者的血腥罪行,歌颂了革命者的英勇献身精神。《新生》通过李冷、李静淑兄妹的生活与斗争,歌颂了为改变社会而斗争的精神。李冷摆脱了杜大兴式的个人反抗方式,投身到工人群众运动中去,从个人主义者转变为集体主义者,他在发动工人罢工时被捕遭杀害。巴金在《〈电〉序》中说:"说《电》是一部恋爱小说,也许有人会觉得不恰当……但是我仍把恋爱作了这小说的主题。事实上这三部曲所注重的是性格的描写。我用恋爱来表现一个人的性格。《雾》的主人公周如水是一种性格,模糊的,柔弱的;《雨》的主人公吴仁民是一种性格,粗暴的,浮躁的,但比周如水已有进步;至于《电》里面的李佩珠的性格则可以说是近乎健全了。"[①]《雾》中的周如水是一个性格柔弱、优柔寡断的卑琐人物,17岁时听从父母之命娶一丑女为妻,后来读大学并去日本留学,在政治上赞成建设乡村比城市重要,却始终不离开城市;爱情上热恋新女性张若兰,却不敢大胆表白,怕违背社会舆论,最终听从父亲之命回去当官。《雨》中的吴仁民性格热情而浮躁,通过其与熊智君、郑玉雯两个女性之间三角恋的故事,写出他牺牲个人享受走上革命道路的过程。《电》中的李佩珠温柔沉着坚定,经历了一系列磨难与挫折后,成长为一位成熟的革命家,并与吴仁民真诚相恋,将爱情与信仰结合在一起。巴金早期描写青年革命者生活的小说,歌颂了革命青年反抗黑暗、追求光明、勇于牺牲的精神,他们革命的手段与方式等,一定程度上呈现出无政府主义的色彩。

  长篇小说《家》代表了巴金小说创作的最高成就,小说最初以《激流》之名在上海《时报》连载,后由开明书店出单行本时改名为《家》。巴金在谈到这部作品的创作时说:"到现在我才知道我不能说没有一点留恋。也就是这留恋伴着那更大的愤怒,才鼓舞起我来写一部旧家庭底历史,是的,'一个正在崩坏中的资产阶级的大家

[①] 巴金:《〈电〉序》,见《中国当代文学研究资料·巴金专集》,江苏人民出版社,1981年,第247页。

庭底全部悲欢离合的历史'。"①小说通过对于封建大家庭生活的描述,暴露了封建礼教封建制度的罪恶,歌颂了青年一代的觉醒与反抗,批判了向封建势力的妥协屈从,揭示了封建家庭封建制度必然崩溃的历史命运。小说刻画了诸多有个性的人物形象。高觉慧是热情大胆不乏幼稚的封建大家庭的叛逆者,在"五四"运动中,他阅读进步报刊,接受了民主自由的思想,他为进步报刊撰稿,参加社会活动,他感到这个家是埋葬青年人青春和幸福的坟墓,他决心不顾忌、不害怕、不妥协地与恶劣的环境作斗争,自己把幸福夺过来,他成为封建大家庭热情大胆的叛逆者。高老太爷是一个专横、虚伪、腐朽的封建官僚地主,是大家庭封建势力的代表。他是大家庭中的暴君,主宰着家庭中一切人的命运,他用婚姻断送了觉新的前途,他因禁觉慧,阻止他参加进步活动,他企图包办觉民的婚事,他将丫鬟鸣凤送给冯乐山为妾,导致了鸣凤的投湖自尽。他标榜拼此残年,竭力卫道,自己却过着荒淫无耻的生活。他相信这个家是万世不败的,但是儿子辈吃喝嫖赌走向堕落,孙子辈则走上反抗封建家庭的道路。作品通过对高老太爷形象的刻画,控诉了封建家长制的罪恶,揭示了封建制度必然崩溃的历史命运。

高觉新是小说中最成功的人物形象,是一个具有两重人格的人物:作为高家的长房长孙,他努力维护着家庭的秩序;作为接受了"五四"新思想影响的青年,他同情弟妹们的不幸与反抗。在旧社会里,在旧家庭里,他是一个暮气十足的少爷;他跟他们两个兄弟在一起的时候,他又是一个新青年。高觉新的性格是怯弱妥协与正直反抗的统一。聪慧好学的他曾有出国深造的理想,封建婚姻埋葬了他的理想,在封建大家庭的矛盾中,他采取了敷衍的处世方式,在"五四"运动中,他成为刘半农"作揖主义"和托尔斯泰"不抵抗主义"的拥护者,以此作为调和家庭矛盾的处世方式,处处委曲求全、逆来顺受。他深爱的梅芬因悲伤忧郁而病逝,他的妻子被迫送到城外难产而死,他在苦痛中反省,感到是整个制度、整个礼教、整个迷信,夺走了他的一切,他逐渐感到对旧制度旧礼教的屈服,不但害了别人,也害了自己,他痛苦地感到我们这个家需要一个叛徒,他支持帮助觉慧离家出走。高觉新形象的意义在于,在新旧势力的斗争中,那些对旧势力妥协屈从的人,不仅给自己带来不幸,客观上也成为旧势力打击新生力量的帮凶。

《家》在艺术上有其独特性:1.严密紧凑的艺术结构。在情节结构中,小说采取类似于《水浒》人物出场的"滚雪球法",即以人物牵出人物的方式,《家》则以一对人物牵出另一对人物。小说按时间顺序结构作品,以爱情故事为情节发展的主干,展示高家走向衰亡的过程。小说采取散点透视的视角,摄取不同人物的生活片段,从

---

① 巴金:《关于〈家〉十版改订本代序》,见《中国当代文学研究资料·巴金专集》,江苏人民出版社,1981年,第347—348页。

而合成大家庭生活的剖面图。围绕主要矛盾描写各种纠葛,小说的主要矛盾是以觉慧为代表的民主革命力量与以高老太爷为代表的封建势力的冲突,以此展开各种矛盾纠葛,使整部小说既波澜起伏跌宕多姿,又有条不紊层次井然。2.细腻多样的心理描写。小说在刻画人物时,采用了细腻多样的心理描写:或采取内心独白的方式,如鸣凤投湖前大段的内心独白;或采取人物对话的方式,如梅与瑞珏、觉慧与觉新的对话倾诉;或采取日记书信的方式,如觉慧被囚禁时的日记、觉民逃婚时的书信;或采取梦境描写的方式,如鸣凤死后觉慧的梦境等。3.热情流畅的抒情语言。巴金在谈到《家》的创作时说:"所以我要写一部《家》来作为我们这一代青年底呼吁。我要为那过去无数无名的牺牲者喊一声冤!我要从恶魔底爪牙下救出那些失掉了青春的青年。"[1]在写这部作品时,巴金努力倾诉其内心的爱和恨,常用热情洋溢、诗一样的笔调,对其所赞美的人物倾注了热情,对其所抨击的人物融入了憎恶的情绪,并常常通过人物甚至作家自己作激情洋溢的抒情,使作品的语言充满了抒情色彩。

巴金"激流三部曲"的后两部《春》、《秋》,延续了《家》的故事,围绕高家青年一辈的生活与命运展开描写,笔调趋于冷静,虽然视野更为开阔,但在艺术上未能有所超越。

第五节 沈从文的《萧萧》、《边城》等小说

沈从文(1902—1988),原名沈岳焕,笔名休芸芸、甲辰、璇若、懋琳、上官碧等,湖南凤凰县人。他六岁入私塾,小学毕业后入伍,此后的五年有余,他当过卫兵、班长、司书、书记等,随军辗转于湘川黔边境,游走于生死之间,为他日后的文学创作提供了感性材料,使他产生对战争、暴力和兽性的厌恶,又促使他以后对爱、人性与神性持久而深情的凝眸。1922年受"五四"余波的影响,他只身离开湘西去北京求学,饱尝了生存的艰辛与人世的炎凉,升学未成便开始尝试写作。1924年至1927年,他在《晨报》副刊、《语丝》、《现代评论》、《小说月报》上发表了其最初的作品。1928年他在上海与胡也频、丁玲合编文艺刊物《红黑》与《人间》。1930年起,他在武汉大学、青岛大学任教。1933年返回北京,先后编辑北平和天津《大公报·文艺副刊》,并主持《大公报》文艺奖,提携了一批作家。抗战爆发后他任西南联大教授,抗战胜利后为北京大学教授。建国后他曾在历史博物馆为展品写标签,后从事文物研究,著有《中国古代服饰研究》等。

---

[1] 巴金:《关于〈家〉十版改订本代序》,见《中国当代文学研究资料·巴金专集》,江苏人民出版社,1981年,第348页。

沈从文有多产作家之称，一生留下短篇小说150篇以上，中长篇小说十部左右，还有为数不少的散文随笔，出版了近60个作品集。其作品大多数出自30年代，1934年创作的中篇小说《边城》、1938年创作的长篇小说《长河》（第一卷）及这期间创作的散文集《湘行散记》、《湘西》和其他一些优秀短篇小说，标志着沈从文创作的成熟。他以丰硕的创作成果，为京派小说的发展作出了重要贡献，成为享有世界声誉的作家。

表现人性的"常"与"变"是沈从文创作的总主题，这一主题是在对湘西世界的观照与叙述中展开的。沈从文认为"一个伟大作品，总是表现人性最真切的欲望"①，并称自己创作的神庙里"供奉的是'人性'"②。湘西社会成为他人性之"常"的载体，又使他成为湘西社会自觉的叙述者和歌颂者。城市则在与其无形的对照中，呈现出人性之"变"以后的病态与丑陋。

沈从文的这种审美选择体现在两类创作题材中。他通过乡土抒情重叙民间传奇和历史传说，来叙写乡村社会与"湘西世界"的自然生活形态，他常常以都市讽刺去演绎城市与知识阶级的人生，集中展现了都市的病态世界。沈从文的都市生活题材大体上又可分为两类：一是讥刺都市上流社会的虚伪和道德的沦丧；一是嘲讽都市知识分子的精神病态。前者可以《绅士的太太》、《都市一妇人》、《大小阮》、《某夫妇》等作品为代表，后者以《八骏图》、《有学问的人》等最为有名。沈从文从一个"乡下人"的眼光出发，以自然人性的道德尺度，鞭挞了"现代文明"雍容华美外衣下的道德堕落、情感虚妄与人性扭曲，寄寓了其对人性救赎、重建生命价值的渴望。

沈从文从人性出发，期望重铸民族品德，这在由乡村社会和抹布阶级所建构的湘西世界中，在三个层面得到了表现：一是在史前的历史中寻觅理想的人生形式，歌颂人性的极致——"神性"，往往通过对佛经故事和民间传说的再演绎。《月下小景》、《龙朱》、《神巫之爱》和《媚金、豹子·与那羊》就是这样的作品。二是在原始与现代的冲突中，以回忆记实的方式，凸现"现实人性"的尴尬困境。《柏子》、《会明》、《灯》、《丈夫》等小说，《湘行散记》和《湘西》中的部分散文，都表现了湘西儿女在原始文化环境下纯洁质朴的自然人性，与随之相伴而来的自身的愚昧，以及在半殖民地半封建文化冲击下，无从把握自己的人生命运所导致的精神悲剧。三是在"现实"与"梦"的混合中，以乡土抒情的形式，再造"未来人性"的理想图式。《边城》和《长河》就寄托了沈从文的审美理想和对完美人生形

---

① 沈从文：《创作杂谈·给志在写作者》，见《沈从文文集》第12卷，花城出版社、香港三联书店，1984年，第110页。
② 沈从文：《〈从文小说习作选〉代序》，见《沈从文文集》第11卷，花城出版社、香港三联书店，1984年，第42页。

式的向往,是健全的人性之歌和乌托邦神话。不过,其间仍然夹杂着些许失落的惆怅和淡淡的挽歌情调。

沈从文的短篇小说围绕湘西和都市进行叙事,关注的重心是人性的"常"与"变",审美旨趣落在观照和重造民族品德上,题材大致不离历史传奇、过往写实和都市讽刺。[①]《萧萧》中的弱女子萧萧,她的生命始终处于被动的人生状态。作为童养媳,她任人摆布,无丝毫自由可言。她在爱上一个青年并失身怀孕后,面临的是沉潭和发卖的命运。只因最后生了儿子这一偶然的因素,才幸免于难。小说的结尾,萧萧的大儿子又在迎娶年长六岁的媳妇。又一个童养媳在萧萧刚刚离开悲剧的地方,开始了悲剧的历程。沈从文在表现古老的湘西社会的人性之"常"的同时,又揭示了人性之"变"的内在根据。这些揭示的高明之处是不动声色,叙述是如此平静从容,几乎使人难以觉察从其心底溢于笔端的深长叹息。这似乎循着作者的一条艺术规则:"神圣伟大的悲哀不一定有一摊血一把眼泪,一个聪明的作家写人类痛苦或许是用微笑表现的。"[②]

在中国现代文学史上,沈从文主要从伦理道德的角度、而非政治经济的角度,去表现人性之"常"与"变",于过去、现在和未来,城市和乡村的时空交汇处,在健全人性与病态人生的比照中,探寻和讴歌美好的人生,鞭挞丑陋虚伪的人性。他的创作承续了"五四"时期"人的文学"和"改造国民性"的传统,虽处于时代主流边缘,却富有现代品格,他在探索理想的人生形式时,贯注了关于改造人的思想和重铸民族品德的愿望,触及到了20世纪中国文学改造国民性的主题,体现了现代意义的人性立场和文化精神。

沈从文是具有乡土文化背景、并在外国文学滋养下成长起来的作家,屠格涅夫、契诃夫都曾给予他灵感和启迪,他的创作在艺术上有着较高的成就。现实与梦境相混合的创作方法,主体情绪的投入,叙事抒情性的追求,审美意境的营构,情节的淡化和散文化笔法的运用,风景画、风俗画的描摹,人类生存处境的象征性处理,意象的精心择取,以及温柔淡远的牧歌情调,构成沈从文艺术创作的总体特色。丰富多样的结构体式,使沈从文有了"文体作家"的美誉,古朴简约的语言风格和"文字组织的美丽",又使他成为"文字的魔术师"。他的小说被誉为诗化小说或抒情小说。

《边城》、《长河》正面表现了沈从文的人生理想,集中体现了他的艺术成就。

《边城》是沈从文最负盛名的代表作,原载 1934 年《国闻周报》第 11 卷,1934

---

① 参阅凌宇:《从边城走向世界》之有关章节,三联书店,1985 年。
② 沈从文:《废邮存底·给一个写诗的》,见《沈从文文集》第 11 卷,花城出版社、香港三联书店,1984 年,第 303 页。

年9月由上海生活书店出版单行本。《边城》是一座人性的神庙,一个颇具人类学和民俗学价值的文学标本,一首优美动人的抒情诗。沈从文在这篇小说里,要表现"一种'人生的形式',一种'优美,健康,自然而又不悖乎人性的人生形式'……为人类'爱'字作一度恰如其分的说明"[1]。

小说讲述了一个浪漫传奇的爱情故事。湘川黔三省交界的边城茶峒的白塔下,有两个相依为命的摆渡人,外公年逾古稀,却精神矍铄;翠翠情窦初开,又善良清纯,他们与绿水相依,同黄狗为伴,具有边城乡民的古道热肠。赛龙舟盛会上翠翠与外公走散,船总的儿子傩送相助她返回渡口,傩送渐渐钟情于翠翠,翠翠内心也有了心事。傩送的哥哥天保也爱上了翠翠,并虔诚地派人说媒。傩送被王团总看上,愿以碾坊为女儿陪嫁,傩送不要碾坊要渡船。傩送与天保相约为翠翠唱歌,让命运来选择。天保外出闯滩遇难,傩送悲痛不已驾舟出走。外公在一个风雨之夜随白塔的倒塌而溘然长逝,留下翠翠独守渡船,痴情等待着不知能否回来的少年。

《边城》发表之初就引起争论,有人认为它是"一部人性皆善的杰作"[2],有人称它"与现实的状况和要求不合适",伤害了它之于社会的艺术价值[3]。《边城》在显文本和隐文本之间充满着"对话"的张力,具有丰富深邃的意蕴,因而就有各种各样的解读。

在显文本的层面,《边城》重点表现了乡村世界中的人性美和人情美。作者把自我饱满的情绪投注到湘西小镇茶峒乡民身上,唱响了一曲人性和神性的颂歌。翠翠的形象就是作为"爱"与"美"的化身来塑造的,她是人性美与人情美的主要载体。其他人物也具有人性美和人情美的光辉,如老船工的古朴厚道,天保的豁达大度,傩送的笃情爽朗,顺顺的豪爽慷慨,杨马兵的热诚质朴,都从某一方面展现了理想人生形式的内涵。作为故事展开的背景,淳厚的茶峒民性,古朴的边地民风也显现着人性、人情的温馨。作品以诗意盎然的语言,灵气飘逸的画面,传奇浪漫的故事,铺衍了一个极度净化、理想化的世界,一种美好、健全的人生形式。

在隐文本的层次,《边城》又无疑是人性美、人情美的挽歌,是"失乐园"母题的再现[4]。《边城》里始终有几丝不和谐的音响在耳边萦绕,拆解着显文本所彰显的主题。《边城》自然是一个"桃源世界",但这个世外桃源并非完美无缺,首先是翠翠母亲那段美丽得令人伤心的恋情悲剧,它似在暗示着一种生命的轮回。其次,翠

---

[1] 沈从文:《〈从文小说习作选〉代序》,见《沈从文文集》第11卷,花城出版社、香港三联书店,1984年,第45页。
[2] 刘西渭:《〈边城〉与〈八骏图〉》,见《咀华集》,文化生活出版社,1936年。
[3] 汪馥泉、王集丛:《一年来的中国小说——沈从文的〈边城〉》,载1935年《读书顾问》1卷4期。
[4] 参见王德威《小说中国》,麦田出版股份有限公司,1993年,第257页。

翠、大老、二老的爱情故事,虽然是善与善之间的冲突,其结局却是悲剧性的,它印证着那个无法左右天意的魔力。再次,爱的向往与亲情的依恋,使作品氤氲着几分悖论式的伤感。显然,人性美、人情美依然不能阻止或者说导致悲剧以另一种方式发生,其深处同样潜伏着痛苦与忧伤。小说的最后,作为小城标志和湘西世界象征性符码的白塔,与外祖父的死去一道悄然坍圮,其实预示着一个诗意神话的悲哀结局。

二三十年代之交以北平为核心从事文学活动形成的一个自由主义作家群体被称为"京派"。其主要阵地有《骆驼草》、《大公报·文艺副刊》、《水星》、《文学杂志》。京派文学囊括众多文学门类,而以小说成就最高,其代表作家有废名、沈从文、芦焚、萧乾等,其中又以沈从文成就最大。京派小说追求艺术的健康与纯正,常常在对都市文明的审视下,在乡村与都市的对照中,以一种平民知识分子的心态,追求文化内蕴和乡野的平和朴拙之美,弥漫着对封建文明和现代文明的双重焦虑,并进行着多种文体的实验。

第六节　柔石、丁玲、吴组缃、萧红等的"左翼"小说

柔石(1902—1931),原名赵平复,浙江宁海人。"柔石"系其取家乡桥名所作的笔名。在浙江求学期间,参加过新文学团体"晨光社"。师范毕业后做过家庭教师、小学教师,并开始文学创作。早期小说多以个人经历为素材或写青年恋爱故事,感情浓烈,富有浪漫气息,结集为《疯人》自费出版(1925年)。后到北京,在北大旁听过鲁迅所讲的《中国小说史略》课程。1926年,震惊于"三一八"惨案,创作长篇小说《旧时代之死》,表现了年轻人在一个黑暗的旧时代里的失望和愤懑。1928年,他一度担任浙江宁海教育局长,但随即因当局镇压农民暴动牵连学生,他被迫出走上海。

柔石与鲁迅建立了联系,并参加了"左联"。先后创作了中篇小说《三姊妹》(1929年4月)、《二月》(1929年11月)、短篇小说和随笔集《希望》(1930年7月)等。《三姊妹》以章先生同时爱上三姊妹的故事,表现了他在恋爱生活中的矛盾游移心态和优柔寡断性格,反映了一部分知识青年身上的时代病。《二月》以萧涧秋的坎坷人生,表现了20年代末中国社会仍处于封建守旧势力统治之下的现实,表现了青年知识分子理想和现实的矛盾。小说主人公萧涧秋在外六年,一事无成,回到芙蓉镇来办教育。在这个守旧而充满敌意的环境里,他对贫苦无依的寡妇文嫂的同情、爱怜和帮助为社会所不容,遭来各种猜忌和流言,热烈追求着他的年轻女子陶岚又使他分外为难。镇上人的非议和排挤日甚一日,萧涧秋处于矛盾的中心。在文嫂的孩子不幸夭折、文嫂经不住流言自缢的情况下,萧涧秋只有落荒而

走。鲁迅认为萧涧秋是"近代青年中这样的一种类型",他不是山头上的观潮者,也不是涛中的弄潮儿,他是"衣冠尚整,徘徊海滨的人,一溅水花,便觉得有所沾湿,狼狈起来"。①

柔石的短篇小说《为奴隶的母亲》以野蛮的"典妻"习俗揭露农村的贫富对立和阶级压迫。春宝娘因为家境困难,被丈夫忍痛"典"给老秀才做生育儿子的工具,她抛下刚满三岁的春宝到秀才家去。她为秀才生下儿子秋宝,又不得不含泪回到原来的家。小说对秀才的冷酷、虚伪,春宝娘的温厚和复杂痛苦的心理,都有较为真实细腻的描写。由于作者对农村生活的熟悉与坚持现实主义的创作方法,使得这篇小说丰满生动真挚感人,富有浓郁的浙东农村生活气息,比当时文坛某些概念化或公式化的左翼文学作品高出一筹。

丁玲(1904—1986),湖南临澧人,原名蒋冰之,幼时丧父。少年时就萌生了反封建意识,在母亲支持下解除了由长辈订立的婚约,于1922年到上海寻求自由发展的道路。她先后在平民女校和上海大学文学系听课,受到茅盾、瞿秋白、向警予等人的影响。同时又奔波于北京、南京、山东、湖南等地,与青年作家胡也频相爱,并开始以写作慰抚孤独的心灵。早期作品《梦珂》、《莎菲女士的日记》表现了"对社会的鄙视和个人的孤独的灵魂的倔强",后者使她名声大噪。1928年以后,丁玲走上革命文学的道路。以瞿秋白和王剑虹的爱情生活为素材写的长篇小说《韦护》,以及《一九三〇春上海》等,反映青年革命者的恋爱生活和同样充满浪漫精神的革命活动。

"左联"成立后,丁玲主编《北斗》并担任了左联的领导职务。1931年1月,胡也频的牺牲使丁玲进一步转向革命。从《水》开始,她写出了《田家冲》、《奔》、《某夜》等以现实主义手法描写社会重要矛盾的作品。1933年2月初,丁玲被特务绑架,送往南京秘密关押。1936年9月,她摆脱监视逃出南京回到上海,随后辗转到了陕北。40年代,她在延安写出了《我在霞村的时候》、《在医院中》等短篇小说,以及《三八节有感》等随笔杂文,这些作品曾因其内容触及了解放区机构中存在的某些弊端而遭到批判。40年代末,丁玲创作了反映土地改革运动的长篇小说《太阳照在桑干河上》,这部作品后来获得了"斯大林文学奖"二等奖。

《莎菲女士的日记》通过对莎菲女士与两个男性之间的情感纠葛的描写,展现出"五四"后新女性个性解放的姿态与追求。莎菲是"五四"以后的新青年,她寄寓在北京,患有肺疾,精神孤独。她同两个男青年苇弟和凌吉士有着爱情纠葛,感情专一的苇弟老实,莎菲看不起他懦弱感伤的样子;凌吉士颀长白嫩性感,莎菲被他深深吸引。她往往一方面等待与凌吉士会面,而每次过后又会责备自己。莎菲以

---

① 鲁迅:《柔石作〈二月〉小引》,见《鲁迅文华》第2册,百家出版社,2001年,第1162页。

"捉弄"者的角色周旋在两个男子之间,她需要看到自己"战胜"对方。当她终于征服了凌吉士时,她却背负着身体和心灵的双重伤痛独自离开了。

关于莎菲形象的评价有过相当分歧的意见:有的说她"放荡",有的说她是"恋爱至上主义者",有的说她是"极端个人主义者"。茅盾在30年代指出:"她的莎菲女士是心灵上负着时代苦闷的创伤的青年女性的叛逆的绝叫者。……莎菲女士是'五四'以后解放的青年女子在性爱上的矛盾心理的代表者。"[①]《莎菲女士的日记》在艺术上的特点为:1.采用日记体第一人称的叙事方式。2.塑造了一个新颖别致的女性形象。3.复杂细腻的心理描写。4.直率而大胆的性爱刻画。

吴组缃(1908—1994),原名吴祖襄,安徽泾县人。1929年入清华大学经济系,后转中文系。1923年开始小说创作,最有影响的作品大都写于30年代,出版有小说集《西柳集》等。40年代,著有长篇小说《鸭嘴崂》。其代表作品有《黄昏》、《一千八百担》、《樊家铺》、《箓竹山房》等。他的作品数量不多,但几乎篇篇都有反响。在茅盾的影响下,他用社会科学的理论来表现生活、解剖社会,作品颇具社会剖析小说的特征。

《箓竹山房》借一对久住城市的青年夫妇探视二姑姑的所见所闻,剖示了一个为礼教束缚,终生守寡,但内心仍藏有爱欲的迟暮妇人的诡异行为和幽微心境。整个故事在重峦环抱、翠竹掩映、巨宅空旷的箓竹山房中展开,气氛阴森恐怖。清静森冷的环境与主人公的身世命运相得益彰,含有冷艳的诗意。《樊家铺》写线子嫂为搭救入狱的丈夫、亲手杀死悭吝成性的母亲的故事,反映了安徽农村残破的现实。代表作《一千八百担》通过叙写宋氏家族在处置1800担存谷纷争中的勾心斗角、相互倾轧,揭示了30年代中国农村宗法制度分崩离析的社会现实。小说的副标题是"七月十五日宋氏大宗祠速写",在近三万字的篇幅中,演绎了宋氏大家族20多个代表人物围绕1800担存谷所上演的一出滑稽剧,场面颇富于戏剧性。义庄管事柏堂囤积了1800担租谷,本想投机市场以饱私囊,谁知当年谷价大跌,美梦破灭,于是坚持用它归还宋月斋的借款,以便从中谋利。商会会长却以松龄安葬祖先骨殖急需花钱为名,要以松龄的田产抵押这批存谷,实际上是要填补自己店面上的亏空。正在省城教书的书鸿、小学校长翰芝都纷纷在这批存谷上大做文章。讼师子渔等甚至提出了平分义庄的"共产"主张。区长绍轩也要求义庄出资办"剿匪壮丁队"。宋氏家族头面人物的形象被刻画得活灵活现、形神毕肖,小说描绘出了"一幅看不厌的百丑图"。正当众人各怀鬼胎、争执不下时,宋家的叛逆子孙竹堂则鼓动农民追求"平等"、"打倒地主",结果,愤怒的农民冲进宋氏祠堂,抢走了这1800担存谷。

---

① 茅盾:《女作家丁玲》,见《茅盾论中国现代作家》,北京大学出版社,1980年,第102页。

吴组缃的小说结构严谨，擅长人物刻画，讲究细节描写，叙述冷静、细腻，散发着浓郁的乡土气息，在30年代的小说创作中占有一席之地。

萧红(1911—1942)，本名张乃莹，笔名悄吟。黑龙江呼兰县人，幼年丧母，20岁时，为了反对父亲的包办婚姻逃离家庭，后结识萧军。在《跋涉》集中，有萧红所作的五篇小说，反映了在艰难中挣扎的东北农村人民。1934年，她在青岛完成了长篇小说《生死场》，第二年在上海经鲁迅帮助出版。她因患肺疾曾去日本和香港养病，颠沛流离的生活加剧了她的病情，在病中她仍创作了短篇小说《手》、《在牛车上》，长篇小说《马伯乐》和《呼兰河传》，在生命的最后岁月里，她还写了短篇小说《小城三月》。1942年，萧红在香港逝世。

《生死场》是萧红的成名作。小说以特有的"女性作者的细微的观察和越轨的笔致"，对东北农村人民的生活状态作了印象式的描写。贫妇王婆一生饱受磨难，遭受第一个丈夫虐待与抛弃，第二个丈夫贫困死去，她被迫再次嫁人；当儿子被官府抓去杀死后，她只有自杀，但在埋葬时又活了过来。贫家少女金枝，遭遇了冷酷的婆婆和粗暴的丈夫，她心爱的女儿也被丈夫活活摔死。漂亮女人月英生了瘫病，丈夫把她弃之一边，不给吃不给喝，整日躺在炕上，身上生了蛆，骨头都露出来，终于在痛苦中死去。小说展现了东北农村人们在极度贫困中的生存状态，也展露了灵魂的麻木与生命的挣扎。然而，赤贫的农民对与他们共同生活的动物甚至植物都怀有温情。他们"蚊子似地生活着，糊糊涂涂地生殖，乱七八糟地死亡……勤勤苦苦地蠕动在自然的暴君和两个脚的暴君底威力下面"[①]。作品没有停留在人民的麻木和辛苦上，而进一步表现了在日本帝国主义侵略面前，这些粗鄙的庄稼汉的反抗与斗争。《生死场》成功地突现出东北贫苦人民的生存状态和他们对生命的态度。虽然鲁迅认为小说"叙事和写景，胜于人物的描写"，但他同时指出"北方人民的对于生的坚强，对于死的挣扎，却往往已经力透纸背"[②]。

萧红的《呼兰河传》具有童年回忆的性质。它在突出东北人民纯朴蒙昧的生存状态和令人惊叹的顽强性格方面同《生死场》有异曲同工之妙。小说并没有贯穿始终的统一的情节，而是分别讲了童年生活的几个故事：跳大神、放河灯、野戏台子、娘娘庙大会……记忆中和祖父一起家庭生活的温馨。作品也写了人生的诸多磨难：活活被婆婆折磨死的小团圆媳妇，在生活的重压下与命运抗争的冯歪嘴子。

萧红的小说往往具有散文化的结构和强烈的抒情味，笔触有时看似清淡，摹景写情却很传神，尤其能观察到他人注意不到的细微之处，有诗的意味和乡土的

[①] 胡风：《〈生死场〉后记》，见《胡风评论集》上，人民文学出版社，1984年，第396页。
[②] 鲁迅：《萧红作〈生死场〉序》，见《鲁迅全集》第六卷，人民文学出版社，1981年，第408页。

画面。

  萧军(1907—1988),东北辽宁人,原名刘鸿霖,笔名田军、三郎等。年轻时当过士兵和下级军官,在尚武的同时又习文。1932年,他正式开始文学生涯。1933年,他与逃离家乡的萧红一起,出版了一本短篇小说集《跋涉》,其中属于萧军的有六篇,以粗犷的笔触描写了东北城市人民的苦难和抗争。1934年,萧军、萧红来到关内,萧军在青岛写成了长篇小说《八月的乡村》,并于次年作为鲁迅编的"奴隶丛书"之一出版。此后,萧军还出版了短篇小说集《羊》、《江上》,中篇小说集《涓涓》,及其他诗歌、散文。另一部长篇力作《第三代》的第一、二部于1937年在上海出版,力图展现从日俄战争到第一次世界大战爆发期间东北地区的社会生活。小说余下的几部直到1954年才全部完成。

  萧军的代表作《八月的乡村》以"九一八"后东北一支抗日游击队在残酷的战斗和失败的流血中的成长过程,揭示了面对侵略者的暴行,不抗争就是死亡的真理。小说塑造了一批性格坚强的民族英雄:铁鹰队长、李三弟、李七嫂是其中的代表,在他们身上找不到面对酷烈斗争丝毫的犹豫和害怕。李七嫂在情人唐老疙瘩死去之后,剥下他的衣服换在自己身上,背上他的枪,束上子弹,毅然走上了寻找游击队的路程。作品的另一可贵之处是表现了游击队员的思想感情与矛盾,他们本来都是些微不足道的人物,是侵略者将他们推上了历史舞台。知识分子出身的队长萧明和安娜因恋爱而疏远了同志,他在残酷的斗争中对敌人一时的"仁慈"等等,写得比较符合生活实际。作家对东北农村风貌的描写使作品增添了浓郁的乡土气息,"作者失去的心血和失去的天空,土地,受苦的人民,以至失去的茂草,高粱,蝈蝈,蚊子,搅成一团"①。小说在艺术上还存在不够成熟之处,"有些近乎短篇的连续,结构和描写人物的手段,也不能比法捷耶夫的《毁灭》"。

  端木蕻良(1912—1996),辽宁鹭鹭湖村人,原名曹京平。在天津南开中学读书时就组织过文艺社团。30年代初就读于清华大学历史系,并参加了左翼文学活动,同时开始写作长篇小说《科尔沁旗草原》。1936年到上海,创作了长篇小说《大地的海》,以及他的成名作《鹭鹭湖的忧郁》。后来他曾辗转各地,既创作和主编文学刊物,又在多所大学任教。1949年以后,他的创作进入了一个新的阶段。他的许多小说都以他家乡为背景,《科尔沁旗草原》(1939年)就是以鹭鹭湖地区的封建大家族丁府为中心,以它与黄家的矛盾纠葛为主要故事,结合了地主与佃户的矛盾,封建家族内部的弊端和危机,在封建家族崩溃和农民大众觉醒的过程中,展开了社会大变动的壮阔场景,在揭露封建土地制度对农牧民欺压剥削的同时,表现了"九一八"前夕东北人民的抗日激情和"义勇军"的爱国行为。作品写得开阖自如,

---

① 鲁迅:《田军作〈八月的乡村〉序》,见《鲁迅全集》第六卷,人民文学出版社,1981年,第287页。

具有与草原生活相协调的宏大粗犷气度和辽远苍茫的抒情意境,给人以一种异域风情美的享受。

第七节　穆时英等的"新感觉派"小说

　　30年代初,《现代》杂志的出版孕育了一种新的文学流派,刘呐鸥、穆时英、施蛰存等作家受法国现代派文学和日本新感觉派作家影响,以快速的节奏、新奇的感觉描写大都市光怪陆离的生活,表现都市人的畸形心理和生活,被称为"新感觉派"。1932年,施蛰存主编的《现代》杂志创刊,这标志着新感觉派进入了一个新的阶段。

　　新感觉派小说的根在日本,但从整个世界文学的大格局来看,它又是西方现代派文学影响的毋庸置疑的产物,法国作家保尔·穆杭曾给予日本新感觉派较大影响,他擅长写"都市风景"小说,采用像电影镜头快速转换的技巧,抓住了特殊年代动荡疯狂的气氛,把大城市的一个个画面鲜明地表现出来,具有印象派的特点。

　　刘呐鸥(1900—1939),原名刘灿波,笔名洛生。自小在日本长大,大学期间专攻文学。1925至1926年在上海震旦大学攻读法文时,结识了同学杜衡、戴望舒、施蛰存。他的第一本书是1929年的翻译集《色情文化》,收了日本作家横光利一、片冈铁兵、池谷信三郎、林房雄等人的短篇小说。《译者题记》里说"在这时期里能够把现在日本的时代色彩描给我们看的也只有新感觉派一派的作品"。刘呐鸥是中国新感觉派小说的始作俑者。他创办了第一线书店,被封后又办水沫书店,成为左翼文学的大本营,出版过不少进步理论书籍。1928年底,《无轨列车》被查封,他又与施蛰存等办了《新文艺》杂志,倡导"普罗文学"。1930年,他把用新手法写作的小说积集为《都市风景线》正式出版。《新文艺》被封后,他又办过几期《现代电影》。1932年水沫书店毁于日军炮火之后,刘呐鸥去了日本。1939年,返回上海,秋天即遭暗杀,其原因说法不一。

　　穆时英(1912—1940),浙江慈溪人。幼年随父来上海,读完了中学和大学,1929年开始创作。他的第一本作品集是《南北极》,揭露都市造成的贫富对立,写法还比较写实。具有新感觉派特色的是《公墓》、《白金的女体塑像》、《圣处女的感情》等小说集,《上海的狐步舞》、《夜总会里的五个人》为其代表作。30年代末,他主持汪伪政府统治下的文化机关工作,1940年春被暗杀,凶手难以查实。

　　穆时英当时被称为新感觉派"圣手",他善于抓住都市生活中最具特色的人物、场景,以片断的方式,从主观感觉的角度加以生动表现,他写出"在悲哀的脸上戴了快乐的假面具"的都市人生。《上海的狐步舞》意欲表现都市的繁华、喧嚣、纷乱,以及都市的罪恶和阶级的对立。作者选取若干具有代表性的生活片断,以含而不露的对比手法来表达主题。在作品开头,写了上海郊区的一个似乎是流氓之间冲突的凶杀场面,展示了上海的特殊背景。接下来写大亨刘有德名义上的妻子刘颜蓉珠与他的儿子的暧昧关系,两人开车到市中心的舞厅去跳舞取乐;刘颜蓉珠又与比利时珠宝商到华懋饭店寻欢作乐;而刘有德则独自到华东饭店去赌钱。作者点缀式地穿插了发生在十里洋场的种种悲欢故事:在高等华人挥霍着金钱的同时,在舞厅和饭店的旁边的建筑工地上,一个工人被倒塌的木柱砸死;街角妓女在拉客;工人的家属为了活命而被迫卖身;拉黄包车的被外国水手敲诈;一个失恋的年轻人站在黄浦江边。小说揭示出"上海,造在地狱上面的天堂"的主题。小说以快速变换的场景、相互交错的时空,使作品在跳跃的节奏中表达了作者对都市的独特感觉。《上海的狐步舞》以其崭新的结构方式和表达方式成为新感觉派小说的代表作。

施蛰存(1905—2003),杭州人,1921年起先后在之江、上海、大同、震旦等大学学习,曾任中学教师。1932年,他应现代书局之邀主编《现代》月刊,在30年代文坛上确立了新感觉派的地位。曾先后在云南大学、厦门大学、江苏学院、暨南大学、大同大学、光华大学、沪江大学、华东师范大学任教。有短篇小说集《江干集》、《上元灯》、《将军底头》、《梅雨之夕》、《善女人行品》、《小珍集》。其自费印刷的《江干集》,大多以抒情笔法,表现少年男女们的朦胧情趣和乡居生活的某些侧面,在怀旧中体味人生,于温情中现出世态。《小珍集》是其最后一部小说集,已回归到现实主义的路上来,视线更多地转向了外部社会现象。

施蛰存的小说被称为心理分析小说,他与刘呐鸥、穆时英的创作有不同的倾向。其小说《将军底头》、《鸠摩罗什》和《石秀》,都采用了历史题材,从心理分析的角度出发,表现"性欲"与道德、责任等的冲突。

施蛰存诸多小说为乡村题材,故事中往往隐含着乡村与都市的文化冲突。施蛰存小说的基本艺术倾向是心理分析、心理描写。代表作《春阳》描写富有的中年乡镇女人婵阿姨到上海半天内发生的事。她从银行取了存款利息出来,由于春天和煦的阳光的作用,使得本来照例立即回乡的她,产生了在上海玩一玩的念头。她到一家饭店吃了饭,她忽然想起银行保管箱似乎没有锁好,又回到银行,结果安然无恙。小说的重点在人物的内心世界。婵阿姨年轻时贪恋财产和固守封建道德,与死去丈夫的牌位做亲,成为大宗财产的合法继承人,却葬送了爱情和青春。她一直压抑着生理和心理本能。在大上海充满活力和骚动的气氛中,她被压抑的心理欲望开始萌动,她留下来点菜吃饭,还想到买化妆品。作者用意识流的写法,不动声色地揭示了婵阿姨在饭馆里的一系列"幻想":希望有个男子坐在旁边、陪她看电影,想到银行年轻和气的保管员,这一切只是出现在主人公心里,根本都是幻想,并且发生在上海这样一个"开放"的大都市里。可以设想,回去后她一定至死过着与从前一样没有希望的生活。故事展现了旧婚姻制度对人的毒害,同时也隐约表达了作者对30年代上海与周边乡镇文化差异的感慨。《春阳》在艺术上采取了心理流动、空间转换相结合的结构,运用细腻生动白日梦的描写,具有生动鲜明的性格刻画。

新感觉派小说的创作具有如下特色:1. 在快速节奏中表现都市人的畸形心态与冷漠关系。2. 以新颖多样的艺术手法,追求主观感觉印象对描写物象的渗透。3. 注重细致入微地剖示人物的心理心态,尤其善于挖掘表现人物的潜意识。新感觉派小说将新的艺术手法引入中国文坛,建构起30年代都市文学新的风采。

第八节 李劼人的《死水微澜》等小说

李劼人(1891—1962),出生于四川成都,笔名老赖等。曾参加进步的保路运动。辛亥革命后的第二年,李劼人写了他的第一篇白话小说《游园会》,嘲讽政客拉选票的行为。1912年至1918年间,曾任县政府统计和文书、中学教师、报社编辑等,在此期间共发表了七篇白话小说。1919年赴法国留学近五年,翻译了莫泊桑、都德、福楼拜、左拉、龚古尔兄弟、罗曼·罗兰等作家的著作。回国后,一度在大学任教,同时从事小说创作和翻译活动,抗战期间他参加了中华全国文艺界抗敌协会,他还创办造纸和机器工厂,为振兴四川的民族工业作出了贡献。

李劼人在20年代创作的短篇小说《编辑部的风波》,以简洁的结构和笔墨描写了军阀统治下文化人的困境,被收入《中国新文学大系·小说一集》。1947年,李劼人创作了长篇小说《天魔舞》,批判的矛头直指国民党最高当局和四大家族。长篇小说《死水微澜》(1936年)、《暴风雨前》(1936年)、《大波》(1937年),以四川地区近半个世纪以来发生的重大历史事件为背景,表现了中国社会的历史变迁。《死水微澜》反映自1894年中日甲午战争到1901年八国联军入侵时的生活,《暴风雨前》反映了自1901年到1909年中国资产阶级革命力量的成长和壮大过程,《大波》则集中描写了引起辛亥革命爆发的四川保路运动。1937年,郭沫若发表题为《中国左拉之待望》的评论,赞赏作品"规模之宏大"、"地方上的风土气韵"和"各个阶层的人物之生活样式,心理状态,言语口吻"无论男女老幼都得到了细致而透辟的描绘。

《死水微澜》前半部主线是天回镇杂货铺老板娘蔡大嫂与袍哥罗歪嘴之间的"爱情"关系,后半部加入了以罗歪嘴的袍哥势力与土粮户顾天成的教民势力之间的矛盾和斗争,插入以郝达三等士绅阶层对八国联军攻打北京的反应,写出19世纪末中国社会的历史性巨变。

蔡大嫂美丽开朗,嫁给了愚钝的杂货店主蔡兴顺,她羡慕大户人家的舒适生活,对敢做敢为的袍哥罗歪嘴产生了好感,于是"背叛"丈夫与罗歪嘴相好。结尾处,罗歪嘴避祸逃亡,蔡兴顺被囚狱中,蔡大嫂为保护丈夫免遭杀害,竟然接受了洋教徒顾天成的"求爱"。

小说以四川天回镇为缩影,展现了1900年前后中国社会的各种矛盾:随着洋人、洋教的进入,资本主义的物质和观念冲击着传统的生活方式,底层民众形成了对帝国主义的不同看法,袍哥和教民产生了对立,反动阶级利用义和拳打击外来势力却招来灭顶之灾,等等,死水中掀起了微澜。后两部作品中的"微澜"发展成了"暴风雨"和"大波"。小说努力写出人物性格的鲜明与复杂,蔡大嫂、罗歪嘴、顾天成是那个风云变幻时代里的三个普通人物,作家并未作简单化、脸谱化的描写,难以简单地将他们归结为善人或恶人、正面人物或反面人物,在他们的行为与性格中有善有恶,亦善亦恶。小说在场景描写、风俗描画、人物对话等方面,显示出浓郁的地方特色。小说的"序幕"采用的第一人称与后面整个故事的第三人称叙述显得不一致,三部作品之间的关联欠紧密。

第九节　张恨水的通俗小说

张恨水(1895—1967),原名张心远,祖籍安徽潜山。1914年,他开始用"恨水"的笔名在汉口的一家小报上发表诗文。1919年,他的第一部长篇小说《南国相思谱》问世。"五四"运动后,他来到北京,曾先后在上海《时事新报》驻京记者站、北京《益事报》、世界通讯社、《世界晚报》、《世界日报》等新闻机构任职。

1924年4月,张恨水的长篇社会言情小说《春明外史》开始在北京《世界晚报》上连载,这是张恨水第一部有影响的作品。小说以主人公杨杏园的恋爱史为主要情节线索,在表现杨杏园与梨云、李冬青等缠绵悱恻的情感同时,穿插了一些对封建军阀、达官显贵荒淫无耻、穷奢极欲生活的暴露。小说虽然带有旧言情小说的印记,但结尾摆脱了大团圆结局的俗套,有意改造章回体小说已初露端倪。1927年2月,张恨水在《世界日报》的副刊上推出了另一部长篇小说《金粉世家》,标志着其改造旧章回体小说的初步成功。小说紧紧围绕着金燕西与出身贫寒但漂亮善良的才女冷清秋的婚姻悲剧展开描写,详细记述了他们由相识、定情、结婚到反目、出走的经过。小说线索尽管繁杂,人物众多,但结构上完整统一。小说在描写婚姻悲剧时,注意展示金家这个封建大家庭的衰败过程,使作品有了一定的思想深度。小说将封建大家庭的败落归结为金家后代的腐化堕落,虽失之肤浅,却向世人传达出对生活的认识和见解,比一般通俗小说进了一步。

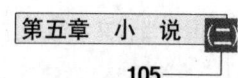

1930年3月,张恨水开始在上海《新闻报》的副刊《快活林》上连载《啼笑因缘》。张恨水摒弃了一般言情小说的思维定式,将樊家树与沈凤喜的悲剧与当时封建军阀的飞扬跋扈、恃强凌弱联系起来,表现出了暴露封建军阀罪恶的倾向。家居杭州的樊家树来到京城后,先后结识了关秀姑、沈凤喜与何丽娜。三个女子都对樊家树表现出爱慕之情,但樊家树却只对在天桥唱大鼓的少女沈凤喜情有独钟,于是两人建立起了恋爱关系。不久,樊家树因母病南归。在此期间军阀刘将军软硬兼施强娶沈凤喜为妾。待樊家树归来,一切都不可挽回。刘将军将沈凤喜视为玩物,当他厌倦了以后,将其逼疯了。

张恨水在《啼笑因缘》中对恣意恃强凌弱的封建军阀表现出强烈的愤慨和谴责,他精心设计了关氏父女设计暗杀刘将军的情节。小说在一定程度上反映了当时社会上存在的贫富差距。感情专一的樊家树,不受封建的门第观念和贞操观念的左右,带有一定的反封建倾向。小说通过对沈凤喜自身存在的爱慕虚荣、贪图钱财弱点的描写,表现出对下层市民中存在的某些市井观念的反思。小说通过关寿峰父女路见不平拔刀相助的侠义之气,表现出了对邪恶势力的抗争意识。《啼笑因缘》中樊家树试图通过慷慨解囊的个人行为,来拯救在贫困中挣扎的受苦人,关寿峰要依靠个人的力量来铲除封建邪恶势力,反映的只是普通市民的美好愿望,显示出思想性方面的某些局限。

《啼笑因缘》的结构十分严谨。小说以樊家树与沈凤喜的爱情悲剧为主,按照故事发展的时间顺序,依次穿插了关秀姑、何丽娜与樊家树的感情纠葛。故事情节虽然一波三折,曲折多变,但却井然有序。小说很注意细节描写,善于通过人物语言、动作、行为细节描写来展示人物的性格特点,表现人物的心理。如何丽娜第一次出现在樊家树面前时对她衣着、动作、语言的描写,就将这个人物的性格特点清晰地展现在读者面前。小说还带有鲜明的地方色彩,穿插了不少旧北京的市民生活与风土人情,对天桥的热闹场面、下层市民的生活环境与生活习惯都作了详尽的描述,使作品具有浓郁的旧北京地方风情。

"九一八"以后,张恨水写起了"国难小说",先后创作了《九月十八》、《一月二十八》、《仇敌夫妻》、《东北四连长》等鼓吹抗日的小说及电影剧本《热血之花》。他的创作逐步贴近现实、贴近生活,对社会批判的力度进一步加强,通俗小说的写作技巧结合了具现代意味的表现手法,这突出表现在《八十一梦》、《牛马走》(后易名《魍魉世界》)两部作品上。1939年12月初《八十一梦》开始在重庆《新民报》上连载,这是为躲避国民党当局的检查,运用"说梦"的形式创作的一部寓言式小说,以荒诞离奇的"梦"讽喻抗战时期国统区的种种丑恶和黑暗。笔锋犀利,揭露深刻,仅写完了十四梦,在国民党当局的恫吓和阻挠下不得不被迫收尾。《牛马走》创作于1941年,是直接以国统区重庆的生活为背景的80万言的长篇小说。以正直的穷知识分子区庄正一家和有着心理学博士头衔的掮客西门德夫妇的生活为故事线索,真实地展示了抗日战争期间的重庆官商勾结、投机倒把、走私贩私、操纵市场大发国难财及一般市民生活拮据艰辛的社会现实。

抗日战争胜利后,张恨水回到北京,从1946年到1949年初,他先后写了《巴山夜雨》、《五子登科》、《雨淋铃》、《马后桃花》、《纸醉金迷》、《岁寒三友》等长篇小说多部。由于社会动荡,除了《巴山夜雨》之外,其余均未完成。

第六章 小 说（三）

第一节 1937—1949年概述

随着抗日战争的爆发，文学创作也发生了重大的变化，许多作家以笔为武器投入了抗战的行列，文学创作的形式与内容有了新的变化，以通俗易懂的语言和形式，反映抗战的内容，成为抗战时期创作的重要特征。

反映抗战现实和社会变革的小说，是左翼文学的延续和发展：丘东平的《第七连》、《一个连长的遭遇》，姚雪垠的《差半车麦秸》、《牛全德与红萝卜》，萧乾的《刘粹刚之死》，端木蕻良的《螺丝谷》，艾芜的《秋收》，齐同的《新生代》等。延安文艺整风之后，在文艺为工农兵服务方针的指导下，解放区群众文艺运动蓬勃发展。反映农村生活的作品在民族化、群众化方面作出了贡献，而贡献最大的当属赵树理，他的《小二黑结婚》、《李有才板话》、《李家庄的变迁》等，成功地塑造了翻身农民的形象，深入地反映了20世纪40年代解放区农村的变革。另有康濯的《我的两家房东》、《亲家》、《腊梅花》，马烽、西戎的《吕梁英雄传》，孔厥、袁静的《新儿女英雄传》，欧阳山的《高干大》，孙犁的《荷花淀》、《芦花荡》、《嘱咐》，草明的《原动力》，丁玲的《太阳照在桑干河上》，周立波的《暴风骤雨》等作品。

讽刺小说在这一时期达到了崭新的境界，直面民族解放战争的大时代，以敏锐犀利的眼光深入反映社会现实，揭示各色人等的性格心理，披露形态各异的世态人情。张天翼的《速写三篇》（包括《谭九先生的工作》、《华威先生》、《"新生"》），沙汀的《联保主任的消遣》、《在其香居茶馆里》、《勘察加小景》、《淘金记》、《还乡记》等对农村的封建势力和基层政权腐败予以揭露针砭。艾芜的《山野》、《石青嫂子》，吴组缃的《山洪》，蒋牧良的《懒捐》等小说，在讽刺中融入政治倾向和批判意识，刻画出个性鲜明的人物形象，展示出民族矛盾激化中人之间的复杂关系。张恨水的《八十一梦》以梦幻的形式，讽刺国民党贪官污吏及大后方官绅的腐朽生活。《五子·登科》揭露日本投降后国民党"接收专员"沉醉于"金子、女子、房子、车子、条子"的荒淫糜烂生活。另外，茅盾的《腐蚀》、萧红的《马伯乐》、黄药眠的《陈国瑞先生的一天》等讽刺小说,都具有很强的社会批判色彩。钱钟书的短篇小说集《人·兽·鬼》是集机智与幽默于一体的讽刺力作。

随着抗日战争的深入,作家们开始深入反省民族文化的弊端。老舍的《四世同堂》描绘抗战八年间北平居民的沦陷生活,反省民族传统文化中的惰性。废名的《莫须有先生坐飞机以后》、沈从文的《长河》,或比较东西方文明的不同,或追索传统的田园生活方式在现时代的"常"与"变",隐现了对中华民族文化命运的沉思和忧患。萧红的《呼兰河传》写出了封建伦理道德观念和习俗对于人们灵魂的锈蚀。巴金的《憩园》对中国式的家族文化进行了叩问和质疑。师陀的系列短篇小说集《果园城记》以"果园城"为封闭传统文化的象征,从多角度对果园城人的生活方式、生活态度作了审视。路翎作为"七月派"的代表人物,《饥饿的郭素娥》、《财主底儿女们》也具有强烈的文化反思意味。巴金的《寒夜》再现了一个普通小家庭在抗战中的悲欢离合,刻画出病态社会中的病态灵魂。

战火使得许多沦陷区作家重新关注被遗忘、被忽略的身边琐事,以凡人的眼光去关注描写普通人的日常世俗生活。张爱玲的《倾城之恋》、《金锁记》等小说,以肯定人的物质生活为前提,在普通人身上挖掘永恒而普遍的人性。苏青的长篇自传体小说《结婚十年》以记实笔法写现代女性挣脱家庭主妇角色走上职业妇女的道路。张爱玲、苏青与施济美、程育珍、汤雪华、梅娘等,形成了40年代上海文坛女作家群体。

徐訏的《鬼恋》、《风萧萧》、《精神病患者的悲歌》,无名氏的《北极风情画》、《野兽·野兽·野兽》、《塔里的女人》等小说,在以狂放的笔调探索个人生存时,渗进现代主义的魂魄,探讨着人类的信仰、情感等问题。钱钟书的《围城》通过演绎主人公一系列人生选择,使小说具有多重象征意蕴与幽默风格。

通俗文学此时期也开始出现繁荣的景象。言情小说以秦瘦鸥的《秋海棠》为代表,反映现代社会的世相和人情。张恨水的《水浒新传》借古讽今,将民族忧患融合在水浒故事的阐释中。他的《姐姐世界》、《傲霜花》、《丹凤街》、《纸醉金迷》等小说描绘了抗战时期"大后方"经济混乱、投机成风的社会状况。孔厥、袁静合著的《新儿女英雄传》,黄谷柳的《虾球传》,马烽、西戎合著的《吕梁英雄传》,形成了革命传奇小说,以传统章回体形式表现革命斗争的内容。李寿民(还珠楼主)创作了《蜀山剑侠传》、《青城十九侠》和《云海争奇记》等多部武侠小说。程小青在40年代完成了《霍桑探案》。

此时期比较重要的小说还有茅盾的《锻炼》,夏衍的《春寒》,碧野的《没有花的春天》,于逢的《乡下姑娘》、《深秋》,司马文森的《雨季》,王西彦的《古屋》,郁茹的《遥远的爱》,李广田的《引力》,骆宾基的《北望园的春天》等,这些作品力图反映时代面貌,暴露社会黑暗。

第二节　张天翼、沙汀、艾芜等的小说

张天翼(1906—1985),原名张元定,生于南京,曾考进北京大学预科,因不满所学课程遂退学。做过家庭教师、记者、报刊编辑、机关办事员、文书等工作。1922年开始在上海的旧派小说杂志上发表文言侦探小说和滑稽小说。1928年,《三天半的梦》发表在《奔流》上。此后,在文坛上脱颖而出,成为与丁玲相提并论的左翼文坛新星。30年代到40年代初,是其小说创作的高峰期,出版《从空虚到充实》、《畸人集》、《小彼得》、《蜜蜂》、《反攻》、《团圆》、《移行》、《万仞约》、《清明时节》、《追》、《春风》、《同乡们》、《速写三篇》等短篇小说集,《鬼土日记》、《齿轮》、《一年》、《洋泾浜奇侠》、《在城市里》等长篇小说,《大林和小林》、《秃秃大王》、《金鸭帝国》等长篇童话作品,以及文艺论文等。

张天翼写得最好的是讽刺性作品,他讽刺的主要有三类人物:一类是小知识分子、小职员、小市民;一类是愚昧而不幸的城乡劳动者;再一类是地主、官僚和其他权势者。他展示并讽刺了小市民和小知识分子的灰色生活和矛盾可笑的心理,有希冀依仗"裙带"捞到"皮带"的柄生(《皮带》),有玩弄着恋爱游戏的无聊青年(《稀松的恋爱故事》、《温柔的制造者》)等。小市民媚上欺下和拼命"向上爬"的思想行为多次遭到张天翼的讽刺,《包氏父子》是这类作品的代表。老包是阔人公馆的老佣人,他省吃俭用借债让儿子上中学,一心想着儿子读书做官,自己便是老太爷。儿子在学校里成天跟着一个阔少爷,学习成绩一塌糊涂,反倒养成了骄纵虚荣的脾气,阔少爷为一个女同学争风吃醋,小包听他唆使将那个学生打伤了。学校又将小包开除了,老包的梦想破灭了。

张天翼的许多作品都充满着辛辣犀利的讽刺,张天翼集中揭露和嘲笑的是人物庸俗、虚伪和卑劣的品性。但是,作者在揭发弱小者时,注重的是对无聊、空虚、可笑的幻想、无根据的傲慢、乃至于势利等的针砭,在讽刺权势者时,注重的是对道貌岸然、狡诈、无耻和阴险甚至残忍等特点的抨击。

1938年,张天翼发表了短篇小说《华威先生》,刻画了一个国民党抗日新官僚的形象。华威先生在抗日背景中执意控制权势,成天标榜抗日不干实事,只知道抓权开会,有时还要干扰抗日事务。小说通过三个会议、两次对他人的责问,就把这个官迷和好出风头、不干实事的官僚形象刻画得淋漓尽致。小说通过开会迟到早退、旁若无人地刮洋火、打断别人的发言、用食指点着别人的胸脯讲话、永远夹着公文皮包等动作来刻画华威高傲、装腔作势的性格。他在每个会上都说些重复空洞的语言和自我吹嘘表现了他的不学无术和浅薄无聊。《华威先生》的发表引起了文坛关于讽刺文学的论争,推动了国统区讽刺文学的发展。

张天翼讽刺手法的基本特点:1. 写意式的夸张。抓住对象主要特征而舍弃其

余,即取其大意,重点皴染,反复刻画,以使读者形成深刻印象。2.简洁的白描。他的小说描写时常采用白描,尽量避免大段的心理描写,写景也愈少愈好。3.广泛使用口语和方言。因为到过许多地方,故而他小说中人物说着各地的话,往往以直接对话代替叙述和描写,他喜欢赋予人物某种特殊的语言标记。

沙汀(1904—1992),原名杨朝熙,又名杨子青,四川安县人。1922年进四川省立第一师范学校,1929年去上海,与同学艾芜相遇,开始学习写作。1932年加入左联,曾与艾芜联名向鲁迅请教。沙汀的成名作是《法律外的航线》,在"创作上的主要意图是:反映当时的土地革命运动"[①]。沙汀从小就"实地体验过"四川农村的社会生活,他的舅父是哥老会首领,少年时代的他就经常为舅父传递信息,目睹了基层政权的腐败、豪绅恶霸的权势、帮会组织的横行及下层人民水深火热的生活处境,这使他自然地将这些作为创作的题材。

沙汀30年代的小说创作重在描写四川农村的生活,以其犀利的笔锋层层剖开农村基层政权的腐败、兵役制的污秽、军阀士兵的兽行和家族制度的野蛮,《代理县长》、《凶手》、《兽道》、《在祠堂里》、《龚老法团》就是这样的作品。其中,《在祠堂里》叙述方式上有独到之处,故事由一群事件的"倾听者"来讲述,营造出阴森恐怖、神秘诡异的氛围。沙汀此时期对社会的暴露剖析,客观冷静不露声色,精选富于表现力的细节,多用白描手法,在气氛的渲染、场景的展示和川西风情世态的描摹中透露出诗意,具有浓郁的乡土色彩。40年代,沙汀进入了创作的黄金时期,出版了20多部短篇小说集和长篇小说《淘金记》、《困兽记》、《还乡记》。其中,1940年创作的短篇小说《在其香居茶馆里》和次年秋完成的长篇《淘金记》,是其小说的代表作。

《在其香居茶馆里》叙写了抗战时期四川农村回龙镇围绕兵役制演出的一场闹剧。新任县长扬言要整顿兵役,联保主任方治国趁机告密,劣绅邢么吵吵躲了四次兵役的儿子即被县里抓走,一场地方势力之间的冲突,就在"其香居"茶馆里拉开了序幕。粗鄙无赖的邢么吵吵依仗其兄是本县有名望的耆宿、舅子是财务委员,对方治国恶语相向。方治国凭借着县长"整顿兵役"的舆论,也软硬兼施左遮右挡。名流相继调解无效,双方大打出手。正在两人打得鼻青脸肿之际,城里突然传回消息:邢么吵吵的儿子已被放出,原因是新任县长赴了邢大老爷的宴席,邢二少爷点名时报数出错,遂被取消打国仗的资格。小说尖锐的矛盾、紧张的戏剧冲突,就在这令人哑然失笑的滑稽结局中戛然而止。而新任县长的虚伪、势利,兵役制的黑暗、腐败,地方势力的猖狂、嚣张,各色人等的勾心斗角,均暴露无遗。小说构思巧妙,环境设置独特,人物性格鲜明,情节紧凑集中,明暗两条叙事线索交替推进,暗线主宰明线,明线推动暗线,波澜起伏,跌宕有序。四川方言的运用,蜀地风俗的描

[①] 沙汀:《〈沙汀短篇小说集〉后记》,见《沙汀文集》第7卷,上海文艺出版社,1992年,第21页。

绘，藏讥刺于幽默，寓热情于冷峻，都体现了沙汀小说特有的艺术风格。

长篇小说《淘金记》围绕开采北斗镇筲箕背金矿的线索，展示了四川乡镇社会的黑暗和地方势力之间的倾轧。书中三股地方势力的头面人物都写得活灵活现逼真传神。没落士绅白酱丹工于心计、心狠手辣、阴险狡诈；地主何寡妇怪吝、精干、刻薄；封建帮会流氓头子林幺长子泼皮无赖、色厉内荏。其他的人物个性也十分鲜明，如袍界首领龙哥专横暴戾粗野狂放，浑身散发着"霸气"与"匪气"。小说的描写客观、细致、逼真，"给了我们一片真实的人生"，似一面照妖镜，照出了"牛鬼蛇神底下的人性"①。四川方言的娴熟运用，川北风情的艺术呈现，白描的简洁传神，不动声色的讽刺，是这部小说的风格特征。

艾芜(1904—1992)，原名汤道耕，四川新繁县人。1919年入新繁县高等小学，接触了"五四"新文化思想。1921年他入成都第一师范，1925年夏为逃避包办婚姻离家出走，五年间浪迹于滇缅边界、马来亚、新加坡一带，做过小店杂役、家庭教师、报纸校对等，曾因贫病交加几乎毙命。1930年在缅甸参加反殖民主义斗争，被英国殖民当局遣返回国。1931年到上海与沙汀重逢，次年加入左联。1935年的成名作《南行记》，以边地人民的生活为题材，讲述社会边缘人的传奇故事，异域风光与强烈的主观情愫，使小说充满了诡异清新的浪漫主义色调。

短篇小说集《南行记》是艾芜的代表作，以怀着憧憬四处飘泊的知识者眼光，谛视那些挣扎在穷山恶水中、在刀尖上过日子的流浪者的生活，包括偷马贼、滑竿夫、烟贩子、强盗等等，塑造了一群边地流民的形象，展示了他们特殊的生存境遇和悲苦命运，充满了对人间不平等的忧愤，对强悍生命形态的讴歌。成名作《人生哲学的一课》叙述"我"在昆明颠沛流离的艰辛行旅中，生活给我上的一堂生动的人生哲学课，表达了"就是这个世界不容我立足的时候，我也要钢铁一般顽强地生存下去"！《山峡中》是艾芜早期的代表性短篇，描写一群被迫铤而走险的流浪者生活。小说中的野猫子、小黑牛、鬼冬哥、野老鸭等在魏大爷的带领下，走私、行窃，甚至杀人越货，带有原始的野性与残忍。小黑牛遭毒打重伤以后，一句"我不干了！"的呓语，就被同伴在黑夜抛进了峡谷湍急的江流。艾芜是要在渣滓堆里发掘出人性的闪光，魏大爷的女儿野猫子具有吉普赛女郎式的性格与盗贼的心性，她泼辣蛮野而又不乏活泼娇憨、天真善良的一面，在狠毒中留存着一份温情，在野性中夹杂一丝人性的温馨。《南行记》在描述游走于生死之间的强盗、流浪汉的非凡经历时，常常贯穿着对生命的强烈渴求，并将此升华为一种动人心魄的美。《南行记》叙述的散文化，淡化了故事的传奇性，使小说弥散出诗性的柔光。

1935年以后，艾芜的小说转向对四川乡土生活的描写，浪漫的气息开始消退，

---

① 卞之琳：《读沙汀〈淘金记〉》，载《文哨》第1卷第2期，1945年7月。

重在暴露社会压迫和底层民众的苦难。到 40 年代末,艾芜发表了大量的小说,其中具有代表性的是长篇小说《丰饶的原野》、《故乡》和《山野》。它们在表现社会的广度上有所增强,但其创作个性却不如以前鲜明了。

第三节　赵树理的《小二黑结婚》、《李有才板话》等

赵树理(1906—1970),原名赵树礼,出生于山西省沁水县一个贫农家庭,他很小就喜爱民歌、民谣、鼓词、评书和地方戏曲,还是八音会(晋东南农民自乐班)里摆弄各种乐器的好手。1925 年,他进入长治省立第四师范学校学习,从新文学刊物中接受了"五四"新文学的影响。1931 年开始发表通俗文艺作品,如《铁牛的复职》、《蟠龙峪》等。周扬后来指出:赵树理是作为"一个在创作、思想、生活各方面都有准备的作者,一位在成名之前已经相当成熟了的作家,一位具有新颖独创的大众风格的人民艺术家进入文坛的"①。1943 年,赵树理完成了短篇小说《小二黑结婚》,彭德怀为该书的出版题词:"像这样从群众调查研究中,写出来的通俗故事,还不多见。"《小二黑结婚》描写根据地一对青年男女小二黑和小芹,为了争取婚姻自主,与落后家长的重重束缚作斗争,无论是恶霸的逞凶还是家庭的阻挠,都无法剥夺小二黑和小芹对自由与幸福的争取,在民主政权的支持下,有情人终成眷属。小说反映了解放区农村的巨大变化,以极大的热情歌颂民主政权,受到农村中要求民主改革的广大群众、特别是青年的欢迎。

作品成功地塑造了二诸葛和三仙姑两个落后人物形象。二诸葛是忠厚胆小、落后迷信的农民,是一个为封建迷信所扭曲的人物,他抬手动脚都要论一论阴阳八卦、看一看黄道黑道,其目的在于预测命运。他竭尽全力地维护家长制的权威和包办婚姻制度,以命相不对顽固地反对儿子小二黑与小芹自由恋爱。三仙姑是好逸恶劳、轻浮放荡的落后妇女形象,年轻时也因婚姻遭受痛苦,为了获取心理和精神上的满足,她装神弄鬼以"跳神"来吸引异性青年。年老色衰的她拼命打扮,为的是引诱年轻人,她甚至为此而反对女儿与漂亮的小二黑恋爱,怕因此就没有了自己的份,并因贪财而出卖女儿。这两个人物形象的真实塑造,深刻揭示了农村小生产者精神上的落后面。

小说通过解放区农村青年反抗封建势力争取婚姻自主的故事,热情歌颂思想解放的新生力量,善意嘲讽了落后守旧的封建意识,严厉揭露抨击了封建恶霸残余势力,表明实行民主改革移风易俗的重要意义。小说在艺术上:1. 连珠式的结构。以人物牵出其他人物的故事,上一节的尾声引出下一节的开端,一珠连一珠,环环

---

① 周扬:《论赵树理的创作》,载延安《解放日报》,1946 年 8 月 26 日。

相扣,衔接紧密、过渡自然,情节连贯,故事性强,构成了引人入胜、曲折完整的故事。2.诙谐讥刺的笔法。小说以诙谐讥刺的笔法,对于二诸葛、三仙姑这两个主要人物予以嘲笑针砭,努力揭示人物的可笑可悲处。3.朴素平实的语言。小说语言注重通俗平易,具有口语化的特点。人物的语言具有个性色彩。

《李有才板话》通过解放区农村的政权改选和减租减息,描写了农民与地主的斗争。由于深刻揭示了抗日根据地的阶级斗争状况,提出了具有普遍意义的问题,被誉为"反映农村斗争的最杰出的作品,也是解放区文艺的代表之作"[①]。阎家山地主阎恒元老奸巨猾,长期把持村政权,阎家山改选村长时他暗中操纵选举。上级派来的章工作员主观武断,被阎恒元一伙蒙蔽,改选了阎恒元的干儿子刘广聚任村长,阎恒元又控制了村政权。秋收时节,县农会主席老杨下村检查督促秋收工作,他深入群众发现了问题,重新组织了农救会,斗了阎恒元,夺回了村政权。小说塑造了李有才这样一个民间诗人的形象。李有才是个十分贫穷的雇农,却有着乐观幽默的性格,他智慧诙谐、出口成章,有着不屈的反抗精神,凭借高度的政治敏感性,编了一套又一套快板词,把阎家山的人事与是非渲染得入木三分、活灵活现。他对村长控制村政权十多年的怪事评论道:"不如弄块板,刻个大名片,每逢该投票,大家按一按,人人省得写,年年不用换,用他百把年,管保用不烂。"代表了舆论和人心,鼓舞了群众的斗志。小说具有赵树理作品情节连贯故事性强的特点,在故事叙述中插入快板串起了情节。

1945年抗战胜利后,赵树理又创作了长篇小说《李家庄的变迁》。作品通过以主人公铁锁为首的农民从受压迫到觉醒,并参加共产党所领导的武装斗争的经历,表现了中国农民争取翻身解放的必由之路。从李家庄各阶级人物的荣辱沉浮,反映了辛亥革命后到抗战胜利时期,山西农村的历史性大变迁。作品人物多、场面大,时间跨度长,艺术却稍嫌粗糙。此后,赵树理集中地描写翻身后的农民,为改造旧农村,改变旧风习、旧观念所进行的斗争。赵树理作为解放区文学的一面旗帜,他对中国现代文学的贡献是独特的。他的小说创作的贡献在于:1.以新的生活和新的主题开创了现代文学的新局面。他的小说反映了解放区农村巨大的历史性变革,既写了新的时代条件下农村各阶层的冲突,又重点揭示针砭了农村封建观念的危害。2.以一系列解放区农民的形象塑造充实了新文学人物画廊。他的小说塑造了诸多个性鲜明的人物形象,老一代农民形象如二诸葛、老秦等;新一代农民形象如小二黑、小芹等;农村基层干部形象如老杨、章工作员等;封建恶霸形象如金旺、兴旺、阎恒元等。3.民族化、大众化的风格。他的小说继承借鉴了中国古典小说与民间说唱文学的传统,采取群众喜闻乐见的形式,讲究故事情节的连贯与完整,将

[①] 周扬:《新的人民的文艺》,见《中华全国文学艺术工作者代表大会纪念文集》,新华书店,1950年。

人物性格的刻画置于情节发展矛盾冲突中,采用通俗平易口语化的语言。赵树理在小说艺术的通俗化、大众化方面为中国现代小说提供了艺术经验。

第四节　张爱玲的《倾城之恋》、《金锁记》等

张爱玲(1920—1995),出身在一个晚清没落的贵族家庭,父亲以遗老自处,生活腐朽糜烂,父母的婚姻名存实亡,1938年张爱玲毕业于上海圣约翰中学,考取了英国伦敦大学,由于二次大战爆发而改去香港大学读书。1942年,张爱玲经历了香港的沦陷后回到上海。1943年,张爱玲在《紫罗兰》杂志上发表第一篇小说《沉香屑:第一炉香》,引起文坛瞩目,随后的两年里她连续发表了一系列的短篇小说,如《金锁记》、《倾城之恋》等。她主要有小说集《传奇》和散文集《流言》,随后,又写有中篇小说《小艾》,长篇小说《十八春》、《秧歌》、《赤地之恋》、《怨女》和评论集《红楼梦魇》等。

《传奇》中的作品可分为两类:一是《沉香屑:第一炉香》、《倾城之恋》、《金锁记》等,写女性的人生奋斗的故事;二是《沉香屑:第二炉香》、《心经》、《红玫瑰与白玫瑰》、《茉莉香片》等,写男性的精神障碍与心理挫折。

先看第一类作品。

《倾城之恋》中女主角白流苏离婚以后住在娘家,因为不愿意继续留在娘家看见嫂们的冷眼,更不愿意自己的青春在陈腐的家庭中白白消耗,毅然在社交场上登台,试图为自己寻找一个让兄嫂们羡慕的婚姻。她和一个典型的花花公子、富商子弟范柳原心照不宣地玩弄起了爱情游戏。白流苏看中的是一个有钱的单身男人,范柳原则是为了换一换口味而和白流苏这样的大家闺秀逢场作戏;白流苏要的是名正言顺的婚姻,范柳原只想让她做一个情妇被供养着。最后,范柳原兴尽意阑,租了房子让白流苏住下,自己准备远去伦敦,没想到太平洋战争爆发了,香港沦陷了,他心灰意懒,给了白流苏一个正式的婚姻形式。这对白流苏来说,也完全是一个意外,她费尽心机没有得到的却在她完全绝望的时候得到了,似乎是"圆满的收场",其实是徒有其表的婚姻形式而已。这是《传奇》中最具有"传奇"性的故事,一个出乎男女主人公意料的结局。

《金锁记》被誉为《传奇》中最优秀的作品,除了艺术的原因,就在于作者对人性剖析的深度、故事的悲剧性,达到了令人震惊的程度。故事的主人公曹七巧出身于一个平凡的市民家庭,却嫁到上流社会的一个大家庭——姜公馆,做了二少奶奶。原因有两个方面:丈夫身患重病,门当户对的婚姻不可能,不得已而下嫁;曹七巧很要强,不愿看嫂嫂的白眼,想着将来在哥哥嫂嫂面前扬眉吐气。她的出身和粗俗的言行举止,"七巧自己也知道这屋子里的人都瞧不起她",然而她又是一个不甘寂寞

的人,生怕别人无视她的存在,因而故意夸张自己的言行举止以引人注意。由于丈夫长年卧病不起,曹七巧难以忍受性的压抑,竟然在公开场合和小叔子姜季泽调情,这就更使她在姜家声誉扫地。曹七巧为了守住分家所得到的财产,小心提防着每一个和她以及和她儿女来往的人。她在赶走了主动找上门的姜季泽之后,断绝了和男人的交往,继续忍受着性压抑,而且疯狂地破坏、操纵着儿女的婚姻,破坏他们的婚姻乃至整个人生。

再看第二类作品。

《茉莉香片》叙述大学生聂传庆的故事。家庭很富有,而他却很不幸。家里弥漫着鸦片的气味;母亲早逝,父亲又结了婚;父亲对他很严厉,近乎冷酷。他发现大学教授言子夜当年曾经向他生母求过婚,于是他就想象自己如果是言子夜和生母的孩子是怎样的幸福,并且嫉妒、怨恨主动和他交往的同学、言子夜的女儿言丹朱。这些内容都被安排在叙述他与言丹朱交往的叙述框架之中,从他冷淡、回避言丹朱的热情开始,以他殴打言丹朱结束。小说令人震惊地刻画了一个缺乏家庭温暖的孩子的思想性格:孤僻、怨恨、幻想。

《琉璃瓦》叙述姚先生家几个女儿的婚嫁故事,但中心人物其实是姚先生。"女儿是家累,是赔钱货,但是美丽的女儿向来不在此例。姚先生很明白其中的道理;可是要他靠女儿吃饭,他却不是那种人";"关于她们的前途,他有极周到的计划"。小说就是叙述姚先生如何费尽心机地实施他的"极周到的计划",以及这些用来攀附富贵的计划是如何破产的。小说将姚先生虚伪、委琐、自以为是的思想性格表现得淋漓尽致。

张爱玲小说具有独特的艺术魅力。首先是独特的叙事方式。张爱玲的小说似与中国古代白话小说十分相像,常以一种明确的"讲故事"的方式开始叙述,并且在故事结束时又回到开头,告诉读者故事至此就讲完了。比如《金锁记》,以这样一句话开头:"三十年前的上海,一个有月亮的晚上……"似乎是直接叙述故事,但一大段完全是插入的议论结束之后,才是接着被突然中断的叙述:"月光照到姜公馆新娶的三奶奶的陪嫁丫鬟凤箫的枕边。"在故事结束时,有一段话和开头插入的那一段议论相呼应:"三十年前的月亮早已沉了下去,三十年前的人也死了,然而三十年前的故事还没完——完不了。"仿佛是给故事装上一个套子,这是中国古代白话小说十分常见的叙述方式。

其次是以人物为主的叙事视角。张爱玲的作品大都采用全知视角的叙事方式,但是,往往在故事展开的过程中却以某一人物为主导性的叙事视角进行叙述。比如《沉香屑:第一炉香》,在故事一开始,就由全知视角转为以葛薇龙为中心的限制视角的叙述,这样也就在叙述人物行为的同时生动地展示了人物的内心世界及其变化的过程,故事结束时又转为另外一个男性视角,葛薇龙成为"被看",生动而意味深长地表现了她沦落的命运。《金锁记》、《倾城之恋》也都是以女主人公为主要的叙述视角而又有一定的转换，这也同样生动、深刻地表现了人物的命运与心路历程，并且在恰当的时候通过某一"外视角"使主人公成为"被看"来展示他人眼里其思想性格特征，而在这两篇作品结尾部分回到全知视角的叙述，叙述者对人物命运的议论又具有了一种居高临下的审视的意味。

再次是生动而意味深长的细节。张爱玲的小说注重细节描写，其所择取的细节常常生动而意味深长，加强了人物思想性格与特定情境中心理活动的表现力。比如《金锁记》中晚年的曹七巧"徐徐将那镯子顺着骨瘦如柴的手臂往上推，一直推到腋下"；再如《倾城之恋》结尾白流苏"只是笑吟吟的站起身来，将蚊香踢到桌子底下去"。这些细节在作品的具体的语境中，都有意味深长的意义。更值得注意的是，作品中细节常常表现为隐喻性的意象，引人注意。以《沉香屑：第一炉香》为例，葛薇龙第一次看见她姑妈时，只见她姑妈的"面网上扣着一个指甲大小的绿宝石蜘蛛，在日光中闪闪烁烁，正爬在她腮帮子上，一亮一暗，亮的时候像一颗欲坠未坠的泪珠，暗的时候便像一粒青痣"，这个令读者难忘的细节，暗示了梁太太如蜘蛛般残忍的性格和葛薇龙像一个自投罗网的小青虫那样被吞噬的命运。

张爱玲小说的艺术成就是多方面的，除了上面几点外，也许还可以感受到张爱玲小说独特的语言魅力，这是十分纯正的汉语，使我们感受到从中国古典白话小说语言转化而来的现代文学语言的独特神采，和"五四"以来小说语言的以"欧化"特征为主流的小说语言有十分明显的区别，和张恨水等人的作品倒十分相近。

第五节　钱钟书的《围城》

钱钟书(1910—1998)，字默存，号槐聚，江苏扬州人。1933年毕业于清华大学外文系，1935年入英国牛津大学学习英国文学，又到巴黎进修法国文学一年，1938年回国后，曾任西南联大教授等职。1941年他出版散文集《写在人生边上》，1946年出版短篇小说集《人·鬼·兽》(包括《上帝的梦》、《猫》、《灵感》、《纪念》四篇小说)。这些小说对知识分子的嘲讽以及对人类无止境欲求的揶揄，已显示了高超的心理刻画和讽刺才能。而将其才能发挥得淋漓尽致的还要数1947年出版的长篇小说《围城》。

抗战前夜，从欧洲游学归来的方鸿渐为生活、爱情、职业而颠沛流离、四处奔走，从香港辗转到上海，转由上海移向抗战后方的小城，最后又转到香港和上海，一路上，沦陷时期上海的奢华、后方的凋零尽收眼底，同时阅历了社会和家庭生活中的千姿百态。方鸿渐无论个人情感还是事业发展，都经历了由梦幻到幻灭、由憧憬到失落的过程，他总是不得不从一座"围城"逃向另一座"围城"。小说借人物的口说:"结婚仿佛金漆的鸟笼,笼子外面的鸟想住进去,笼内的鸟想飞出来。""是被围困的城堡,城外的人想冲进去,城里的人想逃出来。"方鸿渐在最后也悟到:"我还记得那一次诸慎明还是苏文纨讲的什么围城,我近来对人生万事,都有这个感想。"作者巧妙地把中西方文化的冲突、纠结,胶着于"日常"生活中,让这种冲突显现得琐屑而又感性、隐蔽而又剧烈、粗糙而又深刻,让生活在方鸿渐的眼里变得荒诞、滑稽,让方鸿渐在这生活中变得幼稚、笨拙。方鸿渐并非不学无术,也不失正直,但在这极讲究人情世故的热土上,他不仅斗不过鲍小姐、苏文纨,而且在孙柔嘉、两个弟媳妇、女佣李妈手下丢盔卸甲,他对生活无所适从、无"理"可喻,"不合理"、"不适应"像锯齿天天啃啮着他的心。在方鸿渐这个小知识分子身上,透露了作者对于文化与人生的形而上的思考。

　　这部小说被誉为新《儒林外史》。小说成功地塑造了病态知识分子的群像。作者在"序"中说:"我想写现代中国某一部分社会、某一类人物。写这类人,我没忘记他们是人类,只是人类,具有无毛两足动物的基本根性。"这些人中有李梅亭那样满口仁义道德、满腹男盗女娼的半旧遗老,也有韩学愈那样外形木讷、内心龌龊、招摇撞骗的假洋博士;有高松年那样道貌岸然、老奸巨猾、口称维护教育尊严、其实却是酒色之徒的伪君子,也有汪处厚那样趋炎附势、结党自固、终于自蹈覆辙的阿木林;有陆子潇、顾尔谦那样一心攀龙附凤、溜须拍马的势利小人,也有苏文纨、范懿那样混迹学界,却以在情场上施展手段、争强斗狠为己任的大家闺秀。借着方鸿渐的一番游历,作者塑造了近代中国孳生起来的知识分子的众生相,展示了他们内心的空虚和精神的堕落。在这些所谓的精英身上,钱钟书刻画出人类与生俱来的悲剧境况,揭示了最根本、最普遍的人性。作者对他们嘲讽而不失同情的叙事姿态,表现了人类对自身弱点的自嘲与自怜。

　　《围城》最大的艺术特点是讽刺。钱钟书以其渊博的学知和卓越的联想,举凡道德风俗、人情世故,无不笼罩在他的讽刺之下,古今中外的警句妙喻、典故、名人轶事,随手拈来织成充满智慧的讽刺文章。在蔚为大观的中国现代讽刺艺术中,继鲁迅的深刻、老舍的温厚、张天翼的俏皮、沙汀的沉郁之后,又增添了钱钟书的机敏。

第六节　巴金的《寒夜》、老舍的《四世同堂》

　　《寒夜》动笔于1944年一个寒冷的冬夜,完成于1946年12月。它是巴金最后的一部长篇小说。《寒夜》女主人公曾树生在一个寒冷的夜里,抛弃妒恨她的婆婆、懦弱贫病的丈夫和沉默寡言、毫无生气的儿子,离家出走了。在又一个寒夜,曾树生在街头上无意中撞到酩酊大醉的丈夫,立刻将丈夫送回了家。当丈夫的肺病一天重似一天,婆婆的冷漠、刻薄、嫉妒直刺着她的心,她终于又离开那个家,随同一直追求她的单身上司调到兰州去了。丈夫最终也被单位辞退了,就在日本投降抗战胜利的日子里,他孤寂地死了。作者将人物的性格悲剧与社会悲剧结合起来,在广阔的社会背景下探寻人物命运的根源,是黑暗的社会现实酿成了人性的悲剧。

女主人公曾树生的形象是相当独特的,她独立、大胆,追求幸福,追求自由,在感情和道德的抉择中,自己把握着自己的情感,决定着自己的行动。她与丈夫平起平坐,与婆婆针锋相对,在上司面前也不卑不亢,她更具现代女性的风采。作家强调的是她选择了做一个反传统的女性,她和汪文宣的结合是没有婚约的,她违背了妇女的从一而终的传统道德。

这部小说体现了巴金的美学思想:无技巧的艺术。巴金早期创作的风格是以浪漫主义的激情表达对旧社会的仇恨和抨击,呼唤对新生活的热烈追求。《寒夜》以冷峻的笔调对黑暗的社会现实作冷静、客观而深刻的剖析,应该说它是作者最成熟同时也最优秀的作品之一。

老舍的《四世同堂》(包括《惶惑》、《偷生》、《饥荒》)是一部具有浓郁民族风格的长篇杰作,是中国社会大变动、大灾难的结果,它以通俗晓畅的语言,以日寇铁蹄下的古都北平西城小羊圈胡同人们的生活为主,写出了在民族危亡中北平市民的种种处世态度和人生遭遇,展示了在时代风云中各种心理状态曲折的嬗变历程,是一幅动荡社会的历史画卷,是一部民族风俗的百科全书。《四世同堂》形象地阐述了反对法西斯侵略、要求世界和平的伟大主题,但这只是作品表现出的浅层次的思想,更深层次的是作者对中国古老民族文化心理的沉思。

《四世同堂》中老舍以钱默吟的口道出了创作的主旨:"这次的抗战应当是中华民族的大扫除,一方面须赶走敌人,一方面也该扫除清了自己的垃圾。我们传统的升官发财的观念,封建的思想——就是一方面想作高官,一方面又甘心作奴隶——家庭制度,教育方法,和苟且偷安的习惯,都是民族的遗传病。"老舍以睿智深邃的眼光,透视到古老民族文化心理的深处,努力挖掘民族的遗传病,并努力探寻其病源,塑造出理想的民族心理性格。

老舍在《四世同堂》中,以生动传神的笔触,深入细腻地剖露在民族危机中我们民族的不同的心理性格,这种心理性格在作品中形成了三个系列。民族的渣滓:有奸而伪的冠晓荷、蛮而粗的李空山、狠毒而有野心的蓝东阳、浅薄而没心肺的祁瑞丰、泼悍而贪婪的大赤包、懒惰而自私的胖菊子、奸刁油滑的高亦陀、一脸西崽相的丁约翰、心被享受和淫荡包围住的冠招弟、有学问没人格的牛教授。民族的基石:有和蔼宽容的老人祁大爷、知书明礼的中学教员祁瑞宣、正直热情乐于助人的窝脖儿李四爷、豪爽刚直不甘受辱的棚匠刘师傅、脾气暴躁疾恶如仇的洋车夫小崔、体面规矩宁死不屈的剃头匠孙七、谨小慎微忍辱负重的寡妇马老太太、善良坚毅病病歪歪的祁天佑太太、和气圆滑八面敷衍的白巡长、吃日本人的饭不出卖灵魂说相声的方六。民族的精英：有国破家亡之时用鲜血作诗的钱仲石、"象征着勇敢、强有力的新中国"的祁瑞全、用沉毅坚决勇敢去获得和平的钱默吟。

老舍的《四世同堂》也从民族文化心理的角度，从社会的、文化的、历史的诸方面，剖露民族的遗传病，并努力探索其病根。揭示了形成民族遗传病的社会原因——以旧的伦理道德为支柱的封建家庭制度。揭示了形成民族遗传病的文化原因——中国传统文化中占主导地位的儒家文化。揭示了形成民族遗传病的历史原因——半封建半殖民地中国社会动乱耻辱的历史。

老舍从民族的基石这一系列人物形象身上，不仅揭出民族的遗传病，而且写出在亡国奴的屈辱生涯中他们心理的曲折嬗变历程，从敷衍怯弱到刚毅勇敢，从忍辱偷生到英勇斗争。在艺术上，将故事置于激烈的民族矛盾之中，让各种人物在激烈的矛盾冲突的现实中展示各种心态及其衍变。将人物的活动和心理性格的描写置于古老民风民俗环境中，既写出祖国危亡中传统的文化习俗的消隐，又写出在此种状态下北平人心态的变化，使作品具有浓郁的民族特色。将热讽和冷嘲相映照，将描写和议论融一炉，深刻形象地揭示了我们民族的文化心理，透露出作者强烈鲜明的爱憎感情。在生动细腻的描写中，老舍常常或以人物的口吻和心理，或自己站出来作一番议论，表达强烈的爱憎情感和深沉的思想见解。

《四世同堂》着眼于老舍生于斯长于斯的北平胡同里的市民生活，着力从众多的血肉丰满性格不一的人物的生活和心态探索民族心理的弱点，使小说成为一部反映抗日生活、探索民族心理的写人的艺术杰作。当然我们仍应看到《四世同堂》的不足，作品民族精英的形象的描写失之单薄屡弱，对民族渣滓性格的刻画又常常过于漫画化。

第七节 徐訏、无名氏的小说

徐訏(1908—1980)，浙江慈溪人，笔名东方既白等。1931年毕业于北京大学哲学系，并转心理系攻读硕士学位。1936年去法国留学，获巴黎大学哲学博士学位。抗日战争爆发后回国。1944年任《扫荡报》驻美国特派员，1946年回国。1949年后在香港定居，在大学任教并且出版了数量十分可观的短篇小说、长篇小说等。

徐訏的成名作《鬼恋》1937年在《宇宙风》杂志发表后，于1938年出版。这篇小说写一男青年被一神秘青年女性吸引的故事，城市夜晚偏僻一角出没的神秘女性、扑朔迷离的故事、凄清而恐怖的神秘气氛和男主人公由好奇到依恋的心理过程，都写得十分充分，叙述也比较生动，但就故事的"类型"而言，这篇小说显然是十分典型的西方"恐怖小说"的写法。此后,作者还出版了小说《吉布赛的诱惑》(1940年)、《荒谬的英法海峡》(1941年)、《精神病患者的悲歌》(1943年)等。1943年,《风萧萧》在《扫荡报》副刊连载,1944年初版,十分畅销。

《风萧萧》的叙述者是研究哲学的青年"我","我"在上海的"孤岛"中沉湎于哲学的思考与研究,由于结识了美国军医史蒂芬,"我"随后相继结识了史蒂芬的太太和三个美丽的女性:通晓英语和日语的红舞女白频,有"百合初放"般的笑容;在日本长大的中美血统的混血儿交际花梅瀛子,"像太阳一样"光彩照人;有音乐天赋的美国纯情少女海伦,"似灯光一样"风韵迷人。不久,太平洋战争爆发了,上海"孤岛"中暂时的畸形和平生活不复存在,"我"和这几位女性的歌舞灯影中的交往也就陡然发生了变化。原来史蒂芬的太太是美国在远东情报机构的负责人,她和史蒂芬的夫妇关系也是伪装的,而梅瀛子则是她的下属特务;白频是国民党政府派遣在上海的间谍;已经成为歌星的海伦则差点被日军军官奸污。再接下来就是"我"被卷入刀光枪声的间谍活动之中的经历,这是小说叙述的重点。最后"我"踏上了去"大后方"的征程,参加"属于战争的、民族的"事业。小说叙述的显然是一个十分通俗的故事,它是由"惊险故事"和"爱情故事"合成的通俗小说,具备通俗小说的几乎全部要素:爱情、惊险、生死、误会、阴谋、智慧等等。主人公的思想也是变化的,由一个沉湎于玄远的哲学思考的青年,转变为从事民族斗争的战士,这显然也迎合了读者对人物的期望。尽管"我"和海伦两情依依,而"我"在故事结束时却不辞而别,让个人的儿女之情让位于国家情感的"大义",以完成人物崇高形象的塑造。以上海为故事的主要舞台,叙述一个具有"国际性"的传奇故事,使读惯了以中、日为斗争双方的"抗日"故事的读者有相当的新奇感,何况这又是一个有间谍斗争的故事,它给读者的新奇感和刺激性是可想而知的。

当然,在有的读者看来,这部小说以前面三分之一的篇幅叙述儿女情长,迟迟才由"情场"转为"战场",似乎过于"延宕"了,而"战场"的故事也似乎线索不够明晰。

无名氏(1917—2002),原名卜宝南,改名卜乃夫,又名卜宁,祖籍扬州,生于南京。他中学未毕业就只身去北京,旁听于北京大学。抗战时做过记者和教育部职员。1944年去重庆,抗战胜利后到上海,后隐居杭州从事写作。1943年首次以无名氏为笔名发表小说《北极风情画》(原名《北极艳遇》),轰动一时。从1941年到1949年的短短六年里,他先后出版了《北极风情画》(1944年)、《塔里的女人》(1944年)、《露西亚之恋》(1946年)、《火烧的都门》(1947年)、《沉思试验》、《龙窟》(1948年),以及《无名书稿》中的《野兽、野兽、野兽》、《海艳》、《金色的蛇夜》等八本小说散文集。

无名氏是一位具有独特创作个性和创作风格的作家,其人其作在40年代的文坛形成了一道独特的风景。1939年,无名氏想以韩国志士李奉昌刺日本天皇的史实为题材写一部小说,就设法结识了在重庆的韩国革命者金九、李青天、李铁骥。1943年11月,应当时《华北新闻》总编辑赵荫华之请,第一次以无名氏作笔名写下了长篇小说《北极风情画》。小说一经发表,《华北新闻》销路大增,甚至形成了一种"满城争说无名氏"的盛况。

  无名氏在《北极风情画》中叙写了一个浪漫传奇的爱情故事,"我"因病在华山落雁峰小住,结识了长发遮脸、秉烛夜游的怪客,他向"我"讲述了凄婉悱恻的爱情故事,他曾作为东北抗日部队军官,与波兰将军的遗孤奥蕾利亚相恋,他的部队撤回国后,奥蕾利亚却自杀并留下遗书,让他十年后爬上高峰唱《别离曲》。小说突出渲染了极地风情、异国情调、神秘色彩,用一种富有悬念、层层推进的叙述方式,讲述了一个缠绵悱恻的爱情故事,将故事本身就具有的传奇性、浪漫性推到极点。这是一篇非常成功的浪漫主义言情小说。《北极风情画》开头气氛的营造上受徐訏《鬼恋》的影响,小说中鬼魂与死尸的形象、惨不忍闻的歌声、像野兽般的悲鸣等意象,与徐訏的《鬼恋》有异曲同工之妙。

  《北极风情画》的成功,给了无名氏以极大的推动力。他以极大的热情在短短十几天的时间里就很快写成了《塔里的女人》,成为又一部畅销书。《塔里的女人》的故事以无名氏在西安结识的朋友周善同的一次悲剧性的爱情经历为原形。这是一个新旧时代的悲剧,一场发生于传统婚姻与现代爱情、道义责任与浪漫感情之间冲突的悲剧。小说描写优秀的卫生检验专家和提琴家罗圣提与女校皇后黎薇小姐之间的恋爱悲剧,最终罗圣提出家成为觉空老道。如果说《北极风情画》和《塔里的女人》两部小说已经奠定了无名氏在当时文坛的地位的话,那么,历时15年完成的260多万字的《无名书稿》是无名氏奉献给现代文坛的一部巨著。《无名书稿》共分六卷,第一卷《野兽、野兽、野兽》,约36万字,1945年在重庆动笔,1946年在上海出版。第二卷《海艳》,1946年至1947年完成于杭州,1948年在上海出版。第三卷《金色的蛇夜》上册,1949年在上海出版。1950年至1960年在杭州完成了《金色的蛇夜》下册和第四卷《死的岩屋》、第五卷《开花在星云以外》和第六卷《创世纪大菩提》。《无名书稿》的立意是要探寻东西方文化相融合之后的新的生命境界,所以第五卷《花开在星云以外》和第六卷《创世纪大菩提》都是写东西方文化融合后的新境界和新世界的人生观。《无名书稿》成书于20世纪最为动荡的上半叶,作者想于政治解决的途径之外寻找一条文化解决的途径,要为人类的精神寻求归宿之地,其执着精神是令人感动的。正如他在《野兽、野兽、野兽》中所说的:"啊!好一片奇!好一片幻!好一片诡!好一片艳!这无量数的奇迹!这五彩缤纷的波谲!这摇漾多姿的斑斓!""在时间的大海上,历史搭着浮桥,人站在桥上看朦胧海景……"这种宏阔的宇宙意识、超越历史的眼光成为无名氏观察生命、透视时代的一个基本视角。《无名书稿》不管人们如何评价,它都是现代文学史上的一部奇书,一部极富哲理性的奇书。

第八节　还珠楼主、秦瘦鸥等的通俗小说

作为通俗文学的中国现代武侠小说，自20年代兴起以来，不少作家能远承唐传奇、宋话本之脉，近纳近代西方文学之技巧，以大众喜闻乐见的章回体为形式，深得广大读者的喜爱。在这一文学领域里，大体上有"写实"和"务虚"两种倾向，形成现代武侠小说两种截然不同的走向。"务虚"首推还珠楼主，他的代表作是《蜀山剑侠传》。

还珠楼主(1902—1961)，本名李寿民，原名李善基，四川长寿人。他从小随着父亲宦游，曾经三上峨眉、四上青城。他虽然只上过私塾，却对佛道医卜星象都有心得。17岁时父亲去世，家道中落。19岁时随母亲移居天津，在《大公报》供职，兼做家庭教师。23岁起先后入宋哲元、傅作义等民国显宦幕内，洞察官场黑暗。"九一八"事变后国难深重，他终于选择退隐，改用小说讽喻时事、抒写爱憎。

1932年他的成名作《蜀山剑侠传》始载于天津《天风报》，大受读者欢迎。于是形成包括正传、前传、后传、别传、新传和外传在内的一系列作品，一部《蜀山剑侠传》竟然写了十几年，出到55集350万字。《蜀山剑侠传》可以说是中国现代武侠小说中的第一部巨著，它描写了峨眉派剑侠为了夺取可以使冷冻的僵尸起死回生的"万年温玉"，与旁门左道斗法的故事。还珠楼主小说的主角，分为仙侠和凡人英雄两大类，各自体现了道家的超脱尘世和儒家的立功济世两种不同的价值取向。

还珠楼主的作品融侠义、武技、剑仙、妖魔于一炉，别开生面自成一家，并不与以往的志怪、神魔小说雷同。他以浪漫主义的手法，以精奇的构思创造了一个超乎现实的神奇世界。其故事的基础不是建立在人间社会，而是建立在仙佛妖魔鬼怪鸟兽虫鱼的一个世外境界中，虽然它们在书中都被人格化了，但彼此之间的斗争都已超脱了人间社会的羁绊。在这个世界中，海可煮之沸，地可掀之翻，山可役之走，人可化为兽，天可隐灭无迹，陆可沉落无形，天外还有天，地底还有地。对于生命，则灵魂可以离体，身外可以化身，借尸可以复活，自杀可以逃命，修炼可以长生，仙家却有死劫。生活起居，则不食可以无饥，不衣可以无寒，行路可缩万里成尺寸，谈笑可由地室送天庭。武功绝技，则风霜水雪冰、日月星气云、金木水火土、雷电声光磁，都有精英可以收摄，炼成功各种凶杀利器，相生相克，以攻以守，藏可纳之于怀，发而威力大到不可思议。想象力之丰富直追《山海经》、《封神榜》和《西游记》。

表面上看，还珠楼主的作品不外嘘虹运剑，驭风飞刀，谈玄述异，超旷涉奇，十分荒诞，其实，他的小说与《聊斋志异》有异曲同工之处，通过谈狐说鬼、仙山冥域，来彰表游侠、弘扬义烈、鞭挞邪恶、揭露黑暗，抒"孤愤"之情，并非无聊帮闲文字，或平庸的宣扬封建迷信之作。在极度夸张的小说样式中，他极力讴歌的其实正是中国文化中屡屡被压抑的英雄主义和自由人格。由于他的小说文笔隽秀、故事生动、

情节曲折、气势磅礴,整个作品宛如"七宝楼台,眩人眼目"。在他笔下,亡明孤臣、武林豪士、洞府仙侣、深闺丽姝、游戏人间的剑侠、潜伏幽谷的妖魔,以及正邪斗法、天人交战,无不栩栩如生、跃然纸上。

还珠楼主代表了民国武侠荒诞怪异的一派,融合神话、志怪、剑仙、武侠于一体,进行艺术化的想象、高度哲理化,尤其是各种剑仙神术、奇幻法宝,显示了天纵奇才的大气魄。对后来的武侠小说作家影响之大,几乎无人可以企及。

还珠楼主的写作方式也出人意表,几部小说可以齐头并进,而且都是自己口述、由秘书笔录,然后过目修正,送报馆发表。"七七"事变后,日寇企图劝诱还珠楼主任伪职,遭他拒绝,遂以"涉嫌重庆分子"之名被关进黑牢,备受鞭笞、灌凉水、眼里揉辣椒面等刑罚,却咬牙坚持下来,不失侠客本色。

抗战初期,一批作家忙于写"抗战+言情"模式的小说,表达自己的爱国激情,反映和暴露一般社会问题的言情小说反而较少了。1941年,交织着血与泪的社会言情小说《秋海棠》在上海孤岛的《申报》上连载,随即就有人把它编成戏剧、电影,搬上舞台、推上荧幕。**秦瘦鸥**(1908—1993),上海嘉定人。自1928年发表长篇《孽海涛》后,对文学的热情与日俱增。从上海商科大学毕业后,长期从事财会、教育和新闻工作,业余时间从事写作。他的作品并不多,这一时期发表的主要作品为《秋海棠》、《危城记》。

秦瘦鸥自小醉心于昆曲、京剧,又爱与艺人交往,成年后兴趣依旧,还结识了许多戏曲界的朋友,对艺人生活十分熟悉。长篇《秋海棠》正是在这一基础上写成的,1941年上海《申报》副刊连载。男主人公秋海棠出身贫寒,从小学戏,长大后成为出名的旦角。因偶然与袁镇守的姨太太罗湘绮结识,罗湘绮稳重淡雅,秋海棠潇洒文雅,两人一见钟情。女学生出身的罗湘绮受骗当了军阀的姨太太,心中蓄积着愤恨,唱旦角走红的秋海棠也同样被视为玩物,终日小心提防。于是两人同病相怜书函往返,暗结为永久的朋友,并生下女儿梅宝。袁宝藩听到密告后,用刺刀在秋海棠英俊的脸上划"十"字以毁容。秋海棠含恨带着女儿回乡忍辱偷生。尽管后来袁宝藩在军队倒戈中丧生,秋海棠也不肯再见罗湘绮。在他饱受精神磨难和生活折磨而一病不起时,女儿梅宝竟然找到了尚在人世的生母。当母女相认并驱车去接秋海棠时,他却因为不想连累她们母女而跳楼自杀了。《秋海棠》并不像一般言情小说那样在秋、罗的结合上大做文章,而以大量的篇幅描述秋海棠被毁容后忍辱偷生抚养女儿的情节,使其主题得到了升华,以其情感力量和催人泪下的描写震撼了读者的心灵。

小说是对旧派小说习以为常的军阀、伶人、姨太太题材的全新开掘。它十分关注人物形象的塑造,是一曲主人公心灵和命运的哀歌。小说对悲剧人物的塑造和悲剧氛围的烘托,摒弃了以往市民通俗文学常见的趣味主义和庸俗气息,使得作品呈现出一种比较严肃深沉的格调。作家受到了新文学的创作思想和创作方法的影响，整个作品也显露了与以往的市民通俗文学不同的意境。在1944年小说的桂林版中，秦瘦鸥对用"秋海棠"这一艺名的缘由作了解释："中国的地形，整个儿连起来，恰像一片秋海棠的叶子，而日本等侵略国家，便像专吃海棠叶的毛虫，有的已在叶的边上咬去了一块，有的还在叶的中央吞噬着，假使再不能把这些毛虫驱开，这片海棠叶就被它们噬尽了。"但也许因为孤岛时期险恶的政治环境，这种爱国意识并未能渗透到小说故事中。

秦瘦鸥是向新文学和外来文学借鉴技巧相当用心的旧派作家，《秋海棠》吸取了一些西方小说的表现手法，但仍然保持着很浓的中国传统风格。在1948年出版的中篇《危城记》中，作者不再用章回体，而换用年月日的记时标题，并采用了几乎看不到说书人腔调的第三人称叙事，可惜这一尝试并不很成功。

第九节　孙犁、丁玲等的解放区小说

孙犁(1913—2002)，原名孙树勋。1936年到安新县的小学教书，接触了白洋淀一带劳动群众的生活。1938年投身抗战，在晋察冀根据地从事抗战文化宣传工作。1939年开始发表小说、散文。1944年赴延安，在鲁迅艺术文学院学习和工作。到1949年，先后出版了《荷花淀》、《芦花荡》、《嘱咐》等短篇小说集。

孙犁的作品以小说、散文集《白洋淀纪事》为代表，其中《荷花淀》、《嘱咐》等短篇小说是负有盛名的篇章，被视为"荷花淀派"的代表作。孙犁的小说以抗战时期冀中平原和冀西山区农村为背景，生动地再现了当地人民群众的生活和战斗情景。茅盾说过："孙犁的创作有一贯的风格，他的散文富于抒情味，他的小说好像不讲究篇章结构，然而决不枝蔓；他是用谈笑从容的态度来描摹风云变幻的，好处在于虽多风趣而不落轻佻。"①

孙犁的小说皆为诗化小说。《荷花淀》中，作者以诗一般的语言和白描手法，描绘出白洋淀的风俗画、风景画。作品写抗日战争前夕冀中人民的斗争生活，小说采取"武戏文唱"的技艺，以白洋淀明媚如画的风光作背景，用飘飞的芦花，洁白如云如雪的苇席，粉红色的荷花，荷花叶的清幽香气，衬托出女主人公对正在进行浴血战斗的丈夫的一往情深，点染她们新生活的欢乐和昂扬乐观的战斗精神。全篇共营造了四个场面："月夜织席"以诗情画意的文字开篇，为作品奠定了优美纯净的氛围；"夫妻话别"在温柔细腻的情感中烘托出深明大义的革命意志；"中途遇险"则展示了女性群体的成长过程；"苇塘歼敌"的经过描写女性们经历了战斗的洗礼。到

---

① 茅盾：《反映社会主义跃进的时代，推动社会主义时代的跃进》，载《人民文学》，1960年第8期。

秋季,她们已经成长为英勇的战士了。作品文笔婉约而流畅,感情的抒发和人物感情的叙写,都同景物与人物的描绘自然地融合,具有浓郁的浪漫主义色彩和抒情诗的韵致。孙犁的作品具有浓郁的泥土芳香,激荡着作者对故乡的爱。孙犁的小说对美有一种特殊的追求,他着力描写、赞扬故乡的风光美和人情美。孙犁的小说从不堆砌华丽的辞藻,而是用平易单纯的文字,写出人物的内在美,生活斗争和自然风光的诗意。他的作品看似平淡而显出新鲜,于简朴中含着隽永,轻柔中透出刚强。他的作品没有故作离奇,然而主人公的遭遇和命运却扣人心弦。于自然景物,作者轻轻勾勒、浓淡适宜。他对白洋淀水乡的人物景色的描写,字里行间洋溢着深挚感情。

孙犁特别擅长描写农村的劳动妇女,不仅有一种描写她们的美丽容貌的特殊素养,而且更深入她们丰富、复杂的感情世界,从她们命运的变化反映时代风云变幻。他笔下的劳动妇女都是那样坚贞美丽、活泼可爱,对待自己的亲人温柔多情、细致体贴,对待敌人则是英勇顽强、不屈抗争,显示出解放了的妇女的本色。小说《荷花淀》和《嘱咐》中的水生嫂,《采蒲台》中的小红母女,《光荣》中的秀梅,《富儿梁》中的妇救会主任,都表现了解放区劳动人民的优秀品格。

孙犁的作品对青年作家很有影响。50年代,京、津地区有一大批青年作者积极主动地学习孙犁的风格,效仿孙犁的路子写小说,如刘绍棠、从维熙、韩映山等,被称之为"荷花淀派"(也称"白洋淀派"),孙犁自然成为这一流派的领军人物。

20年代末30年代初,丁玲的创作发生了很大的变化。她所关注的对象由都市中的自由女性转变为革命知识分子和劳苦大众,由精神世界的矛盾与苦闷变为现实世界的革命和斗争。1936年丁玲到达陕北根据地,在现实生活的触动下,创作出《我在霞村的时候》、《在医院中》、《夜》等小说。

《我在霞村的时候》表现了"我"对贞贞的同情与对新政权体制下落后的思想观念的警惕与批判,对陈腐观念下妇女们生存状态的关注,标志着丁玲心中女性意识的复归。贞贞与同村青年相好,却被父母包办给米铺老板当填房。她企图反抗,希望到天主堂当姑姑,却被进村扫荡的日寇掠去,沦为随军妓女。她在险恶的环境中,利用身份之便,多次为抗日部队传递情报。但村里人却仍然将她看得"比破鞋还不如",是"缺德的婆娘",贞贞成为她们茶余饭后的谈资。她先前的恋人对她还是一往情深,她却不愿在村里人的同情或鄙视中苟活,最后她离开故乡奔赴延安,去追寻别样的生活。《在医院中》一方面揭露了革命队伍中像何华明那样的工农干部的阴暗心理,一方面刻画了具有独立意识和批判精神的陆萍的形象。从上海一个产科学校毕业的陆萍,"她是一个富于幻想的人,而且有能耐去打开她生活的局面",参加革命工作后,发现不识字、庄稼汉出身的医院院长、放牛娃出身的指导员对医务是外行,他们既不尊重知识又不尊重人才,一些本可不必截肢的伤员因此而失去了手脚,陆萍以全副精力来改变医院乱糟糟的情形,得到的却是诽谤、中伤和一顶顶可怕的帽子。令人吃惊的是医院的工作人员也都愚昧麻木,不好好工作,聚在一起就嚼人舌根,"互相传播着谁又和谁在谈恋爱了,谁是党员,谁不是"之类的事。陆萍与整个环境都格格不入,以至于夜夜失眠,陷于一种剧烈的内心冲突中。"她永远相信,真理是在自己这边的"。陆萍的形象体现出丁玲作为一个知识分子的独立意识和批判精神。

《太阳照在桑干河上》写于1947年到1948年。出版后引起很大反响,并荣获1951年度斯大林文学奖金二等奖。这部作品代表着解放区长篇小说创作的突出成绩。小说描写1946年华北农村的土改斗争,以暖水屯为主要活动空间,以工作组领导群众揭露狡猾、隐蔽的大地主钱文贵为线索,反映了错综复杂关系中人与人之间的微妙斗争,作品在有限的篇幅里尽可能地表现了生活的复杂性。作者不是简单地表现农民与地主的矛盾,不是从概念和公式出发去反映土改斗争,而是把延续千百年的中国农村封建关系和社会情况真实生动地表现了出来。小小的暖水屯阶级阵线虽然基本清楚,但人们的关系却犬牙交错。富裕中农顾涌既把大女儿嫁给了外村富农胡泰的儿子,和本村地主钱文贵又是儿女亲家;与此同时,他的一个儿子参加了人民解放军,儿媳妇出身贫农,另一个儿子在村里当青联主任,是个积极要求上进的干部。钱文贵是群众最痛恨的恶霸地主,可是他的亲哥钱文富却是个老实的贫农,堂弟钱文虎又是村农会主任。他的侄女黑妮和农会主任程仁有着较深的感情。侯忠全是地主侯殿魁的佃户,一生受着侯家沉重的压榨和剥削,然而他和侯殿魁又是堂叔侄的关系。斗争最坚决的积极分子贫农刘满,他哥哥刘乾却当过伪甲长,然而那又是钱文贵等硬逼着他干的。这一切都形象地表明,农村的阶级关系是多么微妙复杂,农村的阶级斗争正是在这样复杂的条件下,在无声的刀光剑影中激烈地进行。小说在这些方面的独到成就,使它超过了同一时期同类题材的其他作品。小说通过描写土改斗争给这个村子带来的震动,以主要篇幅写了构成暖水屯基本矛盾的农民和地主两个方面的代表人物:张裕民、程仁以及钱文贵、李子俊等。对于张裕民这个暖水屯的第一个共产党员,作品突出了他沉着、老练、忠心耿耿的品质,他虽然有过一些缺点,有一段时间他思想模糊,怕斗不倒钱文贵自己不好办,但他大公无私,冲锋在前,一旦下了决心便勇猛顽强,坚决果敢。他在群众中很有威信,在干部中有号召力,在村里处于举足轻重的地位。和张裕民一样从小受地主剥削的长工程仁,朴实憨厚,对地主阶级有本能的仇恨。因为和钱文忠的侄女黑妮的关系,他在斗争中也有思想矛盾,总感到有什么东西"拉着他下垂"。但他在斗争的暴风雨中还是站稳了自己阶级的立场,坚决和广大群众一道向地主阶级进行了勇敢的斗争。他和张裕民都像璞玉,虽有瑕疵,终掩不住本身的光辉。恶霸地主钱文贵老奸巨猾,土改之前就让儿子钱义去参军,土改时又搞美人计逼迫侄女黑妮去找农会主任程仁，他伙同白娘娘、任国忠搞迷信、播谣言，利用女婿张正典欺压贫农，妄图转移斗争目标。地主李子俊的老婆也被刻画得惟妙惟肖、入木三分。开始她装得百依百顺，想以此软化欺骗前来清算她家的贫雇农们，当这一着失灵时，虽然表面上还要强装笑脸，内心却恶毒咒骂斗争她的农民。特别是她在果树园中的心理活动，把一个地主婆在土改中的阴暗心理揭示得淋漓尽致，作者写出了一个具有鲜明阶级性和个性的人物。《太阳照在桑干河上》不愧为一部反映土改斗争的优秀作品，它在艺术上的成功标明了延安文艺座谈会以后长篇小说创作达到的新高度。

第七章 新　　诗

第一节　概　　说

在"五四"新文化运动背景下,新文学的诞生最早是从新诗开始的。一些留美留日青年,受域外文艺思潮的影响,试图把西方诗歌的自由抒写方式移植到中国新诗创作中来,以打破旧体诗的音韵格律对自由抒写的束缚。现代新诗是在反抗文言旧诗传统中诞生的。1917年2月,《新青年》发表胡适的《白话诗八首》,这被看作是现代中国最早出现的白话诗。1920年3月,上海亚东图书馆出版的胡适的《尝试集》,是现代中国第一部个人白话新诗集。《尝试集》努力从中国古典诗歌的传统形式中挣脱出来,具备了现代汉语抒情诗形式的雏形,但尚缺乏想象,缺乏诗歌韵味,不足以代表"五四"狂飙突进的时代精神。

1919年,郭沫若开始陆续在上海《时事新报》副刊《学灯》上发表新诗。从1920年1月起,郭沫若的《地球,我的母亲》、《凤凰涅槃》、《炉中煤》、《天狗》等独具个性的诗作陆续在此副刊上发表。1921年8月,郭沫若的第一部诗集《女神》由上海泰东书局出版。《女神》充分体现了诗的抒情本质与诗的个性化,在形式上把"诗体解放"推到了极致,创造了自由体诗的新格局,因此被看作是中国新诗的奠基之作。

白话新诗在1922年以后取得了重要的影响,基本上取代了文言旧诗在文坛上的正宗地位。但对用白话写诗时间尚短的"五四"诗人来说,仍未把握白话语言的声音特性和语体特性,新诗创作出现了过分"散文化"倾向,胡适的白话诗带着"缠脚时代的腥气",郭沫若的自由诗抒情缺少节制。从1923年起,新诗的诗化成为诗坛共同关注的问题。以闻一多、徐志摩为代表的新格律诗,以李金发为代表的象征诗,以冯至为代表的抒情叙事诗,都是这种努力的代表。

新格律诗派试图通过格律化的努力建立"中国式"的新诗。新格律诗派缘起于1923年胡适、徐志摩、闻一多、梁实秋、陈源等人发起成立的新月社,新月社开始是个俱乐部性质的团体,其后,因提倡现代格律诗而成为诗坛上有影响的社团,"理性节制情感"是新月派的美学原则。1926年4月1日,由徐志摩主编的《晨报副刊·

诗镌》创刊，标志着"新格律诗"运动的开始，也标志着现代新诗史上一个重要的诗歌流派——新月派的正式形成。以《晨报副刊·诗镌》为中心，集中了徐志摩、闻一多、朱湘、饶孟侃、孙大雨、刘梦苇等一大批才华横溢的诗人。徐志摩在《诗刊弁言》中说："我们信完美的形体是完美的精神唯一的表现。"同年5月，闻一多在《诗镌》上发表《诗的格律》一文，提出著名的新格律诗"音乐美、绘画美、建筑美"的"三美"主张。

几乎在新月派活跃的同时，象征派的诗也出现在中国的诗坛上。1925年11月，北新书局出版了李金发的第一部诗集《微雨》，标志着中国象征派诗歌的产生。李金发感应着"五四"落潮后许多小资产阶级知识分子心灵深处郁结的时代忧伤，也感应着西方现代社会的诸多病态心理，从法国象征主义诗人波德莱尔、马拉美、魏尔伦等的诗中学会了摹写人生痛苦和心灵忧伤的方法。朱自清说，留法的李金发是一支异军，"他要表现的是'对于生命欲揶揄的神秘及悲哀的美丽'。讲究用比喻，有'诗怪'之称"①。象征诗派的出现，矫正了"五四"诗坛浅俗直白的诗风，增加了新诗内在的诗质美。

和李金发的象征诗同时表现"五四"落潮后知识分子心理的，还有冯至的叙事抒情诗。"五四"落潮后，一些失去了狂飙突进气势的诗人们躲进象牙塔，以叙事长诗来描写人性，他们倾向于两种题材：古代神话传说和婚姻恋爱悲剧。冯至从1923年起做了四首"堪称独步"的抒情性叙事长诗《吹箫人》、《帷幔》、《寺门之外》、《蚕马》，都是用神话传说来叙述缠绵悱恻的爱情悲剧。冯至是在郭沫若《女神》的影响下开始诗歌创作的，但却表现出与《女神》不同的艺术特色，他以"半格律体"和幽婉的风格创造出一种节制的美和曲折含蓄的现代诗风，被鲁迅称赞为"中国最杰出的抒情诗人"。

1927年的"四一二"反革命政变带给知识分子巨大的心灵震撼，从而引起思想文化界出现新的组合。一部分知识分子既不满现实，又无力改变现实，既不愿效命于国民党，又惧怕无产阶级革命，企图超然世外，到心造的幻想和艺术的象牙塔中去躲避，这部分人构成了现代派诗歌的作者群。而另一部分革命情绪高涨的知识分子，面对20年代末开始的疾风暴雨式的阶级斗争和日益逼近的民族危机的现实，逐渐认识到诗人在这样的历史时期，仅仅表现个人情感是不够的，必须展示社会现实斗争，必须将诗歌作为鼓舞革命斗志的有力思想武器。30年代的诗歌由此呈现出两种不同的风貌：一是以戴望舒为代表的"贵族化"（纯诗化）的现代派诗歌的崛起；一是以普罗诗派、中国诗歌会为代表的"大众化"（非诗化）的革命诗歌的

---

① 朱自清：《中国新文学大系·诗集·导言》，见赵家璧主编《中国新文学大系》，上海良友图书印刷公司，1935年，第7页。

活跃。

现代诗派是"后期新月派"与象征派的合流。1928年创刊的《新月》月刊,是"后期新月派"形成的标志。后期新月派在30年代初发生分化,一些重要诗人已经明显地显示出向现代派过渡的倾向。与此同时,后期象征派也发生分化,原本属于象征派的成员戴望舒在1929年4月出版诗集《我的记忆》,诗集中《我的记忆》一诗,既被看作是其诗歌艺术探索上的一次转折,也被看作是现代派诗歌的起点。

1932年5月,施蛰存主编的《现代》杂志在上海创刊,宣告了现代派的正式亮相,"现代派"也因此刊物而得名。《现代》杂志从1932年6月起,自称其诗是"意象抒情"诗。抗战前的"意象抒情"诗人重在表现现代人在现代都市生活环境中形成的现代病,感伤、忧悒、哀怨、迷茫、苦闷是诗歌主色调。抗战爆发后,面对民族的深重灾难,一部分现代派诗人终于从个人浅唱低吟的情绪中走了出来,开始热情歌唱民族解放斗争。后期现代派的诗风,以戴望舒为代表,被称为主情派,更倾向于诗意的现实感性;以卞之琳为代表,被称为主智派,更倾向于诗美的现代知性。

革命诗派在30年代以高昂的战斗激情领诗坛风骚。1925年,蒋光慈出版的诗集《新梦》开启了普罗诗歌的创作,1928年2月和3月,郭沫若的诗集《前茅》和《恢复》出版,则代表着无产阶级诗歌运动的开始。30年代初"红色鼓动诗"诗人殷夫继承了蒋光慈开创的政治抒情诗和郭沫若开创的无产阶级诗歌的传统,成为最重要的政治抒情诗人。1932年正式亮相的"中国诗歌会",主张诗歌大众化,被看作是以新月派和现代派作为对立面而成立的诗歌社团,是继殷夫之后最重要的左翼诗歌力量,也是当时无产阶级文学的一个重要组成部分。1936年"国防诗歌"口号的提出使诗歌大众化运动达到高潮。

1937年7月7日爆发的抗日战争,对中国现代文学产生了极大的影响,从此时开始的八年抗战和随后进行的三年内战,使中国一直处于动荡的战争时期,所有的文学创作都打上了战时的烙印。在此时期的诗坛上,最为重要的是以现实主义为特征的"七月诗派"和以现代主义为特征的"中国新诗派"。

1937年9月胡风主编的《七月》杂志在上海创刊,在《七月》上发表诗歌的有艾青、田间等30多位诗人,他们形成了一个风格相近的诗歌流派——七月派。在他们的创作中,政治抒情诗占有很大比重,内容多充满爱国主义激情,呼唤人们的抗敌斗志。艺术上不讲究诗句的雕琢、修辞,注重以炽烈的激情去撞击人们的心灵,质朴、粗犷、奔放是七月派诗人共有的艺术特色。

"中国新诗派"是40年代生活在国统区的现代诗派,这个流派主要成员有九位:辛笛、陈敬容、唐祈、唐湜、穆旦、杜运燮、袁可嘉、郑敏、杭约赫。他们以《诗创造》和《中国新诗》为中心形成一个以现代主义为特色的诗派。1981年,江苏人民出版社出版了这九位诗人的选集《九叶集》,此后,人们便称他们为"九叶诗派"。九叶诗人对现代人生存处境的沉思,对人生痛苦的勇敢逼视和自觉承担,在自我搏斗中对生命意识的捕捉与把握,显示出现代人灵魂的丰富与深刻。在艺术上,里尔克对世界静观默审的方式(以实写虚,虚实结合,寓动于静,动静相宜),奥登对现代人作心理探索的手法(第三人称客观叙述代替第一人称主观抒情),艾略特对现实清醒理性的洞察(布置戏剧情景,设计戏剧结构),以及传统现实主义对社会人生的深切关注,都对九叶诗人的创作产生了影响。

40年代后半期,被后来称为民歌体的新诗在解放区农村逐渐成熟,解放区的民歌体新诗,为诗歌的民族化、大众化作出了贡献。民歌体新诗的突出成就表现在长篇叙事诗中。李季的《王贵与李香香》和阮章竞的《漳河水》是代表性的长篇叙事诗,它们都是在毛泽东《在延安文艺座谈会上的讲话》影响下产生的优秀艺术成果。

综上所述,20世纪前半叶的中国新诗,自诞生以来就一直处于不停的革新运动过程中。从新诗自身发展规律来看,其每一个发展阶段出现的新的诗体和流派,几乎都是为了克服前一种诗体和诗歌流派的危机应运而生的。不同诗体和流派先是相互并立、对峙,后又总是交融于民族化、现代化的新诗发展总趋势中。从新诗运动的外部环境看,新诗发展离开不了时代社会和各种文化因素的影响和制约。

第二节 郭沫若的《女神》等诗集

郭沫若(1892—1978),生于四川乐山沙湾,1914年春赴日本留学,接触了泰戈尔、歌德、莎士比亚、惠特曼等外国作家作品,同时受斯宾诺沙泛神论思想影响。1919年"五四"运动爆发,他在日本福冈发起组织救国团体夏社,并积极投身新文化运动。1921年与郁达夫、成仿吾等人组织创造社,编辑《创造季刊》,并出版第一部新诗集《女神》。

闻一多曾描述说:"五四"时期的青年"心里只塞满了叫不出的苦,喊不尽的哀。他们的心快塞破了,忽地一个人用海涛底音调,雷霆底声响替他们全盘唱出来了。这个人便是郭沫若,他所唱的就是《女神》"[①]。

破旧立新的精神贯穿在《女神》的绝大多数重要篇章中,代表作《凤凰涅槃》强烈地体现了"五四"狂飙突进的时代精神。诗歌的前半部分,以凤与凰的对唱,对社会、人生、宇宙提出质问,情绪忧愤。随后,以壮烈场面展现了凤凰的自焚,诗的后半部分,则欢快明朗地欢呼凤凰在烈火中的更生。凤凰的双双自焚,乃是与旧世界旧我彻底决绝的反抗行动,是叛逆精神的强烈爆发,烈火中更生的凤凰则象征着新中国新我的再生。在《我是个偶像崇拜者》中,诗人否定一切人为的偶像,否定一切

[①] 闻一多:《〈女神〉之时代精神》,见《闻一多论新诗》,武汉大学出版社,1985年,第61页。

扼杀生机的旧传统,表现出对封建权威的极度蔑视,同时表白自己崇拜自然界与社会生活中一切象征生命的事物。《立在地球边上放号》中相信不断地毁坏和不断地创造正是万物万事发展的法则。《匪徒颂》将列宁、罗素、尼采等富有创新精神的人物一起赞颂,表达了要步其后尘、执着反抗的坚决意志。《地球,我的母亲》礼赞作为创造者的工人和农民,礼赞他们的劳动和创造,洋溢着诗人飞扬凌厉的朝气和创造新生活的热情。

"五四"时期最神圣的热情是追求个性解放和情感解放,《女神》中个性解放和情感解放的呼声是通过对"自我"的发现和对自我价值的肯定表现出来的。《天狗》中的"天狗"冲决一切罗网、破坏一切旧事物的强悍形象,正是"五四"时代个性解放的要求在诗篇中极度夸张的表现。《浴海》中的自我形象,也同样是实现自我个性解放情感的宣泄。《地球,我的母亲》中将个性解放和劳苦大众的利益连接在一起,将个性解放作为社会、民族、国家解放的前提。

《女神》是中国浪漫主义新诗的开山之作。浪漫主义重主观想象的表达方式在《女神》集中随处可见。郭沫若受柏格森生命哲学影响,使浪漫想象弥漫于他的诗篇之中,使人感到无处不在的神奇力量和生命活力。在诗人的想象中,他可以"立在地球边上放号"、"立在大海尽头紧觑"太阳、可以吞掉日月星辰和整个宇宙。诗人这种极度夸张的奇特想象最能表现强烈的个性解放要求和对旧世界的叛逆反抗精神。

浪漫主义还强调表现自我。《女神》中的抒情主人公,用"无限"的能量,尽情地展示自己,《凤凰涅槃》借凤之口,尽情展示对腥秽旧中国的彻底赌咒:

    啊啊!
    生在这样个阴秽的世界当中,
    便是把金钢石的宝刀也会生锈!
    宇宙呀,宇宙,
    我要努力地把你诅咒:
    你脓血污秽着的屠场呀!
    你悲哀充塞着的囚牢呀!
    你群鬼叫号着的坟墓呀!
    你群魔跳梁着的地狱呀!
    你到底为什么存在?
    ……

郭沫若力倡"主情主义",强调诗歌是内心情感、情绪的表现,把中国新诗从"摹仿自然"阶段推向了"表现自我"阶段。

在诗歌形式上,《女神》完全冲破了旧诗格律的束缚,诗节、诗行长短无定,韵律无固定格式,为诗歌的革新和创造树立了榜样,是中国自由体新诗的第一个高峰。郭沫若相信诗的本质专在抒情,他说:"我想我们的诗只要是我们心中的诗意诗境底纯真的表现,命泉中流出来的 Strain,心琴上弹出来的 Melody,生底颤动,灵底喊叫;那便是真诗,好诗。"①

郭沫若以酒神似的狂醉姿态写诗,强调直觉、直观和灵感对诗人的重要,敢于直率地呼喊,在词汇、句式上不避重复,从而构成了紧张热烈的节奏与激昂的音调,贴切地体现了"五四"时代的激昂情绪。但诗人有些诗篇把形式的自由强调到极端的地步,造成有的诗情绪的宣泄一泻无遗,有的诗过于散文化,因此有人批评其诗为空洞的叫喊。但无论如何,《女神》所体现的"诗体大解放"和"情感大解放"使其成为"五四"时期中国新诗的开拓之作。

第三节　闻一多、徐志摩等的诗

闻一多(1899—1946),本名闻家骅,湖北浠水人。1913年考入清华学校后改名为一多。闻一多在清华学习了九年,1922年赴美留学,学习西方的素描和油画,并参加了纽约中国留学生组成的同仁政治团体——大江会。大江会提倡文化国家主义,文化国家主义的核心理念是主张谋中华政治的自由发展,图中华经济的自由抉择,及中华文化的自由演进。大江会倡导的文化国家主义深刻影响了闻一多一生的生活和创作。1923年9月,闻一多的第一部诗集《红烛》由上海泰东书局出版,同时发表了重要诗论《〈女神〉之时代精神》和《〈女神〉之地方色彩》等。1925年闻一多回国,和徐志摩等人一起创办诗社和新月书店。1928年闻一多的第二本诗集《死水》由新月书店印行。

闻一多早期代表作《红烛》唱出了诗人崭新的人生价值观,充满浓郁的抒情色彩和瑰丽的艺术想象,具有鲜明的浪漫主义特色。诗人一开始就引李商隐的名句"蜡炬成灰泪始干",提出了现代人的问题:"红烛啊!／为何更须烧蜡成灰,／然后才放光出?／一误再误;／矛盾!／冲突!"红烛为他人发光须以自我的毁灭为代价,在现代人眼里这的确是实现自我价值的迷误,深藏着痛苦的"矛盾"与"冲突"。但诗人清醒乐观地指出:"不误!不误!"原来红烛自我价值的实现,就在于燃烧自己、创造光明的过程中!红烛的流泪也好,成灰也好,都是为了一个崇高的目的:"烧破世人的梦,／烧沸世人的血——／也救出他们的灵魂,／也捣破他们的监狱!"在这里,诗

---

① 郭沫若:《致宗白华信》,见《三叶集》,上海书店,1982年,第6页。

人歌颂的红烛精神与品格,实际上是包括诗人自己在内的先觉者们精神与人格的剖白。"红烛啊!/'莫问收获,但问耕耘。'"这一点题似的警句,凸显了全诗情感的分量。鲁迅先生曾说,"五四"退潮后青年们的心境大体是"热烈而悲凉"的,但其中一些人毕竟是有热血的觉醒者。红烛的意象映现了一切有热血的觉醒者和创造者的灵魂。这首诗在形式上仍保持自由的诗形,是诗人《红烛》时代诗歌艺术探索的一个总结。

闻一多在《诗的格律》一文中认为,诗之所以能激发情感,完全在它的节奏,而节奏便是格律。格律分两方面:视觉方面和听觉方面,视觉方面是指"节的匀称,句的均齐",听觉方面是指"有格式,有音尺,有平仄,有韵脚"。在此基础上,他提出"三美"主张,即音乐美(音节)、绘画美(词藻)、建筑美(节的匀称和句的均齐)。

诗人成熟期代表作《死水》表现了诗人的"三美"主张。年轻的浪漫主义诗人,怀抱对"如花"祖国的热情,从异国留学归来,然而横亘在眼前的满目疮痍和黑暗现实,使他发出了绝望的歌唱。诗人先是唱死水的凝滞,唱死水的肮脏,再唱死水的腥臭,唱死水的沉寂……诗人唱出了爱国青年对现实绝望后的痛苦心声。诗人的心声就凝聚在一个震人心弦的意象——"一沟绝望的死水"里。诗人让秾艳具体的意象说话,作者的诅咒、绝望和反讽,全隐藏在这些意象背后,让人回味。在表现形式上,全诗共五节,每节四行,每行为九言,各节的每行诗又以四音尺为主,从第一行"这是/一沟/绝望的/死水"起,以后每一行都是用三个"二字尺"和一个"三字尺"构成,所以每一行的字数也是一样多,读起来有音乐的节奏感。全诗的音尺、押韵、色彩、意象、匀称的诗行,体现了闻一多建筑现代格律诗的"三美"理想。

徐志摩(1897—1931),出身于浙江海宁一个富商家庭。1915 年毕业于杭州一中,先后就读于上海沪江大学、天津北洋大学和北京大学。1918 年赴美国学习银行学。1921 年赴英国留学,入伦敦剑桥大学当特别生,研究政治经济学,后兴趣逐渐转向文学,受欧美浪漫主义和唯美主义思想影响,开始从事新诗创作。1922 年回国,被聘为北京大学教授。1925 年 10 月起任北京《晨报副刊·诗镌》主编,积极推进新诗格律化。徐志摩出版诗集共有四部:《志摩的诗》(1925 年)、《翡冷翠的一夜》(1927 年)、《猛虎集》(1931 年)、《云游》(1932 年)。

徐志摩称自己"是一个有过单纯信仰的人"。胡适把他的"单纯信仰"解释为"爱"、"美"、"自由"。靠着这种单纯的信仰,徐志摩坚持自己对诗人的理解:"诗人也是一种痴鸟,他把他的柔软的心窝紧抵着蔷薇的花刺,口里不住的唱着星月的光辉与人类的希望,非到他的心血滴出来把白花染成大红他不住口。"[1]靠着高雅的灵性和悟性,将个人的真情流露和人类普遍的人性体验完美结合,这是徐志摩诗最

---

[1] 徐志摩:《猛虎集·序》,见顾永棣编注《徐志摩诗全集》,学林出版社,1992 年,第 584 页。

打动人的地方。如离别诗《沙扬娜拉——赠日本女郎》：

最是那一低头的温柔，
　　像一朵水莲花不胜凉风的娇羞，
道一声珍重，道一声珍重，
　　那一声珍重里有蜜甜的忧愁——
沙扬娜拉！

在这首诗里，日本女郎的婉约柔情，江南才子的细腻温情，别离之际的依依真情等，得到了最佳体现。梁实秋说："志摩的诗之异于他人者，在于他的丰富的情感之中带着一股不可抵抗的'媚'。"①

诗作《再别康桥》充分体现了徐志摩诗歌的"媚"，也体现了诗人游学西方所形成的诗化人生态度，以及对诗歌"三美"理论的实践，尤其是对音律美的追求。此诗作于1928年11月6日诗人再次赴英回国途中的南中国海上。在诗人心底，康桥是人间美之所在，在康桥，"说也奇怪，竟像是第一次，我辨认了星月的光明，草的青，花的香，流水的殷勤"②。"康桥情结"贯穿在徐志摩一生的诗文中，诗人一生憧憬的政治理想——英国式的资产阶级民主共和国，也在此形成。然而在军阀混战的中国社会，诗人的政治理想终归幻灭，一声"再别"，包容了诗人多种的情愫。

这首诗的意境优美动人。诗人抓住了"金柳"、"波光"、"青荇"、"星辉"等具体而生动的形象，勾勒出无比美丽的康河晚景。面对这如梦如幻的康河美景，诗人陷入了对往昔留学生活的美好回忆，然而美好回忆终归被现实的离别所打断，康桥美景依旧，而自己追求的美好理想却可望不可即，诗人的惆怅随即也感染了康桥，于是相对无语一片沉寂。在一片沉寂中，诗人带着貌似洒脱实则惆怅的心情再次悄悄别离。

在艺术形式上，全诗分七节，每节四行，每行有规律的错落排列，整齐而不板滞，活泼而有法度。在音韵上，全诗大体每行三顿，每节一韵，随节变换，复沓句式的采用，读起来抑扬顿挫，回环往复，有一种轻柔的格调和动态的美感，非常适合表达作者"寻梦"的心情和"悄悄"离别的气氛。

《再别康桥》的气息与韵味，深受英国诗人曼殊斐儿的影响。徐志摩翻译过曼殊斐儿的诗，在译诗前面徐志摩用一篇小记来揭示曼殊斐儿诗歌的独特气息

---

① 见梁实秋：《谈徐志摩》，台北远东图书公司，1976年，第41页。
② 徐志摩：《我所知道的康桥》，见《徐志摩美文精粹》，作家出版社，1992年，第130页。

与韵味:"一种单纯的神秘的美永远在她的笔尖上颤动着。她一生所想望,所追求的是一种晶莹的境界;在人格上,在思想上,在表达的艺术上,她永远凝视着那一个憧憬。"[1]徐志摩赞美的曼殊斐儿文笔的特点,在其《再别康桥》中也有所表现。

第四节　冯至、李金发等的诗

冯至(1905—1993),原名冯承植,河北涿县人。1921年考入北京大学预科,对诗歌发生兴趣,开始新诗创作。1923年参加浅草社,1925年发起组织沉钟社。1927年毕业于北京大学德文系,同年出版第一部诗集《昨日之歌》,1929年出版第二部诗集《北游及其他》。1930年赴德国留学,研究文学和哲学,1935年获德国海德堡大学哲学博士学位,回国后曾在同济大学、西南联合大学、北京大学任教。1942年5月,诗集《十四行集》出版。

冯至早期诗作受到中国晚唐诗、宋词和德国浪漫派诗人的综合影响,具有风格幽婉意象新颖的特点,诗句在一定形式的约束下生动活泼、舒卷自如。如《昨日之歌》中的《吹箫人》、《帷幔》、《蚕马》、《寺门之外》等叙事诗,显示了中国新诗中叙事诗创作最早的一部分成果。此外,冯至诗作感受的深切和感情的浓烈与幽婉的表达方式构成的曲折张力,读来耐人寻味。如《蛇》以冷冰冰的蛇之意象隐喻炽热的相思,表面的无情反衬内在的深情。《蚕马》一诗三个起段里反复吟唱两句话:"只要你听着我的歌声落了泪,就不必探出窗儿来问我'你是谁?'"感情热烈,但表达方式又十分委婉曲折。

冯至第二时期诗作以《十四行集》为代表。《十四行集》是"思"与"诗"融合后产生的上升到生命哲学的诗,作者化用西方十四行诗的形式来表达含蓄而错综的日常生活情感,显示了沟通中西诗艺的实绩。冯至的"这集子可以说建立了中国十四行的基础,使得向来怀疑这诗体的人也相信它可以在中国诗里活下去。无韵体和十四行(或商籁)值得继续发展;别种外国诗体也将融化在中国诗里"[2]。

李金发(1900—1976),原名李淑良,笔名金发,广东梅县人。1919年赴法勤工俭学,在法国象征派诗歌特别是波德莱尔《恶之花》的影响下,开始诗歌创作。1925年初回国执教,同年加入文学研究会,并为《小说月报》、《新女性》撰稿。出版的诗集有《微雨》(1925年)、《为幸福而歌》(1926年)、《食客与凶年》(1927年)等。

李金发的诗反映了"五四"之后一些知识分子面临茫然前途时产生的悲观绝望情绪。李金发诗歌中的抒情主人公总是显得异常孤独无援、衰弱不堪,常常怀揣一

---

[1] 徐志摩译:《曼殊斐儿诗三首》,载《长风》半月刊,1930年8月15日。
[2] 朱自清:《诗的形式》,见《新诗杂话》,作家书屋,1947年,第102页。

颗"多疑的心"(《超人的心》),横陈在眼前的是"无数蝼蚁之宫室"(《生活》),自身如一个拄着手杖的孤苦老人,一个人走在"广漠之野"(《手杖》),灵魂如"可死的生物"、"树根下的浅草"(《我的灵……》),生命是"死神唇边的笑"(《有感》)。

收在《微雨》开篇的《弃妇》一诗,突出代表了李金发诗歌的特征。诗歌开头第一节,是弃妇自述被遗弃后的痛苦感受:"长发披遍我两眼之前,/遂隔断了一切羞恶之疾视,/与鲜血之急流,枯骨之沉睡。/黑夜与蚊虫联步徐来,/越此短墙之角,/狂呼在我清白之耳后,/如荒野狂风怒号:/战栗了无数游牧。"清白的女性无故遭弃,陷入心如死灰、与世隔绝的状态,由于生命力的枯竭,就连耳边嗡嗡的蚊声,在她听来也足以使她战栗,感觉自己如同狂风怒号的荒野中战栗的游牧。

在第二节里,诗人用新奇的意象进一步表现弃妇的孤绝心境,在这里,弃妇的哀戚只有让游蜂知道,只有投诸山泉,只有随红叶飘零:"靠一根草儿,与上帝之灵往返在空谷里。/我的哀戚唯游蜂之脑能深印着;或与山泉长泻在悬崖,/然后随红叶而俱去。"从第三节开始,诗歌从第一人称变为了第三人称,从第三者所见的弃妇的行动来描述弃妇的哀戚和绝望:"弃妇之隐忧堆积在动作上,/夕阳之火不能把时间之烦闷/化成灰烬,从烟突里飞去,/长染在游鸦之羽,/将同止于海啸之石上,/静听舟子之歌。//衰老的裙裾发出哀吟,/徜徉在丘墓之侧,/永无热泪,/点滴在草地/为世界之装饰。"弃妇的隐忧和烦闷,夕阳之火也不能将它化为灰烬,只好随同游鸦止息于海啸之石上,静听舟子之歌。但这也无济于事,随着岁月的流逝,弃妇陷于孤苦无告的境地,泪水已流干,唯一的出路就是死亡。

李金发确实从法国象征派那里学到了新的表现技巧与创造意象的方法。从全诗来看,李金发将颓废的人生哲学和新奇的意象比喻凝聚于短短的抒情旋律中,表达了深刻的人生体验。但由于李金发诗作文字的意义甚为朦胧,用不同于常态的联想、隐喻、幻觉、暗示等手段描绘意象,追求一种在朦胧中暧昧的美,加上诗行的上下句之间缺乏明显的逻辑关联,读者只有通过想象和推测才能领悟诗意,这在客观上造成了诗歌的晦涩与读者理解上的困难。

第五节 殷夫和中国诗歌会的诗

殷夫(1909—1931),浙江象山人,笔名白莽等。1928年开始在进步刊物《奔流》和《列宁青年》上发表革命诗歌。1929年起,在党的领导下从事工人运动,曾经几次被捕,出狱后继续坚持革命工作。1930年3月加入"左联",1931年1月在上海被捕,2月7日与柔石、胡也频等左翼青年作家一起,被国民党秘密杀害于上海龙华。

作为左翼文学中的诗人,殷夫诗歌创作个性的形成,与一个成熟的职业革命家的成长联系在一起。诗人在"四一二"反革命政变两周年之际,写下了《别了,哥哥》一诗,诗中对哥哥的手足亲情和自己对共产主义的坚定信仰都表现得非常鲜明,当革命信念和手足亲情的矛盾不可调和的时候,诗人写道:"别了,哥哥,别了/此后各走前途/再见的机会是在/当我们和你隶属着的阶级交了战火。"《别了,哥哥》是诗人与自己当国民党军官的哥哥决裂的真实诉述,也是一个无产阶级战士发自内心的宣言。

殷夫的政治抒情诗注重对于革命运动和革命实践的鼓动和记录,如代表作《1929年的5月1日》,再现了波澜壮阔的庆祝"五一"的示威游行。在游行的队伍中,诗人的心紧随着时代的脉搏跳动:"我不是我。我的心合着大群燃烧。"这类记录革命运动和实践的政治抒情诗,风格朴实、粗犷,节奏明快有力,刚健中透着清新之美。

殷夫的政治抒情诗代表了新诗自身发展的一种路向,因此鲁迅在《白莽作〈孩儿塔〉序》里,对殷夫的诗作了极高的评价:"这《孩儿塔》的出世并非要和现在一般的诗人争一日之长,是有别一种意义在。这是东方的微光,是林中的响箭,是冬末的萌芽,是进军的第一步,是对于前驱者的爱的大纛,也是对于摧残者的憎的丰碑。"[①]

以殷夫为起点,"太阳社"和后期"创造社"激进的革命诗人,掀起了鼓动性的红色叙事诗的创作热潮,并在1932年成立了左翼诗派——中国诗歌会。1933年2月,中国诗歌会在创办的机关刊物《新诗歌》旬刊的《发刊诗》里,表达了中国诗歌会诗人群共同的创作主张:

> 我们不凭吊历史的残骸,
> 因为那已成为过去。
> 我们要捉住现实,
> 歌唱新世纪的意识
> ……
> 压迫剥削,帝国主义的屠杀,
> 反帝,抗日,那一切民众的高涨的情绪,
> 我们要歌唱这种矛盾和它的意义,
> 从这种矛盾中去创造伟大的世纪。
> 我们要用俗言俚语,
> 把这种矛盾写成民谣小调鼓词儿歌。

[①] 鲁迅:《且介亭杂文末编》,见《鲁迅全集》第六卷,人民文学出版社,1973年,第495页。

我们要使我们的诗歌成为大众歌调,
我们自己也成为大众中的一个。

中国诗歌会主张"捉住现实",主张诗歌应当成为革命斗争的武器,更具体地说就是要反蒋抗日;提倡"大众歌调",就是要创作大众化的诗歌,使诗歌普及到群众当中去。中国诗歌会成立后,积极探索诗歌大众化的途径,出版"歌谣专号"、"创作专号"等。

蒲风(1911—1942)是中国诗歌会中最热心、最活跃的诗人,有诗集《茫茫夜》、《生活》、《钢铁的歌唱》、《摇篮歌》、《抗战三部曲》、《黑陋的角落里》,以及长诗《六月流火》、《可怜虫》等。蒲风积极实践中国诗歌会的创作主张,他的诗作紧紧抓住现实生活中两类迫切的主题:农村从苦难到觉醒的革命变革,人民抗日图存的强烈要求。《六月流火》通过农民反对国民党占地修公路的斗争,真切反映了国民党当局对苏区的军事围剿和共产党领导的农村革命的深入发展。在诗歌大众化方面,蒲风从理论到实践都进行了探索。他的作品,虽然艺术上缺少锤炼,但大多思想健康,感情充沛,语言通俗,诗风朴实,在摧毁旧世界、迎来新社会的斗争中,发挥了积极的作用。

第六节 戴望舒和《汉园集》三诗人的诗

戴望舒(1905—1950),浙江杭州人。1923年考入上海大学中国文学系,后转入震旦大学学法语,与施蛰存、杜衡同学,人称"文人三剑客"。1928年成名作《雨巷》在《小说月报》发表。1932年赴法国留学,1935年回上海,积极参加各种文学活动。1938年去香港主编积极宣传抗日的《星岛日报·星岛》副刊。1942年,日军占领香港后,以抗日罪被捕,狱中受到残酷迫害,不久被保释出狱,抗战胜利后重回上海。戴望舒出版的三部诗集分别是《我的记忆》(1929年)、《望舒草》(1932年)、《灾难的岁月》(1948年)。

戴望舒的创作,以抗战爆发为界,前后期风格差异较大。前期诗人接受格律诗派的影响,追求诗歌音律美,第一本诗集《我的记忆》中大多有此特点,《雨巷》是其中的代表诗作。全诗七节,每节六行,每节字数长短不一,参差不齐,大致押韵。全诗"丁香一样的"、"像我一样的"、"太息般的眼光"等诗句重复出现,"雨巷"、"姑娘"、"芬芳"、"惆怅"、"彷徨"、"默默"等词语一再反复。全诗一韵到底,起结重叠,首尾呼应,这样就造成了全诗回环往复的节奏,婉转流畅的旋律,这种节奏和旋律与诗情的起伏跌宕相契合,创造出迷离恍惚、低回蕴藉的氛围,从而谱写出一曲朦胧而神秘、轻柔而沉思的寻梦曲,恰当地表现了知识分子在大革命失败后的幻灭感和孤独感。著名诗人朱湘在给戴望舒的一封信中称赞《雨巷》在音节上"完美无瑕","兼采有西诗之行断意不断的长处"[1],叶圣陶称赞它"替新诗的音节开了一个新的纪元"[2]。

抗战爆发后,诗人的情绪和诗风发生了很大变化,诗人开始追求诗的内在情绪上抑扬顿挫的韵律美以及表现形式的散文美。他大胆突破新月派"三美"戒律,倡导更适应和更能传达现代人情感的自由体诗。《元旦祝福》、《狱中题壁》、《我用残损的手掌》、《等待》等表现爱国主义激情的诗篇,诗风悲壮激昂。

后期代表作《我用残损的手掌》是戴望舒在日寇铁牢中写下的一首撼人心魄、情真意挚的诗篇。全诗以幻象入诗,展现出辽阔、幽远的天地。诗篇一开始,在想象中,诗人用残损带血的手掌摸索被日本侵略者蹂躏的国土:"我用残损的手掌,/摸索这广大的土地;/这一角已变成灰烬,/那一角只是血和泥。"诗人对祖国的热恋,祖国在敌人刺刀和铁蹄下的受难,诗人的痛苦和爱憎隐藏在诗人心灵这"无形的手掌"对满是"灰烬"、"血和泥"的土地的摸索之中。"摸索"是想象中的心景。接下来的八行诗在想象性画面中极尽流露出诗人动的心态,如电影镜头的推移一般一个个迅速摇过:"这一片湖该是我的家乡,/(春天,堤上繁花如锦障,/嫩柳枝折断有奇异的芬芳,)/我触到荇藻和水的微凉;/这长白山的雪峰冷到彻骨,/这黄河的水夹泥沙在指间滑出;/江南的水田,你当年新生的禾草/是那么细,那么软……现在只有蓬蒿;/岭南的荔枝花寂寞地憔悴,/尽那边,我蘸着南海没有渔船的苦水。"每一种自然物象都有双重内涵,既是诗人对自然的感觉,也隐含诗人对祖国人民不幸命运的关切。飞跃性想象后面是概括性的诗句:"无形的手掌掠过无限的江山,/手指沾了血和灰,手掌粘了阴暗。"诗人用从未有过的明朗调子歌唱象征光明信念的辽远一角,抒写渴慕中的心景,与开头二、三行呼应:"只有那辽远的一角依然完整,/温暖,明朗,坚固而蓬勃生春。/在那上面,我用残损的手掌轻抚,/像恋人的柔发,婴孩手中乳。/我把全部的力量运在手掌/贴在上面,寄与爱和一切希望,/因为只有那里是太阳,是春,/将驱逐阴暗,带来苏生,/因为只有那里我们不像牲口一样活,/蝼蚁一样死……/那里,永恒的中国!"整首诗在前半段的抒情以流动的意象流展开,后半部分以静的意象群抒情,使这首诗的抒情具有变幻多姿的特点。戴望舒后期诗歌以舒卷自如、自然流动的口语入诗,其"散文入诗"的谈话风对后来以艾青为代表的自由体诗的创作,产生了极大影响。

在新诗创作中执著探索并形成自己独特风格的是《汉园集》诗人卞之琳、何其芳、李广田。1936年3月,这三位诗人出版了著名的新诗合集《汉园集》,他们因此

---

[1] 朱湘:《致戴望舒》,见罗念生编《朱湘书信集》,上海书店,1983年,第35页。
[2] 杜衡:《望舒草序》见《望舒草》,人民文学出版社,2000年,第5页。

被称作"汉园三诗人"。

何其芳(1912—1977),四川万县(现重庆万州)人。北京大学哲学系毕业,30年代初登诗坛,就以诗集《预言》引起读者的关注和喜爱。《预言》以表现青年的梦幻、个人的哀乐为主要内容,抒写个人微妙的内心世界,师承法国象征主义的表现手法,继承中国古典诗歌的优秀传统,成功营造了一个具有强烈抒情气息的诗歌艺术世界。《预言》是其中一首脍炙人口的爱情诗名篇:"这一个心跳的日子终于来临!/你夜的叹息似的渐近的足音……"诗人在梦幻中呼唤"年轻的神"的来临,要向它唱"沉郁"的"自己的歌",可是它终于如预言所说"无语而来,无语而去",消失在"微风飘过的黄昏里"。何其芳在诗歌中追求一种能引起读者内在情感震动的节奏感和诗句本身的波动性,使诗歌具有一种动人心弦的音乐效果,形成了这首诗精致细腻、摇曳多姿、似梦似烟的抒情个性。

卞之琳(1910—2000),江苏海门人,1929年至1933年就读于北京大学英文系,较多地接近英国浪漫派、法国象征派诗歌,并开始新诗创作。著有诗集《三秋草》(1933年)、《鱼目集》(1935年)、《慰劳信集》(1940年)、《十年诗草》(1942年)等。卞之琳认为,诗应是智力与情感的统一,睿智正是诗人最应当信任的东西,代表作《断章》充分体现了这种睿智:

> 你站在桥上看风景,
> 看风景的人在楼上看你。
>
> 明月装饰了你的窗子,
> 你装饰了别人的梦。

卞之琳在回忆《断章》的创作过程时说:"此四行无意中得之,原拟足成一首完整的诗,接着感到说完了,也无需多说,可独立成篇,故名《断章》。"[①]对《断章》的内容,他还解释说:"这是抒情诗,当然说是情诗也可以,但决不是自己对什么人表示思慕之情,而是以超然而珍惜的感情,写一刹那的意境。我当时爱想世间人物、事物的息息相关、相互依存、相互作用。"[②]卞之琳诗歌在30年代体现出的知性美学追求,直接开启了40年代中国新诗派智性诗追求的先河。

李广田(1906—1968),山东邹平人。1929年入北大外语系预科,1931年入北大外语系,攻读英、日、法文,并与同学卞之琳、何其芳结为挚友。《地之子》是李广田早期诗的代表作,它以深厚深远的意境,清新醇美的语言,集中表达了作者对祖

---

① 见吴奔星主编《中国新诗鉴赏大辞典》,江苏文艺出版社,1988年,第524页。
② 同上,第525页。

国土地的炽热感情：

> 我是生自土中，
> 来自田间的，
> 这大地，我的母亲，
> 我对她有着作为人子的深情。
> 我爱着这地面上的沙壤，湿软软的，
> 我的襁褓；
> 更爱着绿绒绒的田禾，野草，
> 保姆的怀抱。

李广田的诗呈现着一种原生态的质朴、平实、厚重，浓郁的泥土气息是诗人人格的反映。

总起来看，"汉园三诗人"的诗，共同之处是从个人的忧悒情怀的歌唱里显示对现实的不满，并注意诗的意境的优美与完整，但三人的风格各有不同。何其芳的诗以清新柔婉见长，卞之琳注重想象的微妙和表现的简约，李广田的诗则比较质朴浑厚。

第七节　艾青、田间及"七月派"的诗

艾青(1910—1996)，原名蒋海澄，生于浙江金华。1928年中学毕业后考入国立杭州西湖艺术院，1929年到巴黎学习绘画，同时接触到欧洲现代派诗歌。1932年5月回到上海，加入中国左翼美术家联盟，并组织春地画社，7月被捕入狱，1935年10月，经保释出狱。1937年后辗转于武汉、山西、桂林、重庆等地，参加抗日救亡活动，出版《北方》、《向太阳》、《他死在第二次》、《旷野》、《黎明的通知》、《火把》、《献给乡村的诗》等诗集。1941年到延安，后参加了延安文艺座谈会。

艾青的诗作一开始就紧贴土地、贴近人民，传递着与时代同步的忧患诗情，忧郁与苦难是艾青诗歌的母题。1933年冬天，诗人在狱中写了成名作《大堰河——我的保姆》，诗人由眼前飘洒的雪片，联想到他的乳母大叶荷"被雪压着的草盖着的坟墓"，写下了这首一百多行的抒情长诗。在诗中，诗人称自己是"吃大堰河的奶长大的"大堰河的儿子，是中国农民的儿子。在诗人的深情追忆里，大堰河的动作、形象、神态活灵活现地展露在读者眼前："大堰河，为了生活，/在她流尽了她的乳液之后，/她就开始用抱过我的两臂劳动了；/她含着笑，洗着我们的衣服，/她含着笑，提着菜篮到村边的结冰的池塘去，/她含着笑，切着冰屑悉索的萝卜，/她含着笑，用手

掏着猪吃的麦糟,/她含着笑,扇着炖肉的炉子的火,/她含着笑,背了团箕到广场上去/晒好那些大豆和小麦,/大堰河,为了生活,/在她流尽了她的乳液之后,/她就用抱过我的两臂,劳动了。//大堰河,深爱她的乳儿!/大堰河,在她的梦没有做醒的时候已死了。/她死时,乳儿不在她的旁侧,/她死时,平时打骂她的丈夫也为她流泪,/五个儿子,个个哭得很悲,/她死时,轻轻地呼着她的乳儿的名字,/大堰河,已死了,/她死时,乳儿不在她的旁侧。//大堰河,含泪的去了!/同着四十几年的人世生活的凌侮,/同着数不尽的奴隶的凄苦,/同着四块钱的棺材和几束稻草,/同着几尺长方的埋棺材的土地,/同着一手把的纸钱的灰,/大堰河,她含泪的去了。"在原生态的画幅中,诗人用质朴的语言,追忆着一个本真的劳动妇女形象,精心铺排的生活细节和特写镜头,极富表现力。大堰河活着时"含着笑"地拼命操劳和"含泪地去了"以后的凄清悲凉,是对千千万万劳苦大众人生命运的典型概括。从《大堰河》生发出来的对饱受苦难的劳苦大众的同情、感恩和赞美。"属于这伟大和独特的时代的诗人,必须以最大的宽度献身给时代,领受每个日子的苦难象是那些传教士之领受迫害一样的自然,以自己诚挚的心沉浸在万人的悲欢、憎爱与愿望当中。"①

抗战爆发后,诗人行踪遍及大半个中国,面对在屈辱中呻吟的祖国,艾青带着从彩色的欧罗巴采回的一支芦笛,含着眼泪行吟在中国苦难的大地上。他嘶哑地歌唱:"为什么我眼里常含着泪水?/因为我对这土地爱得深沉……"(《我爱这土地》)他严峻地发问:"旷野啊——/你将永远忧虑而容忍/不平而又缄默么?"(《旷野》)他震颤地感应:"雪落在中国的土地上,/寒冷在封锁着中国呀……"(《雪落在中国的土地上》)在长诗《向太阳》里,诗人热情地讴歌给人类带来光明的太阳,唤醒人们告别寂寞、彷徨和哀愁,勇敢地走向太阳,走向新生活。《黎明的通知》则满怀自豪和喜悦地向人们宣告:中华民族解放斗争必定会取得最后胜利。总之,在诗人抗战后出版的诸多诗篇中,继续把个人的悲欢融合到民族和人民的苦难与命运之中,继续表现对土地和人民的深爱,与此同时,更突出表现对光明的热烈向往和不懈追求,黎明与太阳成为诗人爱用的核心意象。

在诗歌艺术上,艾青注重以画面、色彩和感觉的抒写,来表达自己所生活的时代,注意通过色彩的配合和图像的构成,以达到意象的视觉冲击效果。在艾青的诗中,诗情、诗思不是抽象空洞的,而是被丰富的画面、色彩和感觉所充实,而这些画面、色彩和感觉又总是被一种深刻的思想统领,从而升华到一个更崇高的境界。此外,艾青擅长用油画般的铺陈手法和戏剧性的场景转换技巧,井然有序地推动诗情逐步展开,给人清晰晓畅的印象。

在形式上,艾青的诗代表着抗战以来主流派的自由体诗所达到的历史高度,标

---

① 艾青:《诗论》,人民文学出版社,1983年,第157页。

志着"五四"以后自由体诗发展的成熟。自由体和散文美是艾青在《诗论》中提出的对诗歌形式美的新见解。艾青的自由体,强调在一定的规律里的自由或奔放,要求有内在的节奏和韵律。艾青诗歌的散文美,主张以现代的日常所用的鲜活口语入诗,《大堰河——我的保姆》是艾青实践这种美学主张的代表作。全诗13节,少则四行一节,多则16行一节,少则每行两字,多则每行22字,全诗以散文式的诗句自由地抒写,很少注意诗句的脚韵或字数格式的划一,全诗有内在的旋律与整齐和谐的节奏,全诗常常采用排比句式,且多长句,丰满的诗歌形象与深邃的诗意在自由不拘的形式中得到充分呈现。

田间(1916—1985),原名童天鉴,安徽无为县人。1933年考入上海光华大学外文系,1934年参加"左联",1937年春到日本留学,"七七"事变后,回上海写抗战诗歌,在武汉写成《给战斗者》。1938年到延安发起街头诗运动,《假使我们不去打仗》一诗传遍全国。出版了《未名集》(1935年)、《给战斗者》(1943年)、《她也要杀人》(1947年)等诗集。田间的诗歌特色是富于战斗性和现实性,长诗《给战斗者》是他最优秀的政治抒情诗。全诗以强烈的爱憎感情,朴素有力的诗句叙述祖国受侵略、被欺凌的命运,歌颂人民的奋起抗战,号召人们"在斗争中胜利或者死",指出"战士底坟场会比奴隶底国家要温暖,要明亮"。在表现形式上,全诗诗句短促、节奏强劲、语言质朴、跌宕有致,表达了在民族危亡的时代所特有的激昂慷慨的时代精神。田间的诗歌,运用明快质朴的大众化语言,推动了诗歌的大众化,使自由体诗歌向民歌靠拢。胡风认为:"田间是第一个抛弃了知识分子底灵魂的战争诗人和民众诗人。"[①]闻一多称这些鼓点般的诗"只是一片沉着的鼓声,鼓舞你爱,鼓动你恨,鼓励你活着,用最高限度的热与力活着,在这大地上"[②]。

除了艾青和田间外,七月派的重要诗人还有鲁藜、绿原、冀汸、阿垅、曾卓、芦甸、孙钿、方然、牛汉、天蓝、彭燕郊、邹荻帆、庄涌、杜谷、贺敬之、亦门等人。1941年10月和11月,由邹荻帆、曾卓、绿原、冀汸等七月派诗人编辑的《诗垦地》丛刊和由艾青主编的《诗刊》先后在大后方的重庆创刊。1942年,邹荻帆等人创办的《诗垦地》在重庆的《国民公报》上又开辟了一个副刊,而七月派的许多重要诗人都开始陆续推出自己的诗集,胡风有《为祖国而歌》、阿垅有《无弦琴》、冀汸有《跃动的夜》、绿原有《童话》等。

第八节 穆旦等"中国新诗派"的诗

穆旦(1918—1977),原名查良铮,原籍浙江海宁,生于天津,1936年考入清华

[①] 胡风:《关于诗和田间底诗》,见《胡风论诗》,花城出版社,1988年,第41—42页。
[②] 闻一多:《时代的鼓手》,见《闻一多论新诗》,武汉大学出版社,1985年,第115页。

大学外文系,开始系统地学习西方现代派诗歌,1940年毕业于西南联大外文系,1942年从军入缅抗日,历经艰险。1945年创办沈阳《新报》,1949年赴美国留学,1953年回国。穆旦生前出版了《探险队》(1945年)、《穆旦诗集(1939—1945)》(1947年)、《旗》(1948年)三部诗集。

穆旦以对现代人处境和命运的深入揭示而成为40年代最具现代性的诗人。"残缺的我"是穆旦诗歌主题之一。代表作《我》写出了现代社会个体命运的残缺性及孤独本性。全诗共四节,前两节通过一种主观性极强的时间和空间,标明了"我"的被锁闭状态:"从子宫割裂,失去了温暖,/是残缺的部分渴望着救援,/永远是自己,锁在荒野里,//从静止的梦离开了群体,/痛感到时流,没有什么抓住,/不断的回忆带不回自己。""我"不断挣扎,仍不能融入历史和人群。后两节通过"遇见",表达了"冲出樊篱"的决心,结果却是"幻化的形象,更深的绝望",由此揭示出人的两难境地,"永远是自己,锁在荒野里,/仇恨着母亲给分出了梦境"。穆旦诗歌中"残缺的我",不同于郭沫若诗歌代表的昂扬时代精神的"大我",也不同于戴望舒笔下仅仅代表颓废的知识分子内心世界的"小我",而是从哲理意义上表达出的无法确定自我生命价值和存在意义的现代"自我"。

"丰富,和丰富的痛苦"是穆旦诗歌主题之二。穆旦"最善于表达中国知识分子的受折磨而又折磨人的心情"①。这在爱情诗《诗八首》中有精彩体现。全诗共八章,有开始、发展,更有矛盾爆发和终结。敏锐的个体一开始就意识到爱情受制于"上帝",但依然决定在这种"危险"境遇里体验生命的"丰富",以获得自身发展。"危险"(内在矛盾)随时都可能爆发,但个体借此确证了自身的肉体感觉,感受到了自身存在。随着内在矛盾的发展,爱情对个体发展变成了一种限制,"相同"带来"倦怠","差别"带来"陌生",最终只能是爱情的丧失,个体重归"孤独"。这样,"丰富,和丰富的痛苦"的主题得以凸显。袁可嘉在《诗人穆旦的位置》中曾说:"徐志摩的情诗是浪漫派的,热烈而缠绵;卞之琳的情诗是象征派的,感情冲淡而外化,可意会而不可言传;穆旦的情诗是现代派的,它热情中多思辨,抽象中有肉感,有时还有冷酷的自嘲。"②

"一个民族已经起来"是穆旦诗歌主题之三。诗人强烈的民族意识和深广的忧患意识是"结合着强烈的中国现实感而来"的。《赞美》借助一个饱经忧患的受难者"农夫"形象,表达了作者对中华民族的坚忍意志和顽强生命力的颂扬,及对民族前途的坚定信念。抗战初期,穆旦相信苦难的中国一定会在战火中获得新生,苦难的

---

① 王佐良:《一个中国诗人》,见穆旦《蛇的诱惑》,珠海出版社,1997年,第7页。
② 袁可嘉:《诗人穆旦的位置》,见《半个世纪的脚印——袁可嘉诗文选》,人民文学出版社,1994年,第154页。

中华民族经过战争的洗礼一定会重新站起来。但亲身经历了抗战向大后方几千里的徒步撤退,他亲眼目睹了广阔而荒凉的中国大地上底层人民痛苦的生存状态,他没有流于肤浅的乐观,他看到了"忧郁"、"荒凉"的社会现状和"耻辱"、"佝偻"的民族命运,诗人在"带血"的痛切反思中,表现出对人民的理解和尊重以及对民族命运的探索。

穆旦诗歌艺术创新的基本要素,主要体现在三个方面:一是穆旦新诗的思维方式吻合了现代人"丰富,和丰富的痛苦"以及"残缺的我"的生存体验。二是采用与传统迥异的近于抽象的隐喻的抒情方式抒情,用现代生活中充满荒诞、无奈感的意象代替30年代以来的现代派诗人对传统意象和意境的点化。三是以去掉了芜杂成分的当代口语写诗,语词的多义和句式的繁复恰到好处地表达了现代人思维的复杂化和情感的丰富性。这正是穆旦不同于以前的现代诗人,甚至"中国新诗派"其他诗人的独特之处。

穆旦以外的"中国新诗派"诗人群,除有嫁接中西诗艺的共同追求外,显示出个体风格的差异。《诗集1942—1947》的作者郑敏更多地受里尔克、冯至的影响,追求雕塑的静默的美,陈敬容的诗《智慧》里有一句话:"鞭打你的感情,从那儿敲出智慧",被认为是对她的诗歌特征的描述。杜运燮的代表作《追物价的人》将讽刺、幽默渗透到抒情里,表现饱含辛酸的现实生活。袁可嘉、唐湜既是诗人,又是诗歌理论家,出版有《新诗戏剧化》和《诗的新生代》等诗论和诗论集。辛笛的《手掌集》,唐祈的《诗第一册》,杭约赫(即曹辛之)的《撷星草》、《噩梦录》等诗集,具有更强的现实性,相对减少了哲理沉思。

第九节 李季、阮章竞的诗

李季(1922—1980),河南唐河县人。1942年冬到"三边"地区工作,1946年9月在《解放日报》上发表长篇叙事诗《王贵与李香香》。

全诗共分三部13章。长诗一开头,就采用陕北民间的叙事语调讲出故事的时间、地点:"公元一九三〇年,/有件伤心事出在三边。"接着长诗在第一部里就交代了三个主要人物之间的关系和他们的身份、经历、思想状态:在遍野饿殍的境况中,恶霸地主崔二爷不但见死不救,反而催逼佃户们交租,王贵的父亲就是因为交不起租子,被崔二爷活活打死,13岁的王贵被迫成了崔家的长工,同为被压迫者的李香香对王贵的遭遇充满关怀和同情,在共同的苦难中,两人很自然地产生了爱情。第二部从"闹革命"到"自由结婚",将民间爱情叙事纳入了革命叙事:"不是闹革命穷人翻不了身,不是闹革命咱俩也结不了婚。"在这里作品真切地反映了贫苦农民的自由解放和共产党领导的革命斗争胜利之间血肉相联的关系。第三部分"崔二爷又回来了",革命遭受曲折,王贵与李香香的爱情也经历了磨难。崔二爷领着白军回村,支走了李香香的父亲,强迫李香香与他成婚,香香火辣辣的反抗性格得到充分的展现,她愤怒地抓了崔二爷的"狗脸""两个血疤疤"。当崔二爷发现了王贵参加革命残酷地拷打他时,王贵痛斥崔二爷的威逼利诱:"我一个死了不要紧,千万个穷汉后面跟!"革命的最终胜利最后彻底颠覆了崔二爷及其维护的腐朽封建统治,让王贵与李香香这对有情人终成眷属。

全诗采用陕北民间流传的"信天游"形式讲述这个"三边民间革命历史故事"。"信天游"常常是由两句组成表达一个完整意思的抒情诗。诗人将两句组成一节,数节合为一章,数章缀成一部,三部合为一诗。这样就完成了民间抒情诗体向现代叙事诗体的转化。比兴手法的运用,本是"信天游"的特点,作品对此作了多方面的灵活运用。比兴常常用在每节诗的首句,兴中有比,因比起兴。如果首句是叙述句,第二句必须用"比"。此外,同一个事物还可引出多种比兴意义来,比如"山丹丹开花红姣姣",是兴中有比,为下句赞美"香香人材长得好"起兴作比。"山丹丹花来背洼洼开",也是兴中有比,是为王贵与李香香刚刚开始的"交好的心思"不能公开而起兴作比。作品运用比喻精彩贴切、生动自如,增强了语言的形象性和表现力。

阮章竞(1914—2000),广东中山县人。抗战爆发后,他到山西参加了八路军。1938年4月,八路军太行山剧团成立,他从部队来到剧团任政治指导员、艺术指导员和团长,并开始其戏剧诗歌的创作生涯。1949年4月,他发表了长篇叙事诗《漳河水》,奠定了他在中国新诗史上的地位。

阮章竞在太行山区战斗、生活了12年,他极用心地学习当地多种民间文艺形式,了解当地人民群众生活,尤其是妇女的生活状况,在长期学习、创作、积累后,饱含热情地创作出民歌体新诗《漳河水》。作品以真挚的情感,通俗的语言成功地塑造了荷荷、苓苓和紫金英三个鲜活、生动的普通农村妇女形象,叙写了她们坎坷命运与翻身解放的道路。

全诗分三部八章,第一部《往日》分为漳河小曲、三个姑娘两章;第二部《解放》分为荷荷、苓苓、紫金英三章;第三部《长青树》分为漳水谣、翻腾、牧羊小曲三章。荷荷、苓苓、紫金英三个姑娘,在天真烂漫的少女时代,都对未来抱有美好的憧憬,希望嫁一个称心如意的好丈夫,过幸福美满的日子。荷荷想配个"抓心丹",苓苓想许个"如意郎",紫金英想嫁个"好到头",但她们的美梦在愚昧黑暗的封建社会根本行不通,结果"三人的心事都走了样":"荷荷配了个半封建,天天眼泪流满脸!""苓苓许了个狠心狼,连打带骂捎上爹娘!""紫金英嫁了个痨病汉,一年不到守空房!"辛酸的日子让她们度日如年。终于等到"毛主席领导把天地重安",三姐妹的生活也变了样:荷荷首先冲出封建"恶婆家门",果断地和那个年岁悬殊的"黑心肝"老头离了婚,通过自由恋爱,与成份好、劳动好、政治好的积极分子王三好结成恩爱夫妻。苓苓是个聪明能干、积极劳动、活泼又风趣的"巧媳妇",在姐妹们的帮助下,以独特的方式,征服了封建大男子主义的丈夫"二老怪",争取到自己在家里的平等权力。而柔顺、懦弱的紫金英由于受封建礼教的摧残很深,刚开始怯于反抗,在经过千般磨难后,终于坚决地走出迷谷,毅然与老相好分手,在集体劳动中,得到大家的安慰和鼓励,开始了健康向上的新生活。

作品在表现形式上有新颖独创的特点。从全诗来看,《漳河水》既保留了民歌的山野风姿,同时又有含蓄蕴藉的古诗韵味。诗人把流传在漳河两岸的许多民间小曲如《开花》、《四大恨》、《割青菜》、《漳河小曲》、《牧羊小曲》等加工改造,杂采成章,表现不同人物的思想感情和她们情绪上的变化,既无拼凑割裂之感,又在和谐统一中显得活泼而富有变化。全诗节奏感强,能诵能唱,易于在民间流传。又因为诗人注意向古典诗歌学习,比兴手法的使用与民间小曲融为一体,使得全诗的形象丰满,抒情意味浓厚。

第八章 散　文

第一节　概　说

在中国,散文有着悠久的传统,"五四"新文化运动后,中国散文进入了崭新的发展阶段。随着"五四"文学革命的发生、发展和新文化运动的深入,散文作为自由灵活的文体深受欢迎,杂感、书信、通讯、游记、书评、序跋,不一而足,记载社会生活,批评评价作品,抒发内心感触,散文创作呈现出量多面广、风格多样的局面,出现了鲁迅、周作人、朱自清、冰心、郁达夫、林语堂、何其芳、丰子恺等一大批散文名家。

20世纪初,在对于外国散文艺术的借鉴中,逐渐形成了新的散文观念。1917年5月号《新青年》上,刘半农发表的《我之文学改良观》中,首次引用了英文"Essay"一词,译作"杂文",他将西方文学中的Fiction(小说)和Essay归并为一类,称之为"文学的散文",虽未能划清散文与小说的界限,但已初步界定了散文的内涵和外延。周作人于1921年发表《美文》,对于欧美的散文理论和创作,如艾狄生、兰姆、欧文、霍桑等予以着重介绍,率先把文学散文称作"美文",并突出强调散文要写实求真、表现真情实感和个性特征。在《自己的园地》中,周作人把他的小品散文称为"抒情的论文",说文艺批评写得好"也可以成为一篇美文,别有一种价值"。

鲁迅在1925年译的厨川白村《出了象牙之塔》中有关英国Essay的评述:"如果是冬天,便坐在暖炉旁边的安乐椅上,倘在夏天,则披浴衣,啜苦茗,随随便便,和好友任心闲话,将这些话照样地移在纸上的东西,便是'Essay'。兴之所至,也说些以不至于头痛为度的道理罢。也有冷嘲,也有警句罢。既有Humor(滑稽),也有Pathos(感愤)。所谈的题目,天下国家的大事不待言,还有市井的琐事,书籍的批评,相识者的消息,以及自己的过去的追怀,想到什么就纵谈什么,而托之于即兴之笔者,是这一类的文章。""在Essay,比什么都紧要的要件,就是作者将自己的个人底人格色彩,浓厚地表现出来。……是将诗歌中的抒情,行以散文的东西。"厨川白村对于Essay的见解,对中国现代散文的理论建设和创作,都发生过积极的影响,郁达夫称"更为弄弄文墨的人,大家所读过的妙文"①。

鲁迅对杂文作"文明批评和社会批评"的定位,认为杂文应该锋利隽永、曲折有趣,杂文不应是"无情的冷嘲",而应是"有情的讽刺",以及《小品文的危机》等文章,对于散文理论建设和散文发展,均有着重大的指导意义。

这一时期杂文创作十分发达。文学革命之初,《新青年》和《每周评论》都是以社会评论为主的"议论性"综合刊物。《新青年》上"随感录"专栏刊载了诸多杂文,陈独秀、李大钊、鲁迅、钱玄同、刘半农等,都发表了大量杂文。随后,《语丝》社的鲁迅、周作人、林语堂,以及《现代评论》的陈西滢等,都写作了很多有影响的杂文。杂文这一新兴的文体,由此而产生,并走向发达。不仅出现了鲁迅这样的一生以杂文写作为主的大家,而且带动了许多左翼作家如王任叔、徐懋庸、唐弢、聂绀弩等,形成了"鲁迅风"杂文流派和杂文传统。

我国文学史上记事性为主的散文有着深厚的传统,但真正意义上的报告文学出现则是"五四"新文学运动后,《新青年》、《每周评论》、《晨报》等报刊,发表许多"通讯"类的文章,尤其是1920年底瞿秋白以北京《晨报》记者身份前往苏联采访,写作并发表《饿乡纪程》和《赤都心史》两本集子,成为中国报告文学开拓性的作品。

第二节　周作人、朱自清、冰心的散文

周作人(1885—1967),字启明,号知堂。笔名有岂明、仲密、遐寿等。散文集有《自己的园地》、《雨天的书》、《谈龙集》、《谈虎集》、《泽泻集》、《药味集》等多种。

"五四"新文化运动中,周作人以《人的文学》、《平民文学》和《思想革命》等一系列重要文章,为文学革命的深入发展作出了重大贡献,奠定了其在文学史上的重要地位。

1921年前后,周作人的思想发生了剧变,他在《山中杂信(一)·致伏园》中表达了他的"思想动摇与混乱"。此后,他又发表《教训之无用》,对启蒙主张表示质疑,进而对"五四"新文化运动产生怀疑,终由"十字街头"躲进"象牙之塔",提倡"生活之艺术",耕种"自己的园地",写了《故乡的野菜》、《北京的茶食》、《乌篷船》、《喝茶》等小品文。

1937年抗战全面爆发,周作人附逆出任伪职,成为汉奸,为日本侵略者的"大东亚新秩序"奔走效劳。这期间他有《秉烛谈》、《药堂语录》、《药味集》、《药堂杂文》、《秉烛后谈》、《立春以前》等散文杂文集。1946年7月,周作人因汉奸罪被判

---

① 郁达夫:《中国新文学大系·散文二集导言》,见《中国新文学大学·散文二集》,上海良友图书印刷公司,1935年8月,第12页。

十年有期徒刑,1949年1月被保释出狱。新中国成立后,他定居北京,以写作和翻译为生,著有《鲁迅的故家》、《鲁迅的青年时代》及《鲁迅小说里的人物》等,译有《伊索寓言》、《日本狂言选》、《希腊的神与英雄》等。晚年写了《知堂回想录》。"文化大革命"中,周作人受到迫害,1967年5月6日在寓所逝世。

周作人是中国近现代知识分子不可忽略的一个典型。舒芜曾说:"周作人的身上,就有中国新文学史和新文化运动的一半,不了解周作人,就不可能了解一部完整的中国新文学史和新文化运动史。"①

周作人与时代之间有着明显的错位。然而,周作人读书甚多,学识渊博,孤高自傲、自视甚高,"特立独行、执道惟坚"。1926年,他在《两个鬼》的文章中,说心头住着绅士鬼与流氓鬼,"我对于两者都有点舍不得,我爱绅士的态度与流氓的精神"。在1926年的《泽泻集序》中,他说:"戈尔特堡(Isaac Goldberg)批评蔼理斯(Havelock Ellis)说,在他里面有一个叛徒与一个隐士,这句话说得最妙:并不是我想援蔼理斯以自重,我希望在我的趣味之文里也还有叛徒活着。"周作人成了"中国现代的叛徒与隐士"。

周作人一生以散文的成就最高,其散文的价值,如钟叔河所说,"首先在于它们所反映出来的一种态度,乃是上下数千年中国读书人最难得的态度,那就是诚实的态度——对自己,对别人,对艺术,对人生,对自己和别人的国家,对人类的今天和未来,都能够诚实地,冷静地,然而又是积极地去看,去讲,去写"。②

"五四"时期,周作人受到英国心理学家蔼理斯性道德观的影响,以个性解放和人道主义思想为武器,以民主科学的理性精神抨击封建伦理道德,反抗封建专制,发表了诸多浮躁凌厉风格的散文。他反对封建礼教、抨击封建道德。《天足》抨击中国传统妇女缠足的陋习。《风纪之柔腕》以报载查禁女孩入公共澡堂洗浴而讥刺传统伦理道德。《萨满教的礼教思想》写四川督办维持风化、湖南省省长求雨的作为,批判封建传统礼教。他反对军阀统治、抨击封建专制。《碰伤》以反语揭露了封建军阀对学生运动的摧残迫害。《新中国的女子》、《关于三月十八日的死者》控诉了北洋军阀屠杀爱国学生的血腥罪行。

代表周作人散文创作的是冲淡平和的一类作品。1925年,周作人说:"我近来作文极慕平淡自然的境地。"③此类作品的特点为:

一、在生活琐事的描写中表现其生活艺术化的思想。在此类散文中,周作人写的大多是草木虫鱼、饮茶品酒等生活琐事,含蓄地道出其生活艺术化的思想。

---

① 舒芜:《以愤火照出他的战绩——周作人概观》,见《周作人的是非功过》,辽宁教育出版社,2001年,第6页。
② 钟叔河:《周作人文类编·弁言》,湖南文艺出版社,1998年。
③ 周作人:《雨天的书·自序二》,见《雨天的书》,河北教育出版社,2002年,第4页。

《北京的茶食》中,透露出生活艺术化的理想:"我们于日用必须的东西之外,必须还有一点无用的游戏与享乐,生活才觉得有意思。我们看夕阳,看秋河,看花,听雨,闻香,喝不求解渴的酒,吃不求饱的点心,都是生活上必要的——虽然是无用的装点,而且愈精练愈好。"《喝茶》中,表露出无为出世隐逸脱俗的生活艺术化的理想。《乌篷船》中,描绘出坐乌篷船、听犬吠鸡鸣、饮酒看庙戏的理想行乐图。周作人受到蔼理斯生活艺术化思想的影响,融合了中国传统道释的思想,形成其无为出世隐逸超凡的生活理想。

二、在从容不迫的絮谈中,表现冲淡平和的审美境界。郁达夫指出周作人的散文具有舒徐自在信笔所至湛然和蔼的特点,其散文具有从容不迫、真挚自然的絮谈味。周作人的散文开篇常常以平和舒缓的语气说来,如与友人谈心,与亲朋聊天。《谈酒》开篇道:"这个年头,喝酒倒是很有意思的。"接着,说做酒的经过,谈饮酒的方式,道喝酒的趣味,娓娓道来,平易自然,谈家乡,拉家常,语言平实朴素,情感真挚自然,呈现出冲淡平和的审美境界。《乌篷船》以向老友介绍故乡风土人情的笔法,选取最能够代表其故乡的乌篷船,亲切真挚自然。周作人散文的冲淡平和,并不等于枯槁,却是"清淡而腴润"、有"低徊趣味",且具雍容淡雅的风神。

三、在广征博引中,追求趣味性和知识性的统一。周作人在散文创作中,常常引用中外古今的传说故事、名人名言、历史典故等,在广征博引中达到趣味性和知识性的统一。《苍蝇》以谈天说地的方式开篇:"苍蝇不是一种很可爱的东西,但我们在做小孩子的时候都有点喜欢他。"接着写小时候如何捉苍蝇玩,说到苍蝇是月神情人的希腊传说,提到荷马史诗中将勇士与苍蝇比较,说到中国《诗经》里有关苍蝇的诗句,谈及日本有关苍蝇的俳句,引用绍兴有关苍蝇的谜语歌,在谈天说地中广征博引,达到趣味性和知识性的统一。在《故乡的野菜》、《喝茶》等文章中也广征博引。

周作人在散文创作中有意营造朋友间漫谈的氛围,而不是站在讲台上居高临下地教训。周作人以平等的态度,本诸亲切的体会,来谈平易的道理。钱杏村指出:"周作人的小品文,在中国新文学运动中,是成了一个很有权威的流派。这流派的形成,不是由于作品形式上的'冲淡平和'的一致性,而是思想上的一个倾向。"[①]

朱自清(1898—1948),原名朱自华,后改名朱自清,字佩弦。生于浙江定海,定居扬州。散文集有《背影》、《欧游杂记》、《你我》、《伦敦杂记》以及杂文集《论雅俗共赏》、《标准与尺度》等。

朱自清幼年受过良好的旧式教育,打下了深厚的古典文学的基础。1916年考

[①] 钱杏村:《现代十六家小品序·俞平伯小品序》,见王永生等编选《中国现代文论选》第一册,贵州人民出版社,1982年,第507页。

入北京大学预科，次年入北大哲学系。1919年加入新潮社，亲历"五四"运动。1920年修完大学课程提前毕业，先后在杭州、吴淞、宁波等地中学任教，与陈望道、夏丏尊、叶圣陶、刘大白等先后共事，一起从事文学活动。他是文学研究会的早期会员，与友人创作诗歌《雪朝》集。1925年8月起，任清华大学中文系教授。1931年8月漫游欧洲，1932年7月回国，任清华大学中文系主任。抗战爆发后，他随校迁移，辗转数千里。抗战胜利后，他积极参加爱国民主运动。1946年10月，随学校迁回北京。1948年10月12日病重逝世。

朱自清是我国现代散文史上的大家，他的散文创作，大体可分为记事抒情散文与杂文两类。他的记事抒情散文更为人们所知所喜爱。这类散文，有重写社会生活，有重写家庭生活的，有重写自然景物的。朱自清的散文大致有如下内容：1. 通过对社会生活的描写，抨击黑暗现实。《生命的价格——七毛钱》通过五岁小女孩被以七毛钱出卖的事实，控诉了黑暗社会。《执政府大屠杀记》以亲身经历控诉军阀政府屠杀爱国学生的暴行。《白种人——上帝的骄子》以白种人孩子鄙夷轻蔑的眼光，控诉帝国主义对中国的侵略凌辱。2. 通过对家庭生活的描写，暴露社会黑暗。《择偶记》以作者11岁至14岁时四次择偶经历，批判封建婚姻制度的不合理。《背影》通过对父亲车站送别情景的描写，写出困顿中父子之间的舔犊深情，揭示出知识分子的悲凉处境。《给亡妇》通过对于亡妻的深切悼念，道出了知识分子的苦难遭际。3. 通过对自然景物的描画，借景抒情，托物言志。《荷塘月色》以月下荷塘景致的描写，抒写颇不宁静的内心。《桨声灯影里的秦淮河》通过对于秦淮河夜景的描绘，揭示出秦淮河歌女的可悲处境。《春》通过对春色的描绘，道出了一年之计在于春的主旨。

朱自清的散文在艺术上具有如下特点：1. 缜密谨严的艺术构思。朱自清的散文常常精心构思，他善于安排"文眼"，往往以其经纬全篇，形成文章缜密谨严的结构。《荷塘月色》以"心里颇不宁静"为主脉；《春》以"一年之计在于春"为文眼；《背影》以父亲的背影为焦点，使委婉曲折的表达有条不紊。2. 真挚朴实的情感抒发。朱自清的散文注重抒发真情实感，他的文章被视为至情之文，情感从肺腑中流出，毫无矫揉造作处。他的不少散文情感都是长期孕育、一朝迸发的，如写于1925年的《背影》记的是1917年的往事，《给亡妇》写于妻子过世三年后。3. 委婉细腻的艺术笔法。他的散文无论写景、状物、叙事、抒情都具有委婉细腻的特征，不是长江大河一泻千里，而是苏州园林九曲回廊，构思与文笔委婉细腻，使其散文独具个性。如《绿》，通过诸多手法委婉细腻地描绿绘绿，令人叫绝。4. 素朴自然的文学语言。朱自清散文十分口语化，朴素自然，呈现出一种平易自然的谈话风，他的语言是提炼过的口语，而又熔铸了古典诗文的优长，具有口语的美感和节奏感。

"五四"后的白话文,往往因为食古不化、欧化或因过度口语化而不免粗鄙化等倾向和缺憾,到了冰心、朱自清、叶圣陶等人的手里,白话文才真正成熟了,朱自清对于白话文的发展作出了重要贡献。

冰心(1900—1999),原名谢婉莹,福建福州人。散文家、小说家、诗人。散文集有《寄小读者》、《冰心散文集》、《往事》、《小桔灯》等。

冰心于1914年入贝满女中,1918年进协和女子大学学习,并开始练习写作。后随协和女大并入燕京大学,改习文学系。1923年毕业,赴美国威尔斯利女子大学学习英国文学,1926年夏回国任燕京大学助教。抗战开始后,随校辗转西南后方,1946年7月返回北京。1949—1951年在日本东京大学讲授《中国新文学》。1951年回国,后笔耕不辍。1999年病逝。

冰心于"五四"运动中走上文坛。1920年起在《晨报副刊》、《小说月报》等报刊上发表散文,留学时期写有《寄小读者》等作品。

冰心是新文学的第一代散文女作家,她以女性博爱的胸怀,写下她对母爱、童真、自然之爱的感悟,表达了她真挚深沉的祖国爱、民族爱。她早期的散文,以一种珍爱生命的心态和情感,赞美母爱、孩子和自然,用清丽的文字传播爱的福音。《寄小读者·通讯十》将慈母的爱描绘得无私无我,真切深沉。《纸船——寄母亲》期望将每一张纸叠成小纸船,载着爱流到母亲的梦中。冰心认为,"可爱的,除了宇宙,最可爱的只有孩子"。在《往事》、《山中杂记》等篇章中,她展示快乐的童年生活,写出儿童的稚气可爱。冰心说:"最难忘的是自然之美。"她在《寄小读者·通讯七》中描绘海上的美丽风光。在《寄小读者·通讯十六》中因美国的风光而思念祖国的景色,表达对于祖国的思恋眷念之情。

她在《寄小读者·通讯十九》中说:"爱在右,同情在左,走在生命路的两旁,随时播种,随时开花,将这一径长途,点缀得香花弥漫。使穿花拂叶的行人,踏着荆棘,不觉得痛苦,有泪可落,也不是悲凉。"冰心散文情感基点是爱与同情。

抗战期间,她写了一组题为《关于女人》的文章,主要采用记事写人的方式,有故事、有人物、有对话,借用小说的技法,少了抒情色彩,多了机智和风趣。在为这本集子写的后记中,她以富于激情的笔墨,对女性给予了热烈的礼赞,延续了她的"爱的哲学"。

冰心的散文,具有极高的艺术。立意的率真、抒情的柔美、清丽的语言,形成其散文清隽柔美的风格。她善于用恳切的絮语、亲昵委婉的叙述方式,在清丽流畅的白话文中融汇进文言词汇、古文句式、古典诗词,她的文章被人称做"冰心体"。阿英曾评论道:"冰心的文字,是语体的,但她的语体文,是建筑在旧文字的础石上,不在口语上。对于旧文字没有素养的人,写不出'冰心体'的文章。具体点讲,就是到了'冰心体'的文学产生,是表示了中国新文学的一种新倾向的存在——以旧文学作根基的语体文派。这在形式上,一样的是一个过渡期的,适合于从封建思想中刚刚地挣脱出来的青年读者的形式。从思想一直到文字技术,她是无往而不表示了她独特倾向,她这样的获得了存在。"①冰心在中国现代散文史上具有独特的地位,作出了卓绝的贡献。

第三节 林语堂、何其芳、丰子恺等的散文

林语堂(1895—1976),原名林玉堂,福建龙溪人。散文集有《剪拂集》、《大荒集》等多种。林语堂幼年时在教会小学就读,十岁转入教会办的厦门寻源书院学习。其后又入上海圣约翰大学,1916年毕业后到清华大学任英文教师。1919—1920年在美国哈佛大学比较文学研究所学习,后到德国莱比锡大学研究语言学。1923年回国,任北京大学英文系教授,成为《语丝》的撰稿人。1926年任厦门大学教授。1927年3月曾到武汉任国民政府外交部秘书。同年9月到上海,"便完全托身于著作事业"。1932年起,他先后创办《论语》、《人间世》、《宇宙风》半月刊,打出"幽默文学"的旗号,提倡"以自我为中心,以闲适为笔调"的"性灵"文学和半白半文的"语录体"。1936年赴美国,此后长期旅居海外。1966年定居台湾。1976年病逝于香港。

20世纪30年代,林语堂因提倡小品文而名噪一时,成为倡导并创作幽默文学的"幽默大师"。他在明人小品的传统中,吸取和融合了英国式的"随笔"文体的长处。他在《关于〈人间世〉》中说:"本刊宗旨在提倡小品文笔调,即娓语式笔调,亦曰个人笔调,即西洋之Familiar Style。而范围却非古文之所谓小品。"

林语堂坚持文学是性灵的产物、个人的表现,文学创作要"表现自我"、"独抒性灵"。他一生写作不辍,在中国文坛上独树一帜。

"寄沉痛于悠闲"是林语堂30年代初期幽默散文的一个突出特点。《论政治病》、《谈言论自由》、《脸与法治》等,都表现出对于国民党反动派内部勾心斗角、尔虞我诈,却不给人民半点言论自由的不满与忧愤。他的小品文《有不为斋解》、《沙蒂斯姆与尊孔》、《冬至之晨杀人记》针砭了虚伪卑劣、言行不一的社会世相。《言志篇》、《说避暑之益》、《论西装》等道出了其闲适的生活态度与追求。寓谐于庄地说"反话",是他幽默散文的又一个特点。《遗老》一文中,"中华民国的一个最大的不幸便是前清遗老的失踪……我相信他应该是中国文化的最优秀的成果了。"林语堂多以平等、雍容的态度写散文,与读者谈天交心,和朋友聊天说笑,使得他的作品生动活泼、机智悠闲。他颇为得意的两句俏皮话:"绅士的讲演,应当像女人的裙子,

---

① 阿英:《冰心小品序》,见俞元桂《中国现代散文十六家综论》,华东师范大学出版社,1989年,第91页。

越短越好。""世界大同的理想生活,就是住在英国的乡村,屋子安装有美国的水电煤气等管子,有个中国厨子,有个日本太太,再有个法国的情妇。"可视作他散文个性和风格的集中体现。

林语堂等论语派的作家们在西方表现主义美学思想的影响下,在自由主义思想的主宰中,在30年代混乱的社会境况里,推崇独抒性情的性灵说,提倡以个人为中心的幽默闲适的小品文,构成了30年代文坛小品文的兴盛,也一定程度上展示了30年代中国社会的方方面面,坦现出自由主义知识分子的独特心态。

何其芳(1912—1977),四川万县人,诗人、散文家、文学理论家。散文集有《画梦录》、《刻意集》、《还乡杂记》、《星火集》等。

他的散文创作以《画梦录》和《刻意集》为第一阶段,精雕细凿抒写情思,追求形式美;以《还乡杂记》为第二阶段,由唯美主义向现实主义过渡;到延安后的《星火集》和《星火集续编》为第三阶段,致力于与新的时代结合。其散文以《画梦录》为代表。

《画梦录》是以诗的手法写散文,在散文中倾注了诗情,洋溢着诗人的真挚感情。作品精心抒写其悲哀和忧郁、孤独和寂寞、同情和愤懑、追求和向往。他并不着意去直接叙述生活,而追求一种美的意境,形成一种诗的氛围,偏重于主观世界的抒写,从主观感受来曲折地反映客观世界。它借助诗的想象奇特的意象来编织思想的碎片,形成深邃凝练的意境和扑朔迷离的艺术境界,运用梦幻、联想、暗示等具有的象征主义色彩,达到诗情和画意的交融。

何其芳在《梦中道路》中写道:"我倾听着一些飘忽的心灵的语言。我捕捉着一些在刹那间闪出金光的意象。我最大的快乐或辛酸在于一个崭新的文字建筑的完成或失败。"《画梦录》的语言是精心锤炼、高度艺术化的。他曾说:"一篇两三千字的文章的完成,往往耗费两三天的苦心经营,几乎其中每个字都经过我的精神的手指的抚摩。"[1]"用我们的口语去表现那些颜色,那些图案,真费了我不少苦涩的推敲。"[2]这本连"代序"在内只有17篇文章的散文集,作者却苦心经营花了两年的时间,努力构筑抒情散文独特的艺术境界。

《画梦录》的最大特点是意象的奇特,以及散文结构上的精巧,从而创造出精致绮丽的文风,具有浓厚的现代艺术气息和唯美主义色彩。《墓》的开头写道:

初秋的薄暮。翠岩的横屏环拥出旷大的草地,有常绿的柏树作天幕,曲曲的清溪流泻着幽冷。以外是碎瓷上的图案似的田亩,阡陌高下的毗连着,黄金

---

[1] 何其芳:《〈还乡杂记〉代序》,见《何其芳文集二》,人民文学出版社,1982年,第128页。
[2] 何其芳:《梦中道路》,见《何其芳文集二》,人民文学出版社,1982年,第66页。

的稻穗起伏着丰实的波浪,微风传送着成熟的香味。黄昏如晚汐一样淹没了草虫的鸣声,野蜂的翅。快下山的夕阳如柔和的目光,如爱抚的手指从平畴伸过来,从林叶探进来,落在溪边一个小墓碑上,摩着那白色的碑石……

在这段文字中,作者用"碎瓷上的图案"来形容田亩,用"柔和的目光"、"爱抚的手指"来形容夕阳,用"幽冷"来代替流水,均是奇特而精妙的意象,在视觉、触觉、听觉中给人以生动鲜明之感。

《画梦录》"在现代散文发展史上的意义在于提高了散文艺术的地位,丰富了散文的艺术表现力,促进了文艺性散文对美的自觉追求。"[①]《画梦录》之后,何其芳的生活环境、思想倾向和艺术追求都发生了改变,"再也不忧郁地偏起颈子望着天空或者墙壁做梦。现在我最关心的是人间的事情"[②]。他拓宽了生活和艺术的视野,在散文创作上有了新的变化。

丰子恺(1898—1975),原名丰润,浙江崇德人。散文家、画家、翻译家,散文集有《缘缘堂随笔》、《缘缘堂再笔》、《车厢社会》、《率真集》等。

丰子恺以漫画家而闻名,他的《护生画集》等绘画作品,声誉和影响甚至盖过其作为散文家的成就。丰子恺的散文随笔在现代散文史上具有不可忽视的重要地位。郁达夫在其《中国新文学大系·散文二集·导言》中说:"人家只晓得他的漫画入神,殊不知他的散文,清幽玄妙,灵达处反远出在他的画笔之上。"

丰子恺17岁进入浙江省立第一师范学校读书,绘画和音乐老师李叔同(弘一法师)对他一生有着深远的影响。他1921年自费留学日本,一年后回国任美术、音乐教师和书店编辑,1930年起专门在家著书作画,抗战后曾做过几年教师。

丰子恺的散文创作经历了从人生根本问题与儿童问题,到审视社会众生相,再到抗战时描写战时生活、揭露黑暗现实,随着创作态度、取材范围、思想追求变迁,其散文的艺术风格也有着相应的变化。

他早期散文大多描写儿童生活,变化无常的世事、不可捉摸的命运、现实的黑暗与人生的苦闷,使他无法彻底的解脱,他在孩童身上发现了人性的完美和生活的真义,写下了现代散文史上脍炙人口的描写儿童生活的名篇。如《给我的孩子们》、《华瞻的日记》、《作父亲》等。在这些散文中,他把自己化为了儿童,不仅用儿童的心思、感觉、情绪,而且叙述行文的口吻也是儿童的,对儿童心理的体察和描摹细致入微。

随着生活的变化、视野的开阔,他开始描写世间众相。《车厢社会》就是这方面

---

① 俞园桂:《中国现代散文十六家综论》,华东师范大学出版社,1986年,第201页。
② 何其芳:《〈还乡杂记〉代序》,见《何其芳文集二》,人民文学出版社,1982年,第129页。

的代表作:

> 人生好比乘车,有的早上早下,有的迟上迟下,有的早上迟下,有的迟上早下,上了车纷争座位,下了车各自回家。在车厢中留心保管你的车票,下车时把车票原物还他……

在他的笔下,车厢社会是人类社会的缩影,其对种种众生相作了细致的观察和描写,并温和地嘲笑了人事的纷扰和世态的滑稽,愤愤不平于人与人之间的隔膜、势利和不平等。

丰子恺的散文,取材大多来自人情世态,他善于从琐屑平凡的日常生活中发现真、善、美。在他独特的眼光和细致入微的观照下,人们习以为常的生活琐事,竟呈现出五光十色、千姿百态的形象,蕴含着耐人寻味的人生况味。"不为成见束缚,以浓厚趣味体察一切,从平凡琐屑中写出自己独特的感兴,嚼出耐人寻思的人生味,把日常生活艺术化,这是丰子恺散文之特长。"[1]

第四节 杂 文

杂文是现代文学史上出现最早、发展最快的散文文体。"五四"时期新的思想和观念正是通过杂文而传播开来的,"五四"催生了杂文的发展。

"五四"时期各种社团和报刊纷纷涌现,杂文有了更多的阵地,杂文作者的队伍也激增,杂文获得了空前的大发展,在杂文创作中最重要、成就最大的是鲁迅。《新青年》和《每周评论》作者群的杂文最引人注目,两个刊物都是以社会评论为主的综合性刊物,也都开辟刊登杂文的"随感录"专栏。在专栏上发表杂文的有李大钊、陈独秀、鲁迅、周作人、钱玄同、刘半农、吴虞等人,他们都以科学和民主的思想表达彻底反封建的精神。《新青年》和《每周评论》作者群,为开创新文学的现实主义杂文传统作出了重要贡献。

1924年11月创刊的《语丝》是以刊登杂文为主的重要文学刊物之一,其杂文作者有鲁迅、周作人、林语堂等。其前期所发表的杂文,以广泛的文明批评和社会批评为主,能触及现实的敏感政治问题和人情世态的种种弊端。此时期瞿秋白、恽代英、萧楚女等早期中国共产党人在《民国日报》的副刊《觉悟》上发表了不少杂文。

创刊于1924年12月的《现代评论》是一个思想政治倾向较为复杂的刊物,在

---

[1] 俞园桂:《中国现代散文十六家综论》,华东师范大学出版社,1986年,第164页。

该刊"闲话"专栏上发表杂文的作者主要有胡适、吴稚晖、徐志摩、陈西滢等人,以陈西滢的影响为最,《西滢闲话》共78篇,论题广泛,析理细密,以闲话式的娓娓而谈、轻松幽默的笔调进行文明批评和社会批评,作者基本是站在资产阶级自由主义立场上观察一切、批评一切的。

在第二个十年中,杂文进入了成熟期,以鲁迅为代表的左翼作家的战斗性强的杂文,成为社会舆论的中心。瞿秋白不仅编选了《鲁迅杂感选集》,写了《鲁迅杂感选集序言》,形成了革命现实主义杂文理论,而且创作了《乱弹》等杂文,保持了他早期杂文尖锐泼辣、清新晓畅的文风,视野更开阔、内容更丰富,且有了更自觉的杂文艺术追求。

1923年,孙伏园在《晨报副刊》上发表了题为《杂感第一集》的文章,较早地阐述了他的杂文观。其后,王统照、林语堂等人,也相继发表了有关杂文的论述,可视作杂文理论的发轫之作。30年代,瞿秋白的《鲁迅杂感选集序言》、鲁迅的有关杂文的论述,真正形成了有系统的杂文理论。其一,杂文的功利观。鲁迅把杂文定位于"文明批评"和"社会批评",对于有害的事物,可以"立刻给以反响或抗争,是感应的神经,是攻守的手足"。其二,杂文的文体。鲁迅在《且介亭杂文》的序言中说:"其实'杂文'也不是现在的新货色,是'古已有之'的,凡有文章,倘若分类,都有类可归,如果编年,那就只按作成的年月,不管文体,各种都夹在一起,于是成了'杂'。"第三,杂文的类型塑造。鲁迅在《伪自由书》的前记中说"论时事不留面子,砭锢蔽常取类型"。他的杂文,"所写的常是一鼻、一嘴、一毛,但合起来,也几乎是或一形象的全体"①。第四,杂文的幽默和讽刺。认为在当时时代环境下,幽默如果不是倾向对社会的讽刺,就要流于传统的说笑话、讨便宜,失之无聊和浅薄。关于讽刺,鲁迅说"'讽刺'的生命是真实;不必是曾有的实事,但必须是会有的实情。"②鲁迅以他丰富的杂文创作的实践,总结并确立了现代杂文理论。

这一时期,具有"鲁迅风"杂文特色的作家有徐懋庸、唐弢、聂绀弩、巴人、柯灵、周木斋等人,而以徐懋庸(《不惊人集》、《打杂集》)和唐弢(《推背集》、《海天集》)较为突出。另有茅盾、阿英、陈子展、陶行知、梁遇春等人也积极创作杂文,产生了较大的影响。

此外,周作人、林语堂等也仍旧继续创作了大量有艺术特色和相当影响的杂文。

在第三个时期,由于抗战的爆发和内战等原因,国内的政治和社会生活发生了变化,也影响到杂文的创作。国统区和沦陷区的作家,仍坚持"鲁迅风"杂文的创

---

① 鲁迅:《准风月谈·后记》,见《鲁迅全集》第五卷,人民文学出版社,1981年,第382页。
② 鲁迅:《且介亭杂文二集·什么是"讽刺"》,见《鲁迅全集》第六卷,人民文学出版社,1981年,第328页。

作,反帝反侵略反投降,反独裁反饥饿争民主。解放区的作家,由于新政权新天地新气象新生活,以社会批评和文明批评为主的杂文创作鲜有用武之地,杂文创作较为沉寂。这一时期,重要的杂文作家有郭沫若、茅盾、巴金、胡风、冯雪峰、朱自清、闻一多、梁实秋等。

第五节　报告文学与游记

自近代海禁解除后,中国人纷纷走出国门,郭嵩焘、薛福成的"使西日记"已具有现代意义上的报告文学的雏形。康有为的《欧洲十一国游记》、梁启超的《新大陆游记》,直接以"游记"作为书名。

"五四"新文学运动后,《新青年》、《每周评论》和《晨报》等报刊,相继发表了许多"通讯"之类的文章,是现代报告文学的萌芽,真正意义上的报告文学出现是瞿秋白的旅俄通讯的面世。

1920年底,瞿秋白以《晨报》记者的身份去苏联采访,写了《饿乡记程》、《赤都心史》。作者着眼于旅程和心程的结合,社会心灵与作者个性的结合,是现代散文史上最早以反映"新的世界"和"新的人物"、展示作者心路历程为内容的作品。以绝无夸饰的态度和方法表现俄国的新生,也充满着革命浪漫主义激情。在文体上,以连续性的长编系列报道,描绘新俄国社会现实,是新闻性与文艺性结合的报告文学的滥觞。

此时期,重要的报告文学与游记,还有孙福熙的《山野掇拾》与《归航》,冰心的《寄小读者》,徐志摩的《巴黎的鳞爪》。而国内游记则有李大钊的《五峰游记》、孙伏园的《伏园游记》、郑振铎的《山中杂记》,以及朱自清、俞平伯等人的游记。

1930年中国左翼作家联盟成立后,正式号召开展"工农兵通讯运动",提倡"创造我们的报告文学",并且在关于报告文学的理论上开始有意识的探讨,形成了群众性的报告文学写作热潮,记者执笔的游记和旅行通讯十分盛行。

左联成立后,第一次明确提出了"创造我们的报告文学"的口号:"我们号召左联全体盟员到工厂到农村到战线到社会的底下层中去。……从猛烈的阶级斗争当中,自兵战的罢工的斗争当中,如火如荼的乡村斗争当中,经过平民夜校,经过工厂小报、壁报、经过种种煽动宣传的工作,创造我们的报告文学(Reportage)吧!"此后,茅盾、阿英等相继发表文章,对报告文学的性质、形式、产生的原因及其价值、作者的任务等进行了探讨,如茅盾在《关于报告文学》中认为"报告的主要性质是将生活中发生的某一事件立即报告给读者大众,题材既是发生的某一事件,所以报告有浓厚的新闻性,但它跟报章新闻不同,因为它必须充分的形象化"。指出了报告文学是具有新闻性、文学性的独特文学体裁,这标志着现代报告文学理论的建立。

在群众性的创作方面,阿英编辑的《上海事变与报告文学》和茅盾等人发起的《中国的一日》征文活动,是代表性的成果。在作家创作方面,则有夏衍的《包身工》和宋之的的《一九三六年春在太原》。

《包身工》以包身工一天的工作和生活为线索,通过她们的居住、起床、吃饭、劳动、下班等若干个特写镜头,和典型人物芦柴棒的塑造,具体而细致地描绘了包身工的悲惨生活和非人的待遇,揭露了帝国主义、封建势力的罪恶,激起读者对于包身工的同情。作者运用了小说的人物塑造、细节描写,戏剧和电影创作的场景切换和场面描写,散文的议论和抒情等多种艺术手法,文章富有艺术感染力。《包身工》以精湛的艺术特色在报告文学的写作上达到了新的高度。

在记者代表性的报告文学中,有胡愈之的《莫斯科印象记》,林克多的《苏联闻见录》,邹韬奋的《萍踪寄语》三集、《萍踪忆语》,范长江的《中国的西北角》等。

抗日战争爆发后,报告文学作为最及时迅速而逼真地反映现实斗争的文学体裁,顺应时代和人民的需要,得到了空前的繁荣和发展。此时期,重要的作家作品有丘东平(《第七连》)、刘白羽(《环行东北》)、碧野(《北方的原野》)、骆宾基(《动战场别动队》)、曹聚仁(《大江南北》)、萧乾(《人生采访》)、丁玲(《彭德怀速写》)、周立波(《晋察冀边区印象记》)、周尔复(《诺尔曼·白求恩断片》)等。

第九章 戏　　剧

第一节 概　　述

　　话剧作为一种外来艺术形式,辛亥革命前开始传入我国。最早的话剧团体要数1907年留日学生曾孝谷、李哀、欧阳予倩等人组织的春柳社。为适应现代文明的需要,该社创造了一种新的戏剧形式——"文明新戏"。辛亥革命后,春柳社成员先后回国,并在上海成功演出。不同于以虚拟化、程式化的歌舞为主要表现手段的中国传统戏曲,这种所谓"文明新戏"全用对话,并采用新的舞台布景,成为中国最初现代话剧艺术的尝试。后来由于"新戏"本身的不成熟,再加上一些剧团过分追求商业化效果,演出内容低俗颓废而日渐衰落。

　　"五四"时期,话剧运动再度兴起。周作人、胡适、钱玄同、刘半农等先驱者们曾就如何创造真正的现代戏剧问题进行过探讨,尽管意见不一,但几乎都在批判中国传统旧戏的同时,主张多翻译西洋名著做模范,或者对西洋剧本做些改编,以便吻合中国社会与人情。为此,1918年《新青年》4卷6期推出了"易卜生专号",发表了罗家伦、胡适合译的《傀儡家庭》、《国民公敌》和《小爱友夫》的节译,刊载了胡适的著名论文《易卜生主义》,集中介绍了欧洲现代戏剧之父易卜生。以此为开端,迅速形成了介绍外国戏剧理论、翻译和改编外国戏剧创作的热潮。据不完全统计,从1917年到1924年,全国26种报刊、四家出版社共发表、出版了翻译剧本170多部,涉及17个国家的70多位剧作家,如莎士比亚、易卜生、萧伯纳、契诃夫等,西方戏剧史上的各种流派几乎同时涌进了中国,带来了不同于中国传统戏曲的戏剧观念、戏剧美学、戏剧形式与技巧,形成了现代话剧多元的局面。[①]

　　1921年5月,汪仲贤、沈雁冰(即茅盾)、郑振铎等人在上海发起组织了民众戏剧社,并创办了《戏剧》月刊。该社在《民众戏剧社宣言》中明确反对戏剧的消遣观念,宣称"当看戏是消闲的时代现在已经过去了,戏院在现代社会中确是占

---

① 参见钱理群、温儒敏、吴福辉著《中国现代文学三十年》,北京大学出版社,1998年,第167页。

着重要的地位,是推动社会使(之)前进的一个轮子,又是搜寻社会病根的 X 光镜"。①他们批判传统旧戏和文明戏,介绍西方话剧知识,大力倡导"爱美剧"②,推进新剧运动的发展。同年,另一个戏剧组织——上海戏剧协社成立。该社成员有谷剑云、应云卫、欧阳予倩和洪深等。欧阳予倩和洪深是当时最重要的"实践的戏剧者",在编、导、演诸方面都有建树,对话剧运动的发展起了很大作用。

初期的戏剧创作主要是"社会问题剧"。陈大悲的《幽兰女士》写的是一个富有家庭内部的各种矛盾和斗争。剧本既写出了幽兰女士的后母为了争夺家产费尽心机,又写出了幽兰女士为争取婚姻自主而进行的不懈努力,涉及反对封建婚姻、官僚家庭丑恶、劳工苦楚等一系列问题。欧阳予倩的《泼妇》通过婚姻问题揭露封建道德的罪恶。洪深的《赵阎王》旨在说明社会对于个人的罪恶应负责任:世上没有所谓天生好人或天生坏人,好人恶人都是环境造成的。该剧在创作上受到美国现代剧作家奥尼尔《琼斯王》的影响,借鉴了现代派的表现手法,虽然在当时不很符合中国观众的审美欣赏习惯,但作者努力吸收非现实主义流派艺术技巧的眼光和勇气是值得肯定的。田汉的《获虎之夜》、《名优之死》等剧本从不同侧面揭露了旧思想的罪恶和社会的黑暗,在当时影响较大。特别值得注意的是剧作家丁西林,其独幕剧《一只马蜂》、《压迫》等是"五四"以来的优秀喜剧作品。巧妙的构思、机智的语言和典雅的风格使他的剧作显得别具一格。

1927年以后,随着"文学革命"向"革命文学"的转变,我国现代戏剧运动也揭开了新的一页。1929年,上海艺术剧社成立,主要成员有郑伯奇、冯乃超、钱杏邨等,这是共产党领导下的戏剧工作者团体。他们提出"新兴戏剧"口号,倡导"无产阶级戏剧"。1930年8月,一个由艺术、南国、辛酉、戏剧协社等剧社联合发起的组织——中国左翼剧团联盟正式成立,这对中国现代话剧运动的发展具有重要意义。1931年1月,中国左翼剧团联盟改为以个人名义参加的中国左翼戏剧家联盟,并成立了领导核心,规定了行动准则,使戏剧运动进一步和党领导的革命结合起来。该组织虽然于1932年初为适应形势需要而自动解散,但它在现代文学史上的功绩是不可磨灭的。这时的剧作家田汉,不仅领导了左翼戏剧运动,同时也是一位高产作家。他的《梅雨》、《乱钟》、《回春之曲》等都是较有影响的作品。成就最大的是曹禺,他的《雷雨》和《日出》等,在中国现代戏剧史上具有里程碑意义。

抗战爆发后,政治形势发生了急剧变化。作家们以日益高涨的抗日情绪,迅速反映现实的民族战争,"救亡"成为压倒一切的时代总主题。在抗战初期,为密切配

---

① 见《戏剧》第1卷第1期,1921年5月。
② "爱美"即"Amateur"的音译,意思是业余爱好者,业余艺术家,"爱美剧"即是非职业的、不以营利为目的的业余戏剧。

合抗战需要,小型剧的创作和演出十分活跃,其中最著名的有《三江好》、《最后一计》、《放下你的鞭子》三个短剧,后被戏剧界合称为"好一计鞭子"。抗战初期小型剧的创作虽受到人们的普遍欢迎,但真正能够反映社会现实生活,并且有一定艺术魅力的作品还不多见。到1940年前后,随着抗战的深入,作家们开始冷静地面对现实,因此一批有分量的多幕剧产生了。田汉的《芦沟桥》、《最后的胜利》、《再会吧,香港》等话剧紧密配合抗战斗争,鼓舞人民的抗日斗志。夏衍的《心防》、《法西斯细菌》、《芳草天涯》等剧作反映了抗战生活中知识分子精神面貌的新变化。此外,陈白尘的《大地回春》、《乱世男女》,曹禺的《蜕变》、《北京人》等剧作都曾产生较大影响。

历史剧创作的繁荣和发展是抗战戏剧运动的一个重要内容。皖南事变后,国民党的反共分裂行径公开暴露,抗战初期一度联合的政治局面已被打破,民主气氛和抗战热情开始消退,文化封锁更加严密。在这特殊的政治气候下,剧作家较多采用历史剧这一形式反映现实生活,抨击国民党反动派的反共投降路线。郭沫若的《棠棣之花》、《屈原》等历史剧大多是根据战国时代合纵抗秦的史实写成的。这些作品以古喻今,无情地揭露国民党的卖国投降政策,鼓舞人民团结战斗。宋之的的《武则天》,吴祖光的《正气歌》,于伶的《大明英烈传》,阳翰笙的《李秀成之死》、《天国春秋》,阿英的《明末遗恨》、《李闯王》等,都产生了较大的影响。

在解放区,由于受到毛泽东《在延安文艺座谈会上的讲话》精神的鼓舞,工农兵文艺活动空前活跃。1943年初,在延安掀起了新秧歌运动。秧歌原是流行于北方农村的一种歌舞形式,单纯朴素,大多涉及男女调情,有的甚至很不健康。新秧歌按照原来的曲调,再配上新词来反映现实生活和斗争的内容,深受人民群众欢迎。但这种形式毕竟过于简单,难以表现更丰富复杂的生活和斗争,因此,解放区的文艺工作者在此基础上又创造了一种融歌、舞、剧于一炉的新秧歌剧,编写了《兄妹开荒》、《夫妻识字》等剧本。这些新剧以其革命斗争的主题、工农兵的形象、群众化的语言和健康活泼的形式而为人民群众所喜闻乐见。在小型新秧歌剧的推动下,大型新歌剧《白毛女》应运而生。1945年,延安"鲁艺"创作并演出了新歌剧《白毛女》。剧本深刻揭示了只有在共产党领导下,农民群众才能翻身得解放的真理,在艺术探索上也获得了巨大成功。

第二节 田汉、丁西林的话剧

田汉(1898—1968),字寿昌,湖南长沙人。出身农民家庭,八岁丧父,靠母亲纺织维持生活和供其入私塾读书。由于学习勤奋刻苦,1912年,他考入长沙师范学校公费学习。1917年留学日本,1921年加入创造社。1922年回国后曾办

《南国半月刊》、《南国特刊》等进步刊物,另外还组织创办过"南国社"、"南国艺术学院"等戏剧组织,培养戏剧人才。1930年加入"左联",成为我国革命戏剧的奠基人。主要话剧有《获虎之夜》、《名优之死》、《梅雨》、《回春之曲》、《秋声赋》、《丽人行》等。

《获虎之夜》是他早期戏剧的代表作。剧本描写了富裕猎户魏福生的女儿莲姑,深爱着贫穷的表哥黄大傻,但遭到了父亲的极力反对。魏福生眼光势利、嫌贫爱富,偏要将女儿嫁给大户陈家为儿媳。为了断绝女儿与黄大傻相爱的念头,他粗暴地剥夺了女儿的自由,不给女儿与黄大傻见面的机会,并想方设法要将黄大傻逐出本乡。莲姑表面上答应父亲对她婚姻的安排,暗中找机会与表哥逃走。魏福生为了让女儿的嫁妆丰厚些,在山上设置了好几杆猎枪,以便捕到老虎做一床褥子作为女儿的陪嫁。猎枪终于在魏猎户的日夜期待中轰响了,当他满怀欣喜地带领数人上山抬虎时,发现中枪的不是老虎而是莲姑的恋人黄大傻。原来,无法见到自己心上人的黄大傻,到山上去守望即将屈从父命出嫁的莲姑屋里的灯光,不幸误中了魏家放置的捕虎猎枪。受伤的黄大傻被抬到莲姑家,莲姑悲痛万分,她含泪答应了表哥要她照顾他的请求,两人双手紧握。魏猎户十分恼火,要强行拉开女儿,莲姑却紧握黄大傻的手不放,倔强地呼喊:"我死也不放手,世间上没有人能拆开我们的手!"莲姑还是被父亲强行拖到里间,遭到父亲的毒打。黄大傻痛不欲生,拿起床边的猎刀自杀了。

这个剧本有三个显著特点:第一,充分注意到了"戏"的提炼和选择,讲究结构的设置,全剧具有动人心弦的戏剧性。戏一开始就将两个问题悬置在读者和观众心中:一是今晚是否能捕到老虎;二是莲姑和父亲的矛盾斗争如何解决。对魏猎户来说,捕到老虎就更能增加女儿陪嫁的分量,以显示"猎户人家的本色";而对莲姑来说,即将捕获的虎是催她命的虎,因为她是被迫嫁给陈家的。当黄大傻误中猎枪,第一个"悬置"在人们巨大的"惊奇"中揭底时,也就加重了第二个"悬置"的分量,并推动戏剧向悲剧的高潮发展。《获虎之夜》结构巧、"戏味"浓,标志着田汉在戏剧艺术上迈出了新的一步。第二,重视人物形象的刻画。剧中的黄大傻是个被诗化的人物,他虽然贫穷,却很善良,对爱情痴心不改;莲姑是位温柔、勇敢、朴实、刚强且富于反抗精神的山村姑娘,在她身上体现了20年代追求婚姻自由和个性解放新女性的思想特征。第三,剧本富有民俗色彩和乡土生活气息。《获虎之夜》描写的是山村猎户的生活,歌颂的是村姑、乞儿对爱情自由的追求,剧情在具有民俗色彩和乡土生活气息中展开。如剧中穿插了魏福生谈易四聋子打虎的故事,作者对那个获虎之夜的生活氛围作了充分渲染,人物对话也充满浓厚的山野气息。[①]

[①] 参见陈白尘、董健主编《中国现代戏剧史稿》,中国戏剧出版社,1989年,第249—251页。

1929年，田汉推出了以戏曲演员生活为题材的三幕话剧《名优之死》。剧本通过流氓绅士杨大爷对名优刘振声的迫害和对他的女弟子刘凤仙的腐蚀，揭露鞭挞了扼杀艺术的旧社会。剧中的主要人物刘振声，为人正派、做事认真、讲究戏德，是名优秀的京剧艺术家。他严格要求并精心培养自己的徒弟刘凤仙，可是在恶势力的包围和金钱的腐蚀下，他一手培养起来的刘凤仙却走上了堕落的道路，他的理想破灭了。在恶势力的不断打击下，刘振声的愤怒终于像火山一样爆发，他当面严厉斥责恶绅杨大爷，却因心脏衰弱不能支持而倒下了。《名优之死》已扫除了作者早期剧作中的感伤抑郁情调，在艺术形式和表现手法上也较新颖独特。剧本结构紧凑集中，悲剧气氛较浓烈。在表现手法上，巧妙地运用了戏中戏的构架，既便于情节的展开，又增强了戏剧的真实感。

30年代，田汉的话剧创作在思想上和艺术上都发生了一些新的变化。题材上，主要表现工人运动和抗日爱国运动。艺术上，在浪漫主义抒情性的一贯风格中，现实主义写实性进一步增强。独幕剧《梅雨》通过工人潘顺华一家的生活命运，不仅写出了黑暗中国的现实，而且揭示了中国工人阶级摆脱悲惨命运所必须进行的斗争之路。《回春之曲》从作者最熟悉、最有积累的生活出发来开掘抗日爱国的主题，把主人公高维汉独特的爱情命运和祖国的命运有机地结合起来加以表现。到40年代，作者又推出了《秋声赋》、《丽人行》等剧作，反映了他不懈的戏剧追求。

田汉戏剧创作的艺术特征非常鲜明。首先，具有浓郁的抒情性。因为他早年受新浪漫主义影响较深，从他开始第一部戏剧《梵峨璘与蔷薇》的创作时，抒情性便成为一个特征贯穿其一生的创作；其次，田汉剧作从总体上看呈现出一条由浪漫主义向现实主义转变的轨迹。他前期作品以浪漫主义创作方法为标志，重在抒情，有较浓厚的感伤色彩；后期大多取材现实生活，塑造劳苦大众形象，描绘普通人的命运。第三，善写女性题材。这一视角的选择与田汉认为在中国人的生活中，女性较男性苦难更多、命运更悲惨的观念有关。

丁西林(1893—1974)，原名丁燮林，江苏泰州人。他是一位物理学教授，十分爱好文学。"五四"时期，他在北京大学热烈响应民主科学的号召，一方面致力于自然科学研究，一方面拿起戏剧创作之笔。

丁西林创作的独幕剧大都短小精悍、小中见大。他善于从平淡的生活中发现喜剧题材，提炼成为一出耐人寻味的喜剧，从中反映出时代风貌的某些方面。他的作品大多反映上层知识分子及市民阶层的轶闻琐事。他以娴熟的笔触，通过这部分人生活中的新旧矛盾，嘲笑虚伪的社会风气，表达反对封建专制、追求自由平等、主张进步正义的民主主义精神。

1923年，他的第一个剧本《一只马蜂》一问世就引起了广泛注意。剧作以机智、幽默、含蓄的喜剧语言,表达反对封建专制、追求个性解放的主题,成为"五四"时期一部脍炙人口的佳作。剧本中的吉老太太貌似思想解放,声称婚姻大事由子女作主,实则因循守旧、事事包办。她要将女儿嫁给表侄,有点新思想的女儿坚决反对;她催儿子赶紧娶媳妇,儿子却并不从命;她又将护士余小姐介绍给自己的表侄,殊不知余小姐却和老太太的儿子吉先生偷偷相爱。由此引出了吉先生、余小姐和吉老太太三人之间一系列妙趣横生的喜剧性冲突。吉先生和余小姐虽互相爱慕却又不敢公开表露真情,随着剧情的层层展开,这对年轻人只好用种种言在此而意在彼的谎话、反话,蒙蔽自以为在指挥一切的吉老太太,用心口不一的方式互相倾诉着爱情。剧作家在幽默的笑声中,既赞美了要求个性解放、婚姻自主的年轻人,又善意嘲讽了他们性格的软弱,同时温和地讽刺了思想上抱残守缺、自以为是的吉老太太。剧作的最终矛头是指向喜剧冲突的社会根源——一个"不自然"的中国社会。"整个一出《一只马蜂》,可以说从头至尾都以一个'谎'字引发和推动着喜剧性冲突,'谎'中有'戏','笑'从'谎'出,但'谎'的背后,是对当时不合理社会的暴露与讽刺"。①

《一只马蜂》之后,丁西林又连续发表了五个独幕喜剧:《亲爱的丈夫》(1924年)、《酒后》(1925年)、《压迫》(1925年)、《瞎了一只眼》(1927年)和《北京的空气》(1930年)。这些作品在喜剧艺术上与《一只马蜂》一脉相承,《压迫》是其中的代表作。这部作品发表后曾被许多剧团搬上舞台,在现代戏剧史上影响很大。顽固守旧的房东太太整天在外打牌,又唯恐家中未婚的女儿与房客发生自由恋爱,所以定下规矩不租房子给没有家眷的单身汉。女儿的态度和老太太正好相反,绝不把房子租给有家眷的人,并自作主张地把房子租给了一个单身男客。母女之间的冲突开始了。但剧本没有正面表现这一冲突,读者看到的是房东太太与男客吴某之间的一场斗争。女儿收了这位男客的定钱,男客根据契约坚持要租房,房东太太依照规矩坚持要男客搬走,于是双方发生了一场可笑的争执。争执不下时,房东太太叫女佣去喊巡警。当巡警赶来时,戏剧的情势发生了陡转,原来正当男客不知所措时,又来了一位租房的女客,正好这位女客性格开朗,又有新思想和同情心,当她知道了男客的困境后,主动提出假扮夫妻。这聪明大胆的一着使得巡警狼狈告退,也给了房东太太一个措手不及。该剧在真实的喜剧冲突中,既讽刺和批判了不合理的社会现象,也鞭挞和暴露了保守落后的封建思想,对反抗"压迫"的年轻人充满了赞美之情,有较强的社会与现实意义。艺术上,剧本结构精巧严密,语言机智幽默,人物性格真实生动,不愧是当时喜剧中的杰作。

抗战时期,丁西林又操起喜剧之笔。在抗日精神推动下,他创作了《三块钱国

---

① 见陈白尘、董健主编《中国现代戏剧史稿》,中国戏剧出版社,1989年,第177页。

币》、《等太太回来的时候》、《妙峰山》等喜剧新作。剧本在从抗日大后方的社会生活中汲取新内容的同时,风格上也由绅士式的淡雅转向了辛辣的嘲讽。《三块钱国币》代表了丁西林喜剧创作的新发展,社会批判性和讽刺性更强。在人物的刻画上,色彩更明朗,基调更积极。同时,剧本的结构精巧凝练,结尾韵味无穷,表现出对20年代喜剧技巧的继承和拓展。

第三节　曹禺的《雷雨》、《北京人》等话剧

曹禺(1910—1997),原名万家宝,生于天津,祖籍湖北潜江。因为官僚家庭出身的关系,年轻的曹禺得以认识形形色色的人物,听到看到很多乱七八糟的事情,对许多"高级恶棍、高级流氓"以及"《雷雨》、《日出》、《北京人》里出现的那些人物"[1]都非常了解,这给他日后的戏剧创作提供了难得的素材。曹禺五岁入私塾,从小就迷恋戏剧,并经常随爱好戏文的母亲出入戏园,使他幼年就觉得戏剧是个"美好迷人的东西"。他12岁入南开中学,不久便加入了该校业余话剧团体南开新剧团,先后参加了《压迫》、《娜拉》等剧的演出。1928年入南开大学政治经济学系学习,次年转入清华大学西洋文学系,开始广泛接触中外文学,尤其是外国的戏剧。1934年《雷雨》的问世使他蜚声剧坛,奠定了他在中国话剧史上的不朽地位。其后便陆续推出《日出》、《原野》和《北京人》。它们后被尊称为曹禺的"四大名剧",在中国乃至世界戏剧史上都有着广泛而深远的影响。

《雷雨》是一个发生在带有浓厚封建色彩的资产阶级家庭里的悲剧。主人公周朴园是这个家庭里的霸主。他年轻时爱上了女佣梅妈的女儿侍萍,婚后生下了两个儿子。后来为了与另一位有钱人家的小姐结婚,周家人便赶走侍萍,她带着出生才三天的二儿子投河自尽,所幸被"一个慈善的人"救活,后来嫁给了鲁贵,生下了女儿鲁四凤。30年后,大儿子周萍与继母蘩漪发生了不正常的两性关系,同时又与来周家当侍女的同母异父的妹妹四凤相恋。周朴园与蘩漪所生的小儿子周冲也爱上了四凤。在一个大雷雨的夜晚,被周萍抛弃的蘩漪揭开了人物之间的复杂关系与事实,周冲与四凤触电身亡,周萍开枪自杀,侍萍和繁漪精神崩溃,都成了疯女人,周朴园在自谴自责中苦度余生。

周朴园是整个悲剧事件的始作俑者,同时也是一个悲剧性的人物。他年轻时像同时代的其他年轻人一样,也追求自由、幸福和爱情。他与侍萍相爱并结合,不管怎么说也是蔑视门当户对封建传统观念的勇敢行为。作为一个民族资本家,他本该有资产阶级一贯主张的"自由、平等、博爱"的人道理想,但在半殖民地半封建

---

[1] 王育生:《曹禺谈〈雷雨〉》,载《人民戏剧》,1979年3月。

的中国情境中,他身上不可避免地带有难以克服的"封建性":在家庭伦理层面上,他专横暴戾,缺乏平等观念,儿子们都怕他,就是妻子也是被呵斥命令的对象;在社会关系层面上,他不能调和劳资矛盾,更不用说关心工人疾苦了,相反却用各种手段残酷剥削镇压工人;从思想意识层面看,他的心理很阴暗,同时把周围所有人都置于自己极端阴暗心理的笼罩之下。他是自私的,时时处处关心的都是别人对自己的态度,对自己权威的承认,从来不考虑别人的感情和需要。他总是以教训和命令的口气与人说话,把自己置于家庭主宰和道德监察者的地位,不敢正视自己过往的罪恶。当然他也不是毫无感情的冷血动物,在他的身上"充满了基督教色彩的忏悔意识",①他并没有完全忘记对过去生活的记忆,他一直在回忆、眷恋着年轻时和侍萍的一段感情,他与侍萍重见时所流露的忏悔、内疚心态,也不能说全是虚伪的做作。正如作者所说,周朴园"对侍萍的怀念,可能是真的"。②曹禺不是把周朴园作为反面典型,而是作为真实的人和真实的社会典型来塑造的。

　　蘩漪是《雷雨》中最有精神震撼力的悲剧形象,也是现代文学史上最富有个性特征的女性形象之一。她出生于封建家庭,是个中国旧式女人,有她的"文弱"、"哀静"和"明慧",但也有她的"野性"、"狂热"和"力量"。"她像一团黑色的火焰,始终在最尖锐的精神矛盾和最紧张的心理冲突中燃烧着"。③她虽然是周朴园遗弃侍萍后明媒正娶的合法妻子,但这种婚姻不是建立在爱情上,而是建立在门第、财产等基础上。周朴园需要用她的全部爱情和生命做牺牲以换取他在社会上的体面地位和道德身份,所以把她幽禁在周公馆里,以封建家长的威严统治她的一切。但她旺盛的生命力和热烈的情感欲求又使她不甘心成为周朴园的牺牲品,所以她恨他,恨他的自私、冷酷,恨他的虚伪和假道学,她在本能上就以对周朴园的反抗为满足。她渴望爱情追求自由,但在沉闷得像密封罐头一样的周公馆里,谁能给她以幸福呢?她只有像抓住一根救命稻草一样抓住周萍,爱情欲望使她顾不得这种乱伦禁忌,她要反抗周朴园,也反抗整个社会的畸形道德。在周公馆,她的青春与生命也只有在与周萍的爱情关系中才能获得滋养和润泽,她别无选择。周朴园毁灭了她的生命,她也要周朴园为这毁灭付出代价:摧毁这个家庭秩序,同时也毁灭自己。我们在蘩漪身上更多地看到了未出走之前"娜拉"的那种极度压抑与疯狂。这一悲剧形象,是曹禺对现代戏剧的贡献。

　　《雷雨》是一出悲剧。值得注意的是,作者并没有简单地满足于让读者、观众在紧张的矛盾冲突中获得震惊与震撼,而是用一种宗教的情怀去对剧作中的激情进

---

① 杨剑龙:《旷野的呼声——中国现代作家与基督教文化》,上海教育出版社,1998年,第190页。
② 王育生:《曹禺谈〈雷雨〉》,载《人民戏剧》,1979年3月。
③ 朱金顺主编:《中国现代文学史》,北京师范大学出版社,1996年,第184页。

行净化、升华与超越。剧本精心设计的"序幕"和"尾声"就是想送看戏的人们回家,带着一种沉郁的心情。这种序幕与尾声的框架的设置,"造成了欣赏的距离,将戏剧本事中的郁热、愤懑与恐惧消解殆尽,而达到类似宗教的效果:在'悲悯'的眼光俯视中,剧中人之间的一切矛盾、冲突、争斗也都消解,无论是处于情热中的蘩漪、周萍、四凤与侍萍,还是在梦想中的周冲,在计算里的周朴园、鲁贵,都同是在尘世中煎熬而找不到出路的'可怜虫'"。[1] 同时,《雷雨》的序幕和尾声还构成了全书倒叙的艺术结构,"它们如一个十分神奇精致的八音盒,把一个曲折悲惨的故事装在其中。面对这一个神奇而精致的八音盒,你会有一种抑制不住欲打开它的冲动,而合上它后,你又会有一种余音绕梁、不绝如缕的感受,序幕的阴郁与神秘起到了引人入胜的悬念作用,而尾声的静穆与黯然达到了余音袅袅的艺术效果"。[2]

《雷雨》虽然是曹禺的第一部剧作,但已呈现出其剧作成熟的风格特色。首先是独具匠心的"锁闭式"艺术结构,这种结构的戏剧常常将"过去的戏剧"巧妙地融汇到"现在的戏剧"中来,二者相互映衬,使矛盾冲突紧凑、集中,环环相扣,概括力强。其次,《雷雨》的语言极富个性和表现力,人物对白看似平常,但精确传神,潜台词比比皆是,揭示出人物复杂的性格心理。另外,《雷雨》还大量借鉴了古希腊悲剧的一些技巧,如"发现","突转"等。这些技术的运用,使《雷雨》结构更缜密精巧,增强了戏剧性。

1940年秋,曹禺完成了三幕剧《北京人》,是40年代中国戏剧文学的又一高峰。

《北京人》写的是抗战前后已日暮途穷的封建士大夫家庭三代人的命运遭际。老一代专制者曾皓是清朝遗老,他顽固地维护着一整套封建礼教,但不幸的是,由于家境的不可抗拒的颓败,他已没有巴金《家》中高老太爷的威严,更没有《雷雨》中周朴园的气势,他已年老体衰,行将就木,只剩些表面虚伪的尊严罢了。具有讽刺意味的是,他把希望乐趣都寄托在为自己准备的已漆了15年的棺材上。这种荒唐可笑的行为,说明他和他所代表的家庭、阶级和礼教都已经成为毫无生机的僵尸,必然走向灭亡。曾家的第二代同样不能挽回这个家庭的颓势。曾皓的儿媳曾思懿是个王熙凤式的人物,是曾家新一代统治者。她耍尽手腕,费尽心机,掌控着曾家的上上下下里里外外,但她并不幸福。作家真实地写出了她内心的凄苦和命运的悲剧性:与丈夫虽是夫妻却形同陌路;她想方设法得到了老太爷的存折,但存折上却分文没有;她苛待儿媳,谋算愫方,结果逼得她们一起离家出走;她逼丈夫出去做事,盼望有个"靠山",结果却把丈夫逼上了吞鸦片自杀的死路。曾公馆这一特殊环

---

[1] 钱理群、温儒敏、吴福辉著:《中国现代文学三十年》,北京大学出版社,1998年,第451页。
[2] 杨剑龙:《旷野的呼声——中国现代作家与基督教文化》,上海教育出版社,1998年,第190页。

境,养成了她特殊的性格:精明干练却又无可奈何,虚伪多疑却又委曲求全。她既有强者的一面,又表现出弱者的无奈,既有苛刻的一面,又有苦恼的一面,既让人厌恶,又让人同情,是性格较为复杂的封建没落家庭的妇女形象。

曾思懿的丈夫曾文清是个有着浓重悲剧色彩的人物。他总是处于受挤压的地位,在背着不幸婚姻重负的同时,又陷入难以忍受的苦涩爱情中,显得凄清而悲凉。作者在刻画曾文清这个悲剧形象时超越了封建伦理道德层次上的批判,而企图对整个封建士大夫文化进行一次总清算。曾家是书香门第,诗礼传家,传统的士大夫文化渗入了他们的价值观念、道德准则和行为方式,但可悲的是,这种文化却把他培育成了只会琴棋书画、精通品茶、赋诗、养鸟、放风筝之类的"雅事",成为毫无实际生活能力的"废物"。曾文清清俊飘逸,温柔敦厚,平和冲淡,天资聪颖,却毫无生命活力。他爱不敢爱,恨不敢恨,一味妥协退缩,以致精神委靡瘫痪,只是个徒具生命的空壳,曾文清最后吞食鸦片自杀,只能是他唯一的选择。

作者在他塑造的愫方和瑞贞这两个女性身上,让我们看到了民族的优秀传统。愫方由于父母早逝,被姨父姨母收养,这种寄人篱下的境遇,使她过早感受到人情的冷暖、世态的炎凉。她哀静、沉默,心地善良,把姨父服侍得体贴入微,并心存感恩之情;对表哥曾文清由同情到爱情,真诚而纯洁。但她却要忍受曾思懿的冷酷欺凌和情感上的种种欺骗。这个热爱生活,富有同情心,富有自我牺牲精神的女子最终看清了这个破落家庭的本质,认清了自己的命运和道路,她怀着对这个家庭的绝望和对未来的憧憬,与新一代的瑞贞一起冲出了这个腐朽的封建家庭,走向新生。

《北京人》在形式上的贡献也是引人注目的。首先,结构上取法契诃夫,追求散文化。曹禺在回顾自己的创作时曾说过,"一个戏不要写得那么张牙舞爪,在平淡的人生铺述中照样有吸引人的东西"。[①]《北京人》整个剧作按照生活本身的形态、节奏、韵味来展开铺演,表面上显得平淡而自然,却有着深刻丰富的内蕴。其次,《北京人》的语言也呈现出散文诗式的韵味和风致,它像生活一样质朴、自然,简约的片言只语就能透示人物灵魂深处的奥秘;再者,《北京人》也运用了蕴含丰厚的象征意象和手法。在剧本中,曾老太爷的黑漆棺材既是剧情的一条重要线索,又成为充满象征意味的"戏眼";剧本中出现的"耗子"、"鸽子",均能给读者、观众想象和联想。特别是剧本中出现的北京猿人头像的投影,它既是人类祖先的象征、人类希望的象征,又是对现实中的北京人——人类祖先的不肖子孙的讽刺与鞭笞,隐喻着作者丰富而复杂的情感。这个谜一样的形象给剧本增添了意蕴深长的魅力。

---

① 曹禺:《和剧作家们谈读书和写作》,载《剧本》,1982年10月。

第四节　郭沫若的《屈原》等历史剧

　　从1941年底到1943年初,郭沫若连续创作了六部历史剧,标志着中国现代历史剧创作高峰的到来。其中《棠棣之花》、《屈原》、《虎符》、《高渐离》写的都是战国时代的史事。战国时代是一个打破束缚的时代,也是一个产生悲剧的时代。郭沫若在抗战时期的强烈触动下,以诗人的激情在古人的情感中找到了共鸣,演绎出激情澎湃的历史诗剧。《棠棣之花》描写战国时代抗秦和亲秦两派的斗争,表达了主张联合反对分裂的主题。《虎符》写如姬窃符救赵,反抗秦国侵略的故事。剧中信陵君宽厚爱人的风范,如姬为国为民为理想而牺牲的慷慨悲壮,都塑造得真切感人。《高渐离》通过高渐离以筑击秦始皇的故事,揭露封建暴君的专制统治,歌颂人民的反抗斗争精神。《孔雀胆》和《南冠草》取材元、明两朝的相关史实。其中《孔雀胆》通过元朝末年云南行省梁王之女阿盖公主与大理总管段功的爱情遭阴谋扼杀的历史故事,编撰了一部凄切哀婉的爱情悲剧。《南冠草》写明末青年爱国诗人夏完淳反抗满清异族侵略的故事,歌颂了可歌可泣的民族英雄,揭露了现实中的汉奸卖国贼。

　　代表作《屈原》全面展示了郭沫若史剧艺术的风采。抗战中后期,特别是皖南事变以后,民族矛盾和阶级矛盾都异常激烈,革命根据地被封锁,爱国民众遭迫害,在外敌入侵、民族危亡的关键时刻,蒋介石却错误地执行"攘外必先安内"的方针,大搞民族分裂。郭沫若深切地感到时代的悲愤,他要把这个时代的悲愤复活到屈原的时代里。

　　历史剧《屈原》共分五幕。第一幕场景在屈原家的橘园中。通过屈原写《橘颂》和他对宋玉的教诲来表现屈原高洁的品质和刚正不阿的意志。夏日清晨微风拂面,漫步园中的屈原,在充满橘香的树下将《橘颂》赠给学生宋玉,给他讲解做人的道理。这一幕将屈原的《橘颂》作为主要情节来展示,目的是表现屈原的气质、风度、思想和胸襟。

　　第二幕场景在后宫。风波乍起,剧情陡转。南后出于个人目的,派上官大夫靳尚买通张仪,设圈套陷害屈原。她假装晕眩,倒在屈原怀中,通过诬陷他淫乱宫廷,达到让楚王放弃屈原政治主张的目的。昏庸的楚怀王果真大怒,剥夺了屈原的官职,同意了张仪要楚国绝齐结秦的要求。戏剧冲突开始明朗化,悲剧已降临到屈原身上。面对这种意想不到的打击,屈原处于极度的悲愤之中。但他并没有计较个人的得失,而是告诫楚王要多替楚国人民着想,从国家大局着想,他却被当作疯子逐出了宫廷。

　　第三幕场景又移到屈原家的橘园。屈原从宫中回来后,处在极度的悲愤之中。他不愿见人,怒视一切,不时地喃喃自语。这时令尹招来一群人造谣陷害,说屈原疯了,并要为他招魂。大众也受到蒙骗,也都认为屈原精神失常了。屈原众叛亲离,落入更大更深的难堪和误解之中。他在孤独的悲愤中,在一阵阵的呼喊声中离家出走。

第四幕写屈原踯躅于城外,正好碰到楚王、张仪、南后一行,矛盾冲突在双方面对面的情况下展开,戏剧冲突处于白热化状态。屈原虽受屈辱,但仍不惜以自己的生命为代价进谏楚王,斥责张仪、南后的丑行。但张仪和南后的侮辱使屈原受到更深的伤害。楚王下令将他拘禁在东皇太一庙。屈原已被恶势力逼到真狂的边缘。

第五幕属尾声,场景在东皇太一庙。屈原压抑已久的愤怒情感终于爆炸了,这种强烈的情感鲜明地表现在他的独白"雷电颂"中。这时的屈原已和自然力化为一体,他赞颂风、雷、电的"伟大的力"和"无限制的自由",渴望"把包含一切罪恶的黑暗烧毁",让"宇宙中的剑"和"我心中的剑"劈开黑暗,迎来"炫目的光明"。"雷电独白"倾泻的不仅是屈原的愤怒,也是郭沫若胸中时代的愤怒。

剧本《屈原》塑造了一个忠于祖国和人民、有强烈的爱国主义情感和高尚的道德情操的悲剧主人公屈原的形象。在政治上,他主张联合、反对分裂,反对不义的战争;在伦理上,他坚持利他,愿为国家民族的利益、人民大众的利益献身;在人格上,他忠贞高洁,主张生死都应该光明磊落,鄙弃苟且偷生、见利忘义、趋炎附势。①他既是一个具有独特性格和历史具体性的个人,又是我们伟大民族灵魂的代表。

郭沫若说:"历史研究是'实事求是',史剧创作是'失事求似'。史学家是发掘历史精神,史剧家是发展历史精神。"②《屈原》的创作遵循了"失事求似"的史剧创作原则,在把握历史精神的基础上,大胆虚构,不拘史实,将历史真实和艺术真实有机地融合在一起。郭沫若的历史剧总有一种英雄主义的悲壮美,《屈原》集中表现了这种悲壮美。屈原的悲剧,给人的不是凄美,而是一种壮美,能给人以信心和力量,并使人对悲剧主人公产生敬仰之情。另外,作为一个激情澎湃的诗人,郭沫若将他的浪漫诗情融入他的历史剧创作之中,做到诗和剧的融合,强烈的戏剧性和浓郁的抒情性融为一体。如"橘颂"、"雷电颂"就是诗,特别是最后一幕的"雷电颂",在将情节推向高潮的同时,作者借屈原之口喊出了一个时代的怒吼,使全剧气韵生动、激情洋溢。

第五节 《白毛女》等根据地的歌剧

歌剧《白毛女》是解放区戏剧运动中出现的代表性作品。这是根据陕北秧歌改

---

① 参见冯光廉、刘增人主编:《中国新文学发展史》,人民文学出版社,1991年,第406页。
② 郭沫若:《郭沫若论创作》,上海文艺出版社,1983年,第501页。

编、创新而成的硕果。秧歌本是陕北群众十分喜爱的民间艺术形式,从苏区开始,共产党领导的戏剧运动就利用这种为老百姓所"喜闻乐见"的形式传达新的革命内容,使解放区的戏剧运动向民族化、群众化、多样化方向发展。特别是1942年毛泽东《在延安文艺座谈会上的讲话》发表之后,解放区的戏剧活动得到新的推动,更加蓬勃活跃。《白毛女》就是在这一背景下涌现出来的新歌剧。

剧本故事是这样的:贫农杨白劳忠厚善良老实本分,但仍逃脱不了地主黄世仁的剥削和压迫。黄世仁为了达到霸占其女儿喜儿的目的,大年三十还催租逼债,并强迫杨白劳在独生女儿的卖身契上按了手印。杨白劳孤苦无告含恨自尽。喜儿在黄家惨遭蹂躏,被逼逃进深山,并在野山洞里生活了三年,因缺少盐和阳光,头发全白了,人称"白毛女"。八路军来到后,她重见天日,报仇雪恨。这个故事揭示了一个深刻的主题,即"旧社会把人逼成'鬼',新社会把'鬼'变成人"。

《白毛女》的成功主要得益于它在歌剧艺术上的创造性成就。剧作情节曲折、故事性强,符合中国观众的传统审美习惯;结构上吸取戏曲的写意手法,线条单纯,环环相扣,虚实相间;音乐方面,广采民歌、戏曲的素材,如剧中不同特色的唱腔隐约透露出河北民歌、山西秧歌或是山西梆子、河北梆子的韵味,同时又借鉴西洋音乐加以融合创新,并随着人物性格的成长而发展变化;在表演形式上,借鉴了西洋歌剧注重表现人物性格的优长,把歌唱、道白、音乐、舞蹈等都当作刻画人物心理、塑造人物形象的艺术手段;在歌剧语言方面,《白毛女》的歌词大都具有民歌风味。

有强烈政治宣传色彩的歌剧《白毛女》,在政治话语中融会了极富生命力的民间话语,这主要表现在剧情上的大团圆结局以及善恶相报的观念,符合传统的民间故事形态,契合老百姓的接受心理,喜儿与大春的爱情波折也暗合传统小说中"落难公子与小姐"经受曲折最终团聚的叙述模式,人物性格上的单一性和脸谱化,在曲调上对民歌的借鉴以及唱白结合的形式,载歌载舞的秧歌剧特点,无不展示着民间艺术的魅力。在以农民观众为主体的解放区,《白毛女》的成功首先应该归功于它民间话语磁石般的感召力。[①] 正是这一点上,农民感受到了熟悉而新鲜的气息,剧作的演出得到了热烈的回应,以至演出"每至精彩处,掌声雷动,经久不息,每至悲哀处,台下总是一片唏嘘声,有人从第一幕至第六幕,眼泪始终未干"。[②]

总之,《白毛女》对我国民族歌剧的创建具有整体性突破意义,在革命内容与民

[①] 参见程光炜、吴晓东、孔庆东、郜元宝、刘勇主编《中国现代文学史》,中国人民大学出版社,2000年,第402页。
[②] 载《晋察冀日报》,1946年1月3日。

族形式,时代精神与民族风格,继承传统与借鉴西方,复杂的情节构造与完整的音乐表现等方面,都达到了较为完美的统一。《白毛女》在思想与艺术上取得的划时代成就,使它成为我国民族歌剧的里程碑。

继《白毛女》之后,解放区的歌剧创作又有所发展,产生了一些有影响的作品,如《兰花花》、《刘胡兰》、《王秀鸾》、《赤叶河》等。其中《赤叶河》在艺术成就上仅次于《白毛女》,唱词富有诗意,音乐优美动听,抒情色彩浓郁,艺术成就较高。

第十章 台湾文学（一）

台湾新文学运动是从20世纪20年代初开始的。这是一场在大陆"五四"新文化运动直接影响下发生在宝岛台湾的文学革命，它与发生在祖国大陆的"五四"新文学运动遥相呼应，并以不可遏制的态势，在日本殖民当局的严密控制下发生、发展与壮大，历经重挫而生生不息。

1895年3月23日，李鸿章代表清政府与日本签订丧权辱国的《马关条约》，割让台湾与金、马、澎及琉球等诸岛屿。日本侵略者占领台湾后，在台湾设立了总督府。1896年，日本帝国政府以"法律第63号"发布"关于施行于台湾之法律"（即"六三法"），赋予"台湾总督"以"所颁布的命令，具有法律效力"之特权，即拥有独裁一切的权力。此后，总督府、警察系统和保甲制度三位一体，构成了殖民统治的三大支柱，对台湾人民实行严酷的统治。在文化教育方面，殖民当局企图强制推行"大和文化"，以取代中华文化。殖民当局定"日语"为"国语"，实行不平等的差别教育，硬性灌输日本国体观念，甚至废汉文，逼台湾人改用日本姓氏，信奉"天照大神"等等。为了有效地继承中华文化，抵制大和文化的"同化教育"，台湾同胞兴办私塾或义塾。1897年，全台共有私塾1127所，至1902年即增至1822所。许多台胞不顾殖民当局的种种限制，把子女送进私塾学汉字，读汉书，习汉文。台湾新文学运动的主将和重要作家，如赖和、张我军等，幼年都在私塾里受过启蒙教育。20世纪初叶，台湾殖民当局改变了对台统治策略，重点由"武治"转换为"文治"。台湾许多由于殖民者入侵而销声匿迹的诗社逐渐恢复了活动，汉诗热重新燃起，结社赋诗蔚然成风，成为日据前期一次重要的保存中华文学传统、增强民族气节的文学普及活动，在文化上显示了一定的反抗意义。但到了日据后期，这种结社联吟的积极因素则大多为消极因素所替代，因而遭到台湾新文学倡导者的严厉批评。

第一节 台湾新文学的萌芽与成长

台湾新文学运动孕育于新文化运动中，其发生主要以1920年台湾留日学生创办《台湾青年》为标志。20世纪初,台湾学子求学深造的途径主要有两条:赴日本或回大陆。到"五四"新文化运动前后,台湾留学人数大增,据统计:1920年回大陆留学者为19人,1922年增至273人。1916年赴日本留学300余人,1922年达2400余人。1919年,"五四"新文化运动在祖国大陆爆发,留日的台湾学子受到极大鼓舞。1919年秋,在东京的台湾留学生蔡惠如、林呈禄、蔡培火等,联络"中国基督教青年会"负责人,为声援响应"五四"运动,在东京成立了第一个台湾留学生社团"声应会",取其"同声相应"之意。但不久因会员流动性大,很快名存实亡。同年岁末,蔡惠如又联络林献堂等成立了有数十人参加的"启发会",拟启发民智、促进台湾社会改革,却同样因组织不力而告解体。1920年初,蔡惠如邀请"启发会"部分会员召开创立组织协商会,获得一致赞同。1月11日,"新民会"的成立大会在东京举行,林献堂、蔡惠如分任正、副会长。"新民会"成立后,为启迪民智加强宣传,决定创办刊物。7月《台湾青年》月刊正式创刊(蔡培火主编),从而拉开了台湾新文化运动的序幕。1921年10月,台湾文化协会(简称"文协")在台北成立,出席成立大会的有300多人,选举出包括后来被称为"台湾新文学的奶母"的赖和在内的33人为理事,成为20年代台湾岛内规模最大、影响最广的新文化团体。其宗旨为"谋合台湾文化之向上"、"助长台湾文化的发展"。"文协"成立后,发行了会报、文化丛书及后来的《台湾民报》,经常派人到各地举办文化演讲会。据统计,从1923年5月至1926年,"文协"在各地举办的演讲会达788场,听众达23.5万人。随着"文协"活动影响的扩大,台湾新文化运动也逐渐深入,并酝酿了台湾的文学革命。

《台湾青年》是一份综合性的文化月刊,其创刊号的"卷头辞"中明确宣告:"吾人深思熟虑的结果,终于这样觉醒了",并以"讨厌黑暗,追慕光明"、"反抗横暴,服从正义"作为台湾新文化运动"自新自强的途径"。它共出版18期,其中刊出过几篇讨论文字改革的文章,如陈炘的《文学与职务》(创刊号)、甘文芳的《实社会与文学》(3卷3号)、陈瑞明的《日用文鼓吹论》(4卷1号),均提出了改革旧文学、采用白话文为文学语言的主张。《台湾青年》于1922年2月15日出至第4卷第2期时停刊,为"应时势推移与我岛之要求"而改出《台湾》杂志(林呈禄、王仲麟主编)。《台湾》杂志仍属综合性文化月刊,至1924年5月停刊,共出版19期。与《台湾青年》相比,这份刊物较为关注文学,刊载了不少小说、新诗、文学评论和翻译作品。其中1923年刊登的两篇提倡改革台湾文学的文章,分别是黄呈聪的《论普及白话文的新使命》和黄朝琴的《汉文改革论》,无疑成为"台湾文学革命的先声"。黄呈聪为留学日本早稻田大学的青年,1922年6月从日本赴大陆,到上海等地访问考察,返回后即写了《论普及白话文的新使命》,从纵横的考察与比较中,集中论述了普及白话文的问题,提出必须将普及白话文作为改革社会、改革文化的紧迫使命。黄朝琴,青年时代留学日本,在早稻田大学攻读政治经济学和国际公法,毕业后赴美国伊利诺夫大学深造。20年代初担任《台湾》杂志编辑和主要撰稿人。《汉文改革论》中心论题是汉文必须"言文一致"。他还提出了几项实施意见:(1)有学识的人,尽快实行言文一致;(2)利用已开设的日语讲习会,传授汉语白话文;(3)将学校所教汉文改用白话体;(4)设立白话文讲习会。对于台湾新文学运动而言,这两篇文章的深远意义和价值是十分显著的。上述两文得到了以《台湾民报》为代表的台湾新文学先驱和实践者的有力声援。《台湾民报》(先后由林呈禄、林焕青、林幼春主编)1923年4月15日创刊于日本东京。它最初属《台湾》杂志"增刊",始为半月刊,后渐次改为旬刊、周刊。它从一开始就全部采用白话文,在版面上辟有关于白话文"应ების室"专栏研讨白话文,并于1924年2月起在台南创设"白话文研究会"以推动普及白话文。它以"提倡文艺,指导社会……启发台湾的文化,对我们将来,实在大有可为"[①]为办刊宗旨,因而它虽仍属综合性文化类刊物,但每期都辟有"文艺"专栏,为台湾新文学的萌芽提供了园地。它一方面从理论到创作系统地介绍祖国大陆"五四"新文学的内容,另一方面则刊登台湾作家的新诗、小说、散文及文艺论文等,从1923—1932年,台湾新文学运动发生、发展时期的作品和重要论文,几乎全都是在《台湾民报》上发表的。台湾新文学史上的重要作家张我军、赖和等,都先后担任过《台湾民报》的编辑,因而它被誉为"台湾新文学的摇篮"。

　　从《台湾青年》到《台湾》杂志再到《台湾民报》,以留学日本和大陆的青年知识分子和本岛青年学生两部分人为主体的台湾文学新军日益成长起来,他们以此作为主要阵地,将大陆"五四"新文化和文学革命的火把传递到台湾岛上,并向封建文学的旧堡垒发起了进攻。就在1923年黄呈聪、黄朝琴等撰文倡导白话文,正式拉开台湾新文学运动序幕不久,台湾文界随即发生了新旧文学之争,论争前后持续两年多时间。当时台湾文坛乃是吟风弄月的封建旧文人把持,一些诗社活动尚多游戏性质,如竹梅吟社的诗题中有"钓竿"、"狎妓"、"膝上判事"、"酸儒"等,尽是无聊之题。后日渐庸俗无聊,1923年成立的东海钟社,举行"击钵吟"活动的诗题几乎全是"怕老婆"、"吃鸦片"、"盲妓"、"跛仆"、"升官"、"卖药"之类。在台湾特定的历史环境中,一些旧文人逐渐走向沽名钓誉、甚至向殖民者献媚取宠。首先向台湾的旧文学发起抨击的是当时正在北京求学的张我军。他在北京接受了"五四"新文化运动的洗礼,痛感台湾社会和文界陈腐不堪,于1924年4月,在《台湾民报》上发表《致台湾青年的一封信》,向台湾的旧思想、旧文化、旧文学开火。随后他又赶回台湾,担任《台湾民报》的编辑,更直接地投身于台湾的新文学运动。这位自命站在台湾"文学道上"的"清道夫",又以"一郎"为笔名,在《台湾民报》上发表了《糟糕的台

[①] 李南衡主编:《日据下台湾新文学明集5·文献资料选集》,台湾明谭出版社,1979年3月,第227页。

湾文学界》，向封建旧文学宣战。他揭露台湾有些旧诗人根本不懂得什么是诗，只是利用旧诗向"总督"讨好献媚，把旧诗当作"沽名钓誉"的工具；指出这种无病呻吟的旧诗只能毒害青年。台湾旧文学名儒连雅堂创办古文体刊物《台湾诗荟》（共出版22期)，他站在旧文学的立场上，著文对张我军以及新文学进行攻击，谓其"提倡新文学，鼓吹新体诗"，乃是"粃糠故籍，自命时髦，吾不知其所新者何在？其所谓新者，持西人小说戏剧之余，丐其一滴沾沾自喜，诚陷阱之蛙，不足以语汪洋之海也"。张我军由此又连续发表了《为台湾文学界一哭》、《请合力拆下这座败草丛中的破旧殿堂》、《绝无仅有的击钵吟的意义》、《新文学运动的意义》等十余篇文章，赖和、张梗等人也在《台湾民报》上发表《读台日纸的〈新旧文学之比较〉》、《讨论旧小说的改革问题》等文，与以《台湾日日新报》、《台湾新闻》、《台南新报》等为阵地的旧文学阵营展开论争。几番较量之后，旧文学由于其自身言文不一、艰深难懂和内容与形式陈旧落伍等历史局限与痼疾而每况愈下，此后，新文学逐渐成为台湾文坛的主导力量。

随着台湾文学革命的不断深入，新文学的建设和创作也有了进展。这主要反映在：一是从大陆请来"文学革命军"，大量介绍文学新思潮与作家作品。从1924—1926年间，《台湾民报》上刊登了多篇介绍大陆新文学理论主张的文章，转载大陆的新文学作品，如鲁迅、郭沫若、胡适、徐志摩等的小说、新诗、戏剧等。二是提出建设新文体的理论主张。如张梗的《讨论旧小说的改革问题》主张以科学的态度，在改革旧小说的基础上，进行新小说的建设。张我军的《诗体的解放》和《新文学运动的意义》，分别提出了以诗的本质与内在律进行诗体解放与建设的理论，及傍依中国白话、改造台湾方言、建设台湾新文学语言的主张。此外，在新旧文学论战声中出现了两份新文学刊物。一是1925年3月创刊的《人人》（杨云萍、江梦笔主编)，这是台湾的第一份白话文学杂志，刊登过张我军、杨云萍等人的不少新诗、小说等作品。另一份是1925年10月创办的《七音联弹》（张绍贤主编)，甫问世便旗帜鲜明地批判旧文学倡导新文学，积极传播大陆的新文学思潮与动态。

在提倡白话文、爆发新旧文学论争的同时，新文学创作也开始在台湾文坛崭露头角。1922—1924年间，一些带有萌芽性质的新小说开始破土而出。追风的《她要往何处去》（《台湾》杂志，1922年4月)成为台湾新文学史上第一篇具有鲜明的批判封建专制制度、反映妇女解放和觉悟的小说。萌芽期的台湾新小说反殖民、反奴性的反帝主题格外突出。如无知的《神秘的自制岛》（《台湾》杂志，1923年3月)，以讽喻体寓言小说的形式，暗讽台湾岛人的迷信、愚昧与奴性，揭示民族悲剧问题的症结所在。施文杞的《台娘悲史》（《台湾民报》，1924年2月)则以"台娘"沦为"日猛"之妾的悲苦，更是表现了鲜明的反殖民主义的思想倾向。当然，这些萌芽期的新小说,艺术表现上的幼稚是显而易见的,有的还残留着章回小说的某些痕迹。台湾新小说的真正成熟,是在稍后出现的赖和的《斗闹热》、《一杆"称仔"》,杨云萍的《光临》、《黄昏的蔗园》,张我军的《买彩票》、《白太太的哀史》等作品。这些真正意义上的新小说的出现,为台湾现代小说奠定了基础。

最早出现的新诗是在1923—1924年间,施文杞、张我军、杨云萍、追风等相继发表了数首新诗。其中施文杞的《假面具》、杨云萍的《这是什么声》、张我军的《对月狂歌》、《无情的雨》,或揭露虚伪的社会现象,或反映人世间的贫富不均,或抒发对于爱情的珍重情怀,标志着台湾新诗的诞生。由诗人杨云萍等创办的《人人》文学杂志,第二期集中发表了近10位诗人的20首新诗。1925年底,张我军将此前写的55首新诗辑成诗集,取名《乱都之恋》在台北出版。这是台湾文学史上的第一部新诗集。1926年11月,《台湾民报》向岛内征求白话新诗,征得50余首,经过评审,有崇五、器人、黄石辉等人的10首入选,成为台湾新文学史上的第一次新诗评选活动。与此同时,现代散文及剧作也进入了开创阶段。

第二节 台湾新文学运动的蓬勃发展

1927年8月,有"台湾新文学的摇篮"之称的《台湾民报》由东京迁入台湾岛内印行,台湾新文学运动开始进入一个蓬勃发展的阶段。

自20年代末至1937年抗日战争全面爆发前夕,台湾新文学运动迈入了以推行文艺大众化为主体的发展时期,并促使新文学创作由萌芽迈入欣欣向荣、蓬勃发展的阶段。20年代末,成立于1921年的新文化社团——台湾文化协会发生分化,领导权转入左翼人士手中,提出了"纠合无产大众,参加大众运动,以期获得政治的、经济的、社会的自由"之纲领。由原"文协"部分成员退出后自行成立的民众党,提出了"对内唤起台湾人的总动员,对外联络弱小民族及国际无产阶级共同奋斗"及"以农工为中心进行全民联合的民族革命斗争"的纲领。1928年4月,日本共产党成立了"台湾民族支部",台共党员广泛而直接参与台湾文化运动和民众运动。左翼政治力量的壮大不仅推动了民族解放和民主革命思潮向文学的渗透,而且直接引发了台湾的文艺大众化运动。受到当时祖国大陆倡导无产阶级革命文学的左翼文艺运动的影响,生活在日本殖民统治下的台湾新文学作家,在1929年、1931年殖民当局两度对全岛进行政治大搜捕的白色恐怖空前严峻的形势下,利用各种合法途径进行各种文艺社团的组织、文艺阵地的开辟以及文艺题材、主题的拓展,从而促进了作家队伍的壮大成长和一批优秀文学作品的产生。

其标志之一:新文学社团及文艺刊物的涌现。经过十年左右台湾新文化运动的启蒙和文学革命的开拓,30年代的台湾文坛,文艺社团和文艺杂志如雨后春笋般相继萌出。1930年3月,被誉为"台湾新文学的摇篮"的《台湾民报》改刊为《台湾新民报》(林呈禄主编),初为综合性文化周刊,后改为日刊。辟有"学艺栏",后又专门增辟"曙光"诗栏,一时白话新诗蜂拥而来,赖和的《流离曲》、虚谷的《诗》、守愚的《长工歌》等均于此栏发表。并多次发起征募悬奖小说活动,首开报刊连载长篇小说之先河,"无论小说、随笔、评论、诗,均极一时之盛"①。另外,像《明日》、《洪水报》、《赤道》、《现代生活》、《晓钟》等新文艺刊物相继面世;而《伍人报》、《台湾战线》、《台湾文学》等倡导无产阶级文艺的刊物也在台湾文坛上树起了"将以普罗列塔利亚文艺来谋取广大劳苦群众的利益"(《台湾战线·发刊宣言》)的醒目旗帜,这些刊物为台湾新文学创作提供了众多的发表园地,并形成了以文艺大众化为主潮,多种文学形态相互影响、渗透、补充的新格局。与此同时,有关"乡土文学"的倡导与论争也在文界掀起一场波澜。1930年8月起,黄石辉、郭秋生在《伍人报》、《台湾新闻》、《台湾新民报》上相继发表《怎样不提倡乡土文学》、《再谈乡土文学》及《建设台湾白话文一提案》、《建设台湾话文》等文章,"提倡乡土文学","建设乡土文学",大力推进趋向"以劳苦群众为对象"的"写实的路上跑"的文艺,由此引发了一场历时两年多的乡土文学论争。这次论争作为一次如何建设台湾新文学的内部争论,无论是民族意识的坚持与困惑,还是地方特色的坚守与强调,无一不推动文艺接近民众。1932年1月,《南音》半月刊的创刊,以推行文艺普遍化与大众化为其主要使命,辟有多种栏目,评论、创作皆备,刊发了包括赖和的《归家》、《惹事》在内的一些乡土小说。同年3月,台湾艺术研究会成立及稍后出版的文艺杂志《福尔摩沙》,致力于创作"大众脍炙"的"乡土艺术",并从中"创造真正台湾人所需要的新文艺"来。1933年10月,台湾文艺协会成立,以"谋台湾文艺的健全的发达为目的"而成为台湾岛内成立的第一个文学社团,其所办文学杂志《先发部队》(因殖民当局的干涉,第2期始改名为《第一线》),在其创刊号上旗帜鲜明地亮出了"台湾新文学出路的探究"特辑,强调文学的时代性、创造性和大众化。

其标志之二:30年代中期台湾新文学运动高潮到来。这集中表现为:1.台湾文艺联盟(简称"台湾文联")的成立。1934年春,台中作家赖明弘和张深切等发起召开全岛文艺大会,于5月6日正式开幕,82位台湾作家参与这一全岛作家的盛会,大会决议成立台湾文艺联盟,并一致通过文艺团体组织案、发刊文艺杂志案、文艺大众化案以及台湾文艺联盟章程,正式宣告台湾文艺联盟成立。会后,选出15位执行委员,并推出赖和、张深切、赖明和等组成五人常委会,由张深切担任常务委

---

① 李南衡主编:《日据下台湾新文学明集5·文献资料选集》,台湾明谭出版社,1979年3月,第301页。

员长。《宣言》号召台湾作家要"站在大众旗下努力","促进台湾的新文艺运动","使黎明期的台湾文艺运动,更加急速进展"。"台湾文联""把全岛的文艺家打成一片","起了领导台湾文学运动的作用"①。2.《台湾文艺》的创办。"台湾文联"于1934年11月创刊发行其机关刊物《台湾文艺》(张深切主编),至1936年8月,共出版15期后停刊。这是日据时期"台湾人创办的文艺杂志中寿命最长,作家最多、对于文化的影响最大的杂志"。② 该杂志不仅对文艺理论、文艺批评相当重视,还发表了赖和的《善讼人的故事》、张深切的《鸭母》、杨华的《薄命》等数十篇台湾小说佳作。3.《台湾新文学》杂志的创刊。1935年底杨逵夫妇创办了《台湾新文学》。该刊与《台湾文艺》殊途同归,并且在后者停办之后,担当起了承续新文学运动的使命。相形之下,《台湾新文学》比《台湾文艺》更显示出左翼文艺的写实倾向,发表了一批30年代的台湾优秀作品,如杨逵的《模范村》、吴浊流的《水月》、《泥沼中的金鲤鱼》等著名小说。直至1937年6月15日殖民当局下令在台废止中文杂志,才被迫终刊。这一时期活跃的新文学作家除了20年代已成名的赖和、杨云萍等人外,中文作者主要有张深切、杨逵、杨华、陈虚谷、杨守愚、蔡愁洞、朱点人等,张文环、吕赫若、翁闹、巫永福等则在《台湾文艺》、《台湾新文学》上开始发表以日文创作的文学作品。

第三节 台湾新文学的重创与艰难前行

1936年起,日本帝国政府制定了将台湾作为"南进"的基地与跳板的侵略政策,由海军大将小林跻造接任"台湾总督",其接任后便大力强化对台的军事统治体制,实施"皇民化"、"工业化"、"基地化"的所谓"治台三策"。首先是推行"皇民化"运动,其内容包括禁止台湾人的言论、集会、出版、结社自由,明令日语为唯一合法语言而禁用汉文,学校禁开汉语课程,取缔汉文私塾,1940年甚至禁止沿用中国习俗,取缔中国寺庙和捣毁神像,强制台湾人信奉"天照大神",参拜神社;强迫台湾人一律改用日本姓氏,对坚持使用汉人姓氏者取消战时"配给品"等等。1937年4月1日起,台湾报纸的"汉文栏"被废止。6月15日,杨逵创办的《台湾新文学》被迫停刊。自此,除了日本《大阪每日新闻》的"台湾版"尚存一个中文栏目外,整个战争期间台湾岛上汉文几近绝迹,1941年后虽允许极个别吟风弄月的旧派中文杂志出版,但绝大多数中文文艺刊物均遭禁止。台湾新文学的生存面临着釜底抽薪的绝境。由于殖民当局的迫害,此前活跃的台湾新文学运动的一些领

---

① 赖明弘:《台湾文艺联盟创立的断片回忆》,载《台北文物》3卷3期,1954年。
② 陈少廷:《台湾新文学运动简史》,台湾联经出版公司,1977年,第120页。

袖人物和重要作家,如张深切等人只得离台赴大陆避难,抗战期间任教于北平国立艺术专科学校的张深切,因主编《中国文艺》而被日本宪兵特高科逮捕,险遭枪决,直到日本投降后才返台。张我军1929年于北京师范大学毕业后,留在北京任教,此时再也无法踏上宝岛台湾,直到台湾光复才回归故土。留在台湾的有着"台湾新文学的奶母"之誉的赖和、被称为"一块不可毁灭的里程碑"的杨逵,先后数度被捕入狱。赖和更因二度入狱期间健康受到极度损害,保释出狱后不久即于1943年初逝世,年仅49岁,造成台湾新文学运动不可挽回的重大损失。身患肺疾的杨逵于1937年底愤而辞职,回到台南家乡开垦荒地,建立"首阳农园",与妻子种菜养花以维持生计。

由于中文被禁止,这一时期的创作几乎全是日文写的,这是20世纪台湾文学史上一个非常时期的文学现象。战争时期的台湾文学,基本上形成了以下几种形态和格局:

一是"皇民"文学。1940年1月,由日本作家西川满等人出面,成立台湾文艺家协会,发行其会刊《文艺台湾》,并先后邀集一些台湾作家加入。1942年2月,举办第一回"台湾文学赏",成为殖民当局笼络台湾作家与"皇民文学"的利诱工具。1943年春,"台湾文学奉公会"取代自行解散的台湾文艺家协会,与日本文学报国会台湾支部相互策应,更以"努力宣扬皇民化"为其主要任务。该年11月,在台湾总督府情报课、日本皇民奉公会中央总部等支持赞助下,"台湾文学奉公会"召开了"台湾决战文学会议",以建立"决战文学体制"为目的,有60多名日、台作家参加。1944年5月,该会创办纳入"战时配置"的机关刊物《台湾文艺》,随即又组织日、台作家赴台岛各地参观,炮制"决战文学"。后由台湾总督府情报课编辑《决战台湾小说集》于1945年初出版。"皇民"文学,毫无疑问是殖民当局策划、怂恿的"努力宣扬皇民化"的形象图解,如台湾作家周金波的小说《水癌》《志愿兵》等,认同日本殖民统治,表现了富于皇民气味的媚日倾向。

二是"隐忍"文学。与极少数"皇民"作家不同,一些台湾作家既不愿做民族的败类,却又苦于看不到民族解放的曙光,不得不韬光养晦,或沉湎于纯粹个人的浪漫抒情,或追求唯美主义的创作路线,避开社会政治问题与事件的"宏大叙事",专写平凡的庸常生活、风土人情与自然景观,以此躲避殖民当局的迫害。如邱淳洸的诗集《化石之恋》《悲哀的邂逅》,以及小说家张文环的《艺旦之家》《夜猿》《阉鸡》,吕赫若的《风水》《合家平安》《庙庭》,龙瑛宗的《植有木瓜树的小镇》《黄昏月》等小说均可归入这一时期的"隐忍"文学。不过,"隐忍"之中也蕴含着一定的"抗议",尽管是较为微弱的声音。如吕赫若的《财子寿》及小说集《清秋》中的七篇小说及张文环、龙瑛宗的一些作品。

三是"抗争"文学。以赖和、杨逵、吴浊流为代表的台湾新文学作家,在日据时期最为险恶的环境和残酷的形势下,坚持爱国主义传统和民族气节,表达鲜明的抗日倾向,以笔作证,揭发和控诉日本侵略者的种种罪行,虽然当时他们的作品难以发表和出版。有"台湾的鲁迅"之称的赖和在1941年再次被捕入狱前写下了"影渐西斜色渐昏,/炎威赫赫竟何存;人间苦热无多久,/回首东方月一痕"的诗句,表达对殖民统治的极大蔑视和必胜信念;出狱后又将此诗的"影"字改为"日"字,直接表达鲜明的抗日意识。有"压不扁的玫瑰花"之称的杨逵,在繁重劳作之余仍然写下了《泥娃娃》、《鹅妈妈出嫁》、《无医村》、《萌芽》等作品,表现了一如既往的抗日意识、理想精神和写实传统。被誉为"铁和血铸成的男儿"的吴浊流,冒着生命危险于抗战后期完成了被称为"日据时代台湾社会的一面镜子"的长篇小说《亚细亚的孤儿》及短篇小说《先生妈》和《陈大人》,后者更是显示了对"皇民化运动"的讽刺倾向和对台奸走狗的批判锋芒。此外,像杨云萍1943年出版的诗集《山河》、巫永福的诗作《祖国》等,都可列为"抗争"文学。

第四节　台湾新文学的光复及与大陆文学的合流

　　1945年8月15日,日本天皇宣布无条件投降,台湾在经历了长达50年零183天的殖民历史之后终于回到祖国的怀抱。作为台湾日据时期最有影响的新文学作家之一,杨逵于9月22日便创办了"以介绍祖国的革命理想与文学作品"为宗旨的《一阳周报》,预示着台湾新文学迎接光复的第一缕晨曦。然而,重创之后的台湾新文学的复元,在光复之初显得缓慢沉重。由于侵略战争期间日本对台湾社会和人力、物力、财力的极大破坏和疯狂掠夺,造成台湾历史上空前的经济危机。而国民党政权接管台湾后,又因加紧内战,无心治理战争创伤而失信于台湾民众,更有吴浊流的小说《波茨坦科长》中揭露的接收大员"范汉智"们搜刮台湾民脂民膏的种种丑行,使台湾民众极度失望,终于爆发1947年"二·二八"起义暴动。之后,杨逵等人因签署"和平宣言"而被捕入狱,竟长达12年。战争期间受到严重摧残的台湾新文学作家,不仅失去了安定平静的创作环境,而且面临着从日文改换汉语的创作重新适应过程。虽然战后台湾文坛办起了多种报刊,但长达半个世纪的殖民统治与"同化主义",尤其是"皇民化运动"废止汉文,造成许多作家只能使用日语写作,而国民政府于1947年10月25日在台废止日文报刊,台湾作家面临着创作语言的转换困难,杨逵的散文《我的小先生》记载的即是光复之初他如何拜小孙女为师,重新一字一句学习汉语的情景。因此,台湾文坛上出现了"跨越语言的一代"的独特现象,不少台湾作家只得搁笔辍文。

　　此时重建和振兴台湾文化、文学的使命主要由大陆赴台和战后返台作家承担。光复之初,即有一批30年代享誉大陆文坛的资深作家,如许寿裳、台静农、李何林、黎烈文、李霁野、雷石愉等相继去台。40年代后期,更有不少战前生活在大陆的省籍作家,如张我军、张深切、钟理和、林海音等纷纷返台。加上40年代末随国民政府迁台的梁实秋、杜衡、谢冰莹、胡秋原、沉樱等人,他们"从不同的角度把祖国大陆自'五四'以来不同发展阶段的文化传统与文学精神带入台湾,使得在日本割据下发展的台湾新文学,进一步与大陆'五四'以来的新文学汇合起来"[①]。这一大陆文学与台湾文学"合流"的趋势,在40年代末国民政府退居台湾后,更是得到了充分的体现。

---

① 刘登翰等主编:《台湾文学史》(下卷),海峡文艺出版社,1993年,第11页。

中编 (1949—1976)

第一章 从建国后的思想批判到"文化大革命"

第一节 思想批判运动

1949年7月2日至19日,中华全国文学艺术工作者代表大会(简称第一次文代会)在北平召开。这次会议不仅标志着新中国文学(中国当代文学)发展的开端,而且还象征性地预示着这一时期(从新中国成立至"文化大革命"结束)文学活动趋向一体化、政治化与体制化过程的起始。

第一次文代会召开时中国大地尚未全部解放,人民解放军与国民党军队在前线激战,新中国的成立正在紧张筹备之中。在这样诸事繁忙的时刻召开全国性的文艺工作会议,体现了毛泽东和党中央对文化文艺工作的高度重视。党中央为第一次文代会发来了贺电,热烈祝贺大会的召开。朱德在开幕式上代表党中央致祝辞,希望文艺工作者团结起来,加强工作,迎接新时代。毛泽东也出席了大会,发表了简短扼要的讲话。[1] 周恩来在大会上作了政治报告,提出了文艺方面的六个问题,即团结问题,为人民服务问题,普及与提高问题,改造旧文艺问题,文艺界要有全局观念问题,组织问题。党中央三位主要领导人出席大会并讲话,表明文艺领域在党的全局性政治工作中将占有重要位置。

总结革命文艺的历史经验,确立今后全国文艺工作的方向和任务,是第一次文代会的主要目的。大会期间,除了周恩来作了纲领性的政治报告外,郭沫若致开幕词,并宣读了《为建设新中国的人民文艺而奋斗》的总报告,茅盾宣读了《在反动派压迫下斗争和发展的革命文艺》的报告,周扬宣读了《新的人民的文艺》的报告。这些报告总结了国统区与解放区文艺运动的成绩和经验,分析了当时的形势和任务,明确了新时代文艺工作的指导精神和发展方向。会议还以《大会宣言》的名义发布了纲领性的结论,指出:"从'五四'以来,中国新文艺运动已历时三十年了,在人民

---

[1] 见《中国新文学大系·第19集》,上海文艺出版社,1997年,第707页。

革命斗争中起了很大的作用。特别是一九四二年毛主席'在延安文艺座谈会上的讲话'发表以后,中国的文艺工作者,尤其是解放区的文艺工作者开始和广大的人民群众相结合。这些年的经验证明了毛主席文艺方针的卓越的预见与正确。……我们感谢毛主席对文艺的关心与领导。今后我们要继续贯彻这个方针,更进一步地与广大人民、与工农兵结合。"①这意味着今后的文艺工作将沿着毛泽东的《讲话》精神、毛泽东制定的文艺方针以及毛泽东的直接领导这样的一体化路线迈进。

在文艺体制上,第一次文代会通过了《中华全国文学艺术界联合会章程》,成立了"中华全国文学艺术界联合会"的全国性组织,选举郭沫若为主席、茅盾和周扬为副主席,还分别成立了按艺术门类划分的中华全国文学、戏剧、电影艺术、音乐、美术、舞蹈等工作者协会。从此,文艺工作者被纳入到自上而下、分门别类并高度组织化的一元行政系统之中。

第一次文代会提出了毛主席文艺方针的卓越预见与正确、贯彻毛泽东的文艺方针等精神,这为建国后至"文革"的思想运动提供了理论依据和合法性。事实上,这一时期发生在文艺界历次全国规模的批判运动,又都是在"毛主席对文艺的关心与领导"下进行的。此外,由第一次文代会建立的文艺体制,为一次次的批判运动的发动与展开提供了组织上的保证。

一、对电影《武训传》的批判。这是建国后第一次全国范围内大规模的文艺思想批判运动。电影《武训传》由孙瑜编剧并导演,1950年12月在各地上演。影片从赞扬的角度叙写了清末山东堂邑县贫苦农民武训行乞卖艺、兴办义学的事迹,放映后得到很多好评,并在全国产生较大反响。1951年3月,中共中央发出通知,要求在全国范围内展开对电影《武训传》的讨论。5月21日《人民日报》发表了毛泽东参与修改、撰写的社论,题为《应当重视电影〈武训传〉的讨论》。毛泽东在社论中严厉地批判《武训传》是"污蔑农民革命斗争,污蔑中国历史,污蔑中国民族的反动宣传",尖锐地指出"《武训传》所提出的问题带有根本的性质","说明了我国文化界的思想混乱达到了何等的程度!"②他的批评不仅指向一般的知识分子,更主要的是针对文化界的党员和党的领导。在批判运动中,文艺界的领导者纷纷进行自我批评,知识分子则加强政治思想的自我改造,文艺批评进一步成为政治斗争的工具。

二、对《红楼梦》研究的批判。这是一次针对学术思想展开的大规模政治性批判运动。1952年,红学家俞平伯以《红楼梦研究》为书名出版了他修改后的旧著,

---

① 见《中国新文学大系·第19集》,上海文艺出版社,1997年,第713页。
② 见《中国新文学大系·第1集》,上海文艺出版社,1997年,第78页。

并陆续发表了《红楼梦简论》等研究文章。1954年,青年批评家李希凡、蓝翎撰写了《关于〈红楼梦简论〉及其他》的文章,批评俞平伯的观点和方法犯了"唯心主义"的错误。此文投寄《文艺报》遭拒绝,后发表于作者母校山东大学的《文史哲》1954年第9期。在《文艺报》被指定转载此文时,主编冯雪峰写的按语态度有些暧昧。这引起了毛泽东的注意,他在1954年10月16日专为此事给中央政治局及有关同志写了《关于红楼梦研究问题的信》,称赞李、蓝文章"是三十多年以来向所谓红楼梦研究权威作家的错误观点的第一次认真的开火",批评一些"大人物"阻拦和压制学术界的新生力量、"小人物",并主张开展一场"反对在古典文学领域毒害青年三十余年的胡适派资产阶级唯心论的斗争"。[1] 于是,一场由批评俞平伯《红楼梦研究》而引起的、全面肃清胡适在政治学、哲学、史学、教育学、文学等领域的影响和一切非马克思主义学术思想的批判运动在全国展开。

三、对胡风等人的批判。胡风是左翼文艺运动中有影响的文艺批评家。他提倡的现实主义创作理论与"主观战斗精神"曾吸引了一批青年作家,也因此与左翼文艺运动内的主流派产生了诸多矛盾与论争。1949年第一次文代会上,茅盾的发言曾不点名地对其进行了批评。1952年9月,中共中央宣传部根据周恩来的指示,召开了有胡风参加的四次座谈会,批判胡风并让其认识自己的错误。随后《文艺报》上发表了何其芳批判胡风文艺思想的文章《胡风的反马克思主义的文艺思想》和《现实主义的路,还是反现实主义的路》。1954年7月,拒绝认错的胡风写成三十万言的《关于解放以来的文艺实践情况的报告》,送呈中共中央,为自己的观点进行全面的辩护。胡风的"上书"使批判迅速升级。1955年初,中国作协遵照中央精神在全国文艺界展开批判胡风文艺思想的运动。5月至6月,《人民日报》先后三次发表了《关于胡风反党集团的材料》,并汇编成书出版。毛泽东为该书写了序言和按语,指出:"胡风和胡风分子确是一切反革命阶级、集团和个人的代言人","作为一个集团的代表人物,在解放以前和解放以后,他们和我们的争论已有多次了"。[2]

四、文艺界的反右派运动。1957年夏,反右派运动在全国展开。文艺界的反右运动是从批判丁玲、陈企霞"反党集团"开始的。从6月6日至9月17日,中国作协连续召开了27次党组扩大会议,发言者有一百多人,发言记录有100多万字,批判丁、陈反对党的领导、分裂文艺界的团结、建立反党的文艺思想阵地等三大"阴谋"与"罪行"。在运动中,丁玲、萧军、罗烽、艾青等在1942年延安写的文章受到了"再批判";一些在"双百"(即"百花齐放,百家争鸣")方针号召下

---

[1] 见《中国新文学大系·第1集》,上海文艺出版社,1997年,第116页。
[2] 同上书,第213页。

涉足"禁区"的作品,如王蒙的小说《组织部新来的年轻人》、邓友梅的小说《在悬崖上》以及秦兆阳的《现实主义——广阔的道路》、陈涌的《为文学艺术的现实主义而斗争的鲁迅》、刘绍棠的《我对当前文艺问题的一些浅见》、钱谷融的《论"文学是人学"》、巴人的《论人情》、钟惦棐的《电影的锣鼓》、黄秋耘的《刺在哪里?》等文章,都被按上"反党"或"修正主义思想"的帽子受到清算;文艺界内的大批作家和批评家被打成"右派"。这场运动的危害之大、受打击者面之广前所未有。

除了上述四次全国性大规模的批判运动,并未采取"运动"形式的、范围和强度较小的文艺思想批判时有发生。如1951年批判萧也牧的小说《我们夫妇之间》,"文革"前批判邵荃麟的"写'中间人物'论"等等。

在历次运动的发动、展开与收束的过程中,文学组织的体制化作用也是不能忽视的。中国作协及其下属机构,高等院校中的相关院系,《人民日报》、《文艺报》等宣传部门,都在运动中各司其职,协同成局。如果没有体制化的各级组织,如果不是任何作家都置身于一个组织或单位之内,文艺界各次运动的开展是不可能的。

第二节 "双百方针"与文艺政策的调整

在1949年至1966年的17年里,文艺活动是以思想批判运动为其特色的。但在两次批判运动高峰间的短暂低谷,也会出现间歇与缓冲时期,形成较为宽松与相对活跃的文艺局面。这一方面是由于国家意志在掌控文艺政治化、一体化的过程中,会根据国内外形势的变化随时作出文艺政策上的调整;另一方面,也因为被压制的非主流文艺思想与创作活力虽在一次次运动中遭到整肃,但并不可能完全退出文艺舞台,尤其不会在作家们心灵中消失,只要环境适宜便会显示其存在。这种情况,在建国后的17年里出现过两次,一次是1956年至反右运动前推行"双百方针"时期,另一次是60年代初期"三年自然灾害"时期文艺政策的调整。

1956年4月28日,毛泽东在中共中央政治局扩大会议作总结发言时说:"'百花齐放、百家争鸣',我看应该成为我们的方针,艺术问题上百花齐放,科学问题上百家争鸣。"[①]同年5月26日,时任中宣部部长的陆定一在中共中央召集的会议上对知名科学家、文学家、艺术家作了题为《百花齐放,百家争鸣》的长篇报告,全面阐

[①] 转引自夏杏珍《"百花齐放,百家争鸣"方针的形成过程的历史回顾》,载《文艺报》1996年5月3日。

述党的"双百方针"。他指出:"要使文学艺术和科学工作得到繁荣和发展,必须采取'百花齐放,百家争鸣'的政策。文艺工作,如果'一花独放',无论那朵花怎么好,也是不会繁荣的。""我们所主张的'百花齐放,百家争鸣'是提倡在文学艺术工作和科学研究工作中有独立思考的自由,有辩论的自由,有创作和批评的自由,有发表自己的意见、坚持自己的意见和保留自己的意见的自由。"当然,他解读双百方针内涵的"四大自由"是"人民内部的自由","政治上必须分清敌我",但如此倡导"自由"在历经批判运动的人们听来倍感亲切,实属罕见,其政策的宽松与开放倾向显而易见。在当时文艺工作者最关注的文艺与政治的关系问题上,在当时阶级斗争的语境下,陆定一也有较为中性和有回旋余地的表述。他说:"我们还必须看到,文学艺术和科学研究,虽然同阶级斗争密切有关,可是它和政治终究不是完全相同的。政治斗争,是阶级斗争的直接的表现形式,文艺和社会科学,可以直接地表现阶级斗争,也可以比较曲折地表现阶级斗争。以为文艺和科学同政治无关,可以'为艺术而艺术','为科学而科学',这是一种右的片面性的看法,是错误的。反之,把文艺和科学同政治完全等同起来,就会发生另一种片面性的看法,就会犯'左'的简单化的错误。"①这种既反右又反左的两面策略,事实上可以为不同观点的人各取所需。联系到此前历次批判运动将文艺与政治混同不分的偏向,更多的人宁愿相信这一说法意味着某种改变或纠偏。总之,文艺界对"双百方针"的理解是正面的,接受是由衷的。

尽管"双百方针"仍未摆脱阶级斗争的大前提,但它确实标示着文艺政策向宽松和相对自由的方向作出了实际调整。敏锐感受到文学环境变化的作家、批评家很快响应繁荣和发展文艺的号召,受压抑的创造力被释放出来,一批探索性、批判性的新作品问世,不少观点新颖大胆,甚至质疑既有规范的理论文章得以发表,一时文学领域出现了"百花齐放"的新变化与新局面。有文学史家称这一时期的文学创作为"百花文学",甚至有人称这短短的一年多时间为"百花时代"。

这一时期文学的特点是反对公式化、概念化的作品,主张"写真实"和"干预生活",注重揭露和批判生活的阴暗面、消极面。王蒙的小说《组织部新来的年轻人》叙述了一个单纯真诚的青年人所具有的理想主义与现实环境格格不入而引起困惑的故事,发表后引起强烈社会反响。王蒙自诉其创作动机是:"想到了两个目的:一是写几个有缺点的人物,揭露我们工作、生活中的一些消极现象;一是提出一个问题,像林震这样的积极反官僚主义却又常在'斗争'中碰得焦头烂额

---

① 见《中国新文学大系·第1集》,上海文艺出版社,1997年,第10—11页。

的青年到何处去。"①另外一些作家则在爱情题材上耕耘,如邓友梅的《在悬崖上》、宗璞的《红豆》,陆文夫的《小巷深处》。这些作品抒写人性、人情,歌颂真善美,鞭挞假恶丑,在一定程度上摆脱了主流文学规范的阶级斗争理念。

在文艺思想方面,也出现了对主流理论规范的怀疑和新的探索。秦兆阳的《现实主义——广阔的道路》以现实主义再认识的名义,对"社会主义现实主义"的提法和定义提出质疑。他认为:"文学的现实主义,不是任何人所定的法律,它是在文学艺术实践中所形成、所遵循的一种法则。它以严格地忠实于现实,艺术地真实地反映现实、并反转来影响现实为自己的任务。""想从现实主义文学的内容特点上将新旧两个时代的文学划分出一条绝对的不同的界线来,是有困难的。"这就是说,现实主义是贯串文学史的和有延续继承性的,无须在它前面加上新、旧、批判、社会主义等词,将其弄成性质不同的东西。作为妥协方案,他建议"称当前的现实主义为社会主义时代的现实主义"②。刘绍棠的《我对当前文艺问题的一些浅见》则挑战禁区,直接对毛泽东的《在延安文艺座谈会上的讲话》发表自己与主流观点差异甚大的独立思考与见解。他认为《讲话》"包含着两个组成部分。一个是指导当时文艺运动的策略性理论;一个是指导长远文学艺术事业的纲领性理论"。这一划分的逻辑结论必然是《讲话》的策略性理论部分随着时代的变换而过时了,如"当时的文艺为政治服务,就必然表现在为政策条文服务上","当时在提高和普及的问题上,是以普及为主的"等等。对《讲话》的纲领性理论部分,如文艺为工农兵服务、政治标准第一和艺术标准第二、作家深入生活和思想改造等,他在肯定其现实价值之后都用"但是"一语为转折,以自己的修正性见解阐发其内涵,并批判教条主义和权威经典的解释。这些理论探索在当时语境下无疑是胆识兼具的,同时也反映了贯彻双百方针后一定程度的学术自由。

1961年至1962年是另一个批判运动间歇期。它处于反右派、反右倾运动的余波与"文革"运动的前奏曲之间。当时,由于"大跃进"左的急躁冒进和连续的自然灾害,国民经济处于严重困难时期。在严峻的现实面前,党中央开始纠正经济工作中的"左"倾错误及其后果,与之相应,文艺政策也作出了调整。1961年3月,《文艺报》第3期刊发了"题材问题"的专论,批评1957年以来文艺创作题材狭窄化的倾向和限制题材多样化的理论主张,重提党的"百花齐放"的文艺方针和作家在选择题材上的创作自由,试图以题材问题为突破口调整政策、繁荣文艺。这一标示文艺政策转变的信号立即受到文艺界的广泛关注和欢迎。

1961年6月,全国文艺工作座谈会和故事片创作会议召开,周恩来作了长

---

① 《关于〈组织部新来的青年人〉》,载《人民日报》1957年5月8日。
② 见《中国新文学大系·第1集》,上海文艺出版社,1997年,第384、390—391页。

篇讲话。他讲话的主旨是倡导"民主作风"和"社会主义的自由",批判"一言堂",批判套框子、抓辫子、挖根子、戴帽子、打棍子的不良风气。他分别阐述了物质生产与精神生产、阶级斗争与统一战线、为谁服务、文艺规律、遗产与创造、领导工作和话剧创作等七个问题,主张尊重艺术规律,领导对艺术创作要"干涉少些"。对于最敏感的文艺与政治关系的理论问题,他指出:"文艺为政治服务,要通过形象,通过形象思维才能把思想表现出来……没有了形象,文艺本身就不存在,本身都没有了,还谈什么为政治服务呢?"并指责粗暴的政治化的文艺批评"把'人性论'、'人类之爱'、'人道主义'、'功利主义'都弄乱了"[①]。这些观点虽未脱离当时主流意识形态的大框架,但其纠偏和营造宽松文艺氛围的意图显而易见。

1962年3月,在全国话剧、歌剧、儿童剧创作座谈会上陈毅作了讲话。他开门见山地谈到了知识分子政策的调整:"现在的问题,是大家都有气,今天要来出出气。我们党领导的思想改造运动,总的说来是正确的,但在运动中间也发生了一些缺点、错误,有一些地方出现了过火斗争,搞得很多人感情很痛苦。""现在主要的要扶作家,扶科学家,扶这些知识分子。"关于剧本的创作问题,他强调了对外国的开放态度和文艺的娱乐性质。他说:"不是中国的民族的东西都是好的,外国的都是坏的,现代的资产阶级的文化中间,就没有可学的了,……古代的、现代的、中国的、外国的、西洋的、东洋的,所有长处,我们加以吸收,吸取营养,没有偏到一面。我们对文学艺术作品,尺码要宽,寓教育于娱乐之中,不是一本政治教科书,更不是一本政治论文、整风文件,它就是一个文化娱乐嘛,……文学家、艺术家他就起这个作用,他跟政治家起不同的作用嘛。"[②]分管外交工作的陈毅以外行的身份谈文艺,更加放松和大胆,体现了文艺政策调整的深入。同年4月,《关于当前文学艺术工作的意见》(即"文艺八条")正式定稿,由中央批准下达各文艺单位,作为文艺政策调整的指导性文件。其内容是:一、进一步贯彻执行百花齐放、百家争鸣的方针;二、努力提高创作质量;三、批判地继承民族遗产和吸收外国文化;四、正确地开展文艺批评;五、保证创作时间,注意劳逸结合;六、培养优秀人才,奖励优秀人才;七、加强团结,继续改造;八、改进领导方法和领导作风。

文艺政策的调整带来了理论批评的活跃局面。曾受到错误政治批判的作品《洞箫横吹》、《布谷鸟又叫了》、《同甘共苦》等重获肯定,就诸多文艺理论问题如题材、美学、历史剧、悲剧、"共鸣"、山水诗等都展开了热烈的学术讨论。一些西方文化、文学名著得以翻译出版,一些传统戏剧曲目重新上演。时任中国作协副主席、

---

① 见《中国新文学大系·第1集》,上海文艺出版社,1997年,第52、54页。
② 同上,第64、65、75页。

党组书记的邵荃麟针对当时普遍存在的文学创作中回避矛盾、粉饰现实的倾向,提出了"现实主义深化"的理论主张,强调"现实主义则是我们创作的基础。没有现实主义,就没有浪漫主义。我们的创作应该向现实生活突进一步,扎扎实实地反映现实"[①]。他的观点代表了文艺政策的调整促使了文学理论的转向,对现实主义精神贫乏的创作现状具有纠偏的积极意义。

自1963年始,文艺政策的调整发生了逆转。4月召开的中国文联第三届全国委员会第二次扩大会议上,"加强文艺战线,反对修正主义"成为中心议题,文艺界的"反修"斗争掀开了序幕,同时预示着更大规模的运动风暴的来临。

第三节 "文化大革命"中的文艺思潮

一般认为,1965年11月10日上海《文汇报》发表的姚文元文章《评新编历史剧〈海瑞罢官〉》是"文革"的序曲。这篇文章是由江青组织撰写并由毛泽东认同发表的。作为"文革"的发动者和领导者,毛泽东对当时国内形势和党内斗争有着错误的估计,尤其对文艺界的现状深怀不满。早在1963年12月,毛泽东就在关于文学艺术的批示中表达了他的判断与愤怒:"各种艺术形式——戏剧、曲艺、音乐、美术、舞蹈、电影、诗和文学等等,问题不少,人数很多,社会主义改造在许多部门中,至今收效甚微。许多部门至今还是'死人'统治着。不能低估电影、新诗、民歌、美术、小说的成绩,但其中的问题也不少。至于戏剧等部门,问题就更大了。……许多共产党人热心提倡封建主义和资本主义的艺术,却不热心提倡社会主义的艺术,岂非咄咄怪事。"[②]1964年6月,毛泽东在另一个批示中对文艺界状况的判断更趋总体否定,批判口气也更加严厉:"这些协会和他们所掌握的刊物的大多数(据说有少数几个好的),十五年来,基本上(不是一切人)不执行党的政策,做官当老爷,不去接近工农兵,不去反映社会主义的革命和建设。最近几年,竟然跌到了修正主义的边缘。如不认真改造,势必在将来的某一天,要变成像匈牙利裴多菲俱乐部那样的团体。"[③]

1966年2月,江青在林彪的配合下召开了部队文艺工作座谈会。这次座谈会的《纪要》发表于1967年5月,是"文革"中激进文艺思潮的纲领性文件。其激进的理论主张主要体现在以下几个方面。

---

① 《在大连"农村题材短篇小说创作座谈会"上的讲话》,见《中国新文学大系·第1集》,上海文艺出版社,1997年,第522页。
② 毛泽东:《关于文学艺术的两个批示》,载1967年5月28日《人民日报》。
③ 同上。

首先，以虚无主义的极端态度彻底否定古今中外优秀的文化与文学遗产。对于建国以来的文艺界，《纪要》认为，毛泽东的指示和路线"却基本上没有执行，被一条与毛主席思想相对立的反党反社会主义的黑线专了我们的政，这条黑线就是资产阶级的文艺思想、现代修正主义的文艺思想和所谓三十年代文艺的结合。'写真实'论、'现实主义广阔的道路'论、'现实主义的深化'论、反'题材决定'论、'中间人物'论、反'火药味'论、'时代精神汇合'论，等等，就是他们的代表性论点，……电影界还有人提出所谓'离经叛道'论，就是离马克思列宁主义、毛泽东思想之经，叛人民革命战争之道"[1]。这就是所谓"黑线专政"和"黑八论"的首次表述。《纪要》的批判矛头还指向30年代的左翼文艺，主张"要破除对所谓三十年代文艺的迷信。那时，左翼文艺运动政治上是王明的'左倾'机会主义路线，组织上是关门主义和宗派主义，文艺思想实际上是俄国资产阶级文艺评论家别林斯基、车尔尼雪夫斯基、杜勃罗留波夫以及戏剧方面的斯坦尼斯拉夫斯基的思想，他们是俄国沙皇时代资产阶级民主主义者，他们的思想不是马克思主义，而是资产阶级思想"[2]。此外，《纪要》还提出"要破除对中外古典文学的迷信"，对苏联十月革命后的文学"不能盲目崇拜"，尤其要重视"文艺上反对外国修正主义的斗争，不能只捉丘赫拉依之类小人物。要捉大的，捉肖洛霍夫，要敢于碰他。他是修正主义文艺的鼻祖"[3]。至此，《纪要》编织了古今中外优秀文学作品难以逃脱的密网，以彻底批判和否定一切的极端化思潮扫荡文艺。

其次，将文艺从属于政治、为政治服务的"工具论"观点导向极致。毛泽东在《讲话》中提出"政治标准第一，艺术标准第二"，但在《纪要》中已经发展成"政治标准唯一"，文艺的主体性和独立性已被强烈的政治功利和政治话语淹没了。《纪要》指出部队文艺工作的任务是："必须密切结合部队的任务和思想情况，为兴无灭资、巩固和提高战斗力服务"；"我们的文艺是无产阶级的文艺，是党的文艺。无产阶级的党性原则是我们区别于其他阶级的最显著标志"；而文艺批评则应该"变成匕首和手榴弹，练出二百米内的硬功夫"；"我们要在党中央和毛主席的领导下，在马克思列宁主义和毛泽东思想的指导下，去创造无愧于我们伟大的国家，伟大的党，伟大的人民，伟大的军队的社会主义的革命新文艺"[4]，如此等等。不仅是政治话语的泛滥，而且还有战争文化余音。这种极端政治化的文艺思潮发展到"文革"后期，便产生了"阴谋文艺"，文学作品成为直接"与走资派作斗争"的政

---

[1] 《林彪同志委托江青同志召开的部队文艺工作座谈会纪要》，载《江旋》，1967年第9期。
[2] 同上。
[3] 同上。
[4] 同上。

治利器。

再次,在"革命样板戏"实践基础上提出僵硬化文学创作模式。《纪要》中,已经把江青一手把持的现代京剧《红灯记》、《沙家浜》、《智取威虎山》、《奇袭白虎团》和芭蕾舞剧《红色娘子军》等树为"样板",并归结出社会主义文艺的根本任务是"要努力塑造工农兵的英雄人物"①。1968年,于会泳在《文汇报》上发表《让文艺舞台永远成为宣传毛泽东思想的阵地》一文,以"样板戏"的创作为例,提出了"三突出"的文学创作模式。文章说:"我们根据江青同志的指示精神,归纳为'三个突出',作为塑造人物的重要原则。即:在所有人物中突出正面人物来;在正面人物中突出主要英雄人物来;在主要人物中突出最主要的即中心人物来。江青同志的上述指示精神,是创作社会主义文艺的极其重要的经验,也是以毛泽东思想为武器,对文学艺术创作规律的科学总结。它可以保证我们社会主义革命文艺永远立于不败之地,可以使我们的革命文艺舞台永远闪耀着毛泽东思想的光芒。"②激进的政治思潮和偏执的文学观念造就了这一僵硬的创作模式,将多样化和开放性的人物塑造方法定于一格,具有理念至上和主题先行的政治功利主义色彩。按照这种模式定制出的英雄形象,往往是缺乏生活实感和亲和力的概念化的人物。

最后,"文革"中极左的文艺思潮具有高度自我封闭、唯我独尊的特征,并与政治高压的专政手段共谋,营造出从文学创作到文学阅读一体化的专制格局。极左的文艺思潮否定一切,打倒一切,唯我独"革",其实它反映了一种极端自我中心主义的封闭心态,企图建立一个与世界潮流和人心相背的封闭的"文学场"。在"文革"中,有一个占支配地位的"世界革命中心转移论",即世界革命中心有一条从西向东转移的"规律",先是19世纪的法国,再是20世纪初的俄国,最后转到20世纪中叶的中国,于是有了"中国是世界革命的中心"、"中国是世界革命的根据地"等妄自尊大的理论归纳。《纪要》批判和怀疑一切,反对文学对外对内的开放,其理论基点即中国中心论。《纪要》说:"世界上从来是新生力量战胜腐朽力量。……我们应该以做一个彻底的革命派而感到自豪。要有信心,有勇气,去做前人所没有做过的事,……这是开创人类历史新纪元的、最光辉灿烂的新文艺。"③这个所谓"开创人类历史新纪元的"新文艺就是革命样板戏。在江青的心目中,样板戏不仅是中国文艺的样板,也是世界文艺的样板。张春桥则宣称:"从《国际歌》到革命样板戏,这中

---

① 《林彪同志委托江青同志召开的部队文艺工作座谈会纪要》,载《江旗》,1967年第9期。
② 载《文汇报》1968年5月23日。
③ 同①。

间一百多年是一个空白。"①其实"文革"中,除了八个"样板戏",文艺界也几乎是一片"空白"。当时群众嘲讽说:"八亿人看八个样板戏。"这种封闭、单调、凋零的文学状况,不仅是极左文艺思潮造成的,而且也是借助于政治斗争和专制手段的结果。一大批文艺家被批斗或被整死,众多文学刊物被停刊,古今中外优秀文学读物被禁,"破坏革命样板戏"的人被打成现行反革命,这一切表明,左倾文艺思潮已经极端政治化,达到了与专制手段彼此难分的地步。

然而,即使倚重专制手段,左倾文艺思潮想一统天下仍然是难以实现的。民间的地下文学创作和私底下的文学阅读在"文革"中依然存在,并催生新的非主流的文艺思潮萌动的可能。

在"文革"的政治高压下,对古今中外文学名著的阅读活动是偷偷进行的。这种地下阅读有几个重要的支撑因素。第一,正规教育的中断使青年学生有了大量的闲暇时间,处于心理断乳和反叛期的青年在封闭、隔绝的环境里有了更强烈的了解世界的精神饥渴。第二,由于动乱和红卫兵掌管图书馆等原因,大量的图书流落在外。第三,供批判用的内部读物开始传阅于一般青年学生之间。种种情况造就了大批的文学青年,并形成了小规模的地下创作的潜流,他们的开放视野与风格同当时萧条而封闭的主流文学形成强烈反差。舒婷是"文革"中开始地下创作的"朦胧派"诗人,她当时阅读到的外国作家作品主要有:雨果的《九三年》和《悲惨世界》,《普希金诗抄》,泰戈尔、拜伦、密茨凯维支、济慈、莫泊桑、梅里美、契诃夫、聂鲁达、波德莱尔等人的作品,还有《柏拉图对话录》、《安诺德美学评论》等理论书②。另一批从事地下诗歌创作的北京中学生则更多地获益于内部读物,后来被称为"白洋淀诗派"主要成员的多多曾回顾说:"1970年初冬是北京青年精神上的一个早春。两本最时髦的书《麦田里的守望者》、《带星星的火车票》向北京青年吹来一股新风。随即,一批黄皮书传遍北京:《娘子谷及其他》、贝克特的《椅子》、萨特的《厌恶及其他》等。"③

地下文学创作则都以手抄本形式在一定的范围传播。小说方面有张扬的《第二次握手》、北岛的《波动》、毕汝协的《九级浪》、佚名的《逃亡》、靳凡的《公开的情书》等;诗歌方面有后来被称为"白洋淀诗派"的食指、北岛、根子、多多、芒克、江河等人的创作,"朦胧诗派"的代表诗人舒婷、顾城的诗歌创作也是在"文革"中开始的。他们的地下创作,无论是主题和情感,还是艺术形式与表现手法,都与当时官方允许的主流文学形成强烈的反差,并受到追究和迫害。这些地下作品背后的创

---

① 转引自谢铁骊等《"四人帮"是摧残文艺革命的刽子手》,载《人民日报》1976年11月10日。
② 舒婷:《生活、书籍与诗》,见《沉沦的圣殿》,新疆少儿出版社,1999年,第300—304页。
③ 多多:《被埋葬的中国诗人(1972—1978)》,见《沉沦的圣殿》,新疆少儿出版社,1999年,第195页。

作理念，既有批判现实主义，也有现代主义、象征主义和意识流。在全面封闭与隔绝的"文革"时期，这些作者的心灵是与世界沟通的，是与西方的文艺思潮接轨的。他们以地下抗争姿态拒绝极左文艺思潮的专制统治，并使"文革"结束后文学的迅速复苏成为可能。

第二章 小　说

第一节 概　说

随着第一次文代会的召开和新中国的成立,五六十年代的文学显现出共和国年轻的活力。50年代初期,时代进入了百废待兴的阶段。由于延续了为工农兵服务的文艺政策,曾叱咤文坛的茅盾、沈从文、钱钟书等老作家逐渐退出小说创作艺苑,张恨水、秦瘦鸥等通俗文学作家销声匿迹。解放区成长起来的作家与部队作家成为新中国文坛的生力军:赵树理、周立波、孙犁、欧阳山、周而复、王愿坚、王汶石、茹志鹃、杨沫、柳青、李準、峻青、刘宾雁、王蒙……一大批中青年小说家推动了新中国小说创作的繁荣与发展。

建国初期,在《在延安文艺座谈会上的讲话》的"指引"下,创造"真正新的人民的文艺"成了小说创作前进的方向,小说创作主要以歌颂新中国、歌颂工农兵英雄、歌颂劳动建设者为基本主题。这类作品中描写革命斗争历史的有杜鹏程的《保卫延安》、刘白羽的《火光在前》、刘知侠的《铁道游击队》、袁静、孔厥的《新儿女英雄传》、孙犁的《风云初记》以及王愿坚的《党费》等。描写社会主义建设题材的有赵树理的《三里湾》、《登记》,西戎的《纠纷》、《宋老大进城》,马烽的《一架弹花机》,李準的《不能走那条路》和谷峪的《强扭的瓜不甜》等。

50年代中期,由于"双百方针"的提出和受苏联"解冻文学"的影响,文艺界提出了"写真实"、"干预生活"的创作主张,以期加强文学创作对现实生活的广度和深度的开掘。小说家开始踏入了一些创作禁区,出现了一些佳作。爱情题材的作品纷纷涌现:宗璞的《红豆》、陆文夫的《小巷深处》、邓友梅的《在悬崖上》、阿章的《寒夜的别离》等,这些作品化解了革命与爱情的二元对立,努力表现人的真性情。一些揭露阴暗面的作品崭露头角:刘宾雁的《本报内部消息》,王蒙的《组织部新来的年轻人》,耿简(柳溪)的《爬在旗杆上的人》,李国文的《改选》,刘绍棠的《田野落霞》,李準的《灰色的篷帆》,荔青的《马端的堕落》等。这些小说针砭时弊,揭示了当时的官僚主义、教条主义等种种不正之风,有着积极的现实意义。

"百花齐放"的局面不久就在"反右"、"大跃进"等政治运动的干预下烟消云散。一些曾受瞩目的作品被打成"毒草",受到批判,甚至被斥为"创作上的逆流"。50年代末至60年代中期,小说创作呈现两个趋向:对新政权的颂歌和阶级斗争的战歌。前者如周立波的《山乡巨变》、浩然的《艳阳天》、马烽的《太阳刚刚出山》、柳青的《创业史》等;后者如罗广斌与杨益言等的《红岩》、曲波的《林海雪原》、吴强的《红日》、梁斌的《红旗谱》、杨沫的《青春之歌》、欧阳山的《三家巷》等。这一时期出现了大量的历史小说,小说家们在"左"倾思潮的干预下纷纷转向历史小说创作,以期借古人讽今朝。徐懋庸的《鸡肋》、师陀的《西门豹的遭遇》、陈翔鹤的《陶渊明写〈挽歌〉》、《广陵散》、姚雪垠的《李自成》、黄秋耘的《杜子美还乡》、冯至的《白发生黑丝》、李束为的《海瑞之死》等。而"都市小说"与"工业题材小说"数量虽然也不少,但比起农村题材、革命历史题材来则"大为逊色"。周而复的多卷本长篇小说《上海的早晨》(第一、二卷分别出版于1958、1962年),在对城市资产阶级面临"资本主义工商业的社会主义改造"时期的描写独树一帜,成为继《子夜》之后又一部描写我国民族资产阶级历史命运的长篇巨制。

"文化大革命"后,文坛经历了一次浩劫,许多作家被打倒,一些优秀的作品被冠以"封、资、修"的帽子。出现了一些与"四人帮"阴谋相关的"样板小说":如《虹南作战史》、《千重浪》等。在政治高压下出现了小说手抄本,张扬的《第二次握手》就以手抄本的形式在读者中间流传,成为"文革"中特殊的文学现象。

第二节　梁斌、杨沫、欧阳山的长篇小说

新中国成立后,由于有一些经历过革命战争的部队作家的出现,革命历史长篇小说的创作获得了丰收。杜鹏程的《保卫延安》、马加的《开不败的花朵》、刘白羽的《火光在前》、陈登科的《活人塘》、陆柱国的《上甘岭》、杨沫的《青春之歌》、曲波的《林海雪原》、刘知侠的《铁道游击队》、梁斌的《红旗谱》、欧阳山的《三家巷》等,以其各具特色的革命斗争历史叙事,展现了建国初期长篇小说创作的成就。

梁斌(1914—1996),原名梁维周,河北省蠡县人,1927年即参加共产主义青年团,1930年考入河北保定第二师范学校,于翌年参加了护校学潮。1932年故乡发生的高蠡暴动对其影响极大。主要作品有《红旗谱》、《播火记》、《烽烟图》、《翻身记事》等长篇小说,《三个布尔什维克的爸爸》、《夜之交流》等短篇小说,以及剧本《千里堤》、《抗日人家》、《五谷丰登》、《爸爸做错了》等,其中以《红旗谱》成就最高。

《红旗谱》是一部描绘农民革命斗争的壮丽史诗,其中显示出梁斌长期的生活积累和艺术积累。小说主要以朱老忠、严志和两家三代同冯老兰一家两代的斗争历史为主线,通过三个家庭的恩恩怨怨,描写了共产党领导下的反割头税运动和保

定二师学潮斗争。作品以朱老巩大闹柳树林起笔,从25年之后朱老忠携家人从关外归乡,欲为父报仇开始描述,对大革命前后中国北方乡镇的革命运动作了艺术性的概括,表现了中国农民从自发的反抗转向有组织有纪律斗争的历史进程,成功地刻画了朱老忠这一有血有肉、具有鲜明时代特征的人物形象。作者借鉴了我国古典小说的手法,侧重透过行动和对话表现人物的心理,使得人物跃然纸上,极富表现力。在小说的形式上,借鉴了传统章回体的叙事方式,却并没生搬硬套。作品展现了北方农村的丰富生活,具有浓郁的地方色彩。

杨沫(1914—1995),原名杨成业,笔名杨君默、杨默,祖籍湖南湘阴县,生于北京一个知识分子家庭。1928年进入北平温泉女中,但因家庭破产失学,后为反抗包办婚姻离家出走,曾先后任过小学教员、家庭教师和书店店员等职,1934年开始文学创作,作品以反映抗战居多。代表作除了《青春之歌》外,还有中篇小说《苇塘纪事》、短篇小说《红红的山丹花》、长篇小说《芳菲之歌》、《英华之歌》等。

《青春之歌》主要是讲述了女中学生林道静因家长逼婚离家出走后的生活经历,展示了青年知识女性林道静走上革命道路的全过程。丈夫余永泽的自私落后与革命同志们的质朴坚贞形成了鲜明对比,使得林道静在痛苦的抉择后完成了灵与肉的蜕变,真正成长为一名革命战士。《青春之歌》以"九一八"到"一二·九"历史时期的青年救亡运动为主线,展示了知识分子形形色色的精神风貌。杨沫以自己为原型创作了林道静这一女性形象,真切地展现了女性特有的细腻复杂的心理,突出了对革命英雄的敬仰和崇拜,创造了一种新的"革命加恋爱"的范式。小说后来遭受了粗暴批判,在"文革"中被定性为"毒草",作者因此受到了不公正的待遇。

欧阳山(1908—2000),原名杨凤岐,湖北省荆州人,城市贫民出身。16岁开始发表小说,1931年组织广州普罗作家同盟,1933年加入左联。创作中影响较大的有《高干大》、《一代风流》五部曲、《英雄三生》、《前途似锦》等。其中最为出色的为《一代风流》,是作者自1942年就已计划创作的一部旨在反映"中国革命的来龙去脉"的小说。全书共分五卷,即《三家巷》、《苦斗》、《柳暗花明》、《圣地》、《浩浩神州》,涵盖了自1919年"五四"运动一直到新中国诞生的30年革命历程,在这五部曲中,出版于1959年的《三家巷》最为出色。

《三家巷》以大革命时期的广州为背景,从三个不同成分家庭间错综复杂的亲缘关系和感情纠葛,反映了阶级力量此消彼长中革命的坎坷历程。小说的特点首先在于人物关系设置的复杂巧妙,并将历史事件穿插其中,既真实又合情合理。另外,小说选择了一个极具可塑性的人物作为主人公。《一代风流》在艺术上具有鲜明的民族和地方特色,全面再现了中华民族从觉醒到解放的斗争进程,是一部富有时代特色的革命史诗。

第三节　赵树理的农村题材小说

赵树理在新民主主义革命时期发表了《小二黑结婚》、《李有才板话》、《李家庄的变迁》等作品,由此获得较高的声誉。建国后,赵树理在"参政议政"的同时,在鼓词、说唱等民间文艺形式上投入了精力。赵树理回到农村去汲取养料,其农村题材小说创作进入了一个新的阶段。此时期赵树理的代表作有长篇小说《三里湾》,短篇小说《登记》、《"锻炼锻炼"》、《互作鉴定》、《求雨》、《套不住的手》、《卖烟叶》、《杨老太爷》、《张来兴》,长篇评书《灵泉洞》,电影故事《表明态度》,传记《实干家潘永福》以及鼓词《石不烂赶车》,上党梆子《十里店》等。

《三里湾》是我国第一部反映农村合作化运动的长篇小说,写成于 1955 年。作品围绕三里湾合作社秋收、扩社、整社、开渠等情节展开叙述,讲述了三里湾这个华北老解放区模范村在社会主义改造中遇到的各种阻力与思想障碍,通过对马多寿、范登高、袁天成、王宝全四户人家之间错综复杂的纠葛的描写,其间还穿插了几对青年男女的爱情婚姻情节,揭示出农业合作化对于农村经济、农民思想诸方面的巨大影响,描绘了一幅农业合作化初期农村生活的生动场景。赵树理继续了他小说诙谐幽默的风格,在小说人物的处理上也并不倚重就轻,既刻画了正面人物的美好品质,又描写了中间人物、落后人物,他将各色各样的人物都写活了。他十分注意对民间说书手法的继承与创新,并汲取我国优秀古典小说的传统叙事方法,通过人物的言行举止表现其性格特点。赵树理用大故事套小故事的方式,通过事件推动故事的发展。他博采农民口语,使得小说充满着浓郁的泥土气息。

此时期赵树理的中短篇也为文坛所瞩目,他注重对社会主义建设中新人新事的描写,也常常针砭人物的弱点。《"锻炼锻炼"》中,他成功地塑造了"小腿疼"、"吃不饱"两个个性极鲜明的农村落后妇女形象,对其不良行为作了有力的讥讽和鞭答。小说还批评了没有原则的老好人王聚海,表扬了敢作敢当但却被认为有欠"锻炼"的杨小四。小说揭示了人民内部矛盾,引起了广泛的争论。在短篇小说创作中,赞扬社会主义建设新人的《实干家潘永福》、暴露青年人错误思想的《互作鉴定》、揭露个人主义丑恶灵魂的《卖烟叶》、表现劳动人民勤劳质朴高贵品质的《套不住的手》等,都体现了赵树理在短篇小说创作方面的造诣。

赵树理的小说创作延续了其独特风格。首先他仍然坚持文艺大众化创作原则。他的小说几乎都取材于农村,以吻合农民口语习惯的语言写作,他的语言纯朴、幽默、生动。他注重人物的语言与人物的个性特征相对应,塑造丰满生动的人物形象。赵树理的作品具有浓郁的地方色彩和乡土风情。

他坚守着现实主义的创作原则,忠实地描写各类人物言行,不拔高也不贬低,尊重人物性格的复杂性与多样性,将生活真实与艺术真实融汇在一起。赵树理的小说延续了他诙谐幽默的风格。他常给人物起外号,突出人物的某些性格特征,又常带有讽刺意味,他的讽刺并非绵里藏针的尖锐,而是一种宽容的批评。

在赵树理的影响下,马烽、西戎、束为、胡正、韩文洲、孙谦的小说创作都以描写山西农村生活为题材,有着山西独特的土气,被称为"山药蛋派"。

第四节　周立波、柳青、李準的农村题材小说

建国后十七年文学创作中,涌现了一大批以农村题材为内容的作家,周立波、柳青、沙汀、骆宾基、马烽、李束为、刘澍德、秦兆阳、王汶石、李準、孙谦、西戎、康濯、管桦、浩然、陈残云、王杏元等等,发表了诸多有影响的作品,其中周立波的《山乡巨变》、柳青的《创业史》、李準的中短篇小说成为代表。

周立波(1908—1979),原名周绍仪,出身于湖南益阳一个中农家庭,曾就学于湖南长沙省立一中和上海劳动大学。1932年因参加罢工被捕入狱,出狱后投身左翼文艺运动并于该年年底入党。抗战爆发后,周立波以战地记者的身份出版了通讯报告集《晋察冀边区印象记》。1939年,他到延安鲁艺任教,并发表了为数不少的短篇小说,解放后结集题名为《铁门里》。1948年12月,他完成了以土改为题材的长篇小说《暴风骤雨》,在文学界引起了巨大的反响。新中国成立后,周立波深入工厂,创作出小说《铁水奔流》,后又回到故乡安家落户,1959年,创作了长篇小说《山乡巨变》,标志着他艺术上更加成熟。他还创作了《禾场上》《山那边人家》等20多篇短篇小说。周立波还翻译、介绍了不少外国文学作品,其中有肖洛霍夫的名篇《未开垦的处女地》。

《山乡巨变》叙写湖南偏远农村清溪乡从建立初级合作社到高级合作社的全过程,塑造了刘雨生、李月辉等一系列农民形象。在小说中,周立波回避对于政策与思想的图解,注重对农村生活本真的描绘,使作品真实丰富、真切感人。大量地方特色细节的描绘构成了一幅朴素又真实的乡土风俗画。

柳青(1916—1978),原名刘蕴华,陕西吴堡人。青少年时即参加革命活动,1935年参加"一二·九"运动,1936年加入中国共产党,担任过刊物的编辑、主编。1936年用"柳青"笔名发表了处女作《待车》。1938年到延安后从事文化工作,发表了为数不少的短篇小说。1947年完成其第一部长篇小说《种谷记》。1951年完成长篇小说《铜墙铁壁》。1960年出版的《创业史》标志了柳青在创作上的突破,表明了柳青艺术风格的成熟。

《创业史》(第一部)以陕西渭南地区下堡乡蛤蟆滩为背景,围绕退伍军人梁生宝带领人们组建和发展互助组及走合作化道路的过程,展现出人们在此过程中不同的行为与心态,真实地描绘了农村两条道路的斗争,展示了农村社会主义改革的

真实历程。柳青在描写主人公的感情纠葛时,呈现出强烈的理性思辨色彩。小说成功地塑造了梁三老汉的形象,为当代文坛的人物画廊增添了光彩熠熠的形象。

李凖(1928—2000),出身于河南洛阳县麻屯镇下屯村,初中读一年后回家务农,当过学徒、邮递员,1952年开始写作。1966年之前创作了40多篇中短篇小说,主要作品有《不能走那条路》、《三月里的春风》、《两匹瘦马》、《芦花放白的时候》、《夜走骆驼岭》、《灰色的帆篷》、《李双双小传》、《耕云记》等短篇小说和电影剧本《吉鸿昌》、《牧马人》等。李凖侧重于对农村改革中出现的新人的塑造。

1960年发表的《李双双小传》和《耕云记》是其代表作。前者通过李双双带头办食堂以及与丈夫的矛盾冲突,歌颂了"大跃进"、"人民公社"运动,展现了解放后新女性的精神风貌。《耕云记》叙述了人民公社通过办气象站将科学技术引入农村的故事。小说风格明朗朴素,故事性强,侧重从生活矛盾中揭示人物的思想品格。

第五节　峻青、王愿坚和茹志鹃的短篇小说

建国初期,短篇小说以其篇幅优势在小说界占了一席之地。老作家如巴金、沙汀、周立波、康濯、赵树理等努力于短篇创作;新作家如王汶石、李凖、宗璞、林斤澜、胡万春等也逐渐开始崭露头角,其中峻青、王愿坚、茹志鹃为杰出代表。

峻青(1923—),原名孙俊青,1923年生于山东海阳县一个贫农家庭,少年时在乡村作坊当过学徒。1940年参加革命,在地方抗日民主政府工作,当过随军记者、武工队小队长等。1948年随军南下,1952年调中南文联从事专业创作。1953年调上海文联工作,曾任上海作协代理党组书记。1941年创作了他的第一篇小说《风雨之夜》,1942年创作了《马石山上》,1954年后创作了《黎明的河边》等小说,1955年后先后出版了短篇小说集《黎明的河边》、《最后的报告》、《胶东纪事》、《海燕》,散文集《欧行书简》、《秋色赋》等。

在峻青的小说创作中,描写革命战争年代斗争生活的小说是其创作的主要成就,《马石山上》、《黎明的河边》、《党员登记表》、《最后的报告》、《交通站的故事》等,都是较有影响的作品。这些小说都通过对于革命战争年代坚苦卓绝斗争生活的描写,刻画了一些为了革命事业浴血奋斗勇于牺牲的英雄形象,歌颂了伟大的革命英雄主义精神。综观峻青这些革命战争题材小说的创作,大致可见到如下一些特点:

峻青的小说大多具有单纯集中的情节结构。峻青的小说大多以其熟悉的胶东老革命根据地的斗争生活为背景,常常以单纯集中的情节结构叙写故事,在激烈紧张的斗争环境中叙说一个个惊心动魄、生死攸关的故事,使人物的英雄性格与精神在与敌人的生死搏斗中得到充分的展现。小说《黎明的河边》叙说了交通员小陈一家护送武工队干部过河的壮烈故事,在脉络清晰单纯集中的情节中,讴歌了为革命

而赴汤蹈火的献身精神。昌潍平原沦陷后,还乡团反攻倒算,到处杀人放火,匪徒们严密封锁了渡口,小陈接受了护送武工队干部过河的任务,在匪军的严密封锁中,由于叛徒的出卖,还乡团将小陈的母亲、弟弟抓去做人质,要挟小陈必须将武工队干部交出。坚定的小陈忍受着巨大的悲痛,亲眼看着母亲和弟弟被还乡团杀害,他掩护父亲带领武工队干部过河。小陈抱着一个冲到他面前的匪徒跳入了滚滚的潍河中,以自己的生命完成了护送武工队干部过河的任务。《马石山上》描写八路军十位战士为解救被日伪反动派围困在马石山上的群众,与敌人战斗至弹尽粮绝英勇献身的故事。《党员登记表》描写女共产党员黄淑英为保存一张全区的党员登记表,壮烈牺牲在敌人的屠刀下。《最后的报告》以革命者江狄帆走上刑场前向党写的最后的报告,歌颂了革命战士视死如归的英雄气概。《交通站的故事》叙写了交通员姜老三机智沉着识破伪装成八路军的敌人、刀劈叛徒特务后壮烈牺牲的故事。峻青的小说常常以单纯集中的情节结构,叙写一个个充满着激烈矛盾冲突的故事,常常在生死攸关的斗争中使作品充满着惊心动魄的魅力。

峻青的小说刻画了诸多生动感人的英雄形象。峻青以真切的感受与崇敬的心情描写英雄的事迹,塑造了诸多生动感人平凡又伟大的英雄形象:为拯救群众而陷入重围、大义凛然的八路军战士(《马石山上》),为护送武工队干部而牺牲亲人与自己的交通员小陈(《黎明的河边》),为保存党员登记表而视死如归的女共产党员黄淑英(《党员登记表》),在斗争中从胆怯到勇敢、从恐惧到无畏的革命者江狄帆(《最后的报告》),身中十余弹仍然背靠老柏树昂首挺胸的交通员姜老三(《交通站的故事》)。峻青的小说常常在最尖锐激烈、出生入死的斗争中刻画人物性格,人物为了革命利益往往大义凛然,展现出人物的崇高精神品格。在对于英雄人物的描写塑造中,峻青常常以生动的细节勾画人物的心理波动,突出人物内心矛盾。

峻青的小说在写实中融入了浪漫色彩。峻青的小说常常以其亲身经历过的生活为素材,以写实的笔调构成其小说的基本风格,但在写实的基调中常常融入了浪漫色彩。峻青小说浪漫色彩首先在于传奇性的故事叙写。峻青的小说虽然是写实的,但是情节常常具有传奇色彩。

峻青另有描写和平建设时期生活的作品,如《老水牛爷爷》、《山鹰》、《海燕》、《丹崖白雪》、《苍松志》等,常常将战争年代的坚苦卓绝与解放以后的美好现实联系起来描写,突出了胶东人民在社会主义时期高涨的劳动热情和新的时代精神。这类作品大多未能超越他的革命战争题材的小说,其中以《老水牛爷爷》最为出色。峻青的革命战争题材的小说也存在着一些明显的不足之处,如小说叙述的模式化、矛盾冲突的简单化等。

王愿坚(1929—1991),山东诸城人,1944年参加革命后,曾任文工团员、报社记者。1953年正式开始小说创作,至"文革"前,先后发表了十几篇短篇小说,分别收入《党费》、《后代》、《普通劳动者》等集子中。王愿坚的代表作有《党费》、《粮食的故事》、《七根火柴》、《三人行》、《普通劳动者》等。

《党费》是王愿坚的成名作,以1934年闽粤赣边区斗争为背景,讲述了女共产党员黄新为了党的事业不惜牺牲生命的英雄故事,小说在朴素中张扬了人性美、人情美。《三人行》、《七根火柴》是其艺术上不断成熟的代表。两篇作品都描写了红军过草地时的情形。前者将三个身受重伤的红军战士大无畏的革命精神刻画得淋漓尽致,后者塑造了一位生命垂危却仍然对党忠心耿耿的无名英雄。王愿坚的小说创作从早期单纯的记录身边的好人好事,到后来成功表现人物真善美的内心世界,这是其创作走向成熟的标志。王愿坚小说的风格纯朴明朗,注重以细节展现人物的英雄气概。

茹志鹃(1925—1998),祖籍浙江杭州,两岁丧母,父弃家出走,随祖母辗转于上海、杭州,祖母去世后曾一度入孤儿院。1942年初中毕业,1943年随兄参加新四军,先后在华东军区文工团任组长、分队长、创作组组长等职。1943年发表第一篇作品《生活》。1955年7月从南京军区转业到上海作协,任《文艺月报》编辑。1955年出版短篇小说集《关大妈》。1958年3月在《延河》发表短篇小说《百合花》,引起人们瞩目。1959年出版了小说散文集《高高的白杨树》,1962年出版了短篇小说集《静静的产院》。1978年后发表短篇小说《剪辑错了的故事》、《草原上的小路》、《冰灯》、《儿女情》、《家务事》等。

茹志鹃的小说创作,主要为两类题材,一类为描写革命战争生活的作品,如《何栋梁和金凤》、《关大妈》、《百合花》、《澄河边上》、《三走严庄》、《同志之间》等;另一类是反映社会主义建设时期生活的作品,如《妯娌》、《在果园里》、《新当选的团支书》、《高高的白杨树》、《里程》、《春暖时节》、《静静的产院》等。奠定茹志鹃在新中国文坛地位的主要是前一类作品。茹志鹃描写革命战争生活的小说在艺术上主要有如下特点:

茹志鹃的小说具有以小见大的艺术构思。茹志鹃的小说描写革命战争年代的生活,却只是在战争生活的"大花园"里摘取"星星点点的小雏菊"。她的小说常常撷取战争生活长河里的一朵浪花、一片涟漪,加以精细的描写,在十分单纯的情节里展现出惊心动魄、波澜壮阔的战争生活的长河。《百合花》以我军前沿阵地包扎所里发生的一个小插曲,揭示出生入死战争中的军民骨肉情,以新媳妇将其印有白色百合花的新被子借给受伤的小通讯员盖,并以此被为其成殓的单纯情节,刻画出平凡崇高的人物形象。《澄河边上》以1947年鲁西南战场上一个小片段,展现出严酷的战争年代的军民鱼水情,以20多名伤病员在种瓜老人的帮助下,克服艰难险阻渡过险恶澄河的故事,讴歌了具有自我牺牲精神的种瓜老人的高风亮节。《三走严庄》以"三走严庄"的生活片段,以女主人公从温顺怯懦的家庭妇女变为踊跃支前的共产党员的过程,表现出在民主革命土地改革时期农村妇女的成长变化。茹志鹃的小说大多截取生活的片段,构成小说单纯的情节,她更注重的是小说中丰富细节的描写。

茹志鹃的小说刻画出诸多平凡崇高的群众形象。在茹志鹃反映革命战争生活的小说中,刻画出诸多平凡崇高的群众形象。为革命先后牺牲了丈夫、儿子、孙子的"游击队之母"关大妈(《关大妈》),为了战争而献出年轻生命的腼腆纯朴的小通讯员,用自己唯一的新被子为小通讯员成殓的新媳妇(《百合花》),掘堤将河水放进自己田里、让伤兵们过河的老大爷,头部挂花患恶性疟疾却坚持将20多名伤病号带过河的周玉兆(《澄河边上》),从淑静怯懦的村妇成长为敏捷干练的支前队队长的严正英(《三走严庄》),炊事班里脾气温和、忠实厚道的老张,性格倔说话冲的老朱,机灵稚气的小周(《同志之间》)。茹志鹃刻画这些人物时,常常以一些生动的细节勾勒人物的心理性格,突出人物崇高的境界。

茹志鹃的小说具有柔美真挚的浓郁诗情。茹志鹃的小说常常以第一人称的叙事视角叙写故事,以"我"的所见所闻所思构成小说的重要内容,"我"又常常在所见所闻时抒发其感想与思绪,这就使茹志鹃的小说常常带有鲜明的抒情色彩。茹志鹃的小说常常以具有诗意的细节形成作品的清新诗情。如《百合花》中小通讯员肩上的步枪筒里的野菊花,雨后青翠水绿庄稼的描绘,中秋节故乡吃月饼唱儿歌赏月风习的回忆,都充满了诗意。尤其是尾声中新媳妇给逝去的小交通员铺被子场景的描写,溢出浓郁的悲凉诗情。

茹志鹃小说的以小见大的艺术构思、平凡崇高的群众形象、柔美真挚的浓郁诗情,构成了清新俊逸的风格。

第六节 《组织部新来的年轻人》等小说

1956年"双百方针"提出后文艺界异常活跃,理论家们对公式化、概念化的文学范式提出质疑,作家们创作了一些正视现实的文学作品,主要有两种不同的类型,一类强调"写真实",侧重于揭露现实生活中一些弊端,被称之为"干预生活"的作品;另一类关注对爱情生活的描写,侧重表现人性的多样性与复杂性,被称为"爱情小说"。前者主要有刘宾雁的《在桥梁工地上》、《本报内部消息》,王蒙的《组织部新来的年轻人》,李国文的《改选》,柳溪的《爬在旗杆上的人》,李準的《灰色的篷帆》,南丁的《科长》等;后者的有宗璞的《红豆》,邓友梅的《在悬崖上》,陆文夫的《小巷深处》等。

王蒙(1934—),原籍河北南皮,生于北京,1948年15岁时入党,之后一直从事共青团工作,直至1957年。22岁时创作了《组织部新来的年轻人》,小说揭露批判了社会主义建设中滋生的官僚主义作风。小说讲述的是原为小学教师的林震进入区委组织部工作,却发现现实和理想之间存在着巨大的鸿沟,他试图用自己的热情改造这个世界,最终却不得不承认自己的无能为力。小说成功地塑造了刘世吾的形象,他精明能干、冷漠高深,内心有比一般官僚主义更可怕的东西,一句"就那么回事"把他已异化的人性展现得淋漓尽致。由于它揭露现实问题的尖锐性,小说发表后引起了争议,在1957年的"反右"斗争中,小说受到了不公正的批判。

李国文(1930—)的《改选》揭示了这个时代政治生活的不合理。主人公老郝原是一个脚踏实地任劳任怨为工人办实事的工会主席,懦弱的性格使得他成了工会委员的候选人。不过他的实绩是有目共睹的,在改选中大伙一致推选他为新的工会主席,当大家准备向他道喜时,他却已经溘然仙逝了。小说通过关键时刻英雄的缺失,完成了对文艺界英雄颂歌式作品泛滥的绝妙反讽。

宗璞(1928—),原名冯钟璞,著名哲学家冯友兰先生之女,原籍河南省唐河县,生于北京。十岁时随家南迁到昆明,上过南菁小学和西南联大附中。1946年考入天津南开大学外文系,后转入清华大学外文系,毕业后一直从事文艺类工作。1956年加入中国共产党,1962年加入中国作家协会。这段时间她的作品主要有《红豆》、《桃园女儿嫁窝谷》、《不沉的湖》、《后门》、《知音》等小说。《红豆》描写了青年们在爱情与理想产生矛盾时的积极态度。小说采用倒叙的手法,通过领导干部江玫对两粒红豆过往的回忆,带出了那段浪漫的岁月。江玫原本是个天真清纯的女大学生,路遇对其有好感的齐虹,两人很快陷入爱河。时局使得他们的爱情蒙受了政治的阴影,有一定政治觉悟的江玫倾向革命,大银行家的儿子齐虹在即将解放时逃离了祖国。在江玫的心里,爱情在政治面前是微不足道的,没有共同政治取向的爱情是毫无意义的。她的理智战胜了情感,最终她选择了理想。小说突破了以往革命加爱情的情节模式,通过革命与爱情的矛盾来描写具有不同政治立场的青年之间的爱情,笔触细腻而又真实,对主人公心理的揭示极富深度,在当时是一篇不可多得的佳作。

邓友梅(1931—)的《在悬崖上》通过青年技术员"我"的自白,讲述了"我"的情感经历。"我"原本十分满足与妻子的婚姻,虽然妻子大"我"三岁,但是妻子的人格魅力赢得了"我"的尊重。单位里新来的雕刻家加丽亚使"我"心旌荡漾,"我"很快便决定与妻子离婚。此时的加丽亚却又拒绝了"我"的求婚,"我"终于幡然醒悟,加丽亚是个感情骗子,"我"又回到了妻子的身边。小说谴责了"我"的见异思迁,对加丽亚那种自私、不道德作了鞭答,小说赞颂了质朴宽容的妻子形象,她是一个质朴、坚强的新型妇女形象,她的身上有着无穷的人格魅力,但该形象的刻画又过于刻板,有时显得不够真实。

第三章 新 诗

第一节 概 说

1949年随着新中国成立,中国的诗歌创作进入了一个新的历史时期。考察建国后近30年的诗歌发展,离不开对这一时期的政治、经济、文化、社会生活等多方面的了解,尤其是政治制约着新诗的曲折发展。这一时期的诗歌以为政治服务为目的,在题材、主旨、审美趣味、艺术形式等方面呈现出鲜明的时代特征。

在建国初,文学界处于新旧交替的阶段,老一辈的诗人们都进入了调整适应期,一些诗人开始有意识地转变诗歌创作的题材、主题和艺术手法;而另一部分诗人如"中国新诗"派和"七月"诗派,则因为难以适应变化而中止创作甚至退出诗坛。这一阶段发表的诗歌作品数量有限,但仍不乏一些有影响的作品:何其芳以开国大典为题材写下了《我们最伟大的节日》;郭沫若的《新华颂》是献给新生政权的第一声赞歌;艾青在《我想念我的祖国》中高唱着"礼炮震动着整个地壳,/全世界都庆贺新中国的诞生!"为庆贺建国一周年,朱子奇在《我漫步在天安门广场上》写道:"在这空中飞翔的每只鸟都展开快活的翅膀,/在这路上行走的每个人都浴着幸福的阳光。"胡风为新中国的诞生创作了五个乐章的长诗《时间开始了》……尽管这些诗歌展现出为新政治服务的极大热忱,诗人也尝试着用全新的抒情方式来配合新的时代主题,但在艺术表现上却极大地丧失了诗歌的个性化特征,只是一味地宣泄情绪,作品的语言更像是直白的陈述,削弱了诗歌的艺术特性和思想深度。

一些老诗人创作出了与时代紧密相关又不失为优秀的作品,如臧克家于1949年底写下了纪念鲁迅的短诗《有的人》。诗歌表达了诗人身处新旧交替时期,对两种时代和不同人生的看法:"有的人活着,/他已经死了;有的人死了,/他还活着。"冯至等人则把对新生活的追求和对过去苦难的回忆交织在一起,创作了感人的叙事诗《韩波砍柴》等。但整体而言,这些诗歌都是诗人在新时代冲击之下对各种重大转变作出的反应。

从1953年开始,诗歌创作进入了一个蓬勃发展的阶段,这种势态一直维持到

1957年上半年,并延续到60年代的诗歌创作。这一阶段,"颂歌"体成为诗歌界的主要体式,歌颂伟大领袖,歌颂社会主义建设,歌颂英雄人物成为基本主题。

田间、李季、公木等老诗人为新社会唱起了新调子,基调明朗、欢愉且坚定:"凡是泉水潺潺流过的地方,/就有荷花和稻花一齐飘香。"(公木《难老泉》)一些在解放前已开始创作、直到本时期才成名的诗人成了诗坛主力军,如郭小川、贺敬之、闻捷等人发表了大量优秀的作品。有一大批青年诗人开始崭露头角,如公刘、邵燕祥、白桦、李瑛登上诗坛。为祖国的工业建设唱颂歌成为诗歌创作的重要主题:顾工的《在世界屋脊上》、《开山的炮声》,梁上泉的《高原牧笛》、《"金桥"通车了》,戈壁舟的《命令秦岭让开路》,雁翼的《筑路工人之歌》,魏钢的《六公里》,傅仇的《森林之歌》,邵燕祥的《中国的道路呼唤着汽车》等,各自取材于不同的工业领域,从铁路到林区到公路建设,都留下了诗人自豪昂扬的歌声。这些诗歌虽然对党、领袖和工农兵充满激情,但共性多于个性,激情浓于诗意。

1956年提出了"双百"方针,关于文学"写真实"、"干预生活"、"深化现实主义"等重大理论问题的讨论开拓了诗人的创作视野,郭小川的《望星空》、艾青的《养花人的梦》、流沙河的《草木篇》等诗作大胆突破"禁区",积极探索人性等复杂隐秘的问题。1958年的"新民歌运动"使诗歌创作成了图解政策和政治口号的一部分。1962年底"千万不要忘记阶级斗争"的口号强化了阶级斗争,政治抒情诗成为诗坛的主要诗歌形式。"文化大革命"期间红卫兵诗歌成为主要的创作,宣泄了近乎狂热的激情,概念化、口号化、政治化成为诗歌的基本特点。1976年清明,为悼念周恩来总理、讨伐"四人帮",在天安门诗歌运动中诞生了《天安门诗抄》,成为"文化大革命"中值得一提的诗歌成就。

50年代作为当代诗歌发展的重要阶段,不仅表现为诗歌题材、主题上的转变,其艺术表现形式、抒情方法也发生了变化,为中国诗歌创作确立了一种向政治靠拢的美学范式。在"颂歌"这一总的范式及主题的统摄下,本时期的作品又可分出几种主要的诗歌题材和抒情形式:

一是以闻捷等为代表的新生活颂歌。诗人们以明快、清新的笔调描绘出新生活的图景与感受。诗集《天山牧歌》是闻捷这一时期的代表作,诗人将眼光转向了西北少数民族的爱情生活和边疆绮丽风情。严辰把热情的颂歌献给了东北地区的林业建设者,有诗集《迎春曲》、《青春的林子》等。二是以李季等为代表的长篇叙事诗。诗人把叙事因素渗透到诗歌的抒情成分之中,李季的《菊花石》、《生活之歌》、《杨高传》,田间的《赶车传》,郭小川《白雪的赞歌》、《深深的山谷》、《一个和八个》、《将军三部曲》,臧克家的《李大钊》,闻捷的《复仇的火焰》,白桦的《孔雀》等。三是郭小川与贺敬之等人的政治抒情诗。他们的诗歌往往取材于社会政治生活中的重大事件和人物,以政论式的诗句抒发激情,具有强烈的政治鼓动性。贺敬之始终以人民"代言人"的姿态进行创作,郭小川更具个性化的反思和追求,代表作有《雷锋之歌》(贺敬之)、《望星空》(郭小川)等。

50年代到60年代初的诗歌创作在题材、风格、思想情感等方面都有一定的局限,高度政治化的社会环境使诗人大多选择"颂歌"作为他们的主要表现方式,诗歌的内容和立意趋向单一化,语言在政治鼓动性中却流于直白,缺乏诗意。

第二节　闻捷等的新生活颂歌

闻捷(1923—1971),原名赵文节,江苏丹徒人。少时家贫,曾当过学徒,抗日战争时流亡武汉。1940年来到陕北,是一名在延安成长起来的诗人。他自1944年起便从事文学创作,先后发表了《肉体治疗和精神治疗》等短篇小说以及许多战地通讯、特写、散文、剧本等。1949年闻捷参加解放大西北的战斗,随军到了新疆。抒情诗集《天山牧歌》成为他的代表作。

《天山牧歌》由其创作的诗歌结集而成。1952年至1956年间,闻捷一边从事新闻报道工作,一边开始以西北少数民族的生活为题材创作诗歌。他的足迹遍布了天山脚下和吐鲁番盆地,维吾尔、哈萨克、蒙古等少数民族的风俗习惯、情感生活构成他取之不尽的创作源泉。闻捷在《天山牧歌》"序诗"中说:"我从东到西,从北到南,/处处看到喷吐珍珠的源泉。/记载下各民族生活的变迁,/岂不就是讴歌人民的诗篇?"诗人创作了抒写少数民族新生活的组诗:《吐鲁番情歌》、《博斯腾湖畔》、《果子沟山谣》等,叙事诗《哈萨克牧人夜送"千里驹"》。与另两篇组诗《水兵的心》、《撒在十字路口的传单》一起发表在1955年的《人民文学》上,这些诗歌成为诗集《天山牧歌》的重要部分。1956年《天山牧歌》初版收入了四首组歌、九首散歌与一篇叙事诗。在诗坛流行政治化概念化诗歌的情况下,这部诗集如一缕清风吹进诗坛,让人耳目一新。

《天山牧歌》也是众多"颂歌"中的一部,但其独到之处在于:以爱情题材来歌颂新生活,以少数民族生活表现新时代。很多诗歌通过对爱情的抒写,描画出新疆各民族生活的历史变迁,热情歌颂了新生活、新时代和新人物。新颖独到的选材、真挚热烈的情感抒写、清新纯朴的抒情风格、独特的民族地方色彩,使作品赢得了诗坛的瞩目。

《吐鲁番情歌》、《果子沟山谣》是《天山牧歌》中最有影响的两组爱情诗,质朴清新是其风格基调,闻捷常巧妙地将抒情和叙事结合在一起,用富于戏剧性的情节引人入胜。诗人把对新人新生活的赞美,融于跌宕起伏的恋爱故事中。《爱情》中英俊的小伙子原是出了名的神射手,却在追剿土匪的战斗中失去了左手。当他载誉回乡之后,对过去的情人却异常冷淡,淳朴可爱的姑娘陷入苦闷、焦虑之中。几经辗转,年轻人终于向心爱的姑娘打开心扉:"他说,他比过去更爱我,/所以更珍惜我的青春",圣洁的爱情之花瞬间绽放出夺目的光芒。诗歌结尾处写得尤其动人:"我一句话也说不出,/拥抱着他一吻再吻,/哪怕他失去了两只手,/我也要为他献出终生。"

闻捷善于捕捉青年恋人们那种微妙细腻的心理,通过对他们内心世界的精心刻画,真实再现青年人的恋爱情景。《苹果树下》借用四季的意象,把萌动的爱意描绘得惟妙惟肖:春天,"枝头的花苞还没有开放,/小伙子就盼望它早结果。/奇怪的念头姑娘不懂得,/她说:别用歌声打扰我。"小伙子的心情到秋天才被姑娘理解:"姑娘整夜整夜地睡不着,/是不是挂念那树好苹果?/这些事小伙子应该明白,/她说,有句话你怎么不说?"诗人饶有风趣地表现了姑娘欲说还休的心态,读来生动而自然,且不乏幽默感。又如《客》为了表现年轻人对爱情的极度渴望,通过一连串言语行动的摹写,描画出青年那躁动的心:旅客被一群姑娘们邀进帐篷吃饭,"方才他不是说又饥又渴,/如今怎么不吃也不喝?/他好像久别归来的家人,/不停地问候这个、打听那个——/……姑娘们忍不住吃吃地笑了,/笑他为什么没话找话说;/旅客轻轻嘘了一口气,/他说,没有爱的心最寂寞。"

在闻捷的诗歌中,常能看到对少数民族的地方风貌、民情风俗的描写:羊群、鲜奶、马奶子葡萄、草原、三弦琴等都是他诗中常见的物象。《赛马》描述了哈萨克族青年表达爱情的游戏场面;《婚礼》则展示了维吾尔族的嫁娶仪式。

《天山牧歌》属于"歌颂"体作品,纯正的爱情总是和社会主义建设结合在一起,难免时有简单化、概念化的倾向。但闻捷的爱情诗写得大胆而热烈,也可说是对诗歌主流的超越和创新。

闻捷1957年从事专业文学创作后,又发表和出版了诗集《祖国,光辉的十月》、《河西走廊行》,长篇叙事诗《复仇的火焰》等作品,后者是50年代后期的巅峰之作。1971年,闻捷被"四人帮"迫害致死。

在五六十年代这样一个政治话语一统天下的时期,闻捷等诗人能在兼顾政治的同时对"颂歌"这一诗体形式作出新的探索。诗人雁翼在描绘新中国建设者、拓荒者的艰苦生活同时,还善于对题材进行诗意的处理,使诗歌产生了浪漫神奇的效果。如《在云彩上面》:"上工的时候,我们腾云而下,/下工的时候,我们驾云上天。"诗人张志民创作了大量以农村生活为主题的诗,努力摆脱僵硬的政治术语与空泛的呼号,展现具体生动的农村生活。如《倔老婆子》:"那时间——/她拿着棍子赶着小伙子走,/背过脸,/骂着她家大丫头:/不要脸的东西,/你给咱家丢尽了丑……"然而,颂歌式作品大多只是一味地表现新生活、歌颂新时代,往往避开矛盾冲突,停留于对生活的辉煌和建设的热潮的颂扬,不免流于浮夸。

第三节　李季等的长篇叙事诗

从建国后到"文革"前的十七年里,长篇叙事诗成为这一时期重要的诗体之一。据粗略统计,五六十年代发表的长篇叙事诗达到了近百首。长篇叙事诗继承了"五四"新诗的写实倾向,诗人们大多努力贴近群众的生活,密切关注普通大众的生存状况,甚至通过亲身体验把最真实的感受融入诗歌中,"石油诗人"李季便是这其中的代表。

李季(1922—1980)是在《在延安文艺座谈会上的讲话》的启示和影响下走上文学道路的,可以说他的诗歌是对《讲话》内容和精神的实践,因为他"一直在探索着怎样使诗为广大工农兵群众所易于接受,乐于接受,以便更好地为他们服务"(《难忘的春天》后记)。他自《王贵与李香香》而闻名诗坛后,直到全国解放,几乎没创作过有影响的作品。1949年,诗人创作了取材于三边地区的短篇叙事诗《报信姑娘》、《只因为我是一个青年团员》等,并没有新的突破。解放初期,社会主义的生活新景象打动了诗人的心,他尝试创作了以湖南民间传说和"盘歌"形式为基础的长篇叙事诗《菊花石》。该诗描述了土地革命到十年内战期间,民间艺术家石匠父女在雕刻和保存菊花石的过程中为艺术献身的故事。该诗在新形式的探索方面并不十分成功,人物形象也欠丰满,艺术上显得生硬牵强,诗人在《〈菊花石〉重版·后记》中就提到过曾经为"由于没能更好地塑造出这些菊花石工匠的完善形象而感到内疚"。

1952年冬天,李季举家迁到玉门油矿,和石油工人的共同生活激发了诗人全新的创作热情,写下了大量以石油工人的劳动生活为主题的诗篇,集中反映了石油工人的精神风貌和社会主义工业建设的景况。迎来了他创作上一个新的起点:"最近三四年来,我的心,一直被一种美妙、瑰丽的事业和从事这一事业的人们吸引着。"诗人在诗歌创作中继续着新形式的探索与实验,长篇叙事诗《生活之歌》,短诗集《玉门诗抄》、《致以石油工人的敬礼》、《玉门诗抄二集》等都写于这一时期,李季也因此被称为"石油诗人"。

《生活之歌》是他此时期的代表作之一,也是我国第一部取材于石油工人生活的叙事诗。主人公赵明是一个虚心学习的青年工人,他忘我地劳动,从老工人那里学习经验,发明了采油的新方法。诗人通过抒写50年代青年人投身社会主义工业化建设的高昂热情,反映出社会主义工业建设欣欣向荣的景象。长诗的生活气息浓郁,但在颂歌的模式中对人物和生活的复杂性表现得不够,诗歌的结构也不十分严谨,有些对话则显得过于直白、缺乏诗意。

长篇叙事诗《杨高传》是李季在建国后创作的最重要的作品,标志着诗人在长篇叙事诗创作中新的高峰。诗歌写于1959年至1960年间,分为三部:《五月端阳》、《当红军的哥哥回来了》、《玉门儿女出征记》。该诗记叙了主人公杨高复杂的成长历程:羊羔(杨高)本是三边地区一个无家可归的放羊娃,在党的启发和鼓舞下加入红军,开始了艰苦的革命生涯。经过南征北战,九死一生,终于成长为一名坚定的无产阶级革命战士。解放后,杨高从部队转业到了玉门油矿,又在石油战线上成为社会主义建设大潮中的一名尖兵。

诗歌的内容广阔,时间跨度很大,以杨高的成长为线索,展现了一幅气势磅礴的历史画卷——从刘志丹在三边闹革命开始,杨高先后经历了红军长征、抗日战争和解放战争,最后又走进新时代,参与到油田开发、油矿建设等社会主义建设当中。长诗塑造了一系列栩栩如生的人物形象,尤其对不同时期的杨高进行了精心刻画,通过其丰富的人生经历刻画人物性格。从不同角度和侧面、利用多种艺术手段塑造人物形象。

比如,长诗开头便通过对杨高外貌的描摹,勾勒出他童年悲惨的生活图景:"论年纪不过十来岁,/个子小身又瘦猴子一般。/脸皮挂在颧骨上,/头发遮不着一对大眼。"随着情节的发展,诗人常以一些行为动作刻画人物形象,描绘杨高加入革命队伍的情景:"穿一双大鞋像只船,/拿一根烂布条拴在脚上。/又明又凉的马拐枪,/每日且不离身背在肩上。"为了突出他在油矿中吃苦耐劳,诗人写道:"左手残废右手干,/一只手握闸把如钢似铁。"当杨高参军后,诗歌以类比的手法形容他内心的喜悦:"谁见过蓝蓝的天空上,/鸟儿头一回展开翅膀;/参加了红军的小杨高,/就象这只鸟一个样样。"当杨高身陷图圄,他"想起妈妈和说书的,/又想起刘志丹和老书记。/十几年生活没白过,/哪一天不是为共产主义?"除杨高外,诗中的其他形象都得到了相当出色的刻画。杨高的恋人崔端阳从天真烂漫的农村小女孩,长成为大义凛然的女烈士,既有女性柔情似水的一面,又有着对革命忠诚钢铁般的意志。

《杨高传》的突破还表现在形式上。李季从未间断过对诗歌形式的探索。解放初,他一改《王贵与李香香》的"信天游"形式,写下了"四行体"诗《报信姑娘》,《菊花石》又采用了七字句的民歌体,《杨高传》则是七言民歌与北方民间说唱形式的结合。在情节处理上,《杨高传》情节生动曲折,富于叙事诗的传奇性,但部分事件片段的叙述略嫌烦琐,结构有些分散,有时叙事并没实现对人物性格更深入的挖掘。第三部对现实矛盾的揭示仍显得比较单薄。

1963年发表的《剑歌》是李季在叙事诗体制上的又一次创新。之后两年,诗人先后发表了长诗《向昆仑》和《石油诗》一、二集。粉碎"四人帮"以后,他又陆续发表了歌颂石油工人的长篇叙事诗《石油之歌》等新作。

这期间比较重要的叙事诗还有乔林的《白兰花》,白桦的《鹰群》,王致远的《胡桃坡》,赵冰的《赵巧儿》、《刘胡兰》,臧克家的《李大钊》,田间的《赶车传》,郭小川的《深深的山谷》、《白雪的赞歌》与《将军三部曲》等。阮章竞自1949年春创作《漳水河》后，又于1960年发表了以包头钢铁基地建设为主题的长篇叙事诗《白云鄂博交响诗》。

第四节 郭小川、贺敬之等的政治抒情诗

建国后到70年代的大部分诗歌都有着非常鲜明的政治色彩，"政治抒情诗"是此时期最重要的诗歌体式之一，郭小川、贺敬之是其中的代表。

郭小川(1919—1976)，河北丰宁人，原名郭恩大，曾用笔名马铁丁、郭苏等。解放前参加过八路军。建国后，从50年代中期开始创作了不少高唱时代主旋律的政治抒情诗，比较重要的如1955年发表的组诗《致青年公民》，其中包括了《向困难进军》、《投入火热的斗争》等。此后直到60年代，诗人迎来了创作的第二阶段，也是他创作的旺盛期。在此期间，他先后写作了叙事诗《白雪的赞歌》、《深深的山谷》、《一个和八个》、《将军三部曲》以及抒情诗《望星空》等重要作品。60年代之后，郭小川的诗歌进入定型期，代表作品有《厦门风姿》、《祝酒歌》、《林区三唱》、《甘蔗林——青纱帐》、"新边塞诗"等。

贺敬之曾说郭小川的诗是从"一位毕生为祖国和人民事业而斗争的忠诚战士的心灵中发出来的"。而郭小川也确实是这样给自己定位的：他首先是一个无产阶级战士，其次才是一个诗人："只是我永远永远也不能忘记／我曾经而且今天还是一个战士。"(《山中》)"假如有一天／我成为一个真正的诗人／那就是因为／我以诗的激情／唱出了党的歌声。"(《自己的志愿》)他早期的诗歌富于政治鼓动性，充满了革命激情和对时代精神的颂扬，诚如冯牧对他的高度评介："他的诗篇，他的歌，使我们看到了时代前进的脚步，使我们听到了时代前进的声音。"比如在《向困难进军》结尾，诗人直抒胸臆："让我们／以百倍的勇气和毅力／向困难进军！"这些诗句吹响了时代的号角，其中虽不乏空泛的政治口号，在当时却深受青年读者的喜爱。

郭小川在诗歌创作中始终在孜孜不倦地追求与探索，50年代后半期的一些作品呈现出某种复杂而矛盾的情感。他开始反思自己前期创作的不足："所谓思想，不是现成的流行的政治语言翻版，而应当是作者的创见。""文学毕竟是文学，这里需要很多很多新颖而独特的东西。"(《月下集·序》)在这些想法的驱动下，他连续创作了诸如《望星空》、《白雪的赞歌》等当时颇有争议的诗篇。《望星空》本是为1959年人民大会堂落成而作，其初衷应该和当时主流的"颂歌式"政治抒情诗是一致的，但是诗人却在其中表达了内心深刻的矛盾与迷茫，反映了对历史和个人关系的复杂心情。诗歌的前半部分是诗人对人生和宇宙的思考，"在伟大的宇宙的空间／人生不过是流星般的闪光"。面对辽阔的宇宙空间，诗人已不再持"战斗者"的

姿态,他的政治豪情在真实的个人体验中逐渐淡化了,甚至呈现出淡淡的隐忧:"呵,星空/只有你/称得起万寿无疆。"但强大的政治理性使他很快否定了这种个体性感悟,恢复了"战士"的角色:"当我怀着自豪的感情/再向星空瞭望/我的身子/充溢着非凡的力量。"同一时期,郭小川还创作了《白雪的赞歌》、《深深的山谷》等以爱情为题材的叙事诗,都在相当程度上偏离了主流诗歌,表现出某种"不合时宜",在当时受到了严厉的批评,《望星空》甚至被指责为"令人不能容忍"的"政治性的错误"。

60年代之后,郭小川创作了《甘蔗林——青纱帐》等,传诵一时。虽然他再没有类似《向困难进军》这样直抒胸臆的作品,但仍有意识地回归到诗歌主潮中来,写出了大量高唱时代主题的颂歌。"文革"后期的《秋歌》可以说是他对自己创作、革命历程的回顾和反思:"我曾有过迷乱的时刻,/于今一想,/顿感阵阵心痛。……是战士,/决不能放下武器,/哪怕是一分钟。"《团泊洼的秋天》更是表现了诗人作为"战士"奋斗终生、宁死不屈的高风亮节。此外,郭小川在诗体格式上的创造为中国当代诗歌作出了很大的贡献,马雅可夫斯基的"楼梯诗"、自由体、新辞赋体都经由他的尝试和发展,在他的诗中得到了挥洒自如的运用。

贺敬之(1924—),山东峄县人,曾用笔名有艾漠、贺进等。他1940年来到延安,16岁进入延安鲁迅艺术学院中文第三期学习。1949年与丁毅合作了闻名天下的新歌剧《白毛女》。40年代他就出版了诗集,1956年以后始有诗名。那些在40年代写的诗后来被结成诗集《并没有冬天》、《乡村的夜》以及《朝阳花开》。50年代后的作品大部分被收入《放歌集》与《贺敬之诗选》。贺敬之的诗歌可分为两类:以《回延安》为代表的抒情诗,这类作品一般表达诗人对某些事物的具体感受,意境清新,比较讲究艺术手段,有浓郁的民歌和古诗韵味。如《回延安》便化用了陕北民歌"信天游"的形式,把对偶、排比、比兴等艺术手法发挥得淋漓尽致。同类诗作还有《桂林山水歌》、《三门峡——梳妆台》等。第二类是长篇政治抒情诗,以《雷锋之歌》为代表,另有《放声歌唱》、《十年颂歌》、《中国的十月》等。这些诗歌以我国政治生活中的重大事件和人物为主要题材,比第一类更注重诗歌的押韵和节奏感。

作为在解放区成长起来的一代,贺敬之从来都是一个"颂歌"诗人,始终严格并且谨慎地遵从主流诗歌的创作路向。与郭小川等其他诗人不同,他的作品从不表现个人感悟与历史潮流之间的矛盾以及由此产生的痛苦,也从不吟唱与人民无关的眼泪和悲伤。在贺敬之看来,人民的生活完美无缺,祖国的前途一片光明:"呵呵!是何等壮丽的景象/我们祖国的/万花盛开的/大地,光华灿烂的/天空。""在每一立方公分的/空气里,都装满/我们的/欢乐/和爱情。"(《放声歌唱》)这是一位自觉替群体"代言"的诗人,他的成长经历使他保持着与时代精神完全一致的坚定信念和执着信心。

《雷锋之歌》写于 1963 年,是贺敬之影响深远的一首政治抒情长诗。诗人精心塑造了一个无产阶级革命英雄的形象,采用烘托映衬等艺术手法歌颂雷锋的崇高品格:"那红领巾的春苗呵/面对你/顿时长高。"他进一步使这雷锋形象"典型化",由此开掘并回答了一个重大的时代命题:"人,/应该/怎样生?/路,/应该/怎样行?"这首诗在当时众多歌唱时代英雄的诗篇中脱颖而出,取决于诗人站在这更高、更广的视角抒写,他将对雷锋的理解赞颂和对当时时代重大问题、社会人生发展方向的思考结合在一起:"哪条道路呵/能引我走上/最壮丽的人生?""什么是/真正的/幸福呵?/什么是/青春的/生命?……什么是/有始有终的/英雄的晚年呵?/什么是/无愧无悔的/新人的一生?"诗人将道德理想通过雷锋得以阐发,并最终凭借雷锋壮丽而质朴的一生回答了上述问题。

贺敬之的诗饱含政治激情和鼓动性,他鲜明的思想倾向和浓烈的抒情色彩形成其诗歌激昂高亢的艺术风格,他的很多诗歌采用了"楼梯式"的自由形式,与这种雄浑奔放的风格相得益彰。他谈到诗歌创作时说:"以热情燃烧的艺术的方法,而不是用概念说明的方法去激动和鼓舞人民的心。"(《谈提高作品的思想性》)这也是其诗歌深受读者喜爱的缘由。

如果说建国前后的大部分诗人还局限于对主流意识形态的绝对遵从,那么随着时间的发展,诗人们在诗歌体式、思想蕴涵等方面都有了不小的开拓。早期如臧克家的《有的人》便表现出了深刻的哲理意味,石方禹的《和平最强音》在激情抒唱的同时融入了诗人的人生感悟。1956 年"双百方针"提出后,部分诗人尝试着以诗歌"干预生活",如 60 年代,魏巍的《井冈山漫游》、沙白的《递上一枚雨花石》、闻捷的《祖国!光辉的十月!》等,而贺敬之与郭小川的创作则为政治抒情诗的发展和突破作出了最重要的贡献。

第四章　话剧和散文

第一节　概　说

　　1949 至 1976 年的剧作家大致由三部分构成,一是从"五四"时期走过来的老一辈戏剧家,如曹禺、郭沫若、田汉、老舍、陈白尘等;二是经历过革命战争的戏剧工作者,有胡可、陈其通、白刃等;三是 50 年代成长起来的青年作家,如所云平、崔德志、沈西蒙、丛深等。和此时期的小说相类似,话剧也可以按工、农、兵三种题材类型加以划分。在表现"工业建设和工人生活"方面为当时评论界所肯定的作品主要有:杜印、刘相如、胡零的《在新事物面前》,夏衍的《考验》,艾明之的《幸福》,崔德志的《刘莲英》等。孙芋的《妇女代表》,安波的《春风吹到诺敏河》,胡丹沸的《春暖花开》则被看作是写"农村生活和新型农民"的代表性作品。舞台人物张桂蓉、刘莲英是当代话剧舞台上不可多得的成功的艺术形象。张桂蓉是具有浓郁乡土气息和深刻历史内涵的新式农村妇女形象(《妇女代表》),刘莲英是具有鲜明城市特点和丰富社会内容的新式青年女工形象(《刘莲英》)。胡可、胡朋等的《战斗里成长》,陈其通的《万水千山》,白刃的《兵临城下》,沈西蒙、漠雁、吕兴臣等的《霓虹灯下的哨兵》是"部队题材"剧作的代表。曹禺的《明朗的天》、老舍的《龙须沟》、丛深的《千万不要忘记》、陈耘等的《年青的一代》等,被看作此时期话剧创作的优秀之作。

　　1956 年"双百方针"提出之后,戏剧创作界出现了"第四种剧本"[①]。海默的《洞箫横吹》、岳野的《同甘共苦》、鲁彦周的《归来》、王少燕的《葡萄烂了》、杨履方的《布谷鸟又叫了》、何求的《新局长到来之前》等,是"第四种剧本"的代表性作品。老舍的《茶馆》是"第四种剧本"最有成就的剧作。

　　"第四种剧本"在一定程度上改变了 50 年代前期戏剧创作概念化、公式化的倾

[①] "第四种剧本"的说法来自刘川(笔名黎弘)的一篇文章《第四种剧本——评〈布谷鸟又叫了〉》(见《南京日报》1957 年 6 月 11 日)。刘川认为,《布谷鸟又叫了》突破了"工人剧本"、"农民剧本"和"部队剧本"公式化、概念化的老框框,是"工、农、兵三种剧本"之外,按照生活本来面目描写工农兵的真正写人的"第四种剧本"。

向,使剧作人物性格扁平、单一、缺乏丰富内涵的状况有所改观,戏剧反映生活的广度和深度都得到加强。随着反右斗争的到来,戏剧界的活跃气氛转瞬即逝,"第四种剧本"也受到了不公正的待遇。

由于写现实生活风险大、禁忌多,一批作家转向历史剧创作。1958年后,历史剧出现了一个小小的高潮。郭沫若的《蔡文姬》《武则天》,田汉的《关汉卿》《文成公主》,曹禺、梅阡、于是之的《胆剑篇》,朱祖贻、李恍的《甲午海战》等是当代历史剧的佳作。在历史剧创作浪潮中,剧作家、批评家和历史学家还就若干理论问题展开深入探讨。"史实与虚构"、"历史与叙述"之间的关系等有关问题,成为讨论的焦点。讨论在姚文元对吴晗的新编历史剧《海瑞罢官》的讨伐声中终止。

"文革"开始后,"三突出"①成为一切文学艺术活动的标准,戏剧界进入"八亿人民八个戏"的"样板戏"时代。这"八个戏"指的是革命现代京剧《红灯记》《沙家浜》《智取威虎山》《奇袭白虎团》《海港》《龙江颂》,以及革命现代舞剧《红色娘子军》《白毛女》②。"样板戏"的产生有十分复杂的背景和政治意图。

此时期的散文在概念内涵上有了很大的变化,它包括散文、随笔、散文诗、特写、通讯、报告文学,甚至还包括回忆录、杂文等等,总体上表现出文体"纠缠"、"复合"的现象③。

散文向来被看作是最轻便的一种文学样式,是与时代、社会气息关联最为密切的一种文学体裁,其灵活的写法、活泼的样式、短小的篇章,得到诸多作家与读者的青睐,此时期形成了颇为可观的散文创作队伍。这些散文作家可粗略地分为几类:一是早已蜚声文坛的文学前辈,如茅盾、巴金、冰心、老舍、沈从文、丰子恺、叶圣陶等;二是从革命圣地走向共和国文坛的延安作家,如吴伯箫、碧野、刘白羽、杨朔、魏巍等④;三是学者型散文作家,如翦伯赞、吴晗、邓拓、廖沫沙、黄裳、李健吾、傅雷、曹靖华等,他们主要是从事人文社会科学研究的专家、学者,深厚的学养与关注现实的责任感、使命感,形成了他们散文创作中特有的人文气息与思想底蕴;四是其他散文作家,如秦牧、何为、袁鹰、菡子、柯蓝、郭风、魏钢焰、秦似、陈残云等。从创作实绩看,这时期一批具有相当艺术水准的散文集出版面世,主要有:巴金的《生活在英雄们中间》,茅盾的《夜读偶记》,冰心的《樱花赞》,杨朔的《东风第一枝》《生命

---

① "三突出"指的是,在所有人物中突出正面人物,在正面人物中突出英雄人物,在英雄人物中突出主要英雄人物。
② "八个样板戏"的另外一种说法是,革命现代京剧《红灯记》《沙家浜》《智取威虎山》《奇袭白虎团》《海港》,革命现代舞剧《红色娘子军》《白毛女》和交响音乐《沙家浜》。
③ 张炯主编:《新中国文学五十年》,山东教育出版社,1999年,第156页。
④ 碧野在赴延安的途中到了洛阳,未抵达延安,但他的经历和创作倾向与延安作家有相似之处,在此可以归为一类。

泉》、刘白羽的《红玛瑙集》、曹靖华的《花》《春城飞花》、吴伯箫的《北极星》、秦牧的《花城》、魏巍的《谁是最可爱的人》、菡子的《初晴集》、袁鹰的《风帆》、陈残云的《珠江岸边》、马南邨的《燕山夜话》①、柯蓝的《早霞短笛》等。中国作家协会编选的《1959—1961散文特写选》②也颇具代表性。

  散文题材丰富多样、表现领域宽阔广泛，是此时期散文的一个重要特征。"举凡国际国内大事、社会家庭细故、掀天之浪、一物之微、自己的一段经历、一丝感触、一撮悲欢、一星冥想、往日的凄惶、今朝的欢快，都可以移于纸上，贡献读者"③，抑或思念亲友、寻访古迹、游览名胜的经历，都是绝好的散文题材，譬如翦伯赞的《内蒙访古》、叶圣陶的《游了三个湖》、钦文的《鉴湖风景如画》、吴伯箫的《记一辆纺车》《菜园小记》、碧野的《天山景物记》、曹靖华的《忆当年，穿着细事且莫等闲看》、李健吾的《雨中登泰山》、袁鹰的《井冈翠竹》、马南邨的《一个鸡蛋的家当》、刘白羽的《长江三日》、杨朔的《荔枝蜜》、秦牧的《花城》等这些在当代具有广泛影响的散文名篇中，便可以看出这个时期散文创作不拘一格的取材特点，甚至于家书、日记等也都可能是非常优秀的散文佳作，如《傅雷家书》。

  主观抒情性减弱、客观写实性增强，是此时期散文的另一个重要特征。发轫于"五四"新文化运动的现代散文，是观念变革、思想解放等时代思潮的产物，个性鲜明、主观色彩浓烈是其主要特征。《在延安文艺座谈会上的讲话》发表以后，集体主义和民族意识等得到了强化。新中国成立以后，这种趋势进一步加强，散文创作偏于抒写主观情怀个人感受的被弱化了，散文家自觉地或不自觉地把笔触转向新的社会环境中出现的新人新事，"叙事性散文"成为这个时期散文的主角：巴金的《我们会见了彭德怀司令员》《从镰仓带回的照片》、何为的《第二次考试》、魏巍的《谁是最可爱的人》《依依惜别的深情》、徐迟的《祁连山下》、刘白羽的《朝鲜在战火中前进》、魏钢焰的《红桃是怎么开的——记党的忠实女儿赵梦桃》、穆青、冯健、周原的《县委书记的榜样——焦裕禄》、中国青年报记者的《为了六十一个阶级弟兄》④等，以记人记事为主要内容，以客观写实为主要表现手法，具有新闻性的通讯、报告文学在此时期因内容的真实性和鲜明的时代特色受到读者的欢迎。

  在文学以颂歌为主的基调中，此时期的散文创作强调集体精神和民族意识，散文家的自我意识、主体意识被忽视，以往在散文中最为重要的主体"我"为"我们"所取代，记录客观事实与时代风云成为作家主要的责任和使命。此时期，文学的价值"是看它是否反映了在共产党领导下的我们国家的时代面影。是否完美地、出色地

---

① 马南邨是邓拓的笔名。为保留历史事实，这里使用《燕山夜话》发表、出版时使用的署名。
② 周立波编选：《1959—1961散文特写选·序》，人民文学出版社，1963年。
③ 同上。
④ 中国青年报记者是发表时的署名，该文入选中学语文课本时沿用这个署名。他们的名字是王磊、房树民。

表现了我们国家中新生的人,最可爱的人为祖国所作的伟大事业"[1],政治标准第一、艺术标准第二得到了极度强化,艺术的标准被置于十分次要地位。在文学与非文学的界限模糊中,散文家和记者的身份变得暧昧不清,是此时期散文的又一特点。

此时期的说理散文有着不可忽视的意义。马南邨(邓拓)的《燕山夜话》以及吴南星(邓拓、吴晗、廖沫沙)的《三家村札记》等借古讽今,是以议政、论政、时评为主要内容的说理散文。"《燕山夜话》本来的目的是为工农兵服务的"[2],目的是想"使大家在整天的劳动、工作以后,以轻松的心情,领略一些古今有用的知识而已"[3],因此,作者的言说姿态宽容、平和,就像与老朋友促膝谈心一般,从容不迫、娓娓道来,说长道短、妙趣横生;深入浅出、通俗易懂;以小见大、寓意深刻;说古论今,匡正时弊。《一个鸡蛋的家当》借明朝的一篇笑话,抨击"用空想代替现实"的幼稚、浪漫,《事事关心》意在倡导一种感时忧国、关心时政的现实情怀。这些作品与当代政治文化的走向密切相关,字里行间微妙曲折地传达出当代知识分子忧生伤世的忧患意识。茅盾、唐弢、严修、舒芜、秦似、巴人、邵燕祥等都有说理散文的佳作。

第二节 《茶馆》、《关汉卿》等话剧

老舍(1899—1966),1949年以前的创作以小说为主,其主要成就也在小说方面。共和国成立后,为了配合文艺服务工农兵的目标,他把主要精力转向戏剧创作。1950年后创作有《方珍珠》、《龙须沟》、《茶馆》等25部戏剧作品。"文革"中,老舍惨遭非人的凌辱,1966年8月在北京太平湖饮恨沉湖。

1957年发表的《茶馆》代表老舍剧作的最高成就,堪称世界戏剧艺术的杰作。

《茶馆》以北京城里老字号茶馆"裕泰"从清末起半个世纪的坎坷命运,展示了19世纪末到20世纪上半叶中国社会的历史变迁,具有高度的历史概括性。

《茶馆》全剧一共三幕,展示了三个历史时期的社会面貌。

第一幕,背景为戊戌政变的年代,政治黑暗、国弱民穷,外国人在中国的势力越来越大。维新变革惨遭失败后,顽固保守势力十分强大,日子过不下去的乡下人卖儿卖女,统治集团更加专横残暴,连太监也想娶老婆了。

第二幕,背景为军阀混战的民国初年,袁世凯死后,外国势力的扩张更加张狂,民不聊生、国将不国的衰败景象日益加剧。

---

[1] 丁玲:《读魏巍的朝鲜通讯——〈谁是最可爱的人〉与〈冬天和春天〉》,见《丁玲全集》第9卷,河北人民出版社,2001年,第243页。
[2] 马南邨:《两点说明》,见《燕山夜话》,北京出版社,1979年,第4页。
[3] 马南邨:《生命的三分之一》,见《燕山夜话》,北京出版社,1979年,第7页。

第三幕,背景为抗战时期,北京被日本人占领八年后,老百姓终于盼到了抗战结束,原以为这回可以过上好日子了,可是内战接踵而至,彻底粉碎了人们的美好愿望,甚至连善于应付的裕泰茶馆掌柜王利发也被逼上吊。全剧在凄婉、悲凉的气氛中落下帷幕。

《茶馆》的写作意图在于表达对不公正时代的憎恶和建立国富民强的现代社会的强烈渴望,也对善良、正直、不幸的小人物寄予深切的同情。作者说,《茶馆》写的是50多年的社会变迁,"在这些变迁里,没法子躲开政治问题。可是,我不熟悉政治舞台上的高官大人,没法子正面描写他们的促进或促退。我也不十分懂得政治。我只认识一些小人物,这些人物是经常下茶馆的","一个大茶馆就是一个小社会",三教九流形形色色的人物都可以安排在茶馆会面,因此,作者就把一个时间跨度长、人物多,有着许多大的社会变动的历史故事的场景,安排在一个老字号的茶馆里,用茶馆里小人物"生活上的变迁反映社会的变迁"[1],"用这些小人物怎么活着和怎么死的,来说明那些年代的啼笑皆非"[2]。这样的艺术构思与戏剧结构,是《茶馆》最重要的艺术成就,也是当代话剧的一个创新,有研究者名之为"图卷戏"[3]。

一般说来,一出戏必须有一个扣人心魄的剧情,讲述一个完整的故事,而《茶馆》却没有集中的剧情,也没有完整的故事,其重点在写人。作者的办法是:1. 主要人物自壮到老,贯穿全剧。如茶馆掌柜王利发,茶馆房东秦仲义,旗人常四爷都是贯穿全剧的人物,也是三个时代的历史见证人;2. 次要人物父子相承,父子由同一个演员饰演,这样有助于故事的连续。刘麻子和小刘麻子,唐铁嘴和小唐铁嘴,属于这类;3. 让每一个角色都说自己的事,又和时代发生联系。譬如,一个名厨倒霉到去监狱里包办伙食,顺口便说,这年头就是监狱里人多,一个说书人生意不好,随口便是,这年头邪门,真玩艺要失传。虽然只是三言两语,却透露出时代的面影;4. 无关紧要的人物招之即来,挥之即去[4]。这是《茶馆》在艺术形式上的又一个创新之处。

《茶馆》的艺术成就还表现在人物形象具有丰富的人性内容,人物语言具有鲜明的个性特征等方面。

《关汉卿》是现代戏剧史上著名戏剧家**田汉**(1898—1968)在当代最重要的一部历史题材的话剧作品,也是当代话剧艺术的重要收获。

1958年"世界和平理事会"授予元代戏剧家关汉卿"世界文化名人"称号,为配

---

[1] 老舍:《答复有关〈茶馆〉的几个问题》,见《老舍文集》第16卷,人民文学出版社,1991年,第473页。
[2] 老舍:《谈〈茶馆〉》,见《老舍文集》第16卷,人民文学出版社,1991年,第471页。
[3] 这是李健吾的概括,见《座谈老舍的〈茶馆〉》,载《文艺报》1958年第1期。
[4] 老舍:《答复有关〈茶馆〉的几个问题》,见《老舍文集》第16卷,人民文学出版社,1991年,第472—473页。

合关汉卿诞辰700周年纪念活动,田汉创作了《关汉卿》一剧①。

关汉卿这一艺术形象的成功塑造是该剧的主要成就之一。

史书关于关汉卿的资料十分稀少,田汉根据有限的历史记载,深入研究关汉卿流传下来的众多作品,细心体味揣摩人物的思想性格,以创作《窦娥冤》为剧情主线,取"戏中戏"的结构,塑造了一个刚毅正直、不畏权贵、敢于与恶势力作坚决抗争的"梨园领袖"形象。

《窦娥冤》成功演出后,残暴专横、权重一时的宠臣阿合马以杀头要挟,责令关汉卿修改剧中斥骂贪官污吏的有关台词,但他不忧不惧、大义凛然,以戏可不演、台词不可改相对抗,表现出"玉可碎而不可改其白,竹可焚而不可毁其节"的坚贞气节,成为"我是个蒸不烂、煮不熟、压不扁、炒不爆、响当当一粒铜豌豆"自况的注脚。豪侠重义,为民请命,为社会伸张正义,敢于替遭受强权凌辱的平民百姓鸣冤叫屈,对下层民众、尤其是不幸女子寄予深切同情,是关汉卿性格的另一个重要方面。

与关汉卿一样富于正义感与同情心的朱帘秀,也是剧中的重要人物。她十分推崇关汉卿,对其充满钦敬之情,感佩于他的人格魅力与艺术才情,在共同的梨园生活和艰苦磨难中培植了他们的爱情之花。朱帘秀热情执着,忠于艺术,爱憎分明,勇敢大胆,她激发了关汉卿创作的热情和斗争的勇气。

《关汉卿》在艺术风格上仍然保留了田汉一贯的浪漫主义特色,在有限的史料基础上,田汉发挥浪漫主义剧作家特有的天才想象,使整个剧情内容显得十分丰富、生动,人物形象异彩纷呈。全剧以朱帘秀"脱去乐籍"与关汉卿"同心并翅"飞往江南作结,激情洋溢的抒情语言、传奇色彩的情节构思等,呈现出剧作浓郁的浪漫色彩。

第三节 杨朔、刘白羽、秦牧的抒情散文

杨朔、刘白羽、秦牧是此时期最有影响的散文家,他们的散文创作代表了此时期散文创作的成就。

杨朔(1913—1968),山东蓬莱人。他的文化程度不高,从小聪颖好学,尤喜爱中国古典文学和外国文学,他从写诗走上文学创作之路。其最有影响的散文集是《海市》、《东风第一枝》。《香山红叶》、《雪浪花》、《荔枝蜜》、《茶花赋》、《海市》等是其代表作,常入选各种散文选本和中学语文课本②。

---

① 该剧有多种稿本,《剧本》1958年第5期发表时共九场;同年出版单行本改为12场;1961年再次出版单行本时改为11场。本书讨论时依据1958年5月15日修正稿。全剧参见谢冕、钱理群主编:《百年中国文学经典》第6卷,北京大学出版社,1996年。
② 2000年以后新编的中学语文课本已经有了很大的变化。

"拿散文当诗一样写"是杨朔散文的一个重要特征。诗歌有起承转合的讲究，注重营造与提炼诗意。杨朔善于从一片红叶、一朵浪花、一群蜜蜂、一树山茶等日常生活琐事中发现动人情怀，生发诗人的想象，提炼生活的诗意。如在从化养病时，他了解到小蜜蜂的生活习性和可爱之处时，即赋予它们辛勤劳作、乐于奉献的精神，在平凡之中见出伟大的人格特征（《荔枝蜜》），在小题材中发现大时代的思想命意。杨朔散文有自己的构思模式和结构方式，擅长用兴发于此、义归于彼的古典诗词的表现技法，他写茶花其实是以花拟人，立意却在赞美如花似锦的祖国新貌（《茶花赋》），而霜重色愈浓的红叶则又是某种精神品质的象征（《香山红叶》）。这种散文运思方式在20世纪六七十年代曾风行一时，影响了一代作者与读者。由于过分追求散文的诗意，制造曲径通幽的阅读悬念，欲扬故抑、先抑后扬的策略与模式，有时不免给人以拔高生活，雕琢斧凿之感。"开头设悬念，中间拐弯子，起伏以避直，卒章显其志"的杨朔散文模式在20世纪80年代后期为读者所批评。

刘白羽（1916—2005），北京人，有军人作家之誉。倘若将杨朔的散文归于婉约风的话，那么刘白羽的散文则属于豪放派。《红玛瑙集》是其最有影响的散文集。其中《日出》、《灯火》、《长江三日》、《樱花漫笔》等是具有广泛影响的名篇。其散文热情洋溢、雄浑豪放，充满理想主义的浪漫情怀。与杨朔偏向于小处着笔不同，刘白羽喜欢宏大壮阔的场面和景象，喷薄而出霞光万里的红日（《日出》），一泻千里如诗如画的长江三峡（《长江三日》），是他散文中的经典场景。作者凭借这些奇诡绚丽的物象，抒发激越的战士豪情，将军人的雄强与儒生的优雅，战士的勇毅与智者的沉思，并置于同一文本之中，突现出时代的精神风貌与其散文的独特风格。他的抒情更多的是直接形诸于文字，"以我的感情起伏为贯穿红线，以哲理的提升为指归"[1]。如《长江三日》便是在重庆到武汉的三天航行中，从旅途见闻与经历，阐发了"战斗——航进——穿过黑夜走向黎明"的社会、人生的哲理。在作家被看作民众的代言人、文学被当作时代号角的年月，刘白羽是最无愧于这一美誉的散文作家。然而，过于直露的感情抒发，有时难免有空泛与虚浮之憾。

秦牧（1919—1992）广东澄海县人，生于香港。自幼酷爱文学，曾随父亲在南洋等地求学。共和国成立以后，一直在广州从事文艺工作。1994年，人民文学出版社出版了《秦牧全集》（共十卷），汇集了秦牧的全部创作。《贝壳集》、《潮汐和船》、《花城》、《长河浪花集》[2]是他最重要的四本散文集，文艺随笔《艺海拾贝》、《语林采英》受到文学爱好者的欢迎。《花城》、《土地》、《社稷坛抒情》、《古战场春晓》是秦牧散文的代表作。

---

[1] 张炯主编：《新中国文学五十年》，山东教育出版社，1999年，第161页。
[2] 其中《长河浪花集》是秦牧的散文自选集，人民文学出版社1978年出版。

将抒情性与知识性、趣味性融于一体,是秦牧散文的重要特点。秦牧不但有优美动人的文笔,还有丰富广博的知识,他善于围绕一个话题展开丰富的联想,精心选材,谋篇布局。譬如,他从广州市民除夕逛花市的节庆习俗谈起①,不厌其烦地介绍多姿多彩的花卉品种和全国其他地方过春节的民间习俗,以沉浸在"喝酒微醉似的"幸福感中收束全文(《花城》)。

秦牧的散文往往在叙事写景中直接发表议论,"虽然采取的是谈天说地,描绘山川,辨析名物的方式",但重点却在播撒自己的"思想浪花"(《长河浪花集·序》),形成其散文夹叙夹议的特点。《社稷坛抒情》在介绍"五行"观念来历的同时,告诉读者应珍惜现时的"好日子","好好地学习和劳动,好好地安排在无穷的时间之中一个人仅有一次,而我们又恰恰生逢其时的宝贵的生命"。《土地》讲述了晋公子"重耳之亡"等许多和土地有关的历史故事之后,又联想到广东湛江"寸金桥"的掌故,意在引起读者思考"怎样使每一寸土地都发挥它的巨大潜力,一天天更加美好起来"的现实问题,埋头去"干呵干呵,向土地夺宝,把我们所有的土地都利用起来。一定要用我们这一代人的双手,搬掉落后和贫穷这两座大山"。在《潮汐和船》、《面包和盐》、《菱角的喜剧》等篇章中,这种叙议结合的特色表现得十分突出。理重于情既为秦牧散文的特点,也成为其散文的缺憾。

在创作中叙写个人的见闻和读书心得,是秦牧散文的重要内容,秦牧在这方面仿佛是刻意为之,材料过度堆砌与重复,使读者在阅读时少了新鲜感。

---

① 逛花市,广州市民的口语叫做"行花街"。

第五章 台湾文学（二）

1949年4月23日，中国人民解放军攻克南京，"国民政府"退守台湾，从此海峡两岸隔绝了整整40年。直到1988年，台湾当局才逐渐解除"禁令"，允许台湾同胞回大陆"探亲"，海峡两岸的封锁状态逐步"解冻"。从50年代起，台湾文学便在一种特殊的环境中，开始了上承40年代国统区文学而又有许多自身特点的曲折发展之路。

第一节 分流之后：50年代的台湾文学

国民政府接管台湾不久，于1947年10月宣布取消日文报刊，许多台湾新文学作家面临着创作语言转换的困难，不少台湾籍"作家们纷纷封笔，从头学习中文的，恢复写作大约要十多年的光阴"，等他们重新提笔撰文，已是60年代以后的事了，由此形成台湾文坛上"跨越语言的一代"的独特现象[①]。由此，日据时期台湾新文学的传统在光复之后反被拦腰截断。在此之前，像杨逵这样的资深新文学作家，因为"二二八"事件后签署"和平宣言"而被捕入狱，竟深陷囹圄长达12年。国民政府退守台湾初期，在政治上确立"反共抗俄"、"反攻复国"的基本"国策"，对外作为依赖美国各项援助的资本，对内作为稳定移民、岛民的精神支柱。1949年5月20日台湾当局颁布"动员戡乱时期临时戒严令"，对台湾全岛实行军事管制，且实行了长达37年之久。1952年4月28日，公布"戒严时期新闻报纸杂志图书管制办法"，对台湾的出版和言论进行全面控制。台湾当局为了全面推行"反攻复国"的政治方针，严密控制意识形态，一方面禁止印行和阅读"五四"以后鲁迅、郭沫若、茅盾、巴金、老舍、沈从文等人的文学作品，只有已故的朱自清、徐志摩例外；另一方面，则将文艺当作"反攻大陆"的政治工具，通过各种途径加紧反共宣传，掀起"战斗文艺"运动。

1950年5月，台湾当局由"立法院"院长张道藩出面，召开了"中国文艺协会"

[①] 李瑞腾：《台湾文学风貌》，台北，三民书局，1991年，第3页。

第一次大会。大会《宣言》称:台湾文艺家的"天职"是要把"反攻复国"作为"神圣"的任务。在文艺领域,一是建立文艺团体,如以张道藩为主任委员的"中华文艺奖金委员会"、"中国文艺协会"以及"中国青年写作协会"、"台湾省妇女写作协会"等等,成为当时"战斗文艺"的御用工具。二是出版反共文艺刊物,如《文艺创作》、《幼师文艺》、《民族副刊》、《新生副刊》等等,鼓励、推行"战斗文艺"。三是制定文艺政策,颁发文艺奖金,开展"国军文艺运动"等,造成50年代台湾文坛上"战斗文艺"泛滥一时。"战斗文艺"从本质上来说,是一种官方扶植的御用文学,无论是"战斗诗"也好,"反共小说"也罢,思想内容的概念化、艺术表现的公式化,是这种官方御用文学的基本特征,因而又被称为"反共八股"。就反共小说而言,内容上大体可分为两类:一种是直接涉笔于政治层面、表现赤裸裸的反共意识,如姜贵的《旋风》(又名《今梼杌传》)、《重阳》,陈纪滢的《荻村传》,司马中原的《荒原》、《狼烟》等。后来,有人明确指出这类作品"只在字面上充满'战斗热',在实质上缺乏'文艺美',只因只'战斗'不'文艺',官方用'推销主义'推行,战斗文艺令人失望。"①另一类反共小说,多取材于青年人的爱情、婚姻生活,近似言情小说,但却包含着反共的思想内核,如王蓝的《蓝与黑》、《碧海青天夜夜心》,以及潘人木的《莲漪表妹》、《马兰自传》等。对于这类作品,台湾也有人批评"作品都是'顾影自怜'"。台湾出版的尹雪曼著《中华民国文艺史》也坦承,这一时期的反共文学,"太过于概念化,太过于生硬"。盛行于50年代的"战斗文艺",随着"反攻复国"的神话破产,也由于这些作品政治宣传的八股化腔调而逐渐为人所厌弃。

在50年代"战斗文艺"的泛滥中,几乎与此同时产生"怀乡文学"的潮流(或称"回忆文学"),是思乡忆旧的乡愁之作,为台湾文坛注入了一股清澈的泉流。"怀乡文学"的作者大都为大陆去台的"外省人"。国民政府退居台湾时,大约200多万人流落到了台湾。离别了故乡家园和亲人故旧,成了流落他乡的浪子、异客。朝鲜战争一结束,"光复大陆"的神话破了产,他们梦寐以求的重返故土的希望随之幻灭。"身在异乡为异客"的"失根"的忧愁,使众多人普遍患上了"怀乡病"。"怀乡文学"应运而生,且盛行于50年代后期,乡愁成为当代台湾文学的一个重要母题。1973年台湾文学评论家何欣指出:"就题材而论,这二十多年的文学作品有将近一半是具象化的乡愁。由于对家乡和往事固执的怀念,我们产生了一种独特的民族文学。"②

50年代的"怀乡文学"大致可分为两类:一类是乡野传奇,以司马中原、朱西宁、段彩华等军中青年作家为代表。司马中原有六部作品命为"乡野传闻",包括一部长篇和30多部中篇。在其笔下,家乡已成为遥不可及而又日渐模糊的记忆。故

---

① 《岁首说真话》,载1958年1月5日台湾《联合报》。
② 何欣:《司马中原笔下震撼山野的哀痛》,转引自《现代台湾文学史》,辽宁大学出版社,1987年,第267页。

事总是发生在遥远年代的大陆某地,显得古老而飘渺。这类作品的最大特点是没有具体的时间和空间,笼罩在"梦一般的沉寂而震撼山野的哀痛"之中,让读者在那些古老传奇和"乡野传闻"中聊以寄托乡愁。另一类是忆旧小说,以林海音、孟瑶、谢冰莹等大陆赴台女作家为代表。尤其是林海音的小说,如《城南旧事》等,以少女童真的眼光和纯净的心灵再现童年时代的北平记忆,那带有传统色彩的风土人情,以及一个个形形色色女子的婚姻悲剧,"怀乡"之作中也描述了"生为女人的悲剧"。第三类是乡愁散文,以女作家张秀亚、琦君及梁实秋等为代表。50年代的赴台女作家,承担了过于沉重的时代和战争的苦难,使她们对美好事物、童年印象的触须变得格外敏感。她们的"乡愁散文"从一开始就呈现出与当时充斥文坛的"反共八股"截然不同的面貌。除"乡愁情结"外,也或多或少表现了对人性匮乏的某种不满与反感。由于常常以回忆往事而非客观写实的方式来叙事抒情,因而与现实之间便产生了某种距离感。这一方面可营造出含蓄蕴藉的古典式朦胧美感;另一方面也常使作者有意无意地对现实中假丑恶的东西予以"过滤"。如张秀亚的《遗珠》、琦君的《下雨天,真好》等散文。梁实秋抗战时期以"子佳"为笔名发表"雅舍小品"以来,先后出版了《雅舍小品》一至四集,其中收散文小品143篇。此外,他还写过其他许多怀人忆旧的散文,如《谈徐志摩》、《谈闻一多》、《秋室杂文》等,尤其是怀念故乡北京的名胜古迹、风物人情的散文,如《北平的街道》、《清华八年》、《北平年景》、《豆汁儿》等,如数家珍,情趣盎然,是一首首充满怀旧情调的思乡曲。他一生兼散文家、文学翻译家和学者于一身,且三者皆卓有成就。他被誉为台湾散文界的一代宗师。梁实秋虽学贯中西,但其散文小品却是地地道道的中国散文,具有典雅、简约、幽默、风趣的艺术风格。

第二节 "现代派"文学的滥觞与鼎盛

从50年代中期开始,台湾文坛开始萌发一股现代主义文学思潮,至60年代达到鼎盛时期。这股文学思潮的兴起及其鼎盛,主要的原因在于:1. 台湾当局在政治上实行专制统治,造成台湾文化人心理上逐渐滋生一种逃避现实和政治的放逐倾向。李欧梵指出,"国民党政府全面树立权威的手腕,不是使人悚惧无言,就是进一步导致人们政治上的淡漠。……台湾的'群众'开始要求逃避主义的欣赏:他们无意于未来命运尚未肯定的政治现实。无论是从大陆来的还是台湾本地的作家,都逐渐内向起来,沉浸于个人感觉的、下意识的和梦幻的世界之中。"① 2. 台湾当局入

---

① 李欧梵:《台湾文学中的"现代主义"和"浪漫主义"》,转引自《现代台湾文学史》,辽宁大学出版社,1987年,第305—306页。

台后全面倒向西方。1954年美台签署"共同防御条约",50年代初期"美援"大量倾销,西方的文化、教育和生活方式也随之流行,造成台湾社会崇拜西方物质生活和文化的普遍心理,翻译、介绍、摘引西方现代主义作品之风大盛。3.台湾当局在文化上割断了知识界与祖国大陆文化的联系,尤其是禁止印行和出版"五四"后绝大多数新文学作品,使得年轻一代几乎没有可能继承新文学关注社会人生的现实主义传统。"他们一般的特色是勇于实验、创新,勇于皮相式的打倒传统,朦胧地醉心于西方各种主义潮流,……故转而崇拜西方现代主义以降的风云人物。"[①]于是,30年代曾在上海出现而后因抗战爆发而中断的"现代派"文学,却在50年代的台湾文坛上找到了生存、发展乃至盛行的合适土壤。

台湾"现代派"文学发端于诗歌领域。还是在"喊喊口号"的反共文学作品泛滥一时之际,注重艺术性的台湾现代诗已开始萌芽。1953年2月,台湾现代诗的"旗手"和"盟主"纪弦(即路易士)创办了《现代诗》季刊,开始在台湾从事"新诗现代化"的理论与实践活动。1956年初,他出面联络了方思、郑愁予、羊令野、商禽、林泠、白萩等83人,以《现代诗》季刊为基础,在台北成立了"现代诗社",公开打出"现代派"的旗号,以"领导新诗的再革命,推行新诗的现代化"为目标,并拟定了"现代派六大信条",宣告是"有所扬弃并发扬光大地包容了自波德莱尔以降一切新兴诗派之精神与要素的现代派之一群"。1954年春天,钟鼎文、覃子豪、夏菁、余光中等在台北成立了"蓝星诗社",并借《公论报》副刊刊行《蓝星周刊》(后改为《蓝星月刊》),罗门、蓉子等后来也加盟"蓝星诗社"。同年10月,一些军中诗人张默、洛夫、痖弦等在高雄海军基地成立了"创世纪"诗社,并出版《创世纪》诗刊,形成台湾早期现代诗三家鼎立的局面。尽管这三家诗社之间在现代诗的观点上不尽相同,"蓝星诗社"和"现代诗社"之间还发生过论战,但对于宣扬现代主义诗歌的文学主张,掀起现代诗的创作浪潮都不遗余力。到50年代后期,《现代诗》、《蓝星》、《创世纪》,加上各种综合性文艺刊物、报纸副刊等都刊载现代诗,现代主义诗作很快风靡台湾诗坛。作为50年代的文学思潮之一,现代主义诗潮虽然从一开始就标榜现代诗"乃是横的移植而非纵的继承",在其发展过程中还出现过盲目西化及矫揉造作、无病呻吟和晦涩如谜等弊病,但其艺术上的功绩依然是巨大而明显的。主要表现在:1.它和稍后出现的现代主义小说潮一起,冲破了50年代台湾文坛极端政治化的"战斗文艺"、"反共八股"的束缚,在促使文学摆脱当局政治控制方面起了积极的作用。2.奠定了以自由诗体为现代诗的主要形式,在诗的"知性"和"纯粹性"上进行多方位的实验,并以"破旧立新、绝对开放的精神"(洛夫语),将文学青年引向走出精神禁锢的路途。3.造就

[①] 罗青:《理论与态度》,转引自《现代台湾文学史》,辽宁大学出版社,1987年,第305页。

和培养了一批当代著名的台湾诗人,除纪弦、覃子豪等三四十年代即已成名的诗人外,还有像余光中、郑愁予、罗门、洛夫、痖弦、商禽、周梦蝶、杨牧等一大批现代派诗人。

台湾"现代派"小说的出现比现代诗稍晚。"现代派"小说的产生、盛行使"现代派"文学雄踞60年代台湾文坛。在"现代派"小说的产生和发展过程中,《文学杂志》和《现代文学》等杂志功不可没。前者创刊于1956年9月,被视为"纯粹文学"兴起的重要标志之一,主编为台湾大学外文系教授夏济安。这份学院式的刊物却提倡"让我们说老实话",在艺术上倾向现代主义,介绍欧美现代主义文艺理论和作品,发表台湾"现代派"文学作品,推动了台湾文学品质的提升,提高了纯文学在文坛上的地位。白先勇将《文学杂志》视为"引导我对西洋文学热爱的桥梁",并由此"转攻文学"。他的短篇小说处女作《金大奶奶》等作品都发表于此刊。聂华苓、於梨华、陈若曦、王文兴、欧阳子、丛甦等也都在《文学杂志》上发过作品。《现代文学》创刊于1960年3月,被认为是现代主义在小说领域走向兴旺成熟的标志。其创办者是白先勇、陈若曦、王文兴、欧阳子、李欧梵等台湾大学外文系的学生。《现代文学》自创刊后至1973年停刊历时13年,其对于60年代台湾文坛的贡献主要在于:一是大量介绍、翻译西方"现代派"文学,出专号介绍西方"现代派"文学大师,如卡夫卡、托马斯·曼、乔伊斯、劳伦斯、福克纳、卡缪、伍尔芙、萨特等,引进了存在主义、超现实主义、后期象征主义、未来主义、表现主义等西方哲学和文艺思潮,启发了作家和读者对西方现代文学的兴趣。二是大量发表、刊登台湾"现代派"小说,如白先勇的《游园惊梦》、丛甦的《盲猎》、水晶的《爱的凌迟》、东方白的《□□》、施叔青的《倒放的天梯》等,培养、造就了一批"现代派"小说家,组成了台湾"现代派"文学的基本创作队伍。据统计,51期《现代文学》上,共发表70位作家的小说206篇,六七十年代文坛上的台湾重要作家,许多都是在《现代文学》上成长起来的。

台湾"现代派"小说作家群中,文学主张和创作风格迥异,像王文兴的《家变》、《背海的人》,欧阳子的《秋叶》、《那长头发的女孩》,七等生(刘武雄)的《我爱黑眼珠》等作品,受西方现代主义的影响较为明显;聂华苓的《桑青与桃红》、《千山外,水长流》,於梨华的《又见棕榈,又见棕榈》、《傅家的儿女们》,陈若曦的《尹县长》、《耿尔在北京》等小说,在受西方现代主义影响的同时,又不同程度地继承了中国文学的传统。享有"当代短篇小说的奇才"之誉的白先勇,更是达到了"将西方融于中国,将传统融于现代"的完美融合,他创作的《玉卿嫂》、《永远的尹雪艳》、《游园惊梦》、《花桥荣记》等小说,已被公认为中华当代短篇小说中的经典之作。其笔下写得最传神、也最令人难忘的两类系列人物——"台北人"和"纽约客",也就成为中国文学画廊中无可替代的艺术典型。

第三节 "乡土文学"的复萌与壮大

20世纪30年代初,黄石辉发表《怎样不提倡乡土文学》,认为台湾新文学应是一种乡土文学,其主要特征在于运用台湾方言(闽南语)描写台湾事物,即"用台湾的话做文,用台湾话做小说,用台湾话做歌谣,描写台湾的事物",并由此引发了30年代一场关于"乡土文学"的论争。陈映真指出,台湾的乡土文学是日本殖民统治和压迫下的产物,它植根于台湾殖民地现实生活和民族意识的觉醒,"由于日治时代和祖国大陆的断绝,当时,伤时忧国之士,乃有主张以在台湾普遍使用的闽南话从事文学写作,以保存中华文化于殖民地,而名之为'乡土文学'"[①]。20世纪20至40年代,在祖国大陆"五四"新文学直接影响下萌发的台湾新文学,产生了像赖和、杨逵、吴浊流等富有爱国主义精神和台湾地域特色的"乡土作家",这时期产生的台湾新文学后来也被称作是台湾的"早期乡土文学"。国民政府接管台湾后,对台湾民众的思想控制相当严厉,尤其是1947年"二二八"起义被残酷镇压之后,对"省籍人士"的思想和文化活动更是严密监控,许多在光复前用日文创作的台湾"乡土"作家,又面临着"跨越语言"的艰难转折期,光复后至60年代之前台湾"乡土文学"便陷于沉寂。

50年代台湾重要的乡土文学作品,首推钟理和的长篇小说《笠山农场》。钟理和在抗战前为反抗家庭专制与妻子一起赴大陆,在东北、北京生活多年,台湾光复后举家返台,却贫病交加,生活困苦,因患肺疾开刀切除了六根肋骨,创作的小说无处发表出版。《笠山农场》完成后虽获"中华文艺奖金委员会"长篇小说二等奖(一等奖空缺),却无人愿意出版,这使在贫病交困中挣扎的他受到极大刺激,1960年8月在修改中篇小说《雨》时咯血而亡,他被称为"倒在血泊里的笔耕者"。钟理和逝世后,由钟肇政、林海音等组成"钟理和遗著出版委员会",集资陆续出版了其遗著。

50年代末至60年代中期,在"现代派"文学热闹非凡的夹缝中,台湾"乡土文学"顽强地积聚着力量。1964年,老一辈乡土作家吴浊流创办《台湾文艺》,成为战后台湾省籍作家相聚的文学大本营,被称作是"火里重生的凤凰"。到60年代末,为奖掖台湾的文学创作,他又卖掉自家的田产,加上全部退休金,独自设立了"吴浊流文学奖"。台湾"乡土文学"的复苏,首先便表现出对"现代派"文学中某些"全盘西化"的倾向的厌弃和反拨。吴浊流在谈到创办《台湾文艺》时指出,"现在,大多数的作家,没有采取科学的态度来批判,对外国文学囫囵吞枣地模仿以为能事,我希望……尊重我们固有文化的优点拿来做经线,采取外国文学的优

---

① 陈映真:《文学来自社会反映社会》,载《仙人掌》第5期,1977年7月1日。

点来做纬线,织成最优秀的中国文学,创造有中国文化格律的新作品,才是台湾文艺的使命。"①1966 年,由尉天骢等人创办了《文学季刊》,成为又一个台湾乡土作家大显身手的文学阵地。针对"现代派"文学某些一味欧化、模仿外国、宣泄迷惘、绝望等倾向,《文学季刊》旗帜鲜明地提出了"回归乡土"的口号。与此同时,"乡土文学"的创作也逐渐进入繁荣时节。第一代本土作家中"承前启后"的钟肇政,继长篇小说《鲁冰花》(1960 年)之后,创作了《浊流三部曲》、《台湾人三部曲》等"大河小说",开始显示出其规模宏大的史诗性追求。陈映真、郑清文、李乔、黄春明、王祯和、王拓、杨青矗、宋泽莱等战后第二代本土作家,也以其各具特色的"乡土文学"佳作,承续"五四"以后新文学的现实主义精神与人道主义关怀,转向关注台湾社会现实,恢复了直面人生的现实主义文学传统。至 70 年代,"乡土文学"在与现代主义相抗衡的过程中全面复苏,并在 70 年代对现代主义文学,尤其是在对其诗作和小说中的西化倾向进行批判及大规模"乡土文学"论战中越战越勇,终于为"乡土文学"在台湾文坛赢得了一片生机勃勃的广阔天地。

60 年代后出现的台湾"乡土文学",其内涵与 30 年代提出时有所不同,当初,它主要指运用台湾方言(闽南语)描写台湾事物的文学,主题表现为反抗日本侵略,宣扬民族意识和爱国主义,暴露殖民社会之黑暗;而在 60 年代中期后复苏的"乡土文学",则显示出有别于大陆去台作家的怀乡文学和 50 年代后雄踞文坛的现代主义文学的写实主义文学特征,其在题材、内容等方面反映的主要是台湾社会生活的现实问题。针对台湾六七十年代社会上出现的崇洋媚外、丧失民族自尊的现象和各种假洋鬼子的丑态,被誉为"乡土文学的一面旗帜"的陈映真,在其小说《夜行货车》、《云》等作品中,被誉为"标准乡土作家"的黄春明,在其小说《莎哟娜拉·再见》、《我爱玛莉》等作品中,以及王祯和在《小林来台北》中,均予以揭露和讽刺。伸张民族意识,维护民族尊严,批判崇洋媚外的社会风气,成为台湾六七十年代"乡土文学"的重要主题之一。另一个重要的文学主题为:暴露台湾社会的各种弊病,反映台湾社会日趋严重的社会问题和黑暗现实。如被称为"小说界的异军"的杨青矗描写在贫困之中挣扎的无助工人(《低等人》、《工等五等》);被誉为擅长为"弱小一群"代言的王祯和笔下重演的"典妻"悲剧(《嫁妆一牛车》)和阿 Q 式的赤贫小人物(《锣》)等,都反映和揭示了台湾社会在"转型"过程中社会底层人物的不幸命运。"乡土文学"虽然主要是社会写实文学,但在艺术表现方法上也并不排斥现代主义文学的种种技巧和手法,例如陈映真的小说中,就常常运用象征、意象等多种现代主义文学的技巧;王祯和笔下的小人物也常以孤独无助的境遇、无法排遣的苦闷与"现代派"文学中的人物保持着某种精神上的联系。

---

① 吴浊流:《漫谈台湾文艺的使命》,载《台湾文艺》1964 年第 4 期。

第四节 多元取向:80年代及其后的台湾文学

经过70年代后期的"乡土文学"论战,台湾"乡土文学"终于冲破了以往那种某一流派文学独霸一方的文坛格局。进入80年代的台湾文坛,"重认传统、关怀现实"的文学精神得到了较普遍的认同,并且逐渐进入一个多元发展、"众声喧哗"的转型时期。

80年代台湾文学风貌的多彩多姿,是与这一时期台湾社会政治、经济和意识形态的变化密切相关的。和平与发展成为80年代以后的世界性潮流,祖国大陆的改革开放对台湾社会也产生了深远影响。台湾当局在治台政策和策略方面有了松动和改变。在政治方面,首先是1986年10月15日,台湾当局宣布解除"动员戡乱时期临时戒严令",这意味着台湾岛内结束了长达37年之久的军事管制和独裁统治;其次是开放"党禁"及放宽言论自由的尺度,即允许成立不同政见的党派,台湾社会加快了民主化的进程。再次是1988年台湾当局同意开放台湾同胞回大陆探亲,40年来海峡两岸人为隔绝的坚冰终于被打破。在经济方面,台湾已实现由六七十年代经济起飞时的劳动密集型产业向技术密集型产业的转化,开始进行大量技术投资,引进各种新技术,80年代随着新台币的升值和都市化程度越来越高,台湾的生活水平已进入高收入、高消费阶段。这一系列的社会变革,必然要影响到作为社会敏感神经的文学。

在文学思潮方面,虽然已经不再像此前那样有着明显的时代主潮和"主义"之争,但在文学新浪潮方面,还是有着几大鲜明特征:一是由"牢狱文学"引发的政治小说热的兴起。1980年,施明正发表直接反映政治犯狱中遭遇的《渴死者》、《喝尿者》,首先打开了"牢狱文学"的大门。此后,吕昱的《狱中日记》、杨青矗的《给台湾的情书》、陈映真的《赵南栋》、王拓的《牛肚港的故事》、李乔的《泰姆山记》、方娥真的《狱中行》等作品,都表现和揭露了台湾当局的独裁统治及其特务机构以及监狱对于台湾人民身心的戕害,这种戕害不仅在于对政治犯造成肉体上、精神上的摧残和折磨,更是对整个台湾社会造成"使人悚惧无言"和"导致人们政治上的淡漠"的心理痼疾。1983年,李乔和高天生合编的《台湾政治小说选》出版,在开始走向开放、多元的台湾文坛竖起了批判现实、呼唤民主的鲜明旗帜。随后,林双不的《黄素小编年》、陈映真的《铃铛花》、叶石涛的《红鞋子》等作品突破了"二二八"事件的创作禁区,直接描写和揭露台湾当局运用种种手段残酷镇压台湾人民的历史真相。至80年代后期,台湾文坛上种种人为设置的创作"禁区"先后被冲破。

二是"新女性主义"文学的蓬勃发展。自50年代"怀乡文学"麾下集合起众多女性作家踏上台湾文坛以来,60年代出现了聂华苓、於梨华、陈若曦、欧阳子、施叔青等"现代派"女作家;而60至70年代的琼瑶、三毛,80年代的席慕蓉等台湾女作家,不仅以其创作才华吸引了千百万读者的视线,而且拥有遍及海峡两岸数不清的"琼瑶迷"、"三毛迷"、"席慕蓉迷"。至80年代,由于台湾社会结构发生急剧转变,女性受教育人数及就业面迅速增大,经济上的独立和受教育程度的提升,带来了台湾女性思想上的解放和自由,台湾又一次出现了女作家蜂拥而出的文坛胜景,尤其是"新世代"作家中的女性作者更是人数众多,才华横溢,如廖辉英、萧飒、萧丽红、袁琼琼、李昂、苏伟贞、朱天心、朱天文、朱秀娟、夏宇、龙应台、简媜等等,其文学创造力和艺术才情得到了突出而又充分的展现。她们张扬起"新女性主义"的旗帜,在80年代的台湾女性创作中以自立、自强、自尊的"女强人"形象,取代了昔日那种哭哭啼啼、逆来顺受,听任男人和命运宰割的弱女子形象,对以男性为中心的顽固社会及其文化心理作出了大胆挑战。从70年代末曾心仪的《彩凤的心愿》表达了社会底层女子"想要改变生活的环境"和争取"过着好日子"的不懈努力;到80年代初袁琼琼获《联合报》小说奖的《自己的天空》中贤妻良母静敏在丈夫变心、提出分居之后,由一个软弱无助的弃妇成为"自主、有把握的女人";1983年李昂的《杀夫》,不仅向传统的"夫权"举起了反抗的武器,而且为"沉沦在灭亡边缘的姐妹们提供了一条思索解放的道路"。此后,像廖辉英的《不归路》、《红尘劫》、《盲点》等探讨女性独立自强之路的小说,苏伟贞的《世间女子》、《红颜已老》、《有缘千里》、《陪他一段》等探讨社会变迁中的女性角色问题的作品,以及朱秀娟的《女强人》、龙应台的《野火集》等,都使"新女性主义"文学在80年代的台湾文坛掀起一阵阵"巾帼风"。

  三是"后现代"诗潮与"后设小说"的标新立异。"后现代"是80年代后期台湾文化思潮的一面醒目的旗帜。在文坛高举这面旗帜的是台湾一部分"新世代"作家群。"新世代"作家一般指战后出生的一代,尤其是五六十年代出生的作家,至80年代后他们逐渐进入写作的黄金时期。从世界范围而言,"后现代"文化思潮是伴随着后工业社会而出现的产物。社会资讯的高度发展,电脑化的普及程度,以及社会的商业化及其消费取向等,是"后现代"社会的显著特征。作为文化思潮,它很快便普及到人们生活的方方面面,在文学、戏剧、音乐、舞蹈、绘画、建筑等艺术领域,都或多或少有所体现。"后现代"的文学表现,首先在于对后工业文明的反映与描绘。例如,随着电脑的普及,其重组(合)、复制的功能为人们提供了多种选择的可能,即过去工业社会所强调的整体性、集合性、统一性,逐渐为资讯社会的变化性、差异性和多样性所取代。诗人罗青的《录影诗学·天净沙》正是以多重画面的组接相拼而所呈现的一幅零散、纷乱、杂沓景象的平面拼贴图。而黄智溶的《电脑诗》,更是将资料档案和电脑程式相混合而产生的荒谬结果,暴露机械运作的电脑缺乏灵性的头脑,成为一首具有荒诞派风格的诗作。"后设小说"的出现,最初大约在80年代中后期,黄凡的《如何测量水沟的宽度》,被认为是"少见的后设小说"。此后,出现了蔡沅湟的《错误》,张大春的《公寓导游》、《四喜忧国》,林燿德的《恶地形》等等。"后设小说"最主要的特征是承袭现代主义文学以来对于写实传统的拒斥,它凸显的是小说的虚构性,强调小说是人工堆砌文字的产品,进而明确虚构与真实之间不能划上等号。换句话说,现实主义小说强调的是其真实性,而"后设小说"则强调小说的虚构性,它要在虚构的过程中向读者揭示,作品"只是藉著白报纸上印出的黑字来证实它能够勾勒出一个'世界'",因此,小说不等于人生和现实。

  80年代以后的台湾文学呈现出若干新的特征:一是文坛的多元化格局日益显现,各种文学浪潮风起云涌,70年代"现代派"文学与"乡土文学"互相对峙的局面逐渐为"众声喧哗"的多元格局所取代。二是主流话语霸权与孤芳自赏的精致文化逐渐出现消退,大众消费文化开始流行并对纯文学产生重要影响,武侠、言情、科幻、推理等通俗小说大量出现。三是"新世代"作家群犹如长江后浪推前浪逐渐成为台湾文坛上的生力军,他们不仅在台湾各类文学评奖中摘金夺银,还在获奖人数上占据了大半壁江山,有的甚至在文学的创作、评论、翻译等几度空间内自由出入,如60年代出生的青年作家林燿德等人。四是文学的题材和主题日益多样,以致出现"政治文学"、"都市文学"、"新女性主义文学"、"山地文学"、"软性文学"等等不同类型,以满足不同层次的读者需求。五是传统意义上的文学体裁不再各自为政、固步自封,各种不同的艺术样式甚至文学与传媒、图像、广告、录影、漫画、音像、声光表演等等实行"嫁接",例如诗歌方面就派生出像后现代诗、录影诗、广告诗、视觉诗、图像诗、漫画诗、科幻诗、推理诗等诗的新品种;小说方面则有新闻小说、后设小说、魔幻写实、黑色幽默等前卫实验之作和武侠、言情、科幻、推理、侦探等通俗流行之书的区分,在图书市场上各自满足不同的读者群的阅读需求。

下 编 (1976—)

第一章 "新时期"文学的形成及其走向

第一节 "新时期"初文学界的思想解放潮流

1976年,"四人帮"的垮台宣告了"文革"的结束,人们把这个历史的新阶段称为"新时期",文学也沿用了这个社会政治层面的概念。文学界开始了新时期初的拨乱反正与思想解放,对"四人帮"的文化专制主义与极"左"文艺思想展开批判。

拨乱反正是思想解放的内容之一,最初两年,文艺界集中批判"四人帮"的阴谋文艺与文艺黑线专政。1978年5月"真理标准"的大讨论是思想解放运动真正的开始,1978年12月党的十一届三中全会提出的正确思想路线提供了坚实的理论与思想的支持。1979年10月30日召开的第四次文代会和1980年7月26日《人民日报》发表的社论,明确把"文艺为人民服务,为社会主义服务"和"百花齐放,百家争鸣"作为新时期文艺的基本方向和政策,取代了"文艺为政治服务"的口号,使文艺从政治的附庸地位解脱出来,完成了新时期文学艺术发展的重要转折。文学上"解放思想、实事求是"的结果,是重新确立文学的人学目标,是让文学回到现实主义的道路上,并重新确认文学的审美特性,彻底否定文学"从属论"和"工具论"的观念。

由于"文化大革命"中阴谋文学"瞒与骗"、"假、大、空"的泛滥,在极"左"文艺思潮的横行中,文学的现实主义传统遭到严重摧残。在思想解放的大背景下,新时期之初回归现实主义弘扬现实主义传统成为文学创作中的重要倾向。

从"伤痕文学"、"反思文学",到"改革文学",现实主义在这些创作潮流中得到了回归与拓展。"伤痕文学"以1977年刘心武的短篇小说《班主任》为发端,因卢新华的小说《伤痕》而得名,集中揭示了十年浩劫给人们的肉体和精神所造成的累累伤痕,70年代末形成了"伤痕文学"的创作潮流。"文革"以后痛定思痛,灾难为什么会发生? 酿成民族悲剧的原因何在? 人们纷纷将关注的目光投向历史,开始反思历史。正如诗人公刘写道:"既然历史在这儿沉思/我怎能不沉思这段历史?"①

---

① 公刘:《沉思》,载《清明》1979年第2期。

反思文学向纵深的历史去探究,涉及建国之后各个不同的历史时期,无论在创作题材、思想深度的突破与拓展方面,还是艺术手法上对于西方现代主义小说技巧的借鉴,都使现实主义小说得到了更新的拓展。在诗歌领域,现实主义的诗歌传统得到了很好的发扬与继承,以艾青、公刘为代表的"归来派"诗人也加入到反思历史的行列中,他们抚今思昔,以自己的惨痛经历和感受沉思并总结历史,呼唤社会的变革,表现出强烈的现实主义精神。

80年代初,随着中国由拨乱反正到经济建设重心的转移,"改革小说"创作潮流兴起了。题材领域更为拓展了,文学开始关注人们当下轰轰烈烈时代生活的变化,既有以蒋子龙为代表描写工厂变革的,也有以高晓声、贾平凹为代表描绘农村经济改革的,是现实主义传统回归的又一重要表现。

"伤痕文学"、"反思文学"、"改革文学"在现实主义传统的复归上表现出共同的特点:首先在题材禁区的突破上。在爱情题材、悲剧题材等方面的突破都表现出强烈的现实主义的创作精神。其次,现实主义的回归也带来了审美意识的转变,因为现代主义的引入使作家们开始运用现代主义的一些艺术手法,他们探索"意识流",追求含蓄,努力创造意象,运用象征、黑色幽默、荒诞等表现手法,以开放的思维方式与审美选择丰富了现实主义创作,使现实主义成为新时期文学的主潮。

但在现实主义回归的过程中,由于新旧思想及不同观点的影响,关于现实主义的一些创作观念与原则发生了歧义与争论。如关于"写真实"和"歌颂与暴露"问题的讨论,与真实性问题相联系的典型、倾向性、"写本质"等问题的讨论,尤其是关于文艺与政治关系的讨论,认为"从属论"以政治无所不包为前提,忽视了文艺相对的独立性及其与政治之间复杂的相互影响的关系。争论起到了正本清源的作用,廓清了一些被"左"倾思想扭曲了的文艺观点,为现实主义健康发展扫清了障碍、铺平了道路。

新时期现实主义思潮的回归带动了人道主义的论争。以1986年为界,人道主义的论争分为前期与后期,前期的重点在于马克思主义和人道主义的关系,后期重点转移到人的主体性、主体意识和价值观等具体问题。人道主义的论争涉及人性和异化问题、人道主义和马克思主义的关系问题、人性、人道主义和文学的关系,以及人性与阶级性的关系问题。论争促进了人道主义在文学创作中的表现,也加强了文学创作的现实主义精神。

第二节　外来文化与文学思潮的传播和影响

在对外开放的社会大环境中,新时期一开始就出现了翻译引进西方哲学和文学流派的潮流。80年代上半期,随着思想解放的深入和对外开放的加速,西方近代以来的各种哲学思潮和文化理论大量译介进来。外来文化思潮的大量涌入,既有新批评派、结构主义、形式主义、精神分析法、后结构主义、马克思主义、女权主义和新历史主义等文艺理论与批评方法,也有西方哲学思潮,如叔本华、尼格森、尼采等人的非理性主义哲学,斯宾塞等人的社会达尔文主义,萨特的存在主义,尼采的生命哲学。系统论、信息论、控制论、模糊数学等自然科学方法也被引进,神话学、民俗学、文化人类学、发生学、结构主义等文化哲学理论都被译介进来。几乎每一种思潮的引进都会在中国掀起一股热潮,短短的几年间,在西方发展了近一个世纪的文学潮流在中国这个实验场如走马灯一样地过了一遍。

80年代初,现代主义创作潮流在大陆悄然兴起。"朦胧诗派"创作了一批具有现代派特征的诗歌作品,在艺术手法上吸取了象征、通感、意象组合等现代派技巧,在艺术观念上与现代派有暗合之处,主张"自我"的凸现,表现出强烈的孤独感与荒谬感,由此引发了新时期文学史上关于现代主义的第一场论争,发表了后来被称为"三个'崛起'"的文章:谢冕的《在新的崛起面前》,孙绍振的《新的美学原则在崛起》,徐敬亚的《崛起的诗群》。

80年代初,小说界开始了关于借鉴现代主义艺术技巧的讨论。王蒙的《蝴蝶》、《春之声》,陈建功的《飘逝的花头巾》,谌容的《人到中年》等在艺术手法上大量采用时序颠倒、自由联想、立体的多线交错的意识流的结构方法,开了借鉴西方艺术手法的风气之先。1981年,高行健的《现代小说技巧初探》一书出版,这是国内第一次集中介绍现代小说技巧的书籍,被作家称为"好像在空旷寂寞的天空,忽然放上去一只漂漂亮亮的风筝"①。为了对西方现代主义有个较为全面而正确的了解,《外国文学研究》从1980年底开始,开辟了"西方现代派文学讨论"专栏,1982年第1期上发表的徐迟的《现代化与现代派》一文,一石激起千层浪,引发了一场更为激烈的关于"现代主义"的论争。

新时期之初的戏剧创作要迟滞于小说与诗歌,1980年发表的《屋外有热流》已经开始突破传统话剧的结构方法,大量采用表现主义、超现实主义的戏剧观念与技巧。在西方现代主义文学思潮的影响启发下,在传统文化的继承与发展的基础上,新时期戏剧的结构方式由场景展现转向场景表现,由真切的故事和人物的刻画转向形象的暗示性、象征性,由再现式的具象描绘转向抽象式的意蕴追求。

发端于"寻根小说"思潮"文化寻根"的出现,是在东西方文化交流、冲撞的国际文化大背景下萌生的,有其以复兴民族文化为目的的深刻的现实动因。虽然寻根的目的是在认同本土文化的前提下寻根,但这场寻根运动的直接动因却无不与外来文化思潮有着密切的联系。经过"伤痕""反思"之后,向纵深拓展的结果就是寻

---

① 冯骥才:《中国文学需要"现代派"!》,载《上海文学》1982年第8期。

民族之根、文化之根。当时世界上正兴起以民族多元论和民族差异说为理论基础的民族文化寻根思潮。面对如潮的西方文化的流入,本土文化被殖民的威胁造成了作家内心的极度焦虑,加上受到同为第三世界国家的拉丁美洲文学获得极大成功的刺激,最终爆发了这场由文学开始、蔓延到整个文化领域的"文化寻根"浪潮。"文学寻根"所唤起的文化视角与文化意识对以后的文学有着深远的影响。

如果把新时期分作两个十年的话,那么 1985 年就是分水岭。以 1985 年为界,1985 年以后,小说、诗歌、话剧等领域出现了大批带有现代主义倾向的成熟的现代派作品。

进入 1984 年,"朦胧诗"作为一种诗歌潮流,明显地开始解体。至 1986 年,"朦胧诗"后的探索者,具有强烈的摆脱"朦胧诗"影响的意识,他们提出的口号就是"Pass 北岛"。南京的"他们"、"撒娇派",上海的"海上",四川的"非非主义"、"整体主义"、"莽汉主义",纷纷打出自己的旗号与理论主张。具有标志性的活动是 1986 年 10 月《诗歌报》和《深圳青年报》联合举办的"中国诗坛 1986 现代诗群体大展",展出了全国 60 余家后崛起的诗派,可谓蔚为大观。

1985 年刘索拉的小说《你别无选择》的发表真正地拉开了中国新时期现代派小说的序幕,这篇小说以其"黑色幽默"的特点,采用夸张、变形、荒诞等艺术手法,表现出自觉而鲜明的现代派的风格来。若论到现代派小说真正的开始,论者们大多认同的是 1985 年出现的残雪与马原。残雪的代表作是小说《污水上的肥皂泡》、《公牛》和《山上的小屋》,作品以感觉为主线,超越了现实的具象世界,创造了一个梦魇般的幻觉世界。马原以《冈底斯的诱惑》几乎奠定了他在新时期文学史上不可抹杀的地位。马原用"叙述圈套"的方式把并不复杂的故事讲得扑朔迷离、神秘莫测,完全是通过叙述形式来表达他对世界、生活与人生的见解,在他那里,叙述就是一切。一般来说,一个成熟的文学流派的形成,要同时具备艺术、观念及理论上的特征。那么正是从这个意义上把残雪、马原与这之前具有现代派特征的文学创作区别开来,被称为真正的现代派的文学创作。

80 年代中后期,小说创作出现并驾齐驱的两股创作潮流:"新写实"与"先锋小说"。可以说,在"新写实"的创作潮流中,现实主义与现代主义的影响是难以分辨的。"新写实"关注普通人的生存处境和生存状态,对生活的"原生态"的还原与对普通人的生存状态的关注,使它在哲学层面与存在主义思潮的联系更为紧密。

先锋派小说,也称新潮小说,在马原与残雪所开辟的现代主义的道路上继续前进,代表作家有余华、格非、苏童、孙甘露等,在这场愈走愈远的先锋实验中,他们依赖于外来文化文学的输入,乐此不疲、不厌其烦地进行着"叙述游戏"、写作实验。先锋小说作家对后现代主义文学自觉或不自觉的借鉴,使作品表现出后现代倾向或后现代性：1. 对小说叙述方式与结构形式的空前重视；2. 反主流、反崇高；3. 对不确定性与不完整性的追求，反讽性色彩大大强化；4. 反小说与元小说的探索等。

自1987年开始，后现代主义作为一个理论流派开始出现，在理论批评与西方后现代小说文本的合力影响下，中国的实验小说显示出后现代主义的典型特征。"朦胧诗"之后出现的新生代诗派，呈现出反文化、反崇高、"零度情感"、审丑等倾向。王朔是80年代中后期无法归入任何一个流派的很有特点的作家，他是80年代中后期市场经济大背景下受商业主义浪潮影响的一个作家。随着中国改革开放程度的加深，西方资本主义国家业已成熟的消费主义的文学观等相继引入，都极大地影响与支持了中国文学商品化的进程。

第三节 社会转型中的文学走向

90年代中国现代化进程加快，跨国资本和西方高新技术大量输入中国，尤其是在1992年邓小平南巡讲话后，明确提出中国社会以市场经济取代计划经济，中国社会进入了政治、经济、文化、体制等全方位的转型期，经济变革与历史转型同时也使文学呈现出迥异于传统模式的多元化的特征。

90年代，由于商业大潮的突起与消费文化相适应的大众文化的勃兴，使文学不再作为启蒙工具和精神武器发挥巨大的社会功用，精英文学与通俗文学的鸿沟逐渐缩小，雅俗的界限被打破，世俗的日常生活被关注，"大写的人"向"小写的人"转化，文学的功能由"教化转向消费"等，这一切都构成了对80年代文学观念的背离。90年代文学失去了80年代高居社会文化中心的位置，开始从社会话语中心向边缘漂移。

八九十年代之交，随着改革开放力度的进一步加大，经济全球化浪潮在世界范围内铺开，尽管中国并未如西方那样经历从前现代到现代、到后现代的历史步骤，但90年代的中国城市，特别是大都市已具有了某些后现代主义文化的特征。后现代主义文化已经成为90年代文学最有力的支撑，从而深深地改变了90年代文坛的整体构成以及作品的精神内涵。

后现代主义和消费主义文化对90年代文学的影响，并不意味着文学从此丧失了自身的独立品质。90年代的文学，一方面表现为商业文化对90年代文学的猛烈冲击，使得文学商品化、泡沫化；另一方面，文学又按照自己的美学逻辑顽强发展。在90年代文学的多元景观中，既有后"先锋派"小说、诗歌，也有"新写实"、"新体验"、"新市民"、"新现实主义"、"新历史主义"等创作；既有各种极具女性意识的作品，也有通俗小说、影像艺术等大众文化作品，它们在90年代的文坛上争奇斗艳,形成了文化、文学多元化的发展格局。

在后现代主义与消费主义文化的影响下,90年代的文学叙事方式由宏大叙事向日常叙事转变。以"新写实"、"新生代"为代表,在"历史—集体—启蒙"的宏大叙事结构之外,重新开辟关注普通人的叙事空间,日常生活被赋予了特有的美学价值,呈现出叙述立场上的"个人化"写作。90年代文学由个人化到私人化最后到肉身化。90年代文坛是一个口号林立、旗帜飘舞的年代,"新写实"、"新体验"、"新市民"、"人文关怀小说"、"60年代出生的作家"、"70年代出生的作家"等等层出不穷。

第二章 小 说（一）

第一节 1976—1985 年概说

1976年10月,"四人帮"被粉碎,结束了十年"文革"的灾难岁月,开始了改革开放的新时代。在文学领域,小说创作成为新时期文学中最具有影响的一种文学体裁。

在对于"四人帮"的清算中,对于其阴谋文艺的批判、对于"三突出"等创作原则的驳斥成为使文学创作回到现实主义道路的开始。自1976年《人民文学》复刊始,《西藏文艺》、《上海文艺》、《收获》、《边塞》、《新苑》、《春风》、《当代》、《清明》、《百花洲》、《榕树》、《红岩》、《小说月报》、《芙蓉》、《长安》等文学刊物先后复刊、创刊,给小说发表提供了众多的阵地,迎来了新时期小说创作的繁荣。

"伤痕文学"以一种激愤的控诉姿态呈现在文坛上,1977年11月刘心武的《班主任》的发表是"伤痕文学"的滥觞,卢新华最初刊于壁报上的小说《伤痕》,后由1978年8月11日的《文汇报》刊载,这篇幼稚的习作寻找到了人们宣泄情绪、清算旧账最合适的词汇,也使新时期第一波文学潮流有了一个贴切的名词。金河、郑义、孔捷生、甘铁生、竹林、叶辛等以知识青年为题材的伤痕文学,王蒙、丛维熙、冯骥才、周克芹、茹志鹃、陈世旭、张弦等以对于"文革"灾难描写控诉的伤痕文学。以现实主义姿态描写在灾难岁月中身心遭到的摧残,作品充满着愤激情绪、悲剧色彩。

1978年5月11日,《光明日报》发表特约评论员题为《实践是检验真理的唯一标准》的文章,引起了思想界、文化界的大讨论,批判个人崇拜、否定"两个凡是"("凡是毛主席做出的决策,我们都要拥护;凡是毛主席的指示,我们都要始终不渝地遵循")[1]的错误观念。1978年11月17日,《人民日报》发表社论《一项重大的无产阶级政策》,宣告:"党中央决定,自今年四月起全部摘掉右派分子的帽子。"12月18日,十一届三中全会召开,决定停止使用"以阶级斗争为纲"的口号,将工作重点

---

[1] 见1977年2月7日《人民日报》、《红旗杂志》、《解放军报》社论《学好文件抓住纲》。

转移到现代化建设上来,审查解决了党的历史上一批重大冤假错案,这成为"反思文学"出现的历史背景。王蒙、方之、张弦、高晓声、茹志鹃、李国文、刘真、鲁彦周、张贤亮、谌容、梁晓声等,从历史、政治、社会等层面反思"文革"悲剧深层的原因,思考建国后极"左"路线的荒谬与方针政策的失误,作品具有更为深邃的思想和更加开阔的视野。

随着党的十一届三中全会的召开,党的工作从抓阶级斗争转到抓经济建设,中国社会走上了全面改革开放的道路,反映改革开放的现实生活成为许多作家创作的题材,"改革文学"应运而生。蒋子龙、张锲、水运宪、张一弓、张洁、李国文、柯云路、陆文夫、高晓声、张炜、路遥、贾平凹、矫健、王润滋等,创作了有影响的改革文学作品,或叙写改革的艰难与困境,或塑造锐意改革的改革者形象,或反映新旧体制转换中的种种矛盾。

对于民族命运与历史的思考,至80年代中期思想文化界拓展至对于中国传统文化的探究,或对东西方文化作深入的比较,或重新认识中国传统文化的价值,这影响了文学界,1984年12月杭州召开的"新时期文学:回顾与预测"的小说研讨会上,许多作家在对话中谈到了文化寻根的想法,1985年文坛打出了"文化寻根"的旗号,韩少功在《作家》4月号发表《文学的根》、郑万隆在《上海文学》5月号发表《我的根》、阿城在7月的《文艺报》上发表《文化制约着人类》、李杭育在《作家》9月号发表《理一理我们的根》。在创作中,韩少功、李杭育、阿城、郑万隆、贾平凹、张承志、陆文夫、王安忆、郑义等,创作了诸多有文化寻根色彩的作品,在对于民族文化寻根过程中,或弘扬民族文化的优秀传统,或针砭民族文化中的弊端与病态。

在大量引进西方哲学思想、文学思潮过程中,文学创作受到了明显的影响,小说创作在思想意识、艺术技巧等方面有了新的色彩,作家以与传统现实主义文学迥异的形式与手法进行创作,逐渐形成了新时期小说创作中的"新潮小说"。新时期之初,由宗璞的《我是谁》、茹志鹃的《剪辑错了的故事》、王蒙的《春之声》等具有探索意味的作品,逐渐扩展了小说形式探索的阵营,王蒙以其"东方意识流"的创作呈现出执著的探索精神,刘索拉的《你别无选择》、《蓝天绿海》、《寻找歌王》,徐星的《无主题变奏》,刘毅然的《摇滚青年》等,以反传统的背叛姿态,塑造了一些玩世不恭的当代青年形象,采取与现实主义方式迥异的现代派手法,形成了新时期最初的"新潮小说"。

第二节　刘心武、冯骥才等的"伤痕文学"

"文化大革命"结束后,出现了一些揭露十年动乱给人造成伤痕的小说,以真切的感受、强烈的控诉描述荒谬年代给人们从肉体到心灵造成的伤害,被人称为"伤痕文学"。虽然存在着激情多于理性、叙述长于描写的不足,但是对于清算"文革"的罪恶、对于文学界的思想解放起了十分重要的作用。《人民文学》1977 年第 11 期发表刘心武的短篇小说《班主任》,《文汇报》1978 年 8 月 11 日发表卢新华的短篇小说《伤痕》,成为新时期初"伤痕文学"的代表作。刘心武、冯骥才成为"伤痕文学"的重要作家。

刘心武(1942—),四川成都人。1950 年随父迁居北京。1961 年毕业于北京师范专科学校中文系,后长期任中学教员。1976 年后曾任《十月》编辑、《人民文学》主编等职。出版有短篇小说集《班主任》、《母校留念》,中短篇小说集《绿叶与黄金》、《大眼猫》、《都会咏叹调》、《立体交叉桥》、《519 长镜头》,中篇小说集《如意》、《王府井万花筒》、《木变石戒指》、《一窗灯火》、《蓝夜叉》,纪实小说《公共汽车咏叹调》,长篇小说《钟鼓楼》、《风过耳》、《四牌楼》等。

获得 1978 年全国优秀短篇小说奖的《班主任》是"伤痕文学"的发轫之作,以光明中学班主任老师张俊石接收小流氓宋宝琦插班而激发的矛盾为线索,揭露了十年动乱极"左"路线对于青少年精神的扭曲与戕害,发出了"救救被'四人帮'坑害了的孩子"的激愤呼声。宋宝琦是"读书无用论"的受害者,他什么书也不读,只相信"一疙瘩一疙瘩横肉",走上了流氓犯罪的道路,成为十年浩劫孕育出的畸形儿。班团支书谢惠敏是更为成功的形象,本质纯正、品行端庄的她深受极"左"思想的影响,思想僵化、盲从轻信、是非不辨,以阶级斗争观念看待一切,认为穿短袖衬衫是沾染了资产阶级作风,报纸上没有推荐的书都有毒,她成为灵魂被严重扭曲的典型。小说将议论、抒情与情节叙述结合起来,大段的议论表达出作家对于问题的思考与义愤,却在浓重的说教意味中削弱了作品的审美价值。此时期刘心武的创作被称为"问题小说",都以关心与思考社会重大问题为基点:《爱情的位置》通过塑造孟小羽、亚梅性格迥异的形象,提出了"爱情应该在革命者的生活中占有一席之地"的观点;《醒来吧,弟弟》以丧失理想玩世不恭的彭晓雷形象的塑造,提出了青年人信仰缺失人格异化的问题;《我爱每一片绿叶》以工作勤恳、性格古怪的中学教师魏锦星所遭受的不公正待遇,提出了能不能"保留一点个人的东西"。

发表于 1980 年的中篇小说《如意》叙写了一个感人至深的故事,提出了"要把人当人看"的重要问题。老校工石义海年轻时与金绮纹相爱,沉默寡言宽厚善良的他曾以其微薄的工资接济她。解放后他们俩在公园聚会互诉衷肠,金绮纹将一对如意赠给石义海一柄,他们俩准备结婚时,金绮纹却病倒了。"文革"后,他们俩准备结婚,弃金绮纹而去的前夫突然从海外归来,要带她去国外安享晚年。金绮纹不为所动,准备与石义海办理结婚手续,石义海却患心肌梗塞突然去世。小说刻画了一位恪守做人良心的老校工石义海的形象,他为被红卫兵打死的"走资派"尸体盖上塑料布,当众摘下被批斗支书老曹脖子上的大铁饼,他真心帮助被劳改的"封建余孽"金绮纹,在石义海的身上洋溢着人情人性的光辉,呼唤"人要善待人"的朴素的人道主义精神。

1984年,刘心武发表了长篇小说《钟鼓楼》,后来获第二届茅盾文学奖,成为其创作上的最高成就。小说以北京钟鼓楼附近一个四合院的生活为题材,以薛大娘家老二娶媳妇为主线,贯串起四合院九户人家在12小时里发生的故事,展现出北京市民生活生态的真实图景,被称为"最普通的京华市民社会生态景观的缩影"。该小说的特点主要为:1.采用"橘瓣式"的叙事结构,展示共时与历时结合的市民生活形态。小说以1982年12月12日清晨5点至下午5点一个四合院里的生活为描写内容,以每两个小时生活的描写为一章,形成顺时序横向铺排式结构,四合院九户人家每户相当于一瓣橘子。虽然在时间空间上受到限制,但是作家在对于四合院人们共时态的生活描写时,又常常作历时态纵向历史的追溯,在现实与历史的交融中,展现出北京市民《清明上河图》式的生活画卷,蕴涵着作家深刻的历史文化的思考。2.通过性格鲜明众多人物的刻画,展现出北京市民的心理心态。小说刻画了三类市民群像:薛大娘、薛永全、卢胜七、苟兴旺、海老太等保守传统、留恋过去的老北京市民形象,詹丽颖、慕樱、詹台智、韩一潭等历经坎坷、稳重踏实的中年市民形象,薛纪跃、潘秀娅、卢宝桑、冯婉姝、郭杏儿等充满活力、追逐新潮的青年市民形象,他们有着各自不同的生活经历与文化心态,表现出不同的生活观念与人生态度,镌刻着北京历史文化的深刻印痕。3.文献式的冷静笔调,展现出民俗风情画的色彩。小说并没有中心人物中心事件,以散点透视的方式叙写故事,叙事语态朴素亲切,舒缓的叙事节奏、客观冷静的叙事笔调,常以文献式的笔触叙写北京历史掌故、描绘地方建筑、勾画民俗风情,使作品在浓郁的京味中具有民俗风情画的色彩。

刘心武的小说创作常常关注社会重大问题,以文学形象表达其对于社会问题的敏锐思考与应对;他常将议论与叙事融为一体,激情洋溢地表达他的思索;他大多以写实的手法叙写故事,努力将历史与现实、民俗与民情、世态与心理结合在一起,显示出其小说创作的独特个性。

冯骥才(1942—),生于天津,祖籍浙江慈溪。1960年高中毕业后到天津市书画社从事绘画工作,曾在天津工艺美术厂、工艺美术工人业余大学工作。1978年调天津市文化局创作评论室,后转入作协天津分会从事专业创作,任天津市文联主席,《文学自由谈》和《艺术家》主编等职。著有长篇小说《义和拳》(与李定兴合写)、《神灯》,中篇小说集《铺花的歧路》、《啊!》,短篇小说集《雕花烟斗》、《意大利小提琴》,小说集《高女人和她的矮丈夫》,系列报告文学《一百个人的十年》等。短篇小说《雕花烟斗》,中篇小说《啊!》、《神鞭》,分别获全国优秀短篇、中篇小说奖。

冯骥才的《啊!》、《高女人和她的矮丈夫》成为"伤痕文学"的代表作,通过知识分子在"文革"期间的遭际与心态,控诉了十年动乱对人性的摧残与扭曲。中篇小说《啊!》以历史研究所科研人员吴仲义在"文革"期间一封丢失的家信为线索,揭示出动乱对人性的压抑与摧残。吴仲义在反右中躲过一难,他小心翼翼、谨小慎微。"文革"中哥哥给他写信,告诉他1957年的读书会可能有人牵涉到他,他便为此事给哥哥回了一信,却遗失了这封信。他因此而陷入了惶惶不可终日之中,他猜疑信已落到政工干部贾大真手中,便主动交代信中的内容,因此也出卖了自己的兄嫂,陷入了众叛亲离的"反革命分子"的处境。半年后,他的事被作为内部矛盾处理。回到家里,突然发现那封信粘在结冰的脸盆下,他惊叫了一声"啊"。吴仲义的悲剧命运揭示出"文革"期间知识分子的可悲遭遇和命运,也揭露出极左政治统治下心灵的压抑和脆弱。小说以小见大,从一封书信的遗失写出人们心灵的扭曲、人性的异化。小说着力于人物心理的细腻勾画,从而再现与控诉那段荒谬的岁月。

短篇小说《高女人和她的矮丈夫》以"文革"期间夫妇俩遭到批斗的情节,揭露出极左政治导致人性的变异。团结大楼搬进一对奇怪的夫妇,女的瘦长、男的矮胖,引来了住户们好奇莫解的目光。院门口的小门房住着裁缝,裁缝老婆最喜欢刺探别人家的隐私,她千方百计想获知这对极不相称的怪夫妇结合的缘由。她了解到他们在化学工业研究所工作,矮男人是总工程师,高女人只是化验员,她将高女人为了钱嫁给矮男人的看法告诉给大楼里的婆娘们。"文革"开始,矮男人和高女人被拉到院子里批斗,当了团结大院居民代表的裁缝老婆当面质问高女人为什么嫁给矮男人,她杜撰了高女人为钱才嫁矮男人的秘密,高女人则眼里露出傲岸、嘲讽、倔强的光芒。矮男人被关进了监狱,裁缝老婆强迫高女人与她换了住房,她推算最多等上一年高女人就会改嫁。过了很久,矮男人放出来了,他们俩又形影不离地一同上下班。高女人患脑血栓后,矮男人每天搀扶她在院子里溜圈。高女人病逝了,矮男人被落实了政策,补发了工资,裁缝老婆想将自己的侄女介绍给他,当她看到矮男人铁青的脸和与高女人的结婚照时,自动告退了。小说以悬念构成,引人入胜,作家将高女人与矮丈夫的婚姻作为一个难解的谜,吸引读者阅读的兴趣,虽然作家始终未直接解开这个谜,在高女人与矮丈夫的真情中,却自然而然地解开了这个谜。小说在性格的对比中刻画人物的个性,女人的高与瘦和男人的矮与胖形成对比,裁缝的老实寡言与裁缝老婆的专好说长道短形成对比。小说在诙谐幽默中浸透着庄重深刻,在似乎令人不解的这对夫妇的结合中,在人们对于他们俩的奇异眼光嘲弄心态中,却突现出他们之间感情的真挚与深厚,从而针砭嘲弄了裁缝老婆这类长舌妇。

80年代中期,冯骥才转向市井风俗小说的创作,"怪事奇谈"系列小说中的《神鞭》、《三寸金莲》、《阴阳八卦》在对辫子、小脚、阴阳八卦等稀奇事物的描写中,表达克服民族性格中的惰性、再造民族品格的思考,作品具有浓郁的津味。

"伤痕文学"成为新时期之初创作的热潮,竹林的《生活的路》、郑义的《枫》、周克芹的《许茂和他的女儿们》、莫应丰的《将军吟》、陈国凯的《我应该怎么办》、张弦的《记忆》、宗璞的《弦上的梦》、遇罗锦的《一个冬天的童话》等都在对于伤痕的描写中，控诉了"文革"中遭受的摧残与磨难，清算了十年动乱给民族造成的灾难。

第三节　高晓声、谌容、张贤亮、古华等的"反思文学"

"反思文学"是新时期之初出现的对于民族灾难从历史与哲学的角度进行反思的作品，在对中国30多年政治、经济等的回顾与反省中，总结历史的经验教训，是新时期现实主义深化的阶段性标志。高晓声、谌容、张贤亮、古华等发表了一些有影响的"反思文学"小说。

高晓声(1928—1999)，江苏武进人，1950年毕业于无锡苏南新闻专科学校，曾在苏南文联、江苏省文化局、新华日报工作。1957年因筹办《探求者》文学月刊社和发表干预生活的小说《不幸》被划为右派。1979年平反后发表了小说《李顺大造屋》、"陈奂生系列"小说(《"漏斗户"主》、《陈奂生上城》、《陈奂生转业》、《陈奂生包产》、《陈奂生出国》)，被视为是农村题材反思文学的代表作家。

发表于1979年的《李顺大造屋》通过李顺大从土改至"文革"造屋的计划始终落空的经历，反思了左倾思潮对于农民命运的摧残，反映了中国农村逐渐落魄的历史。贫苦农民李顺大靠土改翻身解放后，立下造三间房屋的雄心，他勤奋劳作勤俭度日，终于买回造屋的材料，大跃进"共产风"中他失去了全部材料。他又用四年的时间积攒资金，"文革"中砖瓦厂的主任又骗走了他买砖的钱款。"文革"后重回领导岗位的区委刘书记责令砖瓦厂退赔一万块砖。小说通过李顺大造屋三起两落的经历，反思了政治运动左倾路线给农村与农民带来的深重灾难。

"陈奂生系列"小说以陈奂生的人生故事，反思了左倾路线影响下农民窘困的生活，揭示改革开放后农民生活和命运的变化，同时对于中国农民精神病态作了揭露针砭。忠厚勤劳的陈奂生在左倾政策下，成为年年亏空负债的"漏斗户"主。改革开放后，陈奂生有了余粮，他进城卖自制的油绳，却病倒在候车室，县委书记安排他住进县招待所，一夜花去五元房钱却使他肉痛，这成为他炫耀吹嘘的资本。他"转业"当了队办厂采购员，凭他与县委书记的关系采购到五吨奇缺的原料，得到了六百元奖金。陈奂生担心政策有变，想功成身退，包产种田重操旧业。陈奂生同作家一起出国，在美国这个金钱社会里他加剧了赚钱的念头，他去餐馆打工，去教授家铲草皮，弄出了不少笑话，他买的美国菜种在归国途中不翼而飞。小说通过陈奂生的人生遭际，在反思中国农村与农民的坎坷经历时，也提出了改造国民性的问题。

高晓声的小说大多以普通农民的生活与心态为描写对象，通过对于人物命运

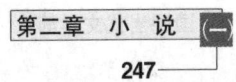

的描写揭示社会发展的轨迹,常以中国传统小说具有的章法叙说故事,在对丰厚生活的描写中刻画人物心理性格,简洁质朴的语言中常常运用反语、诙谐、幽默的喜剧手法,使其作品成为一幅中国农民命运与精神的画轴。

谌容(1936—),原名谌德容,原籍四川巫山,生于湖北汉口。1957年毕业于北京俄语学院,曾任电台音乐编辑和翻译、中学俄语教员。曾多次下放到农村劳动。1964年开始创作,1980年因发表中篇小说《人到中年》而蜚声文坛。有长篇小说《万年青》、《光明与黑暗》、《人到老年》,小说集《永远是春天》、《赞歌》、《真真假假》、《太子村的秘密》等。

发表于1980年的中篇小说《人到中年》是谌容的代表作,通过对人到中年的眼科医生陆文婷的敬业精神与生存状态的描绘,提出了尊重人才、关爱中年知识分子的话题。小说成功地塑造了敬业奉献、任劳任怨的中年知识分子陆文婷的形象,眼科大夫陆文婷将全部精力都投入到医疗工作中,56元微薄的收入,12平米狭小的住房,使她和家人过着十分窘困的生活,每天只有等女儿做完功课后,她才能在家中唯一的书桌前看书。她每天奔波于医院与家庭之间,身体状况每况愈下。这天上午,她一连做了三个手术,身心疲惫导致心肌梗塞,在其生命垂危之际,仍然牵挂着自己的病人。小说还刻画了一个装腔作势、盛气凌人的"马列主义老太太"秦波的形象,她依仗着自己是焦副部长夫人的身份目空一切、颐指气使,以满口革命辞藻掩盖其骄横霸道,用虚伪矫情掩饰其自私自利,言语上的马列主义、冠冕堂皇与行为上的利己主义、庸俗卑劣构成强烈反差,在喜剧效果中具有典型性。

小说在艺术上有独特之处:1.意识流式的结构方法。小说从陆文婷突发心肌梗塞、生命垂危写起,以陆文婷恍惚的意念、昏迷的梦幻、心灵的情思展开主体情节,通过幻觉、回忆、联想回叙主人公的人生经历,时序的颠倒、空间的跳跃、多视角的叙述,拓展了作品的艺术张力。2.凄婉细腻的心理描写。小说突出地描写了主人公的心理,展示陆文婷这个普通知识分子在爱情、婚姻、事业、家庭等日常生活中的心理。作品还通过陆文婷身边人物的回忆,补充作为医生、妻子、母亲、挚友的陆文婷的心理与性格。3.如泣如诉的抒情色彩。作品叙写陆文婷病笃的情境,以具有哀怨的抒情笔调抒写,裴多菲爱情诗如充满温情的旋律贯串始终,构成如泣如诉的抒情色彩。小说具有深沉委婉的风格。

张贤亮(1936—),江苏盱眙县人,生于南京。1955年中学毕业后在宁夏银川干部文化学校任教。1957年因发表长诗《大风歌》而被划为右派,遭劳教管制十几年。1979年9月平反后,调《朔方》杂志社任编辑。曾任中国作协宁夏分会主席等职。有短篇小说《邢老汉和狗的故事》、《灵与肉》、《肖尔布拉克》、《初吻》等;中篇小说《土牢情话》、《龙种》、《河的子孙》、《绿化树》、《浪漫的黑炮》、《男人的一半是女人》;长篇小说《男人的风格》、《习惯死亡》、《我的菩提树》。《灵与肉》、《肖尔布拉克》分别获1980年、1983年全国优秀短篇小说奖,《绿化树》获第三届全国优秀中篇小说奖。

张贤亮的小说大多带有自叙传的色彩,以知识者苦难的人生经历反思历史。《灵与肉》描写被错划为右派的许灵均受尽磨难,却得到农场群众的关心与保护,并与逃荒落难的四川女子李秀芝结合。"文革"后,断绝音讯十多年的父亲从国外回来,已成为富商的父亲要将许灵均带出国。许灵均拒绝了出国继承遗产的要求,回到了患难与共的妻子与乡亲身边。小说以近似意识流的时空交错的手法叙写故事,但主人公逆来顺受、守根恋乡的性格也引起了文坛的争议。

以"唯物论者的启示录"为副标题的中篇小说《绿化树》、《男人的一半是女人》写的都是被打成右派的知识分子章永璘在苦难人生中的精神磨难与超越。《绿化树》中的"我"60年代初劳改期满,被分配到农场就业,在饥饿的煎熬中"我"千方百计填饱肚子,豪爽乐观的马缨花供给"我"食物,"我"在与车把式海喜喜的竞争中赢得了马缨花的爱情,马缨花利用农场保管对她的好感获得食物供我读书,"我"意识到与马缨花之间存在着难以消除的差距,"我"因"书写反动笔记"的罪名被判三年管制。《男人的一半是女人》中,"我"第二次进劳改队遇到"文化大革命",30多岁的"我"有着难以抑制的性欲,"我"在检查田口时无意间发现在芦苇丛中洗澡的女子,她就是"我"多年后的妻子黄久香。长期劳改的生活使"我"失去了性生活能力,妻子与连队书记曹学义偷情。"我"在抗洪抢险中立了大功,回家受到黄久香异乎寻常的关心,使"我"恢复了性能力,便与妻子言归于好。"我"在国家前途命运的召唤下,决定离开黄久香营造的小家庭。这两篇小说发表后,引起了文坛的争议,也形成了张贤亮的小说的特性:1.大胆细致的性心理描写。这两篇小说都以章永璘欲望的描写为重要内容,在描写其与马缨花、黄久香的故事中,对人物的性心理作了大胆细致的描写。2.大段哲理性的议论语言。以"唯物论者的启示录"为副标题的这两篇作品,常常描写章永璘阅读马克思的《资本论》,并常常用大段哲理性的议论语言,表达作家对于某些问题的深刻思考。3.风俗画的诗意描写。小说中常常细致描写大西北高原风光、风土人情,充满着独特的地方色彩,呈现出一幅幅洋溢着诗意的风俗画。

张贤亮的小说常常落入"才子落难,美人相救"的模式,过于哲理化的大段议论的插入往往阻碍了阅读的顺畅,成为其小说比较明显的缺陷。

古华(1942—),原名罗鸿玉,湖南嘉禾县人,从农业专科学校肄业后,当过农业工人和农村技术员,1962年开始发表短篇习作,1981年发表《芙蓉镇》,引起文坛瞩目,有《快乐菩萨》、《水酒湾纪事》、《美丽崖豆杉》、《土地爷》、《爬满青藤的木屋》、《醒醒老爹》、《山民》、《金叶木莲》、《浮屠岭》等作品。

长篇小说《芙蓉镇》获得首届茅盾文学奖,成为古华的代表作。小说以芙蓉镇

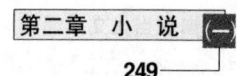

女子胡玉音的坎坷命运,揭示了建国后与"文革"时期极左路线对于人性的摧残,"寓政治风云于风俗民情图画,借人物命运演乡镇生活变迁"(古华《芙蓉镇·后记》)。山区小镇芙蓉镇女子胡玉音人称"芙蓉仙子",因家庭成分不好而不能与青梅竹马的黎满庚结合,嫁给了老实巴交的屠户黎桂桂,他们家米豆腐的买卖生意兴隆。"四清"运动中,胡玉音被划为新富农,木讷胆小的黎桂桂寻了短见。胡玉音将积蓄交黎满庚藏匿,在政治压力下,黎满庚交出了钱款。在人生濒临绝境时,胡玉音与右派分子秦书田在每日被迫打扫街道中相互怜悯,扫帚把与石板街成了他们俩的媒人,在粮站主任谷燕山的帮助下,他们俩暗暗结为"黑鬼夫妻"。"文革"后他们的冤案得到了平反昭雪,芙蓉镇也迎来了真正的春天。小说全面反映了中国农村20年来的历史风云变幻,在政治风云中揭示出真善美与假丑恶灵魂的冲突。作为一部长篇力作,其特点主要为:1.以人物命运为主线的艺术结构。小说以胡玉音的命运为主线,串起了相关人物与事件,主要人物设专章叙写,各种人物的命运相互交错,形成错综复杂而井然有序的艺术结构。2.血肉丰满的众多人物形象。作品在时代风云变幻中刻画了诸多富有个性的人物形象:美丽善良、刚烈坚贞的"芙蓉仙子"胡玉音,清醒开朗、忍辱负重的右派分子秦书田,耿直义气、乐于助人的北方大兵谷燕山,阴鸷狠毒、专门整人的政治女将李国香,无赖卑劣、灵魂扭曲的政治小丑王秋赦等等,小说以性格各异、栩栩如生的人物形象,展现出政治风云中人性的美与丑。3.寓政治风云于风俗画。小说以三年自然灾害、四清运动、文化革命、拨乱反正为背景,将湖南山乡秀丽的山川景色、古朴的民俗风情,与具有时代色彩的政治事件、人物命运结合在一起,青石板街上的鸡鸣狗吠、五岭山上的悠扬民歌、芙蓉镇上的婚丧习俗等,一一融入政治风云的变幻之中。

在"反思文学"的创作中,王蒙的《布礼》《蝴蝶》、鲁彦周的《天云山传奇》,茹志鹃的《剪辑错了的故事》《草原小路》,张抗抗的《淡淡的晨雾》,刘真的《黑旗》,方之的《内奸》,从维熙的《大墙下的红玉兰》,张一弓的《"犯人"李铜钟的故事》,叶蔚林的《在没有航标的河流上》等,都各自从不同视角反思历史,在总结历史的教训中关注现实和未来。

第四节 王蒙的小说创作

王蒙(1934—),河北南皮人,生于北平。1948年加入中国共产党,1950年从事青年团区委会工作。1953年创作长篇小说《青春万岁》,1956年发表短篇小说《组织部新来的年轻人》,因此被错划为右派,1958年后在京郊劳动改造,1963年起赴新疆十余年。1978年调北京市作协工作,曾任《人民文学》主编、中国作协副主席、文化部部长等职。有长篇小说《活动变人形》、"季节三部曲"(《恋爱的季节》《失态的季节》《踽踽的季节》），中篇小说《布礼》《蝴蝶》《杂色》《相见时难》《名医梁有志传奇》《在伊犁》系列小说，小说集《冬雨》《坚硬的稀粥》《加拿大的月亮》，诗集《旋转的秋千》，散文集《轻松与感伤》《一笑集》等。

"文革"以后，王蒙的小说创作常常引领文坛潮流，其创作大胆的探索与风格的多变，使其成为新时期最令人瞩目的作家之一。王蒙的小说可以分为三类：历史反思的意识流小说，大多在对人物意识的描写中反思历史（《春之声》《夜的眼》《布礼》《蝴蝶》《海的梦》《风筝飘带》）；哲理性的寓言式小说，在近乎寓言的新奇文体中探究哲理（《冬天的话题》《选择的艰难》《坚硬的稀粥》《球星奇遇记》）；文化批判的长篇小说（《活动变人形》《恋爱的季节》《失态的季节》《踽踽的季节》）。

发表于1980年的《春之声》通过描写工程物理学家岳之峰乘火车归乡途中的所见所思，展示出走出历史困境、走向时代春天的境界。20世纪80年代第一个春天，阔别故乡20多年的岳之峰登上回乡的路程。他挤进拥挤破败的闷罐子车，沙丁鱼罐头一般拥挤、充斥着刺鼻的旱烟味、汗味，在列车有节奏的摇晃中，他的思绪无节制地流动了起来：想起了温馨的童年，三个月前的出国考察；想起了20多年前的回乡探亲、历时22年的检讨；想起了解放前平津学生大联欢、奔驰汽车工厂的装配线……见一位抱孩子的妇女用录音机在学德语，攀谈后她为岳之峰放了一曲施特劳斯的《春之声圆舞曲》，岳之峰觉得闷罐子车正随着春天的旋律轻轻摇摆。小说并不用传统的情节模式叙写，而以人物的意识流动形成结构，通过联想、幻觉、梦幻等心理活动，展示人物的内心世界，在闷罐子车这有限的空间中，驰骋思绪，展现广阔丰富的社会空间，展示出主人公在急剧变革的社会生活中的丰富复杂的体验与感受。在这些被称为"东方意识流"的小说中，《布礼》通过钟亦诚心灵的悸动，展现出一位共产党人20余年来历经磨难而始终对党忠贞不渝的真情。《蝴蝶》通过副部长张思远重返被贬官山村归途中的意识流动，提出了执政党如何保持与人民群众血肉联系的问题。《海的梦》以翻译家、学者缪可言在海滨疗养时的心理波动，展现出其在大海面前抚平了个人的伤痛、历史的灾难。《风筝飘带》通过女主人公心理活动，展示出70年代末青年人生存的艰难和对美好生活的向往。

发表于1985年的《冬天的话题》以关于何时洗澡议论引起的轩然大波，揭露鞭挞了病态的社会心理。青年学者赵小强谈到沐浴在晚上还是在早晨有益于健康的话题，传到了沐浴学老前辈朱慎独的耳中，激起了当地知识界冬天的热门话题。人们划线站队分成了两派，争论甚至上升到新与旧、崇洋派与国粹派斗争的高度。城里的旧澡堂改变了营业时间表示对朱慎独的支持，新开张的澡堂声援赵小强。朱慎独激情洋溢四处演讲，市里的头面人物也出面表态，当地报刊连篇累牍地发表评论，将这个冬天话题的争论引向深入。赵小强却觉得身不由己、难以摆脱。小说以一个荒诞不经的故事，揭示出社会的真实，深刻反映出畸形病态的社会心理。小说以夸张变形的手法，将一件微不足道、鸡毛蒜皮的事件扩大化，甚至达到骇人听闻、登峰造极的地步，让许多莫名其妙的人在这个冬天的话题的争论中奔忙、争执、倾轧，揭示出可怕的民族劣根性。小说采取幽默讽刺的笔调叙写，在冷漠的嘲弄中鞭挞"文革"遗风和病态心理。

发表于1986年的长篇小说《活动变人形》通过倪吾诚的人生悲剧，概括了中国现代知识分子的命运。1980年，语言学家倪藻出访欧洲，勾起了对于家庭历史的回忆。父亲倪吾诚17岁时为了能够到县城洋学堂读书，勉强答应了母亲包办的婚姻，与乡村大户人家的女儿姜静宜结了婚。母亲去世后，他变卖家产赴欧洲留学，回国后北平三所大学争着聘他。他将妻子静宜接到北平生活，妻子的母亲姜老太、姐姐姜静珍也跟来北平。家庭中充满着争吵谩骂，姜老太、姜静宜、姜静珍等建立了统一战线，倪吾诚遭受到无休止的谩骂谴责。倪吾诚在日益消沉放浪中准备离婚，却遭到故旧的谴责和妻子的反对。倪吾诚赴临海城市当了日伪学校的校长。抗战后，由于在北平找不到职业，他投奔了解放区。解放后，倪吾诚以革命大学人员的身份回北平当了大学讲师，他与妻子平静地离了婚，第二次婚姻仍然带来了无尽的争吵。由于倪吾诚缺乏讲课的能力，在学院里一直闲着，晚年时他得到了离休老干部的身份。在倪藻回国前五天，70岁的倪吾诚病故了。小说以散文化的笔调叙写故事，以语言学家倪藻的视角描写倪吾诚的一生，在现实主义的手法中融合了意识流、表现主义等技巧，在历史与现实的对应中，展示出倪吾诚坎坷多难的人生，在东西方文化濡染中、在企图用西方文化改造中国社会理想的落空中，显示出中国知识分子苦痛与尴尬的人生。

王蒙是中国新时期文坛最有活力的作家之一，他以其孜孜不倦的探索精神、激情洋溢的创作热情、兢兢业业的创作精神，为新时期提供了诸多小说力作。

第五节 汪曾祺、邓友梅等的风俗小说

20世纪80年代初，一些作家在小说中精心描绘具有独特地域色彩的风景画、风俗画，将风土民俗与人物故事结合起来，在对于乡镇市井生活的描写中，呈现出独特的风俗画色彩。汪曾祺、邓友梅成为其中最有影响的作家。

汪曾祺（1920—1997），江苏高邮人，肄业于西南联大中文系。解放前当过中学教员，历史博物馆职员，解放后长期担任编辑工作，后在一个京剧团任编剧。1940年开始发表小说。有短篇小说集《邂逅集》《羊舍的夜晚》《晚饭花集》《矮纸集》等，散文集《蒲桥集》《旅食集》《草花集》等。

汪曾祺的小说常常以回忆的视角写故乡往事，《受戒》《大淖纪事》为其代表作。1980年发表注明"写四十三年前的一个梦"的《受戒》，以小和尚明海与村姑小英子之间情窦初开的恋情，讴歌了少男少女之间纯真美好的真情。明海家人多田少，他到荸荠庵当小和尚，他结识了庵附近的女孩小英子，庵里日子清闲，明海常往小英子家跑。文静的大英子赶做嫁妆挑花绣花，明海画了几张画，大英子很喜欢。明海当了小英子父母的干儿子，他常帮助做一些农活，成了小英子的好帮手。小英子划船送明海去善因寺受戒，六天后她又去接明海回来，明海告诉小英子，寺里有意选他当沙弥尾，将来可能当方丈。小英子不要明海去当方丈，她问明海："我给你当老婆，你要不要？"明海小声说："要——！"他们把船划进了芦花荡。小说在清新明丽的水乡风光中展现了一个纯情世界。

获1981年全国优秀短篇小说奖的《大淖纪事》讲述了挑夫女巧云与小锡匠十一子坎坷的恋情，讴歌了男女之间坚贞执著的爱情。大淖西头的小锡匠十一子俊美聪慧，大淖东头的挑夫女巧云标致伶俐，十一子在此地走村串巷做生意，结识了常在门前织席的巧云，两人产生了感情。水上保安队刘号长觊觎巧云的美貌，强行破了巧云的身子，并逼迫十一子断绝与巧云的来往，将宁死不从的十一子打得奄奄一息。锡匠们集体到县衙门顶香请愿，县长下令将刘号长逐出境。巧云将十一子接到家，她当起了挑夫，承担起照顾病卧的父亲和重伤的恋人的责任。小说淡化了历史背景和政治色彩，描写了真善美与假丑恶的斗争。

汪曾祺的小说洋溢着一种儒家文化的自强不息色彩与老庄文化天人合一境界相融的气息，在乡镇社会人们和睦的关系中充满着儒家的人伦色彩，在水乡清丽景色与人们真情的融汇中显露出老庄的自然意味。汪曾祺的小说有其独特之处：1. 人情人性美的传神写照。他的小说继承了沈从文的衣钵，大多写人与人之间的真情，突出乡镇社会的人情人性美。2. 民俗风情画的精心营构。他的小说开篇常常精心描画地域风光民俗风情，形成作品独特的民俗背景，在作品中又常常将民俗的描述、风情的勾勒置于重要地位。3. 信马由缰的叙事结构。他的小说并不注重曲折情节的设置，而重视对于日常生活细节的描述。他常以散文随笔式的方式结构作品，在信马由缰般的叙事结构中达到炉火纯青的境地。4. 舒徐明快的诗性语言。汪曾祺小说在抒情中具有诗意，其语言舒徐自然，在淡泊中蕴蓄着人生真味，在平凡中浸透了人间诗意。

邓友梅（1931—），原籍山东平原，生于天津。1942年参加八路军，曾做过通讯员和文工团员。1949年转业，曾任北京人民艺术剧院和北京市文联创作员。1957年因发表小说《在悬崖上》被打成右派。1976年重返文坛，《话说陶然亭》获1979年全国优秀短篇小说奖，有《寻访"画儿韩"》《那五》《烟壶》风俗小说。另有长篇小说《凉山月》、中篇小说《"猎户星座"行动》、中篇小说集《烟壶》、中短篇小说集《京城内外》、散文集《樱花·孔雀·葡萄》等。

邓友梅的小说常常以充满老北京风土民情的故事为题材,被誉为"民俗学风味小说"。《那五》、《烟壶》分别获得第二、第三届全国优秀中篇小说奖。《那五》通过对落魄的八旗子弟那五游手好闲、寡廉鲜耻生活的描画,提出如丧失了向上争强的精神、必然被历史与社会所淘汰的事实。八旗子弟、名门后裔那五,随着清朝灭亡成为了游手好闲的"舍哥儿",在落魄的境遇中,他浑浑噩噩不务正业。过大夫教他学医,他一看医书就头疼,提出就学打胎偏方,为大宅门怕出丑的小姐打胎赚大钱。武存忠劝他学打草鞋,他说再落魄也不卖苦力。他倒卖古玩蚀了房钱,他买稿发表捅了娄子,合伙"架秧子"骗钱又让人蒙在鼓里,做着重复过去荣华富贵的美梦。小说在对于那五寄生生活的描写中,抨击了传统国民性中的某些病态。《烟壶》通过八旗武职后代乌世保的坎坷遭际,突出了忠贞不渝的民族气节。祖上的武职给伯父门里袭了,乌世保成了斗蛐蛐、溜画眉、闻鼻烟的闲散人。八国联军攻占北京后,朋友寿明受徐焕章的欺负,乌世保训斥了自家旗奴徐焕章,当了汉奸的徐焕章告乌世保为义和团漏网分子,他被刑部投进死牢,乌大奶奶花上千银子买了乌世保一条命。在牢房里,乌世保结识了做烟壶内画的艺匠聂小轩,他向乌世保传艺寄女。由于朋友寿明的搭救,乌世保回到家中,知道大奶奶已去世、宅子被卖、儿子被奶妈领走。他找到聂小轩的女儿柳娘,聂小轩也已回家。徐焕章、九爷要求聂小轩将八国联军在北京行乐图画在"古月轩"上,聂小轩、柳娘、乌世保拒绝做此有辱祖宗的事,聂小轩遭到毒打,他愤而将手伸进了九爷马车下断手自残。柳娘与乌世保成了亲,投奔三河县儿子的奶妈去了。小说礼赞了刚直不阿的民族气节,是一曲爱国主义的颂歌。

邓友梅的小说被誉为京味文化小说,形成其独特的特征:1.边缘人形象的生动塑造。邓友梅的这些小说大多刻画了一些衰败世家子弟,八旗子弟、市井百姓,他们大多是一些社会的边缘人,那五、乌世保、聂小轩等,在不同的性格和作为中展现出他们不同的品性。2.传奇性情节的精心设置。邓友梅接受了中国传统话本小说的传统,以传奇性的情节叙写人物的生活与命运,写出在时代嬗变中人物的曲折人生。3.民俗风情的钩沉描写。邓友梅擅长于对民俗风情的描画,八旗子弟的生活情状、天桥热闹的民俗场景、古玩古画的搜寻把玩等,在老北京的民情风俗描绘中具有风俗画的意味。4.明朗诙谐的京味语言。邓友梅擅长运用经过提炼的京白语言,在极富性格特征的语言中,在行话俚语的运用中,显示出浓郁的京味。

在风俗小说的创作中,陆文夫的《小贩世家》、《美食家》呈现苏州市井风俗,刘绍棠的《蒲柳人家》描述京郊乡土风情,林斤澜的《矮凳桥风情》系列小说讲述矮凳桥风情,汇成了80年代风俗小说创作的潮流。

第六节　蒋子龙、李国文等的"改革文学"

改革开放后,改革的潮流在小说创作中得到了反映,出现了以改革过程中的生活、观念、心态、问题等为描写对象的小说,被称为"改革文学"。蒋子龙、李国文等成为"改革文学"的代表作家。

蒋子龙(1941—),河北沧县人。1960年应征入伍,复员后曾任天津重型机械厂工人、车间主任、厂长秘书。1964年开始发表作品,1976年发表短篇小说《机电局长的一天》引起文坛瞩目。短篇小说《乔厂长上任记》、《一个工厂秘书的日记》、《拜年》分别获1979年、1980年、1982年全国优秀短篇小说奖,中篇小说《开拓者》、《赤橙黄绿青蓝紫》、《燕赵悲歌》分别获1980年、1982年、1984年全国优秀中篇小说奖。另有长篇小说《蛇神》、《子午流星》等。

被称为"改革文学"的先行者的蒋子龙,以其对于工厂生活的熟悉,满腔热忱地描写工业改革题材的小说,《乔厂长上任记》、《赤橙黄绿青蓝紫》成为其"改革文学"的代表作。《乔厂长上任记》以乔厂长上任后开拓改革的经历,揭示了改革过程中的矛盾与阻力,赞扬了无私无畏、开拓进取的改革精神。机电局电器公司经理乔光朴自愿重返问题成堆的工厂当厂长,上任后即展开了大刀阔斧的改革,任人唯贤调整领导班子,进行职工考核评议,不合格者均列为编余人员,工厂面貌大为改观。副厂长冀申暗中拆台,煽动编余人员的不满情绪,一时间出现了刷大字报的、搞静坐示威的、写控告信的。改革遇到了重重阻力,乔光朴却决心将改革进行下去。小说成功地塑造了一些有个性的人物:无私无畏、勇于改革的厂长乔光朴,知人善任、直率坦诚的机电局长霍大道,外冷内热、朴实稳重的党委书记石敢,圆滑世故、心术不正的副厂长冀申。《赤橙黄绿青蓝紫》通过对青年司机刘思佳所作所为的描写,展现出改革时期工厂青年生活与思想的新风貌。第五钢铁厂汽车司机刘思佳在厂门口摆煎饼摊,激怒了厂党委书记祝同康,他打电话找车队副队长解净。原任宣传科副科长的解净"文革"后主动要求下车间,汽车队司机多是些歪毛淘气的琉璃球,他们以为解净是领导安的楔钉子,便故意冷嘲热讽戏弄刁难她,解净勤学苦练开车技术,主动接近青年司机。解净不同意处理刘思佳摆煎饼摊的事,他是为了给领导出难题、出出气。从办公大楼回来的解净并没批评刘思佳,反而表扬刘思佳设计的一张车队管理"八卦图"。下午刘思佳主动要求解净上他的车去车库拉油,解净对于刘思佳的言行、生活态度、人生观作了诚恳的剖析。油库失火,解净、刘思佳奋勇救火,刘思佳冒险驾驶着火的油车,开到远离油库的地方飞身下车,油车爆炸,避免了一场恶性事故。祝同康要将刘思佳作为典型表扬,刘思佳却以想再到厂门口卖煎饼取笑祝同康。

蒋子龙的"改革文学"有其独特之处:1.关注社会现实的时代色彩。蒋子龙的小说大多努力关注现实、关注时代,常常敏锐地关注改革中出现的重大问题和现象,充满着对现实的忧患感和对改革的深切期望,对于改革过程中人们的心理心态也作了十分深入的描写。2.塑造性格鲜明的改革者形象。蒋子龙的小说塑造了一系列改革者的形象,除乔厂长、解净之外,另有车篷宽(《开拓者》)、高盛五(《人事厂长》)、牛宏(《锅碗瓢盆交响曲》)、高开宇(《悲剧比没有剧要好》)等人物,构成了"开拓者"形象系列。3.雄浑粗犷的艺术风格。蒋子龙的小说善于高屋建瓴地谋篇布局,努力将人物置于激烈的矛盾冲突中,语言常常具有气势和雄辩色彩,构成其作品气势宏大、节奏紧凑、文笔粗犷的特点。这也使其小说中人物的塑造有类型化的缺憾,过多的议论也常常削弱了作品的艺术感染力。

李国文(1930—),原籍江苏省盐城县,生于上海。1947年入南京国立戏剧专科学校攻读理论编剧专业,1949年进华北革命大学学习,曾在文工团、宣传部工作。1957年因短篇小说《改选》被打成"右派"。"四人帮"粉碎之后重新创作,1978年调到中国铁路文工团任创作员。发表了一些有影响的作品:《月食》(获1980年全国优秀短篇小说奖),系列短篇小说《危楼记事》(获1984年全国优秀短篇小说奖),长篇小说《冬天里的春天》(获1982年首届茅盾文学奖)、《花园街五号》等。

李国文的《月食》、《冬天里的春天》有着"反思文学"的色彩,前者以右派冤案被纠正后的新闻记者伊汝去太行山区寻找老房东的故事,反思了30年来党群关系中的某些问题;后者以革命干部于而龙回故乡查访亡妻芦花死亡之谜,揭示出极左路线对于革命与人民生活的戕害。

长篇小说《花园街五号》是"改革文学"的一部力作,通过描写临江市市委书记接班人的选择问题,透视出改革时期的重重矛盾与艰难历程。临江市花园街五号为一幢俄罗斯建筑,现在居住着"文革"后新任市委书记兼代理市长韩潮,在过去半个世纪里曾经住过俄罗斯贵族康德拉季耶夫、伪满警察局长刘大巴掌、建国后第一任市委书记吕况,"文革"时期的市革委会主任。年老多病的韩潮即将从领导岗位上退下,刘钊、丁晓成为韩潮考虑的候选人,他赏识刘钊的才干和魄力,又担心他过于鲁莽;他了解副市长丁晓嫉贤妒能以权谋私,却担心丁晓有着较硬的政治靠山。刘钊在使拖拉机厂扭亏为盈后,又插手丁晓经营的样板企业一建公司,丁晓在省委负责人许杰的支持下破坏、干扰一建公司的改革,并鼓动策划人们闹事、诬告。市委多数常委推选刘钊为下一届市委书记的候选人。韩潮一家即将搬出花园街五号,此地将成为临江市少年宫。小说在艺术上有如下特点:1.悬念迭出时空交错的结构方法。花园街五号经历了半个世纪,本身就带着神秘的悬念,且常常在情节中设置悬念,鸽子在封闭顶楼停歇的蹊跷、刘钊与韩潮儿媳吕莎的关系、谁担任市委书记的候选人等,都构成了引人入胜的悬念。小说虽然主要描写改革开放后的生活,但是通过对于花园街五号历史的回溯,常常将现实与历史联系在一起,在时空交错中展开情节,在对于复杂的历史风云的回溯中,展现出现实斗争的微妙与复杂。2. 深入内心刻画富有个性的人物性格。小说常常通过对于人物内心心理的描写刻画人物性格,在人物心灵历程的叙写中丰富人物的个性:老书记韩潮的正直稳重、优柔寡断,刘钊的干练果断、嫉恶如仇,丁晓的居心叵测、以权谋私,吕莎的聪慧开朗、一往情深。3. 隐喻象征的艺术手法。小说中的花园街五号本身就充满着隐喻色彩,隐喻着身份与权势、经济与财富,居住在其中的人无不与权势、财富有关,花园街五号的五易其主,也隐喻了社会兴衰的历史脉络与缘由。因为在"文化大革命"中受刺激而疯癫的韩潮儿子韩大宝,其实具有象征意味,他的头脑中始终摆脱不了那个狂热的年代,他是极左思潮偏执狂的象征。

在"改革文学"的创作中,出现了不少有影响的作家与作品:张洁的《沉重的翅膀》,柯云路的《三千万》、《新星》,水运宪的《祸起萧墙》,贾平凹的《鸡窝洼人家》、《浮躁》,张一弓的《黑娃照相》,何士光的《乡场上》,路遥的《人生》、《平凡的世界》,周克芹的《山月不知心里事》,矫健的《河魂》、《老人仓》,张炜的《秋天的思索》、《秋天的愤怒》,王润滋的《鲁班的子孙》等作品,全面反映了中国社会改革进程中的改革现实与种种矛盾。

第七节 韩少功、阿城等的"寻根小说"

20 世纪 80 年代中期出现了文化寻根的思潮,企望寻找民族文化的根,在理论与文学创作领域提出了"文学寻根"的口号,引起了作家们的呼应,出现了不少以民族原始生态与民族历史文化为题材的文学作品,韩少功、阿城是其中的代表。

韩少功(1953—),湖南长沙市人。1968 年初中毕业后到湖南省汨罗县插队务农,1974 年秋调到县文化馆工作,1977 年开始文学创作。1978 年考入湖南师范大学中文系,毕业后从事编辑工作和文学创作。1988 年调海南省,先后任《海南纪实》杂志主编、海南省作家协会主席。有小说集《月兰》、《飞过蓝天》、《诱惑》、《空城》、《谋杀》,长篇小说《马桥词典》、《暗示》等。

韩少功前期的作品主要描写极左路线对于人性的摧残,带有"反思文学"的色彩,《月兰》、《西望茅草地》、《风吹唢呐声》都属于这类作品。作为"寻根文学"的主将,其中篇小说《爸爸爸》、《女女女》成为"寻根文学"的代表作。《爸爸爸》通过对原始闭塞的鸡头寨生活的描绘,展示出民族文化封闭落后愚昧的某些方面。鸡头寨是一个与世隔绝的偏僻山寨,灾荒和饥饿威胁着人们,鸡头寨的人们决定杀活人祭祀和炸鸡头峰来拯救自己,却引发了与鸡尾寨的战争。外形猥琐、未老先衰的丙崽只会说两个词:"爸爸爸"和"×妈妈",却被寨里的人们视为阴阳二卦,决定着鸡头寨的命运，人们将这个缺乏正常思维的丙崽尊为"丙大爷"、"丙仙"，于是开始了与鸡尾寨人的战争。战争失败了，鸡头寨的男人都死了，老弱病残者集体服毒自杀，留存的青壮年迁徙往更深远的山林，而这个永远长不大的丙崽却奇迹般地活了下来。小说含蓄地表达了作家对于传统文化的批判姿态。《女女女》通过描写山村女子么姑对于现代城市文明的抗拒，揭示出传统文化的顽固与颓败。么姑因没有生孩子而成为耻辱，她离开山乡到城里打工，她在城市文明中小心翼翼度日，她惜物成癖，收集烂纸片旧瓶子，她固执克已抵拒着别人对她的关心。一次洗澡后，么姑中风偏瘫了，她变成了一个苛刻泼辣的刁老婆子，她总是故意给别人制造麻烦，与她生活在一起的侄子将她送回老家，交给她的一位结拜妹妹珍姑照料，么姑继续制造麻烦，摔东西砸床，吃吃地冷笑，无可奈何的珍姑做了个笼子将她关了起来，她先变得像猴，又变得像鱼，她终于死去，乡亲们用礼乐为她送行。小说在对个人的生活态度生存方式的描写中，思考了传统文化与城市文明的冲突。

  韩少功的这两篇"寻根文学"作品有一些共通的特点：1. 神秘荒诞的寓言文体。小说都以十分模糊的年代地域为背景，小说中的人物与故事都明显具有荒诞色彩，远古偏僻山寨的生活与远离城市的山村氛围都带着神秘色彩，尤其是山寨里祭祀、占卜、械斗活动等都充满着神秘意味，虚化了的时空突出了作品的寓言意味。2. 深邃独特的象征意蕴。小说中鸡头寨的生活、丙崽的故事、么姑的人生等，都有着象征色彩，鸡头寨的生活象征着蒙昧社会的超稳定形态，丙崽的故事象征着卑琐愚昧的精神传统，么姑的人生象征着固执的文化传统与现代文明的对抗。3. 冷峻古朴的叙事语言。在这两篇小说中，韩少功常常以十分冷峻古朴的语言叙写故事，无论是祭神的场景，还是械斗的场面，无论是么姑被关进笼子的情景，还是乡亲用礼乐为么姑送行的场面，都以其独特的语言展开叙述。小说受到了魔幻现实主义的影响，打破了生与死、人与鬼、现实与幻觉等的界限，成为"寻根文学"的代表作。

  阿城(1949—)，原名钟阿城，北京人，1968年去山西、内蒙古农村插队，后去云南建设兵团农场落户。1979年重返北京，曾在中国图书进出口公司、东方造型艺术中心等单位工作，现旅居国外。1984年开始创作，小说集《棋王》收入中篇《棋王》、《树王》、《孩子王》和短篇《会餐》、《树桩》、《周转》、《卧铺》、《傻子》、《迷路》。

  与韩少功批判传统文化不同，阿城的小说呈现出回归与弘扬中国传统文化的意味，《棋王》成为阿城的代表作。小说以第一人称的视角叙写了棋王的人生经历与生活态度。"我"在去山区插队的列车上结识了"棋呆子"王一生，他对我说起他跟随一个捡破烂老汉学棋的事。到农场半年后，王一生来看"我"，他告诉我在农场生活不错，顿顿吃饱，下棋解忧。并说他妈临终前给了他一副用旧牙刷把磨成的无字棋。外号叫脚卵的倪斌被叫来与王一生下棋，倪斌带来了祖传的明代乌木象棋，倪斌不是王一生的对手。倪斌说地区要开运动会，有棋类比赛。地区开运动会时，王一生因为"表现不好",连名也未报上。倪斌把乌木象棋送给了地区文教书记,想让王一生参加比赛,王一生却不屑参加。倪斌出主意让王一生与前三名进行友谊赛,却有九名棋手参加,王一生与九位棋手轮番大战,战胜了八人,与地区冠军握手言和。下完棋的王一生心力交瘁,我们搀扶着他回到住地。小说通过对王一生人生态度的勾画,表现出一种对老庄哲学推崇的境界。虽然王一生天性柔弱,但是在其随遇而安的人生态度中,却有着追求精神自由、以柔克刚的魅力。他在任何困境中都能够处变不惊、怡然自得,他将吃饭和下棋视为生活中的大事,他丑陋的吃相和对下棋的痴迷成为其性格的写照。他领会了拾垃圾老汉告诉他的棋道:"若对手盛,则以柔化之。可要在化的同时,造成克势。柔不是弱,是容,是收,是含。含则化之,让对手入你的势。这势要你造,需无为而无不为。"王一生在领悟了此道后,将棋道和人格融为一体,小说在对王一生棋品和人品的描绘中,透露出老庄文化的魅力。在描绘王一生与九位棋手轮番大战中,突出了王一生生命的崇高境界与人格力量:

> 王一生孤身一人坐在大屋子中央,瞪眼看着我们,双手支在膝上,铁铸一个细树桩,似无所见,似无所闻,高高的一盏电灯,暗暗地照在他脸上,眼睛深陷进去,黑黑的似俯视大千世界,茫茫宇宙。那生命像聚在一头乱发中,久久不散,又慢慢弥漫开来,灼得人脸热。

这场惊心动魄的车轮战,充分显示出王一生的生命光彩与人格魅力,在无为而无不为中显示出其人生价值,在天人合一般的境界中展现出庄禅文化的光彩。

阿城因处女作《棋王》一举成名,该作品获得全国第三届优秀中篇小说奖,小说在艺术上有其独特处:1. 空灵素朴的散文化叙事。小说以第一人称叙写故事,在叙写王一生的人生经历时,突出了其无为而无不为的人生态度,淡泊明志、宁静致远,以素朴文笔点化世俗人生,用传奇故事显示空灵情愫,在普通人生故事里蕴涵着深刻的人生哲理。2. 气韵生动的场面描写。小说并无复杂的情节、激烈的矛盾,只是以气韵生动的场面描写见长,列车上相识的场面、王一生与倪斌下棋的场面都写得十分生动,尤其是王一生与九位棋手车轮大战的场面,写得惊心动魄气韵生动。3. 质朴灵动的口语化语言。小说的语言朴实简洁,力避辞藻冗赘,大巧若拙,富有张力。王蒙在评说这篇作品时说:"口语化而不流俗,古典美而不迂腐,民族化而不过'土',嘎嘣利落但仍然细密有致,刻画入微却惜墨如金。"[①]

---

① 王蒙:《且说〈棋王〉》,载《文艺报》1984 年第 10 期。

"寻根文学"中,还有郑义的《远村》、《老井》,郑万隆的《异乡异闻》,王安忆的《小鲍庄》,贾平凹的《商州初录》,吴若增的"蔡庄系列",李杭育的"葛川江系列",李锐的"厚土系列",朱晓平的"桑树坪系列"等,这些作品形成了80年代蔚为壮观的"寻根文学"浪潮。

第八节　刘索拉、徐星等的"新潮小说"

1985年前后,由于受到西方现代派文学的影响,在小说创作领域里,一些作家不满足于长期以来固定的叙事模式与陈旧的艺术技巧,他们通过对西方现代派小说的借鉴与模仿,探索小说从艺术形式、艺术技巧到精神内涵的创新,出现了一些具有创新色彩的小说作品,被称为"新潮小说"。其中,刘索拉、徐星成为"新潮小说"的代表作家。

刘索拉(1955—),祖籍陕西,出生于北京。1977年考入中央音乐学院作曲系学习,1983年毕业后分配至中央民族学院任教。1985年发表《你别无选择》,后发表中篇小说《蓝天绿海》、《寻找歌王》等。1988年赴英国留学,此后发表小说《浑沌加哩格楞》、《伊甸园之梦》、《多余人的故事》、《缠》、《身体》等。

《你别无选择》通过对于音乐学院大学生生活与观念的描写,展示出现代意识与传统思想的冲突,被称为中国第一部真正意义上的现代派小说。作曲系的学生都有点"神经错乱":李鸣琢磨着退学,他厌倦传统的艺术教育方式,干脆每日逃课蒙头大睡;董客为了参加国际青年作曲家比赛,选择了一曲包罗万象的作品;石白要当一个神圣的规规矩矩的音乐家,却忘却了什么是自己的观点;戴齐常常对作曲泄气,他想转到钢琴系去;森森不满传统理论的说教,追求充满生命的音乐力度;孟野渴望表现原始的悲哀,却为一位文学才女所纠缠;马力回家探亲,却被窑洞塌方砸死。另外三位女生"猫"、"懵懂"、"时间"都有着她们自己的人生选择。在作品演奏会上,森森的五重奏和孟野的大提琴协奏曲获得了成功。作品展现出历史转型期大学生的生活情景与精神面貌,这些崇尚自由、追求个性的现代大学生,在僵化的体制与习惯势力的拘束下,不满足于现状、反对陈规陋习,以各种放纵狂放、叛逆偏激的姿态进行抵抗,甚至以玩世不恭、粗野怪诞的举止来表达他们的骚动不安。小说在艺术上显然受到美国作家约瑟夫·海勒的《第二十二条军规》的影响,在模仿中也有其独特的创造,构成该作品独特之处:1.散点无序的叙事结构。小说打破传统叙事的情节链结构,采用一种散点无序的结构方式,通过场景变化、意识流动、情绪波动来结构作品,在复调式的结构中呈现出生活的多样与无序,展现出别无选择的无奈与焦虑。2.浓烈的现代主义倾向。小说以夸张变形、荒诞跳跃的手法,展现年轻学子们迷惘与苦痛、追求与无奈,在强烈的主观色彩与浓郁的情绪节奏中,使作品具有浓烈的现代主义倾向。3. 黑色幽默的叙事语调。小说常常以一种玩世不恭的语气叙写,在对于大学生们嬉皮士般的生活描写中,常常形成黑色幽默的效果,以狂乱的音响突出他们躁动的情绪,以荒诞的举止表现出他们扭曲的性格,用非理性的作为凸现他们痛苦的内心。

徐星(1956—),北京人,1976年中学毕业到陕北农村插队,1977年参军,1981年复员后在北京一家烤鸭店做服务员。1985年发表处女作《无主题变奏》,先后在《华人世界》、鲁迅文学院做编辑,1986在北京师范大学和鲁迅文学院读硕士研究生。1992年赴德国海德堡大学求学,1994年回国。发表短篇小说《城市的故事》、《殉道者》、《无为在歧路》、《帮忙》、《爱情故事》、《我是怎样发疯的》、《失去了歌声的城市》,中篇小说《饥饿的老鼠》,长篇小说《剩下的都属于你》等。

徐星的《无主题变奏》通过主人公"多余人"般的世俗生活的描写,表现现代青年玩世不恭、彷徨迷惘的精神特质。"我"几年前从大学退学,到一家烤鸭店当服务员,业余时间写写小说。在一个音乐会上,"我"结识了艺术学院的学生老Q,她成了"我"的女友。老Q反复规劝"我"报考学校,"我"在试卷上任意发表见解,落榜的"我"与老Q分手了。小说刻画了一位表面上超然物外、实际上抗拒世俗的现代"多余人"的形象。"我"退学到饭店当服务员、厌恶谈吐文雅做学问的人、迷恋于下棋玩乐、没责任地与异性同居,等等,似乎是一个超然物外看破尘世者。但是在许多情节中却显现出其抗拒世俗的态度:他厌恶大学生肉麻地追求外国小妞,他鄙视在台前高唱爱情、回后台分红包的女演员,他愤慨于喜欢给女生补课的男教师,他看不起撒谎是一把好手的女作家,他愤懑于百无聊赖的主考教师,在其玩世不恭的表象下,却是对于庸俗世故社会风气的不满,和对自由自在超凡脱俗生活的向往。

《无主题变奏》以其独特的艺术形式描写现代青年的生活与精神,成为新潮小说的代表作。小说独特处在于:1. 情绪流动的叙事结构。小说以第一人称展开叙事,打破传统以故事或人物命运为脉络的写法,而以人物情绪的变化构成作品叙写的主线,情节趋于淡化,而注重对于人物心理心态的描画,从而展现出人物的生活与性格。2. 符号化的人物塑造。小说在人物刻画时,虽然主要勾勒主人公"我"的性格,但更注重对这一类青年心理性格的刻画,用符号化抽象化的手法,强调夸大人物身上迷惘玩世的特性,使其成为现代青年性格的代表。3. 幽默洒脱的叙事语言。作家常常以一种嘲讽调侃的语调叙事,对于种种世俗现象予以抨击针砭,又常常以议论性的话语表达人物内心的感受与情绪,在嬉笑怒骂率真偏激中,充满着幽默洒脱的风格。

新时期的"新潮小说"是由宗璞的《我是谁》、茹志鹃的《剪辑错了的故事》、王蒙的《春之声》等小说引领的,这些作品中在艺术形式上开始出现现代派小说的因素。刘索拉、徐星的小说成为中国真正意义上的现代派小说。其后,莫言的《红高粱》、《球状闪电》、《透明的红萝卜》,残雪的《苍老的浮云》《黄泥街》,洪峰的《奔丧》等作品,在内涵与形式上都具有现代主义的色彩,这些作品推进了中国新时期"新潮小说"的创作。

第三章 小说（二）

第一节 1985年以后概说

1985年以后，随着改革开放的全方位拓展深入，西方文化的介绍引进也加大了步伐，各种哲学思想大量地被翻译进国内，西方现代主义流派的诸多代表作家先后被介绍进来，西方当代的各种文学理论与批评方法也被大量翻译引进，1985年至1989年间，中国的文化总体上形成了一种以西方文化为旨归的现象。由于西方思想与理论的介绍与借鉴大都以中国知识界的召唤与行动为前提，追慕新奇排斥平实、推崇经典关注精致，国内此时期的文化因而表现出一种精英文化的意味，文学创作也形成了别一种追求，这种追求大致表现为：以域外文化为模本，在模仿借鉴中解构传统；以探索创新为目的，在求新求变中超越世俗；以形式的实验为主，在走向世界中追求个性。

寻根文学受到了拉美魔幻现实主义文学的启迪，"荒诞派"小说的创作承继了欧美"黑色幽默"创作的衣钵。在文学创新的过程中，新潮小说以其别样的风采为文坛所称道，莫言、残雪、马原等的小说令人耳目一新。作家们各显神通地变换着手法进行各自的文学探索与实验，在不满传统中求新求变，在求新求变中努力超越世俗，使中国文坛奇葩纷呈。对于文学形式的探索与实验成为众多作家们的执著追求，表现出对于传统文学的不满与新的文学观念的深入，也展现出此时期文学创作的多姿多彩，极大地丰富了文学艺术的表现手法。但是，由于过度热衷于形式的实验，一些作家因此而忽视文学的内容，以至于使文学创作成为一种技巧的玩弄，文学逐渐脱离了读者。

进入90年代后，市场经济体制逐渐形成。在经济杠杆的作用下，在大众传媒的引导下，精英文化逐渐失去了市场与活力，而大众文化成为90年代具有很大覆盖面的文化。中国90年代的大众文化的特性为：以消遣性、娱乐性为旨归，以商业性、时尚性为外表，以现实性、及时性为内涵。90年代的文化转型必然也影响着文学的转型，这使90年代文学呈现出与80年代迥异的特征，大众文化的勃兴使90年代文学呈现出浓郁的世俗化色彩。90年代的小说创作关注普通百姓的庸常生态，忽视时代英雄业绩的描写；关注当下日常的琐碎生活，忽视史诗性的宏大叙事；关注语言的生活化、世俗化，忽视典雅诗性语言的运用。从新写实主义小说、新现实主义小说，到新市民小说、新历史小说、新生代小说，都呈现出这样的特征。90年代的文学创作呈现出一种非理性化的色彩，表现出一种生活化的倾向，展示出一种平民化的追求，展示出一种现实主义的风貌。

90年代文化的转型必然影响了文学创作，以消遣性、娱乐性为本位的大众文化的兴起，使文学摆脱了历来过于沉重的政治的、文化的负载，回到其原初的消遣娱乐的状态中，这在一定程度上说是对文学创作的一种解放。文学创作对于普通百姓庸常生态的关注，使文学不再是高高在上的启蒙者的演说，不再充满了贵族气息，而呈现出以一种与民众平等的姿态关注大多数人的生活，使90年代的创作洋溢着浓郁的平民精神。由于大众文化的过于强调消遣性、娱乐性的一面，而忽略了文化中的精神与理想的追求。文学创作在对普通百姓庸常生态的关注中，也往往忽略了对于具有崇高意味的精英人物与境界的描写，它在对现实生活"真"的反映中，常常忽略了"善"，甚至忘却了"美"。

大众文化的商业性、时尚性的特征，也使90年代文学突出了其商品的性质、时尚的意味，在作家——作品——读者的关系链中，读者被置于极端重要的地位，文学在创作的过程中往往就考虑到读者，在作品被推向市场的过程中，种种的商业宣传成为让文学作品为读者所接受的重要手段。摸准文学市场、揣摩受众心理也成为文学策划者与创作者努力的重要一环，文学也就常常成为一种社会时尚之一。在这样的状态下，文学创作有时就往往存在着迎合读者、迎合市场的倾向，作家的创作也大都没有了"十年磨一剑"的精神，仓促草率，文学创作的精品意识淡化了，更别说经典意识了。

大众文化的现实性、及时性使人们不再将渺茫的理想、空幻的崇高作为精神的支柱，而是努力关注现实生活、当下人生，90年代文学的关注当下日常的琐碎生活也与大众文化的这种特性一脉相承。对于当下日常的琐碎生活的关注，将普通人生活的细枝末节都生动细致地描写出来，使文学充满了人生的趣味与生活的生动，摆脱了长期以来文学创作的概念化倾向。在对于偶然性、零碎性的人生琐碎生活的描写中，文学作品所描写的生活常常显得过于琐碎平庸，作家甚至有时将自己生活中的琐碎经历写进作品，使创作缺乏引人入胜的艺术魅力。作品语言的生活化、世俗化固然使作品贴近了生活，但有时也使作品显示出粗俗化的色彩。文学在关注世俗的同时，忽视了典雅。

第二节　张承志、贾平凹、张炜、史铁生、莫言等的小说

张承志(1948—),生于北京,原籍山东,曾在内蒙古插队四年,1975年毕业于北京大学历史系,分配至中国历史博物馆工作,1978年考入中国社会科学院研究生院,从事蒙古族与北方民族历史研究,1981年获历史学硕士学位,留中国社会科学院民族研究所,现为自由职业作家。1978年开始文学创作,有《骑手为什么歌唱》、《阿勒克足球》、《黑骏马》、《春天》、《北方的河》等中短篇小说,有《金牧场》、《心灵史》等长篇小说,另有散文集《牧人笔记》、诗集《神云的诗篇》等。

张承志在内蒙古大草原四年的放牧生活,对于他的创作产生了十分重要的影响,他的创作选择独特的西北生活的题材,具有宏阔奔放的创作风格。人们戏称张承志为"最后一个理想主义者",他的创作始终关注民族的历史与祖国的命运,在凝重的历史感与鲜明的浪漫主义色彩中,呈现出对精神与信仰的追求与坚守,他说"我要守住一种源于清洁的精神"[①]。

张承志前期的创作大多以在西北行旅上的寻觅与漫游为题材,从内蒙古的草原(《黑骏马》),到新疆的大坂(《大坂》),到北方的河流(《北方的河》),在对于大地、历史、命运等重要问题的思考中,表现出精神的寻觅与漫游。《北方的河》是其前期创作的代表作,作品以对于黄河、无定河、额尔齐斯河、湟水河、永定河、黑龙江等北方河流景观的描写,在粗犷雄浑大河景象的描绘中,赋予了河流象征意义与隐喻色彩,象征着民族精神、中华文化的深厚与博大,蕴蓄着历史命运奔腾不息、勇往直前的必然。在主人公"他"对于理想的执著追求,对于事业的无比挚爱,对于爱情的忠贞不渝中,凸现出在逆境中奋发向上、不倦追求的一代知识者的人生与命运。作品以诗性的抒情笔调、思辨的哲理观照、宣泄式的酣畅文笔,展现出雄浑壮美的艺术境界,充满着壮阔雄浑的阳刚之气。

张承志后期的创作将个人理想融入了宗教信仰,以西北西海固回民的生活为题材,在荒凉贫瘠远离世俗和现代文明的黄土高原上,寻觅精神与心灵的皈依,在《残月》、《九座宫殿》、《金牧场》、《黄泥小屋》、《心灵史》等作品中,都呈现出其后期创作从世俗走向宗教的生命轨迹。《心灵史》是其后期创作的代表作,作品以回民中的哲合忍耶为捍卫民族信仰百折不挠、忍辱负重的悲壮历史为题材,写出了为了信仰而忍辱负重、赴汤蹈火的执著精神和历程,以从容赴死的精神忍受苦难与屈辱,以坚忍不拔的姿态反抗欺凌与暴政,在两百年间不惜牺牲50万人的生命,维护民族信仰的崇高与纯洁,在惊心动魄可歌可泣的悲壮历史的叙写中,讲述了一个关于信仰、关于苦难的精神追求的全过程。

---

① 张承志:《岁末总结》,载《中国作家》1994年第2期。

张承志以一个虔诚的教徒的身份,以诗性的笔法、史诗的笔法、抒情的语言,展示了哲合忍耶对精神、对信仰的坚守,也揭示了在中国封建文化与封建统治语境中,一种宗教生存的艰难与坎坷。

贾平凹(1952—),原名贾平娃,陕西丹凤人。1975年西北大学中文系毕业后任陕西人民出版社编辑,《长安》文学月刊编辑,《美文》杂志主编。1973年开始文学创作,著有小说集《兵娃》《姐妹本纪》《山地笔记》《野火集》《商州散记》《小月前本》《腊月·正月》《天狗》《晚唱》等,长篇小说《商州》《浮躁》《废都》《白夜》《土门》《高老庄》《怀念狼》《病相报告》《秦腔》,自传体长篇《我是农民》等。另有散文集、诗集、文论集等。

贾平凹早期的创作以清新抒情的笔调描写乡村社会中人性人情之美,在情景交融中充满着诗情画意。发表于1983年的《商州初录》是该方面的代表作,在生动描述商州地区自然风光之美的同时,努力展现出商州文化中的人情美人性美,展现出民风的淳朴、善良、坦诚,人际关系的诚信和谐:摆渡老汉的儿子不为父亲遭人嫉恨而仇恨别人,在以德报怨中化解了矛盾(《桃冲》),丑陋的中年汉向往纯真的爱情,每日将他的求爱信放入玻璃瓶中,让河水带去寻找心上人(《摸鱼捉鳖的人》),有接骨技艺的老汉,在被迫为狼治病后,万分悔疚跳崖自尽(《莽岭一条沟》),为热忱招待来客,主人夫妇请客人同床过夜(《黑龙口》)。作品中的人物都充满着重义轻利、真诚待人的善良品性,在单纯质朴的性格中见出至善至美的人生境界。贾平凹以拟笔记体小说的方式叙写故事,在文白杂糅、俚俗交织的语言中,呈现出其语言的独特风韵。

贾平凹"商州系列"的小说《小月前本》《鸡窝洼人家》《腊月·正月》《浮躁》等作品,写出了商州地区在社会变革中人们心理心态的变化。《浮躁》中的主人公金狗在乡村社会的变革中沉浮,他是一个有知识的新型农民,机智地与把持着权力、结党营私的田、巩两家斗争,在获得了报社记者的身份后,他利用手中的笔揭露他们的罪恶,虽然因此受到打击报复,但是严惩了恶势力,他最终辞去了报社职务,回到了家乡仙游村。金狗是一个性格比较复杂的人物,他虽然善良正直,期望改变生存的处境,却也有着其重利轻义的一面,他为了获得记者的资格,拜倒在英英的石榴裙下,背叛了恋人小水,到了州城,他又钻入了石华的情网,虽然他最后离开州城回到故乡,重新办起了河运,并与小水终成眷属,意味着其从浮躁走向沉静。小说揭示出中国社会在改革过程中的浮躁心态,揭示出中国乡村社会在改革途中的诸多问题。小说在结构上将中国传统的线性结构与西方的板块结构结合,借鉴了西方荒诞与象征的手法,使作品具有浓郁的文化象征意味和时代历史气息。

贾平凹1993年出版的《废都》成为最具有争议色彩与影响的作品。小说以西京著名作家庄之蝶在一场无聊的桃色官司中周旋为基本情节,在庄之蝶与牛月清、唐宛儿、柳月、阿灿四位女性之间关系的描写中,展现出在价值失衡、物欲横流的社会氛围中,以庄之蝶为代表的文人们处于精神支柱颓圮后空虚迷惘的状态,原有的精神追求、信念理想已不复存在,在利欲熏心、荒淫无度中丧失了文人的操守与气节,整日浑浑噩噩声色犬马,在与女性的偷情纵欲中走向沉沦,从而表现出当代文化人在社会变迁中的尴尬处境与矛盾心态,他们在传统与现代、理想与现实的纠葛与冲撞中,彷徨、挣扎、迷惘,无所适从,逐渐滑入放浪形骸、颓废堕落的深渊。小说以庄之蝶生活为主,展现出了现代城市中的文化、经济、政治、宗教等市井社会的生活面貌,反映了特定时期社会的文化精神状态。小说在具有象征意味的"废都"生活的描绘中,展现出现代社会文化的沉沦、精神的颓废,表现出某些失却了精神支点的现代文化人的世纪末情绪与心态,寓意着现代社会精神状态的某一方面,蕴蓄着苍茫悲凉的"废都"色彩。小说受到传统话本小说的影响,将中国古典小说与现代白话小说的艺术融为一体,在文白相间的话语表达中,在散文化的叙事结构中,显示出作家在小说创作中的新探索。《废都》引起很大的争议,有的谓之深得"红楼"、"金瓶"之神韵,誉之为炉火纯青浑然天成之作;有的批评指出作品表达了对衰落颓败时代的痛苦,但是缺乏从高处的审视观照;有的对于作品中过多过滥过俗的性描写提出了批评。

贾平凹在小说创作中不倦地探索,《废都》以后,他的长篇小说在对于中国社会过往历史与当下的现状的关注中,更多地从深层的文化传统方面去观照与思考。既表现出其对于中国社会现实的焦虑,也体现出其对于中国历史文化传统的深入反思。

张炜(1956—),生于山东龙口,原籍山东栖霞。1980年于烟台师专中文系毕业,分配至山东省档案局工作,1984年调山东省文联从事专业创作。代表作有长篇小说《古船》、《九月寓言》、《柏慧》、《家族》、《外省书》、《能不忆蜀葵》等,中篇小说《秋天的愤怒》、《蘑菇七种》等,短篇小说《冬景》、《一潭清水》等。

张炜的创作大多以山东农村生活为题材,他以关注现实关注历史的热情,使作品充满着社会批判意识和道德理想色彩。早期的创作大多以芦青河为背景,在田园牧歌般的境界中抒写童年记忆和美好向往,洋溢着清新纯美的色彩,作品大多收在《他的琴》、《芦青河告诉我》、《浪漫的秋夜》等集子里。80年代中期后,张炜的创作开始关注乡村社会的苦难,关注农村社会的历史与改革现实中的人性,消除了早期作品中的田园牧歌色彩,揭示与思考历史与现实中丑陋的一面,将其创作拓展到一个新的层面。《秋天的思索》、《秋天的愤怒》、《古船》显示出其创作的深入与拓展。

1986年发表的长篇小说《古船》获得了比较高的评价,作品写新型农民隋抱朴从小磨坊走出,承包粉丝厂的经历,展现出了洼狸镇近40年的坎坷历史:土改时期的卓绝斗争、饥荒年代的饥饿死亡、"文革"的惨绝人寰、改革时期的阵痛磨难,在对于洼狸镇乡民们苦难的生存环境与历史的叙写中,展现出中国农民苦难的历史,从历史与文化的视角反思中国农村的过去,直面中国农村的现实,在写出历史的苦难中,也道出了改革的艰难。小说刻画了新型农民隋抱朴的形象,他是一位历经苦难的人物,他在洼狸镇多苦多难的历史中成长,他目睹了家族富足、衰微、败落的历史,他在极左政治压制下,养成了逆来顺受、怯懦退避的性格,他以忏悔赎罪意识面对痛苦与磨难,在小磨坊里不断忏悔老隋家人的罪孽。在严酷的现实中,他开始思考与解剖苦难,剖析社会的历史与农民的命运,他对于人世间的恩恩怨怨作了反省,他走出了小磨坊,承包了粉丝厂,完成了被历史扭曲、走向解放的过程,显示出在改革开放时代潮流中中国农民精神转变的必然。四爷爷赵炳是农村封建宗法势力的代表,土改时期他诬陷他人混进党内,成为依靠宗族和阴谋窃取权力的土皇帝,他伪善阴险,善于收买人心,能够冷静应对事端,在传统文化的滋润下成为封建宗族文化与权力的代表。

《古船》在中国小说传统的基础上,吸收了现代表现手法,以象征的、魔幻的手法切入作品,作品在写实中有着象征意味,古船、老磨坊、古庙等都有着象征色彩。作品的叙事语言从容而简洁,充满着悲天悯人的情感色彩,焦灼与渴望、怜悯与愤懑,都交织在作品的叙写中。

1992年发表的长篇小说《九月寓言》是又一力作,小说以寓言化的方式,以海滨小村的农民流浪群体不断迁徙的过程,在展示围绕食与性的生存状况与坎坷命运中,展现出乡村社会的生命欢愉与现代社会的精神缺失。小说在描写乡村社会的古老穷困的同时,执意以融入野地的精神抒写乡村社会蓬勃的生命力和自由的精神,山坡上是尽情奔跑的年轻人,旷野中长着火红的地瓜,田野里游荡着欢乐的鼹鼠,人们在与大地的亲和中获得了生命力。小说中的露筋、闪婆、金祥、庆余等人物,在这个海滨小村中生存与挣扎,在农耕文化的氛围中保持着特有的生存方式。小说以传说故事、现实故事、民间故事三部分构成独特的结构,在"奔跑"与"停留"意象的营构中,展示出小村的历史与人类的命运,也显示出对于生命自由的狂热追求。

史铁生(1951—),生于北京,1969年初中毕业去延安插队,1972年因病致瘫回到北京,曾在北京某街道工厂工作。1979年开始创作,有《我的遥远的清平湾》、《礼拜日》、《舞台效果》、《命若琴弦》等小说集,以及长篇小说《务虚笔记》等。史铁生的小说一类是对于知青生活的忆写和反思,一类是对于残疾人命运的描写与思考,在对于伤残的刻骨体验与思考中,表现出对于生命、命运以及终极关怀的思考,他的小说在深切的体验、深入的思索中,带着一种感伤与宿命,带着一种哲理意味。

史铁生的成名作《我的遥远的清平湾》,以第一人称的叙事方式,以散文化的笔调,叙写了其在陕北农村清平湾插队放牛的生活,在穷困艰涩的生活中见出了乐观顽强的性格,在平凡朴实的农民身上见出了人间的真情。小说并没有去构想曲折离奇的情节,而是用散文随笔式的笔触叙写陕北农村的生活,一切显得真实而充满着泥土气息:那一座座绵延不断的黄土山峁,那一群群慢慢行进的牛群,那山脚下一孔孔窑洞,那凄凄惨惨的信天游,清明时节蒸白馍的习俗,陕北说书的如泣如诉,都使作品充满着独特的地域色彩。小说刻画了陕北农民破(白)老汉的形象,这位1937年就入党,跟随队伍一直打到广州的老汉,却过着十分穷困的生活,他与孙女相依为命,在队里以放牛为生,他怀念当年红军到达陕北红红火火的岁月,他在窘困的生活中自得其乐,整天唱个不停,他与寡妇暗暗相好,他关照一同放牛的知青,他接济唱陕北说书的瞎子,他身上有着勤劳与乐观、善良与质朴的秉性,使困顿的生活中充满温情。破(白)老汉的孙女留小儿对于城市生活充满着好奇,她羡慕城里人可以啥时想吃肉就吃,她奇怪北京人为什么不爱吃肥肉,她不明白电影电视,她想跟着知青去北京,她终于攒够了盘缠上北京,还给爷爷买了一把新二胡。小说中将那些牛也写得很有个性,老黑牛的老奸巨猾、专横跋扈,红犍牛的年轻力壮、怯懦而生气,奶犊儿的母牛的温柔慈爱,都使作品充满着情趣。小说的语言充满着地方色彩,在洋溢着泥土气息的话语中,作品有着耐人寻味的魅力。

莫言(1956—),原名管谟业,生于山东高密,小学五年级因"文革"辍学,回乡务农,曾到县棉油厂做临时工,1976年参军,曾在解放军艺术学院和北京师范大学中文系研究生班学习。1981年开始发表作品,著有长篇小说《红高粱家族》《天堂蒜薹之歌》、《丰乳肥臀》、《酒国》、《红树林》、《檀香刑》、《四十一炮》等,中篇小说《透明的红萝卜》、《欢乐十三章》、《怀抱鲜花的女人》、《神聊》等。

莫言的创作大多以其故乡山东高密乡农村为背景,受到拉美魔幻现实主义创作的影响,在写实的基础上,融入了奇异的想象、神奇的幻觉、独特的感觉,使其创作呈现出一种痴迷于感觉的独特风格。

发表于1985年的《金发婴儿》、《透明的红萝卜》、《球状闪电》、《爆炸》等中篇小说,大多取材于作家童年生活的感受与记忆,揭示出"文革"期间农民窘困的生存状态与心理,成名作《透明的红萝卜》是此时期的代表性作品。小说以一个父亲去世备受后母折磨的黑孩为主角,在其参加公社水利建设中砸石头、打铁等场景中,在菊子姐与小石匠、小铁匠关系的叙写中,展示出"文革"期间乡村社会的生存状态。小说以黑孩独特的视角与感受叙写故事,尤其以黑孩奇异的体验、感觉、幻觉表现这个孩子孤独而扭曲的内心世界,他在铁匠炉前产生了一个奇异的幻象:一个晶莹透明玲珑剔透金色的红萝卜,美丽的弧线上还泛出一圈金色光芒,他努力地想抓住它,这构成小说一个意象,写出了一个饱受困苦、淳朴倔强的农村孩子的渴望,在那个压抑苦痛的年代的冷漠氛围中,对于温暖、同情、怜爱的渴望,这也使黑孩成为中国农民生存困境与顽强生命力的象征。小说奇特的构思、奇异的感觉、独特的象征，使作品具有神奇迷离的色彩，构成了强烈的视觉冲击力和艺术感染力。

1987年出版的《红高粱家族》收入了《红高粱》、《高粱酒》、《狗道》、《高粱殡》、《奇死》等中篇小说，以高密东北乡土匪头目余占鳌与土匪之间的争斗及抗日的故事，在余占鳌传奇式的命运沉浮中，展现出个体生命的雄强与民族精神的强悍。《红高粱》成为莫言此时期的代表作，小说以"我"爷爷余占鳌和"我"奶奶戴凤莲的性爱故事，余占鳌的队伍伏击日本汽车队故事构成小说的基本情节，轿夫余占鳌在戴凤莲出嫁时杀死了劫轿的土匪，赢得了戴凤莲的芳心，在回门时将她劫进高粱地里野合，后来他将戴凤莲患麻风病的丈夫杀死，从此独占花魁。日寇欺凌百姓，将长工罗汉大爷残忍杀害，余占鳌拉起土匪队伍，与村民们一起在公路边伏击了日本汽车队。小说避开了传统的政治色彩、英雄意味，而是从生命本体的视角展开描写，将余占鳌写成土匪头子和抗日头目双重身份，粗野狂放中充满着生命激情，强悍狡黠中呈现出原始正义感，他敢作敢为、坚韧不拔，敢爱敢恨、勇于抗争，无论其与戴凤莲的性爱，还是其对日寇的反抗，都呈现出生命的光彩。戴凤莲的形象突破了中国传统女性贤妻良母式的窠臼，热情果敢，充满着情欲和野性，渴求人性的自由与本能的满足，在对于欲望的追求与纵情中反抗着封建礼教传统，张扬了具有反叛色彩的生命意识。小说从阶级论、革命论的束缚中还原人的复杂性，从单一化的历史观照中还原了历史的混沌与本真。受到马尔克斯、福克纳等的影响，借鉴了意识流与魔幻现实主义表现手法，小说采取第一人称对"我"爷爷、奶奶故事的叙述视角，打破了传统小说的时空顺序与情节逻辑，在写实的基调中融入了诸多现代派的写作技巧，在象征与隐喻中，弘扬了北方农民强盛的生命力，在独特的主观感觉中，突出了亦真亦幻的超验感受与幻觉，罗汉大爷被剐下的耳朵的叮当跳动，奶奶弥留之际雪白的野鸽子出现在蓝天白云红高粱中的幻象，都具有神奇的魔幻色彩。

在创作中，莫言继续寻求突破，创作了大量中短篇作品及长篇小说《酒国》、《丰乳肥臀》、《檀香刑》等，莫言的创作受到民间故事或传说的影响，在汲取西方现代派文学营养的同时，注重强烈的感觉与体验、融入放纵的想象与幻想、营构诸多感官意象与象征意味，构成了其小说斑驳绚烂的创作风格和感觉世界。

第三节　马原、余华、格非、孙甘露等的"先锋小说"和残雪的小说

马原(1953—)，出生于辽宁锦州，当过农民、钳工。1982年辽宁大学中文系毕业后进西藏电视台、群艺馆工作七年，1989年回辽宁任沈阳文联专业作家，2000年调任上海同济大学教授。马原1982年开始发表作品，著有《冈底斯的诱惑》、《西海

无帆船》《虚构》等小说集,长篇小说《上下都很平坦》。其早期的《海边也是一个世界》等作品基本以写实的方式叙写其人生经历和经验。自 1984 年《拉萨河女神》开始,其小说以西藏生活为内容,在叙事方式上进行了探索,《冈底斯的诱惑》《叠纸鹞的三种方法》《虚构》《游神》等,形成了小说的"叙事革命"。

在中国新时期文学中,马原成为先锋小说的代表作家,他的小说对于叙事方式的实验与探索,构成了马原独特的"叙事圈套"。马原小说的叙事有如下特点:1. 以元叙事的手法,打破真实与虚构的界限。在马原的小说中,"我就是那个叫做马原的汉人"成为一种基本语式,将作家本人的名字置于作品中,拆除真实与虚构之间的界限,《虚构》开篇就说:"我就是那个叫马原的汉人,我写小说,我喜欢天马行空,我的故事多多少少有那么点耸人听闻。"将叙事者与作者联系在一起,强调了小说的杜撰与虚构的一面,将小说与生活的真实性割裂了开来。《拉萨生活的三种时间》《叠纸鹞的三种方法》中都采取这种元叙事的手法。在一些第一人称的作品中,也常常有着元叙事的特点,形成了作品亦真亦幻的效果。2. 以非逻辑性的组合,打破时空的界限。马原的小说往往缺乏叙事的逻辑性,他常常以一些互不相关的片断连缀成作品,情节中缺乏因果的联系,在似乎随意性的、不连贯的、片断性的情节的连缀与组合中,形成了天马行空般的结构,打破了时空的界限。《冈底斯的诱惑》以穷布狩猎的故事,陆高、姚亮的故事,顿月、顿珠的故事连缀起来,只是三个有头无尾的故事,几乎毫无关联的神秘片断,拼合成了非常态的故事结构。马原认为生活不是逻辑的,存在不是逻辑的,因此他在《虚构》《叠纸鹞的三种方法》《拉萨生活的三种时间》《大师》等作品中,都采取了互不关联片断组合的方式,构成了非因果、非逻辑的组合方式,打破了时空的界限,扩大了作品的陌生感。3. 以多样化的叙事,打破传统叙事的局限。在小说创作中,马原做了多方面的叙事实验与探索,他常常随意转换叙事视角,有时以限制性的第一人称,有时以全知性的第三人称,有时以旁知性的第二人称,在一篇作品中往往频繁地转换叙事视角。在叙写方式中,马原常常以顺叙、插叙、倒叙交替使用的方法,打破传统的叙事规则,这在《冈底斯的诱惑》中尤其突出,具有后现代主义颠覆传统、消解意义的某些特点。

马原小说的叙事实验在新时期的文学创作中,具有开拓性的意义,他的以西藏生活为题材的实验性小说,将西藏地区奇丽的自然风光、独特的民族风情、神秘的地域文化等,融合在一起,形成了神奇诡异的异域色彩。马原的小说观念和叙事方式影响了余华、格非、苏童、洪峰等作家。

余华(1960—),出生于浙江杭州,后来随父母迁居海盐县。中学毕业后,余华曾当过牙医,1984 年发表处女作《星星》,后进入县文化馆和嘉兴文联,曾在北京鲁迅文学院与北师大中文系合办的研究生班深造,现居北京从事专业创作。有中短篇小说集《十八岁出门远行》《世事如烟》和长篇小说《活着》《在细雨中呼喊》《许三观卖血记》《兄弟》等。余华为新时期中国先锋小说代表作家之一,余华的小说以其对于残酷现实中人性的探究、局外人式的冷漠叙事、文体颠覆性戏仿,形成了歌吟苦难、怪诞残忍的独特风格。

余华的小说常常执著于叙说残酷的现实故事,他甚至以对于暴力与死亡的痴迷态度叙写人们的生存困境,《一九八六年》以一个疯子残忍的自戕揭示出夫妻之间、父女之间温情脉脉背后人性的卑劣和丑陋。《现实一种》叙说山岗、山峰兄弟之间的仇杀故事,山岗的儿子皮皮无意间摔死了山峰的儿子,山峰杀死了皮皮,山岗又杀死了弟弟山峰,山岗因杀人罪而被枪决,在一个连环杀人故事中揭示出人性的丑陋与文明对野蛮的让步。《活着》中的徐福贵老人讲述了因战争、土改、反右、大跃进诸多运动,他的父亲、母亲、儿子、女儿、妻子、女婿、孙子先后死亡的经过,而留下了福贵与一头老牛顽强地活着,承受着苦难与命运。《许三观卖血记》中的主人公许三观为了生存而一次次地卖血,他不断地经历苦难,不断地承受苦难,显示出主人公面对苦难时的执著与勇气。但自1991年发表长篇小说《在细雨中呼喊》后,余华的创作从对于暴力死亡的冷漠叙写,转为写出苦难重压下赖以生存的乐观与幽默,在直面生存苦难中领悟生存的意义,代替了揭示现实的荒诞和人性的凶残卑怯。

余华的小说常常以局外人式的冷漠叙事,尤其在80年代的小说中,余华更显示出小说叙事的"尽可能回避直接的叙述,让阴沉的天空来展示阳光"①,这构成了余华小说的叙事特征。余华在小说创作中尤其钟情于对暴力、灾难与死亡的叙写,作家常常以十分冷静的语态叙写惨烈的场景与情节,《一九八六年》中疯子对于自身慢条斯理的自戕,《现实一种》中对于仇杀场景鲜血淋漓的叙写,《活着》中福贵老人对于过去惨烈人生的娓娓叙述,《许三观卖血记》中对于许三观多次卖血场景的重复描述,都不动声色地赤裸裸地描写现实的苦难与残忍的细节,甚至叙写得鲜血淋漓,令人毛骨悚然,叙事者却慢条斯理、有条不紊地叙说人物走向死亡的过程,将人性的丑陋展示得淋漓尽致,叙事者却以十分安详冷漠的语态进行叙说,没有悲悯,没有愤懑,没有激愤,没有感伤,在局外人般的冷漠中将惨烈的细节精细地描出。

余华的小说创作常常采用文体颠覆性的戏仿手法,显示出其创作受到卡夫卡、博尔赫斯、川端康成、福克纳等经典作家的影响,他常常以戏仿的方式对传统文体形式予以颠覆,《鲜血梅花》颠覆了传统的武侠小说,《河边的错误》颠覆了以往的公案小说、侦探小说,《古典爱情》颠覆了传统的才子佳人小说。余华认为:"一位真正的作家永远只为内心写作,只有内心才会真实地告诉他,他的自私、他的高尚是多

---

① 余华:《虚伪的作品》,见《余华作品集》第2卷,中国社会科学出版社,1994年,第283页。

么突出。……于是只有写作,不停地写作才能使内心敞开,才能使自己置身于发现之中,就像日出的光芒照亮了黑暗,灵感这时候才会突然来到。"① 余华成为中国新时期先锋小说的代表人物。

格非(1964—),原名刘勇,江苏丹徒县人。1985 年毕业于华东师范大学中文系,毕业后留校任教。现为清华大学中文系教授。1986 年发表处女作《追忆乌攸先生》。1987 年发表成名作《迷舟》,1988 年发表《褐色鸟群》。90 年代发表长篇小说《敌人》、《边缘》、《欲望的旗帜》等。格非的创作受到博尔赫斯小说的影响,在艺术手法上靠拢了拉美魔幻现实主义,形成了扑朔迷离的叙述方式,被称为"格非迷宫"。

格非的小说常常通过对现实与历史片断的书写,展现出生活和命运的不可知、不可靠和荒谬性。《迷舟》通过棋山守军萧旅长驾船去榆关七天路途中片断的叙写,展示出在战役前夕人对死亡的恐惧和不可测的命运。《欲望的旗帜》以重要学术会议主持者贾教授在会议召开前夕神秘的死亡,暗示着人生与命运存在着诸多不可知和难以把握的因素。《敌人》以赵氏家族因接二连三的灾难走向颓败的故事,在谁是敌人的设问中,揭示出在孤独和恐惧中不可知的命运。《褐色鸟群》以"我"与一个美丽女人、与棋的故事,在似是而非、真假难辨的情节设置中,突出了对于自我的怀疑和现实的虚妄。

格非的小说在缺乏逻辑性片断拼接的互衬或循环性叙述中,构成了叙事空缺。格非常常在小说的叙事过程中,在非逻辑性片断的拼接中,故意构成叙事空缺,在谜团般的叙事中构成情节的扑朔迷离、人物的似真似幻。《迷舟》中的萧旅长驾船去榆关的目的并未交代,使其此次榆关之行变得离奇,也使其榆关之行成为谜中之谜。《褐色鸟群》中,素昧平生的棋认定与"我"相识,并且在公寓里两人十分亲昵;几年后,她再次来到"我"的公寓,却说她从未见过"我"。"我"从城市到乡间追踪一个美丽女子,遇到时她却说从十岁起她就没有进过城,使人物与事件变得真假难辨、扑朔迷离。

格非创作的"叙述空缺"形成了作品的晦涩难懂,但是也显示了其在小说叙事方面的探索与才能,他从西方现代派小说与中国文学传统中汲取艺术营养,执著于小说叙事的探索,虽然他 90 年代后期的小说创作趋于明晰与理性,但是格非仍然是新时期以来注重叙事探索的重要作家之一。

孙甘露(1959—),生于上海,曾在邮政局工作,1986 年发表成名作《访问梦境》。其《访问梦境》以小说、诗歌、神话、预言、谜语等多种元素混合的"杂语体",叙说了叙述者对于自己梦境的奇特访问。《信使之函》以诗歌因素对于小说文体的强

---

① 余华:《活着·前言》,见《余华作品集》第 2 卷,中国社会科学出版社,1994 年,第 289 页。

行嵌入,在对永远也不可能送到的信件的叙写中,叙写了一个企图逃避结局的开端。《请女人猜谜》以元小说的叙事方式,在对于另一部小说《眺望时间消逝》的阐述中,强调了文本的虚构性和想象性。《呼吸》将现实的存在变异为短章、散文、诗行、长篇交融的书写形式,抒写了欲念、激情、梦幻等内涵。孙甘露常常略去情节中的主要环节,在机智的片断、零碎的段落的组合中,形成其创作的反小说文体。

孙甘露的小说语言充满着诗性,他常常以梦幻般的冥想式语言叙事,在华丽典雅的语言中,用暗示、意象、象征、隐喻等手法,将语言的诗性发挥到极致,在充满诗情的语言中,在梦一般恍惚与迷离中,使语句充满着张力与混沌,构成了其小说语言的游戏与语义的晦涩,构成其独特的本文之外别无他物的独特色彩。

残雪(1953—),原名邓小华,生于湖南长沙。1970年进街道工厂工作,后开裁缝店以缝纫为生。1985年开始发表作品,发表短篇小说《污水上的肥皂泡》、《阿梅在一个太阳天里的愁思》、《山上的小屋》、《我在那个世界里的事情》、《天堂里的对话》、《天窗》等,中篇小说《黄泥街》、《苍老的浮云》,长篇小说《突围表演》等。

残雪的小说大多描写处于困境中人性的丑陋卑劣,她笔下的人物往往处于阴郁逼仄、肮脏丑陋的困境中,从而揭示出人性的丑恶。《山上的小屋》中,主人公处于一个冷酷仇视的环境中,父母亲总是竭力窥视、摧残谋害"我"。《苍老的浮云》中,无论是丈夫与妻子、父母与女儿,还是岳父与女婿、远亲与近邻之间,都相互猜疑窥探,相互妒忌仇视。《阿梅在一个太阳天里的愁思》中夫妻之间充满着猜忌,母女之间只有嫉恨。《旷野里》的夫妻之间充满着猜疑与恐惧,做着没完没了的噩梦。残雪笔下的人物都是神情诡异、行动乖戾、精神变态的,她的小说营构了一个充满敌意冷漠、人性丑陋的世界。

残雪的小说在叙事方式上,常常以梦魇般的内心独白展开叙事,用独具感官体验的笔触,以呓语、幻觉、梦魇等非理性的超验感受,营构出非常态的超现实的荒诞世界。《山上的小屋》中,母亲"每次盯着我的后脑勺,我头皮上被她盯得那块地方发麻,而且肿起来";父亲"每天夜里变成狼群中的一只,绕着这栋房子奔跑,发出凄厉的嗥叫";"小妹的目光永远是直勾勾的,刺得我脖子上长出红色的小疹子来"。在这种独特的感觉中,写出人们的心理变态和丑陋人性。

残雪是中国当代文坛在现代主义非理性道路上走得最远的作家。

第四节 刘恒、刘震云、池莉、方方等 的"新写实小说"

新写实小说出现于20世纪80年代后期,是在先锋小说遭遇冷落、作家关注现实的热情萌发的基础上产生的。《钟山》1989年第2期"新写实小说大联展·卷首语"中说，新写实"不同于历史上已有的现实主义，也不同于现代主义的'先锋派'文学，而是近几年小说创作低谷中出现的一种新的文学倾向"，"仍以写实为主要特征，特别注重现实生活原生态的还原"。刘恒、刘震云、池莉、方方是新写实小说的代表作家。新写实小说以其庸常人生的平实叙写、生活流式的叙事结构、世俗化的平易语言、自然悲婉的审美风格，构成其与传统的现实主义小说创作不同的独特风貌。

刘恒(1954—)，原名刘冠军，北京人。曾在海军部队服役六年，在汽车制造厂工作四年，70年代末开始文学创作。短篇小说《狗日的粮食》引起关注，有《白涡》、《虚证》、《伏羲伏羲》、《教育诗》、《黑的雪》、《逍遥颂》、《天知地知》、《贫嘴张大民的幸福生活》等中长篇小说。

刘恒的小说大多以农民、市民等普通人的生活为题材，写出他们人生的苦难与窘困境遇，描摹人生的残酷与惨烈，展示出人与人之间的矛盾与冲突，在对人之困境的逼视中弥漫着浓郁的生命悲剧意识，作家阿城评论道："刘恒简直是一把锋利的剑。他将人与外部世界、人与人之间的那种紧张关系表现得非常嚣张(也颇为悲怆)。说实话，现在像刘恒那样用骨头蘸着鲜血写作的人不多了。"《狗日的粮食》成为新写实小说的代表作，小说以极为生动的笔触突出地描述了农民的生存状态。洪水峪的杨天宽以二百斤新谷换了个被卖了六次的脖子上长了个瘿袋的女人，这个健壮泼辣勤快的丑女人曹杏花一连给他生了六个孩子，生存成了他们人生的第一要义，粮食成了他们生活中最重要的东西，以至于六个孩子个个都以粮食作物命名。为了一家大小八口人的生存，曹杏花千方百计弄粮食，她四处借粮，借不到就偷，偷别人家菜园里的南瓜、葫芦，偷生产队田里的嫩棒子、谷穗子、梨子、李子，甚至从骡粪里淘出碎玉米粒儿煮杏叶儿吃。曹杏花因失落了购买返销粮的购粮证，生存受到了极大的威胁，她吃苦杏仁儿自尽了。小说淋漓尽致地写出了处于窘困生存状态中的人们所经受的生存的磨难和挣扎。小说以十分冷静的笔触叙写一个悲惨的生存故事，却也透露出生命的执著与坚强。

刘震云(1958—)，生于河南省延律县，曾在部队服役，1978年考入北京大学中文系，1982年毕业后到《农民日报》工作，1988年至1991年在北京师范大学、鲁迅文学院读研究生。1982年开始发表作品，有《故乡天下黄花》、《故乡相处流传》、《故乡面和花朵》等长篇小说，《塔铺》、《一地鸡毛》、《官场》、《官人》、《单位》等中短篇小说。刘震云的小说关注机关单位中的公务员生活，揭示官场中的权力争斗与人情世故，描写卑琐而世俗的小公务员生存状态，在平庸而无奈的人生困境中展示生活的甜酸苦辣。

刘震云的《一地鸡毛》描写主人公小林的生活，展示小职员生活的窘困与挣扎。小说从小林为了省钱排队买豆腐写起，描写主人公生活中种种烦恼无奈的事情：为了帮妻子将工作单位换得离家近些而四处奔波,家乡来了小学老师找医院看病却无力相助,为孩子入托之事寻找门路但四处碰壁,排队购买大白菜然后再为收拾大白菜而忙碌,为给幼儿园老师送礼而跑遍全城购买高价炭火,无权无势的小林就在这些忙忙碌碌琐琐碎碎的事务中奔波和操劳。小说中写道:"小林的问题是房子、孩子、蜂窝煤和保姆,老家来人,所以对热闹的世界充耳不闻。"小说在买豆腐、查水表、调工作、来客人、上医院、买白菜、拉蜂窝煤、买炭火等生活细节的真实描写中,展示主人公窘困的生存状态,体现出关注细节真实的现实主义精神。陈晓明认为:"刘震云揭示了这样一个事实:没有权力的生活不得不是一出卑琐的滑稽剧。"

池莉(1957—),湖北沔阳人。曾做过知青、小学教师、医生,毕业于武汉大学中文系。1981年开始发表小说,有中篇小说《烦恼人生》、《不谈爱情》、《太阳出世》、《你是一条河》、《你以为你是谁》等,短篇小说《冷也好 热也好 活着就好》、《白云苍狗谣》等,长篇小说《来来往往》以及散文随笔集多部。

池莉的早期作品大多描写对爱情的寻觅与对幸福的追求,并常将这种寻觅和追求和痛苦烦恼连在一起,在对主人公内心深处爱的追求与失落的苦痛的描写中现出这种爱的烦恼,如《雨中的太阳》、《月儿好》、《长夜》、《少妇的沙滩》等。《不谈爱情》、《太阳出世》、《烦恼人生》被称为"烦恼三部曲",全面展示了人物生命流程中的一段生存状态,它们分别通过恋爱结婚、怀孕生产、带儿子上下班的生活内容的描写,展示一代人的生存状态和内心世界,再现了多姿多彩的社会现实。《不谈爱情》描写出身书香门第的外科医生庄建非与出身于小市民家庭的女营业员吉玲冲破男方家庭的阻力的婚恋,着重描写小夫妻间的一次争吵引起大社会的"一场混战"。《太阳出世》描写技校毕业的赵胜天与在图书馆工作的李小兰婚后因经济拮据引起的小家庭的烦闷,从结婚、生孩子到孩子周岁,仍保持着执著坚韧的生活信念。《烦恼人生》写普通工人印家厚平凡普通的一天,写出了其生活中的困境与烦恼。小说《来来往往》、《口红》、《小姐你早》、《生活秀》、《有了快感你就喊》、《看麦娘》等作品,大多关注城市中年男女的情感生活与所思所想,在情感、婚姻的危机中展现女性的痛与爱,她的作品被改编成电影电视剧,其作品更多地靠拢了市场、迎合了市民。

发表于1987年的中篇小说《烦恼人生》为新写实小说的代表作,小说以主人公印家厚平凡普通的一天生活为内容,在平凡普通的生活境况的描写中,展现出人生的烦恼与困境。操作工印家厚工作了17年还没分到房子,他处于生存的困境中,半夜里孩子被挤得掉下床,早晨要排队上厕所、排队洗漱,上班带儿子跑月票挤公共汽车,在食堂的饭菜中吃到了虫,为给父亲祝寿四处奔波,想买价廉物美的礼品,菜市的价格节节攀升,房子面临拆迁的困境,这都让印家厚总是陷于难以摆脱的烦恼人生之中。一切都是这样平平常常零零碎碎,但却真实地展示了一个普通操作工的烦恼人生,我们可以从这种"普通公民日复一日、月复一月、平凡且又显得琐碎的家庭生活、班组生活、社交生活中去发现'问题'与'诗意'。"①小说随着主人公印家厚的行踪展开叙写,以生活流式的叙写方式描写主人公的烦恼人生。

池莉的小说大多取材于市民百姓的日常生活,大多表现女性视野中的武汉都市生活,人物往往是带有世俗气的普通市民,小说努力呈现出生活的本真状态。冷静的叙述态度、生活流式的叙写方式、方言俚语的运用,使池莉成为80年代末新写实小说的代表作家。

方方(1955—),原名汪芳,江西彭泽人,生于南京。1982年毕业于武汉大学中文系,后到电视台工作,同年开始发表小说《大篷车上》,主要作品有《风景》、《白雾》、《落日》、《黑洞》、《这天这年》、《结婚年》、《行云流水》、《桃花灿烂》、《奔跑的火光》等,另有长篇小说《乌泥湖年谱》。方方的创作大多以汉口市民生活为题材,在对日常生活的关注与叙写中,探究生存环境的恶劣与人性的扭曲,在展示下层市民的世俗人生、生活窘境时,展示人们灰色的精神状态:陆建桥拆迁后的苦恼与困境(《黑洞》),丁如虎、丁如龙兄弟把他们自尽未死的寡母送进火葬场(《落日》),为了达到一年中恶性事故不超过三起的规定,不惜将烧伤工人截胳膊截腿(《这天这年》),田平开出租车斩客,后却成了改过自新的典型四处演讲(《白雾》)……她的创作揭示了现代都市社会的丑陋与残酷。

方方发表于1987年的《风景》成为新写实小说的代表作,小说以武汉下层人们的栖息之地河南棚子为背景,写出城市下层贫民的窘困。码头工人的父亲、搬运工人的母亲有七个儿子、两个女儿,一家11口人住在仅13平方米靠近铁路的板壁房子里,小儿子七哥只能睡在潮湿阴冷的床底下,大哥为了白天可以在家睡觉而每天上夜班。大哥与父亲吵架时就这样骂道:"混了一辈子,却让儿女吃没吃穿没穿像猪狗一样挤在这个13平米的小破屋里。"为了生存,大哥15岁就进工厂做工,二哥、三哥小小年纪就去爬火车偷煤,又聋又哑的四哥14岁就去打零工,七哥五岁就开始去捡破烂、拾菜叶,河南棚子中的这些人们,自小就为了生存而挣扎、而拼搏。在这种窘困的生存状态中,人们酗酒、吵架、殴斗、奸淫、尔虞我诈、勾心斗角,展现了一个蛮野粗鄙的人生世界。粗俗凶悍的父亲以殴打妻子儿女为乐事,风骚无比的母亲喜欢在男人们面前挑逗卖弄,大哥与邻居的妻子通奸,五哥、六哥带一女孩回家轮奸,四哥因失恋而自尽,七哥为升迁而与比他大八岁、不能生育的女子结婚。小说开篇引了波德莱尔的诗句:"……在浩漫的生存布景后面,在深渊最黑暗的所在,我清楚地看见那些奇异世界……"《风景》正展示了在生存的布景后面最黑暗的奇异世界。小说直面当下丑陋生存环境与畸变人性,以冷漠的语言叙述方式,在世俗写实的方式中展现出社会最丑陋最阴暗的一角。

---

① 见《上海文学》1987年第8期《编者的话》。

第五节　刘醒龙、谈歌等的"新现实主义小说"

在小说形式的探索走向极端化而忽略了现实生活之时,90年代文坛出现了回归写实的趋向,自新写实小说后,新现实主义小说呈现出直面现实的倾向,积极关注社会当下的生活,关注社会下层百姓的窘困处境,关注社会改革途中的曲折与艰难,也关注现实生活中种种不良的倾向和风气,努力以现实主义的手法,生动地写出社会转型期活生生的现实生活,引起文坛的瞩目,被人称为"现实主义回归潮"、"现实主义冲击波"、"现实主义的回归"、"新社会问题小说"、"新现实主义"等,虽然名目繁多、各有不同,但都强调他们的创作对社会现实的关注、所采用现实主义的手法。以冷峻客观的写实手法描写社会转型期的种种困境与矛盾,以顺时序的叙事结构叙写底层社会的人生故事,以平朴自然的生动语言描述普通人的日常生活俗事,形成了90年代文坛上一片沉重而多情的风景。其中最有代表性的作家是刘醒龙、谈歌、何申、关仁山。

刘醒龙(1956—),湖北黄冈人,高中毕业后当过水利施工人员、车工,文化馆干事。1984年开始发表作品,有小说《分享艰难》、《挑担茶叶上北京》、《凤凰琴》、《秋风醉了》、《菩提醉了》等,出版有长篇小说《威风凛凛》、《至爱无情》、《生命是劳动和仁慈》、《弥天》、《痛失》等。刘醒龙的创作大多以乡村生活为题材,在写乡村社会的困境中,揭示出现实的矛盾与弊端:《黄昏放牛》以老劳模胡长生回乡务农的尴尬境遇,揭示了农民们的艰难处境。《挑担茶叶上北京》中镇领导不顾寒冬腊月茶树动不得的禁忌,派下任务要村里下雪时候采摘冬茶,揭露了官场的腐败作风。《菩提醉了》以县文化馆的改革为主要情节,突出了文化馆与县委之间权力争斗的联系。《伤心苹果》以县文联作家石祥云调去市里当专业作家的坎坷经历,剖析了官场的腐败与争斗。

《分享艰难》是刘醒龙的代表作,小说描写西河镇书记孔太平,为了"经济上去了就是一好百好",从而达到自己升迁的目的,百般姑息纵容"占全镇财政收入的百分之五十以上"的养殖场场长洪塔山,因为"养殖场一垮,全镇财政一瘫痪,自己的政治前途也就终结了"。他想方设法从派出所里弄出因嫖妓被抓的几个客户,他费尽心机通过关系把检举洪塔山的材料从检察院抽走,他将放狗咬伤舅舅而被关的洪塔山保出,他还让洪塔山当上县人大代表,甚至洪塔山强奸了他的表妹,他却忍辱劝说舅舅放过了洪塔山。小说通过孔太平这种为了自己职位的升迁而对作恶多端的洪塔山的姑息纵容,抛开了一切道德伦理、礼义廉耻和人格人性,揭示出在社会转型期经济发展中的弊端。刘醒龙以一种平实的叙述方式,剔除了道德责任担当者的角色,以现实主义批判的锋芒对现实社会和人性中丑陋的东西予以揭露加以鞭挞。

谈歌(1954—),原名谭同占,生于河北保定,河北师范大学中文系毕业。曾当过知青、工人、宣传干部、报社记者。1978年开始发表作品,有《大厂》、《年底》、《天下荒年》、《大忙年》等中篇小说,以及《人间笔记》、《天下故事》、《人生在世》、《都市豪门》等长篇小说。谈歌的小说大多以工厂企业生活为题材,在叙写社会转型中企业的困境时,在揭露矛盾中突出人间的温情:《雪崩》描写东风啤酒厂申请破产的过程,揭露了破产背后官场上的权力之争,也写出了厂长向大跃与工人一起分享艰难的努力。《车间》通过写车间主任乔亮为工人大胡住医院之事的奔波忙碌,展现出基层领导与工人的同甘共苦。《年底》描写大阳厂经济困境,工厂领导与工人们共渡艰难。

发表于1996年的《大厂》以写实的笔触写出了红旗厂的窘困处境,也写出了人们在这处境中的挣扎与奋斗。红旗厂前任厂长贪污被抓走了,新厂长吕建国上台一年多,始终处于捉襟见肘的难堪处境,厂里已两个月没有开支了,春节前倒闹出来两件大事,厂办主任陪客户嫖妓让公安局抓了,厂里唯一的一辆高级轿车丢了,厂里来了一大帮要账的,住在厂里的招待所不走,工程师袁家杰要调走,老劳模章荣患病药费无法报销,厂里的六个工人偷了厂里的铁被抓,承包厂门口饭馆的赵明欠十万元不交,小魏为得白血病的孩子治病没借到款,四车间的工人愤而在财务科乱砸……小说就琐琐碎碎地叙写厂长吕建国如何寻找门路弄出被抓的客户,要回了被偷的小轿车,平息了厂里的种种事端,使这个大厂暂时熬过难关。小说的叙事平实而简洁,在对真实窘困生活场景的叙写中,表现出人生的尊严与性格的执著。

何申(1951—),本名何兴身,生于天津市,曾当过知青、教师、宣传部干事、报社社长等。1976年毕业于河北大学中文系,1982年开始发表作品,有《乡镇干部》、《村民组长》、《穷县》、《穷乡》、《年前年后》等中篇小说,以及《梨花湾的女人》、《多彩的乡村》等长篇小说。何申的小说大多描写乡村社会变化中的困境,以及农村基层干部的奋斗与努力:《穷县》在写穷县的经济困境时,对县政府复杂的人事关系、不良的工作作风等也作了揭示。《县委宣传部》以地区文明办来县里检查为主要情节,写出了县委宣传部的难堪处境。《良辰吉日》描写李德林调到城关镇当书记,在城关镇农历八月十六日良辰吉日里发生的故事,展示了乡镇社会的生存困境。

小说《年前年后》以主人公李德林为调回县城所作的种种努力为主要事件,虽揭示了官场的腐败与阴暗,也描写了李德林为七家乡脱贫致富所作的努力。李德林从县委办下到偏僻的七家乡当乡长,他的前妻因车祸逝世,他与县纺织厂会计于小梅结了婚,李德林也没度啥蜜月就回乡下忙活去了。李德林回县城过年,他努力为自己调动的事奔忙,同时为争取七家乡获得小流域治理项目而奔走。李德林没能被调回县里,被调到更加偏僻的五家乡,李德林内心深处却有着为老百姓办些实事的想法。小说以生动的情节、性格鲜明的人物、生活化的语言,展现出何申小说引人入胜、生动厚实的特点。

关仁山(1963—),出生于河北省唐山市丰南县,当过农民、教师、县政府秘书等,1984年开始文学创作,有《大雪无乡》《九月还乡》《破产》《落魂天》等中篇小说,《苦雪》《醉鼓》《船祭》等短篇小说,以及《福镇》《魔幻处女海》《风暴潮》《缺席审判》《天高地厚》《共同利益》等长篇小说。关仁山的小说努力关注乡村与农民生活的变化,在表现乡村生活的沉重中,展现出浓郁的人道情怀。《九月还乡》中的卖粮大户杨老疙瘩承包种粮棉十年不变,将盐碱地改造成了良田,交公粮得到的却是白条,且村长竟然要收回承包田重新分配。《破产》写出了镇政府内的勾心斗角、争权夺利,反映了亏损企业走向破产的艰难历程,代理县长高德安在处理县里诸多难事中死在汽车上。

关仁山的《大雪无乡》以福镇女镇长陈凤珍在福镇实施企业股份制过程的描写,突出了在乡镇社会实施经济体制改革的艰难与曲折。由于福镇前几任镇长敢于上项目上规模,陈凤珍接手的却是一个烂摊子,经济越来越乱,银行不再放贷却催还贷款,企业纷纷关门放假,债主不断上门索债。女镇长陈凤珍积极推广乡镇企业实施股份制。镇一把手宋书记心里不赞成搞股份制,表面上应付,镇里在经济上作主的却是镇农工商联合公司总经理潘老五。陈凤珍去濒临破产的塑料厂全力推广股份制,办成了一个粮食加工厂,获得了股份制改革的初步成功,得到了县长的肯定。小说围绕福镇的经济体制改革推行股份制的过程,描写改革开放后乡镇的变化与矛盾,也写出了镇政府内的人事纠葛、权力争斗。关仁山的小说多以农村生活为题材,通过展示改革开放以来乡镇人们的生活状态、思想风貌和生存环境的变化,反映了社会的发展、时代的变迁。

"新现实主义小说"的创作关注社会转型期的当下生活,关注与描写平民百姓生活,充溢着浓郁的平民意识,以客观写实的手法表现出对现实主义精神的推崇,具有独特的意义和价值。但是,对生活素材缺少深入的思考与开掘,对道德伦理的忽略与漠视,对艺术形式的缺乏追求与探索,又使该类作品存在难以掩饰的不足与遗憾。

第六节　王安忆、铁凝、林白、陈染等女性作家的小说

王安忆(1954—),生于南京,1955年随母茹志鹃迁居上海。1970年赴安徽插队,曾在徐州地区文工团工作,1978年回上海任《儿童时代》编辑。1975年开始发表作品,1987年成为上海作家协会专业作家,现为复旦大学教授。著有小说集《雨,沙沙沙》《王安忆中短篇小说集》《尾声》《流逝》《小鲍庄》等,长篇小说《69届初中生》《黄河故道人》《流水三十章》《父系和母系的神话》《长恨歌》《桃之

夭夭》、《上种红菱下种藕》、《富萍》、《遍地枭雄》等。

王安忆被人称为当代文坛上"最没有女性气"的女作家①,她孤独地在文苑里勤奋耕耘,却成为引领文坛的女作家。王安忆虽然并不承认自己是女权主义作家,但是她的小说根据其独特的人生体验和女性意识,塑造了诸多的女性形象,体现其对女性世界的关注。

王安忆的"雯雯系列"(《雨,沙沙沙》、《命运》、《广阔天地的一角》、《幻影》、《一个少女的烦恼》、《当长笛 solo 的时候》等)作品以青春叙事叙写女知青雯雯的经历和心态,塑造了淳朴文静的知青雯雯的形象,表现出在生活磨难中纯情女性的情绪天地。王安忆的"三恋"(《荒山之恋》、《小城之恋》、《锦绣谷之恋》)从"性"的角度切入,深入探析女性的性爱心理和两性关系,突出了女性的处境、欲望、心态,引起了文坛的争议。在《我爱比尔》、《香港的情与爱》、《米尼》、《妙妙》从物欲时代的物质追求中,揭示出情爱价值的变异和真情实感的失落。在《长恨歌》、《上种红菱下种藕》、《富萍》、《桃之夭夭》等长篇作品中,王安忆将笔触伸入市井下层女性的生活,以有着一定历史跨度的背景揭示女性人生的变迁与心态的变化。《长恨歌》描写上海小姐王琦瑶从风情万种到人老珠黄的落魄命运,展现出上海 40 多年的历史变迁。《上种红菱下种藕》描写乡下女孩秧宝宝来到华舍镇的所见所闻,展示了市场经济发展中城镇的变化。《富萍》叙写了乡下女子富萍来到上海闯荡,她在纷繁芜杂的都市生活中仍然保持了自己纯朴执著的个性。《桃之夭夭》叙写了主人公郁晓秋在母亲的冷漠、兄姐的鄙视、邻里的流言蜚语中,努力走出一条艰难而纯净的人生道路。这些作品都在努力刻画人物性格中,突出女主人公倔强执著的个性。

王安忆的小说创作执著地关注人的心灵世界,努力探究精神的复杂与拯救,呈现出对于真善美的不懈追求。王安忆一再称她的创作是从事"世界观重建的工作",关注人性与人的精神世界,成为她小说创作的主要特征。对于真善美的讴歌,对于假丑恶的鞭挞,是她小说创作的两个方面。《小鲍庄》在捞渣身上集中了民族仁义善良的美德与传统,在小鲍庄的世界里却揭示出人性的丑陋、传统的弊端。王安忆的《小说讲稿》冠以"心灵世界"的书名,她将小说定义为"心灵世界的表现",认为她的小说创作就是"要创造一个心灵的世界"。在她的小说创作中,一方面写出人的心灵世界的丑陋(如《白茅岭纪事》、《米尼》、《叔叔的故事》),一方面渴盼对于人的精神的拯救(如《流水十三章》、《纪实与虚构》),另一方面道出美好精神境界的推崇(如《乌托邦诗篇》)。

王安忆的小说创作执著地在小说艺术的领域里努力探索,在关注文学内涵的丰富与充实中,努力作艺术形式的探索。学习借鉴西方现代派的艺术,又努力继承

---

① 李昂:《妇女问题与妇女文学》,见《上海文学》1989 年第 3 期。

中国传统的艺术,使她的创作总是具有新的气息,这尤其表现在小说叙事方面。循着王安忆的小说创作,我们可以见到她对这种探索的执著努力:在"雯雯系列"作品中,她采用靠拢自身生活的抒情叙事笔调,叙写雯雯的人生经历与心理情感。《小鲍庄》采用了块状的神话式结构与多视角的叙事方式,对于民族文化心理结构作深入的针砭。《叔叔的故事》采取双视角的叙述结构,以"叔叔"对其故事辉煌性的自叙,与"我"对于叔叔辉煌故事拆解性的叙述,解构了叔叔故事的辉煌与崇高,分析出叔叔故事虚假的崇高与辉煌。《纪实与虚构》用纪实与虚构的两种叙事方式,在单数章节对现实生活的展示与双数章节对家族历史的回溯中,揭示出现代人的生存状态。《长恨歌》通过非常细腻的笔调,对于以主人公王琦瑶为代表的上海市民日常生活生动的叙写,在比较广阔的历史背景与相当的历史跨度中,在人物性格与命运的描写中,凸现出生动而丰富的上海文化精神。

王安忆的小说创作执著地追求创作的个性,重视自我的经验世界,也关心历史、现实的社会人生,在不断突破自我的过程中探索求变,成为当代文坛中最不随波逐流的具有创新意识的作家。王安忆在她的创作中,不安于现状,苦苦地追求自己创作的个性,但又总是努力不断地突破自己,在求变中达到新的高度。可以说在当代文坛,王安忆是一位最具有创新意识的作家,但是她的创新并非刻意的,而往往是在突破自我关注现实中水到渠成的。在这种追求中,具有独特个性的王安忆不能被归入任何流派中,但她又常常能站立在当代文学发展的潮头。

铁凝(1957—),祖籍河北赵县,生于北京,曾在河北农村插队,做过杂志编辑。自1975年开始发表作品,有《哦,香雪》、《没有纽扣的红衬衫》、《六月的话题》、《麦秸垛》、《棉花垛》等中短篇小说,有长篇小说《玫瑰门》、《无雨之城》、《大浴女》,散文集《河之女》、《女人的白夜》等。

铁凝以少女情怀与视角关注女性的命运与体验,《哦,香雪》、《没有纽扣的红衬衫》、《村路带我回家》以纯情少女的人生与追求为主旨,展现出社会变迁中纯真少女的生活与心态,突出了少女复杂矛盾的内心世界和纯真美好的品格。《麦秸垛》、《孕妇与牛》、《棉花垛》以丰满朴素具有母性色彩的女性生活为题材,展示出女性在沉重艰涩人生中的执著与坚强。《玫瑰门》、《无雨之城》、《大浴女》以流浪女性的叛逆性人生为内容,描写出她们不甘于传统的为人妻为人母的命运,为男权社会所排挤和拒绝的遭际,展现出女性的历史命运。

铁凝的《玫瑰门》、《大浴女》是颇受文坛关注的两部长篇力作,前者以司绮纹一生的坎坷命运为内容,揭示了在传统家族社会与男权传统中女性的悲惨命运,在婚姻的悲剧、生存的困境和人格的压抑中,女性性格的异化。后者以尹小跳、尹小帆姐妹俩勾心斗角相互倾轧的故事,展现了女主人公尹小跳坎坷艰辛的成长过程与情感历程,突出了女性的精神磨难和心灵拷问,揭示了畸形的社会环境和男性传统中女性的艰难人生与坎坷命运。

铁凝的早期小说着重描写女性的理想与追求，擅长细腻地描写人物的内心，语言柔婉清新，充满和谐柔美的诗意。自《玫瑰门》后，她的创作着重勾画女性之间生存竞争中的争斗倾轧，撕开生活中的丑陋和卑劣，在隐喻色彩的构思中探询现代女性的境遇与心理。

林白(1958—)，本名林白薇，生于广西北流，1982年毕业于武汉大学图书馆学系，曾在图书馆、电影厂、报社工作，2004年调武汉市文联当专业作家。1977年发表诗歌，1983年发表小说，主要作品有《一个人的战争》、《青苔》、《守望空心岁月》、《玻璃虫》、《说吧，房间》、《万物花开》、《妇女闲聊录》七部长篇小说，中篇小说《致命的飞翔》、《瓶中之水》、《回廊之椅》等，短篇小说40余篇，散文随笔集《秘密之花》等七部，跨文体作品《枕黄记》及一部诗集。

林白的小说执著于对女性性经验的描写，她往往用大胆细腻的笔触描写女性自恋、同性恋、异性恋、恋父等过程，成为新时期文学中最有轰动性与震撼力的女作家之一。发表于1994年的《一个人的战争》被誉为在中国大陆女性书写史中具有革命性意义的女性文本。小说站在女性立场上，以女主人公多米的成长历程，细致展示女性的性经验，从童年时期对自身身体的细致体验，到成年后差一点被强奸，从独自旅行时初次遭遇男性的创伤感受，到在电影厂被所爱者抛弃时的伤害。小说在男女性别冲突中，更关注与渲染女性的欲望和性经验，在自慰、性饥渴、性幻想、性体验等细节的迷恋与描写中，大胆表露女性对于肉体的感受与痴迷，细致描摹女性躯体的性感与性感区域，将女性的隐秘世界纤毫毕现地予以袒露，将女性经验的表露推到极至。作品以女性主人公回忆的视角叙写，以诗性的散文化笔触与结构，在个人化自叙传色彩的叙写中，形成了其小说片断式散点结构形态，以情绪与感受的层叠聚合形成小说发展的脉络，她被称为最直接深入女性意识深处的作家。

陈染(1962—)，生于北京，做过教师、记者、编辑。有《纸片儿》、《嘴唇里的阳光》、《无处告别》、《与往事干杯》、《独语人》、《在禁中守望》、《潜性逸事》、《站在无人的风口》等中短篇小说，长篇小说《私人生活》和散文集《断片残简》等。陈染的创作以鲜明的女性意识描写现代都市女性的生活和体验，尤其描写幽居知识女性的情绪感受和隐秘体验，常常用第一人称的女性叙事视角，以近似于呓语式的内心独白叙述在家庭、婚姻等人生处境中的矛盾、痛苦与挣扎的体验与感受。

长篇小说《私人生活》以对女主人公倪拗拗的成长过程的描述，展现出在个体与环境对峙中女性的生命体验与精神成长史。父母离异的生活，缺少父爱，母亲又不了解她，养成了倪拗拗孤僻的性格，她从同性之爱中得到了慰藉，邻居禾寡妇给予她暧昧的温情，她抵御不了曾伤害过她的T先生的诱惑。恋人尹南出走、禾寡妇猝死、母亲病故，接连的打击使她成为了幽闭症患者。陈染的创作具有鲜明的女性意识，她的创作包容了恋父/弑父、恋母/弑母、同性之恋等女性书写的基本主题，以女性的姿态揭示在男权主义语境中女性的人生困境与挣扎。陈染常常以怪诞敏感的语言方式叙写作品，甚至以反逻辑、反句法的独特方式进行叙写，隐喻的、象征的、寓言的手法在其叙事语言中比比皆是，诗性的、幻觉的、臆想的、怪诞的、神秘的语言，成为其个人化写作的独特的话语方式。

第七节　王朔的通俗小说

王朔(1958—)，北京人，1977年至1980年在中国人民海军北海舰队当卫生员，1980年退伍回京，进北京医药公司药品批发商店任业务员，1983年辞职，靠写作为生。1978年开始从事文学创作，创作以中篇小说为主，有《空中小姐》、《浮出水面》、《一半是海水一半是火焰》、《橡皮人》、《顽主》、《一点正经没有》、《动物凶猛》、《过把瘾就死》等中篇小说，还有长篇小说《我是你爸爸》、《看上去很美》等，并有电视剧、电影剧本《渴望》、《甲方乙方》等。

王朔以一种独特的玩世姿态出现在文坛上，他将愤世嫉俗的心态用调侃、嘲讽、挖苦等语态表现出对于传统文化与价值观念的颠覆与反叛，塑造了一些处于社会边缘与底层的顽主形象：百无聊赖玩世不恭，嬉笑怒骂冷嘲热讽，追求享乐亵渎神圣，在中国当代文坛展示出王朔所创造的独有的顽主世界。王朔早期的作品以爱情为题材，或写复员军人与空姐之间纯真爱情的毁灭(《空中小姐》)，或写待业青年对于爱情的向往追求(《浮出水面》)，或写讹诈者与女学生的悲剧性故事(《一半是海水一半是火焰》)，在这些作品中，男主人公都是一些没有正当职业的社会闲杂人员，玩世不恭、能说会道，虽不乏善良之心，却缺乏社会责任，作品具有一定的自叙传色彩。在商业经济发展的背景中，王朔打破了传统的纯文学创作规范，努力迎合市场迎合市民，毫不隐晦地追求小说的通俗性。

自《顽主》开始，王朔逐渐形成了"痞子文学"的风格，在虚构的故事中，在拒绝崇高、消解神圣、反抗权威中，塑造主人公的叛逆性格、调侃姿态、痞子个性，在荒诞不经的情节中以反讽的语言构成小说的谐谑特性。其小说的情节带着荒诞意味、虚拟色彩，《千万别把我当人》叙写一伙人寻找大梦拳传人参加中外自由搏击赛的经过；《你不是一个俗人》中叙说以捧人为业的"三好协会成立的故事"；《玩的就是心跳》叙写了对一个虚设的杀人案玩笑谜底的探究；《一点儿正经没有》描写方言等人成立海马创作中心开始玩文学的情节；《动物凶猛》叙写了"文革"期间少年人的相互调侃、打群架、性幻想等，融虚构与写实于一体。王朔刻画了一些顽主形象，坑蒙拐骗、赌博斗殴、色情暴力，无所不为，有恃无恐，在调侃与诙谐中表达了对于社会的愤懑与不满。

小说《顽主》成为王朔"痞子文学"的代表作。小说描写于观、杨重、马青等成立了替人解难替人解闷替人受过的"三T"公司,他们替肛门科大夫与女朋友约会,为有作家梦的大款宝康颁发"三T"文学奖,代人承受对丈夫抱有怨气的少妇的臭骂,给对于生活厌倦的汉子出主意,替人去参加追悼会,"三T"公司的成员们帮人解爱情之困,为人提供搞关系的策略,给人谋划夫妻生活的秘诀,在对于一些崇高、严肃、沉重话题的调侃反讽,撕破了一些伪崇高的假面。小说中的人物"特想干点什么又干不成什么,志大才疏,只好每天穷开玩笑显出一副什么都看穿的样"。《顽主》呈现出王朔小说消解神圣的特性,在替人谈恋爱、替人颁奖、替人挨骂等情节中,颠覆了爱情、文学、道德等的神圣性,概括了特定时期的社会情绪和心态。用反讽的语言叙写故事、刻画人物,使他的小说在调侃戏谑中充满了对于某些禁锢人们思想的传统的不满与否定,在他小说的嬉笑怒骂中呈现出作家对于社会某些不合理之处的针砭,在他所刻画的顽主形象身上,也表达了作家对于现实生活的理性思考。王朔以调侃语言叙写作品,吸收了北京的市井语言,巧舌如簧、妙语连珠,巧口利辞、机锋迭出,或戏说,或自嘲,或挖苦,或反语,使其作品具有可读性、趣味性、通俗性。

王朔的小说展现了一部分都市青年的生活与心态,拓展了通俗文学的表现形式,形成了其小说独特的话语方式。

第八节 朱文、韩东等的"新生代小说"

朱文、韩东、鲁羊、徐坤、刁斗、李冯、王彪、述平、邱华栋、毕飞宇、刘继明等年轻作家相继登上文坛,成为90年代文坛的一道景观,他们以对自我人生与心态的录写与描绘,以对他们这代人的生活境遇和精神状态的深刻体验和生动叙写,引起文坛的瞩目,他们被称为"晚生代作家"、"文革后作家"、"60年代出生作家"、"新生代作家"。他们的创作在对欲望的张扬与描述中突出现代社会中青年人的生活形态与人生观念,描绘现代社会中人们的孤独、绝望等种种心理心态,描述年轻一代的挣扎与奋斗。以面对当下人生碎片写实的方式,注重书写个人的自我感受与体验,关注世俗生活的本色叙事方式,也对于文学形式予以关注与探索。朱文、韩东成为新生代小说创作的代表作家。

朱文(1967—),生于福建省泉州市,1989年毕业于东南大学动力系,大学期间开始诗歌写作,1991年开始小说写作。1994年辞去公职,现为自由作家。有小说集《我爱美元》、《因为孤独》、《人民到底需不需要桑拿》,诗集《我们不得不从河堤上走回去》等。朱文以"一条没有故事的河流"的叙事方式,以对欲望的追求与满足为核心,展示了现代人的生活态度与追求。《我爱美元》成为其代表作。小说中的父亲乘出差之际特意前来看望儿子,儿子千方百计满足父亲的欲望,与父亲在小酒馆与女招待闲聊、花钱雇女子陪父亲看电影,因为妓女开价太高难以承受,儿子竟然要求自己的女朋友陪父亲睡一觉。作家将具有传统色彩的孝道与带有乱伦意味的行为奇特地融在一起。朱文带着一种弑父情结颠覆传统与神圣,在毫不掩饰中扯下道德伦理等遮羞布,将人的欲望赤裸裸地呈现在人们面前,将某些崇高神圣的事物拉下神龛,还原为一个充满着欲望的个体,在世俗化的语言中张扬欲望,在絮絮叨叨、嬉笑怒骂的口语化叙说中,表达强烈的物欲。

  韩东(1961—),早年随父母下放苏北农村,1982年毕业于山东大学哲学系。1992年辞去公职,现为自由作家。著有《我们的身体》、《西天上》、《我的柏拉图》、《交叉跑动》、《爱情力学》、《爸爸在天上看我》、《吉祥的老虎》、《扎根》等小说、诗文集。韩东在琐碎人生、欲望追逐的叙述中表现出他对叙事方式、诗意语言的关心,他认为创作是对自身生活的真正面对与直接体验,他在城市生活、童年记忆、知青岁月的描述中,突出自己最真切的痛感。《障碍》以细腻的笔触,描绘男主人公石林与王玉在欲望的张扬与狂热中,私守了十日,宣泄了十日,而王玉却是他外地的朋友朱浩的女友。小说中的男女之间根本不谈什么爱情,而单纯是性欲的狂热与发泄。小说中东海因为妻子患癌症,他的性欲长期得不到满足,甚至对王玉产生了非分之想。韩东说:"《障碍》中我故意不用'做爱'这个词,而是用了'性交'、'交媾'、'交欢'等等。"[①]这种忽略对于人物之间情感的关注,而津津乐道于性事的描写成为新生代小说创作的一种现象。韩东以个人经验方式为源头,以向自身靠拢的创作方式,以对其自我生活的录写与描述,使其作品在生动与细腻中呈现出琐碎的特征。

  新生代作家的创作在对传统的颠覆中常常努力消解作品的意义,他们执著书写现代人膨胀的欲望、自私的追求,揭示种种无意义的状态,而缺少对人物、故事作道德的关注、理想的瞻望,往往使作品在真实的生活与真切的痛感的描述中,缺乏审美的内涵与意味。

[①] 林舟:《韩东——清醒的文学梦》,见《生命的摆渡——中国当代作家访谈录》,海天出版社,1998年,第58页。

第四章 新　　诗

第一节　概　　说

"文革"以后,中国诗歌进入了复兴阶段,"归来者"诗人与"崛起的诗群"成为此阶段重要的诗歌成就。"归来者"诗人包括"反右派运动"中落难的艾青、公木、公刘、蔡其矫、流沙河、邵燕祥、白桦等,鲁藜、绿原、牛汉、曾卓、彭燕郊等七月派诗人,辛笛、陈敬容、唐湜、郑敏等九叶派诗人,他们的诗歌在反思历史面对现实中常常具有振聋发聩的作用,充满着政治热情与反思精神,诗作激情洋溢、深沉厚实,显示出对于中国社会的历史与现实深刻的思考与追问。谢冕的《在新的崛起面前》感叹"一批新诗人在崛起",孙绍振《新的美学原则在崛起》概括了"新的美学原则",徐敬亚的《崛起的诗群》肯定了崛起诗群的价值,在朦胧诗的论争中充分肯定了它的价值与意义。"崛起的诗群"以两类诗人构成,一类为建国前出生的中年诗人雷抒雁、张学梦、杨牧、叶文福、叶延滨、章得益等,以批判的眼光反省民族的灾难与历史,以坦诚的姿态赞叹新的时代;一类为建国后出生的青年诗人北岛、江河、李发模、骆耕野、杨炼、顾城、舒婷、王小妮、梁小斌等,呼唤人道与人性,抒写黑暗年代的苦痛与悲剧命运,注重诗歌形式的意象、象征、隐喻等技巧,突破了诗歌现实主义的传统,将诗歌的艺术形式的探索开拓至一个新的境地。

1986年由《诗歌报》与《深圳青年报》联合举办的"现代主义诗歌大联展"集中介绍了60余家自称为诗派的诗歌创作,被称为"后新诗潮"、"新生代诗人",他们力图反叛与超越朦胧诗,建立一种普通人日常生活世俗人生情感与生命体验的抒写,呈现出一种反英雄、反崇高的特征,形式上呈现出反意象、反修辞和口语化的特点,南京的"他们"诗派、上海的"海上诗群"、四川的"莽汉主义"、"非非主义"、"整体主义"、"新传统主义"等成为被诗坛引人瞩目的群体。在西方女性主义的影响下,一些女性诗人在诗歌创作中呈现出鲜明的女性意识,翟永明、伊蕾、唐亚平成为其中的代表,抒写女性的苦难与追求,抒发男权社会中女性的苦痛与向往,描绘女性对于身体的细腻感受。

在市场经济、大众文化的背景中,90年代的诗歌创作陷入了诗歌边缘化的境地,诗歌创作几乎成了诗人的自娱自乐,以及诗人之间的相互酬唱与交流。民间诗刊的创办成为一种突出的现象,诗人也大多以民间诗歌刊物形成一定的诗歌创作群体,如芒克、唐晓渡发起创办的《现代汉诗》,陈东东创办的《南方诗志》,萧开愚、孙文波创办的《反对》,王建新、梁晓明等创办的《北回归线》,森子、海因、蓝蓝等创办的《阵地》,西川、臧棣、西渡等创办的《发现》。90年代的诗歌创作在诗歌处于边缘化的状态中呈现出多元化的色彩,在对于诗歌论争中形成知识分子写作与民间写作对立的观念。

第二节　艾青等"归来者"的现实主义诗歌

艾青(1910—1996),1957年被错划为右派,到黑龙江、新疆等地劳动,"文化大革命"中一再遭到批判,"文革"后重新获得写作权利,1978年发表诗歌《红旗》,在五年多的时间里创作了二百多首诗,新时期以后出版诗集《归来的歌》、《彩色的诗》、《雪莲》等,并有《诗论》、《艾青谈诗》等诗论集,任中国作家协会副主席、国际笔会中国中心副会长,被法国授予文学艺术最高勋章。艾青的诗歌把个人的悲欢融合到民族和人民的苦难与命运之中,表现出对光明的热烈向往与追求,富有强烈的时代感和现实性。

艾青新时期的诗歌创作延续了其40年代的诗歌风格,显示出诗人强烈的政治责任感和深刻的思想性,对于祖国与民族历史的思考,对于人类理想与未来的企望,都具有昂扬的激情、磅礴的气势。反思历史谴责罪恶是艾青新时期诗歌的主题之一。《迎接一个迷人的春天》表达了诗人迎接新时代到来的激情,以深刻的感受反思被剥夺了春天的生活,讴歌春天的到来。《古罗马的大斗技场》以古罗马大斗技场的盛衰思考历史的教训,谴责不人道的罪恶行径,在深刻的忧患意识中谴责了当今世界非人道的奴隶主思想。讴歌光明追求理想是艾青新时期诗歌另一个主题。《光的赞歌》是艾青新时期的代表诗作之一,诗歌激情洋溢地抒发了对光明与理想的追求,对黑暗与丑恶的鞭挞。《迎接一个迷人的春天》中,诗人以极度喜悦的心情,在反思灾难的岁月中迎接历史新时期的到来,充满了对于春天来到的礼赞之情,充满了对于未来的执著信念。《希望》以生动的比喻描绘抽象的希望,以充满哲理的诗句讴歌希望,认为人生始终伴随着希望,希望是人生生活的动力。剪辑生活片断传达人生哲理是艾青新时期诗歌的第三个主题。《盆景》通过对被扭曲了的盆景植物的描绘,抨击了对于自由的压抑与摧残。《镜子》通过对镜子内涵的分析表达对于人生的思考。勾勒出两种对待镜子的态度,有的追求真实,有的惧怕直率,剖析出迥异的人生态度。《交河故城遗址》通过对交河故城遗址的勾勒,表达对于历史的深入思考,在质朴的语言中道出了人生的哲理:别期望流芳千古,只追求好好生活。

艾青新时期的诗歌创作延续了 20 世纪 30 年代以来所创立的诗歌风格,在经历了历史的磨难与坎坷后,艾青的诗歌更加深沉素朴,高昂的政治热情、独特的诗歌意象、深邃的哲理色彩构成其诗歌独特的风格。《鱼化石》是艾青新时期诗歌创作的代表作之一,诗歌以十分独特的意象——鱼化石,来抒写诗人对于那个灾难岁月的沉思与鞭挞,由鱼变为化石的描述,展现出对于一个悲剧性时代的思考。原先在浪花里跳跃、在大海里沉浮活泼的鱼,在一场突如其来的灾难中"失去了自由,被埋进了灰尘",经过多少亿年,变成了沉默的化石,"鳞和鳍都完整,却不能动弹","看不见天和水,听不见浪花的声音"。"凝视着一片化石,/傻瓜也得到教训:离开了运动,/就没有生命。//活着就要斗争,/在斗争中前进,/当死亡没有来临,/把能量发挥干净。"诗人通过对鱼化石的描述,得出了要运动要斗争的教训。诗人善于从日常生活中捕捉意象表达情感与思考,在深思熟虑的感受与思考置于意象的描摹中,将个人的命运与历史的反省联系在一起,以朴素的诗句抒写深刻的思想,往往使诗歌具有深邃的哲理韵味。

公刘(1927—2003),原名刘仁勇,又名刘耿直,生于江西南昌,1939 年开始诗歌创作,1946 年使用公刘的笔名,1949 年 11 月参加中国人民解放军,随军解放大西南。先后做过记者、编辑、文艺助理员等。1957 年被打成"右派",此前出版《边地短歌》、《神圣的岗位》、《在北方》、《黎明的城》等作品八种,与人合作整理了民间长诗《阿诗玛》。1979 年平反后出版了诗集《白花·红花》、《离离原上草》、《仙人掌》、《母亲——长江》、《骆驼》、《大上海》、《夜梦抄》、《刻骨铭心》、《公刘诗选》,长诗《尹灵芝》等作品 16 种。

公刘 50 年代的诗歌创作常常以一个边防战士的视角抒写西南边疆各族人民的生活风貌,以及其强烈的爱国爱民的情感。在经受了历史的磨难后,公刘在新时期的诗歌创作也充满了坎坷中的忧愤、历史中的思索,经历过历史悲剧的他时刻以警觉的目光关注民族命运与国家前途,许多诗写得凌厉冷峻,诗歌的风格更加沉郁深邃。

新时期公刘的诗歌创作具有如下的特点:1. 直面历史与现实的率真与深刻。公刘说:"既然历史在这儿沉思,我怎能不沉思这段历史?"(《沉思》)在《假如……》中抨击虚假、呼唤真诚:"假如春天也学会了欺骗,/那么大地就会说:'这不是真正的春天;/锄头将生锈,/拓荒者将带走收获的预言。"在《伤口》中谴责非人道的兽性:"我是中国的伤口,/我认得那把匕首;/舔着伤口的是人,/制造伤口的是兽!"充满着激愤与谴责。《星》以愤懑之语控诉"四人帮"对人民的戕害:"条条道路通向天安门广场,/而广场……怎么通向了'四人帮'的牢房?"公刘以其强烈的忧患意识和历史意识,反思中国的昨天,观照中国的现实,思考中国的未来,他的诗歌直面历史与现实,强烈的政治热情、自觉的社会责任感,使其诗歌具有政治化与社会化的意味。2.忧愤深广中见深刻哲理。《沉思》从周恩来留下的最后一张照片入手,讴歌革命家的伟大人格,抨击"四人帮"对革命领袖的迫害摧残。《刑场》以激愤的诗句控诉"四人帮"对于张志新的残杀,讴歌了烈士大义凛然的气节,思考了坚持真理说真话的艰难与崇高。《读罗中立的油画〈父亲〉》以愤激的语言反思中国农民的坎坷命运,也思考了对于中国百姓的灵魂的拯救。3.运用意象象征比喻的手法。公刘常常以其非凡的想象,选取独特的意象在象征比喻中含蓄地道出其独特的见解、抒发其激越的情感。《伤口》选择伤口这个奇特的意象控诉"四人帮"给人民和祖国酿成的巨大灾难,留下了惨绝人寰的伤口。《刑场》通过对刑场上挺立的白杨的勾画,讴歌烈士张志新的不屈身影、执著精神。

　　与诸多经历过人生磨难的诗人一样,公刘的诗歌创作从50年代的清新明朗,到新时期诗歌的沉郁深邃,既是诗人经历过磨难以后的成熟,也是其诗歌的成熟。《哎,大森林》是其新时期诗作的代表。这首有副标题"刻在烈士饮恨的洼地上"的诗作,是诗人为凭吊张志新烈士而写,由这一事件而引发了诗人对于民族命运沉痛历史的反思,在清除虫豸才能保护森林的寓意中,表达了对于抹杀历史记忆、淡忘教训的愤懑。1979年8月12日,诗人来到沈阳市郊外荒芜的坡沟地"大洼"凭吊张志新。1975年4月4日,原沈阳市委宣传部干部张志新因与四人帮作斗争而在此被枪决,临刑前她被割断了喉管,以防她抗议申辩,1979年冤案得到了平反。站立在刑场上,望着周围郁郁葱葱的树林,诗人想象着当时被割断了喉管的张志新走上刑场的情景,面对苍茫的大森林,诗人反思"文革"这段苦难的历史,这是一个阴谋横行、真理失语的年代,喧嚣的波浪覆盖着沉默的止水,歪曲历史、涂改历史成为企图篡党夺权者的惯用伎俩,"不停地洗刷","匆忙地掩埋",洗刷历史的污痕,掩埋现实的罪恶,凡追求真理的,都被打倒,凡掌握事实的,全被拘押,凡与其作斗争的,总被处置。忘记了过去就意味着背叛,"封闭记忆的棺材",就意味着忘却了历史沉痛的记忆。诗人反思历史,原本"富有弹性的枝条",原来"饱含养分的叶脉",竟也会枯朽腐败,这是诗人对中国社会这段灾难历史的反思,他陷入了痛苦的沉思中,他终于明白"假如,今天啄木鸟还拒绝飞来","这儿明天肯定要化作尘埃",大森林需要有啄木鸟的诊治护卫,社会也需要经常反省批评,否则,历史的悲剧很可能重演。在诗中,大森林成为一个十分复杂的意象,张志新在大森林前殉节,大森林寄寓着诗人对于烈士的崇敬,又象征着历史与社会,既有喧嚣的波浪,又覆盖沉默的止水;既哺育希望的摇篮,又封闭记忆的棺材,既是诗人所爱,又是诗人所痛。诗人在反思中警诫未来,表现了诗人对历史的深刻反思,对国家命运前途的极大忧虑,对十年浩劫历史可能重演的高度警觉。诗歌以象征手法表现历史与现实,采用了排比、对比、拟人、设问等手法,在酣畅淋漓的直抒胸臆中,含蓄地表达了诗人对于历史的深刻反思。

邵燕祥(1933—),出生于北京,1946年4月发表杂文《由口舌说起》,1949年初到北京电台工作。50年代出版诗集《歌唱北京城》、《到远方去》,由于诗文触及社会弊端而遭厄运。1979年初恢复政治名誉,80年代出版了《献给历史的情歌》、《在远方》、《如花怒放》、《迟开的花》、《邵燕祥抒情长诗集》等八种诗集和诗选,诗评集《赠给十八岁的诗人》、《晨昏随笔》,杂文集《蜜和刺》、《忧乐百篇》等。

邵燕祥复出后的诗,有对于历史的回眸与反思(《长城》、《历史的耻辱柱》、《海之歌》),有对于现实的焦虑与愤怒(《走遍大地》、《与英雄碑论英雄》、《愤怒的蟋蟀》),长篇组诗《五十弦》在对人生坎坷的回眸中道出人间真情,《回声》、《阳朔》、《山阴道》描绘山水间的感受,《嫉妒》、《断句》在生活的细节中窥探人生的哲理。有着强烈的社会干预意识的邵燕祥,他的诗歌大多面对现实揭示问题,以激愤的情绪表达愤懑与忧患。《沉默的芭蕉》以拟人化的手法抒写了诗人打破孤独、倾心诉说的欲望,以宋词般的节奏与意境,建构了独特的心心相印的情境。诗人为芭蕉的"神态矜持而淡漠"纳闷,他期盼"谁与我相伴/一直到酒酣耳热",诗人面对芭蕉促膝而谈,"要谈心请拿我当朋友/要争论请拿我当对手",诗人将芭蕉视为倾心交谈的朋友,甚至说"且让我暖了搁冷的酒/凭窗斟给你喝/夜雨不停话不断/孤独,不是生活"。诗歌在把酒夜话式的歌吟中,洋溢着生活的情趣与对于坦诚温情的渴望。

80年代后期开始,邵燕祥较少创作诗歌了,他将主要精力置于杂文、随笔的写作中。

流沙河(1931—),原名余勋坦,四川成都人,1948年高中时开始发表作品,1956年出版第一部诗集《农村夜曲》。1957年1月参与创办诗刊《星星》,并发表散文诗《草木篇》,不久遭到公开批判,被打为右派遣送回原籍劳动。"文革"后回归文坛,有《流沙河诗集》、《故园别》、《游踪》等诗集。

流沙河复出后的诗歌,大多忆写苦难岁月的困顿与失落,抒写坎坷岁月中的感受与思绪,以率真朴实的诗句写出多难岁月中的思索与真情,尤其是《故园九咏》,或叙写落难之家"荒园有谁来"的落魄,"失学的娇女牧鹅归,苦命的乖儿摘野菜",突出了"贫贱夫妻百事哀"的人生境况(《我家》);或描述中秋时节"赤脚裸身锯大木"的情状,抒发"爱他铁齿有情,养我一家四口;恨他铁齿无情,啃我壮年时光"(《中秋》)的感慨;或勾勒世风日下人心叵测,原先"待我极亲热"的芳邻,因造反当了官便猛揭狠批"交情竟断绝"(《芳邻》);或描绘"爸爸变了棚中牛,今日又变家中马"的情境,在"只怪爸爸连累你,乖乖儿,快用鞭子打"的诗句中充满着酸辛(《哄儿》);或勾画"今宵送你进火炉"的焚书(《焚书》);或速写"晚来关门读禁书"的夜读(《夜读》);或描绘"破烂衣裳空着肚"赏梅的情景(《残冬》);或忆写"篱边夜捕蟋蟀"

的场景。在真实状况的描写中,充满了感慨与心酸,在困顿生活的勾勒中洋溢着温情,在调侃、揶揄、嘲讽中流露出苦涩、凄凉与期盼。

第三节 北岛、舒婷、顾城等的"朦胧诗"

北岛(1949—),生于北京,原名赵振开,曾当过建筑工人、铁匠等。1970年底开始写诗,1972年开始创作小说。1978年与人合作创办诗刊《今天》,曾在《新观察》、《中国报道》等杂志任编辑,后辞职。曾发表小说《波动》、《幸福大街十三号》、《稿纸上的月亮》等,出版《北岛诗选》、《太阳城札记》、《北岛顾城诗集》、小说集《归来的陌生人》等。

北岛的诗歌展现了一个真诚而独特的世界,他在诗歌中抒发其对历史与现实的思考,表达生活的信念与追求,表述人格的独立与真情的寻觅,抒写孤独的内心与怅惘的情绪,他被人称为孤独的时代觉醒者。

北岛的诗歌表现出经历过磨难的一代对于历史与现实的深入思考,他以一种执著的批判态度思考历史、面对现实,表现出深入的理性精神与良知。《回答》以对旧世界的沉思与审判的姿态,对于历史表示强烈的怀疑,对于旧世界表现出强烈的不满。《结局或开始——献给遇罗克》以对于烈士遇罗克的追悼以及对于人生道路的寻找,表现出诗人强烈的正义感。在《可疑之处》中,诗人表达出对于历史与现实的怀疑。在《这一步》中,诗人以人与人之间的距离写出对于现代生活中的思考。北岛虽然经历了坎坷的历史年代,但是他仍然有着执著的生活信念与追求,他的不少诗歌表达了对生活的信念与追求。在诗歌《一切》中,诗人在对命运的默认中仍然表达了对生活的执著信念与追求。在《无题》中,诗人以充满爱意的诗句表达了执著于生活的信念。在《枫树和七颗星星》中,诗人以充满温馨的诗句表达其对于人生的挚爱、对于爱情的追慕。《在黎明的铜镜中》以对于黎明的观照与思考,表达依依不舍的情感。《传说的继续》中,诗人以坦然的心态面对一切即将来临的苦难,表现出执著而坚强的生活态度。《青年诗人的肖像》以对诗人落魄尴尬生活的描述,表达出诗人对于诗歌的挚爱。在《日子》中,诗人虽然将生活的日子写得平平淡淡,却也蕴涵着对于平淡生活的爱。北岛的诗歌中常常显露出其对于独立人格的追求与赞颂,不依附于权贵,不屈服于威压,坚守正义,追求理想,成为其诗歌中独立人格的悲壮之曲。在对于独立人格的追求中,他仍然寻觅着人间的真情,渴望能够得到关心与爱。《宣告》以一种大无畏的气概,刻画了一位面对死亡坚守独立人格的人物形象,临危不惧、大义凛然。《履历》以含蓄的诗句叙写对人生的追求,表达了对于人格独立的坚守。《雨夜》以爱情场景的描述构成温婉意境,也表达了对独立人格的追求。北岛的诗歌中常常流露出浓郁的孤独感,描绘孤独落寞形影相吊的情境。《和弦》描绘了一位孤独者形象,在孤零零的风、岛、野猫、梦的烘托下,呈现出一种刻骨铭心的孤独感。《岛》勾勒了一位在雾海中独自航行的孤独者形象。《界限》以一只孤独的野鹤表达孤独的意绪。

　　北岛的诗歌常常以诸多新奇的意象组合,含蓄地表达复杂的思想。常常努力打破时空秩序,以其奇异的想象表达深邃的思想、丰富的感情。在诗歌创作中,努力打破传统的艺术规范,汲取现代派的隐喻、象征、通感等艺术手法,丰富了诗歌的表达方式。他的诗歌常常捕捉与叙写潜意识与瞬间的感受,有着独特的意味。北岛以强烈的批判精神面对现实,以其风格的深沉凝重表达所感所思,建立了一个真诚而独特的世界,他成为朦胧诗的代表诗人。

　　北岛的《回答》被人称为朦胧诗的压卷之作,以对旧世界的沉思与审判的姿态,对历史表示强烈的怀疑,对旧世界表现出强烈的不满。诗人强烈诅咒着这个卑鄙者横行而高尚者沦落的世界,"卑鄙是卑鄙者的通行证,/高尚是高尚者的墓志铭",卑鄙者以其卑鄙开道,高尚者则被迫害致死,唯有高尚留存。死者弯曲的倒影飘满了镀金的天空,世界上到处是冰凌,死海里却千帆相竞。诗人描绘了一幅凄惨悲凉的奇特图画,以表达对这个世界的愤懑与诅咒。诗人以强烈的怀疑精神表现出对这个世界的不满,不相信既定的一切:"我不相信天是蓝的,/我不相信雷的回声,/我不相信梦是假的,/我不相信死无报应。"经过了那个黑白颠倒的世界,诗人愤世嫉俗,决然而然地宣布:"如果海洋注定要决堤,/就让所有的苦水都注入我心中,/如果陆地注定要上升,/就让人类重新选择生存的峰顶。"表现出执著的大无畏精神。诗人对于未来仍然充满着期望,以"新的转机和闪闪星斗,/正在缀满没有遮拦的天空"来表达。诗歌以死者弯曲的倒影、冰凌、死海等诸多新奇意象的组合,以对比、设问、排比等修辞手法,表述了对于过往历史的反省与否定。

　　舒婷(1952—),原名龚佩瑜,出生于福建石码镇,1969年下乡插队,1972年返城当工人,1979年开始发表诗歌作品,1980年至福建省文联从事专业写作。主要著作有诗集《双桅船》、《会唱歌的鸢尾花》、《始祖鸟》,散文集《心烟》等。

　　舒婷在"文革"时期将在那个动乱年代的苦闷与恍惚都写进她的诗作中,流露着一种忧郁孤寂的情调。粉碎"四人帮"以后,舒婷以充沛的激情从事诗歌创作,接连写出了《致橡树》、《这也是一切》、《祖国啊,祖国》等优秀诗篇,引起诗坛的瞩目。她的诗歌有的抒写了动乱年代的苦闷与思考,反映了在那个特殊时期青年一代的不幸与忧虑,也表现出"文革"期间我们国家与民族的不幸与苦难。《海滨晨曲》抒写了诗人在诸多师长、亲友被批斗、遭迫害后的愤懑与思考,以对于大海的讴歌与礼赞呼唤不屈的斗争精神。《致大海》通过对大海的咏赞表达了动乱年代里复杂的情感。《悼——纪念一位被迫害致死的老诗人》控诉了"四人帮"对于一位老诗人的摧残迫害。《人心的法则》表述了为了坚持真理而顽强抗争的"人心的法则"。《初春》表达了诗人对于"冲毁冬的镣铐／奔泻着酩酊的芬芳"的初春的渴盼。《秋夜送友》以秋夜送友场景的描绘，诉说了在动乱年代中的期望。有的诗表达了对祖国和人民炽热的爱，在深沉的历史感与现实感的结合中抒发诗人赤子的胸怀。诗歌《祖国啊，我亲爱的祖国》以比喻入手，表达诗人与祖国血肉相连的密切关系，充满了真挚的爱国激情，在苦痛中孕育着希望，在磨难中描绘着理想。《一代人的呼声》中，诗人将个人的痛苦视为是祖国的不幸，将个人的命运与祖国的命运联系在一起，托出了诗人的一颗拳拳的爱国之心。在《双桅船》中，诗人以船与岸之间的情感表达内心深处对祖国的依恋之情。《一切》中，诗人否定了消极颓废的人生态度，表现出对于生活的积极态度与理想。有的诗歌抒写了对于真挚爱情的咏赞，表达出诗人对于人间真情的渴望与礼赞。《致橡树》通过对橡树的爱慕之意的表述，讴歌艰难与共、相濡以沐的高尚爱情。《船》中，诗人以一只搁浅的小船，写出对爱情的渴盼。《会唱歌的鸢尾花》以女性的口吻写出男女之间爱情的心心相印。有的诗歌在对于亲情友情等的描写中抒发内心的情愫、表达对于生活的认识。在舒婷的诗歌中，她常常咏唱母亲，赞美母亲无私的胸襟。《呵，母亲》中，诗人深情地描绘着母爱。《读给妈妈听的诗》中，诗人回忆母亲的音容笑貌。有的诗歌常常抒写友情，用真挚的言语表达与友朋之间的情谊。《秋夜送友》中抒写了与友人的结识与对友人的关爱。《兄弟，我在这儿》以真诚的言语宽慰兄弟，给予他真切的关爱。《赠别》中，诗人表达了对于人间真情的渴望。

　　舒婷的诗歌具有强烈的主观色彩，她的诗歌常常以第一人称来抒写，以其女性独特的情绪体验观照外部世界，在对自我内心的深入观照中，将其独特的感受、真挚的情感化为充满诗意的诗句。舒婷的诗歌具有深邃的诗意，诗人以生活化的意象、隐喻性的诗句营造诗歌的意境，在平凡的事物中营建独特的诗意，使其诗歌在单纯的形式中有着丰富的情感，在简洁的表述中蕴涵着深刻的思想。舒婷的诗歌具有典丽柔美的风格，她以真挚的诗句吟唱爱国、爱情、友情之歌，常常在对理想的追求中流露出哀愁，在对未来的期盼中蕴涵着惆怅。

　　发表于新时期之初的《致橡树》为其代表作，诗以二元对立的艺术构思结构作品，表达了其对于真挚情感、崇高爱情的追求。否定了凌霄花充满功利性的爱、痴情的鸟儿缺乏独立个性的爱，不满于只讲奉献而缺乏交流的爱，在被否定的爱情观与向往的爱情境界的比照中，突出一种坚贞的爱情，既保持独立，又终身相依，在心心相印中同甘共苦，在风风雨雨中同舟共济，表达了诗人对于理想爱情的追求与希冀。以新颖丰富的抒情意象来抒写其内心对于世俗的爱情观的反对与不满，表达其对于心中理想爱情的向往与追求。诗歌的主体意象是外形迥异、具有性别色彩的橡树与木棉，以凌霄花、鸟儿、泉源、险峰、日光、春雨等意象烘托反衬橡树、木棉之间的爱情，以针砭诗人所反对、所不满的爱情观，这使诗作中的抒情意象显得新颖而丰富。整饬自然的对偶句式使诗歌读来琅琅上口,在发自肺腑、直抒胸臆式的诗句中宣告诗人的爱情宣言。

顾城(1956—1993),北京人,70年代开始写诗,著有诗集《无名小花》、《白昼的月亮》、《北方的孤独者之歌》、《铁铃》、《黑眼睛》、《顾城童话寓言诗选》等,与谢烨合著长篇小说《英儿》。

顾城的诗歌创作主要出于心灵的孤独,他的诗歌大致抒写人生的苦闷与幻想、历史的反思与批判、生命的追求与咏唱,由于以一颗童心看世界,他的诗歌充满着单纯的情感与天真的童心,被人称为"童话诗人"。他早期的诗作常常抒发人生的苦闷与幻想,他以其敏感而率真的眼光观察世界,在那个动乱的年代里,他从幻想中构筑理想的境界,他从大自然里寻找情感的寄托,常以童话诗抒发其人生的苦闷与幻想,以寓言式的构思表达其鲜明的爱憎,以童话世界的纯真去抵抗现实人生的丑恶。

顾城的诗歌在对灾难岁月的回顾与思索中,充满了对历史的反思与批判。《呵,我无名的战友》叙写了对天安门"四五"运动中无名战友的牵念。控诉了"四人帮"的罪恶,塑造了一位英勇无畏的无名战友形象。《昨天,像黑色的蛇》以噩梦般的语言,描绘"文革"充满着苦难的岁月。《十二岁的广场》以第一人称的视角,描绘了十年动乱中一个失去父母的小女孩的悲惨境遇和心理,控诉了"四人帮"惨无人道的罪恶。《寄居蟹》通过对寄居蟹的勾勒,控诉了贪天功为己有,倒行逆施者的无耻行经。《眨眼》揭示出动乱年代里的颠倒黑白的状况。《红卫兵之墓》通过在红卫兵墓前的哀悼,反思了这场荒谬的"文化大革命"。顾城的诗歌在对于生活的描述与人生的思考中,洋溢着生命的追求与咏叹。顾城在生活中感受生命、体验生命,常常在他诗歌中真切地表达对于生命的思索与理解。《远和近》以简洁的诗句表达他对于生命的思考。《生命幻想曲》以幻想的视角叙写生命的理想与追求。《在戈壁,我成了游牧者》描述生命的执著与顽强。《大写的"我"》以夸张的笔法恣意地描画大写的"我",描画充溢着生命活力的"我"的昂扬激情。在《寄海外》中,诗人将离开祖国的赤子与民族的生命联系在一起,表达出浓郁的思乡爱国的情怀。顾城创作了诸多寓言体的诗歌,充满着童趣,单纯天真中蕴蓄着人生思考。《两把铜壶》以两把铜壶的不同状态蕴蓄着人世间喧哗者与内敛者的不同境界。《给安徒生》以安徒生童话在中国的命运,表达美的事物总具有执著的生命力的感悟。《月亮和我》以孩童的眼光与心态叙述其眼中的月亮。他的诗歌常常在梦幻式的世界里呈现出回归自然的倾向。《无名的小花》将"文革"期间在乡村所见录下。《我总觉得》从自然景观切入,表达对于人们心心相印的向往。《梦园》以梦境写恋情,却将梦境置于大自然中。

顾城的诗歌常常以丰富新奇的意象建构其渺远的理想世界,试图以未经社会污染的纯情的童稚目光发现自然的诗意和美,在充满梦幻和童稚的诗中,却充溢着淡淡的忧伤,那是觉醒的一代人回眸历史、观照现实而产生的忧伤。

诗歌《一代人》以对比的笔调吐露诗人在漫漫长夜中对光明的渴盼与寻找:"黑夜给了我黑色的眼睛/我却用它寻找光明","黑夜"是对于刚刚过去"文革"岁月的隐喻,抒情主人公是一代人在受难中不屈追求与寻觅的写照,以简洁的诗句写出了经受着磨难的一代人的心灵史。在黑夜与光明的对比中,在黑夜中寻找光明的努力中,写出了黑暗年代中一代人的执著追求与努力,简约精炼的诗句,具有充满内涵的艺术张力,朴实的话语却有着深刻的内涵,使该诗成为顾城的代表诗作。

第四节 "新生代"诗群

1986年,《深圳青年报》、《诗歌报》联合举办"中国诗坛1986,现代诗群体大展",成为自1984年前后出现的"新生代"诗歌群体性展示,有的称其为艾青、舒婷以后的"第三代诗人"、后新诗潮、后朦胧诗、后崛起诗等。他们的诗歌创作在"Pass北岛"、"告别舒婷"的呐喊声中,在企图超越朦胧诗的努力中,体现出一种反文化、反崇高、非意象化的倾向,与中国社会大众文化的兴起相呼应。

新生代诗人以群体性的阵营出现,有海上诗群、他们诗社、新传统主义、整体主义、非非主义、莽汉主义等。

四川是新生代诗歌的重镇,1984年前后,石光华、宋渠、宋炜、杨宏远等的整体主义,他们提倡"对整体状态的描述或呈现","对具体声明形态和人类现存生存状态的超越",延续东方文化与艺术的精神传统,石光华的《结束之遁》、《梅花三弄》,宋渠、宋炜的《大曰是》代表了此派的追求与风格。廖亦武、欧阳江河等的新传统主义,强调摆脱历史文化表象的束缚,颠覆历史文化的崇高性,用现代派手法表达怀旧意识,不屈服于任何外在的压力,廖亦武的《大循环》、《情侣》,欧阳江河的《悬棺》等体现出此派的特点与品格。万夏、马松、李亚伟、胡冬等的莽汉主义,以"捣乱、破坏以至炸毁"为口号,抛弃风雅、注重粗狂、玩世不恭、调侃反叛,万夏的《打击乐》、《莽汉》,胡冬的《女人》、《我想乘上一艘慢船到巴黎去》,李亚伟的《中文系》、《硬汉们》是莽汉主义的代表作。周伦佑、蓝马、杨黎编印了《非非》、《非非年鉴》、《非非评论》,在极端反传统的姿态中,倡导回到前文化状态,提出创造、意识、语言的还原,逃避知识、思想、意义,超越逻辑、理性、语法,体现出"对语言的不信任和对诗歌变构语言的可能的执信",周伦佑的《想象大鸟》、《狼谷》,蓝马的《世的界》、《环形树》,杨黎的《冷风景》、《高处》是该派的代表作。韩东、于坚、吕德安等的他们诗社,在南京出版《他们》诗刊,注重回到诗歌本身、回到个人、回到日常生活,强调个人的感受、体会与经验,注重琐屑平庸日常性的还原,韩东的《有关大雁塔》、《你见过大海》、《山民》,于坚的《高山》、《尚义街六号》、《避雨之树》,吕德安的《沃角的夜》、《父亲和我》、《吉他渠》为此派的代表性诗作。默默、刘漫流、孟浪、王寅、陈东东、陆忆敏、郁郁等的海上诗群,有《海上》、《撒娇》、《大陆》、《城市人》等诗刊、诗集,海上诗群并非诗歌流派与团体,在尊重个性中保持互相有限的联系,他们的诗歌大多抒写城市生活的荒诞与孤独,叙写个体与都市环境的矛盾与隔膜,抒写绝望、焦虑、无奈、孤寂的都市人心理心态。默默的《上海人》、《阴森森的八小时》、《保卫孤独》,王寅的《想起一部捷克电影想不起片名》、《时辰之书》、《灵魂终于出窍》等诗代表了他们的创作倾向。

第五节　翟永明等的"女性诗歌"

1984年前后,西方女性主义批评理论开始逐渐被引进,外国一些女性主义诗人的作品先后被介绍进国内,启迪与激发了一些女性诗人的女性意识,翟永明、伊蕾、唐亚平等创作了一些具有女性意识的诗歌,形成了女性诗歌创作的兴盛。翟永明认为"女性从诞生起就面对着一个完全不同的世界,她对这世界最初的一瞥必然带着自己的情绪和直觉"①,她们的诗作以女性视角,展示女性心理与身体的隐秘经验,抒写女性对于世界的独特感受与情绪。

翟永明(1955—),出生于四川成都,1974年高中毕业去农村插队,1980年毕业于成都电讯工程学院,1981年开始发表诗歌,有《女人》、《在一切玫瑰之上》、《黑夜里的素歌》、《称之为一切》等诗集。1984年,她发表了组诗《女人》二十首,在女性细致的生命体验中,揭示女性生命的挣扎涌动与精神特性,被称为"新一代女性的代言人"。《独白》描述在男权压抑下的女性:"我,一个狂想,充满深渊的魅力/偶然被你诞生。泥土和天空/二者合一,你把我叫作女人/并强化了我的身体"。《渴望》描绘女性内心涌动的渴望:"今晚所有的光只为你照亮/今晚你是一小块殖民地/久久停留,忧郁从你身体内/渗出,带着细腻的水滴。"《母亲》表露女性生存的愤懑:"你是我的母亲,我甚至是你的血液在黎明流出的/血泊中使你惊讶地看到你自己,你使我醒来//听到这世界的声音,你让我生下来,你让我与不幸构成/这世界的可怕的双胞胎。多年来,我已记不得今夜的哭声。"《生命》展示女性生命的细腻感受:"身体波澜般起伏/仿佛抵抗整个世界的侵入/把它交给你/这样富有危机的生命、不肯放松的生命"。批评家认为:"作为一个完整的精神历程的呈现,《女人》事实上致力于创造一个现代东方女性的神话:以反抗命运始,以包容命运终。"②组诗《静

---

① 翟永明:《黑夜的意识》,载《诗刊》1985年11期。
② 唐晓渡:《女性诗歌:从黑夜到白昼——读翟永明的组诗〈女人〉》,载《诗刊》1987年第2期。

安庄》《人生在世》也受到关注。

伊蕾(1951—),出生于天津,原名孙桂贞,初中毕业下放农村,后返城在工厂工作,1974年开始发表诗作,有《爱的火焰》《爱的方式》《单身女人的卧室》《伊蕾爱情诗选》等诗集。组诗十四首《独身女人的卧室》描述独身女人独居的自恋与遐思,充满着惊世骇俗的色彩。她描绘镜子中的自我:"顾影自怜——/四肢很长,身材窈窕/臀部紧凑,肩膀斜削/碗状的乳房轻轻颤动/每一块肌肉都充满激情"(《土耳其浴室》);她描述独身女人幽居的心态:"如果需要幸福我就拉上窗帘/痛苦立即变成享受/如果我想自杀我就拉上窗帘/生存欲望油然而生"(《窗帘的秘密》);她在梦境里寻觅心灵的放逐:"我一人占有这四面墙壁/我变成了枯燥的长方形/我做了一个长方形的梦"(《象征之梦》);她抒写独居者心灵的散步:"我把剩余时间统统用来想/我赋予想一个形式:室内散步/我把体验过的加以深化/我把发生过的改为得到/我把未曾有的化成幻觉"(《想》)。在顾影自怜中表现女性内心的波澜与渴望,组诗每一首尾句都为"你不来与我同居",在貌似放荡的口吻中表示对于男权意识的反抗。组诗《黄果树大瀑布》《罗曼司》等也受到关注。

唐亚平(1962—),四川人,1983年毕业于四川大学哲学系,代表诗作为组诗《黑色沙漠》《高原的女人》等,有《月亮的表情》等诗集。组诗《黑色沙漠》集中展现女性企望追求自主与独立的生活方式,摆脱男权社会的压抑与束缚。她描绘女性的欲望:"我总是疑神疑鬼我总是坐立不安/我披散长发飞扬黑夜的征服欲望/我的欲望是无边无际的漆黑"(《黑色沼泽》);她抒写心灵的倦怠与磨难:"我已经枯萎衰竭/我已经百依百顺/我的高傲伤害了那么多卑微的人/我的智慧伤害了那么多全能的人"(《黑色金子》);她描述女性所受到的蹂躏欺凌:"那只手瘦骨嶙峋/要把阳光聚于五指/在女人乳房上烙下烧伤的指纹/在女人的洞空里浇注钟乳石/转手为乾扭手为坤"(《黑色洞穴》);她讲述男性对女性的阿谀哄骗:"高贵的阿谀自来水一样哗哗流淌/甜蜜的谎言星星一样的动人"(《黑色睡裙》);她袒露对于女性独立与尊严的追求:"在黑暗中我选择沉默冶炼自尊冶炼高傲/你不必用善意测知我的深渊/我和绝壁结束了对峙/靠崇高的孤独和冷峻的痛苦结合"(《黑夜》)。《我举着火把走进溶洞》《我就是瀑布》等诗歌也受到关注。

女性诗歌常常在幽闭的空间顾影自怜,在黑夜中寻觅自我,以自白的方式倾诉心境,以忧伤的基调表达不满,以反讽解构现存的社会秩序,体现出西方女性主义的影响。

第五章 散　文

第一节　概　说

　　作为文学轻骑兵的散文,在新时期逐渐摆脱了十七年散文的颂歌基调、伪饰色彩,以说真话回归了现实主义的主潮。对于"文革"的控诉、谴责与反思,成为新时期散文创作的第一拨潮流,以个人亲闻亲历,回忆自我与亲友所遭到的非人道的摧残,控诉"文革"对于人们身心的摧残,巴金《怀念萧珊》、孙犁《伙伴的回忆》、杨绛《干校六记》、宗璞《哭小弟》、黄秋耘《雾失楼台》、楼适夷《痛悼傅雷》、峻青《哭芦芒》等,引领散文的潮流。

　　散文回归现实主义引起了文坛的讨论,对于散文文体特征、创作手法等展开了较为深入的研讨。林非提出"散文的特征确实是在于自由挥洒","从文化学的根本意义来说,只要是具有思想和文化的人们中间,必然会追求独创性的思考,追求充分表现自己的个性,而不可能永远甘心于被束缚与钳制,散文正是最适合表现这种精神和思想状态的文体"[①]。林非主张广义和狭义散文兼合论,反对散文的净化[②]。刘锡庆则认为"散文的'范畴'不宜过宽","散文的过'宽'过'大',难以进行审美规范,是散文一直未能弃'类'成'体'(独立文体)的重要原因"[③]。

　　散文文体等方面的讨论,也促进了散文的繁荣,抒情散文在80年代逐渐兴盛,贾平凹、周涛、刘烨园、赵丽宏、周佩红、谢大光、李天芳等成为其中的佼佼者。女性作家的散文创作逐渐引起文坛的瞩目,王英琦、唐敏、叶梦、斯妤、苏叶、韩小蕙等,以女性的温婉细腻展现出其散文的独特韵味。小说家写散文成为此时期的一种文学现象,张洁、汪曾祺、张承志、史铁生、韩少功、张炜等,以小说笔法写散文成为这些作家散文的一个倾向。此时期,不少学者进入了散文创作领域,以其渊博的学

[①] 林非:《关于当前散文研究的理论建设问题》,载《河北学刊》1990年第4期。
[②] 林非:《散文创作的昨日与明日》,载《文学评论》1987年第3期。
[③] 刘锡庆:《当代散文:更新观念,净化文体》,载《散文百家》1993年第11期。

识、精辟的见解使其散文充满睿智，如张中行、金克木、季羡林、林非、李辉等。李存葆、朱增泉、韩静霆、刘亚洲、杨闻宇等军旅作家的散文引起文坛的关注，对于军旅生活的描写使他们的散文洋溢着阳刚之气。一些女作家写小生活、小情趣的散文受到了读者的欢迎，上海的素素、南妮，广州的黄茵、黄爱东西等以絮叨琐碎的笔触，抒写个人、家庭的"小女人散文"，引起了理论界的批评。

余秋雨《文化苦旅》的出版，激起了散文界有关文化散文、大散文的讨论，陈旭光认为："'文化散文'突破了当代散文长期被局限于一己生活琐事和人生常态的褊狭视野，冲破了散文惯常的写'小感触'、'小哲理'式的审美规范。"[①]王充闾、卞毓方、李存葆、李元洛、孙颙等加入了大散文创作的行列，突破了传统散文创作的窠臼，以大篇幅、大视野，历史与现实、叙事与抒情、宏观与微观的结合，展现出文化散文的独特魅力。

报告文学在新时期得到了长足的发展，从直面人生反思历史的报告文学开始，徐迟的《哥德巴赫猜想》、黄宗英的《大雁情》等成为此时期的代表。徐迟的《地质之光》、《生命之树常绿》，黄宗英的《橘》、《小木屋》，理由的《高山与平原》、《她有多少孩子》、《让我们生活得更年轻》，柯岩的《奇异的书简》，陈祖芬的《祖国高于一切》、《朝圣者与富翁》等作品，都叙写了知识分子的坎坷历程与不幸遭际，突出他们祖国高于一切的精神。对于改革过程改革者的描写成为报告文学的另一题材，陈祖芬的《人民代表》、《共产党人》，钱钢的《"蓝军司令"》、《奔涌的潮头》，李延国的《废墟上站起来的年轻人》，乔迈的《三门李佚闻》等。一些报告文学作品开始关注社会问题，刘宾雁的《人妖之间》，李延国的《虎年通缉令》，乔迈的《希望在燃烧》，贾鲁生的《被审判的金钱和金钱的审判》、《千年荒坟》、《性别悲剧》，胡平的《东方大爆炸——中国人口问题面面观》、《世界大串联——中国出国潮纪实》、《神州大拼搏——知识分子评聘职称印象录》，何建明的《共和国告急》、《落泪是金》，卢跃刚《大国寡民》等。对于历史事件的回溯与探究成为报告文学的题材，有理由的《倒在玫瑰色的晨光中》，钱钢的《唐山大地震》，刘亚洲的《这就是马尔维纳斯》，胡平的《历史沉思录——红卫兵大串联纪实》，张建伟的《大清王朝的最后变革》，邓贤的《中国知青梦》、《大国之魂》等。

第二节 巴金、孙犁等的历史反思散文

1978年12月，**巴金**(1904—2005)开始在香港《大公报》和《文汇报》等报刊上发表以反思"文革"为主的散文随笔，至1986年共写了150余篇，编为《随想录》、

[①] 佘树森、陈旭光：《中国当代散文报告文学发展史》，北京大学出版社，1996年，第261—262页。

《探索集》、《真话集》、《病中集》、《无题集》五本散文集,由人民文学出版社和香港三联书店出版,42万字的散文在真切深刻地揭露反思"文革"的罪恶时,也以真诚的忏悔姿态无情地解剖自我。

巴金的《随想录》是"用真话建立起来揭露'文革'的博物馆"(《〈随想录〉合订本新记》)。经历过"文革"灾难的巴金深入揭示"文革"的罪恶,反思这场灾难的危害与历史根源,他说:"住了十载'牛棚',我就有责任揭穿那一场惊心动魄的大骗局,不让子孙后代再遭灾受难"(《〈随想录〉合订本新记》)。《一颗桃核的喜剧》以俄国沙皇时代收藏皇太子所吃桃核的故事,讥刺了"文革"期间早请示、晚汇报、跳忠字舞、剪忠字花等"核桃"式的愚忠喜剧。《"腹地"》通过对制造文字狱经过的揭露,抨击了专制主义摧残人性的行径。《多印几本西方文学名著》控诉文化专制主义中实行焚书坑儒式的作为。《怀念老舍同志》揭露老舍在"文革"中遭受到身心的摧残与迫害。《怀念萧珊》忆写妻子在灾难岁月里受尽磨难含恨离世的经过。《"毒草病"》指出"文革"的影响并未随着它的结束而匿迹。《"文革"博物馆》呼吁建立一个"文革"博物馆,为世人留下一个民族灾难的历史见证。巴金以刻骨铭心的伤痛揭露"文革"对于人们身心的摧残,从社会历史文化的深层反思"文革"发生的原因。

巴金的《随想录》是巴金"解剖自己、批判自己"的忏悔录。巴金对于"文革"的批判和揭露是与其对于自我的解剖批判结合在一起的,他以真诚的自审姿态、忏悔意识反省自我的作为、解剖自己的灵魂。《说真话》通过"文革"中自己编写了上百份"思想汇报",自省说假话而不说真话的行为。《遵命文学》反省自己遵张春桥之命违心地撰写批判柯灵剧作《不夜城》的文章。《怀念胡风》忏悔其为"过关"而表态写了三篇批判胡风的文章。《怀念烈文》解剖在没有人逼迫中写了一些自己感到脸红的反右文章。《十年一梦》中,他自谴自责道:"奴隶,过去我总以为自己同这个字眼毫不相干,可是我明明做了十年的奴隶!……我就是'奴在心者',而且是死心塌地的精神奴隶。"巴金以真诚的姿态反省忏悔,提出了知识分子应该坚守的良知和责任,在人们推卸责任证实自己清白的氛围中,显得尤其可贵。

巴金的《随想录》被视为"以散文形式在自己的文学道路上竖起的又一座丰碑"[①]。巴金的《随想录》在散文创作中已达到了炉火纯青的境地,真实自然朴实率真成为这些作品的风格。巴金称《随想录》是一部讲真话的书,"自己想什么就讲什么,自己怎么想就怎么说——这就是真话"[②]。写真事、真情、真理,成为这些散文真实的基础,以赤子之心反思历史剖析自我探求真理,成为这些作品的基本精神。

---

① 李存光:《巴金〈随想录〉五集笔谈》,载《文艺报》1986年9月27日。
② 巴金:《说真话之四》,见《真话集》,人民文学出版社,1983年,第110页。

"真诚"在巴金"五本《随想录》里是最突出的。他是拿心与读者交换心"[1]。巴金认为:"艺术的最高境界是真实,是自然,是无技巧。"[2]他的这些散文题材广泛、写法不一,注重自由自然的叙述与表达,或记叙、或抒情、或议论,随意运笔,信马由缰,浑然天成、不拘一格,不雕琢、不夸饰,在无技巧中显示出炉火纯青的感人魅力。

以小说《荷花淀》享誉文坛的**孙犁**(1913—2000),20世纪70年代至90年代,在新时期散文园地中默默笔耕,出版了《晚华集》(1979年)、《秀露集》(1981年)、《澹定集》(1981年)、《尺泽集》(1982年)、《远道集》(1984年)、《老荒集》(1986年)、《陋巷集》(1987年)、《耕堂读书记》(1989年)、《无为集》(1989年)、《如云集》(1992年)、《曲终集》(1995年)等十余种散文集。

孙犁谈到散文时说:"我认为这是一种老年人的文体,不需要过多情感,靠理智就可以写成。"(《答吴泰昌问》)回忆形成孙犁晚年创作的基本视角。他回顾十年动乱中的生活,对"文革"作了深刻的剖析批判。《画的梦》以"文革"期间几幅画的遭际,针砭"四人帮"文化专制的罪行。《戏的梦》写在灾难岁月中文学艺术遭受的摧残,突出正直知识分子的觉醒与抗争。《删去的文字》在人心叵测的年代里,两位来外调的女同志却以善良、同情之心待人。他追怀亲朋故旧的交往,流露出真挚的情感。《伙伴的回忆》忆写了与侯金镜、郭小川的情谊,揭露了"四人帮"对文艺工作者的迫害。《回忆何其芳同志》回顾了与何其芳交往的片断,表达了对何其芳的钦敬及对其逝世的惋惜。《远的怀念》回溯作者与朋友远几十年的交往,推崇远坚定的革命信念、乐观的生活态度。《新年悬旧照》由旧照片引出对亡妻的忆念,抒发了感人至深的情愫。《亡妻逸事》以对亡妻不同时期的琐事的忆写,表达对亡妻深沉悠远的情思。他追忆童年的乡村生活,展现出艰辛生活中的淳朴民情。《度春荒》在挖野菜度春荒的艰难情景中,有着孩子的欢笑与打闹。《听说书》以民间艺人说书的动人情景,展示了北方农村淳厚的民风风俗。《根雨叔》中的根雨叔在艰苦的劳作中,爱哼唱昆曲中女角的唱段。《木匠的女儿》中的小杏姑娘在物质匮乏的年代,却追求着可贵的真情。他在一些札记、序跋中,书写其知人论世的见识。《书衣文录》是在包书的书皮上留下的片言只语,抒写心中积郁与思考。《读〈旧唐书〉》在评点人物时,升华为对世道人心的评说。《买〈王国维遗书〉》在对王国维死因的分析中,指出其悲剧的心理病理因素。《〈红楼梦〉杂说》指出曹雪芹"经历人生全过程之后",创作出热望解放人生、解放个性之书。

孙犁的散文随笔受古代笔记的影响,他强调说:"现在还有人鼓吹,要加强散文'诗意'。中国古代散文,其取胜之处,从不在于诗,而在于理。它从具体事物写起,

---

[1] 见《上海部分文学艺术家谈巴金近作》,载《文汇报》1986年9月29日。
[2] 巴金:《探索集之三》,见《探索集》,人民文学出版社,1981年,第41页。

然后引申出一种见解,一种道理。"①孙犁晚年散文在艺术上的独特处:1.以平朴的叙述表达深刻的道理。他的散文大多以十分平和的语气、朴实的语言叙写往事,没有金刚怒目式的言语,在平和自然的叙写中,表达睿智的见解、深刻的思索,达到言近旨远的境界。2.以小说笔法融进散文。他一些写人记事的散文,常常融入小说的笔法,使作品十分生动,更具感染力。3.现代语中糅进文言使文体古朴典雅。孙犁的散文语言朴素自然,常常糅进文言成分、骈文句式,在夹叙夹议中诉说人生体验、历史思索。

第三节　贾平凹、周涛等的抒情散文

在中国当代文坛上,贾平凹的小说以其深厚的文化底蕴和独特的艺术风格奠定其在文坛上的影响与地位,他的散文也以其广泛的题材、朴拙蕴藉的风格开拓着当代散文创作的新境界。他的散文集有《月迹》、《爱的踪迹》、《心迹》、《商州三录》、《人迹》、《抱散巢》、《守顽地》、《闲人》、《坐佛》、《说话》、《红狐》、《四十岁说》、《树佛》、《小石头记》、《如语堂》、《走虫》、《敲门》等近20种。贾平凹的散文在广泛的题材涉猎中,见出其率真的个性与感人的艺术魅力。

贾平凹(1952—)的散文创作以"万事万物皆进入文法,穷极物理,妙想迁得"的视角与方法,见出其散文创作中的人生感悟与真谛。他的散文创作大致有如下几方面内容:1.抒写自我人生感受。在其自我人生感受的抒写中或宣泄其内心的愤懑与不平,或表达其对于社会现状的不满与针砭,从而也见出其朴讷率真的性格。《朋友》以其对于坏朋友与好朋友的认识,表达其交友之道,也道出其对于世道人心的观照与针砭。《敲门》由常为有人敲门而不得安宁而发感慨,表达渴望有一个清净的环境、不受干扰地写作与生活的夙愿。《辞宴书》以诙谐的笔触道出不愿赴宴的缘由,不愿为官场的应酬之礼束缚,愿做一个自由闲散之人。《说话》叙写其不善言谈的原因,在生活中感受人生、感悟人生。2.勾勒亲朋好友性格。他以简洁生动的笔触勾勒亲朋好友,人物的性格栩栩如生,跃然纸上。《祭父》以充满真情的笔调描写父亲的病与死,将任劳任怨、朴实真诚的父亲形象勾画了出来。《治病救人》生动地勾勒了医术高超、手到病除、记忆力惊人的名医张宏斌。《怀念金铮》勾画了喜喝酒,好高谈阔论,爱憎分明的金铮的性格。《天马》叙写了独立特行待友真离官场远的画坛怪杰马海舟的个性。《李相虎》描述自号青泥散人的李相虎的不急不躁、不事张扬,虽清贫却执着的性格。3.描述自然风情风物。他常细致地描述其对于山水风俗等的感受与体悟,道出其独到的

---

① 孙犁:《欧阳修的散文》,见《秀露集》,百花文艺出版社,1981年,第247页。

见识与思考。《风雨》将其对于风雨中事物的观察,通过细致的文笔生动地写出。《冬景》以对于冬天景致的细致观察与描写,生动展示了北国冬天的景色。《龙柏树》叙写在成都一山坳里堰塘边参观一株龙柏树的情景。《进山东》叙写到山东曲阜游孔府、孔庙、孔林及登泰山的所感所思。《延安街市记》描写改革开放后延安街市的情景。4. 叙写赏玩文物藏品。他常常精心收集诸多有观赏价值的文物,在散文中叙写其对于文物藏品的赏玩。《记五块藏石》记叙了其收藏的红蛙、乌鸡、小鬼、珊瑚、胡琴五块藏石的形态和趣味,并说及收藏的原委和经过。《古土罐》叙写收藏古土罐的经历与乐趣。《动物安详》描写收藏的动物之类的石木、兽头角骨等的情趣。《残佛》叙写在泾河的粉碎机前捡到了一尊无头残佛的经过。贾平凹的散文创作以其对于生活的独特观察与感悟,以生动独到的文笔写来,构成其散文的独特风格。

贾平凹的散文有其独特的风格,主要表现在如下方面:1. 注重生命中真切的体验与感悟。贾平凹谈及其散文从早年的清新优美,到知天命年纪的没了章法,却强调"每字每句皆是我从生命中体验所得"(《致李珖》),注重散文创作的生命的体验与感悟。2. 将小说的手法引入散文创作。作为小说家的贾平凹,在散文创作中常常将小说的手法引入散文创作之中,使其散文常常具有小说引人入胜的魅力,尤其在散文的构思与结构方面,具有类似于小说的情节结构。3. 坦诚诙谐的表达方式。贾平凹的散文常常在朴拙中见出诙谐,在坦诚中现出机智。《笑口常开》以一种近似黑色幽默的笔法,道出其在生活中所见所闻的谐趣与尴尬。4. 朴质鲜活、雅俗交融的语言。贾平凹说:"文章可以写得不华美,但一定得内涵深厚,可以写得不聪明,但一定得整体浑然,可以写得粗糙,但一定得鲜活。"(《读稿人语》)他靠白描传神,朴拙中见细腻、平实中显深邃。

周涛(1946—),山西榆社人,毕业于新疆大学中文系,当代著名诗人、散文家,现为新疆军区创作室主任,新疆文联副主席、作协副主席。1979 年开始发表诗作,著有诗集《牧人集》、《野马集》、《神山》等。80 年代后期转入散文创作,著有《稀世之鸟》、《游牧长城》、《兀立荒原》等。

周涛的散文描写西部边陲的自然景观,在对于边疆山水的抒写中讴歌顽强的生命力。《猛禽》以瘸腿老狼与攻击其苍鹰的搏斗,展示边陲生命的抗衡与坚毅。《巩乃斯的马》在对马的形象的描绘中,表达对生命力与英雄豪气的向往与赞叹。《过河》、《高楊》在对哈萨克人原生态自然的生活状态描绘中,赞美原始剽悍的生命力和生存状态。在对于边塞风光的描写中,他常常表现出深邃的思考。《蠕动的屋脊》以乘车探访喀喇昆仑高原自然景观的描写,展现对社会人生的探究思考。《游牧长城》在长城游牧的描述中,讨论长城古老城墙的文化底蕴。

周涛的散文在边防官兵生活描写中洋溢着革命英雄主义的色彩。《慈不掌兵》

展示了军区干部在酷暑中集训练兵的情景,洋溢着军人的英雄主义气息。《沙场秋点兵》描述兰州战区实战演习的场景,充满了现代化战争的磅礴气概。《申怡敏上边防》中的团政委千方百计使边防连指导员看见出生五个月的女儿,展现出边防官兵爱国爱家的情愫。《边防连》描绘了"地到尽头天作界,山登绝顶我为峰"的边防站与边防战士的生活。《蠕动的屋脊》《边陲》《北塔山纪事》等散文都描绘了边防官兵艰苦奋斗、卫国戍边的情景。

周涛的散文在山西生活描写中流溢出浓郁的乡土之情。《老家在山西》《酒一样的乡情醋一般的酸》《老父还乡》《父亲》,在描写山西的生活与人事中,或描绘故乡风土人情,或忆写故土家长里短,在真挚的情感、生动的描述中,展现山西的生活,抒写浓郁的乡土之情。

周涛的散文具有雄浑睿智的风格,这主要体现在如下几方面:1. 雄浑朴野的意象。他的散文中充满着诗意,他常常择取西部边陲独特的意象,大漠、山川、荒原、猛禽、骏马、牧者等,使其作品洋溢着雄浑开阔的境界。2. 放纵自如的结构。他的散文创作,并不精心于结构的构想,而是以诗人的思绪和跳跃的思路,洒脱任性地抒写,写得放纵而随意、朴实而松弛,随心所欲地流泻其情愫,在大巧若拙中保持生活的原生态。3. 深入切实的开掘。虽然他的散文写得自然随意,但是他努力水到渠成地开掘作品的内蕴,在感性的描述中显示出理性的深邃思考,在现实与想象、历史与未来的联系中,显示出其深邃而睿智的思想。

第四节 张中行、汪曾祺的文人散文

张中行(1909—2006),河北香河人,著名学者、散文家。1935年毕业于北京大学中国语言文学系,曾在天津中学、保定中学任教,后到北京大学任教。新中国成立后,长期在人民教育出版社工作。张中行于20世纪80年代开始散文创作,出版散文集《负暄琐话》《负暄续话》《负暄三话》《禅外说禅》《说梦草》《顺生论》《流年碎影》《说梦楼谈屑》《散简集存》等。

季羡林曾说:"在现代作家中,人们读他们的文章,只须读上几段而能认出作者是谁的人,极为稀见。在我眼中,也不过几个人。鲁迅是一个,沈从文是一个,中行先生也是其中之一。"[①]被誉为布衣文人的张中行,以其渊博的学识、生动的记忆、深刻的思考写琐话,在娓娓道来的闲适体中蕴涵着人生哲理、文化内涵。

张中行的散文在写人中勾勒性格、抒写旧情。他勾勒文化名人的性格:《辜鸿铭》着力写辜鸿铭文章之怪、性格之怪、思想之怪,文章"有意避俗,求古求奇",性格

---

① 见靳飞编《安苦为道》,中国青年出版社,1998年。

"喜欢骂人,表现为狂",思想有维护专制、为纳妾辩护之异。《胡博士》、《章太炎》生动勾勒了胡适、章太炎的性格。在他的笔下,朱自清、周作人、梁漱溟、叶圣陶、季羡林、钟叔河、陈寅恪、张守义、林宰平、马幼渔、俞平伯、范用等文化名人的性格栩栩如生。他勾画乡野小民的个性:《汪大娘》塑造了一个朴实善良的劳动妇女汪大娘形象。《怪物老爷》勾勒靠卖田卖房度日,"懒怠又无进取心"的怪物老爷。《家乡三李》描述住祠堂无时不在醉中的乞丐醉李。《张寿曾》描绘了含而不露、装疯卖傻躲过历次运动迫害的张寿曾。张中行的散文在对人物性格的勾画中抒写对往事的回忆、人世的感慨。

张中行的散文在状物中寄寓情愫阐述哲理。如《酒》、《桥》、《灯》、《城》、《晨光》、《螳螂》、《彗星》、《户外的树》等。张中行散文在明理中回溯历史、阐释见识。《月是异邦明》否定小民百姓寄希望于天道、仁政、好官、鬼神等,提出暂且放下经史子集,看点异邦的《论法的精神》、《权力论》等。另有《临渊而不羡鱼》、《我与读书》、《王道》、《错错错》等。

张中行的散文具有"闲话体"的特点,启功说他"不衫不履,如独树出林,俯视风雨",如同其散文的风格。他的散文在平实素朴的写人记事中,诉说其人生的感悟与思索。他的散文在娓娓叙谈的平和自然叙说中,表达其历史的探究与思考。他的散文在悲天悯人的社会观照中,显示其宽厚博大的人文情怀。其"闲话体"散文,在随意中见严谨、在轻松冷峻中显质朴淡远,在不急不躁中有厚重和凝练,他以一种聊天式的精神漫游,诉说其他关于社会、历史、人生的种种感悟。

汪曾祺(1920—1997),江苏高邮人,其小说《受戒》、《大淖记事》等受到文坛瞩目。有散文集《蒲桥集》、《塔上随笔》、《旅食集》、《草花集》、《老学闲抄》等。汪曾祺在《蒲桥集》的广告词中说:"此集诸篇,记人事、写风景、谈文化、述掌故,兼及草木虫鱼、瓜果食物,皆有情致。间作小考证,亦可喜。娓娓而谈,态度亲切,不矜持作态。文求雅洁,少雕饰,如行云流水。春初新韭,秋末晚菘,滋味近似。"这道出了其散文选材与行文冲淡雅致的风格。

汪曾祺的散文大多以其熟悉的生活为题材:他忆写故乡的食物,浸透了思乡恋土之情,《故乡的食物》、《故乡的野菜》、《故乡的元宵》、《鳜鱼》、《四方食事》等,在如数家珍般的描述中,充满着乡风民俗的情趣。他叙写历史掌故,蕴涵着传统文化魅力,《严子陵钓台》、《国子监》、《胡同文化》、《宋朝人的吃喝》、《岁朝清供》等,在充满知识性的叙写中,显示出文人情趣。他追忆亲朋好友,流露出拳拳真情,《我的祖父祖母》、《我的父亲》、《我的母亲》、《多年父子成兄弟》、《梦见沈从文先生》、《金岳霖先生》、《老舍先生》、《赵树理同志》等,在生动传神的性格勾勒中,见出平民生活中的人情美。他描绘草木虫鱼,一草一木总关情,《人间草木》、《葡萄月令》、《花和金鱼》、《菏泽牡丹》、《夏天》、《冬天》等,在节气更变中,洋溢着生之趣味。他抒写人生态度,洋溢着淡泊明志的境界,《七十书怀》、《随遇而安》、《自得其乐》、《祈难老》、《"无事此静坐"》,在随遇而安自得其乐的姿态中,充满着通达超然、乐天知命的襟怀。他描述山水游踪,显现出乐山乐水的情怀,《滇游新记》、《湘行二记》、《天山行色》、《泰山片石》、《岳阳楼记》、《隆中游记》、《桃花源记》,在游山玩水的闲情逸致中,体现出对历史与现实的思考。

汪曾祺的散文被誉为文人散文,具有蕴藉丰厚的文化内涵。其散文冲淡雅致的风格主要体现在几方面:1. 琐事的琐忆琐记。他的散文没有宏大叙事,有的只是生活中的琐事,文化掌故、山水风景、草木虫鱼、瓜果蔬食,在这些平平常常生活小事的叙写中,洋溢着生活的真趣。2. 浓郁的民俗色彩。他的散文关注对于民俗的叙写,对于故乡生活的描写,尤其注重民情风习的描写,在游踪所至山水描述中,也关注当地的民俗。3. 娓娓叙谈的文笔。他的散文都叙写其亲历之事,从不以教训人的姿态叙写,总是如与朋友谈心聊天,随意而谈无所顾忌,朴实无华、不事雕琢。4. 文人的雅致情调。他的散文大多具有深厚的文化内蕴,无论写人描景、说吃道喝,总有着其独特的人生态度,在闲情逸致中弥漫着文人的雅致情调。

第五节　余秋雨的文化散文

余秋雨(1946—),浙江余姚人,上海戏剧学院教授,有理论著作《戏剧理论史稿》、《艺术创造工程》等,20世纪80年代末开始散文创作,出版有散文集《文化苦旅》、《山居笔记》、《霜冷长河》、《千年一叹》等。

1992年3月,《文化苦旅》出版引起了社会很大的反响,有赞誉,有批评。1995年,朱向前评论道:"余秋雨的文化散文几乎是篇篇浸透了中国文化的凄风苦雨和中国文人的集体痛苦感,再以个人生命的真体验和真性情浇铸成文字,举重若轻,力能扛鼎,不仅上承新文学散文之余绪而且开启了一代风气,将整个当代散文的创作提高到了一个新的水准。"[①]

余秋雨的散文被认为是文化散文,他在散文集《文化苦旅》自序中写道:"我发现自己特别想去的地方总是古代文化和文人留下较深脚印的所在,说明我心底的山水并不完全是自然山水,而是一种'人文山水'。"余秋雨在山水风物的寻访观照中,寻觅历史人物的踪迹,探究其中的文化内涵,"借山水风物与历史精魂默默对话,寻找自己在辽阔的时间和空间中的生命坐标"(《山居笔记·小引》)。余秋雨的文化散文大致有几方面的视角:1. 在对于中国文人群体坎坷历程的探

---

① 朱向前:《散文的"散"与"文"》,载1995年5月24日《光明日报》。

寻中，探索中国文人的人格与中国文化的历史。他描述了诸多历史人物的命运：柳宗元(《柳侯祠》)、苏东坡(《苏东坡突围》)、朱熹(《千年庭院》)、八大山人(《青云谱随想》)、陈旭麓(《家住龙华》)，在对于文人坎坷境遇与落魄遭际的书写中，透视着不同的文化灵魂与人生哲理。在对于历史名城名胜的探访中，展现出历史沧桑与文明足迹。2. 在对于历史古迹名胜的探访中，梳理与分析其丰富的历史与文化内涵。他记录了诸多名胜古迹的风采：《莫高窟》在对于莫高窟的探访中，表达对民族屈辱历史的感叹。《江南小镇》将小镇环境与文人淡泊姿态联系，展现出清新婉约的江南文化和世态人情。《风雨天一阁》由天一阁的风雨，写出民族精神史的沧桑。《道士塔》写被视为敦煌石窟罪人的王道士，表述了对于历史的悔恨。《白发苏州》在对于历史的追踪中，突现苏州过去的辉煌与今日的暗淡，表达其对于历史的思索与文化的思考。3. 在对于社会文化现象的分析中，表达其对于人际关系、文化现象的探究思考。《上海人》在对于上海历史、上海环境的分析中，探究上海人心理性格的长与短。《关于谣言》分析谣言产生的原委，指出恶者播弄谣言，勇者击退谣言。《关于名誉》分析越高贵的群落在名誉问题上往往越脆弱，名誉的高处找不到遮身之地。《关于友情》分析友情的真与假，指出应该以生命濡养真正的友情。《关于嫉妒》分析嫉妒的源流与本性，剖析嫉妒之苦、之恶。《关于年龄》在青年歌颂的陷阱、中年当家的滋味、老年如诗的岁月中，开掘人生的况味。

余秋雨突破了传统散文的观念，形成了其文化散文厚重苍凉的风格。这体现在几个方面：1. 在对于历史与心灵的探究中，寻思文明断裂、人格坚守的问题。他常常借山水风物名胜古迹，探索中国文人人格的构成、中国文化的历史命运，在寻求文化的精魂、人生的真谛中，表达其深入而深刻的思考，在中国文人坎坷遭际艰难处境中，突出其心路历程中高尚的文化人格与文化良知。2. 博古通今、纵横捭阖的思路，呈现思接千载、天马行空的洒脱。他突破了传统的借景抒情、托物言志的书写方式，以鸿篇巨制与丰富的想象与联想，将历史与现实、社会与个人、自然与文化等交融在一起，呈现出其散文恢弘洒脱的气势。3. 将主体精神融入人物、事件的抒写中，呈现出诗人才情与学者理性的结合。他为所写人物、事件的历史所感动，他常常探入历史的深处，通过想象揣摩历史，以诗人的激情抒写历史，以学者的理性分析评说历史，使其散文具有独特的感染力与思想深度。

虽然，人们对于余秋雨的散文指出了诸多不足，或指出有诸多常识性错误，或认为其见识浅薄，甚至指出其成功在于商业性炒作。但是，余秋雨文化散文的成就应该得到肯定。在文坛出现诸多批评余秋雨的文章后，孙绍振撰文说："余秋雨的出现之所以引起如此的强烈的反响，就是因为他为中国当代散文开拓了一个新的艺术天地，提供了一种广阔的视野，从文化历史的画卷中展示文化人格的深度，开拓想象的新天地。"①这是切中肯綮的。

第六节 新时期的报告文学

新时期文学中,报告文学的繁荣是一种重要的文学现象,报告文学其文体真实形象,迅捷地反映生活而赢得了文坛和社会瞩目。在控诉"文革"反思历史的思潮中,报告文学开始关注知识分子的命运:徐迟的《哥德巴赫猜想》、《地质之光》,黄宗英的《大雁情》,柯岩的《船长》,陈祖芬的《祖国高于一切》,理由的《高山与平原》、《中年颂》,在对于知识分子坎坷命运、不幸遭际的叙写中,突出了祖国高于一切的坚定信念和坚贞不屈的性格。在改革文学的潮流中,报告文学叙写了改革者的形象与生活:程树臻的《励精图治》,乔迈的《三门李轶闻》,李延国的《废墟上站起来的青年人》,张锲的《热流》,对于改革初期种种矛盾中执著的改革者的人生与性格作了勾勒。反思历史的题材得到关注,陶斯亮的《一封终于发出的信》,翟禹钟、罗海鸥等的《彭大将军回故乡》,大鹰的《志愿军战俘记事》,董汉河的《西路军女战士蒙难记》,在对于历史事件历史人物的叙写中,表现出清醒的历史意识与探究姿态。随着社会生活的变化,报告文学的视野也有所拓展,胡平、张胜友的《世界大串联》,钱钢的《唐山大地震》,蒋巍、贾宏图的《大洋的彼岸和此岸》,鲁光的《中国姑娘》,贾鲁生、丰收的《中国西部大监狱》,理由的《扬眉剑出鞘》,李延国的《走出神农架》等,以不同的视野反映不同领域的生活。

随着报告文学作家对现实生活的关注与探究,对社会问题的关注逐渐成为作家主要的创作题材,作家们以强烈的责任心,对社会上的诸多问题作了及时而深入的反映,如对自然生态的关注,有徐刚的《伐木者,醒来!》,沙青的《北京失去平衡》、《皇皇都城》,岳非秋的《只有一条长江》,胡平、张胜友的《东方大爆炸》,李树喜的《大兴安岭火场纪实》等;如对于道德失范的关注,有贾鲁生的《丐帮漂流记》、《性别悲剧》,麦天枢的《白夜》,涵逸的《中国的"小皇帝"》,孟晓云的《多思的年华》等;如对于改革问题关注的,有陈祖芬的《挑战与机会》,理由的《世界第一商品》,李延国的《中国农民大趋势》,贾鲁生的《亚细亚怪圈》,霍达的《国殇》,赵瑜的《中国的要害》,麦天枢的《西部在移民》,陈冠柏的《蔚蓝色的呼吸》。

20世纪90年代后,报告文学趋于平稳发展,对于历史事件的关注与对于社会问题的探究成为此时期报告文学的主要视角。钱钢的《海葬》,张建伟的《大清王朝的最后变革》,何建明的《昨天——中英鸦片战争纪实》、《历史,不会被淹没》,李鸣

---

① 孙绍振:《余秋雨:从审美到审智的"断桥"——论余秋雨在中国当代散文史上的地位》,载《当代作家评论》2000年第6期。

生的《走出地球村》,徐志耕的《南京大屠杀》,麦天枢的《昨天》,邓贤的《中国知青梦》等。对于改革开放过程中种种社会问题,报告文学以更为冷静深刻的眼光予以反映揭露,宏甲的《无极之路》,李存葆、王光明的《沂蒙九章》,卢跃刚的《长江山峡:中国的史诗》,罗盘的《塔克拉玛干:生命的辉煌》,徐刚的《中国风沙线》,梅洁的《西部的倾诉》,杨黎光的《生死一线》,从维熙的《种"石"成"玉"》,梁晓声的《同代人赋》,黄传会的《希望过程纪实》,何建明的《落泪是金》等。

新时期报告文学有着很大的发展,在报告文学的艺术手法上,也有着很大的变化,在关注新闻性与文学性的同时,将诗歌、小说、戏剧、电影等文体的手法借用到报告文学的写作中,将对史料的甄别运用与对现实生活的观照结合起来,在对于历史与现实的关注中,使报告文学发展到一个新的阶段。

徐迟(1914—1996),浙江吴兴人,30年代开始诗歌创作,出版诗集《美丽、神奇、丰富》、《共和国之歌》,散文集《美文集》,小说集《狂欢之夜》等,50年代后出版报告文学集《我们这时代的人》、《祁连山下》。改革开放后,他发表了《地质之光》、《哥德巴赫猜想》、《在湍流的旋涡中》、《生命之树常绿》、《结晶》、《刑天舞干戚》等报告文学作品,成为新时期最有成就的报告文学作家之一。反映中国知识分子的命运,为杰出的知识分子立传,是徐迟报告文学的出发点,他描写了陈景润、李四光、蔡希陶、周培源等卓有成就的科学家,在他们坎坷的人生与执著精神的描写中,勾勒人物个性、突出科学精神。徐迟最有影响的作品是《哥德巴赫猜想》,叙写了数学家陈景润攻克哥德巴赫猜想的坎坷历程,揭示出极"左"思潮压制下学术研究的艰难,在对于人物迂拙木讷性格的刻画中,突出其执著奉献的精神。

徐迟的报告文学充满着诗意的激情与浪漫的色彩,他常常以充满激情的语言叙事,以对偶、排比等句式形成诗的节奏,以精练形象的语言叙写深奥的科学问题,使其变得通俗平易。徐迟提出报告文学应该"允许略有虚构,不离真实的虚构"[①],对传统的报告文学观念提出了挑战,引起了争议。

理由(1938—),原名礼由,辽宁辽中人,1972年开始发表小说,1977年开始报告文学创作,发表《高山与平原》、《扬眉剑出鞘》、《她有多少孩子》、《淘气的姑娘》、《中年颂》、《痴情》、《希望在人间》、《南方大厦》、《李谷一与"乡恋"》、《倾斜的足球场》、《元旦的震荡》、《纯情》、《香港心态录》等,连续四次荣获全国优秀报告文学奖。

理由的报告文学取材广泛,华罗庚、林巧稚、袁运生等科学家的人生命运、1985年的"五一九"北京工人体育场足球事件、1987年元旦学潮事件等,都在他的笔下得到及时生动的反映。理由说:"我是习惯于用小说的手法来写报告文学的。"[②]以

---

① 徐迟:《再说散文》,载《湖北文艺》1978年第1期。
② 刘茵、理由:《话说"非小说"——关于报告文学的通讯》,载《鸭绿江》1981年第7期。

小说创作走上文坛的他擅长以小说的手法写报告文学,他注重人物形象的塑造与人物心理的开掘。1983年以后,他的报告文学创作从热情的赞颂到冷静的叙述,更关注社会事件和社会问题的揭示。《扬眉剑出鞘》是其成名作,记录了中国运动员栾菊杰获第29届世界女子花剑青年击剑锦标赛亚军的事迹。作品围绕马德里赛场比赛的情景,插叙了栾菊杰成长过程中的一些故事,在中国剑坛的过去和现在的背景中,赞颂了栾菊杰为国拼搏的精神。作品结构精巧感情热烈,人物刻画细腻生动,心理描写细致,呈现出其"小说式"报告文学的特点。

钱钢(1953—),浙江杭州人,毕业于解放军艺术学院文学系。1972年开始发表作品,70年代末开始发表报告文学作品,有《"蓝军司令"》(与江永红合作)、《唐山大地震》、《奔涌的潮头》、《惊蛰之声》、《茉莉簇拥的小屋》、《大清留美幼童记》(与胡劲草合作)、《大清海军与李鸿章》(原名《海葬》)、《火药发明者的子孙》等。

钱钢的报告文学擅于表现军事题材,塑造有魄力、有智谋的指挥员的形象,敏锐地反映时代的热点问题。其报告文学视野开阔、气势恢弘,将客观的叙事、饱满的激情、理性的思索结合在一起,形成其作品雄健恢弘的风格。发表于1986年近15万字的《唐山大地震》获第四届全国优秀报告文学奖,全景式多角度地再现了唐山地震这场旷古罕见的人类浩劫,深刻反思了这场灾难的原因。作品以大量的数据资料、幸存者的口述实录等,真实地再现了埋葬24万英灵的大地震惨烈场景,突出了唐山人民超越死亡、战胜死神的精神力量,分析了灾难背后的社会悲剧因素与大自然的神秘莫测。全景式的扫描与特写勾画结合,客观的叙述与理性的评述交融,场面的描绘与心理的透视交织,文学性与知识性的融合,在长篇幅、大容量、高密度的笔墨中,具有浓重的抒情色彩和深刻的哲理意蕴,既展现出大灾难的惨烈场景,又歌颂了人类战胜自然灾害的勇气,还提出了人类与自然、人类的命运走向等重大问题,撼人心魄、发人深省。

第六章 戏 剧

第一节 概 说

"文革"后,随着政治、思想领域的"拨乱反正",文学艺术很快进入了全新的发展期。本时期的戏剧主要经历了三个发展阶段,一是恢复现实主义传统,创作出一批以揭露极"左"思潮罪错、歌颂革命先辈历史功绩、反映社会现实问题等为主题的现实主义剧作。二是感应时代脉搏,借鉴西方现代经验,吸收古代优秀传统,创作出一批具有探索革新意义的"实验话剧"。三是深化现实主义发展,融合现代主义艺术经验,创作出一批既具深刻的思想内容又有现代艺术形式的新形态现实主义话剧。

1977年,白桦的《曙光》是"文革"后第一部歌颂老一辈革命家的优秀剧作。稍后,宗福先的《于无声处》和苏叔阳的《丹心谱》揭露了"文革"的灾难,赞扬了人民群众不畏强暴的斗争精神。史超、所云平的《东进!东进!》,丁一山的《陈毅出山》,程士荣等的《西安事变》,赵寰、庞加兴的《秋收霹雳》,雪草等的《八一风暴》,王德英、靳洪的《彭大将军》分别展现了陈毅、毛泽东、周恩来、彭德怀等老一辈革命家在革命战争中所表现出来的正直坦荡,高尚的人格魅力,深谋远虑和卓越的指挥才能。

在揭示社会矛盾、反思历史传统方面,苏叔阳的《左邻右舍》在反思"文革"给普通人造成精神伤害的同时,也揭示了国民精神深处的民族劣根。沙叶新的《假如我是真的》(又名《骗子》)讽刺了干部队伍中的特权现象和不正之风。赵梓雄的《未来在召唤》反映了新时期工业领域人们思想上的进步与保守、解放与僵化的矛盾斗争。宗福先、贺国甫的《血,总是热的》揭示了旧有经济体制中的不合理因素以及人们所形成的保守心理和惰性思维。此外,邢益勋的《权与法》揭示了干部以权谋私的弊端,梁秉坤的《谁是强者》批判了社会生活中找关系走后门的不正之风,俞志光等的《高山下的花环》反映了军队内部存在的特权思想。

70年代末到80年代初,话剧创作繁盛一时,产生了显著的社会效应。这主要是因为其对"五四"以来新文学现实主义传统的恢复,对"十七年"尤其是"文革"时期人为设置的题材"禁区"的率先突破和对社会问题的及时切入,从而应和着时代的脉搏,引发了人们的广泛关注。但是随着改革开放和思想解放的进一步深入,戏剧的传统体制和旧有观念越来越成为戏剧创作向纵深发展的束缚。人们对戏剧的热情开始消退,戏剧创作出现了"危机",这在文艺界引发了一场广泛而深刻的关于"戏剧观"的大讨论。在讨论过程中,人们开始从哲学、美学和社会学等不同角度提出了许多新的戏剧观念,对新时期戏剧的发展产生了积极而深远的影响。它推动了"实验戏剧"的产生与发展,促使了传统现实主义戏剧向西方现代派戏剧和我国传统戏曲的开放,为戏剧的发展带来了新的活力和生机。

1980 年,马中骏等编剧的《屋外有热流》被认为是"实验话剧"最初探索的成果。剧本突破了传统话剧的规范,以现实与梦幻相结合的方式,通过在北大荒因公牺牲的哥哥的灵魂与留在城里的金钱至上、精神空虚的弟弟和妹妹之间的对话,揭示了人为什么活着和怎样活着的深刻主题,发出了对"那发光发热有生命的灵魂"的召唤。此后,沙叶新的《陈毅市长》、《寻找男子汉》、《耶稣·孔子·披头士列侬》,高行健的《绝对信号》、《车站》、《现代折子戏》、《野人》等则在戏剧结构、表现手法和演出体制方面有着更多更为成熟的开拓和创新,它们的出现标志着实验戏剧的探索进入到深化和成熟阶段。在他们之后,刘树纲的《一个死者对生者的访问》,马中骏、秦培春的《红房间、白房间、黑房间》,马中骏、贾鸿源的《街上流行红裙子》,王培公等的《WM(我们)》,陶骏的《魔方》等"实验话剧"和魏明伦的《潘金莲》,陈亚先的《曹操与杨修》,郭启宏的《南唐遗事》,郭大宇的《徐九经升官记》等新编历史剧,进一步吸收了前期戏剧改革探索的经验,既发挥了创作主体的主动性,又充分关注了接受主体重故事的欣赏习惯,在一定程度上把戏剧的改革推向更为成熟和更具中国特色的新阶段。

"实验话剧"在题材、结构、表现手法、舞台空间和演出体制等方面都有大胆创新和开拓,但是这种艺术上的探索在一定程度上与读者和观众产生了疏离。于是一批既具现代意味又保持现实主义传统的话剧作品应运而生。李龙云的《洒满月光的荒原》,何冀平的《天下第一楼》,锦云的《狗儿爷涅槃》和陈子度、杨健、朱晓平的《桑树坪纪事》等在坚持现实主义创作原则的基础上,大胆借鉴和吸收现代派戏剧的表现手法和艺术经验,把触角伸向普通人的日常生活,在纵深的历史背景中开掘出深刻的思想主题,代表了新时期话剧创作的新高度。

总的来看,新时期以来的话剧创作呈现出以下特征:一是题材内容方面,从历史深处到当前生活,从外部社会到内心世界,不断开拓深化。二是人物形象的塑造,从老一辈革命家到普通寻常百姓,从单一人物性格,到多元分裂人格,日益丰富复杂。三是艺术观念和表现手法方面,虚实结合、时空交错、象征联想、歌舞串联等等,不断探索创新。

第二节　李龙云等的现实主义话剧

"十年动乱"期间,"四人帮"等极左思潮一方面实行文化专制,阻止和禁锢文艺健康自由发展,另一方面用"三结合"的方式炮制出"八个样板戏",文化艺术界处于极端荒芜的状态。"文革"结束后,现实主义创作传统很快得到恢复。一批揭批"四人帮"罪恶、缅怀革命先辈历史功绩和反映社会现实问题的现实主义剧作在"伤痕"和"反思"的文学思潮中率先突破"禁区",掀开了新时期话剧创作的序幕。白桦的《曙光》真实地反映了第二次国内革命战争反"围剿"时期,贺龙与国民党反动派、以王明为代表的党内"左"倾机会主义斗争的悲壮历史。宗福先的《于无声处》通过投靠"四人帮"的何是非和"四五"英雄欧阳平之间复杂而不可调和的矛盾关系,从侧面描写了1976年在天安门广场爆发的"四五"运动。苏叔阳的《丹心谱》以受周总理支持的03新药科研组为中心,描写了丁文中、方凌轩等正直、有骨气的知识分子,与以庄济生为代表的出卖灵魂的反面人物之间的矛盾斗争。史超、所云平的《东进！东进》描写了陈毅率领新四军东进苏北,在敌后根据地开展抗日斗争的英勇事迹。苏叔阳的《左邻右舍》描写了愚昧无知的洪人杰在"文革"中凭着自己作为工人的"阶级出身"和所谓的"革命大批判行动"获得一官半职,于是便在"左邻右舍"面前洋洋自得、不可一世,不断给邻居们制造痛苦,最后自己稀里糊涂地被关进监狱,成了政治的牺牲品。沙叶新的《假如我是真的》通过农场知青李小璋冒充中纪委"张老"的儿子张小理骗取回城名额后被揭穿的事件,讽刺了干部队伍中的特权现象和不正之风。李小璋在法庭上所说的"我错就错在是个假的,假如我是真的,那我所做的一切就都会是合法的",具有深刻的反讽意味和警世作用。赵梓雄的《未来在召唤》通过新时期工业领域领导干部之间思想上的进步与保守、解放与僵化的矛盾斗争,以及"现代迷信"对广大工人群众和知识分子造成的伤害,发出了面向未来、破除迷信、解放思想的呼声。宗福先、贺国甫的《血,总是热的》揭示了旧有经济体制中的不合理因素以及人们所形成的保守心理和惰性思维,发出了"用我们的血当润滑剂",迅速推进改革的呼喊。在这一现实主义话剧创作潮流中,李龙云的成就尤显突出。

李龙云(1948—),北京人,1966年高中毕业,1968至1978年在"北大荒"生产建设兵团务农十年,并利用业余时间开始从事文学创作。1978年考入黑龙江大学中文系,并创作四幕话剧《有这样一个小院》,上演后引起了反响。1979年8月被南京大学中文系破格录取为戏剧专业研究生,师从著名剧作家陈白尘,从事话剧创作和研究。1982年毕业分配至北京人民艺术剧院任编剧,2002年转入中国国家话剧院工作。在新时期的剧坛上,李龙云的话剧创作虽然时间并不长,数量也不算多,但其成就却十分突出,1988年入选中国话剧艺术研究会和国务院文化部评选的"中国当代十名优秀剧作家",1996年荣获第一届话剧艺术"金狮奖",2002年由于多部话剧公演备受青睐而被话剧界誉为"李龙云年"。主要剧作有《有这样一个小院》(1978年)、《小井胡同》(1980年)、《这里不远是圆明园》(1982年)、《洒满月光的荒原》(1982年)、《正红旗下》(1999年)、《万家灯火》(2002年)、《叫我一声哥,我会泪落如雨》(2002年)等。

李龙云的话剧主要通过对特殊时代背景下市井平民日常生活的描绘来展示时代风云和历史变迁。《有这样一个小院》以"四五"天安门事件为背景,通过小院中杜、陈、郑三家,特别是杜承烈一家三口的悲惨命运,揭示了"文革"给人们造成的深重灾难以及"四五"事件的原因和意义。《小井胡同》通过小井胡同中刘、许、石、周、陈等几户人家在北平解放前夕、大跃进年代、"文革"初期、"四人帮"倒台前后以及十一届三中全会之后等不同历史时期的悲欢离合,展示了近半个世纪的社会变迁。《洒满月光的荒原》(又名《荒原与人》)描写了"文革"时期北大荒一批插队知青的坎坷遭遇和命运浮沉,在揭示"文革"对青年一代心理摧残与伤害的同时,也展示出黑土地上一代知青的青春激情和高贵品质。《万家灯火》主要讲述了世纪之交北京南城金鱼池地区危旧房改造的故事。《叫我一声哥,我会泪落如雨》写的是"文革"后返城知青在改革开放过程中试图改变自己命运所作的努力和挣扎,以及在金钱面前人与人之间所产生的情感纠葛和生活变迁。

"写小人物,写普通人"是李龙云的一贯主张①。他对"小人物"的关注不是采取远距离的静观默察,而是把自己作为其中的一员融入自己的情感体验。他曾自述,"如果说《小院》集中写了我的母亲的话,《小井》则是写了我的一家,尤其是我的父亲"②,而《荒原》中的马兆新则分明是以李龙云自己为原型。李龙云笔下的"小井人物"勤劳、善良、朴实、正直,表现出中华民族的传统美德,如《小院》中的陈大婶、杜承烈,《小井》中的滕奶奶、水三儿,《荒原》中的马兆新、细草,《叫我一声哥,我会泪落如雨》中的高银骡、二祥、小骡等。

在艺术方法上,李龙云一贯坚持现实主义的创作原则,学习和借鉴老舍、陈白尘等前辈作家的经验,注重对四合院、小胡同等民情风俗的描绘,继承了老舍"京味"戏剧的传统,尤其是《小井胡同》,其中五个时期五幕戏的"侧面透露法"在结构上分明是对《茶馆》的继承和发展。而《小井胡同》、《荒原与人》、《万家灯火》中对小媳妇、王大个子、何老大等人物形象的刻画,则明显有着陈白尘讽刺喜剧的特色。李龙云在继承传统的同时,也借鉴了西方现代派戏剧象征、梦幻、意识流等手法。《荒原与人》把现实与梦幻结合起来,15年前和15年后的马兆新出现在同一个舞

---

① 李龙云:《〈小井胡同〉后记》,北京十月文艺出版社,1987年。
② 李龙云:《给"小井"人民鞠躬》,《〈小井胡同〉附录》,北京十月文艺出版社,1987年。

台上,荒芜的落马湖象征着精神的荒原。《叫我一声哥,我会泪落如雨》由高银骡离开北大荒返城为起点展开叙述,其间穿插着高银骡的回忆和梦境,把抽象的心理世界化为具体的舞台空间。总之,李龙云正是在对市井平民的关注、对风俗民情的描绘、对传统经验的继承和对现代艺术的借鉴中,形成了自己的戏剧风格,为新时期话剧创作的发展作出了杰出的贡献。

第三节 高行健、沙叶新的"实验话剧"

在80年代的话剧实验运动中,高行健与沙叶新的成就尤为显著。

高行健(1940—),江苏泰州人,1962年毕业于北京外国语学院法语系,1978年开始发表作品。1981年入北京人民艺术剧院任专业编剧,80年代末移居法国,入法国籍,2000年因小说《灵山》获诺贝尔文学奖。主要作品有:话剧《绝对信号》(1982年,与刘会远合作)、《车站》(1983年)、《现代折子戏》(1983年)(包括《模仿者》、《躲雨》、《行路难》、《喀巴拉山口》、《横行者》)、《独白》、《野人》(1985年)、《彼岸》(1986年)等,出版有《高行健戏剧集》,小说集《有只鸽子叫红唇儿》,文艺论著《现代小说技巧初探》、《现代戏剧手段探索》等。在新时期的剧坛上,高行健从戏剧的理论探讨到具体的创作实践,为当代戏剧艺术的发展提供了十分重要的经验,成为80年代"实验话剧"的领军人物。高行健在《我的戏剧观》中提出了"动作戏剧"、"交流戏剧"、"复调戏剧"和"完全戏剧"的现代戏剧观念[①]。80年代引起广泛影响的《绝对信号》和《野人》充分体现了他的这一现代戏剧观。

《绝对信号》表现了在夜行火车灰暗、狭小的车厢中,桀骜不驯的黑子被车匪诱骗参与劫车行动,却不料遇到恋人蜜蜂姑娘、朋友小号和义正辞严的老车长。失足青年黑子在老车长、昔日恋人、朋友小号和车匪之间展开了剧烈的思想斗争和内心挣扎。作者一反过去重情节冲突和语言对白的戏剧传统,而注重人物内心冲突的深入挖掘,充分利用舞蹈动作、灯光音响、道具布景等多种舞台手段,把人物隐秘的内心活动具化为可视可听的舞台形象。如果说《绝对信号》在进行话剧探索实验的同时还具有某些传统话剧的主要特征,如场景相对集中、情节相对完整、贯穿着"失足—挽救—觉醒"的线索,那么《野人》则完全是一部多声部、多主题、开放式的探索话剧。首先,剧作具有开放的时空。时间是七八千年前至今,地点是一条江河的上下游、城市和山乡。其次,剧作的内涵意蕴丰富而复杂。作品借生物学家对"野人"的寻访为线索,把长江流域的自然生态、风俗民情、神话传说和现代人的生活、感情、婚姻等诸多问题交织在一起,都市的扩张、森林的消失、洪水的猖獗、褥草锣鼓、

[①] 高行健:《我的戏剧观》,载《戏剧论丛》,1984年4月。

上梁号子、婚嫁歌舞,以及生态学家与妻子芳和幺妹子之间情感纠葛等等,这一切构成了一种多声部的复调结构。再次,多种表现手段创造出全新的舞台效果。除了传统的唱、做、念、打外,作者还将民间的说唱、面具、傩舞、傀儡、皮影、魔术和杂技等多种手段融入舞台演出。

沙叶新(1939—),回族,江苏南京人,1956年开始文学创作,1961年华东师大中文系毕业后,被保送到上海戏剧学院创作研究班学习,毕业后分配到上海人民艺术剧院任编剧,1985年任院长。主要剧作有《假如我是真的》(1979年)、《陈毅市长》(1980年)、《大幕已经拉开》(1982年)、《马克思秘史》(1983年)、《寻找男子汉》(1986年)、《耶稣·孔子·披头士列侬》(1987年)等。

沙叶新是一个有着强烈的社会责任心和使命感的作家。他的剧作无论是历史题材还是现实题材,在"寄深情于现实"[1]的同时有所开拓和创新。十幕话剧《陈毅市长》是沙叶新第一个受到广泛关注的剧作。作者从一个全新的角度,把陈毅同志放到建国初期百废待新的上海,选取了几个典型的场景,重点突出了陈毅市长忘我工作、廉洁奉公、关心群众、待人真诚、严于律己、襟怀坦荡等优秀品质,既表现了"陈毅同志所具有的而今天现实生活中正在大力倡导或业已有所失的思想品质"[2],同时又着重表现了陈毅同志作为普通人的喜怒哀乐,把一个开朗豪爽、幽默风趣、性情独具的陈毅形象刻画得栩栩如生,完全突破了此前对革命领袖形象塑造的神化模式。该剧在艺术形式上也进行了大胆的探索,创造性地采用了"冰糖葫芦式"的戏剧结构,全剧没有一个贯穿始终的中心事件,而是围绕陈毅选取了十个小故事,每个故事为一场,场与场之间既相对独立又为刻画人物这个中心服务。这种还原领袖日常生活和凡人性情的戏剧表现方式和结构方式在《马克思秘史》中也得到充分体现。剧中马克思一方面正在潜心写作《资本论》,为了人类解放事业而忘我工作;而另一方面,作者把更多的笔墨用来展示马克思作为一个"充满人情味的好丈夫、好父亲、好朋友"的日常生活和普通人的情感心理。80年代中期,幽默喜剧《寻找男子汉》和《耶稣·孔子·披头士列侬》的发表,标志着沙叶新话剧创作进入到探索的新阶段。《寻找男子汉》表面上描写的是大龄女青年寻找"男子汉"的经过,实际上是对社会心理和民族病根的深入剖析。作者借女主人公之口剖析了某些人"向儿童甚至胚胎退化"的"胎化病",畏惧懦弱的"缺钙症",崇洋媚外和贪图小利的病态心理,提出了深化改革、重铸民族性格的重大命题。剧作具有反情节、重心理、荒诞性和象征化等现代派戏剧的实验特点。《耶稣·孔子·披头士列侬》则用荒诞手法和寓言形式,把耶稣、孔子和列侬等古今中外人物放置在同一个舞台

---

[1] 沙叶新:《〈陈毅市长〉创作随想》,载《人民日报》,1980年8月1日。
[2] 王新民:《中国当代戏剧史纲》,社会科学文献出版社,1997年,第283页。

上,分别从各自的角度,对诸如拜金主义和集权思想等人类社会中的诸多问题进行对话、交流、讽刺、评说,发出了"清除邪恶,纯洁灵魂"的呼喊。真诚地探索人生,深入地思考社会,不断地创新是沙叶新话剧艺术的执著追求。

第四节　锦云、陈子度等的新形态现实主义话剧

在高行健、沙叶新等人的实验话剧之后,一批既具有现代意味又保持现实主义传统的新形态现实主义话剧作品应运而生。锦云的《狗儿爷涅槃》,陈子度、杨健、朱晓平的《桑树坪纪事》,李龙云的《洒满月光的荒原》和何冀平的《天下第一楼》等剧作,在坚持现实主义创作原则的基础上,大胆借鉴吸收现代派戏剧的表现手法和艺术经验,把触角伸向普通人的日常生活,在深邃的历史背景中开掘出深刻的思想主题,代表了新时期话剧创作的新高度。

锦云(1938—),原名刘锦云,河北雄县人,1963年北京大学中文系毕业后,在北京郊区昌平工作多年,后调入北京市委宣传部工作,1982年调入北京人民艺术剧院任编剧,1997年任院长。主要有话剧《山乡女儿行》(与王梓夫合作,1985年)、《狗儿爷涅槃》(1986年)、《背碑人》(1988年)、《乡村轶事》(1989年)、《风月无边》等。

1986年6月发表的《狗儿爷涅槃》,同年秋天由北京人民艺术剧院上演后,在戏剧界引起了强烈反响,1988年获第四届全国优秀戏剧奖。剧作通过绰号"狗儿爷"的主人公陈贺祥在新旧社会几十年的坎坷遭遇和对土地的迷恋,反映了老一辈农民既勤劳朴实又落后保守的民族根性。狗儿爷解放前给地主祁永年做长工,受尽屈辱和磨难,梦想发家致富能跟祁永年换个个儿。战乱时期,他冒着生命危险,把逃亡出门地主家的20亩芝麻收归己有,却丧失了妻子的生命。解放后,狗儿爷又分到了土地和菊花青大马,搬进了祁家的高门楼,娶了年轻貌美的小寡妇冯金花为妻,逐步实现了他发家致富的梦想。翻了身的狗儿爷开始变得顽固保守、自私自利。他一心想得到地主家的印章,朋友苏连玉落难时,他乘人之危以低价收购他的土地,坚决不同意儿子大虎娶祁永年的女儿小梦,随之而来的农业合作化、人民公社和大跃进让他失去了拥有的土地和牲口,狗儿爷精神失常了。三中全会以后,由于包产到户,土地和牲口再一次回到他手上,狗儿爷的疯病也好了,但不料随着改革开放的到来,儿子和儿媳要拆掉高门楼,创办白云石厂,狗儿爷的"地主梦"又一次破灭了。愤怒、痛苦、绝望中的他点火烧毁了见证他"门脸"的高门楼。《狗儿爷涅槃》在广阔的历史背景上,展示了不同历史时期农村农民的命运变迁,具有深刻的思想内涵。在艺术形式上,作品以晚年狗儿爷对一生坎坷经历的追忆为起点,让祁永年的魂灵与狗儿爷相伴随,穿插着

现实生活中父子二人为高门楼而产生的"拆与守"的矛盾,在大胆运用传统戏曲和小说叙事技巧的同时,成功地借鉴了表现主义和象征主义等现代派戏剧的表现方法。狗儿爷的清醒与疯癫是不同时代人们精神状态的象征,他与祁永年魂灵的辩驳具有荒诞的色彩,而高门楼则是几千年封建传统文化和农民生活理想的象征。

陈子度、杨健、朱晓平等人的《桑树坪纪事》是新时期又一部新形态现实主义剧作。该剧以深沉的笔触描绘了西部黄土高原桑树坪人因物质贫困和精神愚昧而产生的生存危机和人生悲剧。队长李金斗是一个具有多重人格、性格十分复杂的典型。为了桑树坪百姓,他敢于同估产队干部据理力争,揭穿"文革"的虚假和欺骗,为了抢救饲养员李金明,他甚至不顾生命危险最终被砸瘸了一条腿。这些正直朴实甚至有些农民式"狡黠"的品质集中体现了中国农民的传统美德。但是他同时又是悲剧的制造者,愚昧落后的代表人,是他带领村民陷害王志科、"围猎"榆娃,逼死许彩芳、摧残陈青女、卖嫁李月娃。这些无不表现出桑树坪人狭隘、愚昧、落后、麻木和冷酷的精神负荷。在另一方面,《桑树坪纪事》也是一组女性生存的悲剧。彩芳、青女、月娃三个女性的悲剧命运凄婉悲凉、催人泪下。贫困落后的生活和男尊女卑的思想剥夺了她们的爱情自由和婚姻幸福。年轻貌美的青女受骗嫁给了"阳疯病人"李枫林,最终被欺辱蹂躏至疯。敢爱敢恨的彩芳12岁做童养媳,17岁成了寡妇,她拒绝"转房亲",与榆娃的相爱不容于当时,最后只得以沉井的方式来维护尊严抗争命运。而12岁的月娃却以500元的价钱被骗到千里之外的甘肃做童养媳。"在自然经济的落后生产力所形成的贫困状态下,封建宗法观念、家长等级观念、男尊女卑观念、狭隘排外观念以及变相买卖婚姻,都仍然幽灵般缠绕、渗透在人们的心理与素质中,这不能不成为我们民族前进的可怕阻力与惰力。"①在艺术形式上,《桑树坪纪事》"坚持现实主义基础","有分析地吸收现代戏剧的一切有价值的成果",创造出"一种和中国民族、民间审美相适应的诗意幻觉以及形式与内容完美结合"的戏剧样式②。剧作在写实的基础上,大量运用写意手法,突破传统话剧"定场"的格式,"转场"方式运用得简洁明快、流畅自然。大量地运用歌舞手段甚至引进古希腊戏剧中的歌队形式来揭示心理、塑造性格、烘托氛围、推动剧情和升华主题。如剧中"芙奴传"表现了彩芳与榆娃的爱情,"宰牛舞"暗喻了王志科等任人宰割的命运。

此外,新时期的新形态现实主义话剧值得一提的还有李龙云的《洒满月光的荒

---

① 《悲剧的历史画卷,精美的舞台创作》,首都文艺界座谈话剧《桑树坪纪事》,载《人民日报》1988年3月23日。
② 同上。

原》和何冀平的《天下第一楼》。前者已有论述,在此从略;后者把镜头对准一个老字号饭馆"福聚德",生动地描绘了老北京市民"京味"十足的生活习俗。剧中表现了从东家、掌柜、账房、堂头、厨师和灶头等各色人物的恩怨情仇和矛盾纠葛,把人生的酸甜苦辣和饮食的煎烤烹炸融会在一起,显现出新形态现实主义话剧的无穷魅力。

第五节　魏明伦等的戏曲

　　80年代初出现的"戏剧危机"也包括传统的戏曲在内。据统计,京剧的一些传统保留剧目如《法门寺》、《凤还巢》、《李陵碑》、《六月雪》等全年的演出不过十场①。显而易见,传统戏曲的现代化改革迫在眉睫。正是在这一现实要求下,魏明伦的《潘金莲》、陈亚先的《曹操与杨修》、郭启宏的《南唐遗事》、郭大宇的《徐九经升官记》等新编历史剧把现代意识和时代精神融入古代历史,代表了戏曲改革的新成就。

　　魏明伦(1941—),四川内江人,幼时失学,7岁学艺,9岁登台赢得"九龄童"的艺名。13岁因"倒嗓"而歇艺,从此弃艺从文。14岁时开始发表习作,16岁受"反右"株连,"文革"期间停笔,历经坎坷。新时期以后,重新获得创作生机。主要剧作有《易胆大》(1980年)、《四姑娘》(1981年)、《巴山秀才》(1983年,与南国合作)、《岁岁重阳》(1984年,与南国合作)、《潘金莲》(1985年)、《夕照祁山》(1987年)、《中国公主杜兰朵》(1993年)、《变脸》(1997年,合作)。其中《易胆大》与《潘金莲》双获1981年全国优秀剧本奖,《巴山秀才》再获1983年全国优秀剧本奖;"连中三元",剧坛罕见。另外他还著有散文杂文集《巴山鬼话》。

　　魏明伦说,他是戏曲"危机论者"和"救亡论者",主张采用电影、话剧的某些手段打破传统戏曲陈规,吸引观众特别是青年观众②。魏明伦总是以开放的思维把现代意识和当代精神贯注到戏剧创作中,把现代派的荒诞手法、电影的蒙太奇手段、现代话剧的对白、传统戏曲的唱腔和巴蜀文化的精髓融合在一起,创造出形式新颖活泼、思想深入浅出、语言雅俗共赏的现代戏曲,常常是一剧既成,轰动剧坛,享誉海外,在文学逐渐失去轰动之后的90年代,给文坛带来了难得的"魏明伦现象"。

　　有人把魏明伦的戏剧创作分为三个阶段,1980至1983年为成名阶段,三部作品《易胆大》、《四姑娘》和《巴山秀才》三获全国优秀奖。1984至1987年是扬名阶

---

① 马紫晨:《关于剧目的信息》,载《戏剧报》,1984年11月。
② 王新民:《中国当代戏剧史纲》,社会科学文献出版社,1997年,第391页。

段,有三部剧作《岁岁重阳》、《潘金莲》和《夕照祁山》,尤其是《潘金莲》毁誉交加,引起海内外普遍关注。90年代以来是成熟阶段,两部剧作《中国公主杜兰朵》和《变脸》,在艺术上更见成熟,获得一致好评[1]。《易胆大》中易胆大为师妹花想容报仇,设计铲除骆善人和麻大胆两大恶霸,最后恶霸被除,大仇已报,而师妹却怕连累师兄而自杀身亡。快意恩仇的故事,跌宕起伏的剧情,悲喜交加的氛围,智勇双全的人物,浓郁的巴蜀风情,使得该剧一面世,便获得了广泛赞誉。魏明伦在《巴山秀才》中一改过去"阶级斗争"和"清官戏"的老套,描写了一群秀才为了民生疾苦,不顾自己功名,在考场上用考卷来告状申冤的传奇经历,主人公孟登科从"迂告"到"智告",最后被钦差欺骗用药酒毒死。作者创造性地继承了川剧中善写书生秀才的传统,在读书人的"酸"、"迂"中融进了民间的"侠"、"义"。《潘金莲》"是站在八十年代角度,撇开《金瓶梅》,沿着《水浒传》故事,取舍欧阳老的得失,重新认识潘金莲"(《作者的话》)。剧作的副标题为"一个女人的沉沦史",作者既不取"荡妇潘金莲"的传统概念,也不作"妇女解放先驱"的"翻案",而是把潘金莲还原成一个普通的女性,从人性的角度,展示了潘金莲从一个有个性的花季少女,到一个认命守辱的家庭主妇,再到一个春心萌动的杀夫凶手这样一个从挣扎到沉沦的过程。该剧的突出之处不仅在思想主题的推陈出新,更在于结构形式和艺术手法的大胆创新。作者采用"复调"的结构,在潘金莲与四个男人的"沉沦史"中穿插了古今中外的著名人物在同一个舞台上的对话,他们从各自不同的立场和角度,评论潘金莲的命运遭遇和是非得失。这种多声部的复调式结构形式突破了以往戏剧单一的思维结构方式,被人称誉为"我国戏曲史上迄今为止最为大胆的革新"[2]。当然,《潘金莲》的前卫姿态,也引起了剧坛内外的一些贬斥,称他为"川剧的吴下阿蒙",对历史剧"一窍不通、一塌糊涂、一团漆黑、一无是处"[3],但是《潘金莲》在艺术上的创新性在当代戏剧史上是不容忽视的。《变脸》从人性的角度描写了江湖艺人水上漂与买来的假小子狗娃相依为命的生活遭遇,剧中世道的艰险、民间的仁义和川剧变脸的奇诡,无不让人过目难忘。《中国公主杜兰朵》把一个"外国人臆想的中国故事"进行了中国式的改造,冷面公主杜兰朵向求婚的王孙公子设下三道难题,金陵公子和沙漠怪客纷纷败北,被公主送上断头台,但被皇帝赦免救下,孤岛隐士无名氏以智巧、武艺和爱心赢得了公主的芳心,最后公主追随无名氏泛舟而去。写意传神的手法、亦庄亦谐的剧情,"唱做念打舞并重,昆高胡弹灯并用,文学性和戏剧性并行,可视性和可思性并举"[4]是这部戏剧的突出特色。

---

[1] 魏明伦:《魏明伦剧作精品集·后记》,上海古籍出版社,1998年,第342页。
[2] 容正昌、张立行:《对荒诞川剧〈潘金莲〉褒贬各异》,载《文汇报》1986年6月6日。
[3] 魏明伦:《川剧恋》,《魏明伦剧作精品集》,上海古籍出版社,1988年,第4页。
[4] 魏明伦:《魏明伦剧作精品集·后记》,上海古籍出版社,1998年,第205页。

此外,陈亚先的《曹操与杨修》通过曹操与杨修的矛盾冲突和人格对照,昭示了历史的兴废之理和民族的衰荣之道。剧中曹操为谋求帝王之业既求才又忌才,外显慷慨而内心卑微的权势者的复杂人格,与杨修忧国忧民、聪慧过人,为了恢复汉家大业而不顾个人安危的知识分子的可贵品质,形成了鲜明的对比,构成了剧作的内在张力。郭启宏的《南唐遗事》在亡国遗恨中表现了南唐后主李煜无力治国的软弱和热衷诗词美人的才情。为了凸现亡国之君的悲剧,作者不拘泥于历史的真实,采用"传神史剧"的笔法把赵匡义的史实集中在赵匡胤身上。郭大宇等的《徐九经升官记》借鉴西方和苏联戏剧"自我分裂"的表现手法,让"良心"徐九经和"私心"徐九经两个幻影与真实的徐九经同台争执,表现出人物内心的复杂和人格的多面。这些具有现代意识和时代精神的新编戏曲在结构形式、表现手法、舞台设计和演出体制等方面都为当代戏剧"现代化"提供了经验。

第七章 港澳文学

"港澳文学"的全称为"香港澳门文学",这两个分别于 1997 年和 1999 年才回归祖国的"特别行政区",此前分别有着被英国"港督"管辖 150 多年和被葡萄牙"澳督"统治 400 年的殖民历史,虽然华洋杂处,但其华人居民一直占总人口的 95%以上。因此,港澳文学,尤其是 20 世纪的香港澳门文学的兴衰起伏,都有其既与中国文学传统一脉相承而又无法简单类比的独特而鲜明的特点。

第一节 香港新文学的拓荒与萌芽

香港虽然于 1842 年被割让成为英国殖民地,但它与内地始终保持着密切的联系,以岭南文化为代表的中华文化在香港始终有着深厚的根基,因此,它并未像其他英属殖民地那样形成一个母语为英语的文学传统,在广大的华人圈内,粤语(广东话)和中文始终是绝大多数香港人的交际与阅读的工具。1874 年,曾受清政府通缉而避难于香港的王韬与友人合办并主编中文报刊《循环日报》,并经常在该报副刊发表作品,被视作香港文学的起点。20 世纪初叶,被誉为"晚清文坛奇才"的黄世仲(又名黄小配),于 1903 年至 1911 年居港期间,不仅与其兄创办或主编《中外小说林》等 12 种报刊,还创作了《洪秀全演义》、《廿载繁华梦》等近 20 部长篇小说,成为近百年来香港作家在中国近代文学史上最具影响力的"革命派小说大家"。

从 20 世纪 20 年代中期开始,在内地"五四"新文化和文学革命的推动和影响下,香港的新文学(白话文学)也逐渐从无到有,在封建遗老遗少把持的文坛堡垒中形成萌发之势。1924 年重新创刊的《英华青年季刊》刊出的七篇短篇小说中,有五篇白话小说。1925 年第 1 期《小说星期刊》发表《新诗的地位》。1926 年第 5 期该刊刊出白话诗《愉快》。1927 年,鲁迅在许广平的帮助下,应邀到香港基督教青年会礼堂作了《无声的中国》和《老调子已经唱完》两次演讲。那时,香港的文坛还十分冷落沉寂,但鲁迅却表示相信,将来的香港是不会成为文化上的"沙漠之区"的,他说:"就是沙漠也不要紧的,沙漠也是可以变的。"就在鲁迅到港演讲之后一年多,被誉为"香港新文坛的第一燕"的首份白话文学刊物《伴侣》,于 1928 年 8 月 15 日问世。20 年代末,香港的第一个新文艺社团"岛上社"成立,在"沙漠之区"上播撒了第一批新文学的种子。到 1933 年,香港新文学史上最重要的文学杂志《红豆》也应运而生,标志着香港的新文学在发展中巩固了自己的阵地。

1935 年 9 月,"五四"新文学著名作家、学者许地山应聘来到香港,出任香港大学中文学院教授。他抵港后,积极改组原香港大学中文部,并将其易名为"中国文史学系",直至今日,港大中文系仍然保留着"中国文史学系"的名称。许地山先生在香港生活、工作了整整六年,直至 1941 年 8 月积劳成疾、不幸病逝为止,他为推动香港新文学的建设和发展作出了重要的贡献。

1937 年"七七"事变之后,抗日战争全面爆发,直至 1941 年底因太平洋战争爆发、香港沦陷为止,这一时期的香港取代了 30 年代的上海和抗战初期的武汉,文学活动与创作都出现了空前的繁荣,被誉为"中国新文化的中心"。许多内地作家纷纷南下,积极参与香港的各种文化和文学活动,仅 1938 年一年,就出现了茅盾主编的《立报·言林》、戴望舒主编的《星岛日报·星座》、萧乾主编(后由杨刚接编)的《大公报·文艺》等文艺性副刊以及由端木蕻良等人创办的《时代文学》等文学刊物。不少著名的内地作家在香港继续从事创作,如茅盾写出了《第一阶段的故事》、《腐蚀》等 40 年代的重要作品;萧红写出了《呼兰河传》、《小城三月》、《马伯乐》等后期重要小说;戴望舒则在日寇占领香港后被投入域多利监狱,他在狱中写下了脍炙人口的《狱中题壁》、《我用残损的手掌》等诗风明朗刚健的诗作。

1945 年,香港在度过了 3 年零 8 个月"灾难的岁月"之后终于重光,香港文坛又活跃起来,内地的作家和文人不断来来去去,推动了香港文学的重新建设。40 年代末出现了黄谷柳的长篇小说《虾球传》,直接取材于港澳社会的底层生活,成为 40 年代末至 50 年代初深受读者欢迎的畅销读物。还有 20 年代加入"岛上社"的侣伦,40 年代末开始创作反映战争结束后香港居民的苦难生活的长篇小说《穷巷》(又名《都市曲》)。该作品于 1952 年出版后,被誉为战后香港文坛的巨构佳作,多次被改编为广播剧及电视剧。这些作品以无可辩驳的事实表明,20 世纪 20 至 40 年代的香港文学已经成为中国新文学历史的一个重要组成部分。

第二节 50 年代以后的香港文学

50 年代以后,由于众所周知的原因,香港与内地的关系疏离,因此,香港文学便在一种独特的时空条件下,逐渐随着社会的演变和经济的增长而形成了自由开放、中西交融和商业性强的"港式化"的文化特征,以及社会写实主义、现代主义和通俗流行三种文艺形态共生并存的局面。

50年代以后的香港作家,主要由三部分人构成:一是40年代留港以及日后陆续抵港的"南下作家",如叶灵凤、曹聚仁、徐訏、刘以鬯、金庸、梁羽生及70年代后陆续由内地或台湾抵港的余光中、董桥、陶然、白洛、慕翼、东瑞、陈娟、王璞等;二是战后成长起来或出生的"新生代"本港作家,如舒巷城、海辛、金依、温健骝、戴天、亦舒、倪匡、也斯、黄国彬、钟玲玲、胡燕青、钟晓阳、黄碧云、董启章等;三是来自美国、加拿大、马来西亚、新加坡、印尼等地的"外来作家",如思果、施叔青、梁锡华、温瑞安、方娥真、孙爱玲等。虽然香港是个"自由港",人员来来去去出入频繁,但这些至少在香港居住、生活过较长时间的三部分作家,他们植根于香港,并将目光和笔触转向他们日益熟悉的都市生活,描绘、剖析香港这个急剧变化、竞争激烈的资本主义社会中的人际关系、观念意识和人生百态,创作了许多反映香港风情和社会风貌的佳作。

一、小说

50年代以后的香港小说,按其创作方法和接受对象来区分,主要可分为通俗流行小说、社会写实小说和现代实验小说三个类别。

通俗流行小说的数量最大,拥有众多读者群,影响较大的有:一、以金庸、梁羽生、倪匡、温瑞安等为代表的"新武侠小说"系列,他们在吸收西方现代文学的观念和方法的基础上,对传统的旧武侠小说推陈出新,使用新的表现技巧和结构安排,使之与中国传统小说语言生动、情节曲折、引人入胜的长处结合起来,在港、台、大陆、东南亚和海外的华人社会中影响颇大。尤其是金庸的作品影响之广超乎寻常,甚至流传着"地球上凡是有唐人街的地方,就有金庸的武侠小说"之说。金、梁、倪曾在香港武侠小说界三家鼎立,各有所长:金庸擅长刻画人性,塑造的反派高手尤见功力;梁羽生则工于写情,且诗词歌赋无一不精,尤其重视正邪分明的侠义精神;而倪匡的武侠小说往往较重推理,迂回曲折,引人入胜,但艺术的审美价值比金、梁则略逊一筹。二、言情小说。其作者主要有亦舒、李碧华、严沁、林燕妮、西茜凰、岑凯伦,以及80年代后期出现的将商场与情场结合起来,推出一系列"财经小说"的梁凤仪和深受青年读者喜爱的张小娴等人。言情小说主要以女学生、在公司就职的年轻女职员和家庭主妇为主要阅读对象,读者群甚至超过"新武侠小说"。这些言情小说往往以"少女童话"居多,让女性读者在现实生活的单调乏味之余,做一点郎才女貌、爱情美好、"有情人终成眷属"的浪漫之梦,以补偿生活中的不美满和不如意。三、科幻小说。以卫斯理(倪匡)的"卫斯理科幻小说系列"为代表。这是从70年代后在香港台湾等地流行起来的,很快家喻户晓。据台湾远景出版公司"倪匡科幻小说全集"的书目,其中有其《无名发》等科幻小说44部之多。《无名发》是以天外来客在地球上的活动为题材,讲的是外星人中的罪犯被放逐到地球上,成为人类祖先的神奇故事。此外，流行小说中还有高雄(三苏)的《经纪拉日记》等"方言小说"，董千里、南宫搏的历史小说等，均拥有广泛的读者群。

社会写实小说继承了"五四"以后的中国现代小说关注现实、反映人生的传统，大都着眼于揭露香港这个高度商品化社会的种种弊端和高楼大厦背后的龌龊交易，如"金钱至上"、"笑贫不笑娼"等观念意识，人与人之间关系的冷漠无情以及社会下层人物的悲欢离合等等。这些作品除了老一代香港作家侣伦的《穷巷》外，还有舒巷城的《港岛大街的背后》、《太阳下山了》，海辛的《出卖影子的人》、《乞丐公主》，阮朗的《华灯初上》、《香港大亨》，高旅的《金屑酒》，陈浩泉的《香港小姐》，白洛的《香港狂人》、《暝色入高楼》，陶然的《平安夜》、《香港内外》，张君默的《香港子夜》，陈娟的《香港女人》，慕翼的《天谴》等等。这些作品也是改革开放之初最先在内地出版的香港小说中的一部分。

现代实验小说的读者面虽然无法与通俗流行小说相比，但处于中西文化交汇之地的香港，多年来仍有一批作家、学者孜孜不倦地致力于翻译、介绍西方现代主义文学，并受其影响在小说艺术上有所突破和革新，尽管香港并未像台湾那样出现过雄踞文坛的"现代派"文学思潮。他们运用心理分析、存在主义、荒诞派、魔幻现实主义、新小说派、超现实主义等等创作方法进行多种探索和实验。老作家刘以鬯堪称这方面的佼佼者，他身体力行地将中西两种文学形态和创作方法结合起来，提出了"现代现实主义"的创作主张，即运用现代主义文学的各种方法和技巧，来表现包括香港在内的社会现实人生。他在60年代初创作的长篇小说《酒徒》，堪称中国第一部意识流小说，此外，他还著有《寺内》、《陶瓷》、《天堂与地狱》、《春雨》、《一九九七》等中短篇小说集。另一位1998年香港首届艺术发展局文学奖小说奖得主、女作家西西，著有长篇小说《我城》、《哨鹿》、《美丽大厦》、《候鸟》、《哀悼乳房》、《飞毡》以及中短篇小说集《东城故事》、《春望》、《像我这样一个女子》、《胡子有脸》等，在其小说中，她把香港的生存方式和城市形态以一种奇特的想象力和表现方式加以摹写，并为其造像。另外，像也斯的《剪纸》、《岛和大陆》、《布拉格的明信片》、《记忆的城市 虚构的城市》等小说，也表达了作家对于香港及其城市文化等的深入思考和复杂感情。还有像辛其氏、钟玲玲、吴煦斌、钟晓阳、黄碧云等中青年女作家也在这方面作过各种探索和尝试，并各有所获。

二、散文和杂文

散文是一种具有悠久传统的文学体裁，历经数千年的耕耘、发展而生生不息。在华厦林立、寸土尺金的香港，散文已成为最为繁荣且变幻最多的文体，它在读者的欣赏需要和接受口味的驱动下，向着各取所需的方向多样发展。"士人散文"与"市人散文"同样丰富多彩。"士人散文"主要以在大专院校执教或就职的学者为主体的"学院派"为主,自70年代以来,文风颇盛,作者众多,如宋淇、思果、金耀基、余光中、梁锡华、黄国彬、黄维梁、陈耀南、也斯、刘绍铭、潘铭燊、小思等等,还有后来被授予香港首届艺术发展局文学奖散文奖、担任《明报》总编辑的董桥,他们的散文融书味墨香于一炉,无论是说理议论,还是叙事抒情,或是广征博引、出入古今,知性与感性水乳交融,哲理与文采相得益彰,集真、雅、美、趣于一体,机智而又幽默地把那夫子自道、抒写性灵的散文的文学特性,发挥到了极致,成为香港散文中的"精品"之作。

"市人散文",指面向一般普通香港市民并适合其阅读口味的散文,一般以短小精悍、内容驳杂为其主要特色。像梁小中(石人)、曾敏之、柳苏、李英豪、吴羊璧、蔡澜、陶然、黄蒙田、陶杰等人的专栏散文,多年来一直享有盛誉,拥有很高的知名度和众多的读者"发烧友"。除此以外,女性作者的散文亦占相当大的比重,其基本特点:俗、小、杂、碎。"俗",身边事物,乃至家务私情,和盘托出,通俗浅白;"小",一人一事,乃至针头线脑,三言两语,小题小作;"杂",上至仁父慈母,下至婴儿眼泪,花草虫蝶,尽可入文;"碎",或写凡人琐事,或抒一得之见,点点滴滴,以小取胜。另一些女作家的抒情小品,如亦舒、李碧华、林燕妮、李默、何锦玲、蒋芸、方华、谢雨凝、夏婕、胡燕青等,或咏物,或怀人,或叙事,或摹景,文字优美,描绘精细,言简意明,朴实平易。

此外,作为散文的重要分支的杂文,在香港也格外繁荣,这主要是因为70年代后,由于经济高度发展,香港报纸的副刊纷纷"封疆裂土",将版面分割成各种各样的专栏,由固定的作者按固定的位置和字数撰写一至数篇。这种由报纸的商业竞争和适应不同层次的文化消费需求的专栏杂文,上至天文地理,下至吃穿住行,大到时势政治,小到花鸟虫鱼,可谓人生百态,无所不谈,古今中外,包罗万象。至80年代,香港报刊上的专栏之多,已经有目共睹。有心之人曾对香港的13家销路好、有代表性的报纸作过统计,其中各种各样的专栏(香港人戏称为"框框")将近四百个,每日填入这些"框框"中的文字也就相当可观了。按照香港回归之前在港府登记注册的60多家报纸来计算,"框框"的数字就更为惊人了。香港的专栏杂文,因其之"杂",也就难免泥沙俱下,鱼龙混杂,其中既有字字珠玑的文学精品,也有通篇糟粕的文化垃圾,大多数则属即食即弃型的文化"快餐"。

三、新诗

与小说和散文、尤其是与数量庞大的"框框杂文"相比,新诗在香港的读者面可说是最为窄小的了。但几十年来,仍有不少香港诗人孜孜不倦地在诗的园地中耕耘播种。其中最引人瞩目的,就是诗的城市书写及其想象。或许正是由于新诗的读者在香港偏窄,反而更使一代又一代的香港诗人坚守精神和语言的探索家园,以抗衡现实世界物欲横流的商业天地。他们把对现代城市的生活体验、感觉和想象，输入中国新诗的语义系统，反省人与人、人与城市的关系。老一辈诗人中，坚持写实风格并且数十年不变的已故诗人何达，他的诗语言质朴而感情真挚，如《在旅途中》写道："每一分钟我的情感/都在向你涌流/无论我出声或者沉默"，写出了一个来自大陆的旅客的坦荡胸怀和对人间友情的珍重。50年代初"南来"的诗人力匡，虽在香港居住，但在感情上并不认同商业化的都市和香港人的生活方式，他将其最早写香港的诗命名为《我不喜欢这个地方》，表达出浓郁而浪漫的怀乡情结。70年代后执教于香港中文大学的余光中等著名诗人，在执教之余，不仅创作了许多脍炙人口的新诗佳作，还为扶植、培养香港诗坛的后起之秀作出了很大贡献。本埠诗人舒巷城从30年代末开始写诗，六七十年代在港出版过都市诗集《我的抒情诗》、《回声集》、《都市诗抄》，在继承写实风格的同时，着力以批判的目光暴露香港这座商业化大都市的怪诞与缺乏人性，如《斑马线》揭示都市的马路上危机四伏，跨过一步即是"峭壁深渊"；《繁华》则告诉你，所谓的"繁华"犹如锋利的剪刀，"它不会错过/即使是你伤口上的一根羊毛"。以诗刊《诗朵》、《诗风》为代表的现代主义诗歌，如中青年一代诗人昆南、羁魂、戴天、黄国彬、梁秉钧等人的诗作，也常常表露出诗人们对香港混杂不纯的社会现象的愤懑情绪，以及对于个人文化身份难以确认的内心失落感。如昆南1963年发表的《旗向》，诗由古文、商业信札用语、歌曲、英文公函、赛马报道等糅合而成，嘲弄中蕴涵着苦涩辛酸。后来被授予香港首届艺术发展局文学奖新诗奖的著名诗人戴天，早期亦发表过不少具有现代主义色彩的诗作，如《一匹奔跑的斑马》，以黑、白两种颜色象征白天与黑夜，以斑马的奔跑隐喻时光的飞逝，构思新颖而又奇特。精通西欧数国文字的诗人兼学者黄国彬，其诗兼容并蓄，既有阳刚之气，亦有阴柔之美，意象丰富，文字瑰丽。另外，诗坛新秀陈德锦、胡燕青、梁兆安、钟伟民、王良和等人的新诗佳作，在80年代后的香港诗坛屡屡获奖。

第三节 20世纪的澳门中文文学

在中国大陆以外的台港澳文学中，澳门中文文学所占的比重很小，并且起步也较晚。虽然澳门文学(含葡萄牙语、英语)比香港文学开发更早，并且在几百年的缓慢发展中形成了自己的特色。由于其特殊的历史，澳门形成了与香港不同的文学现象，即澳门文学包括用华语(中文)和葡萄牙语等其他语种所创作的文学作品。本节只述澳门的中文文学。

20世纪"五四"新文化运动和文学革命浪潮对于澳门的影响，大约是在30年代以后。30年代末，澳门出现德亢、蔚荫、魏奉槃和署名飘零客的中文新诗。其诗作的基本主题为谴责、鞭挞日本帝国主义的侵略行径,歌颂英勇抗日的战斗精神。蔚荫所创作的《在街上》,全诗长达 687 行,为澳门中文新诗史上迄今最长的一首诗,表达了诗人对于抗战时期种种社会丑恶现象的怒目相视和批判态度。此外,还有卢逊的《澳门吟》也直接反映了当时澳门社会黄、赌、毒、迷信泛滥和战争造成的罪恶。

50 年代后,澳门文学进入一个过渡的时期。由于数百年来,葡澳当局疏于澳门的文化建设,故而在 80 年代中期以前,在澳门本土甚至找不到一家公开出售的文学杂志和一份纯粹的文学副刊,更找不出一家愿意接受文学作品付印的出版社,但数十年来,澳门仍有文学人士不懈努力的印记留存。如 1950 年创办的《新园地》,虽非专门的文艺刊物,但也发表了一些澳门作家的作品。1958 年创刊的《澳门日报》,将已停刊的《新园地》作为综合性副刊的刊名,继续为澳门作者提供发表短篇作品的园地。1963 年,一批澳门文学爱好者,集资自费出版文学刊物《红豆》,虽然为油印刊物,发行数量也十分有限,坚持了一年多,共出版 14 期。不过,由于发表作品的园地有限,因此,许多澳门作家在数十年中,不得不将文稿投寄、发表于香港的一些文艺刊物,如《文艺世纪》、《伴侣》、《海光》、《当代文艺》、《海洋文艺》等,形成了澳门文学史上的一种特殊的文学现象——"离岸文学"(即在澳门以外地区发表作品)和"离岸作家"(移居香港或海外但仍与澳门保持密切联系的作家)。如鲁茂从 50 年代起就为香港《文汇报》撰写小说、影评,60 年代起在澳门写连载小说,几十年来创作的作品已达千万字。从福建厦门"南下"后来又去了南洋的黄崖,50 年代创作了长篇小说《迷濛的海峡》,以澳门及其四周的小岛如路环岛、伶仃洋的天堂岛为背景,描写了一位具有黑社会背景的青年人在犯罪与爱情中醒悟、反省,最后死于非命的悲剧,扣人心弦。还有 50 年代起活跃于香港文坛的余君慧,发表过不少以澳门为背景和澳门现实生活题材的小说,如《丝士咖啡室》、《秘密》、《浴室惊魂》、《艳遇》、《静电》、《成年人的童话》和《快活楼》等,深受港澳读者的欢迎,这些小说有的还曾在南洋文坛上流传。

80 年代中期以后,珠江三角洲的改革开放激活了澳门的经济和文化,随着澳门新移民的不断增多,澳门人口由不足 20 万猛增至 40 多万。经济的腾飞促进了文化的多元发展,新移民的大量增加不仅扩充了原先的作家结构,也使澳门文学依附于"离岸"的尴尬状况开始有了转机。1983 年 6 月 30 日,《澳门日报》文学副刊《镜海》创刊,结束了以往澳门报纸只有综合性文化副刊的历史。《镜海·发刊词》大声疾呼:"澳门应该修建自己的文坛"! 1984 年,澳门文化界首次举行"港澳作家座谈会",对于澳门文学的历史和现状进行认真的研讨。诗人韩牧在座谈会上呼吁建立"澳门文学形象",得到澳门文学界的共鸣和响应。此后澳门文学开始进入主动、自觉的创作阶段。1985 年 1 月,澳门东亚大学(今澳门大学)中文学会出版了由云惟利教授主编的《澳门文学创作丛书》，这是澳门历史上第一套文学作品集。1986年由澳门东亚大学中文学会主办、《澳门日报》等机构支持的"澳门文学座谈会"召开，首次对澳门本土文学在新诗、小说、散文和戏剧方面的艺术成就进行了具体而细致的讨论。会后，结集为《澳门文学论集》出版（澳门文化学会、澳门时报出版社，1988年）。这是澳门有史以来第一部关于澳门文学的论集，也是澳门文学的文类研究的第一部专书。1987年，澳门首个文学团体——"澳门笔会"成立，并创办"纯文学"刊物《澳门笔汇》，此举对增强澳门作家的凝聚力和推动本土文学创作的繁荣发挥了积极的作用。1989年5月，澳门历史上参加人数最多的诗歌团体——"五月诗社"正式成立。为了推动澳门现代诗的发展并加强澳门文学界的对外交流，五月诗社先后在《澳门日报·镜海》版以四个现代诗创作专辑和一份现代诗理论专辑作了集中展示，并在深圳、广州、北京、香港等地的文学期刊及《澳门笔汇》创刊号上四处发表诗作专辑。1990年底，《澳门现代诗刊》这份澳门前所未有的新诗杂志面世，在努力提高澳门文学的层次、品味的宗旨下，为澳门本土诗人与诗评家提供了"自己的园地"。这一时期也被称为"笔会诗社时期"。

随着1987年中葡两国关于澳门于世纪末回归的联合声明的签署，澳门文学在"过渡期"内得到了迅速的发展。此后，对于澳门文学的研究，也开始成为澳门本土和内地研究者共同关注的课题。1991年，澳门文学杂志社主编黄晓峰、"五月诗社"成员庄文永与《澳门日报》社文艺副刊编辑廖子馨，首次以澳门作家的身份在内地第五届台港澳暨海外华文文学研讨会上亮相，并各自分别发表了题为《澳门新生代诗歌》、《从〈七星篇〉看女性内心世界》和《澳门四位女作家的散文走向》的论文。这组论文，是在内地发表的第一批有关澳门文学的论文，标志着澳门文学研究正式进入学术研讨的领域和范畴。

进入90年代后，澳门文学更趋活跃，与中国大陆、台湾、香港以及国际的文学交流活动日益频繁。而澳门本土作家也开始关注澳门文学本身的发展。他们有的人既是诗人、散文家或小说家，又是诗评家、文评家或剧评家。他们当中多数人，或许称不上是真正意义上的批评家，但他们从各种角度、不同层面写出来的诗评、文评和剧评，确实对澳门文学创作产生着实际的影响。继80年代末云惟利教授的诗论专集《白话诗话》出版后，90年代以来澳门研究者在文学评论和研究方面的著述，已出版了十多部，如黄晓峰著《澳门现代艺术和现代诗评论》(1992年)，张春昉著《论作家的创作体验》(1993年)，陶里著《逆声击节集》(1993年)、《从作品谈澳门作家》(1995年)、《水湄集》(1997年)，庄文永著《20世纪80年代澳门文学评论集》(1994年)，廖子馨著《论澳门现代女性文学》(1994年)，李鹏翥著《濠江文谭》(1995年)，李观鼎著《边鼓集》(1996年)，穆凡中著《澳门戏剧过眼录》(1997年)等。其中黄晓峰著《澳门现代艺术和现代诗评论》（澳门文化司署，1992年），是一本现代画与现代诗的综合论集,其中除了评论澳门的艺术画作外,也对五月诗社的多位诗人及澳门诗坛上的现代诗创作及其景观进行了探究,并且向读者诠释了现代主义艺术的美学特征。陶里既是一位诗人兼小说家,更是一位诗评家。多年来,他一直追踪着澳门诗歌创作的发展与走向,其《逆声击节集》(澳门五月诗社,1993年)一书,收入了49篇诗论,集中阐释了作者多年来苦心孤诣建立的中西结合的诗学观念。并且,陶里的诗论不仅有细致的文本分析,更有精辟的理论抽象,如《伪装了的情感符号》为现代诗归结的"四性",即"语言的无序性、事物的变形性、意象的反常性和题旨的含糊性",对澳门现代诗作了言简意赅的概括与归纳。另一部《从作品谈澳门作家》(澳门基金会出版,1995年),则以作品为主轴,评析了32位有相当成就的澳门文学作家和与文学有密切关系的语言学作家,以及七位小荷才露尖尖角的青年诗人,加上他本人的传略,共40位澳门作家,因而较为全面地呈现了澳门文坛的基本概貌。廖子馨长期担任《澳门日报·镜海》版编辑,本人也是一位澳门女性文学研究者。其著《论澳门现代女性文学》(澳门日报出版社,1994年),是第一部论述澳门女性文学的专著,被称为女性文学研究方面"澳门半岛上'第一个吃螃蟹的人'"。她运用比较文学的方法,在较为厚实的资料基础上,廓清了20世纪以来澳门女性文学的发展概貌及其基本特征和走向,并对"三个历史进程"的澳门女性文学加以纵向与横向(与港、台及内地)的比较研究,以突出80年代澳门女性文学的成就。庄文永既是五月诗社的重要成员之一,又是一位理论素养较高的文学评论家。其著《20世纪80年代澳门文学评论集》(澳门五月诗社,1994年),从探讨澳门文化与文学的关系入手,对80年代澳门作家及其作品加以论述。至20世纪末,澳门文学以一种崭新的面貌迎接澳门的回归祖国。

后 记

这本教材是为大学本科、专科课程编写的,也可以作为文学爱好者的参考书。

历来大学将自"五四"以来的中国文学分成中国现代文学、中国当代文学两门课程,教材历来也分为两部。自20世纪80年代提出20世纪中国文学的概念后,出现了不少中国20世纪文学的专著与教材,将中国现代文学、中国当代文学合而为一,这已成为大学课程与教材编写的一种趋向,可以不割断文学发展的流脉,宏观地、整体地观照中国现代文学的发展与嬗变。本教材以1917年至20世纪末的文学为对象,简约地阐述文学思潮的发展变化,重点评述作家作品。

新时期以来,文学观念的变化导致了对作家作品的重新评价,诸多以往遭忽视的作家作品,被重新发掘、重新评说,发现了这些作家作品不可忽视的价值,以至于形成了文学史教材的越来越厚的现象。文学史的写作应该是文学不断经典化(简化)的过程,文学史教材起着一种导引的作用,因此本教材以简洁明晰为撰写的基点,力求简洁准确、要言不烦,故本教材以《中国现当代文学简史》为书名。

王铁仙先生是本教材最初的构想者与策划者,他不仅精心设计了教材的章节、撰写了长篇绪论,还拟定了较为详细的编写设想,强调编写的原则在于:重在全面描述、力求重现原貌,简约阐述思潮、主要评价作品,确立评价标准、重点评述佳作,注意文字表述、力戒浮文套语等,这对于本教材的编写设定了基本思路和要求,应该说没有王铁仙先生的构想与策划,本教材的编写与完成是不可能的。

王铁仙先生担任出版社总编,又主持上海市高中语文教材的编写,杂事缠身,他将原本自己主编的这部文学史转我,让我不免有夺人所好的意味,我便有些忐忑不安,王铁仙先生却以十分信任的口吻,执意将此重任托付于我。

接受了本教材的主编重任,我便认真地逐字逐句地阅读朋友们的稿件,一一为其梳理、修改、润色,甚至寻找一些注释的出处。有些稿件与教材要求相距甚远,与王老师商量后便只有割爱了,有的是我自己重新撰写的,有的是借用了以前我主编教材中的章节(多年前,我曾经主编过一部教材,因有些朋友未按时交稿而搁浅)。我尽力按照王铁仙先生的编写原则,将本教材的稿件逐字逐句修改与编撰。

本教材编撰的具体情况为：王铁仙：绪论；仲立新：上编第一章；郑崇选：上编第二章；赵敬立：上编第三章第一节、《故事新编》、《野草》、第四节；杨剑龙：上编第三章《呐喊》、《彷徨》、《朝花夕拾》、上编第四章第一、二、三节、上编第五章第一、三、四、七节、中编第二章第三节、下编第二、三、四、五章、后记；颜敏：上编第四章第四节；刘家庆：上编第四章第五节、第五章第九节；唐小林：上编第五章第二、五节；吴云茜：上编第六章第一、三、五、八、九节；童炜钢：上编第五章第八节；高恒文：上编第六章第四、七节；冉彬、杨剑龙：上编第七章；赵敬立、杨剑龙：上编第八章；张登林：上编第九章；钱虹：上编第十章、中编第五章、下编第七章；方克强：中编第一章；沈艳：中编第二章第一、二、四、五、六节；王琛：中编第三章；巫小黎：中编第四章；常立霓：下编第一章；李洪华：下编第六章；杨剑龙、吴云茜：上编第六章第六节；唐小林、童炜钢：上编第六章第二节；童炜钢、唐小林：上编第五章第六节。

酷暑时节，暑热难耐。编辑完了这部教材，有如释重负之感。对于稿件未被采用的朋友，在此表示歉意；对于认真撰写稿件的朋友，在此表示敬意。对于编辑夏玮，在此表示谢意。期望此教材能够得到行家与用此教材的朋友们的赐教、指正。

杨剑龙

2006 年 7 月于瞻雨斋